JN328139

漱石とカントの反転光学

行人・道草・明暗双双

望月俊孝

九州大学出版会

はじめに

本書は副題に「行人・道草・明暗双双」を掲げるが、小説『明暗』には立ち入らない。むしろ未完の大作を継続して執筆した漱石の日常工夫と、最後の年の始まり方に注視することから、本論は始まっている。そして『行人』『道草』から『明暗』にいたる制作情況を跡づけて、ここに浮かびあがる漱石詩学の最終達成の光景を直視することを、本書はねらっている。

この世に生きて漱石を愛読する人は、かれの職業作家転身時に『文芸の哲学的基礎』という講演があったこと、そしてこの論考の新聞連載と『文学論』の公刊により漱石の文学的人生が本格始動したことを、充分に御存知とおもう。本書はその文学理論の原点と最晩年の「則天去私」とのあいだを、旧来型の漱石神話的な評伝の語り口で安易に切り離すのではなく、むしろ一切の断裂の跡を見せぬ太い実線で接続したいと考えている。つまり漱石の徹底的に批判的な哲学的文学は、修善寺での「三十分の死」の断絶をも乗り超えて、そのつどの地道な実作による方法探究を継続更新することで、「明暗双双」の四文字に暗示される世界反転光学の詩学《ポエーティク》制作論をついに達成しえたのだ、というのが本書全体の根柢をなす解釈仮説である。

この冒険的な見通しを堅持し育てあげるために、本書は「漱石とカントの反転光学」という大それた表題を掲げている。そして一連の読解の起点は『三四郎』起稿直前のカント研究に置かれている。これは筆者がたまたま数十年来カントを読んできたという私的な事情に負うものである。しかし『三四郎』から「則天去私」へ便宜上の補助線を引いてみることで、この線分の周囲や前後のテクストの相貌はガラリと一変した。かくして高校生の時は無味乾燥で意味不明に見えた『道草』も、いまは微苦笑をもって楽しく読めているし、一郎の圧倒的な「絶対」論理に呑みこまれるばかりだった『行人』「塵労」篇も、ここでは真逆の評価をくだされるはめになっている。それと同時に『坑夫』や『三四郎』と『明暗』との、文学方法論的な連関もおぼろげに見えてきたところだし、すくなくともそれらの実作と『文芸の哲学的基礎』や「明暗双双」との内的な繋がりは、かなり明瞭になってきた。

本書三部構成の本論は、五年ほど前から取り組んでいる大学紀要論文「超越論的観念論と純粋経験説の立場――カント・漱石・西田」の連作の途次、まさに一気に噴出してきた未発表原稿を母体とする。漱石の『三四郎』ノートが見つめた"Empirical realism and a transcendental idealism (Kant)"の一行を、苦心のあげくに「経験的実在論にして超越論的観念論（カント）」と翻訳し、その世界反転光学の妙味を手探りで感受しつつおもむろに始動した間テクスト的な漱石論は、翌年の第二ステップでは『三四郎』から「則天去私」へのいまだ破線のベクトルの文学方法論的意義を究明するべく、まずは青年漱石と子規との文筆の交わりにまで文学キャリアを遡ってみた。そしてそこから反転して、修善寺での危篤・昏睡・生還の直後の随筆が、この世の「縹緲」たる「大空《たいくう》」のうちで「黙然」と死生往還を想起する語り口に、漱石宿痾の厭世観を批判的に耐え忍ぶ手がかりを見いだした。ゆえに晩年の「明暗双双」「則天去私」も、けっして「現実逃避」の「東洋趣味」の「吐息」などではなく、つねに新たに現世の実存の場所に批判的に帰還するべき、真正近代の世界市民的な文学の「文章座右銘」だったのである。

この解釈の中心点を見定めたとき、一連の論考は予期せぬ方向転換を迫られた。当初は高校時代の微かな予感に沿い、夏目漱石と西田幾多郎の哲学的な近親関係を予想し動きだしたのだが、かれらのテクストを深く読めば読み込むほどに、漱石と西田の根本差異がまざまざと浮き彫りになってくる。そこで考察の第三ステップは、『文芸の哲学的基礎』と『善の研究』との全面対決の様相を呈してきた。そしてこの帝国大学同窓生たちの、同床異夢ともいうべき微妙な差異を青天白日のもとに曝け出したのは、やはり「経験的実在論にして超越論的観念論」の一句だったのである。すなわち漱石はカント批判哲学の骨法をみごとに道破したのだが、西田はその傍らを迂闊にも通りすぎ、新手の超越論的実在論の唯心論的形而上学の語り手となってゆく……。

本書の序論と結論には、そういう紀要論文の主要論点を凝縮しおさめておいた。そして本論自体は先述のとおり、漱石最晩年の「明暗双双」「則天去私」から、『道草』『硝子戸の中』『行人』へ遡行するかたちで組み立てられている。ゆえに拙稿副題も一時期はこの叙述構成を反映して、「明暗双双、道草、行人」に反転したことがある。そのほうが漱石や健三の現世帰還の主導動機とも、きれいに呼応すると思われたのだ。しかし最終的には、右に素描した漱石詩学の展開の道筋を端的に写すべく、原案に立ち返って「行人・道草・明暗双双」に落ち着いたしだいである。

だが、そういう細かなことはどうでもよい。むしろ一番大事なことは、カントの「経験的実在論にして超越論的観念論」よりも遙かに深度の大きいはずの、あの「明暗双双」の徹底的な言語批判の世界反転光学の呼吸法に、われわれがここでわずかでもふれてみることができるかどうかである。そしてこの解釈仮説を新たな拠りどころにして、ひさかたぶりに対面した漱石との言葉の戯れを、読者諸氏にも楽しく遊びぬいていただけるかどうかである。そのためのささやかな心遣いとして、序論・本論・結論の本文では漱石のテクストの語りそのものにじっと耳を傾けることとして、それをめぐる諸家の批評や論説の声は、極力、章末注のなかに収めてある。とはいえ一生に一度はこういう贅沢な漱石三昧をやってみたいと思い定めていたこともあり、また根っからの研究者気質から些細なことでも真面目に気にかけてしまう性分のせいで、注記の数も長さもずいぶんと法外なものになってしまった。ここにあらかじめ寛恕を願いあげるとともに、各位の関心のおもむくままに、個々の注は適宜読み流していただきたい。（ただし脚注のなかでこそ重要なことを言うカントの書き癖が、無意識のうちに本書に乗り移っているかもしれないということを、どうかよろしくお含みおきいただければ幸いである。）

最後に、本書のたどたどしい成長を見守り、厳しく叱咤激励してくれた諸先輩や友人たちに、この場を借りて心からの感謝を申し上げます。そして年々膨らみ続けた仕事の完成を心待ちにしてくれた故郷の父と母に、謹んで本書をささげます。ただひとつの心残りは、大学時代の恩師が二年前に他界され、本書公刊の報告がついに叶わなかったこん。

と……。いまとなっては、これからもこの哲学の道に精進することで、長年の学恩に報いてゆくよりほかにありません。

もう間もなく、あの大震災と大津波から丸一年がたとうとしています。昨年のあの日からしばらくのあいだは、完成間近の拙稿第三版の筆が滞ったことを告白します。そしてふたたび原稿に立ち向かうことができたとき、本書は『道草』後の〈生死一貫〉の主題をよりいっそう際立たせるべく、各所で大幅に加筆されました。ゆえになおさらのことに思うのですが、漱石の言葉はいまもこの世に生きています。そして漱石文学の深層で子規の写生詩学との対話がつねに継続していたように、この世で亡くなっていった人たちの心もまた、われわれの日々の語らいのなかに生き続けてゆくのであると、本書最終稿の筆を擱こうとする今あらためて深く思うのです。

二〇一二年二月九日

望月　俊孝

目次

はじめに……i

序論　漱石とカントの反転光学……一
第一節　漱石のカント研究　一
第二節　経験的実在論にして超越論的観念論　四
第三節　実在‐観念の世界反転光学　九
第四節　文芸の批判哲学的視座　一三
第五節　西田と漱石の根本差異　一八
第六節　批判光学の実存論的意義　二二

第Ⅰ部　漱石、晩年の心境

第一章　明暗双双――漱石の世界反転光学……四八
第一節　作者の死と世界大戦　四八
第二節　同時代哲学批評　五一
第三節　最後の夏の手紙　五五
第四節　禅語「明暗双双」の意義　五九
第五節　老子との批判的対話　六一
第六節　小宮豊隆の『明暗』解説　六四

第二章　間テクスト的な漱石の読解……八三

第一節　晩年の創作家の態度　八三
第二節　明暗双双の反転光学　八五
第三節　則天去私の詩学　八八
第四節　漱石というテクストを読む　九二
第五節　『三四郎』からの本格始動　九四
第六節　カントの言語論的な理性批判　九七

第三章　近代小説家の道草……………………………………一一六

第一節　『明暗』執筆の日常　一一六
第二節　自由・自然・自動の詩学　一一八
第三節　我執主題化の方途　一一九
第四節　『道草』の方法論的課題　一二一
第五節　自伝的三人称小説の始まり　一二三
第六節　遠い場所からの帰還　一二五
第七節　近代小説家の道草　一二七

第四章　『道草』テクストの遠いまなざし……………………一四〇

第一節　迂回するテクストの語り　一四〇
第二節　世界の実在感の喪失　一四二
第三節　『猫』と『道草』の語り　一四五

第四節　『道草』の相対叙法　一四八

第Ⅱ部　漱石、帰還の実相

第五章　健三と漱石の帰還……………………………………一五八
第一節　『道草』の帰還の視座　一五八
第二節　健三の帰還と制作の始動　一六〇
第三節　漱石帰還の実相　一六二
第四節　漱石壮年の本格始動　一六五
第五節　テクストの余裕の視座へ　一六八
第六節　大乗的と世間的の相互返照　一七二
第七節　職業作家漱石の始動　一七五

第六章　微笑する語りの視座――天然自然の論理……………一八二
第一節　『硝子戸の中』末尾の微笑　一八二
第二節　人生の事実性へのまなざし　一八五
第三節　微笑の視座の公的開放性　一八七
第四節　漱石文学における自然　一九一
第五節　漱石の自然の詩学　一九四
第六節　『道草』の自然の論理　一九七

第七節　『道草』テクストの微笑　二〇〇
第七章　「神」から「天」へ……二一三
第一節　神の眼という言葉　二一三
第二節　『道草』の神と自然　二一五
第三節　天に禱る時の誠　二一七
第四節　神なき時代の自己の道徳　二一九
第五節　西洋的絶対神への違和　二二二
第六節　神の眼から天の視座へ　二二四
第七節　天命としての文学の語り　二二六
第八章　真の厭世文学の公道……二三八
第一節　漱石の孤独と厭世　二三八
第二節　生死をめぐる公的省察　二四二
第三節　真の厭世文学の理念　二四五
第四節　形而上の厭世からの生還　二四八
第五節　生老病死の継続の詩学　二五一
第六節　厭世耐忍の論理　二五三

第Ⅲ部　現象即実在の反転光学

第九章　『行人』一郎の絶対と『道草』以後……二六二
第一節　自然を我が師とす　二六二
第二節　生死一貫の根本命題　二六四
第三節　死後の魂という難関　二六七
第四節　神は自己だ、僕は絶対だ　二七〇
第五節　絶対をめぐる省察の経歴　二七三
第六節　「塵労」対話篇の生成　二七六
第十章　生死の超越から生死一貫へ――近代心霊主義批判……二八六
第一節　宗教哲学的な主題設定　二八六
第二節　一郎論理の空転の根　二八九
第三節　近代心霊主義の影　二九一
第四節　縹緲玄黄外。死生交謝時。　二九四
第五節　漱石の心霊主義批判　二九七
第六節　ジェイムズとの批判的対話　二九九
第七節　心霊主義との訣別　三〇五
第十一章　「現象即実在、相対即絶対」の批判光学……三一七

第一節　宗教への問いの鍛錬　三一七
第二節　「塵労」テクストの反転　三二一
第三節　絶対即相対から相対即絶対へ　三三四
第四節　現象即実在の批判哲学　三三七
第五節　漱石文学のリアリズムの道　三三九
第六節　徹底的に批判的な経験的実在論　三四三
第七節　経験的実在界の明暗反転光学　三四六
第十二章　心機一転の文学の道……三五六
第一節　芸術制作上の個と普遍　三五六
第二節　死・狂気・宗教　三六〇
第三節　宗教への哲学的な問い　三六二
第四節　漱石の禅語使用　三六四
第五節　経験の大地への帰還　三六九
第六節　心機一転の光学の視座　三七二
結論　漱石文芸の根本視座……三八三
第一節　批判的な近代の文学の道へ　三八三
第二節　形而上学的唯心論との格闘　三八七
第三節　『点頭録』の世界反転光学　三九一

第四節　明暗双双の往還光学の道　三九四
参考文献……四〇七
あとがき……四二七
索　引

凡例

一　漱石からの引用は、一九九三年十二月九日、七十八回忌の祥月命日に刊行開始した岩波新版の『漱石全集』の巻、頁を、漢数字で示す。ただし横書き左開きの巻は、頁を算用数字で示す。また同全集の第二次刊行版（二〇〇二年四月十日以降）に補われた注解や編集部補注を適宜参照した。なお、漱石の作品名は小品も談話も『　』で表記する。

二　カントからの引用は、アカデミー版カント全集 *Kant's gesammelte Schriften* により、巻をローマ数字、頁を算用数字で示す。ただし『純粋理性批判』からの引用は、第一版（A版）=第二版（B版）の頁数を示す。なお、これらのドイツ語原典頁数は、同じく巻末の参考文献に掲げる、岩波新版の『カント全集』の下段欄外にも確認することができる。

三　その他の文献からの引用は、原則として著者名、頁数を示す。本書巻末の参考文献表に複数の著書を掲げる場合は、刊行年等を補う。全集・著作集等の場合は、著者名、巻数、頁数を示す。

四　引用文の用字や送り仮名は、『漱石全集』以外の場合も含め、できるかぎり原文に依拠しており、旧字・旧仮名も変更を加えていない。今日では差別的と見られる語句も、学術的な観点からあえてそのまま引用した。

五　引用文の傍点等は、とくに断らないかぎり原文による。

六　漱石テクストのルビは『漱石全集』により、これを適宜省略、または補う。

七　引用文中の〔　〕内は、引用者の補注である。引用文に誤字脱字等が認められる場合は、必要に応じて〔ママ〕と付記する。

漱石とカントの反転光学

——行人・道草・明暗双双——

序論　漱石とカントの反転光学

第一節　漱石のカント研究

明治四十一（一九〇八）年、漱石は夏の盛りにカントを研究した。東京帝国大学講師の職を辞し、東京朝日に入社して二年目のこと、『虞美人草』『坑夫』に次ぐ新聞連載小説『三四郎』の執筆を目前にひかえての猛勉強である。

御手紙拝見東京の暑は大変なもので此二三日は非常に恐縮して小さくなつてゐる。夫でも堪らないから時々湯殿へ行つて水を浴びて漸く凌いで見たがすぐからだがほてつて気が遠くなつて仕舞ふ。そこへもつて来てエルドマン氏のカントの哲学を研究したものだから頭が大分変になつた。どうかトランセンデンタル・アイに変化して仕舞たいと思ふ。
小宮からも手紙が来て君と停車場で落合つたとかいてある。何でも洋服屋の小僧に逆鱗してゐたとかいてあつた。小説をかゝなければならない。八月はうん〳〵云つて暮す訳になるが、まあ命に別条がなければいゝがと私《ひそ》かに心配して居る。君の手紙や小宮の手紙を小説のうちに使はうかと思ふ。近頃は大分ずるくなつて何ぞといふと手近なものを種にしやうと云ふ癖が出来た。（二十三巻、二〇九頁）

これは佐世保にいる鈴木三重吉に宛てた、七月三十日付の手紙である。[1] 漱石は同じ日に、九州に帰省中の小宮豊隆[2]にも手紙を書き、「明後日あたりから小説をかく」（同、二一〇頁）と宣言した。しかし八月三日付で小宮に宛てた端書《はがき》には、「小説はまだか、ない。いづれ新聞に間に合う様にかく。中々あつい」とある。後日「題名」は、「青年」「東西」「三四郎」「平々地」の候補のなかでも、「小生のはじめつけた名」で「尤も平凡」（同、二一一頁）な「三四郎」に決定。[3] 八月十九日には東京と大阪の朝日に「新作小説予告」が掲載される。そして『三四郎』は、大学新年度第一学期に合わせて、九月一日に連載を開始。年も押しつまる十二月二十九日まで一一七回にわたり掲載され、[4] 翌四十二年五月には春陽堂から単行本が刊行される。

漱石のカント研究は、この中期三部作の幕開けとも無縁ではない。それは『三四郎』起稿直前の出来事であり、少なくともテクストの表面に、一点の意味深長なる痕跡を残す。すなわち『三四郎』六の一、哲学講義の跳ねた大学の教室で、隣の小川三四郎に佐々木与次郎が声をかける場面である。


「おい一寸借《ちょっとか》せ。書き落した所がある」

与次郎は三四郎の帳面《ノート》を引き寄せて上から覗き込んだ。stray《ストレイ》 sheep《シープ》といふ字が無暗《むやみ》にかいてある。

「何だこれは」

「講義を筆記するのが厭になつたから、いたづらを書いてゐた」

「さう不勉強では不可《いか》ん。カントの超絶唯心論がバークレーの超絶実在論にどうだとか云つたな」

「どうだとか云つた」

「聞いてゐなかつたのか」

「い丶や」

「全然stray《ストレイ》 sheep《シープ》だ。仕方がない」（五巻、四二〇－一頁）

当時の文科大学にいかにもありそうな一齣であり、「カントの超絶唯心論がバークレーの超絶実在論に」という文字列は、哲学講義室の静謐な空気をリアルに写して効果的である。だが、はたしてそれだけのことか。この難解な文言は、たんに舞台の小道具にとどまるのか。

漱石は小説世界の実在感《リアリティー》を演出するために、日常見聞きしたことをアレンジして活用した。『三四郎』の新聞連載は、前年同時期の風物や事件を織り交ぜて進行しており、[5] 冒頭に引いた三重吉宛書簡にも「君の手紙や小宮の手紙を小説のうちに使はうかと思ふ」とあるように、三四郎の「福岡県京都郡《みやこぐん》真崎村」（五巻、二七九頁）という本籍地は小宮の郷里、福岡県京都郡犀川村からの仮構である。[6] だから「カント」云々も、秋の気配の漂い始める頃にふと真夏の読書のことを思い出し、それを物語りの味付けに用いただけとの見立ても成り立ちうる。しかしこの句のある場所が場所だけに、なにか意味ありげで気にかかる。それというのもここは小説中盤のクライマックス、団子坂の菊人形見物で連れと逸《はぐ》れた美禰子と三四郎が雑踏を避け、「唐辛子を干した」「藁屋根」の傍近く、「小河の縁《へり》」の「草の上」に「四尺許《ばかり》」へだてて坐り、「安心して夢を見てゐる様な空模様」のもと、「遠くの雲を眺め」語らうあの場面、「二人」のやりとりのうちに「迷子《まひご》」が「迷へる子《ストレイ、シープ》」に転じ、謎の呪文の如くに美禰子の口から繰り出された「美しい」絵のような光景（五の八－十）の、直後にあたるからである。

テクストは章を改め、大学の講義室へと場面転換する。そしてモノクロ世界の主人公の逡巡と煩悶のうちに、「stray sheep《ストレイ　シープ》」が『三四郎』全篇の問題と化す。聖書ゆかりの鍵語は物語りの大団円（十二の七）では「迷羊《ストレイシープ》」となり、教会堂前の美禰子との「分《わか》れ」の場で四度反芻される。そして数も不吉な十三章、池《みず》の女ならざる「森の女」の展覧会を描く連載最終回の掉尾でも、駄目を押すように二度呟かれる。この鍵語が作品全体の中心に据わった重大局面で、「カントの超絶唯心論」云々の句は登場する。だからこの哲学用語の挿入は、『三四郎』解釈上の問題となってよい。ただしそれはいまここでの課題ではない。[7] われわれが取り組むべきは、作家漱石が召喚した術語そのものの指し示す視座の解明であり、その文学方法論上の意味究明である。

第二節　経験的実在論にして超越論的観念論

結論を先取りしていえば、プラトニズムの本体・仮象の二世界論を受け、デカルト以後の近代世界が抱えた諸問題――とりわけ物心二元論および主観客観対立図式――の超克の可能性が、この事柄の理解如何にかかっている。さらに言えば、この時代に狭く凝り固まったわれわれの技術《テクネー》、とりわけ合理主義の産業技術で物を「作ること」、この制作《ポイエーシス》の営みの現下の問題状況を根本から批判的に解体構築する道筋が、この視座の体得によって切り拓かれてくるはずである。「カントの超絶唯心論がバークレーの超絶実在論にどうだとか云つたな」。与次郎の軽い口調を借りてテクストがさりげなく問いかけたとき、漱石はまちがいなくこの場所に、われわれの新たな時代の問題の根が伏在しているのを洞察していた。

漱石のカント研究は、その見通しを確信に高め、これからの「自己本位」の制作に立ち向かうための不可欠の準備であり、維新の志士の覚悟で小説に打ち込む創作家に不可避不可欠の行《ぎょう》である。なにも大袈裟に誇張して言うのではない。この事柄と向き合う作家の深く厳しい息遣いは、以下の執筆メモに歴然と現われている。

{Empirical realism and a transcendental idealism (Kant)
{Transcendental realism, ipso facto empirical idealism (Berkeley)
Is space within or without us?　v.p. 376（十九巻、四〇三頁）

明治四十一年の「初夏以降」と推定され、「『三四郎』メモ」と呼ばれる断片四九Aのうち、「手帳⑤」を裏表紙から横書で用いた「頁112」に見える英文三行である。カントかバークリか。この二人を対置した覚え書きが、与次郎の科白《せりふ》に関連するのは明らかだ。その一行目を現代風におとなしく訳せば「経験的実在論と超越論的観念論（カント）」、二行目のラテン語部分をくどく逐語訳すると「超越論的実在論、それ自身事実上結果的に経験的観念論（バークリ）」となる。この瞠目すべき対置の磁場に生じる問題を噛みしめて、三行目をやや丁寧に訳出すると、「空間はわれわれの内にあるのか、それともわれわれを抜きにして外にあるのか？」となる。じつに驚くべき三行だ。(8)

　この英語断片は、デカルト以後の哲学を悩ませて、十九世紀末転換期の西洋思想や、明治大正期の日本の哲学者を煩わし、今日もなお残存する近代合理主義の根本問題、すなわちプラトニズムの形而上学的実在論が新たに抱えこんだ物体および外界の現実存在をめぐる観念論的な懐疑の陥穽を、濃密に凝縮し呈示する。それと同時に、漱石から溯ること百年前、今から数えて二百数十年前に、この問題と正面から格闘した東プロイセンの哲人イマヌエル・カントの『純粋理性批判』（一七八一年）——すなわち〈物自体〉なるものの認識不可能性の断案と、〈物自体〉を独断的思弁的に措定する「超越論的実在論」の却下とをもって、われわれの新たな時代の哲学に一つの決定的《クリティカル》な突破口を切り開いた三批判書の幕開け——の真髄を、じつにみごとに摑み取っている。

　漱石は英訳書や研究書をつうじてであれ、カントを読んでいた。そこになにかの影響関係があったと言うのではない。ジェイムズやベルクソンに比べ、従来の漱石研究であまり論及されなかったカント哲学との、根本的な思考枠組みの類比的《アナロジカル》な同型性に注視することで、現代《モデルネ》の言語文化の錯綜した状況への徹底的な批判の指針を見いだしたいのである。そもそも「自己本位」を看板とする創作家に、誰かの影響を云々すること自体が的外れだし無意味である。漱石はみずから求めて、近代の文芸が進むべき新たな言語活動の方角を、ここにさぐり当てたのだ。

　じじつ漱石は『余が一家の読書法』と題する談話（明治三十九年九月、『世界的青年』）の第一節「暗示を得《え》来《きた》る事」で、ほかならぬ「カントの哲学」を引き合いに出し、日頃の読書から「一個の暗示《サゼッション》を得べく努むること」を力強く勧めている。(9)

　或創作を為し、論文を草せんとするが如き場合に於て、多少功果ありと思はる丶方法あり。何ぞや、曰く自己の繙読しつ丶ある一書物より一個の暗示《サゼッション》を得べく努むることこれ也。……〔中略〕……仮令《たとい》その書の全部を読了せずとも、暗示だに得る時は、宜しく之を逸せざるやう、消滅し去らざるやうに努めて、或は之を文章の上に現はし、若くはその思想を取纏《とりまと》むるを必須とす。カントの哲学を読むに当りても、唯彼の言ふ所のみを記憶して、其言語文字の中より一個の或暗示を得来らざれば、吾人終《つい》にカントの思想以外に独歩の乾坤を見出すこと能はざらん。（二十五巻、一八三頁）

カントの「書物」のどこになにが書いてあるのかを「記憶して」、それを正しく理解するべく種々のカント研究書を参照するだけでも大変だが、たんにそれだけではカント講釈に終わってしまう。むしろそこから哲学上の「一個の暗示《サゼッション》を得べく努むること」、そしてこの「暗示」を手がかりとしてみずから考えること。そこに「吾人」は初めて「カントの思想以外に独歩の乾坤を見出すこと」が出来るのである。

しかも同じ談話の第二節は「思想上の関係を見出す事」と題し、古代ギリシアのアリストテレス『詩学』[10]と、近代イギリスの詩人アーノルドの演劇論との「対照比較」を例にあげて、字義通りの〈間テクスト的 intertextual〉な読解の魅力を語っている。

アリストートルが戯曲の上に於て整正《シンメトリー》と筋とを尊びしが如き見地と、マッシユー・アーノルドの戯曲上に於ける見解と、その間、一見関係なきが如く見ゆれども、之を歴史的に研究し、且つ一々相対照比較する時は、必ずやその間に於て、一個共通の関係あることを看取すべき也。（同、一八四頁）

一見するところ遠く離れたテクストのあいだに、たとえば論理的な構造の重なりを看取して、そこに新たな哲学上の示唆を見いだす類比的《アナロジカル》で批判的な思考の妙味。二年後の『三四郎』メモの英文三行は、まさにそうしてカントの「思想を取纏《とりまと》」めたものであり、『三四郎』六の一は、そこにつかんだ「一個の或暗示」を「文章の上に現はし」たものにほかならない[11]。そしていまここに現われつつある本書の叙述は、漱石と同じ「自発的態度と精神とを以て」（同、一八五頁）、カントと漱石とを批判哲学的につきあわせることで新たに生まれてきた、間テクスト的な思索の経験のひとつの経過報告である。[12]

『三四郎』のテクストは、かかる〈反省的 reflektierend〉で〈発見的 heuristisch〉な思索をふまえて、[13]近代《モデルネ》という一個の問題の所在と解法の消息を、二十世紀初頭・明治晩期の読者公衆に示唆するべく、カントの「超越論的観念論 transzendentaler Idealismus」を「超絶唯心論」と表記した。[14]そしてこれと対立する「超越論的実在論 transzendentaler Realismus」を「超絶実在論」と訳出する。[15]「カントの超絶唯心論がバークレーの超絶実在論にどうだとか云つたな」、「どうだとか云つた」。与次郎も三四郎も講義室で何かを知らされて、気がかりながらも傍らを通り過ぎただけの場所に、作家の思索は粘り強く逗留し、カント哲学の筋を選択する。漱石がバークリの「超越論的実在論」ではなく、カントの「超越論的観念論」を良しとしたとき、彼は同時に批判哲学の「経験的実在論」を正しく受け止めた。じじつあの英語断片から二ページ目（手帳⑤の頁110）には、〝○Empirical realism and a transcendental idealism〟（十九巻、四〇七頁）の一行が、他の二行を排し決然と書きつけられている。われわれの創作家は、これまで長く探索してきた文芸の哲学的基礎の、第一根本原理の在所をここに見定めたのである。[16]

　この英語が暗示する事柄の重要性を考慮に入れて、ここですこしばかり気合いを込め、「経験的実在論にして超越論的観念論」と訳しておこう。「経験的実在論」と「超越論的観念論」のあいだにあって、両方の世界観を区切り繋ぐ〝and〟の意味。これをわれわれはいかにして、どこまで理解できるのか。すべての問題の鍵は、この一点にかかっている。こうして身に迫る課題の大きさを目の前にして、いっそのこと〝and〟を「即」としてみたい誘惑にも駆られてくる。すなわち〈経験的実在論即超越論的観念論、超越論的観念論即経験的実在論〉。おそらくはこれが事柄に最適な解釈と表現だ、という見通しはある。しかしわれわれはまだ、当の〝and〟が繋ぐ両項について正確な意味を知らないでいる。だからここで〝and〟を「即」と訳してみたところで、これが意味する事柄を確保するどころか、かえってどこかに取り逃がしかねない。

　考察はまだ始まったばかりである。軽挙妄動は慎まねばならぬ。それになにより肝腎の漱石が、あの英文をどう理解したのかも定かではない。漱石は『三四郎』執筆時に、はたして「即」の地点に立っていたのか。そしてまたそれからの創作の道は、ここに遙かに展望される「即」に向けて、着実に進みゆくものでありえたか。この問いに正しく答えるためには、あらためて漱石の作品や言説をあの英文一行の視点から、しかもほかならぬ「即」体得の地点に立って、逐一再解釈しつくす作業を必要とする。これはじつに途方もない難業である。本書ではさしあたり、漱石晩年の文学論の成熟期に注視しながら、この大きな課題に着手することにしたい。

その詳細は本論にゆずり、ここですこしでも見通しをよくしておくために、『三四郎』メモの“and”の水準を吟味しておこう。よく知られているように、この小説は「天性の発露のまゝで男を擒《とりこ》にする」「無意識《アンコンシアス》なる偽善家《ヒポクリット》」（二十五巻、二九一－二頁）をめぐる恋愛模様を描いている。そして「天醜爛漫」とした「露悪家」（五巻、四六四頁）の魅惑《コケトリー》の「我が愆《とが》」と「我が罪」（同、六〇四頁）に関連して、断片四九H（手帳⑤、頁100）には、次のメモが見いだせる。

×真面目ナモノガ考ヘル時ハ　凡テノ pleasure ハ皆 illusion デ凡テノ sin ハ reality ナル如クニ見エル。何故ニ我等ハ双方ヲ illusion ト見做シ若《モシ》クハ双方ヲ reality ト見得ザルカ（十九巻、四一五頁）

末尾の反語疑問は、「真面目ナモノガ考ヘル時」の〈あれかこれか〉の二項対立枠組みをこえ、「凡テノ pleasure」と「凡テノ sin」との「双方ヲ illusion ト見做シ若クハ双方ヲ reality ト見」ることのできる、柔軟な観照態度を求めている。しかもこの「若《モシ》クハ」が接続する二様の見方は、かなりの差異をはらみながらも、構造上類比的に「超越論的観念論」と「経験的実在論」に対応する。すると問題になるのは、漱石がこの二つを「若《モシ》クハ」でつないだこと、しかも喜《プレジャー》びや罪《シン》の実在性《リアリティー》と観念性《アイディアリティー》をめぐり、後者を“illusion”の語で理解したことの[17]、二点である。

「若クハ」はいまだ「即」でなく「にして」でもない。そして幻想・錯覚《イリュージョン》は通常、真実在や本体ならざる「観念 idea」「表象 Vorstellung」に重ね合わされ、まさにこのことが事柄の正確な理解を長く妨げてきたのだが、カントの

「超越論的観念論」は、観念・表象・現象をただちに幻想・夢想・仮象と見なす立場からは、すでに大きく身を翻した地点に立っている。[18] ゆえに『三四郎』の作家はまだ"Empirical realism and a transcendental idealism"の真正の理解からは、ほど遠いところにある。これはいささか厳しい批評だが、あの根本視座の体得のためには、この点をないがしろにはできない。そしてすくなくとも漱石最晩年の「則天去私」の文学方法論は、まさにカントと同様の、あるいはむしろそれ以上に厳しい、批評の眼を持ち合わせていたのである。[19]

ここに浮かび上がった類比に着眼し、いささか大胆な比喩で言えば、小説『三四郎』とは、この世の「経験的」な虚実の交錯劇に潜む人間的現実をリアルに描く、一つの「超越論的」な物語りの表象世界である。そして創作家漱石とは、作品世界を言語的に緻密周到に建築する、われわれ人間の「トランセンデンタル・アイ」である。ちなみに彼は『三四郎』直前に、『夢十夜』（明治四十一年七月二十五日から八月五日まで連載）を書いた。同様にしてカントは、『純粋理性批判』（一七八一年）の基礎をなす『可感界と叡智界の形式と原理』（一七七〇年）に先立って、『形而上学の夢によって解明された視霊者の夢』（一七六六年）という形而上学的霊魂論批判を敢行した。時と所を隔てたこの符合に、われわれの間テクスト的な読書は、思索の事柄に則した自然な論理の必然性を見てとりたい。

第三節　実在 - 観念の世界反転光学

ゆえに問題はやはり、「経験的実在論にして超越論的観念論（カント）」である。この批判哲学の根本視座は、いったい何を意味しているのか。それは漱石文学の方法探究において、いかなる役割を演じているのか。ここでなにより重要なのは、われわれ人間が生きる現実世界をめぐっての、実在論と観念論の両立という課題である。あるいはこの不思議な事態を成り立たせる、新たな批判的近代文学の認識と語りの根本視座の確保である。『三四郎』以後いよいよ深く、この世の生の実態をリアルに写すべく、漱石の文学論的探究の中心課題は、作品世界全体を観念と見なすとともに、しかもこれをたんなる夢や仮象とは見なさぬような、独自の制作論の確立に移行する。

「経験的実在論にして超越論的観念論」。この不可思議な視座の洞察と体得のうちに、漱石文芸の哲学的原理は確立する。しかもここに基本方針の定まった創作の第一原理は、物事の定着・固定・実体化を本旨とするものではない。逆にこの原理は、世界の実在相と観念相の交錯のあわいを、自由に往還遊動する制作《ポイエーシス》のいのちの源泉となるものである。“Empirical realism and a transcendental idealism.” これは、二つの区別された立場の並列ではない。経験的実在論と超越論的観念論は、二にして一であり、一にして二である。これをカントの『純粋理性批判』初版は、端的にこう表現した。

> 超越論的観念論者 der transzendentale Idealist は、一個の経験的実在論者 ein empirischer Realist であり、現象と見なされた物質に現実性 Wirklichkeit を認めている。しかもこの現実性は、推論されるものであってはならず、むしろ直接的に知覚されるのである。（A371）

伝統形而上学における合理的心理学は、肉体から自立した不死の魂を実体化する。カントはこれを批判し、デカルトやバークリの独我論的観念論に異議を申し立てる文脈で、[20] みずからの批判的観念論と経験的実在論との相即を宣言した。このことがすでにそれだけで革命的な意義をそなえている。

しかし、そもそもなぜそのように大それたことが言えるのか。ここには、「経験的 empirical」と「超越論的 transcendental」という付加語の、かなり慎重な使い分けがある。この絶妙な分節のおかげで、あの驚くべき批判的等置も軽々と打ち出せたのだろう。しかしそれにしても「実在論者」と「観念論者」との等置である。それはいかにして可能なのか。これは本書全体の課題とする問いであり、容易には答えがたい。さしあたりまた比喩にたよって応接すれば、それは種々の反転図形に生じる不思議な光学的出来事のようなものだろう。すなわち同じ紙面の模様が、一つの杯《さかずき》に見えたり対面する二つの横顔に見えたり、若い令嬢や老婆に見えたり、あるいはウサギやアヒルに見えたりする、一連の反転図形のことである。

ただしこの類比のうちには、決定的な差異がある。かつて後期ウィトゲンシュタインの言語哲学は、「ウサギ－アヒル」の相貌知覚の反転の刹那に、ある重大な「閃き Aufleuchten」を見た。[21]これに対比して言えば、ここではもっと壮大な規模で、この世のありとあらゆる事象の全面的な相貌反転の「閃き」が問題なのである。[22]すなわち反転図形の個別知覚の二義性はいまや最大限に拡張され、哲学的な世界観・世界直観（Weltanschauung）の反転の出来事となる。超越論的観念論と経験的実在論との等置、あるいは経験的実在論と超越論的観念論との相即は、これら二様の世界像の反転のさなか、その反転が反復される一瞬一瞬の刹那に成り立っている。そしてこの不断反転の相即の場所が、カント哲学の根元的な「立脚点 Standpunkt」であり、批判的世界光学の根本視座である。[23]

ちなみにアヒルとウサギは同じ紙面に立ち現われるが、二つの面相は同時に現われない。だからまたわれわれは、この世界の経験的実在相と超越論的観念相との、不断の相互反転の只中に身を置くことでしか、二局面の相即を実見できない。実在論か観念論かの、どちらか一方に偏り滞っていてはならない。そういう〈あれかこれか〉の片面停滞を解消し、両面を自由自在に往還しうる精神の軽やかさにこそ、理性批判の哲学の真骨頂はある。経験的実在論と超越論的観念論とは、同じ批判精神の立脚する一つの立場から展望した、この世のありとあらゆる〈物 thing, Ding, res, *πρᾶγμα*〉の二様の見方、われわれ人間が住まうこの世界そのものの二つの面相にほかならない。それは同じ一つの世界に直面する人間存在の二様のアスペクトの区別《クリネイン》であり、そうであるがゆえに経験的実在論と超越論的観念論は、同一の精神において両立接合できるのである。経験的実在論にして超越論的観念論。あるいは経験的実在論であるがゆえに、そのためにも超越論的観念論。同じ世界を眼差す全体直観二態の、区別と接合の妙味。批判哲学の根幹をなす世界反転光学の、区切りと繋ぎのリズムとダイナミズムに注目したい。

しかも、この世界を見る批判的視角の反転往還は、けっして自動的にもたらされるものではない。たしかにこの反転光学は、われわれに突然おとずれるのだが、令嬢を見た紙面に老婆を見、そこにふたたび令嬢を見て、それを自在に反転反復するには、それなりの批判的な眼力と精神集中を必要とする。それと同じく、あるいはそれよりも遙かに困難をきわめるゆえ、われわれの世界観的反転運動には、哲学的視力の鍛錬が不可欠である。ましてやこの相貌間を自由闊達に往還しつづけるには、かなり熟練した精神の軽みを必要とする。その意味であの二様一対の世界直観の批判的等置それ自体が、この上なく鋭利に研ぎ澄まされた哲学的肉眼の技術《テクネー》である。〈経験的実在論即超越論的観念論、超越論的観念論即経験的実在論〉。もしもそういうことが端的に言えるとしたら、それはおそらく批判哲学的な精神集中の極まった最先端の場所でのみ可能だろう。[24]

比喩の翼に乗って、いささか先走りしすぎたようである。ともかくも『三四郎』メモに刻まれた一句のうちに、批判哲学的な世界直観の根本動性の「暗示」が鋭くつかみとられている。“Empirical realism and a transcendental idealism.” われわれがつねにすでに言語的に住まう生活世界の諸事物を、まずは端的に「経験的」な実在として承認する。しかも同時にそのすべてを「超越論的」には、現象であり観念であり表象なのだと見切ってしまう。そしてこの世界観上の反転往還を不断に反復し、軽々と生きてゆく。ゆえにすべては物にして言葉、言葉にして物である。そういう言語論的で現象学的な世界反転の往還光学が、漱石文学の道の上で本格始動する。しかも始点はつねに「経験的実在論」であり「物」なのであって、われわれの批判的な世界反転光学は、不断にこの大地の上へ還って来るのでなければならない。なぜならばわれわれ人間が現にある生存の場は、この経験的な生活世界の内での語らいのもとにしかないからである。[25]

結論を先どりして種を明かしておくと、経験的実在論と超越論的観念論とを「にして」もしくは「即」でつなぎ、そこに世界反転光学の比喩を重ねた前代未聞のカント解釈は、じつは漱石最晩年（大正五年八月二十一日）の漢詩に見える禅語「明暗双双《そうそう》」から暗示を得た着想である。そしてこのたびの漱石とカントの間テクスト的読解からは、言語論的なカント解釈の道筋もすでに見えてきている。しかしその方面の省察は別の機会に譲り、[26]本書では、この漱石論の新たな可能性をできるだけていねいに見きわめてゆくことにしたい。

あらかじめ「明暗双双」の言語《ロゴス》批判の射程を大まかに計測しておけば、それはあの「色即是空、空即是色」の往還反復の深い呼吸に共振し、[27]カント批判哲学の〈経験的実在論にして超越論的観念論〉の最大振幅をも遙かに凌駕する規模にまで達している。漱石晩年の「明暗双双」「則天去私」の文学論は、いわば「トランセンデンタル・アイ」の〈識域下〉にまで、理性《ロゴス》批判の反省を徹底的に深めている。[28]そしてこの文学方法論にみる言語論的な世界反転光学は、空間・時間・カテゴリーに依拠した通常一般のあらゆる言語活動《ランガージュ》が、純粋可能態のうちに沈黙する〈無の場所〉の開けにまで往き着いて、この暗い深層からふたたびわれわれの経験的言語分節の明るい世界《コスモス》に還ってくる、稀有な詩作的思索のダイナミズムを身上とする。ゆえに本書はなによりも、この徹底的に言語批判的な反転光学の、最終形態の意義究明から出発しなければならない。

第四節　文芸の批判哲学的視座

そういう漱石晩年の到達点から顧みるならば、『三四郎』メモの“Empirical realism and a transcendental idealism”は、初期の手探り段階の途次に閃いた、前途遼遠の思索への道標といった趣がある。とはいえカントとの邂逅を準備した『文学論』（明治三十六年九月から三十八年六月まで講義、四十年五月刊）、『文芸の哲学的基礎』（四十年四月二十日講演、五月四日から六月四日まで新聞連載）および『創作家の態度』（四十一年二月十五日講演、四月『ホトトギス』に掲載）といった一連の詩学論考には、その後の方法論的探究の歩み行きを確かに予兆させる、言語論的な批判光学の世界観が読み取れる。

たとえば職業作家転身直後の『文芸の哲学的基礎』は、目の前の講演会聴衆と明治の読者公衆に親しく語りかけながら、「先づ」は自分が「此所《ここ》に立つて」いて、「貴所方《あなたがた》」が「其所《そこ》に坐《すわ》つて」いるという、経験的実在世界の常識的な言語分節の事実を、考察の一番最初に確認する。テクストの語りのこの入り方が、きわめて重要である。自・他や

「此所」・「其所」に例示される「物我《ぶつが》対立といふ事実」（十六巻、六七頁）、あるいはそういう経験的認識の分節枠組みとなる「空間」「時間」「因果の法則」（同、六八頁）を、よもや「誰も疑ふものはあるまい」。論考はそう念押したうえで、「所《ところ》が能《よ》く〳〵考へて見ると、それが甚《はなは》だ怪しい。余程《よほど》怪しい」と、おもむろに再考を促してくる。そして日常の経験的な「通俗」の見地から、あえて「退《しりぞ》いて不《ふ》通俗に考へて見る」（同、六九頁）。

通俗の考へを離れて物我《ぶつが》の世界を見た所では、物が自分から独立して現存《げんそん》して居《ゐ》ると云《い》ふ事も云へず、自分が物を離れて生存《せいそん》して居《ゐ》ると云ふ事も申されない。換言《くわんげん》して見ると己《おの》れを離れて物はない、又《また》物を離れて己《おのれ》はない筈《はず》となりますから、所謂《いはゆる》物我《ぶつが》なるものは契合《けいがふ》一致しなければならん訳になります。物我《ぶつが》の二字を用ひるのは既《すで》に分り易い為《た》めにするのみで、根本義から云ふと、実は此《この》両面を区別し様《やう》がない、区別する事が出来ぬものに一致抔《など》と云ふ言語も必要ではないのであります。だから只《たゞ》明かに存在して居《ゐ》るのは意識であります。さうして此《この》意識の連続を称して命《いのち》と云ふのであります。（同、七一頁）

テクストは、近代哲学に言う「物我対立」から一気に反転し、物我の「契合《けいがふ》一致」する「意識の連続」に言及する。漱石はしかし、この形而上の不可思議の場所に、あえてそれ以上は立ち入らない。「私《わたくし》と云《い》ふものがある」、「貴所《あなた》方も慥《たしか》に御出《おいで》になる」（同、七二頁）。このように「物我《ぶつが》」が「普通」に「儼然《げんぜん》と存在」していたり、「区別」や「一致抔《など》と云ふ言語」で分節し表現された色々な事物が「客観的に世の中に実在」しているのとはなにかが決定的にちがう、あの「不通俗」の「意識現象」（同、六九頁）。これを黙ってじっと見つめながら、漱石の哲学はそこにけっして深入りしない。

この「根本的の議論」（同、七〇頁）で「根本義から云ふと」、「只《たゞ》明かに存在して居《ゐ》るのは意識」である。そもそも何かを「意識すると云ふ働き」は「炳乎《へいこ》として」「慥《たしか》」に「ある」（同、六九頁）。そして「吾々の生命」（同、七三頁）が意識の連続だという「事実」は、これを端的に「認めるより外《ほか》に道はない」（同、七四頁）。漱石の詩学論考はそれを何度も確認し、そこで潔く踏みとどまる。それというのも、この不可思議な「意識現象」の「事実」は、「是《これ》以上は証明する事は出来ない」（同、六九頁）し、そもそも「説明」することができず、なにも語れないからである。ゆえに当節流行の「進化論者」の理窟をここに取り入れたり、意識の連続や、自発自展の「傾向の大原因を極《きは》め様《やう》とすると駄目《だめ》」なのである。あるいはまた「万法《ばんぽふ》一に帰《き》す、一何《いづ》れの所《ところ》にか帰《き》すと云ふ様な禅学の公案《こうあん》工夫に似たものを指定」してみたり、(29)「ショペンハウワー」の「生欲《せいよく》の盲動的意志」のような「変梃《へんてこ》なものを建立《こんりふ》する」ことも、それらはたしかに「まことに重宝な文句」ではあれ、そもそも「意識の連続以外に何にもない」という根本命題の「言質《げんしち》」に背くので、「残念ながらやめに致《いた》」すのである（同、七四頁）。

この批判哲学的な禁欲の貫徹が、なによりも重要である。そしてほかならぬこの点に、西田哲学との根本差異がある。(30) 漱石の詩学哲学論考は、序盤でただ一度だけ、実体的に離在する「物我」の「対立」から、それらすべてが「契合一致」へと反転する世界光学の往相にふれて、この「豹変」（同、七三頁）の刹那、「天地即《すなは》ち自己と云ふえらい事」（同、七二頁）になる事態を垣間見る。そして「能《よ》く考へると何《なん》にもないのに、通俗では森羅万象《しんらばんしやう》色々なものが掃蕩《さうたう》しても掃蕩しきれぬ程《ほど》雑然として宇宙に充牣《じゆうじん》して居《ゐ》る」という、この二局面のあいだの「全く矛盾」する出来事を、「頗る大問題」（同、七三頁）としてそのまま引き受けつつ、あの「根本義」の「意識現象」から即座に反転して、人間理性の限界内の経験的な実在世界へ決然と帰還する。そして時空・因果の認識判断や、真・善・美・壮の「理想」（同、八七頁以下）をめぐる価値判断の、諸範疇による物事の分節の正しい道筋を言語批判的に探りとるべく、詩学方法論的な実作の現場へと出立する。われわれ人間は、そしてとりわけ創作家は、そういう詩的な言語行為こそがこの世の「命《いのち》」だからである。(31)

しかもこの詩学論考は最後の最後になってようやく、「還元的感化」という重大案件を語りだす。すなわち「理想的文芸家」の「あらはした意識の連続」と「我々の意識の連続」との「一致の極度に於《おい》て始めて起る」（同、一三一頁）、あの深く濃密な共通感覚の理念である。

一致と云《いふ》と我《われ》の意識と彼《かれ》の意識があつて、此二つのものが合して一となると云ふ意味でありますが、それは一致せぬ前に言ふべき事で、既《すで》に一致した以上は一もなく二もない訳でありますからして、此《この》境界に入《い》れば既に普通の人間の状態を離れて、物我《ぶつが》の上に超越して居《を》ります。所《ところ》が此物我《このぶつが》の境《さかひ》を超越すると云ふ事は、此《この》講演の出立地《しゆつたつち》であつて、またあらゆる思索の根拠本源になります。従つて文芸の作物《さくぶつ》に対して、我《われ》を忘れ彼《かれ》を忘れ、無意識に（反省的でなくと云ふ意なり）享楽を擅《ほしい》まゝにする間は、時間もなく空間もなく、只《たゞ》意識の連続があるのみであります。（同、一三一－二頁）

テクストは結論部で、論述当初の物我一致の「根本義」の「意識現象」を、人間相互の意識の一致という局面で引き受けて、われわれの文芸の理想的な営為がつねにそのつど立ち還るべき、「根拠本源」の場所として認定した。だからこそ「文芸の作物《さくぶつ》に対して、我《われ》を忘れ彼《かれ》を忘れ、無意識に」「物我《ぶつが》の境《さかひ》を超越」して、「時間もなく空間もなく、只《たゞ》意識の連続」のもとに彼我共通の「享楽を擅《ほしい》まゝにする間」の、あの芸術的な「感化」という美学上の最重要案件に、「還元的」という難しい形容詞をかぶせたのである。[32]

ところでこの文学理念が打ち出されたとき、「意識の連続」の「存在」は、それまでの言語論的・文芸批評的な一連の考察を受け、あの「天地即《すなは》ち自己と云ふ」空空寞寞の純粋なありさまから実在性の度合いを格段に高めている。すなわち当初は極度の抽象性のうちにあって、いわば実在性の零度から「出立」した物我一如、自他未分の「意識現象」は、いまや文学者の実存的な決意の具体性を濃密に帯びるに到っている。これからいよいよ「自己本位」の所作で現実世界の大地に立つにあたり、やや力みの残っている、あの論考掉尾も引いておこう。

一般の世が自分が実世界に於ける発展を妨《さまた》げる時、自分の理想は技巧を通じて文芸の作物《さくぶつ》としてあらはるゝより外に路がないのであります。さうして百人に一人《ひとり》でも、千人に一人でも、此《この》作物に対して、ある程度以上に意識の連続に於《おい》て一致するならば、一歩進んで全然其《その》作物の奥より閃《ひら》めき出《いづ》る真と善と美と壮に合して、未来の生活上に消え難き痕跡を残すならば、猶《なほ》進んで還元的感化の妙境《めうきやう》に達し得《う》るならば、文芸家の精神気魄《きはく》は無形の伝染により、社会の大意識に影響するが故に、永久の生命を人類内面の歴史中に得て、茲《こゝ》に自己の使命を完《まつた》うしたるものであります。（同、一三六－七頁）

この「還元的感化の妙境《めうきやう》」の具体的充実は、「森羅万象《しんらばんしやう》色々なもの」の「充牣《じゆうじん》」する「通俗」の経験的実在性の場所から、「不通俗」の「ぼうつとして何となく稀有《けう》の思《おもひ》」のする、「何だか訳《わけ》の分らない」（同、六七頁）抽象的な「意識現象」の無の場所へとひとたび決定的に遡源したのちに、そこからまた経験的な生の現場に戻って来たその「刹那」、しかもこの往還反転光学をそのつどの評論や詩作や小説の実作のうちで、不断に反復して熟練したところに初めて「閃《ひら》めき出《いづ》る」ものだろう。漱石はいま、「真に対する理想の偏重」に流れた「現代文学者」（同、一〇六、一〇九、一一二頁）の自然主義が喧伝するのとはまったく違う意味で、真実に真面目に「人生に触れる」（同、一二九頁）文学を目指すのである。そして「尤も新しい理想」「尤も深い理想」「尤も広き理想」を、「完全なる技巧によりて」「実現する」（同、一三〇頁）ような、[33] 新たなリアリズム文学の道をみずから粘り強く切り拓いてゆくのである。

とはいえ、このときの思索はまだ「不完全」（同、七三頁）である。その最大の難点は、肝腎の「意識現象」を心理主義的に打ちだしたところにある。聴衆の分かりやすさを狙ってのことにしても、この哲学用語の導入にあたりテクストは迂闊にも、身心二元の分節枠組みを引きずっている。[34] 着衣や「髭」「手」「足」といった物体と、「痒い痛いと申す感じ」や「撫でる掻《か》くと云ふ心持ち」（同、六九頁）との安易な対照が、初期詩学の難点を物語る。これに「我」「此私《この》」「自分」といった一連の概念処理の甘さも絡んでくる。おそらくはこの点を深刻に自己批判してのことだろう、次の『創作家の態度』は、もはや物我一如の「意識現象」に一度も言及しない。「哲学者の云ふ 'Transcendental I' だの、心理学者の論ずる Ego の感じだのと云ふ六づかしい事」には目配せしても、そこにあえて立ち入らず、ひとつ手前の「作家自身」と「作家の見る世界」、つねにすでに「我《が》」と「非我《ひが》」の対立した「心理現象」（同、一八一頁）から、新たな詩学論考を出立させるのである。[35]

漱石はこのとき、カント理性批判における個別特殊の「経験的統覚」と、普遍一般の「超越論的統覚」との区別の道筋を嗅ぎつけていたにちがいない。ゆえに彼は『三四郎』起稿直前に「カントの哲学を研究」し、決定的な英文三行を書きつけた。批判哲学的な「超越論的観念論」と、経験科学的な意識・無意識の実験心理学。この両者の差異をもすでに精確に洞察しえたかぎりにおいて、明治四十年春から翌年夏にかけての漱石は、東西同時代のどの思索よりも、数段前に踏み出している。のみならず「経験的実在論にして超越論的観念論」の反転光学との一期一会の機会をもち、これを言語論的・文学的・公的に展開しつづけた点で、漱石というテクストは百年後のいまも新しい。

第五節　西田と漱石の根本差異

その詩学の批判的な思索の徹底性が、いかに深い水準にまで達していたのかを、ここで大まかに計測しておくためにも、西田哲学に登場を願うことにしよう。ちなみに、われらが夏目金之助は慶応三年一月五日（一八六七年二月九日）に生まれ、明治二十三年七月に第一高等中学を卒業、九月に帝国大学文科大学英文科に進学した。かたや西田幾多郎は金沢で明治三年五月十九日（一八七〇年六月十七日）に生まれたが、戸籍上は明治元年生まれで二十四年九月に同大学哲学科選科に入学した。西田は漱石より三歳年下だが、大学の学年は一つしか違わない。

彼らの学生時代、ちょうど漱石の入学した時期に、巽軒《そんけん》井上哲次郎（安政二年‐昭和十九年）が、六年余りのドイツ留学から帰国して帝国大学文科に着任する。同大学一期生で生え抜きの哲学教授第一号である。(36) 直後の十月三十日には、目前の第一回帝国議会の開催に先立ち、教育勅語の渙発があり、井上は文部省から解説書の起草を委嘱され、翌二十四年九月に『勅語衍義《えんぎ》』を公刊した。彼は哲学的には西洋と東洋の総合をめざし、「現象即実在論」を説き、「現象」と超越的な「実在」を「即」で結びつけて、此岸と彼岸、仮象と本体を安直に接着した。壮年の西田幾多郎はこれと微妙な距離をとりつつも、(37)「純粋経験説」によって「即」の論理を精緻化して、本体的実在の本領を経験直下の根柢に見定めた。

おそらくは西田もそのときに、漱石が洞察したのと同じ事柄の、すくなくとも端緒はつかんでいたはずである。ゆえに西田は昭和初年頃には、「絶対無」の「場所の論理」へと思索を掘り下げてゆく。しかしながら処女作『善の研究』は、「純粋経験を唯一の実在としてすべてを説明してみたい」（西田、一巻、六頁）と意気込むあまりに、超越論的実在論の口ぶりが露骨に顔をだしており、巽軒井上と同じ形而上学的本体論の筋にある。じじつ同書第二編「実在」の第二章は、「意識現象が唯一の実在である」と題して、こう説き起こす。

> 少しの仮定も置かない直接の知識に基づいて見れば、実在とは唯我々の意識現象即ち直接経験の事実あるのみである。この外に実在といふのは思惟の要求よりいでたる仮定にすぎない。（同、四三頁）

漱石と同じ「意識現象」の文字がここにもある。そして主客の対立から一致未分へと遡源する「根本的の議論」の往相で、漱石と西田は最接近する。[38] しかし彼らの鍵語の意味内実は、ある一点で根本的に異なっている。

漱石の詩学は、物我一致の「不通俗」の境界を横目で睨みつつ、これに深入りはしなかった。しかも「本源」の「意識の連続」は「炳乎《へいこ》として」「慥《たしか》」に「ある」としながらも、そこには「能《よ》く考へると何《なん》にもない」のだと淡泊に告げていた。これにたいして西田の「意識現象」は「即ち直接経験の事実」であり「唯一の実在である」。それは「主客の未だ分れざる独立自全の真実在」で「知情意を一にしたもの」であり、「冷静なる知識の対象」ではなく「我々の情意より成り立つた者である。即ち単に存在ではなくして意味をもつた者である」（西田、一巻、五〇頁）。しかもこの意味深い「真実在」は主観と客観、主語と述語、主体と作用、実体と属性といった論理《ロゴス》的な分節以前の「含蓄的 implicit」なる「全体」（同、五二頁）であり、それらすべての諸部分を潜在的に内含する具体的充実体である。西田哲学はかかる「実在の真景」（同、四八頁）にみずからすすんで分け入って、「凡ての実在の背後」に「働き居る」「統一的或者」（同、五五頁）たる「実在の本体」から、多種多様に「分化発展せる」すべての「現象」（同、六六頁）を、じつに執拗に形而上学的・神学的に基礎づけようとする。[39]

それは魅力的といえばあまりに魅惑的で、かなり危うい「実在」思想であり、ゆえにまた西田は「ロック、カント」（同、四四頁）ではなく、唯心論者《スピリチュアリスト》「バークレー」の「有即知 esse = percipi」のほうに好意を示す。そしてさらには「直接の実在は受働的の者でない、独立自全の活動である」（同、四五頁）として、「フィヒテの事行の立場」（同、三頁）に魅かれてゆく[40]。西田はこのとき「凡ての独断を排除し、最も疑なき直接の知識より出立せんとする極めて批判的の考」（同、四四頁）を自認したのだが[41]、ここで西田の「批判」の念頭にあるのは「物自体」の問題であろう[42]。しかしながら、カントは認識する意識主体と外なる物自体を分け、後者の存在の形而上学的想定を残したとするのは、いかにも教科書的な誤認である。むしろデカルト的二元対立図式への問題意識をカントとも共有し、「物心の独立的存在」の「仮定」（同、四〇頁）に鋭く疑義を呈しておきながら、「併し少しく反省して見ると、我々に最も直接である原始的事実は意識現象であつて、物体現象ではない。我々の身体もやはり自己の意識現象の一部にすぎない」（同、四四頁）と、いかにも心理主義的な筆を滑らせたとき、西田は「考究の出立点」（同、三九頁）を致命的に見誤っていた。

そしてそれ以後の思索が最後の最後まで「悪戦苦闘のドキュメント」（西田、一二巻、三、一一頁）とならざるをえなかったのは、まさにこの一点に起因する。西田はつねに神仏への信仰の根本教義に立ち還り、そこからすべてを宗教哲学的に基礎づける。漱石はどこまでも門前に佇み、徹底的に批判哲学的に思索する。いわば両者は同一線上にあって、完全に逆向きに思索する。漱石文学の帰還するべき先は、西田やバークリのいる「不通俗」な「根本義」の場所ではなく、カント理性批判と同じく経験的実在界の低い地盤の上である。晩年の禅語「明暗双双」の比喩に、批判哲学的な世界反転光学を読み重ねる漱石論は、どこまでも厳密にこの方向に確保されなければならない。まさにこの思索の道筋にこそ、漱石文学《テクスト》の語りの本質があるからであり、じっさいのところ俗塵の現世への批判哲学的な帰還ベクトルこそが、「真面目」な職業作家漱石の詩学の、終始一貫した最重要課題だったのである。

ちなみに『善の研究』第二編の前身は、西田の郷里金沢の第四高等学校三年生向けの講義「倫理」の原稿であり、これは明治四十年一月に「実在論」として印刷された。西田はこれを「実在に就いて」と改題し、東京の『哲学雑誌』第二十二巻第二四一号（同年三月号）に寄稿。これは漱石が大学を辞める間際のことで、「漱石山房蔵書目録」には同号と次の二四二号の二冊の記載がある（二十七巻、120頁）。「今論文などを読んで居るとすると、もう其論文が書いて見たくなつて、創作などは出来なくなる」。「有り合せの小説を五枚なり十枚なり読んで」いても「自分ならば、これを斯うして見たいとか、これを敷衍してみたいとか、さまぐ〳〵の思想が湧いてくる」（二十五巻、一九二頁）と、漱石の談話『人工的感興』（『新潮』五巻四号、明治三十九年十月十五日刊）は言う。これをよりどころに、かなり想像をたくましくして言えば、漱石は西田の論文を読んでただちに自分の思うところを『文芸の哲学的基礎』に表わした。そして翌年春の『創作家の態度』を経て、『三四郎』メモの「経験的実在論にして超越論的観念論（カント）」に到達することで、西田とは別の思索の道筋を展望したのである。

『三四郎』『それから』『門』[43]。この三部作の連載を終えて、漱石が修善寺大患の床にあった頃、つまり明治四十三年八月末に、西田は学習院教授から転じて京都帝国大学助教授となる。そして彼の数年来の論稿を集成した『善の研究』が刊行されたのは、漱石の『門』の単行本化と同じく四十四年一月のことである。漱石はしかし、すでにその四年前に西田の思索や履歴とすれ違うようにして、京都帝国大学への招聘を謝絶し、東京帝国大学での教授昇任の誘いも固辞して、今は亡き正岡子規と同じ「新聞屋」（十二巻、七五－六頁）となったのである。ちなみに明治四十年八月十五日付の小宮豊隆宛書簡には、「英、仏、独、希臘《ギリシア》、羅甸《ラテン》をならべて人を驚かす時代は過ぎたり。巽軒は過去の装飾物なり」というアカデミズム「批評」（二十三巻、一〇八－九頁）もある。この文脈で与次郎の科白を眺めてみれば、これはかなり辛辣な哲学批評の言辞として読むことができる[44]。漱石は明治哲学界の保守本流に敢然と対峙して、「経験的実在論にして超越論的観念論（カント）」の不断反転光学を独自に会得した。そしてそれからいよいよ本格的に、不思議な実在感をたたえた近代日本語の小説世界をきりひらいてゆく。

第六節　批判光学の実存論的意義

その苛烈な執筆行為《エクリチュール》の継続が、文壇やアカデミズムの党派的論争を嫌っていたことは、ここにあえて断るまでもない。むしろ漱石文学の道は、そのまま彼の人生そのものであり、それゆえにまた彼の文学方法論は、みずからおのずと哲学的思索に向かっていく。そこで序論の最後に、漱石の文学的生をひとつの実存的な特殊事例《パティキュラー・ケース》として包摂する、あの世界反転光学の公的で普遍的な意義を確認しておきたい。ちょうど三四郎と同じ二十三歳の頃、大学進学目前の漱石は、明治二十三年八月九日付の子規宛書簡で、「misanthropic 病」（二十二巻、二三頁）の症候《ことば》を吐き出した。

此頃は何となく浮世がいやになりどう考へても考へ直してもいやで〳〵立ち切れず去りとて自殺する程の勇気もなきは矢張り人間らしき所が幾分かあるせいならんか「ファウスト」が自ら毒薬を調合しながら口の辺まで持ち行きて遂《つい》に飲み得なんだといふ「ゲーテ」の作を思ひ出して自ら苦笑《にがわら》ひ被致《いたされ》候（同、二二―三頁）

俗塵と高逸、現実世界と夢中虚空を鋭く対置した精神は、[45] 厭世病を昂進させて、生と死のあわいに「ふわ〳〵」と危うく漂いはじめている。[46] 前年五月十三日付書簡では、宿舎で喀血した子規に養生専一を懇切にすすめ、「生きるのが人の唯一の目的だ（to live is the sole end of man!）」と念押しし、「帰ろふと泣かずに笑へ時鳥《ほととぎす》」（同、四頁）という俳句までしたためた漱石である。知己はいま十年後の死を覚悟してこの世にある。それと知りつつ翌年夏の右の手紙は、子規に厭世を告白する。その甘えのうしろめたさもあってのことか、書簡末尾には「小生箇様《かよう》な愚痴ッぽい手紙〔を〕君にあげたる事なしかゝる世迷言《よまいごと》申すは是が皮きり也苦い顔せずと読み給へ」（同、二四頁）と書き添える。「愚痴」といい「世迷言」という。「人間らしき所」もいくらか残っているので大丈夫、みだりに死にはしないと語っている。[47] だからなおさらのこと、この知的な自我が死滅の無の深淵に引きずりこまれ、なんとかこの世の生に踏みとどまっている「即今の有様」（同、九頁）が、まざまざと浮かび上がってくる。

青年漱石はいったい何に躓《つまづ》いたのか。この厭世感の源泉はどこにあるのか。無論そこには個人的な事情もあっただろう。しかしそれをいま詮索するつもりはない(48)。この世に生きていれば、誰にも何がしかの事情はある。問題はその事情の抱え方、受けとめ方、対処の仕方にこそある。そして漱石の文学はこの人生の事柄への取り組み方において、われわれ人間の思索《デンケン》と実存《エクジステンツ》に、じつに示唆に富む範例を提供している。ここに詳細を省いて言えば(49)、作家漱石の遺した一連の文章は、世俗的立身と厭世的逃避、肉体と霊魂、この世とあの世、生と死、有と無、実在《レアル》と観念《イデアル》という〈あれかこれか〉の狭間にあって、自己の問題状況と倦まず弛まず格闘する近代的自我の淋しい精神の、まぎれもないこの世の生存《ダーザイン》の記念《かたみ》である。そして明治二十三年夏の子規宛書簡は、漱石の抱えた問題の根源的発生情況と、これにたいする初期の拙劣な対処法とを、じつに生々しく語り伝えている。

七月頃から悪化していたトラホームのせいで、休暇中の読書執筆もままならず無聊《ぶりょう》閑散、「怠屈」を極めたのもよくなかった。日中も寝て暮らすしかない若者は、同じ手紙の冒頭、「くゝり枕《まくら》同道にて華胥《かしょ》の国黒甜《こくてん》の郷と遊びあるき居《をり》候」（二十二巻、二一頁）と、幸福なる夢の世界のイメージを提示する。重要なのはまず、この昼寝の夢のモチーフである(50)。青年漱石は、これに今一つの夢のモチーフを重ね合わせる。そもそもこの世の全体がはかない「夢」だとする、これも周知の人生観・世界観である(51)。「寐《ね》てくらす人もありけり夢の世に」（同、二二頁）。彼はこの諧謔まじりの歌を、「瘠我慢《やせがまん》より出た風雅心」だと自嘲する。彼の魂の安らげる場所は、風雅風流の文筆の遊びにも見いだせず、夢の世の真昼に無為に眠って見る夢の中にしか彼の心を癒しうるものはない。こうして当初は夢幻《ゆめまぼろし》と対置されて現然と在ったはずの生の現実《うつつ》までもが夢幻化され、夢に夢見る若い魂は、二重に実在世界から遠ざけられている。浮世をただ憂き世とのみ見る古来の心の習慣が、鬱鬱《うつうつ》たる実存の実感に寄り添って隠然と作用したのだろう。現実疎隔の論理をいたずらに累乗する語りの傾きに、彼の厭世の深度は容易に計測できる(52)。

ところで、この世の生を夢と見る文学の趣向は西洋にもある。英文学志望の青年の書簡は、シェークスピア『テンペスト』第四幕第一場「プロスペローの窟《いわや》の前」の、有名な一節を引用する。"We are such stuff / As dreams are made of; and our little life / Is rounded by a sleep."[53] これに漱石が書き添えた "life is a point between two infinities."（二十二巻、二三頁）の一句を総合し解釈すれば、われわれ人間の生というものは生誕以前と死去以後の二つの永久《とわ》の眠りに挟まれた一炊の夢、その前後に広がる「二つの永遠」に比べれば、この「一点」の「夢」はほとんど無に等しいということになる。そしてここまでのところは、「浮世」を「夢の世」とするモチーフの反復でしかない[54]。

しかしそこにはテクストの論理動向とともに、微妙だが極めて重要な偏差が生じている。同じ「夢の世」の主題をめぐり、漱石は「あきらめてもあきらめられないから仕方ない」と嘆くのである。この世が夢幻《ゆめまぼろし》だくらいのことは前から知っているし、その意味も充分に「心得」ているが、じっさいにそう「感じられない処が情なし」と。こう語る人は、事柄と自己の現実《リアリティー》にたいして誠実である。たしかに一旦は夢美人の主題に掛けて、浮世は夢とうそぶいてみた。しかし夢美人以上に人口に膾炙した夢の浮世のモチーフは、漱石の感覚や感情に合致しない。そこにどうしても実感がともなわなかったのである。おそらくはこの世を夢幻と言い切ってしまえぬほどに、生の苦悩は大きかったのだろう。しかも「何となく浮世がいやになり」とは、個人の事情を韜晦する修辞的技巧ではなく、偽らざる実感だったのにちがいない。すなわちもはや何故かは知らないが、ただとにかく「浮世がいや」なのである。

この厭世のリアルな実感からすれば、この世の生をただ束の間の夢と見切ることなど、到底かなわない。漱石はこの漠然とした厭世を、じつにリアルに具体的に生きた。あるいは皮肉にもこの厭世病だけが、この世の生存のリアリティーを苦く思い知らせるただ一つの実感だった。ただしそれは「人間」として自己自身として、本来的に生きたいがための厭世であり、だからこそ彼は「あきらめてもあきらめられない」のである。そうした自覚と分析が、はたして青年漱石にあったのかどうか。そのことは別にして、すくなくともこの生への切実な思いがそこで陰に陽に働いていたことは確かである。彼は「自殺」を考え、自我滅却の観念に魅かれながらも、かろうじてこの世の生に足場を残し、自死の作為には手を染めたりしない。しかもこの作為の忌避は、自殺を禁じた世俗の実定倫理の型どおりの遵奉ではなく、なにかもっと内心の希求のしからしむるところなのだった。

　だから問題はどこまでも人々の住むこの世の、この生である。これをめぐって夢か現かの葛藤、あるいはむしろ観念と実在との動揺交錯が生じている。整理すれば第一主題は、厭世高逸ゆえの夢の世界への脱俗的な逃避願望と、世俗的栄達への強迫観念的な義務感・使命感との葛藤である。昼寝の夢美人との邂逅も生きてあればこそなどと言われたりしたら、このわけ知り顔の言葉を、青年は烈しく罵倒したにちがいない。しかしこの指摘を無粋と嫌うのは、人間世界に身を立て位地を占めるという使命が、絶対命令のごとくに彼を追いかけていたからである。そしてそれのみが時代の、社会の、現実の生であるようにしか思われなかったのである。

　だからまた、この内的葛藤をふくむ生の全体を「夢の世」のこととしたい気持ちも湧いてくる。しかしこの実人生を、果敢ない夢と言い切ることができるのか否か。これが第二の、より重大な主題となる。かくして青年の心は、この生が夢なのか否か、観念か実在かの問いに揺れ動く。そしてその中空を行きつ戻りつする、宙ぶらりんの状態のまま、この選言に囚われて停滞する。青年漱石の躓きの石《スキャンダル》は、じつのところこうした〈あれかこれか〉の問題の立て方にあった(55)。この世の生《ライフ》をそのまま実在と認めたら、あとは昼寝の夢《ドリーム》に逃げこむしかない。そういう厳しい生の現実がこの選言を強いていた。昼寝の夢への逃避をいっそ世界大に拡張し、そこに究極の安心を求める可能性しか見えぬ、そういう心の状態《リアリティー》があったのでもあろう。ともかく彼は夢か現《うつつ》か、あれかこれかの、二者択一に鬱鬱《うつうつ》と囚われた。しかしながらじつは、あれでもあり同時にまたこれでもある。そう言いうるような別の新たな論理――批判哲学的な世界反転光学の視座――が、ここにもう一つありうるということに、若い漱石はまだ気づかなかった。

　ところで同じ明治二十三年の初めには、子規との文章論上の論争があった(56)。漱石は「最良の文章」を可能にする「主題 Idea」と「書き方 Rhetoric」との関係をめぐり、独自の分析を施している。そして文章技術偏重（“Rhetoric only”）の子規にたいして、書き方が最良であっても主題が悪ければ「悪しき文章」なのだと、主題的思想の重要性を強調する。主題の良さがなければ良い文章ではない。主題が主であり、書き方は従である。そして「best ナ idea

を平タク無造作ニbestナリニ読者ニ感ゼシムル」ことこそが“the best Rhetoric!”なのである（二十二巻、一八頁）。

この最初期の文章批評の基準に照らしてみても、職業作家としての第一作『虞美人草』は、そのIdeaに比して、擬古風・美文調のRhetoricが著しく勝っている。しかも勧善懲悪を切望する思惑《わたくし》が先走り、我執《エゴイズム》という主題《アイディア》の現実感を覆い隠した嫌いがある。翌年夏の『三四郎』準備の時機、はたして昔の子規との文章論争を想起したかは定かでないが、自分の当初からの主張と基本枠組みをここに新たな仕方で展開しようと、創作家が覚悟を決めていたことは充分に想像できる。[57] 近代小説の制作という言語行為の「公《おおやけ》」の場で、「私《わたくし》」自身の実人生の問題に正面から取り組むこと。しかもこれを、いわゆる私小説的な形態に堕することなく、真に文学的芸術的に敢行すること。この課題は方法論上、途方もない困難をはらんでいる。そして数々の実作をつうじての方法探究は、生身の作家の神経系と消化器系を激しく傷めつける。しかし彼自身の身心に根深く巣くう、宿痾の厭世の治療のためには、それはどうしても必要不可欠な営為であった。

厭世の病根は深く、根治は到底見込めない。しかし症状の軽減措置、あるいは気分の根本転換の余地はかろうじてある。かくして淋しい明治の精神はまがりなりにも「定業五十年」（二十二巻、二三頁）の天寿を全うした。それとともに文学方法論の道のうえでも、最終的に一定の手応えを得た。『道草』（大正四年）を経て『明暗』（大正五年）を執筆していた頃の「明暗双双」「則天去私」の文字列は、晩年の彼が辿りついた方法の境地《きぶん》にかんする一つの象徴表現である。しかもそれは『三四郎』の超絶唯心論《トランセンデンタル・アイディアリズム》の符牒が、遠く遙かに哲学的＝文学的な方法論の標的としていたものと別物ではない。

これが拙稿漱石論の根本仮説であり、そのかぎりで話はきわめて単純である。カントの「超越論的観念論」は、経験世界に関する懐疑的観念論の陥穽――プラトン的二世界論とデカルト的物心二元論の重合による感性界の仮象化・夢幻化・非実在化――を避け、感性的な現象世界にかんする「経験的実在論」をわれわれに可能にする。これに等しく漱石の「明暗双双」「則天去私」も、生身の人間が住まうこの世のリアリティーに、文学的に肉薄するための制作《ポイエーシス》の根本視座を表示する。その文字列表面の東洋的な超俗の趣に惑わされ、これを漱石個人の「悟入」や「悟達」などとして神秘化し、秘教化することがあってはならない。[58] むしろ「明暗双双」「則天去私」の方法《みち》は、現在只今の人間《ひとのよ》の実相を抉り出す多声の『明暗』執筆を可能にする。しかも最晩年の創作家に、新たな原理に基づく文学論の講述を強く動機づけるものである。[59]

その意味で「則天去私」は、広くこの世に公開し共有されるべき新たな近代小説の認識と制作の論理である。この世界につねにすでに言語的に住まうわれわれ人間の批判的近代は、漱石の「則天去私」の意味するものを過たずに摑み直さなければならない。謎めいた神秘のアウラを纏わされがちだった「則天去私」に向け、『三四郎』の「超越論的観念論」から真っ直ぐな解釈の補助線を引いてみる。[60] そしてこの線分に「真面目」な作家の文学的な生の軌跡を重ね合わせ、個々のテクストに直に問いかけてみる。そうすれば事柄の実態は、これまでよりもずっと見やすくなるにちがいない。『三四郎』はその方法論の最初の試みとして、いまだ拙く不徹底である。しかしそれは漱石独自の新たな方法探索の決定的な出発点だったのであり、とりわけあの一節かぎりの最終章の語りの転調には、やはり注目すべきものがある。[61]

それから以後、創作家は彼自身の抱えた実人生の事柄を、小説文章の「最良の主題 the best idea」（二十二巻、一六頁）として容赦なく選びとる。そしてこれと直に対峙しつつ、そのリアルな叙述にふさわしい最良の道を探索し試行錯誤する。もとより『それから』（明治四十二年）以降、『道草』に至る六年間の実作の道のりは長く険しく、漱石文学が取り組む「主題《アイディア》」そのものの複雑性と深刻さゆえに、彼の文章は「書き方《レトリック》」の面でも苦心惨憺、紆余曲折を迫られる。とはいえよく見ればそこに一定の方向性らしきものが浮かび上がってくるのであって、これについては従来も折々にそれぞれのしかたで指摘されてきたところである。[62] ここに新たに引かれた「経験的実在論にして超越論的観念論（カント）」から「明暗双双」「則天去私」へと向かう補助線も、基本的にはそれらと重なる点が多いだろう。本書拙稿はただ漱石の文学的営為にカントの根本視座との繫がりを指摘して、「則天去私」に向かう作家の生の方向線に近代文学の〈公的開放的 öffentlich〉な方法論上の意義があることを、鮮明に読み取れるようにしたいのである。「明暗双双」も「則天去私」も、近代社会の厳しい現実からの私的な逃避ではない。それはたんに個人内面の安心立命の境地を希求する東洋的厭世の表現でもない。漱石の「則天去私」は、もっと積極的な強度をそなえた現実認識への思想動向の表明であり、新たなリアリズム文学の宣言である。「天に則り私を去る」。これは魂のたんなる上昇浮遊でなく、新たな近代文学の精神の眼の、稀有の根本動性を言い表わす。いわばこの世の大地から観念論的に離陸することで、逆に妄念の蠢く〈実在世界 die reale Welt〉を全体的に批判凝視して、つねにふたたびここに着地し個々の〈事象 Ding, Sache, Gegenstand〉に肉薄し、新たな文章に思想を受肉させる。この往還運動をリズミカルに反復展開するところに、漱石の文学的な生の真骨頂がある。そうした漱石の〈実在論即観念論〉の反転光学の、実作による方法探究が『三四郎』以後いよいよ本格化する。そして「明暗双双」「則天去私」の文字列は、その探究の道が最後に到達した境界《きょうがい》を示している。創作家漱石はまぎれもなく、そのような文学的生の経験の全体を覚悟をもって生きたのである。

注

（1）鈴木三重吉の生まれ故郷は広島市だが、佐世保には小学校以来の友人石井善次郎がいた。ちなみに七月に東京帝国大学英文科を卒業した直後、父悦二が死去。三重吉は父の遺した借金と、第一高等学校の医科に合格した弟謹爾の学費援助で苦しむことになる（藤尾健剛、三八四頁参照）。

（2）小宮豊隆は明治十七年三月、福岡県京都郡に生まれ、十歳で父を亡くす。豊津小・豊津中学を経て、三十五年に第一高等学校に入学。同期に安倍能成、野上豊一郎がいる。三十八年七月に卒業、九月に東京帝国大学独文科に入学。従兄の犬塚武夫の紹介で漱石の知遇を得、在学中の保証人を依頼。「文学評論」やシェイクスピアの講義も聴講した。三十九年十月からの漱石山房の木曜会に毎週出席し、四十一年七月に大学を卒業。大学院に進学し、四十二年には慶應義塾大学講師としてドイツ文学を講義することとなる。

（3）その成り行きは月日不詳の、朝日新聞編集者渋川玄耳宛書簡に見てとることができる。漱石の筆は五つ目の候補も考えようとして、しかし「平々地」までで打ち切った。ちなみに漱石山房蔵書目録（二十七巻、119頁）に見える『禅林句集』中、「平平地」の脚註を読み下せば「平地ノ字ハ普ク出ズル平々地ハ猶ヲ無事ノ地ト言フガゴトシ」。漱石の詩作的思索と禅語との緊密な連繫を指摘した、加藤二郎の論考（加藤、一九九九年、第三章）は大いに示唆に富む。

（4）ただし小説そのものは、十月五日に書きあがっていた。小宮豊隆の翌日の日記に言う。「先生のところへ行く。奥さんが約束の卒業祝をして下さる。寺田さんは博士になつたので、一緒にお祝をするのださうだ。寺田さん、三重吉、野上。／『三四郎』は昨日で濟んだと先生の話。丁度丸二月かかつた事になる」（小宮、一九三四年、三一三頁）。

（5）丸尾実子は指摘する。「『三四郎』は明治四一年九月から十二月まで『東京朝日新聞』に連載され、その作品世界は明治四〇年八月末から翌年一月までの東京を舞台にしている。このことは作品を論じる際にしばしばとり上げられ、作品の新聞掲載当時の世相が作品世界にそのまま描かれているかのように論じられてきた。／しかし、『三四郎』には、当時の読者たちから見て、一年前には活況を呈していたものの既になくなっていたり、ピークが過ぎていたり、廃れていたり、苦境に追いやられているような事物が、数多く登場している。つまり、この作品には明治三九年でも四一年でもなく、明治四〇年にしかありえない世界が描かれていて、登場人物たちも、その明治四〇年の世界の中に生きているのである」（丸尾、一四六頁）と。

（6）小宮、一九四二年、一〇四頁、参照。

（7）『三四郎』は、近代的自我と現実との懸隔を、九州の「田舎」から出てきた「青年」の、近代都市や女性への近寄りがたさゆえの孤独と不安の問題として巧みに描き出す。第二章第一節には以下のようにある。「世界はかやうに動揺する。自分は此動揺を見てゐる。けれどもそれに加はる事は出来ない。自分の世界と、現実の世界は一つ平面に並んで居りながら、どこも接触してゐない。さうして現実の世界は、かやうに動揺して、自分を置き去りにして行つて仕舞ふ。甚だ不安である。／三四郎は東京の真中に立つて電車と、汽車と、白い着物を着た人と、黒い着物を着た人との活動を見て、かう感じた。けれども学生々活の裏面《りめん》に横《よこた》はる思想界の活動には毫も気が付かなかつた。――明治の思想は西洋の歴史にあらはれた三百年の活動を四十年で繰り返してゐる」（五巻、二九四頁）。ここで西洋史上の「三百年の活動」とは、デカルト（一五九六‐一六五〇年）の十七世紀に始まる近代哲学の歴史を指す。そして「明治の思想」の「四十年」は、そのまま漱石自身の生の道程を言い表わしている。そもそも三四郎は上京する汽車の中で「ベーコンの論文集」の「二十三頁」（同、二八三頁）を開いており、さらに大学図書館で借りた本の見返しには、

「ヘーゲルの伯林大学に哲学を講じたる時」（同、三三一頁）の模様を絶賛した無署名書き込みを目にしている（これに関連して明治四十年三月二十三日付、野上豊一郎宛書簡、二十三巻、三五頁、参照）。これらの大きな名前を枕にして、「カントの超絶唯心論」云々の科白は提示されたのである。この観点からの『三四郎』解釈についてくわしくは望月、二〇〇八年、および二〇〇九年②を参照されたい。

（8）漱石がこのとき参照し、三重吉宛書簡で「エルドマン氏のカントの哲学を研究した」と報告したのは、漱石山房蔵書目録（二十七巻、*87*頁）に記載のある Johann Eduard Erdmann の *A History of Philosophy*, Vol.2, London 1897 である。メモが参照指示した同書 p. 376 にはこうある。"He［Kant］himself, therefore, called his doctrine as much realistic as idealistic: it is an empirical realism and a transcendental idealism; it teaches, that is to say, that objects in space really exist, are not mere appearances, but that space (the condition of their existence) lies in us. Only by the latter supposition can we rescue ourselves from the difficulties into which Berkeley fell through the view that space lies without us, and which made him a transcendental realist, though *ipso facto* an empirical idealist." あの英文三行はこの箇所（下線引用者）の要約であり、漱石はこの哲学史の読み筋に何か決定的なものを発見したのである。

（9）ここに言われる「暗示 suggestion」概念の、詩学制作論的に重要な含意と、間テクスト的な時代背景については、佐々木英昭、二〇〇九年にくわしい。

（10）ここでアリストテレス『詩学』第九章の一段落を引き、漱石文学論と哲学との本質的なつながりを確認しておきたい。「詩人（作者）の仕事は、すでに起こったことを語ることではなく、起こりうることを、すなわち、ありそうな仕方で、あるいは必然的な仕方で起こる可能性のあることを、語ることである。なぜなら、歴史家と詩人は、韻文で語るか否かという点に差異があるのではなくて……〔中略〕……歴史家はすでに起こったことを語り、詩人は起こる可能性のあることを語るという点に差異があるからである。したがって、詩作は歴史にくらべてより哲学的であり、より深い意義をもつものである。というのは、詩作はむしろ普遍的なことを語り、歴史は個別的なことを語るからである」（『アリストテレース詩学・ホラーティウス詩論』、四三頁）。

（11）かかる漱石の読書と思索の経験に、森有正の言葉を重ねたい。「それは一寸変にきこえるかも知れないが、自分の生きていることの現実そのもの、そこにある凡ゆる客観的なもの、主観的なもの、そういうものを凡て含んで、この現実そのものが一つの経験なのだ、という発見なのである。そして、それ以外には、私にとっては何もないという発見なのである。経験は『私の』経験という形では問題にならなかった。と言ってそれは西田幾多郎博士の『純粋経験』という主客合一の原初的事実とは全然ちがう。自分のことも、自分の周囲のことも、日本のことも、国際場裡に起ることも、それら凡てを含んで、それは一つの経験である、という発見であった」（森有正、一九七七年、一八-九頁）。森はカントの「経験的実在論」とのつながりに気づいていないようだが、漱石がカントから得た「暗示」は、種々の「教条主義」からの解放をめざす森の「発見」と重なり合う。しかも森と漱石の哲学的洞察は、西田などとは「全然ちがう」、この世の「現実」への還相の方向性を堅持して、カント理性批判の言語論的な布置を豊かに浮かび上がらせる。フランス語と日本語のあわいで格闘した森の思索は、「日本人の経験」の言語文化的な構造特性に関心を集中させ、「一人称」と「三人称」の対峙が公的な「社会」を構成することなく、つねにこの「私」が「汝」にとっての「汝」として「体験」されてある「私的二項方式」（同、一四九頁）の、「現実嵌入」（同、一二二-三頁）の閉塞した無批判無責任の実情を抉り出す。『経験と思想』の「第Ⅱ部　実存と社会」の構想を遺し、永住帰国直前にパリで客死した先達の思索の道筋を、漱石とカントの〈間テクスト的〉な読解のもとに一歩でも先に踏み出したい。そしてヨーロッパの一人称「個人」の実存か、日本の二人称「二項図式」の現実かといった〈あれかこれか〉の選言を、超越論的かつ批判哲学的に乗りこえたい。

（12）「私は『文学論』における漱石の試みをカントの『批判』と比べてみる必要があると思っている」（柄谷、二〇〇一年①、五三八頁）。柄谷行人は新版漱石全集月報の「漱石とカント」（初出一九九五年）をそう説き起こし、「漱石の『科学』はまさにカント的批判の反復なのである」（同、五四二頁）と締めくくる。拙稿はこれに基本線で賛同し、柄谷の批評の欠落部を補うべく、〈人-間〉の語りの道の探究という文脈で、漱石とカントとの間テクスト的な読書を遊ぶのである。

（13）漱石は当時流行のロマン主義や自然主義の派閥対立からは「余裕」をもって距離をとり、「小説」という既成のジャンルも自明の前提とせず、そういう〈規定的 bestimmend〉な「特殊」概念の縛りからは自由になり、「言葉」の不可思議な力を鋭く感知しながら、得も言われぬ物と言葉のあわいで〈反省的 reflektierend〉に対話して、つねに新たな「文」を書く（柄谷、二〇〇一年①所収、「漱石とジャンル」および「漱石と『文』」参照）。この徹底的に批判的な文学のパロールは、「ネーション＝ステート」の「装置」としての「言文一致」（柄谷、二〇〇四年、二八七頁および二九八頁）の制度的上げ底を踏み破り、われわれ人間の新たな言語行為のかたちを創出する批判哲学的な世界建築術の衝撃力を秘めているのだが、この件については別の機会に論じたい。

（14）全集注解は、「『超絶唯心論』はカントの *Transzendentale*〔*r*〕*Idealismus*（先験的観念論）の、当時の訳語であろう」（五巻、六六六頁）としているが、今日の術語法では「先験的観念論」は「超越論的観念論」となる。明治哲学言語の標準をなし、漱石も参照したであろう井上哲次郎・有賀長雄『哲學字彙』（明治十七年、改訂増補）は、"Transcendental" "Transcendentalism" "Transcendental philosophy" を「超絶的」「超絶學」「超絶哲學」と訳したが（飛田・琴屋、三八八頁）、同書に "Transcendence" は登場せず、カントの「超越論的 transzendental」と「超越的 transzendent」との批判哲学的な区別は、井上の眼中にない。そしてこの点は、「物自体」を超越的な真実在とする教科書的な常識に囚われた、西田幾多郎も同様である。

一方、同じ辞典で「唯心論」の原語には "Idealism" と "Immaterialism" が見られるが（同、四三四頁）、カントの非物質主義というのは考えにくい。「唯心論」は今日では spiritualism の訳語として定着しているが、漱石はこれを「スピリチユアリズム」と音声表記して、「唯心論」は idealism の訳語として用いている。じじつ同時期の『文学評論』の第二編第一章「十八世紀に於ける英国の哲学」でも、漱石はバークリの「唯心主義」に「アイデアリズム」とルビをふる（第十五巻、七二頁）。この件は本書結論で再説するが、こういう漱石の慎重な術語処理とは対照的に、西田哲学は認識論上の「観念論 Idealismus」のほかになお、「形而上学からは、Idealismus とは Spiritualismus の意味である」と短絡させて、これは「すべての現象の根柢をなす真実在は spiritual なものであると考へるものである」（西田、十四巻、二九三頁）と、いかにも唯心論的・本体論的に解説するのである。

(15) 岩波書店の第一次刊行の新版『漱石全集』注解（五巻〔一九九四年版〕、六六六頁）は、バークリの「超絶実在論」について「一切の実在は形而上学的実体を超えた感覚の結合であるという彼の学説のことか」としているが、この解説は意味不明である。そもそも「超越論的実在論」とは、後に見るように、バークリの依拠するデカルト的物心二元論を、カントが批判的に評して与えた名称であり、「形而上学的実体を超えた」云々は、このあたりの事情への無理解に起因するものと推察される。幸いなことに、第二次刊行『漱石全集』（五巻〔二〇〇二年版〕、六八四頁）には編集部により「補注」が施され、上記の問題が解消されるとともに、『三四郎』ノートの英文三行との連関も明瞭になっている。

(16) ちなみに断片四九Ｉ（手帳⑤、32 - 33頁）には、"Kant's Categories" と哲学的に対話した英文メモもある（十九巻、四一六頁）。カントと漱石との本質的連繫がこうして明らかになると、『三四郎』の広田先生が「批評家」（五巻、三三三頁）で「哲学者」（同、三六〇頁）だと評されていることにも、なにか重要な含意があるものと認められてくる。

(17) この第二点がはらむ問題については、『文学論』ノート（二十一巻、六〇四 - 八頁）の思索の限界とからめて、第十一章でくわしく論じたい。あわせて『明暗』に向かう大正五年春頃と思しき断片七一Ｂには、男女間の「愛より愛の形式、霊より寧ろ肉」（二十巻、五二四頁）の関係と、「外部より見ればスライト、アクエインタンス〔わずかな面識〕、然し内部にインスタンタニアス

flash〔即座の閃き〕」（同、五二五頁）のある関係とを対照する小説主題に寄り添って、以下の文案も見える。「〇人はあるものを白だとも云へます黒だとも云へます。しかも少しも自分を偽る事なしに。是は白と黒との両方が腹のうちに潜伏してゐて、白といふ時は白の立場から、又黒といふ時は黒の立場から一つのものを眺めて説明するからです丁宝なものです／Perfect innocence and perfect hypocrisy」（同、五二五－六頁）。かくして漱石最後の小説を、『三四郎』の方法論的な書き直しとして読む、という見通しも立ってくる。

(18)　『純粋理性批判』の要諦は、「物自体」からの実在論的性格の剝奪にある。プラトニズムの伝統を踏襲して、デカルト的近代は、物自体こそが真実在とした。カントはしかし物自体をたんに「思惟されたもの Noumenon」であり、人間が認識できぬ「限界概念」だと見切ったのである。超越論的観念論は、超越論的実在論が前提する物自体の現実存在を前提しないし主張もしない。そしてここにカントとデカルトとの決定的な差異がある。しかもプラトニズムの超越論的実在論は伝統的に「現象 Phaenomenon」を単なる「仮象 Schein」とし非存在《メー・オン》としてきたが、カントの超越論的観念論は「現象 Erscheinung」としての物こそが、われわれ人間の経験的認識が出会いうる存在《オン》なのだと観念する。物自体から現象へ。この実在認識の立脚地の重心移動に、理性批判の革命的な意義がある。

(19)　『夢十夜』など漱石初期文芸の魅力は、虚空の暗闇を重く静かに浮遊する〈夢のリアリティー〉の不思議な感覚にある。しかもそこで詩的に制作された「夢」は、われわれのうちでもはやたんなる夢でも幻影でもない。そもそもここで"hypocrite"を単純に「偽善家」と翻訳するのが躊躇されるのは、ギリシア語 ὑποκριτής が演劇舞台に活動する役者《アクター》を意味していたからである。しかもその演劇世界はこの世とあの世、現実世界と幻想世界の、虚実入り混じるところに成り立っていたのであり、「無意識なる偽善家《アンコンシアス、ヒポクリット》」の鍵語は、この辺りのことも射程に収めていたにちがいない（二十五巻、二九一－二頁、および十九巻、三七八頁）。ゆえにこれは天衣無縫の媚態をしめす美禰子だけでなく、現実の「或物」の「動く刹那」（五巻、三〇二頁）にたじろいで、生身の女を絵画的観念世界に封じ込めた「低徊」的な観察者たる、三四郎の無自覚無技巧の無為をも指している。

(20)　カントの言葉は、さらに以下のように続いている。「これにたいし、超越論的実在論は必ずや窮地に陥り、経験的観念論に場所を明け渡すことを余儀なくされる。そうなるのも、超越論的実在論は、外的感官の対象を、外的感官そのものから隔絶された或るものと見なし、単なる現象を、われわれの外にある自立的存在者と見なすからである」（A371）。デカルトの物心二元論が、不可避的に「外的感官の対象」たる「物質」や「空間」中に広がる外界の「現実性」を懐疑したり、バークリのように否定したりする点を、カントは問題にしているのである。漱石の英文三行が、この一連のテクストと深く呼応することは、明らかである。すべてを「現象」と見なす超越論的観念論。これによって「物質」の現実性知覚の直接性を確保する、カントの離れ業に注視したい。

(21) ウィトゲンシュタイン『哲学探究』第二部xi（『ウィトゲンシュタイン全集』第八巻、三八三頁以下）参照。

(22) 世界の相貌の反転という事態は、天動説から地動説への天文学上の革命において、すでに一般に馴染みのものである。カントの超越論的な理性批判は、そうした世界像の反転を巧みに比喩的に重ねることで成り立っている。そして問題の超越論的観念論と経験的実在論との反転往還は、批判哲学総体内に重畳する世界像の反転模様の最重要局面をなす。

(23) 柄谷行人は言う。カントは「独断的な合理論に対して経験論で立ち向かい、独断的な経験論に対して合理論的に立ち向かうことをくりかえしている。そのような移動においてカントの『批判』がある。『超越論的な批判』は何か安定した第三の立場ではない。それはトランスヴァーサル（横断的）な、あるいはトランスポジショナルな移動なしにありえない。そこで、私はカントやマルクスの、トランセンデンタル且つトランスポジショナルな批判を『トランスクリティーク』と呼ぶことにしたのである」（柄谷、二〇〇一年②、二〇‐一頁）。この宣言で始まる柄谷の横断批評は、カントの『視霊者の夢』の「サタイア的な自己批評」を駆動する「視差parallax」（同、七四頁）の反省光学に触発されている。「経験論」と「合理論」の対立のあいだで「超越論的な反省」をめぐらし、この「インパーソナル（非人称的）」な「内省」の「無意識の構造」のなかで、「現象と物自体という区分」によって「アンチノミー（二律背反）」（同、七六‐七頁）を解消する。柄谷が見定めた「視差」の光学は、漱石の「経験的実在論にして超越論的観念論（カント）」および「明暗双双」とも無縁でない。そこには「超越論的な反省」が共通して作動している。ただし「視差」の反省光学が、哲学史の騒擾裡に理性批判の思索の端緒を開いたものであるのにたいして、「経験的実在論にして超越論的観念論」の世界反転光学は、そこからカントが新たに革命的に打ち出してきた、批判哲学そのものの根本視座であり、この微細な差異を拙稿は注視する。

(24) 現象学の「超越論的還元」の方法を参照して柄谷は言う。「カントの超越論的『批判』には、経験的自明性を括弧に入れる『決意』、あるいは『私は批判する』が遍在している」（柄谷、二〇〇一年②、一二五頁）と。しかもそれが「精神分裂病者」のように「自明性」が「失われたまま」にならず、ちょうど「現象学者」のように「任意に括弧に入れたり括弧をはずしたりすることができるとしたら、何によってか」（同、一二三頁）と問う。柄谷はカントの「批判」や現象学者の「還元」の「決意」を強調し、「括弧入れ」のオン・オフ切り替えの「任意」性を重視するのだが、これに関連していえば、たしかに「経験的実在論にして超越論的観念論」および「明暗双双」の反転光学には、視座往還の随意性があってほしいし、苦心惨憺を強いる方法論の彫琢に向けては、大きな決意も必要だ。しかしその理想の表明たる「則天去私」に聴取するかぎり、反転光学の往還はむしろ〈みずからおのずと〉自由にして自然なリズムの反復として、目指されていたのではなかったか。

(25) ゆえにこの反転光学の往還反復は、われわれ人間が現に住まう唯一の経験的実在界のうちで、徹底的な言語論的理性批判として遂行されなければならない。つまりそれは現象界と物自体界、感性界と叡智界、仮象界とイデア的本体界のあいだの〈超越的〉な往復運動ではない。そしてカント哲学は、理論的認識の自然必然性の領域と、自律の自由の道徳的実践の領域のあいだでの、「現象」と「物自体」の二枚舌的な術語使い分けの指南ではない。柄谷行人はその手の二世界論的な超越の思想を軽々と脱し、カント研究の通説も痛快に覆して、「超越論的」で「横断的」な「トランスクリティーク」を遂行する。しかし「物自体」の取り扱いでは、依然として甘さと曖昧さを残している。彼は「物自体」に「主観の受動性・被投性 Geworfenheit」の「強調」(柄谷、二〇〇一年②、五三頁)を認め、「倫理的」な「他者の他者性」(同、八〇‐一、一二九、一五七、一八二頁、等)を読みこんだ。その解釈は興味深いが、「物自体に何ら神秘的な意味合いはない」としながら、「それは疑いなく存在する」し、「『強い視差』としてのアンチノミー」「のみが像(現象)でない何かがあることを開示するのだ」(同、七七‐八頁)と言いきってしまうとき、柄谷は「感性を通して主観を触発し内容を与える物自体」(同、五三頁)というステレオタイプの解説から抜け出せておらず、いまだ「カントに関する通念に支配されている」(同、五六頁)。

「カントの叙述において、物自体は最初から存在論的に前提されているように書かれている」し、第一批判を「現象と物自体の区別から始めたことは、彼のいわんとすることを、現象と本質、表層と深層というような、伝統的思考に引き戻してしまった」(同、七七頁)とまで柄谷は言う。じじつまたこの指摘のとおりにカントは読まれてきたのだが、『批判』のテクストの語りに耳を澄ませば、物自体の存在を前提する形而上学的な〈超越論的実在論〉の打倒解体こそが、同書の最重要眼目なのは明白である。漱石はその点を百年前に洞察した。われわれの批判哲学の反転光学は、「物自体」を「触発」の主語とする没批判的な思弁の語りと絶縁し、経験の「質料的」「内容」的な「受動性」、つまり感官に与えられる諸現象の所与性から始動する。ゆえに『批判』の本論も「超越論的感性論」から始まったのであり、その根本視座はつねに「経験的実在論にして超越論的観念論、超越論的観念論にして経験的実在論」の順序で表明されなければならない。そして漱石晩年の「明暗双双」は、カントの超越論的言語批判を極限まで徹底したうえで、〈物にして言葉、言葉にして物〉の往還反復のささやきも寝静まる、深層の〈無の場所〉に到達したのである。

(26) 望月、二〇一〇年、および二〇一二年①②を参照されたい。

(27) 『般若心経』の冒頭、「五蘊皆空」という大乗の根本真理が掲げられる。「五蘊」とは、「色 rupa」という「形のあるもの」と、「受想行識」という四種の精神作用との総体を言い、世界万有はこれによって構成されるのだが、それらはすべて「空」、すなわち本性的に実体のないものだと言うのである。「色即是空。空即是色。」の対句はこの洞察の始元であり、「およそ物質的現象というものは、すべて、実体がないことである。およそ実体がないということは、物質的現象なのである」と訳される。『般若心経』は次いで「受想行識亦復如是」と唱え、「感覚」も「表象」も「意志的形成力」も、物事を分別し把握する「知識」も、すべては「実体がないからこそ」それぞれでありえるのだと説く（中村・紅野訳注、一〇-一六頁、参照）。そして「明暗双双」とは厳密に言えば、「色」のみならず「五蘊」すべての「即是空」「空即是」にほかならない。ゆえにここでは「色」と「受想行識」とに、物質と精神、客観と主観、非我と我といった一連の区別を重ねる分別知からも自由になって、「色即是空、空即是色」という言葉の往還のうちに、「五蘊皆空」のすべてを代表させたい。

(28) 柄谷行人は、フッサール現象学のうちに「経験的自我と、それを超越論的に還元しようとする自我と、それによって超越論的に見出された自我がある」（柄谷、二〇〇一年②、一二七頁）と認め、デカルトの懐疑に潜在する「三つの自我」――「経験的な自己」とそれを「疑う自己」と「超越論的自己」――の「関係」の「あいまい」さを指摘する（同、一二五頁）。くわえてカントの「超越論的自我（統覚）が『在る』ということ」の意味を、「存在者としては無であるが、存在論的な働きとして『在る』」という「欠如」における「露呈」として「ハイデガー風」（同、一三五頁）に表現する。鋭い着眼で諸思想の類比を経めぐる批評は眩暈を起こすほどに刺激的だ。しかし柄谷はなぜか漱石断片の“Empirical realism and a transcendental idealism (Kant)”や、『三四郎』の「カントの超絶唯心論がバークレーの超絶実在論にどうだとか云つたな」には論及しない。そしてまたカントの〈経験的実在論〉と、独断的形而上学の〈超越論的実在論〉との差異を「あいまい」にしてしまう。彼は論述冒頭の重要局面で言う。「デカルトがいう自己なるものは存在しない、多数の自己があるだけだというヒュームの批判……（中略）……。カントはそれに対して、自己は仮象であるが、超越論的統覚Xがあるといった。このXを何らかの実体にしてしまうのが、形而上学である。とはいえ、われわれはそのようなXを経験的な実体としてとらえようとする欲動から逃れることはできない。したがって、自己とは、たんなる仮象ではなく、超越論的な仮象である」（同、一二一-二頁）。この粗雑な解説を精確にやりなおそう。ここに言われる「形而上学」の筋が、まさに自我を精神実体とする〈超越論的実在論〉である。そしてその独断的な主張は「超越論的統覚X」と「経験的」統覚との混同、すなわち認識主体の二つのレベルの差異を看過ごし、前者を不当に実体化する「超越論的な仮象」に起因する。理性批判はこの病根をつきとめて——柄谷のように精神分析的にでなく——言語批判的に加療した。そして認識対象としての現象我を、この世の「経験的な実体」として適切に語る、常識的な〈経験的実在論〉に健康で安全安心な道を確保する。

「経験的実在論にして超越論的観念論」の視座は、この一連の形而上学批判の精髄である。柄谷は「超越論的仮象」が「不可欠」だと各所で強調するが、彼はこのとき「統整的理念」と「超越論的仮象」を混同している（同、八〇、三二三頁、等）。カントの言う〈超越論的理念〉の〈反省的〉で〈統制的な使用〉は、「われわれの経験」の体系的統一のために「不可欠」だが、統制的原理を〈構成的原理〉と見誤る超越論的仮象は、人間理性の自然本性——柄谷のいう「欲動」——のせいで不可避であっても「不可欠」でない。むしろ形而上学的独断の源泉となる超越論的仮象は、われわれの歴史的言説空間において「中々片付きやしない」し「何時《いつ》迄も続く」（十巻、三一七頁）からこそ、批判光学の往還反転も不断に継続しなければならないのである。

(29)『碧巌録』第四十五則「趙州万法帰一」の「本則」にみえる問いかけで、「森羅万象は一つの根源的な原理に帰着するという、その原理はどこに落ち着くのか」（入矢他、一九九四年、一四二頁）の意。ちなみに大正四年秋頃のこと、すなわち『道草』後のものと思しき断片六八Cには、「○芸術ノミ豈《あに》一元論ヲ許サンヤ、万法帰一、」（二十巻、四八九頁）という反問が見え、さらに数行おいて「○戦争（欧洲）Kant カラ出タト云フ、Hegel カラ出たといふ」（同、四九〇頁）という問題提起がある。本書はこの一連の漱石公案を、大革命期の「欧洲」混乱時に『永遠平和のために』（一七九五年）を公刊した「カント」の批判的な世界反転光学と、「万法帰一」・「ヘーゲル」・西田的な本体論的一元論との、鋭い対照のもとに読み解くことを課題とする。

(30) 駒尺喜美は、江藤淳系列の批評に抗して言う。「則天去私とは現実を放棄する諦観の姿勢としてあるのではなく、主観をいったん去って対象の自然（法則・必然）の中に入り込むことによって、もっとも深い認識を獲得し、それによって自己の意志達成の道を見いだそうとすることにほかならなかった」（駒尺、一九七〇年、一七六頁）。「絶対といい則天去私といい、それがたんなる心境的な処理にとどまるものではなく」、むしろ「ただちに人間認識、他人理解、自己省察において隅々までくもることなく、そのものの客観相のままに把握しようとする実践的認識方法であったのである」（同、一七九頁）と。駒尺はこの詩学の現実志向のうちに、西田との差異を見定める。「漱石は西田のように絶対経験（絶対の境地）をすべての根本においてはいなかった」のだし、「漱石は現実をそれで割り切るつもりは毛頭なかった。相対世界は相対世界として精いっぱい奮闘するつもりであった」（同、一八八頁）。「則天去私とは現実放棄ではなく、現実と取り組んでよりよく生きるためのひとつの操作であり、どこまでも方法意識であった。……〔中略〕……則天去私の心境そのものを大目的ととりちがえた人たちによって、方向ちがいの高さに祭り上げられてしまったことは、漱石にとって迷惑なことだったにちがいない。／ともあれそうした点で、漱石は根本的に西田とちがっていたと思う。西田は現実社会を簡単にすりぬけて実在の根本、本来そうあるべきものに執着し、それを根拠にしている。が、漱石は作家として当然のことではあるが、現在そうある現実の人間・社会を根拠にし、あくまでもそれを出発点においている。この差は大きい」（同、一八九‐九〇頁）。この指摘は鋭く貴重だが、『行人』一郎の求める「絶対の境地＝道＝則天去私」（同、一六五、さらに二〇五頁参照）という粗雑な等式のもと、「西田の実在論と漱石の実在論は同型を示している」（同、一七八頁）と短絡した点には感心しない。平岡敏夫はこの二人の実在論を「同型とするに至る例証は説得的であり、これは新しい発見であろう」とまで持ち上げたが（平岡、一九八七年、四四三頁）、拙稿はむしろ駒尺の早い洞察の本筋のほうを追い、漱石と西田の哲学がじつに似て非なるものであることをこそ強調したい。

(31)　こういう漱石詩学の基本姿勢は、最晩年まで一貫する。『硝子戸の中』二十七節は、大正四年元日の漱石山房での議論を報告して、小宮豊隆の「芸術一元論」（十二巻、五八三頁）に反論する。「芸術は平等観から出立するのではない。よし其所から出立するにしても、差別観に入つて始めて、花が咲くのだから、それを本来の昔へ返せば、絵も彫刻も文章も、すつかり無に帰してしまふ。其所に何で共通のものがあらう。たとひ有つたにした所で、実際の役には立たない。彼我共通の具体的のものなどの発見出来る筈がない」（同、五八四頁）。つまり世界反転光学の往還運動のなかでも、往相ではなく還相のほうにこそわれわれの生の「実在」の本領がある。すでに『文芸の哲学的基礎』と『創作家の態度』で、この点を見定めたところに漱石文学の確かな礎がある。

この件にからんで加藤二郎は言う。「宋学の用語理一分殊で言えば、漱石は諸芸術相互の『分殊』に重きを置いているのであり、それは実作者、現実の創作家としての立場からの発言と見るべきであろうか」（加藤、一九九三年、一七二頁）と。示唆に富む指摘である。しかし「『万法帰一』の『一』とは、言わば無限の多様性、差別性を内包しつつ現象する意識に、一つの方向性を付与すべき或る実在的な根拠としての『一』ということに外ならないであろう」との推断は、漱石の批判的な哲学の道筋を逸している。「漱石と西田との思惟形態の相似性は、同時に決定的な異相を孕むものであることも忘れられてはならないであろう」（同、一七四頁）と、加藤は慎重な筆の運びでテクストを読み進めたが、にもかかわらずこの不始末を犯した根本には「実在的」と「存在論的」とを読み重ねた迂闊さがある。まさに「漱石の立場は、単なる現象追認的な多元論者のそれでも、又逆に実在墨守一辺倒の一元論者のそれでもなかった」のだが、その哲学的文学の視座を可能にした「より深い存在論的な地平の広がり」（同、一七二頁）

とは、「経験的実在論にして超越論的観念論」の世界反転光学のなかに、みずからおのずと開かれてくる何かなのであって、「『万法帰一』の『一』という形での意識それ自体の実在的な根拠」、「その意識の根柢にあるべき或る何物か」（同、一七三頁）を問い求めた西田の超越論的実在論の筋とは厳しく一線を画するものである。

(32) これが自覚的で周到な立論であることは、講演の構想と思しき「断片四二」からも明らかである。テクストは「還元的感化」に相当する芸術経験について言う。「是ハ consciousness ノ differentiate セザル以前ノ oneness ト同ジ state デアッテ highly differentiation ノ後ニ至ッテ還元スルノダカラシテ大ニ趣ガ違フ。Dim cons.デ物我ノ境ガ判然セヌノデハナイ。Clear cons.デ物我ヲ免レテ悲壮ニモ雄大ニモ高遠ニモ慈仁ニモ色々ニナリ得ルノデアルカラシテ是程功徳ノアルモノハナイ。無我」（十九巻、三二一頁）。さらに当該断片末尾、「芸術ノ為メノ ideal ト云ハンヨリモ life 其モノニ於ケル ideal ニシテカネテ芸術ノ ideal ト云フノガ適当」な、「人間トシテノ ideal」について漱石は言う。「Sentiment デアル。即チ人格デアル。此人格ガアツテ始メテ之ヲ立派ナ技巧デ express シタ時ニ人ヲ物我一致ノ極ニ誘ツテ還元的真理ヲ悟ラシムルト共ニ複雑ナル今日ノ develop シタ ideal ノ領分ニ入リ込マシメテ之ヲ感化セシムルノデアル」（同、三二三頁）と。漱石詩学の方法論的な自覚の、かなり早い確立の模様が明瞭にうかがわれる。

(33) ここに言う「完全なる技巧」とは、「天」や「自然」に対置される「小刀細工《こがたなざいく》」の「技巧」とは異なる、真正の文芸の技巧の理想形態を展望する言葉だろう。あえて言えば〈天然自然の文芸の技巧〉あるいは〈則天去私の文章技法〉となるものであり、この芸術理念はカント『判断力批判』が前面に掲げる「自然の技術 Technik der Natur」という類比概念——それはまた理性批判の哲学体系の総体を貫通する世界建築術的な理念でもある——に通底するにちがいない。

(34) 漱石自身のちに『社会と自分』に当該論文を収載するさいに、「序」（大正元年十二月）で厳しく自己批判する。「ことに『文芸の哲学的基礎』は、随分六づかしい大問題を左も容易さうに、従つてある意味から見て、幾分か軽佻に、講じ去つた趣があるので、自分は甚だ遺憾に思つて居る」（十六巻、五四三頁）と。かれの詩学の批判哲学的徹底性は、ゆえに信頼に値する。

(35) 以上の漱石初期詩学についてくわしくは、望月、二〇一一年①②を参照されたい。

(36) 明治二十六年九月に講座制がしかれてからは、巽軒井上は哲学第一講座の教授であり、かれはようやく大正十二年三月末に六十九歳で教授職を退いた。大正十五年の筆禍事件で貴族院議員等の名誉職も辞したが、その後も哲学会会長を務めるなど隠然たる影響力を保ちつづけ、九十歳の長寿にも恵まれた没年は、西田と一年しか違わない。

(37) 明治四十一年七月十六日付の田部隆次宛書簡追伸に「小生はあまり井上さんの学術に感服せず　先生の事は悪口無礼せし事もあるが先生は余の説に余程同情せられるは不思議なり　今は先生は余の知己の一人なるが人はあまり悪口もできぬ者なり　呵々」（西田、十九巻、一三五頁）とある。

(38) 大久保純一郎は漱石の英国経験論講義のバークリへの「愛好」を強調し、「いわば意識現象が真の実在だという旨を説いたところの、バークレーの心理学的アイデアリズムを〔漱石が〕高く評価した」（大久保、一七四頁）のは、この「心理学的なアイデアリズムが、漱石の小説にはなはだ好ましい理論的基礎を与えてくれたからである」（同、一八二頁）と推定して、「漱石と同じ理論をもっと正確明瞭に展開した」西田の『善の研究』第二編から、心理主義の臭気の濃い文章二点を引用する（同、一八四－五頁）。拙稿はこの安易な見立てに修正を迫り、漱石・カントの〈経験的実在論にして超越論的観念論〉と、西田・バークリの形而上学的実在論ゆえの唯心論的観念論との、根本差異を強調したいのである。

(39) 西田の『善の研究』とそれ以降の全思索は深い宗教的な根本経験に衝き動かされて、漱石詩学が終極点に置いた「還元的感化」の具体的充実の局面で、終始動きつづけたものと見受けられる。「直接経験の上に於《おい》ては唯《ただ》独立自全の一事実あるのみである、見る主観もなければ見らるゝ客観もない。恰《あたか》も我々が美妙なる音楽に心を奪はれ、物我相忘れ、天地唯嚠喨《ただりゅうりょう》たる一楽音のみなるが如く、此《この》刹那所謂《いわゆる》真実在が現前して居る」（西田、一巻、四九頁）。主客未分の純粋経験説は、漱石詩学が最後に展望する稀有の芸術的境界《きょうがい》を、議論の初っ端から事例にあげ、起点と終点の差別も許さぬ極度に集中した絶対の視点からすべての思索を始めている。かくして『善の研究』では、「主客未だ未分なるものと主客既に未分なるものとが区別せられず、直接に同一化されている」（下村寅太郎、八一頁）。極限まで研ぎ澄まされた無技巧の「純粋経験」の唯一実在の直覚の刹那、そこから多様な主客分離の「すべてを説明」する企てに、なにか決定的な無理と矛盾が混入していたのではあるまいか。だからこれがその思索にも反映して、「でなければならない」を連発する独特の話法の力みが生まれたのではなかったか。彼の形而上学が“reality, Wirklichkeit”をただちに「真実在」と訳出し、アリストテレス存在論の「存在そのもの das Seiende als solches」を「経験以上のもの、超感性的なもの」（西田、十四巻、二七三頁）と解釈して、さらに「実体 *οὐσία*, substance」のうち「essence と substratum とは結びついてくる。ト・チ・エン・エイナイ即ち『あるべくあつたもの』即ち本質とは定義を有つたもの、唯一なもの、どこまでも自分で自分を限定するものであらうが、それはスブストラトム即ち基体としてどこまでも判断の主語となつて述語とならず、自ら自己を述語とするものと合致してくるからである」（同、二七五－六頁）と、アクロバティックに解説した「即」の論理の短絡が大いに気にかかる。

(40)　この件が重要論点となることは、新版全集に加えられた大正五年八月の講演「現今の唯心論」からも確認できる。奇しくも漱石の死の年に行われた西田の長野講演は、「哲学の重要な問題には昔から二つ」あり、「一つは実在の問題で、一つは価値の問題」(西田、十三巻、四六頁)との確認から始まる。西田によれば、このうち「実在の問題と云ふのは吾々の経験する処の森羅万象、物であつても事であつても、此森羅万象の本体は何であるか、吾々が見て居る処の此宇宙の本体が如何なるものであるかと云ふ問題」(同、四六-七頁)であり、これにたいして「真善美の理想」(同、四七頁)の「価値の問題」が「現在の哲学」のなかでも「一番やかましい問題になつて」おり、「殊に認識問題と云ふものが一番重要な問題になつて居る」のだが、「実在問題の哲学」もけっして「古い」というわけではない。ここでは「昔から」「唯物論」(同、四八頁)と「唯心論」の対立があるが、「日本に古来伝はつた仏教と云ふものは矢張り唯心論であつた」のだし、「現代の哲学の大勢」たる認識論的な「主観主義」もやはり「唯心論」(同、四九頁)なのだと主張する。

こうして「森羅万象の本体」を問う超越論的実在論の文脈で、西田は反物質主義の論陣をはり、三種の唯心論の可能性を検討する。近代唯心論の第一は、「フェヒネル」の「詩的」で「類推」的な宇宙生命論(同、五一-二頁)、第二は「ライプニッツ」の「モナドロヂー」(同、五三頁)、およびブッセをとおして東大に根づいた「ヘルマン、ロッツェ」(同、五五頁)である。そして第三は「認識論を基礎とした唯心論」であり、たとえば「カント以前」では「バークレーの唯心論」――すなわち「一体物体と云ふやうなものはないものである、自分の心と云ふものだけしか存在して居らない、私と云ふものと私の意識現象と云ふものはあるけれども物体と云ふものはない」(同、五八頁)と主張する「独我論」的な「独断的唯心論」(同、五九頁)――である。それから「カントの我」の哲学を踏み越えたフィヒテの唯心論がある。すなわちカントの「大きな我、個人的自我を超越した自我」「即ち吾々精神の根底にあつて総ての人の精神に共通で、総ての人の精神に含まれ居る自我」にして「総て自然界と云ふやうなものを組立て居る我である、此大なる世界を組立つて居る我である」(同、六〇頁)ところの「超越的或は先験的」なる意識一般の概念をふまえつつ、しかもカントの「認識論を離れて、所謂実在の問題へ這入つた」(同、六二頁)「フィヒテ」の「批評哲学の唯心論」(同、六三頁)である。

そしていまや最後に「もう一つ」、同時代の新たな見地として「心もない、物もない、唯経験あるのみ」で「本当の経験、直接経験と云ふものに到達すると我も無い、人も無い、唯其所に現はれた物だけである、赤い物は赤い、青い物は青い、それだけである」と主張するような「仏蘭西のベルグソン辺」の「直接経験の唯心論」（同、六四頁）がある。ここに「心もない、物もない」と言っておきながら、西田はこれをなぜ「超越論的観念論」とは認めずに、バークリ、フィヒテの形而上学の線上に位置づけるのか（西田、十四巻、二九八－九頁も参照）。こういう一連の超越論的実在論の「唯心論 Spiritualismus」（同、二九三頁）にたいする、漱石・カントの徹底的に批判的な意義は明らかである。

(41)　西田は昭和五年一月刊の『一般者の自覚的体系』に収めた論文「叡知的世界」の末尾でも、「カントの批評主義には、その出立点に於て、尚独断的なるものが残されて居たと考へざるを得ない」と断じ、みずからは「叡知的存在の世界」を「形而上学」的に論ずる「徹底的批評主義」（西田、四巻、一四八頁）を標榜する。しかし西田の批評主義の徹底性とは、経験直下の根柢的真実在の宗教的・芸術的な自覚直覚に根ざす、超越論的実在論的な独断の徹底にすぎない。

これにたいして漱石は、直覚よりもむしろ暗示《サジェスチョン》を大事にする。そして神秘はあくまでも神秘として文学的に語ろうとする。『文学評論』第三編は「比喩的」な語りの「感興」を重んじ、こう述べる。「浮世の苦難とか不幸とか云ふものを図で示せばかうだと説明するよりも、ある物を仮《か》つて浮世の苦痛を直覚的に悟らしむるのが文学者の手際である。直覚と云ふのは何だか曖昧な言葉であるなら暗示すると云つてもよろしい。暗示には感じ丈けあつて理由が分らぬ事がある。従つて神秘的である。従つて常識を満足せしめない事になるかも知れない」（十五巻、一八九頁）と。

(42)　大正五年八月の諏訪講演「現今の理想主義」で西田は述べる。「カントには尚多少独断論の残物がある、我に対立する物自体の如きものが考へられて居る、物が我に対立して我に何らかの影響を及ぼすかの様に考へられて居る、現今のカント学派はかゝる考を持たぬ、此点が余程違ふのである」（西田、十三巻、七九頁）と。明治末年の「哲学概論」ノート（西田、十五巻、五〇－一、八一－四頁参照）も、昭和二年頃の講義を伝える『哲学概論』（西田、十四巻、二二〇－一、二七四、三〇〇頁）も同じ論調であり、かかる教科書的な哲学史の通説が、漱石と同水準の「超越論的観念論（カント）」の深い理解を、西田に妨げた元凶である（同、二六八－七二頁、参照）。

(43)　西田の『善の研究』が真実在の認識・倫理・宗教への信念を熱く語るのと類比的かつ対照的に、漱石の『三四郎』『それから』『門』は、近代的自我のかかえた認識・倫理・宗教への批判哲学的な問いを問う。彼の文学はカント三批判書と同様、信仰の門にはあえて入らず、人類一般が住まい語らうこの経験的実在界で、事柄を徹底的に批判的に考究しつづける。この決意をテクスト内に秘めた『門』の直後に、漱石の身心は生死の境をさ迷った。たしかにこれは個的実存の重大事だが、彼の文学の道の方向転換をせまるようなものではなく、むしろすでに歩み始めていた道の正しさを確認し深める契機となったのである。

（44）漱石は三十六年一月にロンドンから戻り、春から四年間は帝国大学講師として井上と同僚である。そういう因縁もあってか、『三四郎』の哲学講義は開口一番、「砲声一発浦賀の夢を破つて」という巽軒井上の「演説口調」で始まる（五巻、三一一頁、および小宮、一九四二年、一〇七頁も参照）。三四郎への与次郎の問いかけは、術語面では権威筋に従いながら、じつは巽軒・西田流の唯心論的な「超絶実在論」を、暗に厳しく批判しているのである。

（45）前年九月二十日付の子規宛の手紙では、「抱剣聴龍鳴、読書罵儒生、如今空高逸、入夢美人声」という「五絶」のうちの後半部が、漱石の「即今の有様」を披歴して、血気盛んな「成童の折」と「十六七の時」（二十二巻、九頁）を表わす前半起承句との鋭い対照を描いていた。漢詩中央には亀裂が走り、目に見えて明らかな転調がある。これはとりもなおさず青年の生の変調を表わし、その自覚をふくむ転結句の空しく宙を漂う淡い調子――この世にあることの手応えのなさ、実在感の希薄、存在の不安――が、彼の現存在の根本気分だったのである。

（46）『三四郎』四の一の冒頭、「三四郎の魂がふわつき出した」（五巻、三四四頁）と周到にしたため、三四郎の「ふわ〳〵」（同、四二七頁）した感じを演出する筆さばきは、やはり見事である。

（47）漱石は翌明治二十四年十一月十日付の子規宛書簡でも、「僕前年も厭世主義今年もまだ厭世主義なり」と内心を吐露しながらも、自分がまだ「此浮世にあるは説明すべからざる一道の愛気隠々として或人と我とを結び付けるが為なり此或人の数に定限なく又此愛気に定限なく双方共に増加するの見込あり」（二十二巻、四七頁）と書き、「人間らしき所」の「幾分か」にふれている。

（48）「『美人』はおそらく嫂の登世である」と江藤淳は言う（『漱石とその時代　第一部』、一七四頁）。そして伝記的スキャンダルの推測作業に執着し、これを漱石小説中の三角関係主題に当てはめ、長大な漱石論を展開する。そのような事件の可能性の指摘は「評伝というジャンル」（同、三六六頁）の書き物には必要だろう。それはまた江藤が処女作『夏目漱石』で果敢に取り組んだ、「則天去私」神話の解体作業を効果的に押し進めて、伝統的な漱石偶像視の打破を徹底遂行するにはうってつけの題材でもあった。多くの新史料の開拓による故人の労作には敬意を表したい。しかし拙稿は、作家個人の伝記的推測に興味をもたないし、江藤の嫂論の連発――「登世という名の嫂」「もう一人の嫂」「漱石の恋――再説」（同著『決定版　夏目漱石』所収）――は同工異曲の蛇足だとおもう。若い江藤が単身着手し、それから後に本当にやるべきだったこと、すなわち「則天去私」の方法の意味究明の課題を、彼はほとんど何も果たしていない。漱石の秘められた恋の相手は嫂か、大塚楠緒子か、それとも眼科の「可愛らしい女の子」

か……。これを巡る——小坂晋、岡部茂らの——一連の詮索談義には立ち入らず、その点はむしろ詩的な想像の趣きにまかせて、拙稿はただひたすら漱石文学論の道程を追跡したい。

(49) くわしくは、望月、二〇〇九年①を参照されたい。

(50) 漱石は同年七月二十日付の子規宛書簡にも「午眠の利益今知るとは愚か愚か小生抔《など》は朝一度昼過一度、廿四時間中都合三度の睡眠也昼寐して夢に美人に邂逅したる時の興味抔は言語につくされたものにあらず昼寐も此境に達せざれば其極点に至らず」（二十二巻、二一頁）と書いた。子規は八月十五日付の返書で「美人を夢ミるの趣向ハ君の発明にハあらず」として、老いた孔子の「我不復夢見周公」（我復び夢に周公を見ず）や、古くは「窈窕淑女寤寐求之」（窈窕《ようちょう》たる淑女は寤寐《ごび》に之を求む）の先例を引き、知識をひけらかした（『漱石・子規往復書簡集』、五七頁）。そんなことは漱石も承知のうえのことだが、夢美人云々も基本的には夢中の幸福のモチーフに包摂されるものであり、こうした夢想世界の言説総体は広く伝統文化の共有物でもある。

(51) 漱石はこの一年以上前、子規の『七草集』を批評した一文（明治二十二年五月二十五日付）の中でも、「天地一大劇場也人生如長夢然夢中猶辨聲色俳優能泣人」（二十二巻、七二頁）——読み下せば「天地は一大劇場なり。人生は長夢の如し。然れども夢中に猶お声色を弁じ、俳優能く人を泣かしむ」——と書き、同様の夢のモチーフを呈示していた。

(52) この世を夢幻とする論理は、しかし青年漱石と逆向きに働くことも可能である。唐代の詩仙李白は、「天地《てんち》は万物《ばんぶつ》の逆旅《げきりょ》なり、光陰《こういん》は百代《ひゃくだい》の過客《かかく》なり。而《しか》して浮生《ふせい》は夢《ゆめ》の若《ごと》し」と書き起こし、「歓《かん》を為《な》すこと幾何《いくばく》ぞ」と継いで、春の夜の宴に酒を飲み歌を作ることを正当化した（李白、三三五－四〇頁）。これを受けて井原西鶴は、『日本永代蔵』の劈頭、「天地は万物の逆旅《げきりょ》。光陰は百代《はくたい》の過客《くはかく》、浮世《ふせい》は夢朧《ゆめまぼろし》といふ」からには、死んだら「金銀」も無用の長物だが、「子孫のため」には倹約蓄財に励むのがよいと、話を持って行く（井原西鶴、一五頁）。しかし青年漱石は、その方角に行かないし、行けないのである。

(53) 『漱石全集』注解（二十二巻、六六三頁）によれば、シェークスピアの原文は「人生の内容は夢さながら、われわれの短い一生は眠りでけりがつくのです」（豊田実訳）の意で、漱石引用の"made of"は原詩では"made on"であるが、意味は変わらない。また、全集注解に指摘はないが、"rounded by"も原詩では"rounded with"である。この詩句を逐語的に訳してみれば、以下のようになろう。「われわれは、数々の夢と同様の素材から出来ていて、われわれのちっぽけな人生は、眠りひとつで完結する」。なお、『テンペスト』の智者プロスペローの魔術と、ルネサンス期の新プラトン主義思想との関連については、近年、諸家——フランク・カーモード、フランセス・イエイツら——が指摘するところだという（シェイクスピア、xv－xvi頁および七－一〇頁、参照）。

（54）ただし、西洋キリスト教圏の言語文化は実体的に同一の自己の魂が永遠の生をもつことを信仰箇条としており、それゆえにこの世の生の夢の前後には永遠の眠りが想定されるのにたいし、東洋日本では輪廻転生の通念、および小我と大我の思想的宗教的な区別との絡みもあって、眠りの永遠性の論点は必然的に曖昧となる。

（55）カント理性批判が、そういう〈あれかこれか〉の分別論理への異議申し立てであることは、アンチノミー論はもとより、『批判』の総体を根柢で駆動していた〈反省的判断力〉の思想のうちに示されている。柄谷行人も、啓蒙期の「文芸批評」からの『批判』の出自に着目し、『判断力批判』の方法論的な意義を重視しているが（柄谷、二〇〇一年②、五九頁以下）、肝腎要の「反省的判断力」（同、二七九頁）への論及はわずかである。これにたいして拙稿はそこに秘められた詩学的含意を、漱石というテクストとの対話をとおして発掘しようとするのである。

（56）『漱石・子規往復書簡集』、三五‐四四頁、参照。こういう詩学の対話が子規とのあいだで早くから繰り広げられていたことは、きわめて重要な意味をもつ。しかも漱石のテクストの語りは、少年期からの漢学への愛着と、子規との句作、虚子との連句、写生文の実践から、まさに詩的に生成してきたのである。

（57）漱石は『ホトトギス』（明治三十九年十一月号）掲載の「文章一口話」で、「或 idea（思想）を現はす」べく「composition（結構）」を「工夫」して「多少の創造《クリエーション》」を入れた、「attractive」で「芸術的にリヤル」な文章を好しとして、「現今の画界に於けるイムプレッシヨニスト」と「今の写生文家の立場」がともに「技術」と「form（形）」を偏重する傾向を、厳しく難じていた（二十五巻、一九七‐二〇〇頁）。

（58）小宮豊隆系列の「則天去私」神話の形成に寄与した文献として、松岡譲『漱石先生』（岩波書店、昭和九年）所収の「宗教的問答」（「漱石山房の一夜――宗教的問答」として昭和八年に『現代仏教』へ初出掲載）と、岡崎義恵『漱石と則天去私』（初出は昭和十八年）の、とくに「宗教的精神の発展と則天去私の思想」の章を参照。さらに瀧澤克己『夏目漱石』（初版昭和十八年）は、修善寺の大患が「漱石の人と作品とを、人のいう程に根本的に変化させることはできなかったのだという確信を深くせざるを得ない」（瀧澤、一九七四年、二一四頁）と言いながら、やはり最終的には「永遠の絶望から永遠の希望へ、漱石の人生観の、いな漱石の人間そのものの根本的な転回」（同、三一三頁）があって、漱石は年来の厭世を完全に脱却した場所に行き着いたものと想定した。そして「則天去私」の表現を得る前の「『則天去私』の事実そのもの」（同、三六九頁）の発動の時点――それは同時に「『則天去私』の事実からの『自己本位』の立場の批判」（同、三三三頁）の始まり――を、「『硝子戸の中』の後、『道草』の前、もっと詳しくは、おおよそ大正四年の五月のことと推定」（同、三一三頁）した。しかし拙稿はこれにも与しない。

(59)「或は此時だつたかも知れないが、其後も再び先生自身の口から、前に大学で講義をした『文学論』は甚だ不満足なものであるから、今度はそれの恥をそゝぐといふではないけれども、近来しきりにもう一度講壇に立つて、新に自分の本当の文学論を講じて見たい気がすると言つて居られたことがある。さういふ先生の語気には自分から大学の講師でも志願して講筵を開きたいといふ位の意気込みがあつたものだつた。言ふ迄もなく新たに悟達された「則天去私」の文学観をのべようといふのであつた」（「『明暗』の頃」、『漱石全集』別巻、三四四頁）。これは、「則天去私」の神話化に強く加担した問題含みの松岡譲の遠い回想（昭和四年時点）だが、他の複数証言に照らしても新たな文学論講義の件に偽りはない。

(60) 本書が『三四郎』を解釈の起点にとるのは、テクストの「カント」言及への偶然的着眼に由来するのだが、「この作品は漱石の前期の諸傾向の調和的整理であり、また後期の作風への劃然たる第一歩であつた」（伊藤整、四一七頁）とする批評家の読み筋にも背中を押されている。

(61) 石原千秋はこの点を精細に分析した。しかし『三四郎』十三章の語りの転調を、「三四郎視点」から「いわゆる全知視点（神の視点）」への「変更」とする記述（石原、二〇〇四年、一六二、一八六頁）は分析が粗く、「全知」「神」という旧来型の用語法にも充分切り込んでいない。

(62) ここでとくに取り上げておきたいのは唐木順三の一連の漱石論である。「漱石の創作の生涯」を「一作毎に自分の通路を否定していつた跡」と看破した唐木は、晩年の漱石が「自己生存の秩序を追ひつめ、最後に自己を殺したとき、はじめて現實の廣大な秩序に氣づいた」のだと指摘して、そこに「現實家の誕生」の出来事としての「則天去私」を承認する（唐木、八一‐二頁）。しかも唐木は漱石とカントを結びつけている。「則天は、かのカントが天才を規定して、気儘に働きながらその結果においては『規則』（レーゲル）にかなふ者といつたときの『規則』に通じ、また天才はそれみづから生産的な『自然』に屬するといつたその『自然』に通ずるものといつてもよい」（同、一五九頁）。「則天去私」に向かう漱石文芸の道と、カント天才論の根柢にある「自然の技術」との連絡を確信する拙稿の立場からも、唐木の早い洞察は本質的だと推服する。

第Ⅰ部

漱石、晩年の心境

第一章　明暗双双――漱石の世界反転光学

第一節　作者の死と世界大戦

大正五（一九一六）年は、漱石の死の年である。晩秋の十一月十五日、彼は体調不良により、五、六日の静養を朝日新聞に申し出た。[1] 翌十六日には、この夏からニューヨークに留学した成瀬正一宛の手紙に、こう書いている。「『明暗』は長くなる許《ばかり》で困ります。まだ書いてゐます。来年迄つゞくでせう。本になつたら読んで下さい」（二十四巻、五九〇頁）。それから五日後の十一月二十一日に執筆再開。漱石は『明暗』第百八十八回を書く。しかしこの日の晩に知人の結婚披露宴で築地精養軒に出かけ、翌二十二日に持病の胃潰瘍を悪化させてしまう。『明暗』テクストは、新しい原稿紙の右肩余白に「189」の数字を書きつけただけで途絶する。漱石はこの日から死の床につき、十二月九日の宵に帰らぬ人となる。享年満四十九歳十ヵ月。息をひきとる一時間ほど前に、「苦しいから注射を為《し》て呉《く》れ、今死ぬと困るから」と医師に懇請したという。[2] デスマスクをとり、遺体解剖ののち、十二日に青山斎場で葬儀。鎌倉円覚寺の釈宗演が導師をつとめ、戒名は「文献院古道漱石居士」とされた。新聞小説『明暗』の連載はしかし、作者の死のあとも続き、十二月十四日に最後の回が掲載された。

そういう年末の終焉を、どこまで予期していたのだろう。この年の初めに書いた『点頭録』の二回目から五回目までは、いまなお継続する第一次世界大戦の現実を反映して、「軍国主義」と題される。(3)そして「今度の欧洲《おうしう》戦争」の「影響」を〈批評的＝批判的 critical, kritisch〉に「考へる」（十六巻、六三〇頁）のである。

　戦争と名のつくもの、多くは古来から大抵斯《こ》んなものかも知れないが、ことに今度の戦争は、其《そ》の仕懸《しかけ》の空前に大袈裟な丈《だけ》に、や、もすると深みの足りない裏面を対照として却《かへつ》て思ひ出させる丈《だけ》である。自分は常にあの弾丸とあの硝薬《しようやく》とあの毒瓦斯《ガス》とそれからあの肉団《にくだん》と鮮血とが、我々人類の未来の運命に、何《ど》の位の貢献をしてゐるのだらうかと考へる。さうして或る時は気の毒になる。或る時は悲しくなる。又或る時は馬鹿々々しくなる。最後に折々は滑稽さへ感ずる場合もあるといふ残酷な事実を自白せざるを得ない。（同、六三一頁）

テクストはまず人類史全般を見渡す大局的な見地から、「今度の戦争」の「有史以来特筆大書すべき深刻な」現状を直視する。そしてこれとは「対照」的な「見掛倒《みかけだお》しの空々《そらぞら》しい」「裏面」の、「浅薄」で「軽浮《けいふ》」な「内面的背景」に目を転じている。

　元来事《こと》の起りが宗教にも道義にも乃至《ないし》一般人類に共通な深い根柢を有した思想なり感情なり欲求なりに動かされたものでない以上、何方《どつち》が勝つた所で、善が栄えるといふ訳《わけ》でもなし、又何方《どつち》が負けたにした所で、真《しん》が勢《いきほひ》を失うといふ事にもならず、美が輝《かがやき》を減ずるといふ羽目にも陥る危険はないぢやありませんか（同、六三〇頁）

この大戦が「爆発した当時」、これから「何《ど》んな影響が出て来るでせう」と知人に問われて、漱石は右のように「云ひ切つて仕舞つた」という。そして数年後の今も、同じ戦争の継続を見つめ、そのときの「見解」（同、六三〇頁）を苦く反芻する。「真」「善」「美」の理想に照らせば、「戦争」の絶えぬ歴史の現実は「古来から大抵斯《こ》んなもの」なのだろう。そもそも「我々人類」の歴史記述は戦争とともに始まった。そして種々の争いの経緯に沿い、それぞれの視点で語られてきた。人間の歴史はそのようにして継続する。「世の中に片付《かたづ》くなんてものは殆んどありやしない。一遍起《おこ》つた事《こと》は何時迄《いつ》も続《つゞ》くのさ。たゞ色々《いろいろ》な形《かたち》に変るから他《ひと》にも自分にも解《わか》らなくなる丈の事《こと》さ」（十巻、三二七頁）。前作『道草』の末尾に置かれた、ある個人の歴史の苦い感慨。それに先立つ『硝子戸の中』の第三十回の「継続中《けいぞくちう》」（十二巻、五九一頁）の主導動機をふまえ、[4] これを現下の世界史全体に〈類比的＝類推的 analogical, analogisch〉に押しおよぼしてみれば、『点頭録』のシニカルな趣がおのずと湧いて出る。まさに「何時迄《いつ》も続《つゞ》く」としか言えぬ現実の「裏面」には、遺憾ながら、〈世界市民的 cosmopolitan, weltbürgerlich〉な見地に立つ「一般人類に共通な深い根柢を有した思想なり感情なり欲求なり」を微塵も見いだすことができないのである。[5]

テクストはこの大戦を「左様《さう》した立場から眺め」たうえで、次に「もう少し低い見地に立つて、もつと手近な所を眺め」ている。そして「政治上にせよ、経済上にせよ」、「最も自分の興味を惹《ひ》く事柄として」、「軍国主義の未来といふ問題」を取り上げる（十六巻、六三一－二頁）。「独逸《ドイツ》によつて今日迄鼓吹された軍国的精神が、其《その》敵国たる英仏に多大の影響を与へた事」、そして「此《この》時代錯誤的精神が、自由と平和を愛する彼等に斯《か》く多大の影響を与へた事」（同、六三八頁）は、じつに「悲しむ」（同、六三九頁）べき事実である。かかる現今の欧州情勢が「遠い東の果《はて》に住んでゐる吾々」（同、六三六頁）にも――たとえば「強制徴兵案の様《よう》」（同、六三四頁）なかたちで――「影響」を及ぼすことはないだろうか。[6]

その点を暗に危惧しながら、テクストは視点を再度大きく転換する。「自分はもつと高い場所に上《のぼ》りたくなる。もつと広い眼界から人間を眺めたくなる。さうして今独逸《ドイツ》を縦横に且獰猛《かつだうまう》に活躍させてゐる此《この》軍国主義なるものを、もつと遠距離から、もつと小さく観察したい」（同、六三七頁）。作者漱石はそう断ったうえで、歴史における「人間の目的」（同、六三八頁）への問いかけを、この世の読者の胸中に喚起する。そしてこの遠近・高低の視座往還ののち、これにつづく四回分（『点頭録』六から九まで）の表題には、「熱烈なる独乙《ドイツ》統一論者」（同、六四三頁）にして軍国主義・国家主義・帝国主義の歴史家たる「トライチケ」[7] の名前を掲げて、かなり複雑な哲学・歴史学批評を展開する。

第二節　同時代哲学批評

その文章は、ドイツと対立するイギリス・フランスの狭く偏った学術批評を、より高く広い「眼界」から哲学的に批判するメタ批評であり、一連の論説には、歴史的現実を凝視する文筆家の批判光学が見てとれる。あらかじめ本書全体の結論を述べておけば、かかる現実批判の語りの視座の彫琢錬成が、漱石晩年の文学の道を切り拓いたのである。

> 欧洲戦争が起つてから、独乙《ドイツ》の学者思想家の言論を実際的に解釈するものが続々出て来た。最初英吉利《イギリス》の雑誌にはニーチエといふ名前が頻《しき》りに見えた。ニーチエは今度の事件が起る十年も前、既に英語に翻訳されてゐる。英吉利の思想界にあつて別に新らしい名前でもない。然し彼等は其名前に特別な新らしい意味を着《つ》けた。さうして彼の思想を此《この》大戦争の影響者である如くに言ひ出した。是《これ》は誰の眼《め》にも映る程屡《ほどしばしば》繰り返された。基督の道徳は奴隷の道徳であると罵つたのは正にニーチエであると同時に、ビスマークを憎みトライチケを侮つたのもニーチエであるとすると、彼が斯《か》ういふ解釈を受けて満足するかどうかは疑問である。本人の思はく如何は別問題として、彼の唱道した超人主義の哲学が、此際独乙《このさいドイツ》に取つて、何《ど》れ程《ほど》役に立つてゐるかも遠方に生れた自分には殆《ほと》んど見当が付かない。（十六巻、六三九頁）

漱石の同時代言説批判が第一に取り上げたものは、ドイツの敵国たるイギリス思想界でのニーチェ批判の現状である。いまや批評の本場にあるものは、坊主憎けりゃ袈裟まで式の安易単純な短絡にすぎぬ。しかしこの表面的で「浅薄」な党派的批評行為が、彼の地で現実に「誰の眼《め》にも映る程屡《ほどしばしば》繰り返され」ている。

漱石はこの「軽浮《けいふ》」なる思索欠如の実態を、「自己本位」の眼で批判的に凝視する。東亜日本の英文学者のなかには、西欧の権威の言説を鵜呑みにして、それを我が物顔で述べ立てる者がある。あるいはむしろ学界も文壇も政界も、大抵の連中はそのようにふるまうのが通例である。だが大元の西欧で、いまや批判の根本精神がゆらいでいる。そもそも「基督の道徳は奴隷の道徳であると罵つたのは正にニーチエ」なのではなかったか。それどころか彼は「ビスマークを憎みトライチケを侮つた」。そして「普魯西《プロシヤ》人は文明の敵だと叫んで見たり、独逸《ドイツ》人が傍《そば》にゐると食つた物が消化《こな》れないで困ると云つたりした」[8]。ところがまことにもって「不思議にも」、ビスマルク的ドイツを嫌悪するイギリスが、そのニーチェを悪しざまに言う。他方、当のドイツはニーチェの「力」の思想を、「今政治的に又国際的に、実行してゐるのである。さうして成功してゐるのである」。そして「彼の唱道した超人主義の哲学」は、漱石の死の十数年後には、ドイツ第三帝国によっていっそう有効に活用されることになる。かくしてニーチェの辛辣な文明批判は皮肉にも、時代の「軍国主義の精神」の「真理」（同、六三七頁）の荒波に呑みこまれてゆく。そしてこの表面的な「力」の結託を、敵国イギリスが十把一絡げに批判する。漱石はそういう複雑怪奇な言説情況を、より高遠なる視座から批判的に問いただす。

こういう高度に批判的なテクストを読むにさいしては、人はよほど心して事柄に取り組まなければならない。とりわけ今日ではジェンダー批評や植民地文学批評、そしてテクストの言説空間をまなざす歴史批評など、数々の興味深い視点からの仕事が現われている。ゆえになおさらのこと、それら新たな着眼や知見もふまえ、われわれの言説批判の精度を高めてゆく必要がある[9]。しかも漱石はあの激動の時代に、深く哲学的に文学した人である。だからわれわれは、文学と哲学という学科別の縄張りをこえ、漱石を漱石として読み込むことを始めよう。そのさいにはジェイムズやベルクソンや西田幾多郎と、夏目漱石との同時代的な近さや「影響」を、表面的に云々しても何も始まらない。その手の近似はむしろ歴然として明らかであり、それをことさらに言い立ててみたところで何の批評にもなっていない。

そもそも「近い」は「同じ」ではない。真の批判は類似のなかの微細な差異にこそ、鋭く眼を凝らさなければならぬ。「Pity's《ピチーズ》 akin《アキン》 to《ツー》 love《ラッヴ》 といふ句」を、「可哀想だた惚《ほ》れたつて事よ」と「翻訳」（＝解釈 interpret）するのは、いかにも「与次郎らしい」し面白く分かりやすい。しかし広田先生の「哲学の烟《けむり》」のもとに吟味すれば、これは似て非なるものを一緒くたにした「下劣《げれつ》の極《きょく》」（五巻、三八七頁）である。そもそも批評とは、作品や仕儀や物事の出来不出来を判定し、事柄の良し悪しを厳しく見分けるものである。そしてその改善改良のために、事象間の類似と差異を鋭くまなざし、新たな関係づけをめざす不断の類比的な比較考察を眼目とする。本書拙稿は、かかる批判的思考の骨法を肝に銘じ、漱石の哲学の道をていねいに跡づけながら、ジェイムズや西田やドイツ観念論《イデアリスムス》の筋との根本差異を、注意深く見きわめてゆきたい(10)。そしてそのためにも『点頭録』六の、前引につづく難解な段落に注目したい。

仏蘭西《フランス》の一批評家は「所謂独乙《ドイツ》的発展」といふ題目の下《した》に、ヘーゲルとビスマークとヰリアム二世の名を列挙した。彼はヘーゲルの様な純粋の哲学者を軍人政治家と結び付ける許《ばか》りか、其《その》思想が彼等軍人政治家の実行に深い関係を有してゐるのだといふ事を説明しやうと試みた。彼の云ふ所によると、普魯西《プロシヤ》の軍国主義はヘーゲルの観念論の結果に他ならんといふのである。——元来独乙《ドイツ》のアイヂアリズムは観念の科学であつて、其観念なるものが又大いに感情的分子を含んでゐる。文字の示現通り単なる冥想や思索でなくつて、場合が許すならば、何時《いつ》でも実行的に変化するのみならず、時としては侵略的にさへなりかねない程《ほど》毒々しいものである。アイヂアリズムが論議の援助を受けて、主観客観の一致を発見したが最後、こゝに外界と内界の墻壁《しょうへき》を破壊して、凡《すべ》てを吸収し尽さなければ已《や》まない事になる。アイヂアリズムから思ひも寄らない物質主義が現はれてくる。是は最初から無関心で出立しない哲学として、陥るべき当然の結果である。（十六巻、六三九－四〇頁）

フランスはドイツと国境を接しており、さきのイギリスよりも情況はつねに厳しく、たえず国土を争ってきた。そして「たゞでさへ何《ど》うして独逸《ドイツ》に復讐してやらうかと考へ続けに考へて来た」のに、今では「却つて其《その》独逸の為《ため》に領土の一部分を蹂躙されるばかりか、政庁さへ遠い所へ移さなければならなくなつた」（同、六三四頁）。そのフランスでいま、「ヘーゲルの観念論」への粗雑な批判言説が噴出している。ちなみにこれと類似の批判的言辞は、第一次大戦後の日本国内でも、独自のしかたで「主観客観の一致を発見した」西田への批判、京都学派批判のかたちで吐かれてきた。このことを考え合わせてみれば、右のテクストのはらむ問題はまことにきわどく深刻であり、拙稿の考察は事の重大さを前に途方に暮れかねない。

ただ少なくとも漱石の冷徹な批評眼からすれば、この手の短絡的な「説明」は「何《ど》うも切実でないやうな気がする」。それはたしかに「奇抜な事は突飛な位《くらい》奇抜とは思ふが、それがため却つて成程《なるほど》と首肯しがたくなる位《くらい》なもの」（同、六四〇頁）である。漱石はそう述べて、この軽佻浮薄な批評言説を容赦なく斬り捨てる。とはいえこれを黙殺することはせず、いち早く日本の読者に紹介したのである。そして「現代の日本に在つて政治は飽《あ》く迄《まで》も政治」、「思想は又何所迄《どこまで》も思想」なのにたいして、この「英仏の評論家」たちは「現在の戦争」の「背後に必ず或思想家なり学者なりの言説を大いなる因子として数えたがつてゐる」ことを指摘した。これは「日本の思想家が貧弱なのだらうか。日本の政治家の眼界が狭いのだらうか」。漱石はそう問いかけて、わずかに「発売禁止の形式」で「抑圧的」にしか関係しない政治と思想との、すぐれて日本的な閉塞性を指弾する（同、六四〇‐一頁）。これはじつに均斉のとれた、練達の同時代言説批判である。テクストに秘められた哲学批評の論理の筋を、もっと明瞭に浮き彫りにしてみたい。

『点頭録』はここからいよいよ軍国主義者トライチュケの、帝国主義的な歴史学言説の吟味に入る。その興味深い論評のなかでも、とくに哲学的に注目すべき点は、この保守反動の御用学者と、ベルリンの哲学者エドゥアルト・フォン・ハルトマン[11]との、微妙不可解なる思想連関である。すなわちあの「鉄血宰相の謳歌者」たるトライチュケは、現実主義的な世界観にもとづき「あらゆる人道的及び自由主義の運動に反対した」。そしてさらにショーペンハウアー流の「厭世哲学を説くハルトマンの如きは畢竟ずるに一種の精神病者に過ぎない」とまで「断言した」。ところが「其癖《そのくせ》意志の肯定は国家として第一の義務であると主張する彼は、ハルトマンによつて復活されたる意志の哲学、即ち宇宙実在の中心点を意志の上に置く哲学によつて大いに動かされたのである」（同、六四六頁）。じつにさりげない指摘だが、〈超越論的実在論〉の形而上学的独断の陥穽を見抜いた慧眼の文学者の絶妙な批判の筆鋒には、ドイツ観念論末流のハルトマンやロッツェ(12)の講筵に連なる明治二十年代以降の日本哲学界主流への、長年の違和感と、今後の危うい動向への懸念が密かに込められている(13)。いまだ幽かな読み筋ではあるが、このドイツ観念論批判の意味するものについて、もう少しだけ明瞭にしておきたい。

漱石は書く。「自分はトライチケの影響で今度の欧洲戦争が起つたとは云はない」(同、六四六頁)。ましてや、ニーチェやヘーゲルの哲学が大戦の原因というのは、あまりの暴論である。他面ではしかし、あのフランスの批評家も指摘するように、「独乙《ドイツ》のアイヂアリズム」はその「観念」のうちに「大いに感情的分子を含んで」いる。そしてこの「哲学」は「最初から無関心で出立しない」がゆえに、そのロマン主義的心情が「論議の援助を受けて、主観客観の一致を発見したが最後、こゝに外界と内界の墻壁《しょうへき》を破壊して、凡《すべ》てを吸収し尽さなければ已《や》まない事になる」(14)。ゆえに「本人の思はく如何は別問題として」、彼らの曖昧模糊たる「観念論」の枠組みからは、じつに「思ひも寄らない」富国強兵・殖産興業の「物質主義が現はれてくる」。あるいはまた現世を超えた「宇宙実在」を説く「厭世主義」が、じつに摩訶不思議にも一転して、鬼畜米英・八紘一宇・一億玉砕を掲げる軍国主義の「意志」の形而上学に変貌する。だからここで東洋風の主客未分を喧伝して、西洋近代の物心二元の主客対立に対抗し、これを超克したつもりになってみても、それではまだ手ぬるいし、かなり危ういのである。むしろそういう西洋か東洋か、物質か精神か、主客の対立か合一か、文明か文化かという、一連の〈あれかこれか〉の選言判断の積み重ねのうちにこそ問題の根は潜んでいる。漱石のテクストには、そういう哲学批評の鋭い論理が秘められている。

第三節　最後の夏の手紙

しかし実年齢よりもかなり早くに老いた身体は、さらなる考察の暇を彼に与えなかった。漱石の頭脳は『点頭録』の続稿も考えていたが、右の論理の道筋を明瞭にする肉体的な余力はなく、以降の連載は断念せざるをえない。彼は一月二十八日から、リューマチ治療のため湯河原に逗留する。[15] そして二月十四日に鎌倉の中村是公の別荘に移り、十六日に釈宗演の病気を見舞い、三週間ぶりに帰京する。漱石はその後、体調と相談しながら、小説の構想を練りだしたのだろう。春以降の日記断片には、次の小説に関連する記事がちらほらと現われる。そして四月下旬には、昨年末からの左肩や腰の痛みが、じつはリューマチではなく糖尿病によるものだったことが判明する。食事制限と適切な治療が進み（二十巻、五四七頁以下参照）、痛みはやがて七月上旬までに治まるが、その間も五月半ばには胃を壊し、小説の着手予定は半月近くも遅れていた。未完の大作『明暗』は、五月十八日頃に起稿され、[16] 新聞連載は二十六日からである。

作家は「七時頃起床。午前十時か十一時まで執筆する。風邪や胃の調子悪くなることを心配して、書き溜めるよう努める」。そこで「机の上には、四、五回分の書き溜めができる。それを毎日一回だけ、宛名も自筆で」、朝日新聞の山本笑月に送っていた。[17] そうして継続された連載は、じつに七ヵ月近くにおよんでいる。その長丁場の執筆の半ば、起稿から数えてちょうど三ヵ月後の八月二十一日、もうすこしで原稿が百回目に届こうとする頃、[18] 漱石は久米正雄・芥川龍之介の両人に宛てて手紙を出した。

あなたがたから端書がきたから奮発して此手紙を上げます。僕は不相変《あいかわらず》「明暗」を午前中書いてゐます。心持は苦痛、快楽、器械的、此三つをかねてゐます。存外涼しいのが何より仕合せです。夫でも毎日百回近くもあんな事を書いてゐると大いに俗了された心持になりますので三四日前から午後の日課として漢詩を作ります。日に一つ位です。さうして七言律です。中々出来ません。厭になればすぐ已めるのだからいくつ出来るか分りません。あなた方の手紙を見たら石印云々とあつたので一つ作りたくなつてそれを七言絶句に纏めましたから夫を披露します。久米君は丸で興味がないかも知れませんが芥川君は詩を作るといふ話しだからこゝへ書きます。

　尋仙未向碧山行。住在人間足道情。明暗双双三万字。撫摩石印自由成。

（句読をつけたのは字くばりが不味かつたからです。明暗双々といふのは禅家で用ひる熟字であります。三万字は好加減です。原稿紙で勘定すると新聞一回分が一千八百字位あります。だから百回に見積もると十八万字になります。然し明暗双々十八万字では字が多くつて平仄が差支へるので致し方がありません故三万字で御免を蒙りました。結句に自由成とあるは少々手前味噌めきますが、是も自然の成行上已《やむ》を得ないと思つて下さい）

一の宮といふ所に志田といふ博士がゐます。山を安く買つてそこに住んでゐます。景色の好い所ですが、どうせ隠遁するならあの位ぢや不充分です。もつと景色がよくなけりや田舎へ引込む甲斐はありません。

勉強をしますか。何か書きますか。君方は新時代の作家になる積でせう。僕も其積であなた方の将来を見てゐます。どうぞ偉くなつて下さい。然し無暗《むやみ》にあせつては不可《いけ》ません。たゞ牛のやうに図々しく進んで行くのが大事です。文壇にもつと心持の好い愉快な空気を輸入したいと思ひます。それから無暗にカタカナに平伏する癖をやめさせてやりたいと思ひます。是は両君とも御同感だらうと思ひます。

今日からつく〱法師が鳴き出しました。もう秋が近づいて来たのでせう。

私はこんな長い手紙をたゞ書くのです。永い日が何時迄もつゞいて何《ど》うしても日が暮れないといふ証拠に書くのです。さういふ心持の中に入つてゐる自分を君等に紹介する為に書くのです。夫からさういふ心持でゐる事を自分で味《あじわ》つて見るために書くのです。日は長いのです。四方は蟬の声で埋つてゐます。　以上（二十四巻、五五四－六頁）

読むたびに心あたたまる静かな手紙である。しかも一切の省略をゆるさぬほどに密度の高い文章である。ゆえに全文を引用した。芥川と久米はこれから世に立とうとする文学青年であり、大学の同じ学科の後輩である。この二人の前途に期待を寄せて、[19]漱石は「長い手紙をたゞ書く」のである。「永い日が何時迄もつゞいて何《ど》うしても日が暮れない」。ただそのことの証《あかし》に「此手紙」を書く。おもえば彼の人生もまもなく暮れようとする。悪戦と苦悶の継続する生涯の最後の夏。日に日に昼の短くなり始める時候の夕暮れに、この日がまだ「暮れない」でいることを穏やかに「味《あじわ》つて」ある。「さういう心持の中に入つてゐる自分」を、次代の書き手たちに「紹介」し、みずからもこれを確かめるべく「たゞ書く」のである。晩年の作家がかかる心境で手紙を書き、小説を書き、詩を書いたことを、まずはしっかり心に刻みたい。

漱石は若いころから漢詩を作り、俳句を詠み、書をたしなんだ。毛筆によるその書字行為《エクリチュール》は、明治が終わり大正の世に改まった一九一二年ころからいよいよ本格化する。[20] ロンドンから帰って来て、明治三十六年頃に手なぐさみで始めた水彩画の「写生」（二巻、一〇頁）も、フランス帰りの津田青楓[21]を本式の師匠にして、自作の俳画や南画を表装するまでに発展する。死の前年には『観自在帖』などの書画帖や、「濃彩の南画山水の大作」数点を制作している。[22] そして右の書簡も、端正な毛筆で巻紙にしたためている。[23] しかもここには漢詩制作のことがふれられている。最晩年の作家が午後の日課に作った漢詩は、大正五年八月十四日から十一月二十日までの百日ほどで、約七十五篇を数えている。[24]

あの手紙に「披露」された七言絶句を読みくだせば、「仙を尋ぬるも　未だ碧山に向かって行かず。住みて人間《じんかん》に在りて　道情《どうじょう》足る。明暗双双《そうそう》　三万字。石印を撫摩《ぶま》して　自由に成る」（十八巻、三四五頁）となる。仙界を訪れてみたいとも思うが、いまだ深山幽谷には赴かず、あえて俗塵の人間世界にひきつづき在住し、しかも「道情」は心中に充ち足りている。[25] 洋燈《らんぷ》の光が照らしだす居室の明るみと、その周辺の暗がりが、[26] あたかも原稿紙の表裏のごとくに一体となり、[27] 机の上の石造の印鑑を撫でまわしているうちに、長篇小説『明暗』は「自由」自在に「自然の成行」で出来あがる。大意をくみとれば、そうなるだろう。

解釈のうえで第一の難関は「道情」である。これは直前の「仙」と「人間《じんかん》」との対置をにらみ、「超俗の心」、「脱俗の心境」、「俗界を超越した心情」と解されたり、あるいは「哲学的心情、宗教的心情、超越的心情」[28] と解説されたり、もっと強めに「悟道・脱俗の心情」（十八巻、三四六頁）と見られたりする。[29] しかし「住在人間」の句を重く見れば、旧来型の「超俗」「脱俗」「超越」「超越的」という受けとめ方には疑念を禁じえない。しかも「悟道」の「道」はなにを意味するのか、種々の解釈は曖昧である。漱石は三ヵ月後の書簡（十一月十五日付、富沢敬道宛）でも、「私は五十になつて始めて道に志ざす事に気のついた愚物です。其道がいつ手に入るだらうと考へると大変な距離があるように思はれて吃驚してゐます」（二十四巻、五八九頁）と書く。死の床に就く一週間前の告白である。これをそのまま素直に受けとめて、「道情」は「道にこころざす心情」として、ごく平明に解しておきたい[30]。ちなみに漢詩定稿の「足道情」は、初案では「養道情」だったという。物語りがみずからおのずと織りなされてゆく制作の理想の心境を詠うにあたり、漱石は「養《やしなう》」を「足《たる》」と書き改めた。この世に生きながらえて『明暗』を書く人の、そのときの静かな気合いはかなり充実していたのにちがいない。

第四節　禅語「明暗双双」の意義

ところでさらに難題なのは「明暗双双」である。これが禅語であることは、漱石がみずから教えている。ここにはやはり何か重要な意味がこもっている。その専門《みち》の辞書をひもとけば、「明暗」の「明は差別の現象、即ち偏位を示す、暗は平等の理體、即ち正位を示す」とある。そして「明暗雙雙」とは「正偏回互の理を示す語。明、明にして暗を離れず、暗、暗にして明に別ならず、卽ち明中に暗あり暗中に明ありて、明暗はもと全然獨立すべきにあらず、常に相對して恰も前後の歩の如し、此の理を明暗雙雙といふ。石頭大師の參同契に『明中に當つて暗あり、暗相を以て遇ふこと勿れ、暗中に當つて明あり、明相を以て覩ること勿れ、明暗各相對して、比するに前後の歩の如し』とあるは卽ち此の理を示したるもの[31]」だという。出典とされる『碧巌録』の五十一則「雪峰是什麼《せっぽうのこれなんぞ》」には、「明暗双双底《なんの》時節《じせつぞ》」の句も見られる[32]。中村元はこの「明暗雙雙底」について、「明は、現象界の多様なすがた。暗はそれらをつらぬいている絶対不変の真理。この明と暗とが互いに孤立し対立する別個のものでなく、明中に暗があり、暗中に明があり、常に相即していることをいう[33]」と、じつに明快に解説してくれた。

拙稿筆者は禅の心得を知らず、これまで一度も坐ったことがない。ゆえに右の事態が、本当のところいかなるものかを把握していない。そしてまたこの禅語が、小説『明暗』の内実とどう密接にかかわるのかを、立ち入って考察する余裕もない。ただすくなくとも一連の解説の論理から推せば、「明」は人間の個我《エゴ》に現象する世界諸物の差異差別の色相を言い、「暗」はそういう明中に住み慣れた私《わたくし》たちの眼の偏りを正す、無差別平等の空相の境位を言う(34)。そして「明暗双双」とは、明暗二相が不即不離に回互《えご》相即し相互嵌入する、「色即是空、空即是色」の不断の往還反転の事態を言う(35)。だとするならば遺著表題の「明暗」二文字は、その根柢にひかえた「双双」たる世界反転・往還相即の事態を、文学の方法探究の終極の問いとして、読者および若い後継たちに無言のうちに投げかけたものなのではなかろうか(36)。

文学の「道」のうえでの、芸術的な言語行為の奥底に潜む「双双」の事態への、漱石最期の問いとなる「明暗」の比喩。この言語論的な問いかけが、まさに無言のうちになされているのは、ひとつにはこれが『明暗』を書く人自身の暗黙の課題だったからだろう。そしていま、この書簡のなかで、その道の精髄にあたるなにかが、やはり無言のままに芥川たちに伝授されている。すくなくともあの文面の後続部に引きつけてみれば、事柄はそのように理解されるべきである。しかも同時にこの沈黙は、「明暗」という言葉と事柄そのものに深く根ざしている。じつに「明暗」二文字のあいだの差別と無差別は、人間的な言語分節活動の有無それ自体と類比的に重なり合うのである。そして小説表題の「明暗」が無言で「双双」そのものを問い、その沈黙を大切に保持しつづけたのは、この「双双」が通例の言語分節をこえた、暗い空《くう》なる場所の幽かな気配にふれる事柄だからである。「明暗双双」とは、そのようにして人間理性の言語的な分別知の限界を見つめ、言語表現の可能と不可能のはざまに坐し、われわれの言語能力を徹底して批判的に問う言葉である(37)。

言語的なものの限界に目を凝らし、論弁的《ディスクルシーフ》で弁証《ディアレクティッシュ》的な人間理性の有限性を深く自覚しながら、われわれの言葉の新たな可能性を問い求める、漱石最後の夏の思索の言葉。この臨界点の緊張をはらむ、言語理性批判としての「明暗双双」。そういう限界的な言語哲学の含意をここに強調するのは、英文学者にして小説・俳句・漢詩の作者が、つねに言語への厳しい反省のもと、日本近代の文章世界の創造にたずさわっていた重い事実を、念頭に置いてのことである。しかもその文学の道は彼の青年期から最晩年にいたるまで、日本語の枠をこえて、広く人類一般の言語活動の限界と可能性を徹底的に批判的に探索した。

第五節　老子との批判的対話

たとえば死の年から遡ること二十五年前、文科大学二年時の東洋哲学のレポート『老子の哲学』（明治二十五年六月十一日付）でも、言語分節の人為性・作為性への批評眼は、すでに鋭く研ぎ澄まされている。いわく「老子道徳経」は「相対を脱却して絶対の見識を立て」、「捕ふべからず見るべからざる恍惚幽玄なる道を以て其《その》哲学の基とした」。ゆえに老子は「儒教より一層高遠にして一層迂闊」（二十六巻、一四頁）である。夏目青年の学年末レポートは、老子道徳経の功罪を厳しく批評したうえで、根本の「恍惚幽玄なる道」そのものの不可捉性に焦点を当てている。

> 道の根本は、仁の義のと云ふ様な瑣細な者にあらず、無状《むじょう》の状無物《むぶつ》の象《しょう》とて、在れども無きが如く、存すれども亡するが如く、殆んど言語にては形容出来ず、玄の一字を下すことすら猶其《なおその》名に拘泥せんことを恐れて、しばらく之を玄之又玄《げんのまたげん》と称す。玄之又玄、衆妙《しゅうみょう》之門とは、老子が開巻第一に言ひ破りたる言にて、道経徳経上下二篇八十章を貫く大主意なり。
> 　玄とは相対的の眼を以て思議すべからざる者を指すの謂にして、必ずしも虚無真空を言ふにあらず。名《なづ》くべきの名なき故に、無と云ふのみ。老子の言時《げんとき》に矛盾する所ありと雖《いえ》ども、其《その》全篇を通観するに嘗《かつ》て有の真無より生じたるを説きし点なく、from nothing comes nothing と云へる原理に撞着せるを見ず。（同、一四 - 五頁、句読点引用者）

「玄」は「ゲン」と音読して「くろ」と訓む。その字形は非常に細かい糸をかたどり、その形が見えるか見えないかの幽遠な様態を言い表わす。しかも「玄《くろ》」の青黒い色は、天の色である。たとえば「玄黄」は天の黒と大地の黄を対照させて、天地宇宙の全体的な広がりを言う[38]。そこから「玄」の一字が「天」の別名となり、その暗い奥深さを象徴することになる。ゆえにここから右のテクスト断片を、「則天去私」に一気に重ねたい誘惑にもかられてくる。しかしそれをするのはまだ早い。性急な読み込みは厳に慎んで、まずは地道に「玄」と「暗」との類比的な対応ぶりから押さえておこう。

「明暗」の「暗」は「玄」の奥深い闇に重なり、老子の「道」の哲学に通じている。その「道の根本」は「恍惚幽玄なる」「無状《むじょう》の状無物《むぶつ》の象《しょう》」であり、「在れども無きが如く、存すれども亡するが如く」の有りさまである。ゆえにそれは「殆んど言語にては形容出来」ない事態である。そして「玄」というのは、その名状しがたさの形容にほかならない。ところがこの「玄の一字」が、いつしか「其名《その》」となり果てる。あるいはむしろこの体言に「拘泥」し、物事を実体化して囚われるのが、この世のわれわれの言語行為の習い性である。ゆえに老子はこの点の余計な作為を厳しく戒めるべく、これをたんに「玄」と称するだけにとどまらず、「しばらく之を玄之又玄《げんのまたげん》」と名づけてみたのである。あるいはその「名《なづ》くべきの名なき故に、無と云ふ」こともあり、さらには「無名」（同、一五頁）という名を与える矛盾をあえて犯してみたりもするのである。

かくして青年漱石は、老子哲学にみる言語批判の「大主意」を、じつに鋭く摑まえている。漱石はさらに「玄」の「静」と「動」の「二様」を道破して、「天地の始め万物の母」としての「道」の「無名」「有名」の「二面」を指摘し、もってこの「暗」中に静かに蠢く「玄之又玄」を「絶対」（同、十五-六頁）と呼称する。しかもその「絶対」は、「玄」の体言化への警戒の趣旨をふまえて、絶対者だとか絶対的真実在というような形而上学的な実体性を微塵も意味していない。むしろ「絶対」とは、あくまでも「明」中に「相対的の眼を以て思議」しているわれわれに不可避的の言語分節的な分別知との対比のもとに、それを遙かに凌駕して隔絶した玄妙不可思議なる、ゆえにまた字義どおりに言語道断なる「見識」の形容である。

かくしてこの英文科二年の老子論は、すぐれて言語哲学的な問題意識を丹田におさめている。ゆえにまた生涯を「文学とは何か」の問いに捧げた人にあって、あの晩年の七言絶句中「足道情」には、老子の道《タオ》の哲学の響きも深く共鳴していたはずである。[39] じじつその前日（八月二十日）の七言律詩には、「薫蕕臭裡《くんゆうしゅうり》求何物／胡蝶夢中寄此生」（十八巻、三四三頁）として、『荘子』の胡蝶の夢への目配りもある。とはいえここにただちに道教思想の影響を言いつのるのは安易にすぎる。すくなくともすでに『老子の哲学』は、「老子道徳教」が「孟子」の「惻隠の心」「仁義の説」よりも「一層迂遠の議論を唱道」（二十六巻、一三－四頁）したことを認めつつ、しかも「一層迂闊」だと酷評していた。そしてこの単刀直入な批判の要点は、レポート「第二篇　老子の修身」から「第三篇　老子の治民」へと読み進めていけば即座に明瞭となる。

老子道徳経はまず第一に、「経験を利用して現象を探究するを無用とし」ており、あろうことか「外物」や「外界」に「待つ」こと何もなく、ただちに「宇宙の真理天下の大道を看破」したと豪語する「独断的」（同、一七頁）な教説である。そして第二に、老子自身は「既に此《この》有為活潑の世に生れ」ながら、「独り無為を説く」という独善を働いている。しかも本来ならむしろ大乗的に、この「転捩《てんれつ》一番翻然として有為より悟入したる」点をこそ「挙げて人を導くべき」であるのに、じつに乱暴にも「劈頭より無為を説き不言を重んず」（同、一八頁）るという、論述の遂行矛盾まで犯している。ゆえに必然的に第三に、その倫理学も政治学も「退歩主義にて進取の気象なく消極にして積極の所」（同、二二、および二三頁以下参照）が寡《すく》なく、「其《その》言ふ所は動物進化の原則に反」している。

そもそも「人間は左様自由自在に外界と独立して勝手次第の変化をなし得る者にあらず」、「人間は到底相対世界を離るゝ能はずして決して相対の観念を没却する」こともできない。「苟《いや》しくも人間たる以上は五官を有せざる可らず」、「五官を有する以上は空間に於て弁別し時間に於て経験するを免れ」（同、二七頁）ない。そうである以上、われわれは「左右」「大小」「高下」「前後」「遅速」「過去現在未来」「美醜」「善悪」等、「相対的の知識」の概念範疇に頼って初めて「此世界に存在」するのである。[40] またそのようにしてこの世の諸事物を認識するのである。かくして若い漱石の老子批判は、かなり鋭く徹底的である。しかもこの思索の根本視座は、経験的実在界のうちで現に生きる「人間」の、どこまでも避けがたい相対性と有限性の自覚のもとに打ち据えられている。

かかる老子道徳経との最初期の批判的対話と、晩年の漢詩起承句の「尋仙未向碧山行。住在人間足道情」とが、類比の呼吸をひとつにしているのは見やすいところである。禅語「明暗双双」はこれにつづけて唱えられた。この「双双」への問いを底に潜めて、小説表題に「明暗」をすえたとき、漱石は「明」と「暗」との明瞭な対照の、差別無差別の区切りと繫ぎのもとに、言語論的にみて最深最重要の問いを暗黙のうちに問うている。ここには老子の道教のというよりも、「無名」の「玄」そのものへの「哲学」の道に通ずる、「明暗雙雙底」の徹底的に言語批判的な暗黙の問いが現成している。そしていまその点をくりかえし強調するのは、ほかでもない。『三四郎』の「カントの超絶唯心論」（超越論的観念論）から最晩年の「則天去私」へとむかう、漱石文学の方法論的な探究全体の意味《おもむき》が、まさにこの「明暗双双」の一句にかかわっていると睨んでいるからである。この哲学的な漱石解釈の読み筋をよりいっそう深く広く遙か遠くにまで、テクストと対話しながら地道に味わいたい。

第六節　小宮豊隆の『明暗』解説

このうち「則天去私」の文字列と、大患直後の『思ひ出す事など』との、エクリチュールの呼応関係は誰の目にも明らかだろう。この点はすでに多くの識者が指摘してきたところであり、じじつこの二つの時期に共通して、禅語をちりばめた漢詩群が噴出する。しかしこの外形的な相似点に着眼するだけでは、テクストの読みは皮相なものにとどまってしまう。そしてたんなる印象批評の言葉のやりとりのもと、晩年の漱石は「悟達」「悟入」「悟道」の「境地」に到ったのだとか、そもそも修善寺の大患が「一大転機」となって「大轉回《だいてんかい》」が起こったのだとかいう、隔靴掻痒の評伝的穿鑿談義に終わってしまう[41]。たとえば小宮豊隆は、昭和三十年代の新書版『漱石全集』（全三十四巻、編輯解説・小宮豊隆）で新たに書き下ろした、『明暗』下の「解說」（昭和三十一年十一月十五日付）をこう始めている。

月日のことは正確に記憶してゐないが、たしか大正五年（一九一六）七月のことだつたといふ氣がする。私は漱石に、「先生、『明暗』といふのは、夫婦生活の明暗を書くといふ意味での『明暗』なのですか」と、質問したことがあつた。その時漱石はウムと生返事をしたきりで、さうだとも、さうでないとも、はつきりした意志表示をしなかつた。私は妙に恐縮してしまつたらしく、それぢや、どういふ意味で『明暗』なのですかと、改めて質問する氣になれなかつた。(42)

漱石山房門下でも古参の小宮は、『三四郎』起筆の夏に東京帝国大学独文科を卒業し、『明暗』のころには評論家として世に名をなしつつあった。右に回想される師弟の問答が、芥川・久米宛書簡にやや先立つことに注目したい。漱石の「ウム」という「生返事」は、小説表面の「夫婦生活の明暗」の奥底深くに、「明暗双双」の四文字を苦々しく嚙みしめている。「双双」への暗黙の問いは伝わるべくして伝わらない。小宮が「妙に恐縮して」「改めて質問する氣になれなかつた」のは、漱石の問いの深さそのものへの無自覚の感受として、かろうじて正しいふるまいではあった。

そういう小宮の浅薄な問いかけをそのままにして、漱石は無言のうちに亡くなってしまう。小宮は直後から、岩波の最初の『漱石全集』（一周忌に当たる大正六年十二月九日から八年十一月まで全十三巻別冊一巻）の刊行に従事して、第十二・三巻「書簡」（大正八年四、六月刊）編纂にたずさわる。そのおりに初めてあの書簡の「明暗双双」の語にふれたのだろう。(43)そういう四十年前の経緯を正直に報告したうえで、すでに東北大学名誉教授にして学習院女子短期大学初代学長となった小宮は、つづけて言う。

しかし禪語の「明暗雙雙」といふ言葉の意味が、いまだにはつきりと私には分からない。……〔中略〕……もつとも朝比奈宗源の注釋によると、「明」には差別、建立、放行などの意味があり、「暗」には平等、掃蕩、把住などの意味があるのだとある。その差別といひ平等といふ意味だけをとり上げて、そこから推して行くと、「明」には相對、「暗」には絶對の意味があり、更にこれを漱石が晩年にモットオとした「則天去私」に引きつけて考へて見ると、「明」は私の世界を意味し、「暗」は天の世界を意味するものであるとしても、一向差支へないのではないかと、私には思はれた。(44)

拙稿はこの読み筋に、ひとまず並走する。しかし明暗を「私の世界」と「天の世界」に区分して「一向差支へない」と言いきる思考の弛緩に、すでに強い違和感と警戒心をおぼえている。しかも小宮の「解說」は、ここからさらに迷走する。

しかし佛書もしくは禪書には、丁度それとは逆に、「明」は無差別の世界、絶對の世界、天の世界であり、「無明」であるところの「暗」の世界こそ、差別の世界、相對の世界、私の世界であるとつていい用例も、相當あるやうである。その點で私には、なほ納得の行かないものが殘るのであるが、しかし一方から言へば、「明」と「暗」とに逆な解釋があるとしても、結局はそれが天と私とを意味するものであり、又それが「雙雙」で相雙《なら》んで、ここには天と私とが相雙んで、もしくは一緒くたに描き出されるといふ意味で、「明暗」と名づけられたのだと解釋することも、十分可能なのではないかといふ氣がする。(45)

たしかに「明暗」二字に「明」と「無明」、「智慧」と「煩悩」の対比を重ねる「逆な解釋」の例もある。(46) しかしその解釈は「明暗」という文字の二項対立に囚われている。これにたいして「明暗」という禅語そのものは、それ自身が「明」「暗」の言語分節にたよる比喩の発話であることを深く自覚したものにほかならない。(47) そして一所懸命の禅問答の場所——たとえば趙州の「明頭合か、暗頭合か」の問いと、南泉禅師の無言退席の応酬——では、「道に明暗無し」という大乗の根本洞察のもと、「明」か「暗」かという分別そのものの過剰をわきまえつつ、しかもなお無差別平等への安住も峻拒するべく、あえてさらに明暗のどちらを選ぶのかという厳しい問いを立てて、「煩悩即菩提」の真義実相を今ここに問いもとめるという、かなりきわどい言語行為までもが遂行されている。(48) そしてその問いのぎりぎり究極の局面では、「明」が「差別」なのかそれとも「暗」のほうが「差別」なのかという、分別知の判断自体がむなしくかすんでくる。漱石が見つめる「明暗双双」は、まさにそのあたりの消息を批判哲学的につかもうとする符牒にちがいない。

小宮のテクストはしかし、それよりもかなり手前のところで「明暗」の概念的な「納得」をめぐって「私」的に屈託拘泥する。しかも肝腎の「雙雙」の事態を、「相雙んで」とか「一緒くたに」などと粗雑に言いかえて澄ましている。くわえて明と暗、「天と私」が小説表面の「ここ」に「描き出され」ているはずだというのは、当初からの「夫婦生活の明暗」仮説に引きずられた単純な思いこみである。それ以前の決定版『漱石全集』[49]の『明暗』解説（昭和十二年二月二十一日付、『漱石の藝術』昭和十七年に再録）や、評伝『夏目漱石』（初版昭和十三年、改訂版昭和二十八年）からの読み筋で、清子を「天真」の聖女に仕立てあげた小宮の解釈の根柢には、そういう臆測の挾雑物がしぶとく潜んでいる。[50]

かかる小宮の代表する漱石山房の古株や、漱石の晩年に木曜会に出入りしはじめた新参門下が「先生」に寄せた数々の証言、およびこれに依拠した諸研究により、漱石の「則天去私」は特別の悟りの心境のようなものとして「神話化」された。あるいはまた、その秘教的な理解に反発した昭和戦後の若者が、「則天去私」を漱石の「東洋趣味」と断じて、「作家の生涯を通じて」「中断されることなく」響きつづける「現実逃避」の「かくれ家」的な「最低音部」だとおとしめた。[51]しかしそうして対立しあう見解のいずれもが、じつは事柄を外側からながめていたのではなかったか。そもそも彼らの主張には仙境か俗塵か、あの世かこの世か、脱俗か俗了か、東洋か西洋かという、〈あれかこれか〉の分別的な枠組みが共通して支配的である。そして肝腎の事柄の理解がこの手の表面的なものにとどまっていたために、以後も長らく粗雑な議論がくりかえされてきたのである。

注

（1）荒正人『漱石研究年表』、八五六頁。

（2）大正五年十二月十日の大阪朝日新聞が伝える、大学病院の眞鍋嘉一郎医学博士の談話である（『夏目漱石研究資料集成』第二巻、三四二頁）。眞鍋は松根東洋城と同じく松山中学時代の漱石の教え子であり、この春にドイツ留学から帰って来て以来、漱石の糖尿病の診察と治療を引き受けていた。ここに聴きとられた「死ぬと困る」という末期の言葉は、この世でやり残したことの多い創作家の、偽らざる心境を伝えるものだろう。この言葉が最期の最後にありえたことに、拙稿は天の配剤の巧みを見る思いである。しかしながらその当時、これを新聞各紙がこぞって報じたことで、さまざまな風評が飛びかった。たとえば正宗白鳥は、大正六年一月の『新小説』臨時号に寄せた「夏目氏について」という一文で、「道草などはさう大したものぢやない」し、「『心』などは理窟でこねまわした作物のやうに思」うと酷評したうえで、「『死んぢや困るから注射をして呉れ』と、醫師に歎願されたと新聞に出てゐましたが、この一言が氏のどの作物よりも私の胸に鋭くこたへました。文學藝術なんて畢竟遊戯文字に過ぎないかも知れませんが、『死んぢや困るから……』には私達人間のどん底の心の聲が感ぜられます」（『雑誌集成夏目漱石像十三』、一九一‐二頁）と皮肉まじりに続けている。わかりやすい新聞記事には大げさに反応し、漱石の小説からは「私達人間のどん底の心の聲」を聞きとらない、党派的で軽薄な書きぶりである。

（3）『点頭録』の第一回（無題）は東京と大阪の朝日新聞で一月一日に掲載され、第二回から第五回までの「軍国主義」は東京で十、十二、十三、十四日、大阪では十二から十五日、そして第六回から第九回までの「トライチケ」は、東京で十七、十九、二十、二十一日、大阪では十八から二十一日までである。漱石は年明け早々、これら気の重い執筆に従事したのである。

（4）これをさらに周到に先取りして、『硝子戸の中』第一回（大正四年一月十三日、東京と大阪の朝日に掲載）は、自己の執筆の継続に、戦争の継続を重ね合わせている。「去年から欧洲では大きな戦争が始まつてゐる。さうして其戦争が何時《いつ》済むとも見当が付かない模様である。日本でも其戦争の一小部分を引き受けた。それが済むと今度は議会が解散になつた……（中略）……要するに世の中は大変多事である」（十二巻、五一八頁）。第一次世界大戦は、『心』連載中の一九一四（大正三）年六月二十八日のサラエボ事件に端を発して、オーストリアからセルビアへの七月二十八日の宣戦布告をもって勃発、『心』の連載終了（東京は八月十一日、大阪は十七日）から間もなく、日本も、八月二十三日にドイツに宣戦布告した。

（5）そういう広い見地に立つことは、ロンドン留学中に湧きあがる文学論体系構想の強く要請するところでもあった。明治三十四年五月にロンドンで同宿した「池田菊苗氏（化学者）」の「造詣」に触発された以下の口吻はよく知られたところである。「学問をやるならコスモポリタンのものに限り候英文学なんかは縁の下の力持日本へ帰つても英吉利に居つてもあたまの上がる瀬は無之候小生の様な一寸生意気になりたがるもの、見せしめにはよき修業に候」（二十二巻、二三七‐八頁、九月十二日付、寺田寅彦宛書簡）。そして同年四月以降と推定される「断片一四」は、「（6）intellect ハ cosmopolitan ナル故ニ取捨シ易シ」、「（9）文ハ

feeling ノ faculty ナリ／（10）feeling ノ faculty ハ一致シ難シ」として知性と感情との対照を見つめつつ、「西洋ノ文学」について「（12）之ヲ強テ善イトスルハ軽薄ナリ／（13）之ヲ introduce シテ参考スルハ可ナリ／（14）之を取捨スルノ見識ハ非常ニ必用ナリ」（十九巻、一二一－三頁）という考察課題を掲げている。カント『判断力批判』にいう反省的な純粋趣味判断の「主観的普遍性」、すなわち美の感情の普遍的伝達可能性の契機ともつながる、近代美学の根本問題である。「凡そ文学的内容の形式は（F＋f）なることを要す。Fは焦点的印象又は観念を意味し、fはこれに附着する情緒を意味す。されば上述の公式は印象又は観念の二方面即ち認識的要素（F）と情緒的要素（f）との結合を示したるものと云ひ得べし」（十四巻、二七頁）。こう書き起こす『文学論』が、年来の課題を真正面から引き受けたものであるのは見やすいとして、さらに『文芸の哲学的基礎』にいう「還元的感化」の理念が、まさに漱石詩学による独自の解の試みであり、カント美学が百年前に掲げた「共通感覚 sensus communis」の理念との比較対照に値するものである点、ここに付言しておきたい。

（6）そういう世界史的な視野の懸念は、かつて留学先の漱石が病床の子規に寄せた『倫敦消息』（明治三十四年四月）以来の継続案件である。「露西亜と日本は争はんとしては争はんとしつゝある。支那は天子蒙塵の辱を受けつゝある。英国はトランスヴハールの金剛石を掘り出して軍費の穴を塡めんとしつゝある。此多事なる世界は日となく夜となく回転しつゝ波瀾を生じつゝある間に我輩のすむ小天地にも小回転と小波瀾があつて我下宿の主人公は其厖大なる身体を賭してかの小冠者差配と雌雄を決せんとしつゝある。而して我輩は子規の病気を慰めんが為に此日記をかきつゝある」（十二巻、三一頁）。漱石は自身の最初期の随筆を、大正四年九月刊の『色鳥』に収めるにあたり文体を全面的に改める。そして右の最終段落中「我輩のすむ小天地にも小回転と小波瀾があつて我下宿の」という一節は、「僕の住む此小天地にも小回転と小波瀾が続きつゝある、起りつゝある。僕の下宿の」（同、五五－六頁、傍点引用者）と書き改められる。注目したいのは、この現在進行形の「継続」モチーフをさりげなく継続・更新する、創作家の息遣いである。

（7）トライチュケ（Heinrich Gotthard von Treitschke, 1834-1896）は、国家主義的な歴史家であり、反英的な帝国主義の論客で、人種差別政策を推進した帝国議会議員である。著書としては『十九世紀ドイツ史』全五巻（一八七九－九四年）のほか、『歴史政治論文集』（一八六五年）があり、没後出版の講義録『政治学』（一八九七－八年）の英訳が、第一次世界大戦中の一九一六年にロンドンで出版されている。

（8）大正四年秋頃の断片六八Bには、そういうニーチェの見地に言及しつつ、「何ものも真ではなく、すべてが許されている」という命題を危険視する批判的考察がある（二十巻、四八八－九頁）。

（9）『点頭録』の軍国主義・帝国主義批判をめぐる考察から始めた以上、ここに急いで弁明しておきたい。拙稿は、漱石個人を非戦論者だとか平和主義者だとか言い立てようとは思わない。むしろ「明治の文豪」にして「国民的文学者」漱石のテクストが、戦前・戦中・戦後の国家主義的言説空間で有効活用されてきたことは充分に承知しているつもりである。そしてまた彼の日記断片や私信のみならず、新聞に公開した『満韓ところぐ〳〵』などの文章にも、今日のポストコロニアル批評やジェンダー批評の視点からみれば、胸の悪くなるような単語や口調は少なからず目につくのである。しかしながら、そういう部分だけを抜き出してきて、漱石の文学を国家主義的、植民地主義的、女性差別的と決めつけて非難するのも安易安直にすぎる。テクストには多様な読み方が可能だが、漱石はその点でも極力自覚的に書いたのではなかったか。しかもあの『点頭録』にみられるように、その哲学的な文学は諸言説の権力関係が錯綜する現代文化を批判的に反省し、われわれのよりよい言語行為の可能性を目指していたのではあるまいか。「トライチケは、独乙《ドイツ》が全欧のみならず、全世界を征服する迄《まで》、此《この》軍国主義国家主義で押し通す積《つもり》だつたかも知れない。然しながら、我々人類が悉《ことごと》く独乙に征服された時、我々は其《その》報酬として独乙から果して何を給与されるのだらう。独乙もトライチケもまづ其所《そこ》から説明してかゝらなければならない」（十六巻、六四七－八頁）。テクストはあの時代に、ここまで踏み込んで発言した。以上の諸点をふまえ、ここでは漱石のテクストの語りのうちに、個々人の身に染みついた言葉使いや時代的文化的な諸制約をこえて、物事をつねに徹底して批判的に見つめてゆくための、新たな論理の道筋を探りだしたいと思う。

（10）この筋の比較的早い研究として、重松泰雄、一九七八－九年がある。ただし重松は漱石とジェイムズやベルクソンとの差異を指摘しながらも、それをこえた重なり合いのほうに注目して、漱石晩年の思想の変容と新たな展開を見ようとした。それにたいし拙稿は、漱石詩学の終始一貫した思索の道筋が、それら類縁の思想との批判的対決をつうじて、自己本位かつ天然自然に深まりゆくさまを見つめたい。

（11）ハルトマン（Karl Robert Eduard von Hartmann, 1842-1902）の著作には、ヘーゲルの「理念」とショーペンハウアーの「意志」を結合し、汎神論的かつ唯心論的な形而上学原理を大胆に打ち出した『無意識の哲学』（一八六九年）のほか、『物自体とその性質』（一八七一年、のちに八五年第三版は『超越論的実在論の批判的基礎』と改題）などがある。六年間のドイツ留学から明治二十三（一八九〇）年に帰国して数年後、帝国大学教授井上哲次郎はハルトマンに哲学教員の派遣を依頼し、二十六年六月にケーベル（Raphael von Koeber, 1848-1923）がやって来る。ケーベルは一八八一年に『ショーペンハウアーの解脱論』と『シェリング自然哲学の根本原理』、八四年には『ハルトマンの哲学体系』を出版しており、彼の説くハルトマンは、ショーペンハウアーを徹底して超えた体系的哲学者である。ちなみにケーベル着任一年目、大学院一年の漱石はケーベルの美学講義を受講、大学三年の西田はショーペンハウアー演習に出席した。

（12）　ロッツェ（Rudolph Hermann Lotze, 1817–1881）は、機械論的自然観と神の最高善の実現に向かう目的論をあわせ説き、価値哲学の側面で、新カント派に示唆を与えたドイツ哲学界の大御所である。ケーベルの前任者ブッセ（Ludwig Busse, 1862–1907）は、ロッツェに依拠して帝国大学で約六年間、哲学概論、倫理学、論理学、美学を担当した。ちなみに漱石の死の翌月、西田は「ロッツェの形而上学」（大正六年一月執筆、京都哲学会編『ロッツェ』、同年五月刊所収）の末尾で、ロッツェを「十九世紀に於て鋭利なる思索、該博なる学識、微妙なる感情を兼ね備へた大思想家であつた」と評し、「ブッセ先生」についても以下のように言う。「明治二十年代の始頃、今の東京文科大学に於て哲学を講ぜられた故ルードウィヒ・ブッセ先生はロッツェの晩年にその教を受けたロッツェ学徒であつた。余もブッセ先生から教を受けた一人であるがその哲学概論の如きもロッツェ哲学の梗概の如きものであつたと思ふ。……〔中略〕……余は此文を草するに当つて、ロッツェに対する余の従来の不明を謝すると共に、元気な熱心な講義ぶりの故ブッセ先生を思ひ出さゞるを得ない。而して同先生が独逸に帰り、『精神と身体』『認識論と哲学』などの著述を出し、相当に学界から認められながら、志を齎して早く既に鬼籍に入られたことを悲しむのである」（西田、一巻、三一四‐五頁）。

（13）　すでに西田の『善の研究』第二編「実在」の第七章「実在の分化発展」は、ハルトマンを援用してこう述べていた。「唯一実在たる「意識現象」の「主観的統一作用は常に無意識であつて、統一の対象となる者が意識内容として現はれるのである。……〔中略〕……ハルトマンも無意識が活動であるといつて居る様に、我々が主観の位置に立ち活動の状態にある時はいつも無意識である。之に反し或意識を客観的対象として意識した時には、其意識は已に活動を失つたものである。例へば或芸術の修練についても、一々の動作を意識して居る間は未だ真に生きた芸術ではない、無意識の状態に至つて始めて生きた芸術となるのである」（西田、一巻、六五‐六頁）と。さらに大正九年一月刊『意識の問題』に収めた論文「意識の明暗に就いて」（『哲学研究』大正八年九月号掲載）では、「無意識と意識とは如何なる関係に於て立つか」（西田、二巻、四四五頁）を論じて言う。「無意識といふのは所謂現在の意識と同一線上に横はるのではない、高次元の上にあるのである。……〔中略〕……本能といふ如きものも一種の無意識として考へ得るであらう。生命は物力より一層高次的対象界の実在である。この見方からして、ハルトマンなどの考の如く物力をも一種の無意識と考へ得るでもあらう。斯くして此等のものがショーペンハウエルの考へた如くプラトー的理念として芸術の対象ともなり得るのである」（同、四四六‐七頁）と。そして『無の自覚的限定』（昭和七年十二月刊）は、「ヘーゲルに徹底することによつて真にショーペンハウエルに到ることができ、ショーペンハウエルに徹底することによつて真にヘーゲルに到ることができる。両者相反すると考へられるのは、有の論理を脱し得ないからである」（西田、五巻、二一三頁）と断じたうえで、「ハルトマンの無意識といふ如きもの」をも超えた「絶対無」の場所で、「意志的に自己自身を限定するものの自覚的内容」たる「イデア的なるもの」を「最も明なる意識の内容として」見る、「行為的表現の世界即ち歴史的世界と考へられるもの」（同、二一四頁）に論及し始めるのである。

（14）『点頭録』にとりたててロマン主義への言及はない。しかしフィヒテ、シェリングの主観的および客観的な観念論の展開が、ヘルダーリン、シュレーゲル、ノヴァーリスらのロマン主義と密接に交錯していることは、すでに漱石の頃でも哲学史の常識に属している。しかも漱石が大学に学んだ明治二十年代は、欧化政策にたいする国粋主義の勃興期であると同時に、北村透谷らの浪漫主義の開花期でもある。若い漱石は『英国詩人の天地山川に対する観念』（明治二十六年）のなかで、「『ロマンチシズム』の勃興と共に、山川を咏出する詩人漸く輩出するに至り、遂に『ポープ』一派の詩風を杜絶せんとするの勢を生せり」と述べ、「人巧世界を解脱して」（十三巻、三一頁）自然を崇拝し、「万化と冥合し自他皆一気より来ると信じた」「ウォーヅウォース」（同、五四頁）にいたるロマン派詩の、自然主義的な起源を主題化した。また初期の『漾虚集』などは、当時からロマン主義と評されており、たとえば赤木桁平『夏目漱石』（大正六年五月、新潮社刊）は、「漱石先生の藝術的業績」を「三つの時代に區分」して、「最初は『ロマンチシズムの時代』を以て初まり、中間に於いてはロマンチシズムからリアリズムへの『轉向の時代』を經過し、最後に於いては純然たる意味の『リアリズムの時代』に到達」（赤木、一七九頁）したと解説した。だとすれば『点頭録』は、初期のロマン主義的経歴への自己批判を含む可能性もある。

ちなみに二十年後の第二次大戦期には、日本浪漫派が一世を風靡する。そしてその主宰者たる保田與重郎は、神ながらの形而上的な自然に根ざす日本的心性を重んじた。ゆえに保田のいう「明治の精神」とは「尊皇攘夷」の道にして「我々一身一代の道でなく、無限の古から、永遠の未來に亙つて、日本人が生きてきた道であり、生きてゆく道である。卽ちこれが日本人だと云ひうる生命の道」（保田、十九巻、三五六頁）となってゆく。こういうロマンチックな「自然」の誘惑に厳しく対峙する批判的思考の道筋を、漱石のテクストのうちにぜひとも探りあてたい。

（15）『明暗』大団円の舞台となる湯河原温泉に、漱石は大正四年の晩秋（十一月九日から十七日、旧友の満鉄総裁中村是公が同伴）

と、この大正五年の一月末から二月上旬の、二度滞在した（『漱石研究年表』八二三 - 四頁、および八三二 - 三頁、参照）。このうち大正四年秋の旅先には、森田草平に借りたドストエフスキーの『白痴』英訳本を持参している（二十巻、四九四 - 六頁、さらに五〇二 - 三頁参照）。

(16)　漱石全集年譜（二十七巻、六九六頁）参照。漱石は五月二十一日付の書簡で、朝日の担当者山本笑月（松之助）に宛てて起稿を知らせている。「拝啓此間中から少々不快臥牀それで小説の書き出しが予定より少々遅くなつて済みませ〔ん〕谷崎君の二十日完了の筈のものが二十四〔日〕迄延びたのも夫が為の御斟酌かと存じ恐縮してゐます此分では毎日一回宛は書けさう故御安心下さい」（二十四巻、五三二頁）。漱石の『明暗』は、谷崎の中篇「鬼の面」の後を襲って『東京朝日新聞』に連載される。

(17)　『漱石研究年表』、八四一頁。

(18)　田中邦夫は、この日の執筆を『明暗』第九十六回と推定する（田中、九頁）。津田が妹お秀との会話のなかで、送金停止を告げた「父の料簡」（十一巻、三三四頁）を穿鑿する場面である。

(19)　成瀬・久米・芥川そして松岡譲（当時善譲）は、第一高等学校の同期入学生（明治四十三年九月）で、東京帝国大学系の第三次・第四次『新思潮』同人。このうち芥川龍之介（明治二十五年、東京生）の出自は、夏目（塩原）金之助少年との類比を誘って重苦しい。大正四年、『帝国文学』四月号に「ひよつとこ」、十一月号に「羅生門」を発表した芥川は、漱石門下の林原（のちに岡田）耕三の紹介で、久米といっしょに十一月十八日の木曜会に初参加。松岡は二週間後の十二月二日に初参加（関口安義、一九九九年、一六三頁、参照）。芥川は翌年二月十五日創刊の第四次『新思潮』に「鼻」を発表。二月十九日付の漱石からの手紙で、「あなたのものは大変面白いと思ひます落着があつて巫山戯《ふざけ》てゐなくつて自然其儘《そのまま》の可笑味《おかしみ》がおつとり出てゐる所に上品な趣がありますす夫から材料が非常に新らしいのが眼につきます文章が要領を得て能く整つてゐます敬服しました。あゝいふものを是から二三十並べて御覧なさい文壇で類のない作家になれます」と激賞された（二十四巻、五一〇 - 一頁）。成瀬・久米・芥川の三人は、七月に英文学科を卒業したばかりで、久米と芥川は八月十七日から九月二日まで、千葉九十九里浜南端の一宮《いちのみや》海岸に避暑で滞在。一高卒業を前に神経衰弱で一年休学して哲学科に進んだ松岡は、翌年の卒業。漱石の没後、長女筆子をめぐり、この若者たちのあいだに一騒動のあることを、漱石は無論知るよしもない。

(20)　『夏目漱石遺墨集』第一巻・第二巻、書蹟篇、参照。

(21)　津田青楓は明治十三年京都生まれで、関西美術院で浅井忠に学び、明治四十年から三年間パリに官費留学。ジャン・ポール・ロランスに師事。明治四十四年六月に小宮豊隆に伴われて漱石を訪問し、しだいに親交を結ぶこととなる。大正三年、二科会の創立に参加し同人となる。『道草』と『明暗』の装丁も手がけ、その後プロレタリア芸術運動および左翼団体との交渉で昭和八年に検挙され、釈放後は二科会を脱退。日本画に転じて水墨画を描く。

(22) 『夏目漱石遺墨集』第三巻・第四巻、絵画篇、および芳賀徹、一九九〇年、参照。漱石はみずからの「画といふよりも寧ろ子供のいたづら見たやうな」画作について、「その子供の無慾さと天真が出れば甚だうれしい」と述べ（大正二年十一月三十日、門間春雄宛書簡、二十四巻、二二八‐九頁）、「私は出来栄の如何より画いた事が愉快です」と言う（大正元年十一月十八日、津田青楓宛書簡、二十四巻、一一七頁）。『文展と芸術』（大正元年十月、朝日新聞連載）でも、「他人を目的にして書いたり塗つたりするのではなくつて、書いたり塗つたりしたいわが気分が、表現の行為で満足を得る」のであり、「其所に芸術が存在してゐる」と主張する（十六巻、五〇七‐八頁）。書簡や漢詩を「たゞ書く」晩年の気分に、根柢でつうじるものがここにある。

(23) 書簡実物は山梨県立文学館蔵。これを実見した紅野敏郎（新版全集書簡注解担当、当時同館館長）は、「巻紙に堂々と六十八行、きわめて闊達、一気呵成に書かれたと察せられる」（紅野、一四頁）と報告する。ところで書簡の末尾、「以上」と本文とのあいだには改行があり、「その『以上』というわずか二文字を置いた空白が、実はこの書簡全体をしめくくっているように感じられてならぬ」（同、一五頁）と紅野は言う。示唆に富む深い読み方であり、拙稿もこれを共有したい。

(24) 芥川はのちに漱石の「南山松竹」の画を評して、「技巧は兎も角も、気品の点へ行くと」まことに「敬意を表」すべきものがあり（「俳画展覧会を観て」大正七年、芥川、四巻、七六頁）、「何か一つ微妙なものを失つてゐる」森鷗外の「短歌や発句」などに比して、「夏目先生の余戯だつた漢詩は、——殊に晩年の絶句などはおのづからこの微妙なものを捉へることに成功してゐる（若し『わが仏尊し』の譏りを受けることを顧みないとすれば。）」と書いている（「文芸的な、余りに文芸的な」昭和二年、芥川、十五巻、一七〇頁）。ただし芥川は、いわゆる「風流漱石山人」の解脱や悟達などという一連の神話化には与しない。彼が接した漱石はむしろ「才気煥発する老人である。のみならず機嫌の悪い時には……〔中略〕……後進の僕などには往生だつた」し、「猛然」として「猛烈」たる「老辣《らうらつ》無双《むさう》」の人だった（同、一七四‐五頁）。だから芥川は、あれらの漢詩文字列の裏で「迚《とて》もよりつき難《がた》いむづかし顔をして」「うん〳〵唸つて」詩作した「肝癪《かんしやく》」もちの漱石の面影を、心底から懐かしみ、好んで報告する（「漱石先生の話」昭和二年談話、芥川、十四巻、二七六頁）。漱石先生を偶像化した周囲とは一線を画す芥川の位置取りは、芭蕉の臨終の場に題材を得た「枯野抄」（『新小説』大正七年十月）にも鮮明に読み取れる（石井、一九九三年①、二二一‐四四頁参照）。

（25）この起承句を松岡譲はこう解す。「仙人の住む山にも行かず、依然、人間世界に住んでいて、どうやら道というものが、わかりかけて来た」（松岡譲、一九六六年、一七八頁）。そして「明暗双双」の意義解釈をほどこさぬまま、久米・芥川宛書簡の当該箇所を引用して「以って晩年の心境を見るべしだ」（同、一七九頁）と言いはなつ。じつに拙速な読み方である。

（26）高橋英夫「洋燈の孤影——照らされた漱石世界」（初出、一九九〇年）は、『明暗』の題名から派生する「漱石は明るかったか暗かったか」の問いに答えて、「明るくもあれば暗くもある」漱石の明暗が「如何ともしがたいほど交錯し、縺れ合って」いる「宿命的」な「状態の持続」を指摘する。そして「洋燈」が「暗い闇の中に点じられて、一点の周囲に層々と押し及ぼされてゆく仄めく明りの波を生む」（高橋、二〇〇六年、一七一頁）風情を好んだ漱石に注目し、その比喩的な含意のうちに「漱石的深部」（同、一八一頁）を照らし出す。漱石の「表現言語」（同、一〇二頁）の成立と文体の錬磨を注視した、高橋の言語論的解釈は卓抜であり、ゆえにその「補助線」（同、一八七頁）を引き受けて、さらに奥底までつきつめたい。

（27）明治三十九年九月の『草枕』一には、「世に住むこと二十年にして、住むに甲斐ある世と知つた。二十五年にして明暗は表裏の如く、日のあたる所には屹度影がさすと悟つた。三十の今日はかう思ふて居る。——喜びの深きとき憂愈深く、楽みの大いなる程苦しみも大きい。之を切り放さうとすると身が持てぬ。片付けやうとすれば世が立たぬ」（三巻、四頁）。ここで「明暗」は、この相対の世における「表裏」や「日」と「影」の対照を示すにすぎぬ。これよりもっと深い「表裏」の比喩は、明治三十二、三年頃のものと推定される断片にある。「心ハ喜怒哀楽ノ舞台／舞台ノ裏ニ何物かある／煩脳《ママ》と真如ハ紙の表裏の如し　二而一一而二／天下ノ事皆面白シ而シテ皆面白カラズ」（十九巻、七頁）。「明暗双双」の「双双」二文字が「二而一一而二」に重なるのは明らかだとして、問題は「喜怒哀楽」の自意識たる心の「舞台」の表と裏、煩悩と真如の対照が、晩年の「明暗」に置きかわったときに、何が見定められるようになったのかという点にある。

（28）吉川幸次郎、一二六頁。

（29）全集の訳注を担当した一海知義は、さらに禅宗史伝書の代表格たる『景徳伝灯録』の巻二十七布袋和尚の条に「無量の晴高を道情と称す」とあることを教えている。「道情」を「すがすがしく気高い境地」（飯田、二五七頁）とする飯田利行の解釈は、これにつうずるものだろう。

（30）古くは和田利男が「道を修業する心」（和田、一九三七年、三三四頁）と解したが、佐藤泰正は諸家の訳業を批判的に吟味して、「道情」を端的に「求道の想い」（佐藤泰正、一九八四年、三三〇頁、および一九八六年、三七四頁）と見定め、「作家としての求道、つまり人間世界を徹底的に追求してゆくという」（吉本・佐藤、二五九頁）意味での、「道を求める心」（佐藤泰正、二〇一〇年、三七八頁）と解釈し、「明暗双双」の往還的な視座の動態性に見事に接続させている。

ちなみに翌八月二十二日の七言律詩は「香烟一炷《こうえんいっしゅ》道心濃／趺坐何処古仏逢」（十八巻、三四九頁）の二行で始まり、ここにも禅の気配は濃厚だが、「明暗双双」の往還反転の動態には、陽明学の「人心」と「道心」との差別無差別を類比的に重ねることもできる。佐古純一郎は佐藤泰正との対談で、二松学舎と少年漱石との深い因縁に着目し、『伝習録』の以下の一節を引く。「心は一なり。未だ人を雑《まじ》へざる、之を道心と謂ひ、雑ふるに人爲を以てする、之を人心と謂ふ。人心の其の正を得る者は即ち道心にして、道心の其の正を失ふ者は即ち人心なり。初より二心有るに非ざるなり」（佐藤・佐古、一六六頁）。佐古は「純天理去人欲之私」の一行に、「則天去私」の無意識の源泉を認めており（同、一六七‐八頁）、これも一つの重要な読み筋だ。ただし佐古は「道情」を端的に「道を求める心」と解しながらも、これを安易に「超俗の心」と言い換える（佐古、一九八三年、一七九頁）。「漱石の求めようとした『道』は、単なる倫理道徳を超えた、むしろ宗教的実存ともいえる世界であった」（佐古、一九七八年、一三四頁）という信念が、往相に偏る読みを強いたのか。とはいえ「漱石が『則天』というとき、その『天』は、けっして何らかの超越的な実在が考えられているのではない。それは、けっきょく、『天然自然』という場合の『天』と同じ意味のものである」（同、一三八頁）との指摘は重要である。

（31）神保如天・安藤文英編『禪學辭典』、一三九七頁。この辞典の初版は大正四年八月だから、漱石の目にふれた可能性がある（加藤二郎、一九九九年、一五一‐二頁、参照）。ただしその解説は、明に「現象」、暗に「理體」の文字をわりふっており、仮象と本体のプラトン的二元論にからめとられる危険性を免れない。この問題は拙稿本題と直にかかわるゆえ、留意して考察を進めたい。

（32）五十一則は冒頭、人間理性の言語的分節の是非を厳しく問う。そもそも「纔《わずか》に是非」の分別判断があったりすれば「紛然として心を失《みうしな》う」。他面、諸事象の「階級」や序列の整理がなければ「模索」の糸口も無くなってしまう。自然に身を任せて「放《ほう》行《ぎょう》」するのが良いか、それとも分別の規範に従うべく「把住《はじゅう》」するのが良いか。この極限の問いの最中、少しでも「解路《げろ》」の分析的な理解が働けば、それだけで「猶《な》お言詮《ごんせん》に滞」って元の黙阿弥となる。他方「独脱」の境界に到っても故郷はなお「一万里の彼方」で、「自己の本来のありかとは遠く離れている」。このあたりの呼吸の会得に至っていないのなら、「且《まず》は只だ箇の現成公案《げんじょうこうあん》を理会《りえ》せよ」（入矢義高他訳注、一八七頁、参照）と。そしてこの「本則」につづく「頌」と「評唱」のうちに、「明暗双双底時節」の語句は現われる（同、一九六、一九八頁）。ちなみに「明暗雙雙」は『禪林句集』にも採られており、昭和の禅僧柴山全慶は「明は差別、暗は平等。明中に暗あり、暗中に明あり。兩者が入りまじつて相即不離であること」（柴山、六八頁）と簡潔に注解する。

(33) 中村、一六五二頁。この説明は、プラトン的二元論への頽落の危険を軽々とかわしている。

(34) さらに加藤二郎は指摘する。「漱石の蔵書であり且つ愛読の書でもあった筈の『碧巌夾山鈔』（六）の『明暗雙雙』の註として、『明暗ハ即隠顕隠顕ハ即迷悟也又理事也二法ヲ立ルハ教位也宗門ニテハ一致ト見ル也故ニ雙雙ト云也』といった語が見いだされることからも」、「漱石が『明暗雙雙』即ち『理事無礙』というその相互の思想的聯関を熟知していたであろうこと」は「明らか」（加藤、一九九九年、一三二-三頁）だと。

(35) 九月九日作の七言律詩の首聯には、まさにこの反転光学のリズムに乗って「曾見人間今見天／醍醐上味色空辺（曾て人間《じんかん》を見今　天を見る／醍醐の上味　色空の辺）」（十八巻、三八五頁）とあり、一海知義は「色即是空、空即是色といったあたり、そうした世界に（醍醐味はある）。なお、『色即云々』は、現象界の物質的存在には固定的な実体がなく、空《くう》であり、また空であることによって万物は成り立っている、という意」（同、三八六頁）と注釈する。ここに「曾《かつて》」と「今」の対照は、むしろそのつどの刹那における、明暗双双の反転のうちに看取したいものである。ちなみに柴山全慶は『禅林句集』の「色即是空空即是色」に注釈して言う。「色は有・差別、空は無・平等。差別即平等、平等即差別。色空不二。教相的には現實の一切の存在は本來自性は無いが、因縁和合して初めて現實の存在となるという意」（柴山、二一七頁）と。

(36) ここでぜひとも以下の問いの深まりを共有しておきたい。「漱石はどのような絶対に基づいて、あらゆる人間の劇を――それには作中人物に限らず創作している彼自身までが含まれる――相対化していたのか。或いは重層相対化装置を無限に仕掛けることによってどんな絶対の影が見えて来る予測を持っていたのか。漱石の『天』とはどんなものであったのか。／――漱石は、それを持たなかったのではあるまいか。『廓寥』たるものはカラッポなのではないか。どこまで行っても限定するものがないのではあるまいか。そしてその事自体が絶対的絶対に関して人間が知り得る唯一の確かさとして諒解されて来つつあったのではあるまいか」（高木文雄、一九七七年、一九五-六頁、および同、一九九四年、二五四頁）。この評言の念頭にあるのは、拙稿も第十章に引く『思ひ出す事など』第十五章の漢詩「縹緲玄黄外」の「廓寥天尚在」だろう（高木、一九九四年、三一六-二四頁）。絶対無の場所の「自己限定」を高唱反復する西田哲学とは違う、批判的で反省的な思索の道筋が「カラッポ」の文字には垣間見える。ただしかしこれを「舊約聖書の信仰に近い」（同、三三二頁）として、さらには『思ひ出す事など』から『硝子戸の中』までの五年間に舊約的『天』から新約的『母』への前進があったのである」（同、三三四頁）とする臆断には警戒感を禁じえない。

(37)「明暗双双」の手紙からおよそ二週間後、九月五日作の七言律詩は「絶好文章天地大」（十八巻、三八一頁）を初句に掲げている。この詩作の気合いが「則天去私」の「文章座右銘」につながるのは見やすいが、同詩第七句「勿令碧眼知消息」（碧眼をして消息を知ら令《し》むる勿《な》かれ）の「碧眼」が歴代の読み手により、「毛唐ども」「毛唐の奴等」（松岡、一九六六年、一九九頁）、「西洋人、毛唐」（吉川、一四五頁）、「碧眼紅毛の徒」（飯田、二九三頁）、「青い眼。西洋人。」（佐古、一九八三年、二〇四頁）と、見当外れにも国粋主義的・東洋主義的に語釈されてきたことから、この時期の漱石漢詩の言語論的反省の深さが、長らく覆い隠されてきた。これは「しかし碧眼胡僧すなわち達磨と考えることも不可能ではない（禅書で碧眼といえば達磨である）。かりにそうだとすれば、この句は①道の究極はダルマにも知らせることが出来ぬ（祖師に対してこのような言い方をすることは禅の論法では少しもおかしくない）②ダルマにも説かせることが出来ぬ（説かせてはならぬ）などの解釈が成立つ」（中村宏、二五四頁）。

　この指摘を受けて、加藤二郎は「漱石の言語観」と題する卓抜の論考で、九月期の漱石漢詩の動向からこの読み筋を強化した。「欲弄言辞堕俗機（言辞を弄せんと欲すれば俗機に堕つ）」として「不立文字」の精神を謳う結句は、『明暗』執筆を継続する日常のただなかで、華厳哲学の「理事無礙法界」につうずる「明暗双双」の言語論的省察を深く反芻したものにほかならない。ただ一点、そこから加藤は十月十二日作の七言律詩の結句「会天行道是吾禅（天に会して道を行うは是れ吾が禅）」（十八巻、四四六頁）に眼を転じて、「漱石に於ける『吾《ガ》禅』、そしてその『行道』とは、そうした耶・仏・儒等々の基底に潜在された本源的な実在（「天」）の自覚（「会天」）或いは所謂「則天（去私）」の異名に外ならなかった」（加藤、二〇〇四年、二五一－二頁、傍点引用者）と述べて、危うく超越論的実在論の形而上学に引きこまれかけている。ここに最大限の警戒を怠らぬよう、徹底して批判哲学的な思索に努めたい。

(38)「玄黄」の文字は漱石の漢詩に頻出するだけでなく、『吾輩は猫である』にも「天地玄黄を三寸裏に収める程の霊物」（一巻、一二七頁）とか、「天地玄黄とかいふ千字文を盗んだ様な名前」（同、二四八頁）といった用例がある。「天地玄黄」は漢字習得用の長詩『千字文』の最初の一句であり、『易経』坤《こん》の末尾には「それ玄黄は天地の雑りなり。天は玄にして地は黄なり」（『易経』上、一〇六頁）とある。『易経』は陰陽二気の関係変化をもって天地人三才の道を解釈し占うもので、周易上経冒頭二節の「乾」「坤」は、じつに「天」「地」を言い表わす。

(39) この意味で「漱石は、原理的・究極的な場に立ったとき老子的であった」（高橋英夫、二〇〇六年、三一頁）と、ひとまずは言えるだろう。ただしここにはやはり一定の批判哲学的な留保が必要である。

(40) その批判の存在論的側面にもふれておきたい。本文の引用箇所でも、「道」は「在れども無きが如く、存すれども亡するが如く」とされており、その存在は否定されぬどころか、それが「虚無真空」でも「真無」でも“nothing”でもないことが確認されている。漱石はそれを「命名すべからざる一種の物」(二十六巻、一五頁)と認定するが、問題はその有りようをどう理解するかにある。青年漱石の老子批判はこう続く。「今此相対世界に生れて絶対を説くを得るは智の作用推理の能にて想像の弁なり議論上之れ有りと主張するも実際其世界に飛び込む能はず」と。老子は「漫《みだり》に絶対を説き」(同、二八頁)、絶対世界を彼岸に立てた。その宗教的思弁の独断を漱石は批判する。そして「善悪無差別霊無澹々《たんたん》の教」(同、二九頁)のうちに、「玄之又玄」なる「道の実在」を「万物の実体」として、逆に「吾人が通常見たり聞たり触れたりする物は実体にあらずして仮偽《かぎ》なり」としてしまった。かくして青年漱石は老子の「唯道論」の“metaphysical”(同、三二頁)な根本性格を鋭く見抜いている。こうした老子の形而上学的な実在論は、晩年の『点頭録』が警戒するハルトマンの「宇宙実在」の「意志の哲学」とも微妙に交錯する。この種の二世界論的な独断を、漱石の詩作的な思索がどのように批判してゆくのかを精確に見届けたい。

この点に関連して、漱石のワーズワース論にも注目しておく必要がある。『老子の哲学』は、賢しらな「学問を以て無用」(同、一六頁)として「頑是なき嬰児と化せんと願へる」(同、二〇頁)老子と、ワーズワースとの類似を挙げている。そして翌年の『哲学雑誌』寄稿論文『英国詩人の天地山川に対する観念』は、ワーズワースが「寂然として天地を観察せるの結果」(十三巻、五四頁)、たんに「自然界裏に活気を認め」るのみならず、さらには万物を統括する単数形の「“a spirit”“a force”」、すなわち「凡百の死物と活物を貫く」「無形の霊気」の「哲理的直覚」にいたり、汎心論的な詩作の「活動法(spiritualization)」を格段に深めてゆくさまを追う。そしてその一即一切のロマンチックで神秘的な「自然主義」の本質を、「玄の玄なるもの、万化と冥合し宇宙を包含して余りあり」(同、五六頁)と、老子風に形容する。漱石はワーズワースの『霊魂不滅の告知 Intimations of Immortality』からも数行を引くが、こうしたスピリチュアリズムの「幽玄なる思想」(同、五七頁)に魅かれながらも、形而上学の誘惑に抗して自己本位の道をゆく。そうした漱石の思索の根本動向を探り出したい。

(41) ここに漱石の「大轉回」を指摘し「轉機」を見るのは、いうまでもなく小宮豊隆である(小宮、一九五三年、第三巻九〇頁、一九五六年①、三四二頁)。同じ漱石門下の森田草平も、大患前後で漱石の心境と社会的地位に一定の変化を認めるが、「小宮君の言うように、この大患を契機として、先生の心に『一大転機』が起こったなぞとは、どうしても考えられなかった」(森田、三一六–

七頁）と異を唱える。「小宮君は飽くまで修善寺の大患を契機として、先生の心境に一大転換が行なわれた。そして、それがそのままその方向に展開しつづけて、ついに晩年の『則天去私』といったような、静寂な心境に到達された――と、そういうふうに考えているらしい。／それに対して、私は必ずしもそうは考えない。修善寺の大患後も、先生の心境にはいくらも動揺があった。時には暗澹として前途に光明を失われたような時代さえあった。その動揺の結果、晩年にはいよいよ『則天去私』をもって生活の信条とせられるようになった。これだけは誰にも争われない。が、それは飽くまで生活の信条であって、先生自身がそれになりきってしまわれたわけではない。本当に『則天去私』になりきってしまったら、もう小説なぞ書いてはいられなかろうと、私には思われるのである」（同、三七八頁）。漱石個人の「心境」や「生活の信条」と、「則天去私」の詩学とを密着させるのか、それとも切り離すのか。在りし日のわが師の像をめぐり相争う二人とも、じつは「修善寺の大患」や「則天去私」の意義を充分に把握できていない。拙稿の中心主題とも関連するゆえ、長々と引用した次第である。

(42)　小宮、一九五六年③、二四二頁。

(43)　大正六年一月十五日刊の『新小説』（臨時號）、二月一日刊の『日本及日本人』六九八号、二月二十日刊の『渋柿』三十号（漱石先生追悼號）につづき、三月十五日刊の『新思潮特別號　漱石先生追慕號』は、寺田寅彦ら八人の連名（大正六年正月付）で、「漱石先生遺稿編纂につき謹告」と題し、小宮豊隆宅を送付先として、「書簡」を含む「先生の肉筆」の貸与依頼を告知した。そして巻頭には「漱石先生の手紙」として、九通の書簡を掲載した。その末尾には、次章でふれる大正五年九月一日付の芥川・久米宛書簡がある。そして一連の芥川宛書簡は、大正八年六月十五日刊の「続書簡集」に収載された。

(44)　小宮、一九五六年③、二四二－三頁。

(45)　小宮、一九五六年③、二四三頁。

(46)　唐木順三の『明暗』論が暗を相対、明を絶対とするときも、そういう「逆な解釈」にしたがっている。「作者は醫者の立場から津田自身の中へ降りる。作者自身の暗→明といふ往相から、明→暗といふ還相へ出てくる。漱石は還相のところまで行つてゐた。……〔中略〕……絶對から相對への還相の立場が可能であつたことはその經歴が示してゐる。作者は相對の立場、津田の中へ降りる。いひかへれば『彼對我』『待對世界』へ降りるのである。衆生の惱みをともに惱むといつてしまへば宗教的にすぎる。作者は津田といふ particular case のうちに general case を代表させようといふわけである」（唐木、一〇四－五頁）。「絶對から相對への還相の立場」を強調した唐木のほうが、小宮よりも格段に深い。しかし「ここに藝術における遊びの面がでてくる」（同、一〇五頁）とつづけた唐木は、肝腎要の点を看過した。「漱石は醫者の立場にゐる。單に病氣を診斷するばかりでなく、治療をほどこす立場にゐる。津田の更生が最後の問題であらう」（同、一一〇頁）。唐木はそう見立てて「清子の無私、無技巧」を言い募り、「無私といふ鏡に寫つた事實」（同、一一九頁）とまで持ちあげる。そして「清子の代表する無私の事實が津田を試みようとしてゐる」（同、一二〇頁）のだと、清子聖女説の強化に加担する。漱石が方法論的な新境地にあって「診斷に異常な興味を感じ」（同、一一一頁）はじめ、「作ること拵へることに異常な興味を感じだしてゐる」（同、一一二頁）との批評は鋭いが、それを「異常」として、「ときどき牛になつて道草を食ひすぎてゐる。筆を弄して遊んでゐる」（同、一二四‐五頁）と評するとき、唐木は小宮と同様に、作品中に何らかの解決を性急に求めすぎている。「津田の更生」云々というこの手の読み筋に、拙稿は関心をいだかない。

（47）たとえば『景徳伝灯録』の巻五、慧能章に言う。「慧能大師、薛簡に謂いて曰く『道には明暗無し、明暗は是れ代謝の義なり。明明無尽、亦た是れ有尽なり』。簡曰く『明は智慧に喩《たと》え、暗は煩悩に況《たと》う。修道の人、儻《も》し智慧を以て煩悩を照破せずんば、無始の生死、何に憑《よ》てか出離せん』。師曰く『若し智慧を以て煩悩を照らす者は、此れは是れ二乗の小児、羊・鹿と等しき機なり。上智の大根は、悉く是の如くならず』。簡曰く『如何なるか是れ大乗の見解《けんげ》』。師曰く『明と無明とは、其の性は二無し。無二の性、即ち是れ実性なり。実性は、凡愚に処《あ》るとも減ぜず、賢聖に在つても増えず、煩悩に住しても乱れず、禅定に居ても寂せず』」（入矢義高、七一頁）。

（48）入矢義高「明と暗」、参照。

（49）大正期の三次にわたる全集刊行ののち、昭和三年には「普及版」として円本の『漱石全集』（全二十巻）が刊行される。昭和十（一九三五）年十二月の漱石二十回忌を記念し、同年十月から刊行を始めた「決定版」全集は、小宮豊隆と岩波の長田幹夫が編集を統括した。小宮は「決定版『漱石全集』」と題する一文に言う。「これが「從來の『漱石全集』と違ふ所は、第一に内容が遙かに豊富になつてゐる事である。第二に各巻に解説がつく事である。第三に全體に通じる、總索引が添へられる事である」。「解説は凡て私が引受けて書いてゐる」。總索引は「ヴイマル版の『ゲーテ全集』總索引作製の方針を、大體踏襲して、私が立案したものである」（小宮、一九四二年、五六‐七頁）。漱石のテクストがようやく研究対象としての体裁を整えはじめたという点で、この全集の功績は大きい。とくにそれまでの全集校訂では、漱石の当て字や漢字送りがな等の書き癖を慣用に近づけて統一しようとするなどして、かえって不統一をまねいていた。それを反省し、漱石の原稿を尊重した小宮の方針は良心的である（以上、矢口進也『漱石全集物語』参照）。ただし小宮自身は「実地に原稿をつぶさに検討したわけではなかった、らしい」（秋山豊、二〇〇六年、三四八頁)。

これにたいして平成の新版全集——第一巻は一九九三年十二月九日、つまり漱石八十八回忌の祥月命日に発行——は、「原稿等の自筆資料が現存するものについては、できるだけその自筆資料を底本として本文を作成」(一巻、六六九頁)する編集方針を極限まで徹底して、巻末には公刊諸版の懇切な校異表を付し、テクストの確定に関する情報の公的共有をはかっている。その新方針採用の経緯については、『漱石研究』創刊号に掲載されたインタビュー記事「新『漱石全集』にあたって岩波書店編集部にきく」(小森・石原、一九九三年)にくわしい。

(50)「人間は自分の中に天を孕んでゐるにも拘はらず、それを磨き上げることを怠る爲に、自分の『小さい自然』に囚はれて、私だらけ暗だらけになり勝ちであるといふ意味から、人間の生活そのものを『明暗雙雙』と考へてゐたのではないかと、想像される點がなくもないのである」(小宮、一九五六年③、二四五頁)。隔靴掻痒の穿鑿談義とはこの手の「私の想像」に執着する文章をさす。「暗」を「私」の「差別」相にもってゆく小宮の偏りは脇におくとして、彼は「私だらけ」の『明暗』の人物たちも「やはり自分の中に天を孕んでゐる人間だつた」(同、二四六頁)と読みすすめ、「佛陀の慈悲で人間を包む人にならうとするといふこと」(同、二四七頁)を武者小路実篤宛の漱石書簡(大正四年六月十五日付)に読みとった。そして「漱石は、人間が私だらけであることに愛想をつかしたくなる氣になつてゐたとは言へ、自分も亦私だらけであることを思ふとともに、なほ人間の中には、多かれ少なかれ、天も亦存在してゐることを認めてゐる爲に、その天を一層磨き上げ、一層輝やかし出すことを目的として、自分の中、もしくは人間の中の私を掘り起すとともに、どうすればそこから脱却して天の世界にはひることができるかを、機會あるごとに、指摘して行かうとするのである」(同、二四八–九頁)と人格主義的な「解説」をつづけてゆく。たしかにこの手の読み方も可能だし、これはこれで大正教養主義の解釈傾向をつたえる記録である。しかしここでは漱石が「明暗双双」にこめた文学方法論上の根本方針を、徹底して哲学的に探索してみたいのである。

(51)江藤淳、一九七九年、二〇頁。ただし「則天去私」神話の打破に燃えた江藤も後年は、「則天去私」と老荘思想との繋がりにも言及するようになる。同編『朝日小事典　夏目漱石』所収の「老荘思想と夏目漱石」、および同著『漱石論集』所収の「漱石——『こころ』以後」と、「漱石と中国思想——『心』『道草』と荀子、老子」を参照。

第二章　間テクスト的な漱石の読解

第一節　晩年の創作家の態度

閑話休題。考察の道筋を、漱石最後の夏に引きもどそう。そして「明暗双双」の深く静かな語りの場所に帰って来よう。「毎日百回近くもあんな事を書いてゐると大いに俗了された心持になりますので三四日前から午後の日課として漢詩を作ります」。漱石は「大いに俗了」と書いている。そしてそこから「午後の日課」の「漢詩」に言及する。しかしこの手紙の宛先は、未来を嘱望する新たな書き手である。この知的な後進たちに、あえてことさらに宗教的な悟りの道をすすめる必要は、文学者たる漱石のうちにないはずである。ましてや自分一個の「悟達」「悟道」をひけらかしたり、逆に自己の「現実逃避」をアイロニカルに自嘲することほど、彼らしくもなく「明暗双双」の文字からも外れたふるまいはない。漱石は同じ文芸の道を歩もうとする人に期待をこめ、長年の工夫から会得した「創作家の態度」を文学論的に語ってやりたいと思っている。だから彼は数日後も、翌週も、芥川と久米に手紙を書く。八月二十四日付の書簡末尾も引いておこう。

牛になる事はどうしても必要です。吾々はとかく馬にはなりたがるが、牛には中々なり切れないです。僕のやうな老猾なものでも、只今《ただいま》牛と馬とつがつて孕める事《こと》ある相《あい》の子位な程度のものです。
あせつては不可《いけ》ません。頭を悪くしては不可せん。根気づくでお出でなさい。世の中は根気の前に頭を下げる事を知つてゐますが、火花の前には一瞬の記憶しか与へて呉れません。うん〳〵死ぬ迄押すのです。それ丈です。決して相手を拵らへてそれを押しちや不可せん。相手はいくらでも後から後からと出て来ます。さうして吾々を悩ませます。牛は超然として押して行くのです。何を押すかと聞《き》くなら申します。人間を押すのです。文士を押すのではありません。（二十四巻、五六一－二頁）

「無暗《むやみ》に」あせってはいけない。精神《あたま》を病んではいけない。「牛」のような心持ちになり、「死ぬ迄」「根気づくで」「図々しく」、しかも「愉快」に「超然として」、あくまでも「人間を押す」文学をやれ。(1)二週にわたって勧告する言葉は、人生五十年を経た自分自身への戒めでもある。「僕のやうな老猾なものでも、只今《ただいま》牛と馬とつがつて孕める事《こと》ある相《あい》の子位な程度のもの」という自己認識の裏側では、予期に反して長くなり始めた小説への、わずかな焦りと静かな覚悟とが反芻されている。

そして翌週九月一日の手紙では、届いたばかりの『新思潮』掲載の諸作と、二人の手紙の文章、そして久米の「真四角な怒つたやうな字」についてまで批評する。(2)とりわけ彼が将来を嘱望し心配もしている芥川に宛てて、最新作「猿―或海軍士官の話―」の「第一大切な所」を批評してやる眼目は、その「解剖的な説明が、僕にはひし〳〵と逼らない」、「現実感が書いてある通りの所まで伴つて行かれない」（同、五六三頁）という一点である。つまり一篇の仮構にすぎぬ小説の、作品としてのリアリティーの成否の問題である。芥川は『新小説』九月特別号掲載の「芋粥」で本格的な文壇デビューを果たしたばかりで、漱石は翌九月二日の夜にも芥川に手紙を書き、期待の新人に要求度の高い批評のはなむけをそえて激励する。(3)

かくして漱石が画を描き漢詩を作るのも、木曜会で歓談し、しきりに若者に手紙を書くのも、すべては「文学とは何か」という問いを中心に動いている。その哲学的な文学生活のかたちが、最晩年の一時期に午前の『明暗』と午後の漢詩となって現われた。[4] 俗了か脱俗か、明か暗か、午前か午後かというように、安易に双方を切りはなしてはならない。[5] そこに態度の切りかえや気分転換があるのは当然だが、作家は両面を全体として生きている。この単純な事実をあらためて確認しておきたい。そしてここでは、その統一的な意味を理解するべく努めたい。[6] そのためにも「明暗双双」の意義の総体を細部にわたり、粘り強く問いなおしてゆかねばならない。[7]

第二節　明暗双双の反転光学

この世の万物が言語的な差異分節のもとに現われてくる「明」の色相と、すべてを一視同仁・無差別平等に観る「暗」の空相。これら両面を別々に切りはなして、合理的に分別し割り切ったりしてはならぬ。二つの観相《アスペクト》をなにか実在的な区別のごとくに思いなし、経験的現象世界と異なる絶対世界や絶対者や「宇宙実在」なるものを、彼岸にこしらえてはならない。そういう安易な二世界論とはちがい、「双双」とはこの同一の世界を観る両局面が、あたかも「ウサギ－アヒル」の反転図形のように相依相属する、明暗相即の光学的関係を比喩的に道《い》う。そのあたりのいわく言いがたい不思議な事態を、しかも言語論的＝文学論的に感受し、確かな手ごたえをもって体得しはじめたからこそ、漱石はもはや、そしていまだなお仙人界に移り住もうとはしないのである。「仙を尋ぬるも未だ碧山に向かって行かず」。自分が死ぬまでは、この俗塵の言語世界にとどまり活動する。「一の宮」あたりの「山を安く買つて」みたところで、「どうせ隠遁するならあの位ぢや不充分」である。そもそも「田舎へ引込む甲斐」あるような「景色」など、じつはどこにもないのである。だからこの世の今ここで、求道の心境を養いながら人間の現実を写す文学をやりつづける。合理主義的な差異化差別化が進行する近代文明のただなかに生きる、ひとりの哲学的な文学者の決意と気合いが、「明暗双双三万字」のうちに凝縮されている。

「それでないと何だか難をすて、易につき劇を厭ふて閑に走る所謂《いわゆる》腰抜文学者の様な気がしてならん」（二十二巻、六〇六頁）。職業作家となることを本気で考えだした十年前、明治三十九年十月二十六日付の、やはり門下同人にして英文科後輩の鈴木三重吉に宛てた手紙に、漱石は書いていた。ただしそのときは「俳諧的文学」と「維新の志士の如き烈しい精神」の文学を切り分けて、この両面を「同時に」「やつて見たい」と表現したのであった。その彼がいまここでは、同じ覚悟を軽やかに「双双」と言い表わす。ここに創作家の態度のみごとな昇華が推量できる。しかもその詩学の根本の「精神」は変わらない。漱石は愚直と言ってもよいくらい真面目に「根気づくで」、ひと筋の道をつらぬきとおすのである。

　この文学の道を歩みとおして手に入れた「双双」の神髄は、何よりもそのリズミカルな反復運動にある。「明暗双双」は「明暗交互」とも解する。[8] そして「交互」は「回互《えご》」とも言いかえられる。唯一無二の経験的実在世界を見つめる、「明」の偏《へん》相と「暗」の正《しょう》相。この世界観上の二面のアスペクトが、相互循環的に交替反復する。かくして「明暗」はまさに詩学・光学上の、世界の二面相を比喩的に暗示する。しかもその二局面が二つながらに一つとなり、明中に暗あり暗中に明ありとも言われるのである。この相互嵌入が交互に入れかわる、世界観的な不断反転光学の動性こそが、すべての肝腎要の問題である。

　『明暗』執筆の後半期、漱石は午前中に小説を書き、午後からは漢詩を作ることを「日課」とした。[9] 津田とお延という二つの個我《エゴ》がもつれあう一組の夫婦を中軸にすえ、その周辺にいずれ劣らぬ強力な個我たちを配置する。三四郎、代助、宗助に代表される一個の自我に、物語りを焦点化させるのではなく、複雑な人間関係そのものを注視する。そして大正の「新しい空気」のうちに、「是等《これら》の人間を放」してみる。そうするだけで「あとは人間が勝手に泳いで、自《おのづか》ら波瀾《はらん》が出来」てくるにちがいない（十六巻、二五二頁）。物語りの大枠と人間関係の構図だけを設定したうえで、あとは人物たちの言動をつうじて、彼らの性格がおのずと縁起的にうかびあがってくるのを静かに見つめ、物語りの自然な筋の展開を心がける。[10] そういう『三四郎』のころからの叙述方法の鍛錬彫琢をいよいよ集大成して、自我たちの相剋が織りなす近代世界の実景を、朝の書斎の空気のうちに見まもるのである。

エクリチュールが始まる。漱石は毎朝八時か九時頃に書斎に入り、紫檀の机の前に坐り、すでに書きためた四、五回分の原稿を横目に、新たな一回分を書きつづる。しかもこれをできるだけ午前中に書き終わり、以後は漢詩や画や書の制作にあてることが、作家の心身には不可欠だった。明治四十一年の『三四郎』のころから用いる特別あつらえの漱石山房の原稿紙に、愛用の万年筆で最後の小説を創作する。ただし『明暗』執筆の終盤には、不吉にも万年筆のペン先が折れたという[11]。

かくして、新たな長篇小説を原稿紙に形づくる仕事は一日一回分にかぎられた。全集中最後の談話『文体の一長一短』（『日本及日本人』六八九号、大正五年九月二十日）で、作家はこう述べている。

> 予は今小説をかいて居る、午前中をその為めに用ゐるのである、一日の仕事、義務としては一回の小説をかきあげればそれでよいのである。……〔中略〕……
> 予は、小説でない文章にしても、一時間に新聞の一段六十五六行をかき上げるのがやつとである。雑作もない様に人も思ふし自分も考へるが、やつて見るとなか〳〵容易でない、殊に此頃は一層以前より筆が遅くなつた、以前の方が達者であつたのかも知れぬ、『猫』などは予自身の興の浮ぶまゝに勝手なものを出してドン〳〵書いて行つたので骨は折れなかつた、新聞の小説は骨が折れるものである。今も十二三回丈け送つてある、一つはいつ病気で臥床しても困ると思つたからである、然らば元気のよい時に二回分もかいて置けばよいのだが、それも出来ない。
> 経験によれば、一日一回なら一回と定めたものには矢張りそれ丈け力が籠る様で、二回かいて仕舞ふと一回分の力が二回分に分割された様で、なか〳〵自分を満足させると云ふ訳にはゆかない。（二十五巻、四五七頁）

かつては『吾輩は猫である』や『坊っちやん』や『草枕』などを、講義準備の合間をぬすんで一気呵成に書きあげた[12]。しかし晩年は『心』や『道草』も『明暗』も、一日に一回分を集中して書くのが原則となった[13]。それには病気がちの肉体の事情もあった。[14] それにまた、そうしたほうが筆の運びも小説の出来も調子がよかった。それになによりここに選んだ主題自体が、漱石の筆にかなりの緊張と難渋を強いていたのでもあろう。

小説の執筆は一日に一回分のペースを守らねばならない。しかも朝起きて頭が活動しだしてすぐ、そのつどの新鮮な気分のもとに始めなければならない。かくして午前の自我の社会の「明」の「俗了」と、午後の漢詩制作時の「暗」の解脱弛緩との、規則的交替のリズムができあがる。これを日課とする日常の生活の反復は、一個の芸術家の世界光学の、明から暗へ、暗から明へ、そしてふたたび明から暗へという、二相間の往還反復の実践である。ここに漱石晩年の日常工夫《くふう》がある。そしてこの「器械的」な日課のリズム、生活の呼吸法の往還反復を生きる「気分」が、作家の長年探究したリアリズム文学の方法論上の最終形態にほかならない。[15] おおげさに言えば、そのような解釈仮説も可能である。

第三節　則天去私の詩学

いささか大胆なこの仮定にもとづけば、漱石が死の一ヵ月ほど前から口にした「則天去私」の指し示すものも、ここに大意を確認した「明暗双双」となんら別のことではない。[16] つまり「明暗双双」と「則天去私」は根本的に同義である。後者はただ「明暗双双」の往還反復のうち、「明」から「暗」の往相のほうに照準を合わせて、われわれの自我の不可避不可欠の課題を強調したのだ。「天に則《のっと》り私《わたくし》を去る」。それは、この世に現に生きる人間にとって――とくに近代的な自我の囚われという「人間」の「現実」に真面目にとりくむ創作家において――、まさに「文章座右銘」に掲げられるべき案件である。[17]

漱石存命中に刊行された日本文章学院編『大正六年　文章日記』（大正五年十一月二十日、新潮社刊）[18] の、「十二名家文章坐右録」と題する解説は、巻頭一月のために漱石の揮毫した「則天去私」の語釈を明快に述べている。

> 天に則《のつと》り私《わたくし》を去ると訓《よ》む。天は自然である。自然に従うて、私《わたくし》、即ち小主観小技巧《せうしゆかんせうぎこう》を去れといふ意で、文章はあくまで自然《しぜん》なれ、天真流露《てんしんりうろ》なれ、といふ意である。（二十六巻、五三七頁）

たんに「無我」でもなければ「無私」でもない。西田幾多郎のように直接的な「純粋経験」の「事実」や、「絶対の無の場所」にあるような境地を、いきなり最初から言い放つことで、かえってこれを経験的現実の根柢的な彼方に措定してしまうような観念論的で唯心論的な独断教義《ドグマティスムス》を断固避けるべく、[19] まずはいまここで現にある「私」と直下《じきげ》の「無私」との関係そのものを、この「私」の身心の現状から見つめてみる。そしてこの関係性をさしあたりは「去る」「則る」という言葉で言い表わす。これらの動詞は人間的な言語への反省の再帰的・自己関係的な動性とともに、このベクトルの指針的規範的な意味を表現する。しかもここには個々特定の自我が主語として定立されるわけではない。むしろすべては「天」の下にある人間的自我一般をめぐる、われわれの語りの出来事である。まずはそうした造語の基礎的な呼吸法に注目したい。

　それとともに「則天去私」の指令が、けっして一方通行的に彼岸世界への「超脱」「脱俗」「解脱」を推奨するのではないことを、「双双」の光学的な往還回互反復の動性に照らし、ぜひとも確認しておきたい。「文章はあくまで自然《しぜん》なれ、天真流露《てんしんりうろ》なれ」[20]。「則天去私」は、その表面上の印象から読みとられるような、漱石個人の「東洋趣味的」な「現実逃避」の「吐息」ではない。それとは逆に、どこまでもこの世で人間の言葉を練りあげて作る詩や小説が、むしろつねに新たに生の現実の場所にたち帰り、もろもろの物事を厳しく具体的に見つめるための文章制作上の実際的な意義をそなえている。[21] すなわち「明暗双双」「則天去私」は、人間の言語《ロゴス》がみずからの自覚的な自己批判の働きにより、われわれの言語一般の限界を見さだめつつ、理性《ロゴス》の能力の境界線上の出来事を端的にさししめす言語活動《ランガージュ》自身の超越論的な反省の言葉である。それはあらゆる言語的なものの臨界点に立ちつくし、しかもそこからつねにこの世の現実を凝視しつづけることをめざす、カント的な意味における理性批判の、言語哲学的な基本姿勢を言いあらわした標語なのだといってよい。

　ところで一九六〇年代末以降の哲学思潮では、十九世紀末転換期のソシュールやヴィトゲンシュタインにはじまる現代の、新たな思想状況を特徴づける出来事として、デカルト的な自我の〈意識〉から、われわれ人間の〈言語〉への〈パラダイムシフト〉が喧伝されていた。いわゆる現代哲学の〈言語論的転回 linguistic turn〉とよばれるものであり、これは御多分に洩れず、日本の学界や読者世界にも即座にそのまま移入された。しかし、それに遙かに先だって、漱石は一九〇〇年秋に単身欧州にわたり、一九〇二年末までロンドンに滞在し、徹底的に文学を研究して東京へ帰って来た。そして彼はみずからおのずと小説家となって、「則天去私」へ向かう思索をねばりづよく〈継続〉した。その方法論的な探究の道筋は、同時代のソシュールたちとも基本的に同じ問題を独自に掘りさげて見つめていたのにちがいない。

　それはまた十九世紀の詩人マラルメとも、ほぼ同じ意味あいの先駆だったといえるだろう。ロラン・バルトは一九七〇年代の半ばに「作者の死」を宣告した折りに、自国の詩人を引きあいにだして述べている。

> フランスでは、おそらく最初にマラルメが、それまで言語《ことば》活動の所有者と見なされてきた者を、言語《ことば》活動そのものによって置き換えることの必要性を、つぶさに見てとり予測した。彼にとっては、われわれにとってと同様、語るのは言語《ことば》活動であって作者ではない。書くということは、それに先立つ非人称性——これを写実主義小説家の去勢的な客観性と混同することは、いかなる場合にもできないだろう——を通して、《自我》ではなく、ただ言語《ことば》活動だけが働きかけ《遂行する》地点に達することである。マラルメの全詩学は、エクリチュールのために作者を抹殺することにつきる（ということは、これから見るように、作者の地位を読者に返すことだ）[22]。

ここにバルトを引用するのは、唐突の感を免れないかもしれぬ。しかし拙稿はことさらテクスト理論に好意を寄せるわけではない。ましてやテクスト論的な漱石解釈[23]を、いまさら勇んで企てる意図もない。右のテクスト断片に注目したいのは、われわれ人間の《自我》の存立にアプリオリに「先立つ」、「言語活動《ことば》そのもの」の「非人称性」という根源的事態の指摘である。そしてこの「言語活動《ことば》だけが働きかけ《遂行する》地点に達する」ならば、すなわち特定のだれかが語るのではなく、いわば「則天去私」の〈無の場所〉の境界《きょうがい》から、つねに新たに語りだす作品《テクスト》の声に耳をかたむけるならば、「作者の死」などという近年の大仰な鍵語にしても、漱石文学の深い哲学的な視圏ではごく当然の事柄として受けとめることができるのである。つまり漱石の徹底的に「自己本位」の詩学哲学的な省察からは、じつに半世紀以上も遅れて、西洋の学界でもようやくにして言語論的・記号論的転回が現われたのだ、というまでのことである。(24)

かつては漱石をはじめとする近代作家の、「作家論」および「作品論」的な読解と批評と研究において、歴史上実在した作者《オーサー》の内的な心理を本質属性とする実体的な《自我》が、その文学の意味の世界の権威《オーソリティ》として確然とうちたてられていた。そしていまもなお〈制度としての作者〉は、学校教育の基礎課程において、そしてまた一般の読書でも、一部大学の文学科でも、なお平然と生き永らえている。これにたいして右のバルトのテクストでは、文学経験の場における作家「個人」の「《人格》の威信」(25)とともに、デカルト的な考える我――すなわち〈アルキメデスの点〉としての絶対確実の真理基準――の形而上学的な特権化こそが、徹底的な異議申し立ての標的である。こうした西洋現代思潮における二重の父親殺しの物語りによって、「自動的」な言語活動《ランガージュ》が前面にせりだしてくる。そして作者個人の〈私〉を去った、われわれ「人間」の言語能力《ランガージュ》それ自身が「非人称」のエスとなってみずからおのずと語りはじめる。かくしてたんに歴史上の特定個人の「作品」にはとどまらぬ、われわれの言葉《ラ・ラング》の織物たる「テクスト」がそのつどの〈いまここ〉に生成する。「テクスト」の「書き手《スクリプトゥール》」は、もはや一個の「作者」ではない。「エクリチュールの本当の場」は、つねにわれわれの「読書」にある。

一編のテクストは、いくつもの文化からやって来る多元的なエクリチュールによって構成され、これらのエクリチュールは、互いに対話をおこない、他をパロディー化し、異議をとなえあう。しかし、この多元性が収斂する場がある。その場とは、これまで述べてきたように、作者ではなく、読者である。読者とは、あるエクリチュールを構成するあらゆる引用が、一つも失われることなく記入される空間にほかならない。あるテクストの統一性は、テクストの起源ではなく、テクストの宛て先にある。しかし、この宛て先は、もはや個人的なものではありえない。読者とは、歴史も、伝記も、心理ももたない人間である。彼はただ、書かれたものを構成している痕跡のすべてを、同じ一つの場に集めておく、あの誰かにすぎない。(26)

だからここでわれわれ「読者」も、「もはや個人的なもの」にはとどまらぬ「人間」そのものとなり、言語活動のひとつの出来事として〈漱石〉を読むという行為を、ともに遂行してゆかねばならぬ。漱石最晩年に語られた「則天去私」の文章作法は、『明暗』の一番最初の「読者」たる「作者」自身にも、たんにこの「私」ならざる「あの誰か」としてのエクリチュールを促したのにちがいない。そしてささやかながらいまあらためて漱石を読む拙稿もまた、そのつどのテクストとの対話をとおして、われわれの〈漱石〉という大きな「一編のテクスト」のエクリチュールに「人間」として参画したいとおもう。(27)〈漱石〉がわれわれに宛てた文学の手紙を、そのつどの私の個人的な話《パロール》しや、日本語日本文化といった特定言語《ラング》の枠組みをこえ、人間一般の言語活動《ランガージュ》の超越論的な開けの可能性の場で、いわば間テクスト的《インターテクスチュアル》に諸言語・諸文献を横断しながら解釈してみたい。

第四節　漱石というテクストを読む

ここに今さらながらバルトに立ち合ってもらったのは、ほかでもない。まずは拙稿の哲学的漱石論の読みと語りの方針を、大まかなりとも確認しておきたかったのである。歴史的実証的に精査されてきた漱石の厖大な伝記事項を、無視するつもりは毛頭ない。それらはむしろテクスト分析の手法が広まった昨今でも、漱石を読むにあたって欠くことのできぬ興味深いテクストである。[28] しかしながらそれを参照し引用するわれわれの言語行為は、歴史上実在した作者の客観像を再構成することを、もはや目標とはしていない。その手の研究はこれまでも多くの人を魅了し、熱心な調査にかりたててきた。しかし拙稿の関心の標的はむしろ、そういう評伝記事や作品論や理論志向の研究論文をふくんだ漱石という名のテクストの総体から浮かびあがる、言語活動的な「人間」の問題にある。しかも学界や研究者や「文士を押す」のでなく、「人間を押す」リアリズム文学の道の究明こそが、この漱石論の課題である。だからまた本書第Ⅰ部表題中の「晩年の心境」にしても、実在の作家個人の心理内面を問うものではない。むしろ〈漱石というテクスト〉のなかに読みとれる、「人間」の言語活動の生死のあわいの事象として、「明暗双双」の往還光学の世界観的境位の解明をめざそうと思うのである。

　それと同時にもうひとつ、ここでバルトに登場を願ったのにはもっと本質的な理由がある。歴史上実在した漱石個人は、すでに百年前に死んでいる。そして評伝的実証的に構成される作者の権威も、テクスト理論上の死を数十年前に宣告されている。これによって〈漱石〉はわれわれの言語活動《ランガージュ》の遊動空間に、まさにテクストの「紙の作者」として、[29]あるいはむしろ無名で「非人称性」の〈作者的な語り手〉として、[30]よりいっそうの生命力をかちえることができるはずである。そしてまさにその意味で「芸術は自己の表現に始つて、自己の表現に終るものである」(十六巻、五〇七頁)。この挑発的な一句に始まる『文展と芸術』(大正元年十月、朝日新聞に連載)のなかで、漱石《テクスト》は「自己」の詩学の核心を明かしている。

　白熱度に製作活動の熾烈な時には、自分は即ち作物で、作物は即ち自分である。従つて二つのものは全くの同体に過ぎない。(同、五一五-六頁)

芸術作品の起源であり到達地でもあるべき「自己」とは、我と物との言語分節や、作者と作品、「自分」と「作物」の概念的区別が、全面的に沈黙し眠りにつくあの制作行為の根源的な静寂の場所から、いわゆる詩や小説や絵画というジャンルの区分をもこえて、つねにあらたに統一的にはたらく言語《ランガージュ》の活動の大らかな主体のことだろう。しかもそのつどの制作のいまここで、その主体を個別の〈自我 ich, je, I, ego〉として基体的・実体的な主語に据えてしまうのではなく、むしろ人間の言語活動そのものが〈自己自身 sich selbst〉を〈反省返照 reflektieren〉して、みずからの純然たる端的な〈存在 Sein〉の生動性を自覚したときの、最初のおのずからの名のりの言葉《パロール》なのだろう。漱石のいう「自己本位」の本来的な意義も、そういう言語活動の自覚が生まれてくる根源の〈無の場所〉での、批判哲学的な〈自己意識 Selbstbewußtsein〉の問題として理解したいのである。

漱石晩年の「則天去私」は、この詩的制作的な非人称の「自己」への問いと密接に関わっている。バルトをはじめとするテクスト理論の指摘《ことば》は、いまから百年前の「明暗双双」「則天去私」にひそむ言語論的で詩学制作論的な根本性格を、新たな光のもとに浮かびあがらせる。「則天去私」と修善寺大患を印象批評的に結びつけ作家論的に神話化して、そこに実際の「悟道」「悟入」の有無を穿鑿するような、そういう古い読み筋からはきっぱりと手を切って、『三四郎』第六章冒頭にいう「カントの超絶唯心論」に新たな漱石解釈の始点を定めてみよう。[31] そしてそれからの〈漱石〉の語りの根本動向を注意深くたどることで、「自己本位」の文学方法論上の探究の道の終極にある「明暗双双」「則天去私」と、カント理性批判の哲学とのあいだの本質的な繋がりと微妙な差異を探ることにしよう。

第五節　『三四郎』からの本格始動

“Empirical realism and a transcendental idealism (Kant).” 漱石の詩学哲学的な思索は、その文学研究のキャリアの最初期から、この事柄の近傍で文学の本質を問うていた。その証左のひとつは、あの『老子の哲学』のなかにあった。青年漱石は、老子道徳経の「道」の思想と批判的に対話して、その宗教的な超越論的実在論の形而上学的独断からは厳しく距離を置いていた。「人間」は「相対的」な「此世界に存在」し、「五官」を用いて「生存」する。そして時空や諸概念による分別的な「智慧」をもって、「経験を利用して現象を探究する」。あのレポートはすでに、経験的実在論の視座を思索の基本に据えている。ゆえにまた「玄之又玄」なる「無名」の「道」をみだりに彼岸で実体化することなく、いかにしてこの「相対を脱却して絶対の見識を立て」うるかが、最晩年の「則天去私」にまでいたる最重要の課題となるのである。

この道教批判の思索の姿勢そのものが、すでに「自己本位」の呼吸法を体現しているが、漱石晩年の『私の個人主義』は、自己の根本的な転換点を英国留学時の思索のうちに認定した。漱石は明治三十三（一九〇〇）年十月末にロンドンに到着して、下宿で独学を貫く方針を決め、翌年の「八九月頃より」文学論の著述構想を立て、「日夜読書とノートをとる」（二十二巻、二五三頁）研究三昧の生活に入ってゆく。

世界を如何に観るべきやと云ふ論より始め夫より人生を如何に解釈すべきやの問題に移り夫より人生の意義目的及び其活力の変化を論じ次に開化の如何なる者なるやを論じ開化を構造する諸原素を解剖し其聯合して発展する方向よりして文芸の開化に及す影響及其何物なるかを論ず（同、二五四頁）

この稀有壮大な体系構想のもと、漱石の読書は「哲学にも歴史にも政治にも心理にも生物学にも進化論にも関係」するものとなる。その頃の研究ノートのなかで、とくに「世界を如何に観るべきやと云ふ論」に関わる部分を覗いて見ると、全集に「現象ト認識」と仮題される英文断片は、すでにカントの超越論的観念論の視座と合致する認識を示している。

すなわちこの考察メモは、「所与の given」「大量の現象 mass of phenomena」から出発して、それらの「継起 succession」と「共存 coexistence」とに対応するかたちで、「時間 time」と「空間 space」の「観念の萌芽 germ of the idea」が「発生し arise」、次いで時空の抽象観念が抽出されるのだとしたうえで、「これらは他のすべての抽象観念と同様、実在性 reality を持っていない。つまり時空は諸現象から独立して存在することはできない」のだという仕方で、時空の観念性という重大な断案をくだしている。じつにこの根本洞察があったからこそ、数年後の『文芸の哲学的基礎』以降の思索の歩みもありえたのである。ただし留学時の思索はいまだ多分に心理学的であり、英国経験論の雰囲気に色濃く染まっている。しかもこの断片は「自己保存 preservation や生きる意志 the will to live」（二十一巻、11頁）を根本に据えて、時空等の観念の発生論的な考察にとどまっている[32]。

これにたいしてカントは、空間時間を端的に経験的認識の第一条件たる感性的直観のアプリオリな形式と見なし、その超越論的な観念性を強調する。そして、形而上的な彼岸世界における物自体の真実在を高唱するような超越論的実在論からは決然と袂を分かち、みずからすすんで現象世界の経験的実在論に着地する。この批判哲学の呼吸を体得することが残された課題なのであり、漱石はこの最後の溝を、帰国後しだいに埋めてゆく。そしてついに『三四郎』執筆準備のなかで、「経験的実在論にして超越論的観念論」という批判哲学の精髄との一期一会の邂逅の機会を得たのである。それからの漱石文学のリアリズムの深まりは、ここに端を発しているのではなかろうか。拙稿は以上の作業仮説を起点にすえ、カント批判哲学との対話のもと、漱石文学の世界観・人生論上の意義を究明するものである。

この哲学的で間テクスト的な漱石読解の試みは、カントの「経験的実在論にして超越論的観念論」の根本視座を、漱石晩年の「明暗双双」の反転光学から批判的に逆照射する。『三四郎』メモの「経験的実在論にして超越論的観念論」が「暗示」する事柄の、漱石的な詩学・言語哲学的な反省の道筋では、この世の実在性と観念性をまなざす往還反復光学の鍛錬と体得の果てに、みずからおのずと「明暗双双」の四文字が浮かびあがってくる。そして「色即是空、空即是色」の反転復唱に呼吸をあわせるかのようにして、「経験的実在論即超越論的観念論、超越論的観念論即経験的実在論」という世界光学上の新たな往還運動が、われわれ人間の「論弁的＝討議的＝言説的 diskursiv」な有限理性の息のつづくかぎり不断に反復されてゆく。いまやそういう新たな言語哲学の道筋が、おそらくはカントも知らない〈無の場所〉で、無言のうちに「暗示」されている。このインターテクスチュアルでインターナショナルな「読書」のうちに、人間の言語活動による批判的世界建築術に向かう、われわれの新たな哲学の根本視座を確保したいのである。

第六節　カントの言語論的な理性批判

漱石の最後の夏の「明暗双双」と、七年前の『三四郎』の夏の「経験的実在論にして超越論的観念論（カント）」。二つの言葉は〈明にして暗〉〈言葉にして沈黙〉、あるいは〈実在にして観念〉〈物にして言葉〉として、それぞれの振幅は大きく異なるものの、大枠の世界反転光学の往還反復運動における「一個共通の関係」に基づき類比的《アナロジカル》に重なり合っている。さしあたりは容易に確認できるこの形式的なつながりをこえて、さらにこれら鍵語どうしの共鳴共振の意味内実をさぐるべく、あえてバルトを援用して言語論的な含意を読みこんだ。この重層的なテクスト横断の「読書」を、実りある「遊び」として愉しんでゆくためにも、漱石の午後の漢詩にならって寸時迂回して、カント哲学のテクスト読解上の注意書きをできるだけ簡潔に記しておきたい。

それというのも、カントはこれまで言語批判の哲学としてではなく、むしろ近代的な自我の意識の哲学として長く読まれてきたからである。デカルトの〈われ思う《エゴ・コギト》〉を受けついだ、近代理性の自意識の哲学者カント。そういう哲学史の古い通説にさからって、カント理性批判のテクストを、新たに言語的なもの一般への超越論的な批判的反省として読む。漱石のテクストとの対話の営みから浮かびあがってきたこの読み筋では、カントの「われ思う das Ich denke」の根源的な「純粋統覚 reine Apperzeption」は——それがすでにデカルト的な精神実体ではないことは、ここであらためて言うまでもなく[33]、さらには——経験的な「認識判断」のアプリオリな言語分節体制を建立する時空と諸カテゴリーをもこえた、自己意識の深層の沈黙の〈無の場所〉に坐している。そしてこのまったき可能態《デュナミス》における空虚《うつうつ》の根源の場所から、われわれの言語活動が現《うつつ》に生まれでてくるのを見まもっている。カントの「超越論的観念論」は、そういう人間の言語《ラ・ラング》の活動《アクトゥス》の〈発動の現場〉を見つめる批判哲学の根本視座である[34]。この新たな解釈の相貌のもとに、ここで三批判全体の筋立てを再構成してみよう。

世界内の事物を〈精神と物質〉に分断し、これに〈主観－客観〉の対立図式をおりかさねるデカルト的近代の認識論的枠組みは、数理的・論理的な経験的実証科学の言語行為に寄り添い、諸現象の「多様 das Mannigfaltige」の襞を主語・述語、実体・属性等の根本概念枠で整除する。そして自然の機械力学的《メハーニッシュ》な因果性の徹底解明をめざす人間主体の、多分に技術的かつ功利的な言語使用により、世界分節の基盤をくみたてる。そうした近代の認識枠組みの超越論的な基礎づけの企てとして、『純粋理性批判』（一七八一年）を読み解くこともできるだろう。しかしかりにそうだとしても、その基礎づけはたんに諸現象の総体たる自然の世界の、アプリオリな普遍的法則の形式面でのみ妥当有効であるにすぎない。

しかし、人間理性の言語活動は自然の実質が盛られた経験の肥沃な地盤のうえで、そのつどの特殊事象の「偶然的 zufällig」な出現を目の前にして立ち往生する。そして諸概念間の遍歴彷徨を余儀なくされる。理性批判の哲学は、かかる分別知の有限性の事態を見のがさない。だから『判断力批判』（一七九〇年）は、この実質的な経験の現場におりたって目をこらす。そしてわれわれの判断力の言語的な反省活動のもと、はからずも「把握可能 faßlich」な物の「かたち Form」が現われてくるのを待望する。「自然の合目的性」ないし「自然の技術」という類比《アナロギー》の言葉は、この世に現象する美しく生き生きとした物のかたちを、折々の自然のなりわいと対話しながら、つぶさに発見してゆくための、もうひとつ別の——つまり第一批判の「規定的 bestimmend」な認識判断とは異なる——「反省的 reflektierend」な判断の、こまやかな言語行為のカント的な符牒である。[35] すなわちカントの第三批判は、この二様の言語行為の区別に焦点をあてて、後者の類比的で反省的な——詩的文学的といってもよい——判断力の可能性と限界を画定しようとしたものである。しかも第三批判はこれらを区別するだけでなく、たとえば自然の有機的生命の理解の局面で、規定的判断力の機械論的構成原理を、反省的判断力のアプリオリな統制原理のもとに従えて統合することをめざしている。すなわち経験科学の冷たい実証の知を、世界事象の史的で詩的な意味理解のもとに包摂する、経験的生活世界の解釈学的な討議の可能性を確保するのである。

他方で『実践理性批判』（一七八八年）は、第一批判の自然認識の定言命題がはたらく場所《プラッツ》とは別のところで、人間的自由の実践に関わる命令法《インペラティーフ》を吟味する。そして仮言的で技術的な自己愛ないし自己幸福の原理（漱石的に言えば我執の原理）ではなく、定言的な命法で言い表わされる道徳法則を理性的な実践の言語活動上の根本にすえたのである。カントの〈自律 Autonomie〉の概念はしばしば矮小化されて、たんに個人倫理の原理としか見られないことが多い。そして今日では卑小浅薄なる個人主義の見地から、個々人の自己決定としての「自律」理解のみが幅をきかせている。[36] しかしそういう個我《エゴ》の自律ならざる、純粋理性の自律に根ざした道徳法則の普遍性の形式は、むしろ個々人の自己を「諸目的の国」の開けの場所へとさし向けて、互いの個性を尊重する徹底した我執批判の根幹をなすものである。しかもその普遍性への志向は、道徳的な義務があたかも自己自身の自然法則であるかのように、道徳法則にみずからおのずと随順することを理想とする。われわれの自己に道徳的な自律の決意をうながす第二批判の定言命法は、ゆえにけっしてたんにヨーロッパ的な価値観の普遍化というレベルにはとどまらない。むしろ、個々の結社や民族や国家といった共同体の実定性の枠組みをはるかにこえて、まさに「天」の公的開放性《オエッフェントリヒカイト》からの呼びかけにも似た趣をたたえている。そして「自然の技術」を導きの糸として経験世界を遍歴通覧する第三批判の道行きは、われわれ人間の言語活動をそうした「天」の近みへとさし向けてくれることだろう。[37]

注

（1）ここに言われる「人間」とは何か。それは水村美苗の言うような「『明暗』の続きをそのまま読みたいという単純な欲望にかられた読者」である必要はなく、あえて一八九節以降の不在を耐え忍ぶ読者であってよい。というよりも「人間」とは第一義的には、世界観・人生観の問題から出立した十五年前の漱石の文学論体系構想が、哲学的・社会学的・心理学的な問いの射程の内にまなざしていた何かだと考えたい。ただし水村『続明暗』の「あとがき」はこう述べて、漱石文学論の問いの一端にふれている。

「小説を読むということは現実が消え去り、自分も作家も消え去り、その小説がどういう言語でいつの時代に書かれたものかも忘れ、ひたすら眼の前の言葉が創り出す世界に生きることである。それを思えば、『人間』であることこそ小説を読む行為の基本的条件にほかならない。我々が我を忘れて漱石を読んでいる時は、漱石を読んでいるのも忘れている時であり、その時、漱石の言葉はもっとも生きている。文学に実体的な価値があるとすれば、それはこの読むという行為の中から毎回生まれるのである。漱石の価値というものも、そこでは毎回自明なものではなくなり新たに創り出される。文学の公平さというのもそこにある」（水村、四一二頁）。拙稿はここに言う「現実」と「小説を読む」こととの単純素朴な区別をこえて、言語的なものの「人間」的な本質に迫りたいと思う。

（2）　芥川は八月二十八日付の「夏目金之助」宛の手紙で、次のように書き始めた。「先生／また、手紙を書きます。嘸《さぞ》、この頃の暑さに、我々の長い手紙をお読になるのは、御迷惑だらうと思ひますが、これも我々のやうな門下生を持つた因果と御あきらめ下さい。その代り、御返事の御心配には及びません。先生へ手紙を書くと云ふ事それ自身、我々の満足なのですから」（芥川、十八巻、四四頁）。この書きぶりを漱石は見とがめて言う。「あれも不可《いけま》せん。正当な感じをあんまり云ひ過ぎたものでせう。False modesty に陥りやすい言葉使いと考へます。僕なら斯う書きます。『なんぼ先生だつて、僕から手紙を貰つて迷惑だとも思ふまいから又書きます』――以上は気が付いたから云ひます。僕がそれを苦にしてゐるといふ意味とは違ひます。それから極めて微細な点だから黙つてゐて然るべき事なのですが、つい書いてしまつたのです」（二十四巻、五六六頁）。長い手紙の最後には、自分の漢詩制作時の「うれしい」気分と、「高青邱」が「長い詩」にうたった「詩作」時の「心理状態」とを重ね合わせたついでに、「久米君に忠告」して「何うぞあの真四角な怒つたやうな字はよして下さい」（同）と書き添えた。いずれもエクリチュールの苦心惨憺というより、むしろ快楽をこそ求めるべき「芸術家」としての基本的な心構えを、若者に示した言葉として読むことができる。

（3）　二月の「鼻」への漱石の好評を機に、文壇有力誌『新小説』（春陽堂刊）の編集顧問、鈴木三重吉から執筆依頼が来たのである。「芋粥」は八月一日に起稿して、十六日に脱稿したものと推定される（関口安義、一九九九年、一八九頁）。漱石は、この「余所《よそ》行《ゆき》」の力作が「何時もより骨を折り過ぎ」て「細叙絮説に過ぎ」た点を見逃さず、「君のために（未来の）一言」したうえで、しかし芥川の「技巧」は「立派なもの」で「誰に対したつて恥かしい事はありません」、「たゞ芋粥丈を（前後を截断して）批評するならもつと賞めます」と、じつに温かい言葉をかけている（二十四巻、五六七‐八頁）。

（4）　公平を期すために付言しておけば、小宮豊隆も新書版全集第十四巻『明暗』上への「解説」では、漱石の文学方法論にわずかながら言及している。『明暗』の頃の漢詩に見られる「この世界は言ふまでもなく、人情を離れ、利害を離れ、是非を離れ、『私』を離れた、荘子の所謂『逍遙游』の世界に外ならなかつた。漱石はここでフレッシュな氣持になり、心の張りを取りもどし、改めて人間のエゴイズムが跳梁する世界に還つて來て、言はば『百鬼夜行之圖』を描き續けようとするのである」（小宮、一九五六年②、二七一－二頁）と。拙稿はこの往還反復の比喩を共有するが、漢詩と小説、制作の日々の午後と午前を、別々の「世界」に分置する傾きにはやはり警戒する。小宮はさらに「則天去私」の「モットオ」にふれて、「『天』とは自然と言つてもいいし、造化と言つてもいいし、或は神と言つても佛と言つてもいい言葉であるに違ひない」と気楽に説きすすめた。しかし拙稿はこの局面でこそ、とりわけ「神」や「佛」といった概念をめぐっては慎重に考察をすすめたい。「人間の中からあらゆる缺點・弱點を拂ひ落した、理想的な人間像を目標として、自分をできるだけ純粋で高く爽やかな人間に洗ひ上げ磨き上げようといふのが、漱石の生活理想だったのである。……（中略）……漱石にはかうしてかうすれば、必ずさういふ人間になれる筈だといふ道はついてゐた」（同、二七二頁）と、評伝的な「神話化」の方角に小宮は逸れてゆく。とはいえ「『明暗』では人間のあらゆる『私』が掘り返され、讀者に気味を悪るがらせるほど、『私』のさまざまな姿が列べ立てられてはゐるが、しかしそれは言はば『天』の眼で見られた『私』の姿」（同、二七二－三頁）なのだとして、かなり粗雑ながらも、あの方法論的な事態の気配だけは彼も嗅ぎつけていたのである。

（5）　唐木順三は、「『明暗』論」をしめくくって言う。「率直にいつて『明暗』は拵へが目立つと思ふ。努力して牛になつてゐるうちに、牛になつて遅々とすることに快適を感じ始めてゐるところがあると思ふ。器用をつかつてゐるところがある。午前の小説と午後の漢詩とが分かれてゐるわけである。若し漱石が永らへて『明暗』を完成したら、彼はその上なほ小説を書いたであらうか。豫想からいえば否である。恐らく漱石は漢詩や書畫は書きつづけたであらうが、小説の筆は絶つたであろう」（唐木、一二九頁）。『明暗』後の漱石に「小説」の必然性を否定する論拠は何なのか。小説執筆に個人内心の問題解決を求め、作品内に津田の精神的更生を求める向きからは、そういう見方もあるのだろう。しかしそれならば漱石はなぜ「超然として押して行く」「牛」こそを理想として、死のまぎわまで小説を書きつづけたのか。少なくとも漱石には「文学」をまったく新たに「則天去私」の視点から論じなおしてみる、強い必然性さえ生じてくるのである。しかも漱石の午前の近代文学と午後の漢詩は、まさに明暗双双として連絡しあうものである。だから、唐木が「午前の小説と午後の漢詩とが分かれてゐる」とする理由が皆目わからないし、『明暗』において初めて漱石は小説のライタアになつた、小説家らしい小説家になつた」（同）と言いながら、その後の制作を否定する根拠も一向に見当がつかないのである。

唐木の漱石論には、あれかこれかの論理の「拵へが目立つ」。「木曜會での應答や、手紙を書くことや、更に漢詩を作ることが晩年の漱石の行爲であつた」と唐木は言う。そしてそういう「行爲」にたいし『明暗』執筆は「遊びであつた」し、「工人、アルチザンの腕の仕事になるわけである」（同、一二八頁）と断じている。こういう安易な対照法が、肝腎の事柄の看過につながっている。他方でしかし唐木は青年漱石の建築家志望にふれて、「漱石は近代の作家中、最も構成的な、また最も方法的な小説を書いた一人である」と評し、晩年の午後の漢詩と午前の「方法的構成的な小説『明暗』」の往復のうちに「方法と卽興、低徊と合理の間を遊んだ漱石」（同、一〇二頁）を見つめ、以下の重要な指摘をおこなっている。「東洋の『道』といふ曖昧で廣い概念、概念以前の體得的な事實は、それが理性の方法といふ領域を含んでしかもそれを超えてゐるがために、反つて方法を方法として自在ならしめるといふ結果を生む。……〔中略〕……人間理性の方法、作者の方法は、道の體得下では自在にならう。藝術の領域では方法が遊びに似たものにさへなつてくるであらう。『明暗』の構成は作者にとつて遊びでもあつた」（同、一〇三頁）と。「行爲」か「遊び」かという粗雑な二分法をこえた、高次の「遊び」への着眼をもちあわせながら、唐木はなぜ小説と漢詩との双双とした「藝術」連関に分け入らないのか。唐木は「ヴァレリイの不毛な苦闘」の「悲劇」と、漱石の「遊び」を「對比」しながら、「恐らくこの邊に西洋と東洋の問題があらう」（同、一〇二－三頁）と述べている。こうした東西対置の臆断に、唐木の躓きの石の根があったのか。拙稿はこの手の東西文化論的な壁をも断然打ち破るべく、そのためにもカントと漱石との隠れた哲学的根本連関に注目したいと思う。

（6）佐藤泰正は、あるシンポジウムで「『明暗』は表芸、漢詩は裏芸で、それを往ったり来たりしてたんだ」と発言したところ、椎名麟三から「作家に表芸も裏芸もないんだ。切れば血の出るようなものだ」と「突然」「かみつくように」言われて「びっくりした」という経験を率直に告白する（吉本・佐藤、二六二頁）。そして「『明暗』と漢詩の間を往還する」（佐藤泰正、一九八六年、三七二頁）日常工夫の「明暗二相の点滅」のなかに、漱石という「作家内奥の機微」（同、三八〇頁）を見定め、晩年の「七十五首の漢詩」を「もうひとつの『明暗』」として、小説テクストと「突き合わせ」て読む重要性をうったえる（佐藤泰正、二〇一〇年、三七四頁以下）。

佐藤は「作家漱石の出発――その『文学』とはなにか――」と題する論考で早くから、ロンドン留学中に義父中根重一に宛てた書簡中の「あの『文学論』の原構想の持つ――先ず『世界観』、『人生観』――即ち存在論・認識論――の根源より『開化』を問い、その一要素たる『文芸』を論じ、一転して逆にその『文芸』自体の状況（開化）とあいわたる根源の意義を問わんとする――これはひとり『文学論』のみならぬ、漱石五十年の文業をつらぬく、原構想ともいうべきものではなかったのか」（佐藤泰正、一九七四年、一一‐二頁）と鋭く問いかけていた。そして「『道草』『明暗』と書き進んだ彼は、往相的契機より還相的契機へと転回をなしとげた」のだと指摘して、佐藤は「則天去私」のうちに「創作と学理を、人生観と文学観を、不即不離なる二元にして一なるものとして見んとする姿勢」（同、一三頁）を、ゆえにまた「漱石文学をつらぬく、求道と認識の二者一元の構造」（同、一四頁）を読み取った。そこで「作者は作中人物とともに、己の背後より発する深い光源のなかに相対化され、問いただされる。『道草』や『明暗』に見る、あの俯瞰的な視線を超えた、ある深いやさしさともいうべきものは、この背後の光源の自覚と無縁ではあるまい。恐らくここに、新たなひとりの作家の出発がある」（同、一七頁）。拙稿の長い考察は、ここに指し示された解釈の道筋をさらにカント批判哲学の視座から、漱石の世界反転光学の言語論的生成の出来事として徹底追尋するものである。

（7）「漱石は特異な連結の仕方のことを意味しているとおもう。そして漱石とはなにかを言おうとするとき、この特異な連結の仕方がどのくらいの度合で時代を象徴するパターンであり得たかを言うことに当っている」（吉本・佐藤、Ⅰ頁）。吉本隆明はそう述べて、以下の洞察を提示する。「文学とはなにか。それは西欧と東洋でもなく、非西欧と非東洋でもなく、すべてから同一であるようなひとつの〈場〉をつくっている微素子の集合を意味している。そしてそこまでいって漱石の連結の仕方は完成に達した。漱石の連結の完成は、漱石に剰余を余儀なくさせた。ほんとうはなぜ文学的な表現の完成が、人間的剰余をのこすのかよく判っていない。それにもかかわらず（それだからこそ）文学は欲求の対象としてはエロスに次ぐ魅力をもっていることは、漱石のばあいでもおなじであった。かれの晩年の漢詩の詩作は剰余のようにみえるが、それはかがやかしいエロスを感じさせる」（同、Ⅲ頁）。漱石「明暗双双」の方法論と対話する拙稿の考察は、吉本のいう「特異な連結」の「エロス」が発動してくる「すべてから同一であるようなひとつの〈場〉」――「すべての人間の振舞い方、在り方というものが、同じ距離に同じ重さで見える場所」、すべてを一視同仁の眼で平等に見ることのできる「意識の同一性」にして「自然性」の「架空」の「場所」（同、一五〇‐一頁）――に肉迫し、「人間的剰余」と愉快に真剣に遊びうるものでなければならない。

（8）『禅の思想辞典』によれば、「明暗交互とは明・暗の2面が実体的固定的に存在するのではなく、相互の関わりあいにおいて各々の立場が明らかになることを、諸法の存在の道理として示した語。……〔中略〕……存在世界を『明（動揺変化する事物事象）』としてみるとき、そこにはたらく『暗（不変平等なる道理）』の立場が見いだされ、『暗』のはたらきとしてとらえるとき、『明』の様相があきらかとなる。それぞれの立場を実体視することなく、明・暗の関わりあいとして存在世界をとらえるべきことをいう」

（四七〇頁）。この世（現象世界）とあの世（物自体界）を存在的に分離するのではなく、むしろこの同一の現実世界を、二つの異なる視点の不断の交替反復のもとに把握する。拙稿はこの世界観的な視覚光学を、漱石『三四郎』ノートが見つめた「経験的実在論にして超越論的観念論（カント）」の根本視座と類比的《アナロジカル》に重なる事態として受けとめて、その反転光学の論理を徹底究明したいのである。

（9）八月十四日に始まるこの日課はしかし、十月二十一日に七律一首、五絶三首、二十二日に五絶を三首作って以降は途絶え、漱石最後の五つの漢詩は、十月三十一日、十一月一日に、若い禅僧二人に贈った七絶と五絶が一首ずつ、そして十一月十三日、十九日、二十日夜の七律一首ずつとなる（十八巻、六三一‐七頁、参照）。

（10）柄谷行人は『明暗』のテクストについて言う。「もはや、作者は、彼らを上から見おろしたり操作したりする立場に立っていない。どの人物も、作者が支配できないような〝自由〟を獲得しており、そうであるがゆえに互いに〝他者〟である。／明らかに、漱石は『明暗』において変ったのである。……〔中略〕……／『明暗』において漱石の新しい境地があるとしたら、それは〔小宮豊隆のいう〕『則天去私』というような観念ではなく、彼の表現のレベルにおいてのみ存在している」。柄谷はしかしここから「ドストエフスキーの影響」（柄谷、二〇〇一年①、四四八頁）へ話頭を転じてしまう。拙稿はまさにこの「表現のレベルにおいて」、ほかならぬ「則天去私」の方法論的意義を究明したいのである。

（11）内田百閒は、ある随筆で以下のように書いている。「私が先生のいろいろの遺品を藏してゐる事を思ひ出した中に、オノトＧ万年筆がある。明治四十五年の多分五月頃から、大正五年の十一月頃まで、先生の使つて居られたもので、行人、心、硝子戸の中、道草及び明暗の第百七十回頃迄は、この万年筆で書かれた。……〔中略〕……明暗の終り頃、つまり先生のなくなられる少し前になつて、ペンの先が折れたので、別に新らしいのを買ひもとめられた。私の持つてゐるのは、その古い方の万年筆に、新たにオノトのペン先を著けたのと、先の折れたペン先とである」（内田、二九頁）。これは明治四十五年、丸善の『学燈』に、万年筆の宣伝文「余と万年筆」を書く際に、丸善顧問として同誌編集に携わっていた内田魯庵が「わざ〳〵贈つて呉れた」ものである。これを早速用いた漱石は、それまで数年間使っていた同じトーマス・デ・ラ・ルー社の「ペリカン」とは異なり、「大変心持よくすら〳〵書けて愉快」（十二巻、五〇五頁）という感想を漏らした。ただし後年の談話では、「今用いて居る」「オノトー」は、「別にこれがいゝと思つて使つて居るのでも何でも無い。丸善の内田魯庵君に貰つたから、使つて居るまでゞある」（二十五巻、四三〇頁）と、じつに漱石らしい物言いである。

(12)　談話記事「文学談」(『文芸界』、明治三十九年九月一日刊)のなかで漱石は言う。「筆はさう遅い方ではありません。其中にも『猫』などは最も速く書けます。『坊ちゃん』『趣味の遺伝』なども遅い方ではありませんでした。何んでも学校へ通つてゐて書いたのですが、左様『趣味の遺伝』は一週間位もかかつたでせう。『坊ちゃん』は其倍位と思ひます」(二十五巻、一七六頁)。『坊っちゃん』は『猫』第十とともに、明治三十九年四月一日刊行の『ホトトギス』増大号に掲載された。漱石はおそらく三月上旬に『猫』を脱稿し、「新作小説」のプランを中旬に練り、全集版で百五十頁を超える『坊っちゃん』を、ほぼ二週間で書きあげたのである。

(13)　『心』に取りかかる直前の大阪朝日新聞談話記事『文士の生活』(大正三年三月二十二日掲載)で、漱石は述べている。「執筆する時間は別にきまりが無い。朝の事もあるし、午後や晩の事もある。新聞の小説は毎日一回づゝ書く。書き溜めて書くと、どうもよく出来ぬ。矢張一日一回で筆を止めて、後は明日まで頭を休めて置いた方がよく出来さうに思ふ。一気呵成と云ふやうな書方はしない。一回書くのに大抵三四時間もかゝる。然し時に依ると、朝から夜までかゝつて、それでも一回出来上らぬ事もある。時間が十分にあると思ふと、矢張長時間かゝる。午前中きり時間が無いと思つてかゝる時には、又其の切り詰めた時間で出来る」(二十五巻、四二九-三〇頁)。

(14)　明治四十四年十二月二十八日、大患後最初の小説『彼岸過迄』を書き始めるにあたり、漱石は大阪朝日の長谷川如是閑に宛てて書いた。「愈小説をかく事と相成候へども健康を気遣ひ日に一回位の割にて亀の子の如く進行する積に候」(二十三巻、五〇四頁)と。そして一ヵ月後、明治四十五年一月二十八日付の鳥井素川宛書簡には、「此頃小説を書き居り今日も是から是非一回書かないと大阪のゲラが後れるといふ始末」、「病余自分の健康を気づかひわざと毎日一回分の小説外《ほ》か書かざる為め其日々々に追はれ落ち付きかね候」(二十四巻、六頁)とある。それが三月二十一日付の中村古峡宛の手紙では、「段々春暖の候好い心持に候毎日小説を一回づゝ書いてゐると夫が唯一の義務の様な気がして何にも外の事をせず早く切り上げて遊んだり読書をしたりするのが楽みに候」(同、一七頁)といった塩梅となる。一日一回の執筆習慣が、こうして次第に定着していったのである。

(15)　「『明暗』は写実主義的態度で押し通されているが、その写実主義は、常に厳密に対象を批判しながらの写実主義なのである」(大岡信、一七五頁)。漱石は「本質的に散文作家だったのであり」(同、七三頁)、「「則天去私」の世界への超脱の欲求は、現実の中へより深く潜入し、より強烈に人間性をえぐり出そうとする散文精神の成長と共にしか成長しえなかったものである」(同、七四-五頁)。大岡信の漱石論――東京大学教養学部卒業論文(一九五二年)を『大岡信著作集4』(一九七七年)に収載し、「漱石と『則天去私』」と改題して一九九九年に再公開されたもの――は、小宮系の漱石神話的評伝が全盛のころに、あえてこれと厳しく距離をとりつつ、『明暗』で「漱石の実践したリアリズム」こそが「『則天去私』の方法」（同、一九〇頁）なのだと喝破した。そしてまずは「文学的リアリティーの有無という観点から『門』を検討し」（同、九三頁）、さらに大患の頃とそれ以後を詳述し、『道草』までに「漱石はすでに観念の過剰、意識の過剰によって悩まされる地点を遠く踏み越えてきていると共に、隠遁し敗退して、孤独の中で観念的な『則天去私』の絶対境に沈湎していた漱石というふうな俗説の裏をかいて、『明暗』の、行動のみが人間に人間を教えるものだという認識をそのまま定着したかに見える世界へ向かって、静かに準備をととのえていたのである」（同、一六六頁）と言い切った。

「『明暗』の世界ではすべてがまわり持ちしあいながら、次第に無明の罪業の世界におちてゆくごとく見える。漱石は人々の言葉、その論理を、それが当然辿るべき筋道どおりに追ってゆくのだが、同時に、彼らにとってはきわめて当たり前で自然である彼らの考えや行動が、実は根本的に不自然であり、彼らの小さな『自然』は、常により大きな『自然』によって結局は運ばれているのであることを、写実そのものによって示し出しているのである。／そしてこれこそ、小説の中で実践的に把握された『則天去私』に他ならない。／『則天去私』はこのようなリアリズムの精神であったのだ」（同、一八一頁）。だからこの「境地への悟入が、直ちに現世を離脱することを意味したか、あるいは、その境地に悟入した心を持して現実（相対）世界へ、より透徹した眼とより果断な行動力とをもって再び立ち向かうことを意味したか、その点が最も問題であり、そしてその点が最も曖昧に見すごされてきたと私は思う」（同、一八一－二頁）。この設問は、漱石詩学の本義を道破して、従来言説の瑕疵を鋭くついている。

だからこそ若い大岡が「『門』まで」と「吐血以後」とをすっぱり裁断し、「吐血以後」にこだわる理由が不明である。この論考は「則天去私」神話から距離をとりながらも、大患による大転換という別の神話の延命に手を貸しており、ゆえに「明暗」の真義に肉迫できぬまま「津田の二重性、明るい部分と暗い部分の共存を……（中略）……同時的に表現に定着している」点に、『明暗』の「名づけ」の「理由」を「推測」（同、一七九頁）するにとどまっている。そういう批評の危うさと甘さとを回避するべく、拙稿は『三四郎』ノートを漱石解釈の便宜的な起点とする。そして最初期の子規宛書簡から最晩年の「明暗双双」「則天去私」にまでおよぶテクストのうちに、終始一貫した方法論的深化の跡を踏査するべく、漱石との対話を試みる。とはいえここに言おうとするのは、さほど突飛なことでもない。それは大岡が後年、中村真一郎との対談（一九八四年）のなかで述べた、詩学光学にすすんで連なるものである。「『明暗』の時期の漢詩になると、どれを読んでもいいですね。この時期になると、実に自由に現実の世界にも屈託なく入っていますね。現実世界を自然主義的な意味で非常に気にするようなタイプの文学は、現実世界に対して屈託なくそれを透視するような具合にはいかないと思うのです。漱石の場合には、非常に現実離れしてしまったということがあるために、逆に現実世界に自由に入っていく眼差しをもつことができた。／これが、どうも漱石文学のもつ秘密のような気がしますね。心が非常に遠くの彼方にまで漂いながら、もう一方では現実世界へ平気で入っていけるという二重の眼をもつことができたというのが、漱石文学のとても面白いところだと思います」（同、二五八頁）。

（16）ちなみに「則天去私」の文字が現成する直前の十月十二日作の七言律詩は、「空明　打出す　英霊漢／閑暗　踢翻す　金玉篇」と謳って、「明」の差別相対相は英霊漢を出現させるけれども、「暗」の無差別平等相は「金玉篇」をも蹴飛ばすのだと、「明暗双双」の呼吸法を深く反復する。しかもそれに続いて、「会天行道是吾禅（天に会して道を行うは　是れ吾が禅）」（十八巻、四四六頁）と締めくくる。「明暗双双」と「則天去私」の連結は、ここにも鮮やかである。

（17）ここに「文章」とはさしあたり今日的な意味で、文字を連ねて一定の思念を表わしたもの、とりわけ文法上の文の集積体としての統一的な言語表現を言う。しかし漱石の場合、青と赤の「文《あや》」と、赤と白の「章《しょう》」とからなる綾模様、文采、いろどりをも含意する。この点を鮮やかに指摘した加藤二郎「漱石の言語観」（同、二〇〇四年所収）に従い、「明暗双双三万字」（八月二十一日）以降の漱石漢詩を覘いてみれば、同日の七言律詩は「不作文章不論経（文章を作らず経を論ぜず）」（十八巻、三四七頁）を初句に掲げ、この「文章」は『明暗』「三万字」に重なり通例の意味である。八月三十日の詩の第三句「誰道文章千古事（誰か道う文章は千古の事と）」（同、三六二頁）も、杜甫の詩に因んで悠久の文学の営みを謳う。そして芥川・久米宛にふたたび長い手紙を書く九月一日の詩は、十日前の「尋仙未向碧山行」の余韻を聴きながら、「不入青山亦故郷／春秋幾作好文章（青山に入らざるも亦た故郷／春秋幾たびか作る好文章）」（同、三六六頁）と謡い始めて、すでに天地自然の春秋織り成す綾模様の意を掛けている。ゆえに翌日の詩は「大地従来日月長／普天何処不文章（大地従来日月長く／普天何れの処か文章ならざらん）」と、天地自然の見事な綾模様を首聯で謳い、尾聯では「詩人自有公平眼／春夏秋冬尽故郷（詩人自《おのずか》ら有り公平の眼／春夏秋冬尽く故郷）」（同、三七三頁）という、公平無私にして則天の文学観で応じている。さらにあの五日作「絶好文章天地大」「欲弄言辞堕俗機」（同、三八一頁）の徹底的な言語批判の詩学に続き、九月十日の詩は冒頭に「文章が『絶妙』なことをいう謎かけ言葉、隠語」（同、三八八頁）たる「絹黄婦幼」を掲げ、二句で「饒舌」を戒め、三句で「無言」（同、三八七頁）を心がけ、四句では「休将作意促詩情（作意を将《もっ》て詩情を促す休《な》かれ）」と自戒する。そして七句は「風月只須看直下（風月只だ須《すべから》く直下《じきげ》なるべし）」と天然自然のおのずからありのままを謳い、結句は「不依文字道初清（文字に依らずして道初めて清し）」（同、三八八頁）と、「不立文字」の詩作の「道」への気合いで締めくくる。こうして「天然の景物を自然《じねん》に観る」なかで「虚心」（同、四〇四頁）に「無声の句」（同、四〇七頁）を待つ、九月期の「明暗双双」たる詩作的思索を源泉として、あの十月十二日の詩の結句「会天行道是吾禅（天に会して道を行うは是れ吾が禅）」（同、四四六頁）もまた「自由に成る」のであり、ここにみずからおのずと「則天去私」の「文章」論が湧き出てきたであろう経緯は、すでに随分と見易いところである。

(18)　大正五年十一月二十一日の読売新聞の同書広告は言う。「普通の日記に兼ぬるに文章熟達の特殊の用意を工夫し、文章研究者間に好評嘖々たる日記也。本年は更に幾多の新面目を凝らして出でたり」（『新聞集成夏目漱石像』第四巻、二七八頁）と。また前年十一月二十七日の東京朝日の同書広告は「知らず〳〵の間に文章熟達せしむる日記」と大書し、「毎月　其月々の季節の研究、季節の與ふる文材、其取扱方を說き數種の文題を課し實際作文上のヒントを示すと共に毎週一回適切なる名家の文範を掲ぐ」（同、二一四頁）と、文章指南の方針を打ち出している。

(19)　西田幾多郎の『善の研究』は、根柢的な真実在の「知的直観」を前面に打ち出して、スピリチュアリズムの形而上学的実在論の様相を色濃く帯びている。西田はその後、カントの超越論的統覚の「意識一般」の概念、および『判断力批判』の「反省的判断力」の思想と批判的に対話して、「絶対の無の場所」の論理を打ち出してゆくが、最後まで宗教的な実在直観の形而上学を引きずっている。拙稿はこれを、漱石の「経験的実在論にして超越論的観念論（カント）」の視座から一気に全面的に反転させることで、西田の言いかけた〈無の場所〉の論理の本来あるべき方向性を、「明暗双双」のうちに見定めようとするのである。

(20)　全集の総索引を覗いてみると、「天真爛漫」の風情は『猫』の眼が「春の燈火」（一巻、一八六頁）のうちに見定めたのちに、『三四郎』の広田先生が言う「露悪家」の「天醜爛漫」（五巻、四六四頁）に変じ、『行人』の二郎の一郎評――「自分にはそれが天真爛漫の子供らしく見えたり、又は玉のやうに玲瓏な詩人らしく見えたりした」（八巻、一三九頁）――となってふたたび顔を出す。二郎は嫂の行動にも「何物にも拘泥しない天真の発現」（同、三二七頁）を見るのだが、当の一郎はHさんに言う。「幸福は嫁に行つて天真を損はれた女からは要求出来るものぢやないよ」（同、四四六頁）と。そして「健三の自然」に眼を凝らす『道草』は、彼に対面する義父の「苦しい現状と慇懃な態度とが、却つてわが天真の流露を妨げる邪魔者になつた」（十巻、二三一頁）ことを叙述する。そして『明暗』のお延の心は、「天然其儘の」「貴い純潔な生地」を「無邪気に有つ」従妹継子と連れだって歩きながら、「あなたは私《わたくし》と違ひます。あなたは父母の膝下を離れると共に、すぐ天真の姿を傷《きづゝ》けられます。あなたは私よりも可哀想です」（十一巻、一六八頁）と思念する。個々人の「天真」の発露を求める思索の筋は明瞭だが、それにもまして興味深いのは、「天真」の制作という課題をめぐるテクストの語りの成熟である。

すでに明治二十二年十二月三十一日付の子規宛書簡は、「『オリヂナル』の思想」を備えた「天真爛漫」の「文章の妙」（二十二巻、一一－二頁）を切実に求めているが、さらに三十九年の断片は言う。「そこで文章もその通りである。一字一句を吟味して苟もせぬからして、何だか不自然で窮窟に見える。又ハ厭味が多いと云ふ（換言すれば作つた文章はいかぬ。行雲流水ノ様に天真爛漫に飾らない所がいゝ）と云ふのは一応尤もの様だが、句を撰み、字ヲ練る事が必ず不自然になるとは云へない」（十九巻、二五六頁）と。そして『思ひ出す事など』ではこう言われている。「病中に得た句と詩は、退屈を紛らすため、閑に強ひられた仕事ではない。実生活の圧迫を逃れたわが心が、本来の自由に跳ね返つて、むつちりとした余裕を得た時、油然と漲ぎり浮かんだ天来の彩紋である。吾ともなく興の起るのが既に嬉しい、其興を捉へて横に咬み竪に砕いて、之を句なり詩なりに仕立上る順序過程が又嬉しい。漸く成つた暁には、形のない趣を判然と眼の前に創造した様な心持がして更に嬉しい。果してわが趣とわが形に真の価値があるかないかは顧みる遑さへない」（十二巻、三七〇頁、傍点引用者）。修善寺の床で人工的感興ならざる天来のインスピレーションを得て、そのおりの形而上の趣を「判然と眼の前」の形にすべく俳句と漢詩を作る。そういう「天真流露」なる叙法を、午後の漢詩のみならず小説『明暗』の制作において徹底的に実践すること。それが「則天去私」の詩学が指し示す方角である。

（21）　漱石晩年の悟達神話の呪縛を脱すべく、「作者」と「〈語り手〉」の区別に注視して「則天去私」の方法論的意義を解明した早い業績として、高木文雄『漱石文学の支柱』（一九七一年）がある。「夏目漱石は、十一年間という、決して長いとは言えない作家としての生涯の末に、則天去私の〈語り手〉の作者となる事が出来た。初期の、則我執私とでも言うべき〈語り手〉の作者であった頃から見ると、それは、一人の作家の十一年間の前進とは思えぬ程、目覚しい成長ぶりであった」（同書、一九三頁）。このときの評言はしかし作家論の枠を抜け出ておらず、久米・芥川宛の手紙を引用しても、禅語「明暗双双」の傍らを素通りした（同、三四〇－一、三七四頁、ただし高木、一九九四年、二七九、三三五－四九、三六一－二頁には当該漢詩への論及がある）。しかも肝腎の「『則天去私』の文学理論」の「文、句、語の順」（高木、一九七一年、三五一頁）での分析は、「わざと」「突然」「不図」「思はず」「自然」「天」「因縁」「事実」等の語の使用頻度に着目しながら、そこから「超越的で不可知な意志を語り手が認めているらしい事が分る――この超越的で不可知な意志の主体は、普段は人間をその意志の赴く儘に行為させているが、時に及ぶとダイモニオンのように人間に干渉してくる」（同、三六二、さらに三六八、三八〇頁、参照）と奔放に推定した。「指摘はしても（主観的態度）、批判はせぬ（客観的態度）、という語り手のあり方、それが『則天去私』という事になるのである」、「語り手をして天に則らしめ作者の私を去る、詰り或種のリアリズム、それが『則天去私』という事だった」（同、三六三頁）という詩学の見立てには敬服する。しかし「中期以後の漱石文学は魂の復活を求める努力の記録であると一括する事が出来よう」（同、一七頁）し、その「復活への希求」が「漱石文学の支柱」（同、三九二頁）なのだと言い切る主観的な信条の通奏が気にかかる。これを拙稿みずからも戒めながら、漱石というテクストの語りに傾聴してゆきたい。

(22) バルト、一九七九年、八一‐二頁。

(23) そのようにして〈漱石を読む〉ことは、すでに七〇年代に蓮實重彦によって実践されている。「漱石をそしらぬ顔でやりすごすこと。誰もが夏目漱石として知っている何やら仔細ありげな人影のかたわらを、まるで、そんな男の記憶などきれいさっぱりどこかに置き忘れてきたといわんばかりに振舞いながら、そっとすりぬけること」（蓮實、七頁）。読者は「自分であることを忘れた匿名の『作家』とともに言葉の海へと漂いでる」（同、九頁）。「もはや漱石にも属してはいないし、読むものにも属することのない非人称の運動」（同、一〇頁）のなかで、テクストの「表層でしかないものの表面に露呈されたものたちへの、理不尽な戯れへと」（同、二〇頁）入りこむ。そしてテクストの「余白と、間隙と、陥没点へと向けて、読むこと」（同、二一頁）を敢行する。「個々の小説を超えた大がかりな言葉の戯れの可能な場」としての「漱石的『作品』」（同、二二頁）。これに仰臥、模倣、媒介、遠近、明暗といった一連の漱石的主題の視角から切り込み、このテクストの「風土」的な「磁場」で「言葉がいかにして生誕するか」（同、二三頁）、そして「いかなる力学に従って物語を語りついでゆく」（同、二四頁）のかを見とどける。蓮實自身も「『則天去私』とか『自然』とか『無』といった漱石的な語彙」（同、一八八頁）に指先でふれてほのめかすのだが、彼の『夏目漱石論』というテクストは「明暗双双」の光学的な詩学に遠く呼応して、そのつどの「漱石的」なテクストの現成を読み書きするということの、きわめて早い「希薄で表層的な」（同、三〇八頁）着手である。

(24) 漱石『文学論』の革命的先駆性については佐々木英昭、二〇〇九年（とくに第九章）がくわしく論じていて説得的であり、示唆《サジェスチョン》に富む。

(25) バルト、一九七九年、八〇頁。

(26) バルト、一九七九年、八八‐九頁。

(27) 佐藤泰正は、蓮實やバルトとの批判的対話をとおして、「漱石のテクストならぬ、〈漱石というテクスト〉」（佐藤泰正、二〇〇一年、一四七頁）、「〈テクストとしての漱石〉」（同、一五四頁）の「語り」の次元を見定める。そしてまた柄谷行人は言う。「テクストをインターテクスチュアルな多数性の中に戻すこと」は、「テクストを固有名のない世界、あるいは『一般的』な構造に還元することではない。むしろ、或るテクストが『作者』に還元されず所有されない意味の過剰性をもつとき、われわれはその単独性を固有名で呼ぶほかないのだ。たとえば、私がカントと呼ぶものは『作者』のことではない。また、西洋、あるいはドイツによって appropriate された哲学者のことではない。カントのテクストは『パブリック』に開かれている。私はその可能性をカントと呼ぶのである」（柄谷、二〇〇一年②、一六〇頁）。作家論か作品論かテクスト論か。そういう方法論上の硬直した流派の独断教義にとらわれず、「〈可能性としての漱石〉」（吉本・佐藤、二六一頁）――および「テクスト」の「可能性」における「カント」――との、公的開放的で世界市民的な語らいを楽しみたい。

(28) それは歴史上の事実か、それとも認識と記述と解釈にすぎないのか。そういう生硬な二項対立の視点からは、ここでの「テクスト」の語法は曖昧に映るだろう。しかし「歴史 Geschichte, histoire, history, storia」とは、われわれが言葉で語りつぐ「物語り Geschichte, histoire, story, storia」である。拙稿が漱石関連の種々の歴史記述を参照するのは、この意味での漱石の歴史物語りを読み書きして、つねに新たなテクストの生成に参画するひとつの営みである。

(29) バルト、一九七九年、一〇〇頁。

(30) シュタンツェルの物語り論（原著一九七九年）が、テクストの「物語り状況 Erzählsituation」に注視しつつ、作中の「語り手」や一人称小説の「私」から区別して auktorialer Erzähler と呼んだものは、いわゆる三人称小説の「作中人物の住む世界の圏外に位置している」ものとされ、訳書（一九八八年）ではその意味をとって「局外の〔全知の〕語り手」とされている。しかしここではそれをあえて直訳的に〈作者的な語り手〉として、全面的に読み変えたい。そして作品世界の内・外を分かつ「存在論的な境界線」といった硬質な概念枠組みをこえ、作中特定の「語り手」や「私」や「映し手 Reflektor」（シュタンツェル、八頁）や、局外に超越する「作者の全知視点」といった一連の〈人格性＝人称性 Personalität〉からも解き放たれて、〈テクストの語り〉がしだいに「無名」化し「非人称」化してゆく、漱石詩学の根本動向を追跡したい。

ちなみに、作品の「形式」面での遠近法上の「幻惑」の「効果」を主題化した『文学論』第四編第八章「間隔論」は、まずは「作家の作物に対する二大態度」を「同情的作物」と「批評的作物」との区別にみる「形式的間隔論」から出立する。そしてそこから「哲理的間隔論」という課題を掲げて、「読者と作家（篇中の人物と独立せる）との間隔を打破する」「第一法」と、「篇中人物の位地」と「作家との間隔を短縮」し、「結果として0の答を得る時、作家は変じて篇中の人物と化するが故に読者と篇中人物とは作家を離れて対坐するに至るべき」「第二法」とを区別したうえで（十四巻、三九六－七頁）、「篇中人物の位地を変更する」人称操作や、その具体例としての「所謂書翰文体（epistolary form）」、「脚本」、「所謂写生文」（同、三九八－四〇〇頁）の技法に注視する。この初期の詩学論考から、右の無名非人称のテクストの語りがみずからおのずと生成してくることは明らかだが、漱石詩学の展開の詳細は別の機会にゆずりたい。

(31) 高木文雄も、「則天去私」に向かう漱石文学の方法論の「探求と深化」を語るさいに、『三四郎』の読み直しから出発する。そして「全ての人物に愛情と批判が行き亘っている」と見える「此作品の表現主体」――実在の「作者」ならざる小説世界の虚構の「語り手」――が、「『無』の場所」に「在る」ことを指摘する。しかしこれをただ「ニヒルな場所」（高木、一九七一年、三二頁）と言い換えて済ました点で、その分析はまだ甘いと言わざるをえない。

(32) とはいえ漱石は、あの『老子の哲学』から一貫して経験的実在論であり、彼岸の形而上学的実在を実体化する宗教思想からは自覚的に距離を置いていた。この留学の頃も漱石は、ハーバート・スペンサーの『総合哲学体系』（一八六〇年）が、「経験シ得ル」「現象」（ないし「幻象」）を超えた「不可知なるもの the unknowable」を「第一原因」として独断的に「建立」した点を、クロージアの『文明と進歩』（一八九八年）によりつつ徹底的に批判する（二十一巻、14－26頁）。ゆえに「現象ト認識」断片の「生きる意志」も、たとえばショーペンハウアー流の形而上学的な原理ではなく、もっと経験的な意味合いの濃い仮説として言われているはずである（同、23、29頁等、参照）。漱石はこの点でカント批判哲学の近くにいるのであり、翻って明治哲学界の主流をなした唯心論的観念論の形而上学（とくに井上哲次郎、そして西田幾多郎）からは、厳しく距離をとりつづけている。

(33) デカルト的自我への批判の論旨は、『純粋理性批判』の演繹論や誤謬推理論から容易に読みとれる。ところが大方の哲学史は粗雑にもデカルト―カント―フィヒテ―フッサールを、同じ系列の自我の哲学として語りだす。それに比べて柄谷行人の見方は的確である。彼は漱石とローレンス・スターンとの近親関係を指摘して、十八世紀の哲学の基本動向に注視する。「物質的実体はないというロックの懐疑を、ヒュームは精神的実体（自我）の同一性にふり向けた。ヒュームによれば、自我は連合（連想）の法則により恒常的に配列されている表象系列の集合観念にすぎない。自我は表象の束（a bundle of ideas）にすぎない。／哲学史的にいえば、この強烈な、しかしどこかヒューモラスな余裕にみちたイギリスの哲学者の懐疑に困惑したカントが、『批判』において超越論的な自己を確保しようとし、そのあと、ロマン派（ドイツ観念論）は『自己』を実体的に確信していった。哲学は、むしろヒューム―カントのレベルから後退したというべきであって、小説の『意識の流れ』派が依拠したベルグソンは何よりもヒュームに戻って考えたのだ。そうであれば、スターンの『新しさ』に今さら驚くことはない」（柄谷、二〇〇一年①、二九六‐七頁）と。これに一言だけ加えたい。いまわれわれが戻るべき場所は、ヒュームでもなければ新カント派の「カント」でもなく、二十世紀初頭に『三四郎』メモが見つめた「経験的実在論にして超越論的観念論（カント）」である。しかも漱石が「スターンの影響を受けた」わけでなく、「スターンを独自に発見したのだ」（同、二九七頁）とするならば、同じことは漱石とカントとの邂逅にも当てはまるのだ。この一件については本書結論で再説したい。

(34) 柄谷行人は論考「詩と死――子規から漱石へ」および「漱石のアレゴリー」（ともに初出は一九九二年）で言う。小説の一人称の「私」とともに、「超越論的な『私』が意識される」（柄谷、二〇〇一年①、三三四頁）ようになり、「抒情的な主観性」を「否定」した「自然主義」の根柢には、「『超越論的な自己』を確保する身ぶり」（同、三三五頁）が見え隠れする。そして明治三十年代までに「言文一致的な『文』が成立」し「自明化」することにより、「一方で、対象を指示するとともに、他方で、関係を越えたニュートラルな超越論的な『自己』を指示するような言語」が、近代小説の制度的な「『リアリズム』を可能にした」（同、三七〇頁）のだと。柄谷の言語論的な指摘はまことに示唆に富む。ただしカントの〈超越論的統覚〉の意味するところは、かかる主観‐客観図式の基礎づけの筋――つまり近代の知を主導する〈規定的判断力〉の方向――だけでなく、科学的・制度的な分別知の枠組みを批判的に掘り崩す方向にも読み解ける。拙稿はこの筋でわれわれ人間の〈根源的統覚〉の場所を、言語論的な〈暗〉転の空無の開けのうちに〈双双〉と「確保」したい。批判哲学の世界反転光学のもとでの〈反省的 reflektierend〉な往還の視座は、自分の「死後」を「客観的に」語った子規が「世界内存在である自己を、メタレベルからみおろすような視点」（同、三三九頁）、「超自我」と「自我」の「レベルを自由に往還しうる」ような「ヒューモア」（同、三五二頁）の視点、そして漱石『写生文』（明治四十年一月）にいう「傍《そば》から見て気の毒の念に堪《た》えぬ裏に微笑を包む同情」をもって「大人《たいじん》が小供《こども》を視るの態度」（十六巻、五〇‐一頁）とも、あくまでも〈類比的〉にであれ重なり合うはずである。

(35) 『判断力批判』は美と生命のみならず、自然の崇高や芸術の天才にも論及するのだが、これについては漱石文芸の詩的生成を論ずる機会にあらためて考察したい。ただ一点、ここでコメントしておかねばならないことがある。柄谷行人は明治二十年代の「風景の発見」に関連して、カントの「崇高」論を引き合いに出す。それ自体は興味深いのだが、柄谷は崇高感情の否定的発生の根拠となる「われわれの内なる理性の無限性」にからめて、「外的な対象」「に対する超越論的な自己の優位」（柄谷、二〇〇一年①、

三二八、くわえて三四四‐五頁参照）を口ばしる。このあたりはカント解釈としても事柄の理解としても、かなり危うい形而上学化の匂いがする。「超越論的な自己」という鍵語は「超越論的観念論」の世界光学の文脈に限定して、どこまでも慎ましく用いておいて、「内なる」「無限性」とか「外」への「優位」というような妖しい響きの語群からは注意深く解放してあげたいものである。

（36）亀山佳明は「自律すること（autonomy）」を「自己の基準に従って行動すること」、「つまり、他者によって制定された価値基準と判断を受け容れるのではなくて、自分の行なうことは常に自分が『良い』と決めた基準と判断に従って行なうこと」と概念規定して、「自己本位（自律）」と「他人本位」、「個人」と「世間」、「個人主義」と「ホーリズム（全体論）」（亀山、一二一‐三頁）という一連の対立枠組みに押しこめる。他方、レヴィナスの「存在者」と「存在 ilya」、「自我 moi」と「自己 soi」、「われわれと同じ世界にいる『相対的な他者』」と「世界の外部に位置している『絶対的な他者』」（同、九四‐六頁）の対置に、『明暗』に言う「小さい自然」と「大きな自然」を重ねたうえで、「〈世界〉の外部に位置する〈大文字の他者〉（自然）と同化し、超個性を実現する価値観を、『〈他律〉の個人主義』と呼」（同、二五五頁）んだうえで、「『明暗』においては、漱石は『大きな自然』をよりどころとして自我の問題を超えるという『則天去私』の境地と文学上の方法論とを同時に表現しようとしたのではなかろうか」（同、二五七頁）と主張する。近代市民社会における「『利己主義』（egoism）」や「『自己崇拝』（egotism）」（同、二一〇‐一頁）の拡大への社会学的問題関心は共有したいところだが、「〈他律〉の個人主義」という鍵概念には違和感を禁じえない。かかる〈自律〉と〈他律〉の粗雑な対置に、ラカンの〈想像界〉と〈現実界〉の区別を重ねる亀山の奔放な概念操作と、『明暗』の自我たちに「解脱」「回心」的「自己変容」（同、三四‐五頁）たる「『横超の経験』（鈴木大拙）」（同、二六〇頁）を期待する宗教的想像力、さらに依然として作者論的な「救済」（同、一三二‐四頁）と「心境の飛躍（横超の経験）」（同、一四六頁）といった読み筋にたいしては、批判哲学的に十全な警戒感をもって臨みたい。

（37）漱石の文章座右銘「則天去私」に、カントの言う「自然の技術」を重ねる読み筋を補完するべく、書の道における「天巧」の理想にふれた文章を引いておきたい。大正五年十月十八日付、森円月宛の漱石書簡である。「拝啓明月の大字わざ〳〵御送り御手数万謝拝借中の機を利用して双幅とも座敷へ懸けて眺め居候／近頃の鑑賞眼少々生意気に相成候其生意気な所を是非聞いて頂きたいので此手紙を書きます。／あの字はいま一息といふ所で止まつてゐます。だから其所を標準に置いて厳格にいふと大半といふよりまづ悉く落第です。然し私はあれを見て軽蔑するのではありません、嗚呼惜いと思ふのです。今一息だがなと云ふのです。あの字は小供じみたうちに洒落気があります。器用が崇《〔ママ〕》つてゐます。さうして其器用が天巧に達して居りません。正岡が今日迄生きてゐたら多分あの程度の字を書くだらうと思ひます。正岡の器用はどうしても抜けますまいと考へられるのです。／あれよりも私のもらつた六十の時の詩の方がどの位良いか分かりません、夫から半折二行の春風云々の七言絶句の方がはるかに結構です。良寛はあれに比べる〔と〕数等旨い、旨いといふより高いのでせうか」（二十四巻、五七八‐九頁）。かつて『子規の画』（明治四十四年七月）という一文を、「子規は人間として、又文学者として、最も『拙』の欠乏した男であつた」と書き、「出来得るならば、子規に此拙な所をもう少し雄大に発揮させて、淋しさの償としたかつた」（十二巻、四五九頁）と結んだ漱石である。画も書も詩も文章もつねに「拙」を守ることを心がけて、「黒人《くろうと》くさく」なるのを嫌い、「小供のいたづら見たやうな」画のうちに、「小供の無慾さと天真が出れば甚だうれしい」（二十四巻、二二八‐九頁、大正二年十一月三十日付、門間春雄宛書簡）と書く人間である。「則天去私」の四文字はそういう芸術観の最期の表現として、みずからおのずとあったのだと思う。

第三章　近代小説家の道草

第一節　『明暗』執筆の日常

漱石『明暗』の詩学からの道草が、バルト、カントにたち寄って長くなってしまったが、拙稿がめざす方角は明瞭になったはずである。そこであらためて、漱石の遺著執筆の日常にたち帰ってみるならば、作家はかかる言語論的な道草の風趣を一心に凝縮して、言語三昧の日々をすごしたのである。既成舶来の規定的な「文学」概念をこえて、文学という事柄そのものを根本から「反省的」に問いなおす。「文学とは何か」という終生の問いをめぐり、すべてが行きつ戻りつする生涯の最終局面で、漱石は「明暗双双」の言語論的な反省返照の境位をつかみとる。そしてあの長大な物語りを「苦痛、快楽、器械的」の「三つをかね」る「心持」で書いた。しかも生々しい人間模様を〈かたる〉執筆行為は、手紙や木曜会で〈はなし〉、漢詩を〈うたう〉言語行為をつきしたがえることで、かろうじて円滑に遂行されていた。(1) 芥川・久米宛書簡の静かな語りかけは、創作家の物語り行為の日常三昧を中核にして、話し詠う言語行為が総動員された場所にみずからおのずと生まれてきたものである。(2) それはまた「さういふ心持の中に入つてゐる」作家晩年の言語活動の情況を、端的に物語った写生の書字行為である。(3)

そういう稀有な文字列が実現したのは、あの書簡文面が自作漢詩の引用紹介を核にしたことによるだろう。かつて『思ひ出す事など』のテクストも、大患を見舞う新聞読者への返礼として書かれ、各節本文に俳句や漢詩をかかげることで、「大空」と同化した「われ」の「縹緲」たる気分を通奏低音のように語りだしていた。(4)これにたいして最後の夏の書簡は私信だが、文筆をもって世に立とうとする若者へのはなむけである。「勉強をしますか。何か書きますか。君方は新時代の作家になる積でせう。僕も其積であなた方の将来を見てゐます」。先達が指し示した道標は、「たゞ牛のやうに図々しく」という条《くだ》りだけではない。最期の作品の神髄を明かす七言絶句の解説と、創作の日常の「紹介」の語りそのものが、作家として人間として真面目に生き永らえてゆくための指針である。

ちなみに「明暗双双」の詩をふくめて漱石の漢詩は、読みくだしを前提とする日本漢文ではなく、どこまでも「字くばり」と「平仄」に気をくばった漢文学である。「詩の音声にたいして、現実的には耳をふたぎながら、心で聴いている――そのような訓練が作者を何時か特異な世界へ導いて行ったのが、漱石の漢詩であろう」(5)。しかもそれが「思索者の詩」であるからこそ「日本人の漢語の詩として、めずらしくすぐれ」、中国人にも「激賞」されてきたのである。(6)そして漱石はいまここで新たな日本語の文学をつくりだすためにも、自分の元いた場所に立ち還って来たのである。

かつて漢学塾二松学舎に通う早熟な少年は、湯島の「聖堂の図書館へ通つて、徂徠の蘐園十筆《けんえんじつぴつ》を無暗に写し取つた」(十二巻、三七五頁)。彼が漱石を名乗った最初の創作は、大学予備門時代に子規に送った漢詩紀行文『木屑録』である。「少時好んで漢籍を学び」、「文学は斯くの如き者なりとの定義を漠然と冥々裏に左国史漢より得た」人は、「何となく英文学に欺かれたるが如き不安の念」をもって大学を卒業した(十四巻、七－八頁)。そしてその不安を抱いたまま松山、熊本、ロンドンに渡り、ついに東京へ帰って来た。漱石の文学研究と創作は、漢文・英文・和文の差異のはざまの言語活動の故郷から、近代の日本語を創成しつつ「人間」の新たな文学を生み出す、苦心惨憺の文章革命の記録である。(7)最晩年の「明暗双双」と『明暗』は、その徹底的に言語批判的な孤高の生が、実人生の全体をとおして見いだした「文学」の新たな定義であり、彼の方法論的反省がようやくにしてたどりついた一つの達成である。

第二節　自由・自然・自動の詩学

午前中に執筆を済ませ、午後は暗中に英気を養う。そして翌朝も新たな気分で「私の塊りの角突き合ひ」の物語りにむかいあう。かくして漱石は毎日毎朝「百鬼夜行」[8]の自我世界へ還って来る。そして「大いに俗了された心持」になるほどに奥深く俗塵の現実世界へ立ち入って、個我たちの内心および外見のリアルな蠢きを凝《じ》っと見る。そうすることでそれぞれの個我の「小さい自然」になりきって、彼らの自由意思の運動を原稿紙に書き写す。その筆先に生成するテクストを第一の読者となって執筆する「苦痛、快楽」には、「器械的」の「心持」が混じるのだと自己解析された。その特異な気分はさしあたりまず、小説『明暗』執筆の日課の規則性を言うだろう。それとともに一々の文章制作における自働性、すなわち「作者」の作品構成的な計らいをこえた、運筆の器械的な自然を言うのだろう。それはあるいは無意識の言語活動に身をゆだねた〈自動記述《オートマティスム》〉なのだと言っていい[9]。「憑かれた文体というか、インスピレーション」が湧いてくる。「『こういうことを書こう』というのじゃなくて『こういうことを書かされる』という受け身」の執筆行為《エクリチュール》。「不可解なものに押されて、謎の迫力で引っ張られて書いた」「天来」のデモーニッシュな運筆であり、それがまた「苦痛」でもあり「快楽」でもある。『明暗』にはもはや従前の近代小説のような、作家一個の確たる「計画」や「計算」などは微塵もなく、そこには作者の「手」が見えないし、だからこそ「作り物」でない「大文学」が天然自然に出来あがってくる[10]。

「『明暗』は長くなる許《ばかり》で困ります」。この小説全体の分量さえもが、作家の計らいのきかぬところにあった[11]。しかし作家はそれを無理矢理に統御しようとしていない。むしろ人物たちの言い分と、テクストの場面場面の空気に筆の運びをゆだね、その意味で作家的な「私」を言語活動的な「天」に放下して、最後の執筆三昧の日々を楽しんでいる⑫。そうすることで現世に生きる我と我とのいかにもありがちな膏《ねち》こい心理の絡まりと、言動の縺れ合いを巧みに描きだす、多声のリアリズム小説がみずからおのずと出来あがる。

漱石は昔から人一倍、我意の作為・計らいを嫌っていた。「人間の小刀細工《こがたなざいく》」（十巻、三一一頁）を何より憎んでいた⑬。他人のちょっとしたしぐさでも、気にさわるところがあると、てきめんに激しい癇癪をおこしてしまう。そんな漱石にたとえ小説《フィクション》の世界のこととはいえ、このようにリアルな近代の自我たちと、半年ちかくも毎日つきあうという芸当を可能にしたものはなにか。「明暗双双」の言語論的な境位に坐して日常工夫し、作家個人の自我《わたくし》からテクストの自己をひきはがす術《すべ》を身につけたことで、いわば広い「天」の視座から個別の経験事象を見つめる「経験的実在論にして超越論的観念論」の視覚光学を、すなわち超越論的観念論と経験的実在論《リアリズム》の両局面相が不断に反転相即する批判哲学的世界観の呼吸法を、文学的に実践しえたからにほかならない。

第三節　我執主題化の方途

おそらくは前作『道草』（大正四年）で、漱石はこの回互的な視座の書法を試行した。そしてこの自伝的な小説を書き切ることで、その反転光学技法をほぼ完全に体得した。それまでにも漱石は主人公や作中視点人物を相対化して、これを客観的に批評する工夫をさまざまに凝らしてきた。美禰子がつけた「索引」を読みとろうともしない三四郎をふくめて、人物《キャラクター》を相対的な人間関係のなかで造形する叙法の開発も、早くから自覚的にとりくんだ方法論的な実験課題のひとつである。とりわけ『彼岸過迄』『行人』『心』では、テクストが焦点化する人物や視点人物を異にする短篇を書きつらねて、多声の長篇世界を建築する方法が試された。それと同時にこの三部作では、「我執」の主題が鋭くリアルに凝視されて、これを批判的に反省する生々しい語りが浮上する。

「何《ど》んな人の所へ行かうと、嫁に行けば、女《をんな》は夫《をつと》のために邪《よこしま》になるのだ。さういう僕が既に僕の妻《さい》を何《ど》の位《くらゐ》悪くしたか分《わか》らない。自分が悪くした妻《さい》から、幸福《かうふく》を求めるのは押《おし》が強過《つよすぎ》るぢやないか。幸福《かうふく》は嫁に行つて天真《てんしん》を損《そこな》はれた女《をんな》からは要求出来《えうきうでき》るものぢやないよ」（八巻、四四五―六頁）

『行人』の一郎は、Hさんとの対話の最後にそう自嘲して、「夫」たる自分の非を率直に語っている。目の前の身近な他我に思い悩む一人の男の、わが身の自我《エゴ》による加害への気づきと、沈黙の「此眠《このねむり》」（同、四四八頁）。こうしたエゴイズムの罪の自覚の物語りを、じつに容赦もなく徹底的に追いつめて、『心』の第一部短篇として構想された「先生の遺書」は、「真面目」な人間への淋しい信頼と贖罪のうちに、先生の自我を殉死させるのである。大死一番ここに新たな乾坤《せかい》は開かれるのか。予想以上に長くなった『心』の続篇連作は断念して、漱石は仮構的な小説制作から一旦横道にそれてゆく。そして行くところまで行きついた我執の問いの切っ先を鋭く研ぎ澄まし、この時代に小説を編みつづける作者自身の「心」に、批判の刃を反省的《レフレクティーレント》につきつける。さきを急がねばならぬ。しかしながらこの場所にはしばし踏みとどまって、見るべきものは見ておかねばならぬ。『道草』はそのような課題を背負った作品《しごと》である。

近代の自我に苦しむ「人間」の物語りをつくる。その文芸の創作行為に、はたして私《わたくし》はないか。同じ苦しみを共にする同時代や次世代の人たちとの深い感能の共鳴――すなわち「還元的感化」（十六巻、二二九頁以下）――を理想とした、新たな小説の語りの実践。一見するところは徳義にもかなう公的な文筆の営みに、ほんとうに私心は混じっていないか。非常にきわどい、職業作家の生死にかかわる、致命的《クリティカル》な問いかけである。近代小説家の実存の危機ともいえる局面で、そのぎりぎりの情況ゆえにこそ、われわれの作者は小説制作上まったく新たな方法を徹底する。すなわちテクストの生成を見つめる「自己」の眼のなかで、経験的実在論と超越論的観念論の両局面相が不断に反転し明暗双双する、批判的で反省的な文芸の根本視座を徹底的に試すのである。

第四節　『道草』の方法論的課題

漱石は『道草』でこの懸命の課題にとりくむにあたり、自分が作家生活を歩みだした十数年前の情況をえらびとり[14]、主たる物語り内容をそこに取材する。自分はなぜここで文学の筆をとっているのか。われわれの作者は、自己の「父母未生以前の真面目」を問いもとめ、執筆の現在において、文学的な出発の過去を想起する。しかもこのとき作家漱石は当代文壇流行の、いわゆる無理想・無解決の自然主義的なリアリズム手法をけっしてとらない[15]。自分にじっさいに起こったことを事実そのままに「私小説」的に書きつけるような、安直な簡易短絡の道は歩まない[16]。

そもそも事実とは何か。事実を事実として、そのままに書けばリアルなのか。事実そのものを客観的に見る。とりわけ自分に関わる事実を、いっさいの主観をまじえずに見るということが、はたして人間の身に可能なのかどうか。そういう複雑な問題に、ここで深くは立ち入れない。それでもただひとつ明らかに言えることがある。すくなくともこうした肝腎の問いをぬきにしたままで、自分の赤裸々な事実とやらを単純に暴いて見せるのは、私小説的な書き手の自惚れにすぎない。それは自己否定的な暴露主義に名を借りた「露悪家」的な自己主張、つまり自分はこんなことでも書いてのけるのだという、創作家の自己特権化にもつながっている。そうした反省と批判を欠いた当今流行りの文学言説からは距離をおき、漱石がもとめたリアリズム文学の道はもっと高度に方法論的である。そうしてもっと批判的かつ世界開放的なものである。

かくして『道草』はかなり難儀な仕事になる。ゆえにこれに本気で取り組むのに先だって、漱石はしばし京都に遊ぶのである。難しい課題から逃げるのではない。避けてとおれぬ剣呑な課題にたちむかうべく、まずは骨を休めて英気を養う。京都帝国大学に勤める古い友人や知人たち（独文学の藤代禎輔、印度哲学の松本文三郎、美学の深田康算ら）には不義理をおかし[17]、古都に生まれ育った西川一草亭・津田青楓兄弟とだけ交遊して、茶事や書画などの風流事に親しむのである。

三月二十一日、青楓に「自分の今の考、無我になるべき覚悟を話す」（二十巻、四六六頁）。漱石は職業作家として立った明治四十年春も京都に遊んだが、人生最後の京都滞在では、木屋町の宿屋と祇園のお茶屋に病臥する。漱石は窓外に東山を仰ぎ、多佳女や芸妓金之助たちと歓談し、しばし「暗」中の世界に逗留した。「春の川を隔てゝ男女《おとこおみな》哉」(18)（十七巻、四六五頁）。そして作家は東京へ帰って来た。四月十六日夕刻発の夜行であった。自伝的三人称小説『道草』は、この京都逗留が長びいたことで、着手予定が大幅に遅れ、死の前年の五月中旬以降に起稿されている。(19)

第五節　自伝的三人称小説の始まり

『道草』は健三と妻お住、健三と養父島田、健三と病身の姉といった、健三を軸とする人間諸関係の織りなす物語りである。語り手はまず関係の核となる健三に焦点をしぼり、不思議な遠さと近さで静かに酷薄に語りはじめる。

> 健三が遠い所から帰《かへ》つて来《き》て駒込の奥に世帯《しよたい》を持《も》つたのは東京を出てから何年《なんねん》目になるだらう。彼《かれ》は故《こ》郷の土《つち》を踏《ふ》む珍《めづ》らしさのうちに一種の淋し味《み》さへ感じた。
> 彼の身体《からだ》には新《あた》らしく後《あと》に見捨《みす》てた遠《とほ》い国《くに》の臭《にほい》がまだ付着してゐた。彼《かれ》はそれを忌《い》んだ。一日《いちにち》も早く其臭《そのにほひ》を振《ふる》ひ落《おと》さなければならないと思つた。さうして其臭《そのにほひ》のうちに潜んでゐる彼の誇りと満足には却《かへ》つて気が付《つ》かなかつた。（十巻、三頁）

驚くほどに濃密で淡々とした書き出しである。かつて『三四郎』は劈頭二つの文の主語を宙づりにして、ある一つの目覚めの情景を叙述したのちに、三番目の文の末尾でようやく主人公たる「三四郎」の呼称に着地した。これははたして一人称小説か、三人称小説なのか。まずはこの曖昧性のなかに読者の興味を惹起しておいて、以後はおおむね表題人物に寄り添ってすすむ六年前の三人称の語り。それは小説の作法として、すでにたしかに巧妙である。ただしこの物語り行為は、「三四郎」を「男」と呼びかえることはしても、「彼」と呼ぶことはけっしてない。そこにはこの三人称単数代名詞の翻訳語の、安易な文学的使用への抵抗感がはたらいていたのかもしれない[20]。それにたいして『道草』は、ほかならぬ「健三」の二文字で始まっている。しかも「健三」は直後の文頭で「彼《かれ》」ときっぱり言いかえられる。かくも気合いのこもった書き手の息遣いを、われわれはまず注意深く聴き取らねばならぬ[21]。

『道草』が自伝的な性格を色濃くする小説であることは、昔も今も周知である。だからこそ決然たる三人称単数の選択には、なみなみならぬ意味がこもっている。自伝を三人称で書くのが特別だというのではない。じっさいのところ自伝的な物語りを三人称でおこなうのは、さして目新しいことではない。むしろ当時の日本文壇にあっては、ちょっと気の利いた小説家ならば誰もが採用する、ありふれたやり方である。ここではただ島崎藤村の『破戒』（明治三十九年刊）を例に挙げておけば充分だろう。漱石はこれを高く評価していたし、彼の門下では森田草平の『煤煙』（四十二年、朝日新聞連載）もある。二十年前の森鷗外の『舞姫』（二十三年）が、「余」を主語にして文語体・雅文調で過去の出来事を回顧したのにくらべれば、これでもすでに隔世の感がある[22]。

しかし大正の『道草』について問題にしたいのは、たんに三人称主語の客観描写によるリアリズム話法の成熟ではない。むしろそういう遠近法的な文法をこえ、いわば非人称で語るテクストの生成にこそ注視したい。たとえば『道草』とほぼ同じころ、パリの空のしたでは『失われた時を求めて』という小説が書きつづられていた。この複雑な時間構造をもつ自己回想物語りを編むにあたり、デカルトの国の人マルセル・プルーストも、一度は三人称を採用する。しかしながらすでに常套手段と化した三人称を、彼は撤回する。そうしたうえで、いわば小説以前の場所にたたずむ無名の「私」とでも呼ぶべきものを、テクスト内の視点人物にすえてみた。彼はそうすることで初めて――しかも外界の騒音を遮断したコルク貼りの部屋にたてこもることで――この物語り行為を開始することができたのである[23]。

こうしたプルーストの苦心との対比のもと、漱石の『道草』をながめるならば、このテクストはやはり近代文学史上特別な意義を有している。注目すべきは、ここで三人称が採用された点ではない。この三人称を採用する漱石的な身ぶりと、活用の妙味が問題である。「健三が遠い所から帰《かへ》つて来《き》て駒込の奥に世帯《しよたい》を持《も》つたのは東京を出てから何年《なんねん》目になるだらう」。この冒頭一文にすべての秘密が詰まっている。それは一年後には「明暗双双」へと収斂してゆくなにかであり、だからこそ作家はここに読点を一つもはさまず、深くひと息で言いきったのである。[24] 文法的にいえば、この一文は「健三」を主語とするいくつかの文に切り分けることもできる。しかし書き手はそれをせずに「健三が……世帯《しよたい》を持つたのは」という事柄を主部にすえた。[25] そして語りの奥底で当該事象に思いをめぐらしつつ「何年目になるだらう」でひきうけた。しかもこの述部用言は、なにか落ちつかぬ余韻をのこしている。「故郷」に不在の年月を指折り数えるのは、ここに帰りついた健三なのか、それともテクストの語り手なのか。その点が曖昧にされたままに「何年目」という疑問符が、不意に読者に手渡されるからである。「だらう」という複合助動詞は通常、指定と推量の言語行為の主体として、文の語り手たる「私」を要求する。くわえてこの助動詞の終止形は、テクストの〈語り〉にして〈読み〉の現在《いま》に明らかに密着する。だからこれにひとたび感染した読者は、昔の事象と今の想起活動とを不断に往復する小説の動性に一気にひきこまれてゆく。

かくして表面的には三人称の昔語りの背後から、一人称現在の無名の「私」の語りがおぼろげに顔をのぞかせる。そういう両義的な「だらう」につづき、句点による軽い切断をはさみ、明確な三人称の「彼は」が来る。しかしながらこの主語（もしくは主題提示部）に対応する述部は、ふたたび語りの深層心理的な主観に接近し、「一種の淋し味《み》さへ感じた」と語るのである。つまり健三《かれ》と語り手《わたくし》に通底する主観的な情感を、さりげなく一所に告白してみせている。しかも今度はこれをきっちりと過去時制の、定言的な平叙文肯定形で終結させている。テクストに焦点化された三人称主語の過去形の遠さ。そして透明な一人称の回想の趣をたたえる現在只今の語りの近さ。それらのすべてがさりげなく、しかし明らかに方法的に重ね合わされて、このリズミカルな視点交替劇のうちに、新しい三人称自伝小説の世界が呼吸を始めている。[26] とはいえここまでのところはまだ、卓抜な書き手の文章技法が確認されたにとどまっている。

つづく改行の深い区切りののちに、明確な距離をへだてて「彼」を客観視する通常の三人称近代小説の過去形が――文末の助動詞「た」の語りの奥底に、得も言われぬ不思議な余韻をのこしつつ[27]――四つ連なっている。そして最後の一文で、あのころの「彼」の無自覚な「誇りと満足」が、小説の語りの現在《いま》から痛烈に指弾される。これはどこか批評家的に冷たく突き放した書きぶりである。かくして『道草』の最初の二つの段落は、文体的にも内容的にも絶妙の対照をなす。そうした漱石の筆さばきは心にくいばかりだが、これもまた老練の作家の妙技といえば足りる。

第六節　遠い場所からの帰還

問題の核心はむしろ、「遠い所から帰《かへ》つて来《き》」たという意味深長な主導動機《ライトモティーフ》が、物語りの劈頭きっぱりと打ち出されたこと、そしてこの最重要句が、右の語りの諸技法に深く絡まり合っている点にある。健三が「新《あた》らしく後《あと》に見捨《みす》てた遠《とほ》い国《くに》」とは、夏目金之助個人の履歴にてらせば、英国であり帝都ロンドンである。そしてまた日本の帝都「東京」から離れた「遠い所」には、松山や熊本も含めてよいだろう。しかし特定の地名を排した象徴符合の語りには、もっと本質的に遠い場所を暗示する力がこもっている。たとえば『道草』直前の随筆『硝子戸の中』には、以下のような表現もある。

> 所詮《しよせん》我々は自分で夢《ゆめ》の間《ま》に製造した爆裂弾を、思ひ〱に抱《いだ》きながら、一人《ひとり》残らず、死といふ遠い所へ、談笑しつゝ、歩《ある》いて行くのではなからうか。唯《たゞ》どんなものを抱《だ》いてゐるのか、他《ひと》も知らず自分も知らないので、仕合《しあは》せなんだらう。（十二巻、五九二頁）

「死」という、いまここの現実から最も「遠い所」。およそこの世の「我々」の生からは、隔絶していると思われる場所。あるいはむしろ、そうした死と生とのあわいを拠り所なくたゆたいながら、「我々」人間を相互につなぐ文学的な言語活動の遠いまなざし。大正の読者も昭和・平成のわれわれも、明治の文豪漱石が修善寺の「三十分の死」（十二巻、四〇一頁）の淵から、辛うじて生還して来た作家であることを知っている。[28] しかもその奇跡的な身心生還の出来事はたんに生理学的な生死の現象をこえ、「縹緲《ひょうびょう》とでも形容して可い」（同、四一六頁）であろう「遠い所」からの、帰還想起の語りの本格遂行の始まりでもあった。それはいわば物みなすべて——カントの言葉で類比的にいえば「物一般 Dinge überhaupt」——を平等に現象と見きる超越論的観念論の広く「遠い」視座から、そのつどの経験的で直接的な実在性の同じ場所への言語活動的な帰還の、不断反復の本格始動の出来事である。

明治四十三年十月十一日、担架に乗せられて東京に帰還。[29] 漱石は長与胃腸病院入院中に『思ひ出す事など』の新聞連載を開始する。しかもこの随筆は、「漸くの事で又病院迄帰つて来た」（十二巻、三五七頁）の一句で始まっている。この世に生還した自己の現実を写すべく新たな公的言語行為に帰還して、翌年二月二十六日にようやく退院。作家は「再び広い世界の人となつた」（同、四五五頁）。その後『博士問題とマードック先生と余』（明治四十四年三月六、七、八日）などの時事的短文を新聞に寄せて、夏には関西・中国地方で『現代日本の開化』等の講演をおこなう。しかし胃潰瘍をふたたび悪化させ、八月十九日に大阪の湯川胃腸病院に入院。九月十三日の夜行で東京へ戻り、帰京数日後には痔の手術をする。[30] 九月末には東京朝日主筆の池辺三山が辞任、退職。[31] そして十一月二十九日の夕刻、五女ひな子（前年三月生まれ）が急死する。小説家漱石の復帰第一作『彼岸過迄』は十二月二十八日頃に起稿、[32] 明治四十五（一九一二）年一月一日から四月二十九日まで朝日新聞に連載された。この年の七月三十日、元号は大正に改まる。夏目金之助の生誕とともに始まった明治は終焉する。しかし作家の身心は生きのびて、『行人』『心』と書き継いでいく。[33] そして『道草』では、「遠い所から帰つて来」た自己《ひと》の語りを新たに遂行する。それは自分《わたくし》一個の必要——『明暗』の言葉を先取りすれば「小さい自然」の要求——に迫られて小説を書きはじめたころの文学者の自己の誕生の出来事を、新たな「遠い」想起反省のうちに清算反復して、別のかたちで文学を再び始めるための近代の批判的〈作者〉の道草である。

第七節　近代小説家の道草

明治の淋しい精神を総括し葬った大正三年の『心』。そして作者の死により、永遠の途絶を余儀なくされた大正五年の遺著『明暗』。この二つの本格小説にはさまれた大正四年の『道草』は、小説制作上の位置づけからしても道草的なテクストである。しかもこのテクスト内部には、およそ小説らしい筋がない。すでに離縁していた養父母との新たな交渉と苦い訣別。夫婦関係の危機と継続、そして三女の誕生。それらだけが目立った点景である。そこに幼少期の道草的な回想を織り交ぜて、表面的にはひたすら老いと病と倦怠に満ちた日常生活断片がつづられる。そのテクストの運び自体が、道草に道草をかさねている。のみならず話の内容にしても健三の養父母との応接は、世間なみの目から見れば人生上なんの益もなさない道草である。しかしそれを言うのであれば、このテクストに写しだされた人生そのものが、全体として大がかりな道草である。そういう危機の自覚のおぼろげな到来があったからこそ、健三はますますあちこちで小さな道草を食うしかないのである。

ある男の人生の、いたずらに道草をかさねる危機的な身心の問題状況。テクストの語りはこれに辛抱強くつきそいながら、彼が本来的な道へ回帰する時機の熟するのを見まもっている。漱石は大学卒業後、不本意ながらも教員生活をおくり「遠い所」を転々とした。留学中に子規は死に、帰国後も大学と高校の教師をつづけざるをえなかった。『道草』の背後の語り手は、自身が職業作家として世に立つまでに経験した心の動静を、健三の日常の物語りに描き重ねる。そこになんらかの心機一転が到来するのか否か。その点をテクストはなにも定かに語らない。しかしかつて漱石は激烈な決意をもって、健三の「引懸」りを脱して「其処へ」歩み出たのであった。そしていまここで、この実作による方法論の最後の徹底により、彼の小説は本来の道をさらに先へと進んでゆく。

漱石が『道草』で駆使した語りの方法的視座からみれば、それまでのすべての実験的な著述の努力さえもが、すでにひとつの壮大な道草として映っていたのかもしれない。『道草』のテクストの語りは、それほどの覚悟と手ごたえをもって、小説というものが帰って来るべき場所に帰還した。この語り手はいま、『吾輩は猫である』以後の大きな迂回路をへて、あの猫の眼からの語りが生まれてきた人間的日常の現場に帰って来た。近代の小説の言葉、およそ人間の言葉が生まれ出てくる本源の場所に立ち戻り、つねにそこから現実の場所に帰って来る。どこか「遠い所」に行ってきて、そのつどまたここに帰って来る。そのように大きく迂回し反転して、帰還する。そういう『道草』の語りの根柢で、あの「明暗双双」の――そして「経験的実在論にして超越論的観念論」の――世界観的な往還反転光学がひそかにはたらいている。そういう道草的な文芸の視座の、哲学的方法探究の様相に注視しながら、テクストの語りにしばし耳をかたむけたい(34)。

注

（1）坂部恵は、言語学研究の注意が集中する語や文のレベルをこえて、比較的に「大きな」スケールをもつ〈かたり〉の特質をつかむべく、まずはその「送り手、受け手をともにふくめた〈主体〉」が、「共同体の〈相互主体性〉のレベルにまで、さらにときには神話的想像力の遠い記憶の世界にまでおよぶ下意識あるいはいわゆる集合的無意識のレベルにまで拡大深化されること」（坂部、三四頁）に注意喚起する。そして「現代の哲学・人文科学がなお多くの未開拓といえる部分をのこしている」「歴史的な生活世界に生きる具体的な〈主体〉と〈相互主体的〉場の深層構造に、これまでとはちがった新たな光があてられること」（同、三四－五頁）を今後に期待しつつ、〈はなし〉〈うた〉〈しじま〉などの語感との比較対照のもとに、〈かたり〉の言語行為を人間の言語活動一般にむけて問い分析した。この繊細な理性批判の思索に触発されて、拙稿は漱石の「明暗双双」の詩学の「深層構造」に、「経験的実在論にして超越論的観念論（カント）」の視座から迫ろうとしているのである。

（2）おりにふれて拙稿が用いる「みずからおのずと」という異形の副詞句について、このあたりで弁明しておきたい。それが「自己本位」の「自由」と「自然」とのあいだの、文章作法上・芸術制作論上の合致の理念を含意することは言うまでもない。しかもその「相即」の様態はけっして両者を癒着融合させることなく、むしろ「明暗双双」の往還のリズムに類比的に重ねて、どこまでも二にして一、一にして二という「相反両立」の「張りつめた緊迫」をはらむものでなければならない。その意味では竹内整一の言う「自己」と「自然」の「あわい」、すなわち「『会ひ会ひ』が約《つづ》まった」「あわい」の場所での「二者の相互に行き交う動的な距離・関わり」（竹内、二六‐七頁）、「その微妙なせめぎ合い」（同、一四八‐九頁）としての「相即」でなければならぬ。ただし拙稿はそれをことさらに「特殊日本的な思想表現」（同、二七頁）の問題には限定しない。漱石にカントを重ねる無作法のうちには、そういうささやかな反抗の企図も含まれている。いわゆる日本文化論の独善の系譜からは一線を画し、「みずから」と「おのずから」、自由と自然、主観と客観の「あわい」の、日本的な融即の詐術的な弛緩を根本的に批判する。これが拙稿の担い続けるべき課題である。

（3）同月の和辻哲郎宛書簡（大正五年八月五日付）のなかで漱石は、精神的でありつつ根本的には生理的な、エクリチュールの「快楽」にふれている。「拝復此夏は大変凌ぎいゝやうで毎日小説を書くのも苦痛がない位です僕は庭の芭蕉の傍に畳み椅子を置いて其上に寐てゐます好い心持です身体の具合か小説を書くのも骨が折れません却つて愉快を感ずる事があります長い夏の日を芸術的な労力で暮らすのはそれ自身に於て甚だ好い心持なのです其精神は身体の快楽に変化します僕の考では凡ての快楽は最後に生理的なものにリヂユースされるのです。賛成出来ませぬか」（二十四巻、五四八‐九頁）。

（4）先にも一部を引いたが、その第五節には、そうした詩作の意義が率直に語られる。「病中に得た句と詩は、退屈を紛らすため、閑に強ひられた仕事ではない。実生活の圧迫を逃れたわが心が、本来の自由に跳ね返つて、むつちりとした余裕を得た時、油然《いうぜん》と漲《みな》ぎり浮かんだ天来の彩紋である。吾ともなく興の起るのが既に嬉しい、其興を捉へて横に咬み竪に砕いて、之を句なり詩なりに仕立上《したてあげ》る順序過程が又嬉しい。漸く成つた暁には、形のない趣を判然《はっきり》と眼の前に創造した様な心持がして更に嬉しい。果してわが趣とわが形に真の価値があるかないかは顧みる遑《いとま》さへない」（十二巻、三七〇頁）。たまさかに恵まれた「本来の自由」における「天来」の感興によった詩作。みずからおのずと出来あがるエクリチュールの快楽のモチーフが、ここにも読みとれる。これに比していえば最晩年の漢詩は、もっと厳しい小説制作の只中で、しかもみずからおのずと成ったものだろう。

（5）山本健吉、一九七二年、二七頁。

（6）吉川幸次郎、一九六七年、六‐七頁。

（7）漱石は匿名でホイットマンを論じた学生時代の処女論文（明治二十五（一八九二）年）を、「革命主義を政治上に実行せんと企てたるは仏人なり之を文学上に発揮したるは英人なり」（十三巻、三頁）と書き起こし、「合衆国と云ふ前代未聞の共和国を代表するに適したる新詩人は頓と出現せざりしなり」（同、四頁）と転じたのちに、ホイットマン（Walt Whitman, 1819-92）に論及する。いわく「『ホイットマン』の『ホイットマン』たり共和国の詩人たり平等主義を代表する所なるべし。元来共和国の人民に何が尤も必要なる資格なりやと問はゞ独立の精神なり」（同、五頁）と。青年漱石は、自由と平等と"manly love of comrades"（同、一三頁）の共和制革命の精神を日本文壇でも発揮すべき文学者イメージを内心深くに温めていた。ちなみにその百年前、アメリカ独立革命とフランス大革命の時代に、カントは共和制革命の隠喩——あの「構成的」（立憲的）と「統制的」（行政統治的）との権現分立——をテクストの奥底に忍ばせて、理性批判の哲学の公的な語りを徹底遂行したのである。

（8）　小宮、一九五三年、三巻、二六七頁。

（9）「無意識は言語活動として構造化されている L'inconscient est structuré comme un langage」。このラカンの有名なテーゼを、ここに放りこんでみれば、新たな読み筋が浮かんでくる。柄谷行人の論考「漱石のアレゴリー」（『群像』、一九九二年五月）は、「ハイデッガーのいう存在的と存在論的、あるいは存在者と存在の区別」により、以前から「漱石のテクスト」に認めていた「倫理的レベルと存在論的レベルという区別」を「ニューロティック（神経症的）とサイコティック（精神症的）といいかえ」る。そして「漱石の病理」を作家個人の「精神的な障害」としてでなく、「エクリチュールのレベルにおいて論じる」（柄谷、二〇〇一年①、三六二-四頁）ために、ラカンの枠組みを援用する。彼（柄谷のラカン）によれば、「幼児」が「言葉を獲得する前」の「『想像界』l'imaginaire」から、「言語（象徴秩序）」によって統御された「象徴界 le symbolique に参入したとき（つまり、言葉をしゃべれるようになったとき）、一つの自己（主体）が確立される」のと同時に、「想像界は『抑圧』されなければならない」（同、三六六-七頁）のだが、「漱石の写生文」は「超越論的」な「指示対象も『自己』ももたない」し、「近代小説の構え」による「『去勢』を半ば排除した」「漱石の作品には、いわば『想像界』が象徴界の抑圧を経ないでそのまま出てきているといってもよい」（同、三七〇頁）。すなわち漱石の「文」には「『抑圧』されたものの回帰」としての「神経症」（同、三六七頁）、つまり「基本的にニューロティックなもの」（同、三七二頁）が認められるというのである。

しかし写生文に「超越論的」な「自己」がないというのは、言い過ぎだろう。むしろこの無人称の自己は、ここでいっさいの概念的規定性から解放されて自由に〈反省的 reflektierend〉にはたらいているのであり、だからこそ言語分節とそれ以前とのあわいに生まれ出てくるような、漱石の（そしてあらゆる詩人の）エクリチュールが始まるのである。この反省的な言語の遊動イメージは「明暗双双」の含意にも類比的に重なるはずである。つまり詩作の現場での言語的規定性による「抑圧」の「排除」が「暗」への往相に、言語的な浮遊の場所での「想像界」の湧出が「明」への還相に符合する。しかし肝腎なことは、こういう比喩の言葉が漱石というテクストの読みに何をもたらすかである。

柄谷によれば修善寺大患後の『彼岸過迄』以降、「『探偵』的、いいかえれば精神分析的」（同、三八三および四六六頁）なエクリチュールが本格化する。そして『道草』の時点でも「漱石は、彼の固有の『病』から癒えたわけではない」（同、四七六頁）が、『明暗』テクストには「ある意味で、漱石の『治癒』を認めないわけにはいかない」（同、四〇八頁）。そういう漱石物語りはそれなりに説得的だが、ラカンなしでも可能である。しかも問題はラカンの「現実界 le Réel」である。柄谷の見るところ『心』の自殺の「原因は、もはや原因として指示しうるものがないということ自体にあ」り、「それは、ラカンが『不可能なもの』と呼んだ『現実界』への回帰である。それは、漱石の言葉でいえば、『父母未生以前の真面目』への回帰である」（同、四〇七頁）。この評言はしかし何かを語っているようで何事も語っていない。「仮象（想像的なもの）、形式（象徴的なもの）、物自体（リアルなもの）」（柄谷、二〇〇一年②、五八頁）。ラカンの「リアル」な「現実界」は往々にして「カントの物自体」と重ねられるが、人はそれをどのように理解しているのか。感官を離れ——背後世界、イデア界、叡知界に——現実存在する不可知の「物自体」。これを前提する「超越論的実在論」の独断教義に、カント理性批判は徹底抗弁したのである。そして「物自体」とか「ヌーメノン」は思惟しうるだけで、たんに超経験的な認識の不可能性を告知するための「限界概念」にすぎぬと見抜いたうえで、「経験的実在論にして超越論的観念論」の往還光学を始動させたのだ。ラカンが大文字で「実在的なるもの」と綴るとき、テクストはどちらの「物自体」を語るのか。それはかつての宗教的な形而上学の語りを、たんに精神分析的に横滑りさせるだけになっていないか。この点を曖昧にした批評の語りには、やはり充分に警戒して臨みたい。

（10）この段落の記述は加藤周一・小森陽一・石原千秋の鼎談「言葉との格闘」における、加藤の発言に依拠している（『漱石研究』第十八号、二〇〇五年、一一‐二頁、参照）。加藤は「今の研究では禅のことはどう考えられているんですか」と問いかけて、「漢文や江戸時代、それに西洋というのには、幸田露伴なんかは、やはり三つとも関心を持っていたと思いますね。漱石を問題にするんだったら、それは程度の高い話に違いないわけだから、その高い程度において問題になってくるのは幸田露伴じゃないかなと思うんですね」（同、一二頁）と指摘する。その発言は、彼の唯一の漱石論である「漱石における『現実』——『明暗』について」（『漱石作品論集成』第十二巻、所収）とともに、二十一世紀の漱石研究が充分にくみとってゆくべき遺言である。

(11)　八月十四日に漱石は若い禅僧、鬼村元成に宛てて「十月頃は小説も片づくかも知れませぬ。さうすれば私もひまです」(二十四巻、五五二頁)と書き送り、次いで八月十八日の別の宛先の手紙では「小説をほめて下すつて有難う。何だか馬鹿に長くなりさうで弱ります」(同、五五四頁)と書いている。このとき漱石は「小説」の全体の長さをどう見積もっていたのだろう。『心』は全百十回、前作の『道草』は全百二回。仮に九月末の脱稿を見込んだとしても百五十回近くの大作となるわけだが、じっさいに完結すればおそらくは二百回を優に超えたであろう『明暗』の分量は、新聞社や読者のみならず作者自身の見通しも大幅に上まわるものだった。

(12)　坂部恵は「〈ものがたり〉における〈作者〉と〈語り手〉の区別」に関連して言う。「〈ものがたり〉の語り手は、いわば、日常効用の生活世界の水平の時間の流れと直交する、二つの次元を往来しつつかたることによって、共同体の共同性の繰り返しての創出基盤ともなり、またわれわれの心性と宇宙の根底の形成力とのきずなともなるもののうちへとこころを根づかせ、また、世界と人間の生を解釈し、行動の指針をあたえる一連の母型(マトリックス)ないし範型を凝縮した形で提供する」(坂部、四八－九頁)。坂部はこの「二つの次元を往来」する〈かたり〉を、テクスト内の〈はなし〉の次元と〈かたり〉の次元のあいだの、垂直的な〈発話態度の変更〉と〈時制転移 Tempus-Metaphorik〉が醸し出す〈隠喩的〉な意味作用に焦点をすえて、詩学・言語哲学的に探究する。拙稿が漱石の「明暗双双」「則天去私」の詩学のうちに批判哲学的に探究したいのは、この種の「往来」の〈かたり〉一般の、超越論的な「範型」たるべき世界反転反復の光学である。

(13)　この言葉は藤尾の母を形容するものとして、すでに『虞美人草』にも顔を出している(四巻、二二二頁)。そして漱石がこれを日常激しく嫌悪したことは、夏目鏡子述・松岡譲筆録『漱石の思い出』の「二〇　小刀細工」の節にしるされている。

(14)　この時期が選ばれた理由を、秋山公男は、「それが『己れの作家的出発の時点』であったからというより、寧ろ逆に作者から顧みて最も醜悪かつ盲目の時期であったからに他なるまい。『〈悪しき過去〉を解析』する『方法としての〈過去〉の採択の真意』はそこにあろう」と言う(秋山公男、二六四－五頁)。『道草』が『硝子戸の中』の自己反省を徹底したものであり、しかも「帰朝後の三年有半」が「不愉快の三年有半」だったのはたしかだろう。しかしそれを「最も醜悪かつ盲目」で「迷妄の深い時期」(同、二六五頁)だと評するとしたら、それは「作家的出発」の前夜に当たるこの時期への反省があって初めて言えることである。この二つの事柄はあれかこれかではなく、むしろ等根源的なつながりのもとにあるものと捉えたい。

(15)　小西甚一『日本文学史』(初出、昭和二十八年)は、日露戦後の島崎藤村『破戒』(明治三十九年、自費出版)と田山花袋『蒲

団』（四十年、『新小説』）によって主導された自然主義の本質を、こう抉り取る。「日本における自然主義は、西欧におけるような科学的実証精神の裏づけをもたなかったので、やはり、本来の在りかたとは違った方向へ動いてゆく。すなわち、狭い日常経験のみを真実とし、なんの構成もなく、無理想・無解決の描写に流れ、社会や時代を離れた自己に没頭し、作中の主人公がすなわち作者となっていて批判の餘地を容れず、人生の暗黒・人間の醜悪だけ見て、浅薄な虚無・絶望に陥るというような共通的欠点を示すにいたるのであるが、その傾向は、まさに『蒲團』の決定したものであった」（小西、一九九三年、一九九頁）。そして小西は、その後の私小説的展開の特殊日本的性格を指摘する。「自然主義小説が狭い自己身辺のみを対象としたところから、作家の断片的な私生活を素材とする短篇が生まれ、とくに、事件を述べるよりも心境を描くことに眼目をおいたので、私小説とか心境小説とかよばれる。そこでは、西洋自然主義のもっていた思想性――科学的実証精神――と社会性は無視され、リアリズムは、作家の感性の世界における印象を微妙に表現する技術としてのみ、すばらしく発達した。自然主義の作家たちのみでなく、白樺派にもせよ理智主義の作家にもせよ、ほとんどすべてといってよいほどの人たちが私小説的傾向をもっていたことは、日本の近代文藝の特殊性と、社会との対決から逃避することによってしか人間性を生かしえなかった半近代的宿命とを示すものであろう」（同、二〇二－三頁）。ゾライズムから印象派、ロシア自然派へ器用に転身する日本文壇の「自然」イデオロギーの趨勢のなかで、ひとり漱石文学は徹底的に批判的な詩学の錬磨により、稀有のリアリズムの道筋を切り拓いたのではあるまいか。そういう仮定に立って読解を進めたい。

（16）小説は帰国直後の時空のうちに、その数年後の養父塩原昌之助との絶縁状にいたるまでの交渉（明治四十二年三月五日から十一月二十八日まで）や、『道草』執筆前年あたりの夏目夫妻の実生活上の出来事なども取り入れて、すべての事柄を執筆《かたり》のいまここから想起反省し編集構築した創作《フィクション》である。「ここに作品『道草』の文学性が樹立されているのと同時に、その達成が自然主義私小説系の平板な現実なぞり・日常生活の『再現』などとは、似て非なる方法に基づいている所以が存するのである」（相原和邦、一九八八年、四六五頁）。問題はその「方法」の内実である。日常の私事の不愉快を赤裸々につづって、読む者まで暗澹たる気分にさせる「日記一二」（大正三年十月三十一日－十二月八日、二十巻、四三一－五〇頁）と、『道草』の穏やかに淡々とすすむテクスト。両者の語りの差異をもたらす視座の構えに注視したい。

（17）三月九日付の書簡には、制作のため京都桃山に転居した津田青楓に宛てて「僕も遊びに行きたくなつた……〔中略〕……行くとすれば矢張り京都のどこかへ宿をとつてさうして君の宅へ遊びにでも出掛る訳になるのでせうか……〔中略〕……僕は京都に少々知人があるが大学の人などに挨拶に廻るのも面倒だから人に知られないで呑気に遊びたいのです其辺は御含みを願ひたいのです」（二十四巻、四〇一頁）と、遠慮もなく率直に記している。

(18) 漱石が「木屋町に宿をとりて川向の御多佳さんに」与えた句。漱石は京都で胃を悪くして、静養のために宿屋北大嘉《きたのだいか》に長逗留した折、病中の無聊に筆を揮って、祇園の茶屋大友《だいとも》の女将「御多佳さん」こと磯田多佳に、自筆の『観自在《かんじざい》帖』（『夏目漱石遺墨集』第三巻、図版五三）を贈呈した。「観自在」は『般若心経』の冒頭句だが、これについて芳賀徹は言う。「『観自在』とは、迷妄から解き放たれて、とらわれなく自由自在に諸物の法を見きわめる、との意味の仏教用語である。それは小説を書くにも画を描くにも一つの理想とすべき境涯を意味しもしたろう」（同図版、解説）と。漱石最晩年のリアリズムの根本視座に関わる論点として、心にとどめておきたい。

(19)『漱石研究年表』、八〇八、八一〇頁、参照。

(20) 幕末明治期の翻訳語「彼」「彼女」の成立事情と、西洋語三人称代名詞との機能的なズレ——he や she は軽く読まれ親しみ易いが、「彼」や「彼女」には特別な重い意味がこもり和文脈では親しみにくい——については、柳父章の諸著（一九七六年、第六章、一九八二年、第十章、および二〇〇四年、第三章）に詳しい。「とにかく、『彼』は、当時の新しい小説の冒頭に、不意に出現した。その理由は、結局、先進近代文化の国々で、そのように扱われていたからである。／こうして不意に出現した『彼』は、作者の周囲の現実生活とは切り離されている。しかも、先進文化の意味を担っているはずである。その存在は、孤立し、不幸にならざるをえない」（柳父、二〇〇四年、五四頁）。こういう新奇な「彼」に、漱石の詩学が改めてどう対峙したのかが問題である。

(21) バルトは詩的な三人称について言う。「モーリス・ブランショは、カフカに関して、非人称的な物語（この辞項に関して、ひとは、《第三人称》が、つねに人称の否定的な一段階として持ち出されることに気づくであろう）の練り上げが、言語の本質への忠実さの行動であるということを指摘した。それというのも、言語は、おのずから自分自身の破壊へと向かうものなのだからである。そこで、《彼》は、より文学的であると同時により非在の状態を実現するかぎりにおいて、《私》に対する勝利であるということが理解される」（バルト、一九九九年、五四－五五頁）。これに関連して、林好雄の訳注はブランショ『文学空間』の参照をうながしている。「カフカは、《私》を《彼》に置き換えたときから文学に入ったと、驚きをこめて、有頂天の歓びとともに言っている。これは本当だが、変様はもっとずっと奥深い。著作家は、誰も語らず、誰にも向けられず、中心もなく、何も明かさない言語《ランガージュ》に属している。［……］著作家のいるところでは、ただ存在だけが語るのであり——それが意味するところは、語り《パロール》はもはや語らず、ただ存在するだけであり、存在の純粋な受動性に身を委ねているということなのだ」（同、一八三頁）。もはや何者も語ることなく、ただ存在者の無としてあるだけの有と無の無差別平等の〈無の場所〉での、非人称的な三人称のエクリチュール。この示唆は本質的であり、こうした後代の優れた批評家たちの語りが指し示す方向線を、「経験的実在論にして超越論的観念論（カント）」から「則天去私」に向かう漱石の文学方法論の道筋に、類比的にかさねて理解したい。さしあたりは柳父章（一九八二年、一九七頁、および二〇〇四年、四九-五〇頁）の指摘をふまえ、「遠い所」の含意を増幅させていえば、『道草』冒頭部で「健三」を受ける「彼」の連呼は、欧語三人称代名詞の用法をなぞりながらも、「健三」のみを「彼」と呼んですむテクストの語りのなかで、「これ」「それ」にたいする「あれ」「かれ」の遠さを濃厚に引き受けながら、十年前の遙か彼方の自己との隔たりを何度もかみしめているのである。

(22)　野口武彦は、明治期に逍遙、四迷、鷗外に次いで、漱石の「近代小説言語の成立」への寄与を論じて、こう締めくくる。「『倫敦塔』や『夢十夜』に覗かれる美しくも不気味なものが、『漱石の深淵』と呼ばれてからすでに時久しい。だが、漱石の写実はその一方で、自分と他人との間にひろがるもう一つの深淵を確実に測っていた。漱石の小説言語は、当の漱石自身の『好悪』を越えて、他者の探究という孤独な進路をたどるべく運命づけられていたのである」（野口、一七一頁）。漱石固有の文体の淵源は漢詩文訓読伝統下の助辞節約にあり、「初期の鷗外と比較するなら、漱石の言文一致体はその深層の文体にあって、かの多様な文語助動詞の駆使からもっとも遠く、文末詞を節約する漢文脈にいちばん近い」（同、一五六頁）。時枝誠記の国語学では「思想内容中の客体界を専ら表現する」名詞・動詞・形容詞等の「詞」にたいし、助詞・助動詞・感動詞等の「辞」は「客体界に対する主体的なもの」あるいは「主体それ自体」を表現する。そうした「辞」的なものを極力切り詰めた漱石文体は、『道草』の地の文に見られる「た」止めの乾いた響きと呼応して、作家個人の主情的な〈私〉を去り、近代の公的開放的な写実小説の実現に向かっていく。そういう漱石文学の方法論的意義は、「自我固着のあられもない赤裸々さを見かけの客観性でなしくずしにする」ような、自然主義文学の「独特の小説言語の構築」（同、一八三頁）との、厳しい対照のもとに把握しなければならない。

(23)　森有正は、『失われた時を求めて』の「コミュニケイションの問題、あるいはその不可能性の問題」に注目しつつ、鍵語「経験」をもちいて詩的に批評する。「この小説は、厳密に『経験』というものにしたがって記述されているということに気がついた。客観描写はそこにはまったくない。そしてそれはある人物が観察する時、その人称、動詞、話法等の文法的操作を極度に利用して、作者が作品の中に直接介入することを注意深く排除している。ことにスワンの恋、ジルベルトと『私』との関係、とりわけアルベルティーヌと『私』との交渉は、言葉の啓示性と隠蔽性とを極度まで発揮させている。その意味でこれは完全に操作された作品であり、またある見方からすると『音楽』である。音楽というものが、これほど、詩と劇以外の文学の領域で実現された例は少ないであろう。アルベルティーヌと『私』との交渉の中に、私はほとんど音楽化されたドストエーフスキーを感じたのである」（森、一九七六年、一一六‐七頁）。

(24)　岩波書店漱石全集編集部の作成した緻密な「後記（校異表）」によれば、全集版一行にちょうど収まる劈頭一文には、漱石自筆原稿、『東京朝日新聞』、単行本のあいだで異同はない。

(25)　主語・述語、主部・述部という旧来の学校文法を離れ、三上章（一九六〇、一九六三年）の指摘にしたがい、文の主題を提示して文末用言と呼応する係助詞（ないし副助詞）「は」の本質的機能と、その「虚勢的係り＝結び」の「ピリオド越え」の実態に着目すれば（浅利誠、二九一‐四頁）、『道草』冒頭の語りは主語・述語、実体・属性の西洋伝統の論理を一気に全面的に人間一般の言語活動の〈無の場所〉に包摂するような、超越論的観念論ないし「明暗双双」の詩学の実践として読み解くこともできる。そしてこれは日本近代小説の「彼」が世間の現実からは独り切り離されて、大自然の懐で内面世界に浸ってゆく美的情緒的な「個人主義」の孤独（柳父章、二〇〇四年、一一二‐九頁）とは決定的に違う、批判哲学的な往還光学の道筋をさししめす。しかしこの大胆な読み筋については、『明暗』百七十一のすべての現実を「夢」と感ずる刹那の光学の意義究明とあわせて、別の機会にほりさげて考えたい。

(26)　この小説が一人称回想体でなく、三人称を採用したことの積極的な意味について、金子明雄（一九九五年）は、テクスト論的に精細な分析をほどこしている。

(27)　野口武彦は、日本近代文学における助動詞「た」の由来と用法について指摘する。「われわれは、通常の完了＝過去時制詞と、いわば虚構の時制詞とを、たとえ形態論的には同一でも、本来別個のものと考えた方がよいのかもしれない。そして少なくとも古典日本語に関するかぎり、このことはまぎれもない事実であった」（野口、三九頁）。つまり体験過去の助動詞「き」と、伝聞過去の「けり」が、完了の助動詞「たり」から派生した助動詞「た」にのみこまれて、「近代小説の虚構記号」（同、三八頁）の役割を兼ねそなえるようになった、というのである。あわせて柄谷行人の「漱石と『文』」（柄谷、二〇〇一年①所収）、柳父章、二〇〇四年、第五章、第六章、あるいはまた藤井貞和、第七章、参照。
　この語りの時制詞の案件に関連して、坂部恵は「物語の〈図柄〉を際立たせる〈前景の時制〉としてのアオリスト」、フランス語やスペイン語の「単純過去」、そして日本古典の助動詞「き」が「ときに〈語部の時制〉と呼ばれる」ことに注意喚起する。そして昔語りの場所での「当の過去の出来事にたいするひとの態度のとりかた」（坂部、一六三頁）に注目して言う。「アオリストで述べられる〈むかし〉は、もはや二度と呼び返すすべのない既定性と、一種魂の故郷の味わいをもった神話的なアウラを帯び、通常の記憶ないし思い出を絶してそれらとは別の秩序に属する〈インメモリアル〉な時の後光をなにほどかうけながら、集団や個人の心性のうちに生きまたよみがえるのである。（ベルクソンが、この種の記憶を〈純粋追憶〉の名で呼んだことは、周知のとおり。）」（坂部、一六三-四頁）と。漱石晩年の「悟達」を語り、〈作家〉の人格を表面的に神話化するのではなく、むしろ無名非人称の語り部のテクストが人の世の語らいのうちに双双として醸しだしている「神話的なアウラ」を、詩学・哲学的に主題化したい。

　ちなみに坂部はその批判哲学的な物語論を、折口信夫の短篇『身毒丸《しんとくまる》』末尾の「附言」の引用で始め、「彼一流のほとんど本能的な先駆的直観」（坂部、一六五頁）への言及でしめくくっている。じつはこれ自体がすでに高度に詩的な思索の語りなのだが、『身毒丸』の公表は大正六年六月のことであり、若い折口が「伝説の研究の表現形式として、小説の形を使うて見た」（同、一一頁）時期は、ちょうど漱石の『道草』『明暗』の頃に近接する。そういえば漱石も折口も言語集団の場の芸術たる歌仙連句を愉しんだ（高橋順子、第四章）。しかも『道草』の書かれた大正四年初頭には、森鷗外が『山椒大夫』と『歴史其儘と歴史離れ』を発表している。そういう間テクスト的な〈かたり〉の場所での、ひとつのテクスト生成の出来事として、漱石の『道草』を読みたいとおもう。

(28)　越智治雄は「道草の世界」と題する論考を、「一人の男が帰って来るとはどういうことなのだろうか」（越智、三一九頁）という問いで始めている。そしてこの件については「漱石が修善寺の三十分の死を通じて遠い時空のあわいからまさに帰ってきたことをこそ想起するほうがよい」（同、三一九-二〇頁）としたうえで、「大患以後の三つの長編」には「確実に死の影が落ちていた」のにたいし、『道草』では「その漱石がいまあらためて遠い所からの還路をたどろうとしている。存在の深い淵にただ一人で立った男にしても、帰って来るのは日常、まさにわれわれの言う人生を措いてないのだ」（同、三二〇頁）と、漱石の帰還のモチーフを鋭く指摘している。

(29)　修善寺から東京へ帰還し、長与胃腸病院に入院して数日後（十月十六日）、漱石は「縹緲玄黄外／死生交謝時／寄託冥然去／我心何所之／帰来覓命根／杳窅竟難知／孤愁空遶夢／宛動蕭瑟悲……」（十八巻、二六二-四頁）という五言古詩をつくっている。

この詩の成立と推敲の跡については、いずれ第十章でくわしく述べるとして、まずは帰京直後の「帰来」の、茫然として寄る辺のない哀感と、『道草』の決然たる冒頭句との対照に注目しておきたいと思う。

(30) 同年十一月二十二日付の野村伝四宛書簡では、「痔が癒り損なつて未だ尻に細い穴が出来てゐる、是が結核性で追つて腸結核にでもなつちあ夫限《それぎ》りだと心細い事を考えたりしてゐる。実際そんな例もあるのだからな」（二十三巻、五〇一頁）と述べ、漱石は十二月初旬にも痔の手術をする。

(31) 池辺の辞職は朝日文芸欄をめぐる社内対立によるもので、文芸欄は十月十二日の記事を最後に、漱石の申し出で後日正式に廃止が決まる。社内の動きを嫌った漱石も、十一月の中旬まで再三辞意をもらしていたが、池辺らに慰留された（『漱石研究年表』、六九六-七〇三頁、参照）。そして池辺は翌年二月末、郷里の熊本にて四十九歳で急逝する。奇しくも漱石と池辺とが二松学舎の同期だったことも機縁となったものなのか、朝日入社交渉以降に急速に親交を深めた二人の様子は、まことにもって興味深いものがある（佐古純一郎、一九七八年、一一八-一二二頁参照）。

(32) 『漱石研究年表』、七〇八頁、参照。

(33) 森鷗外は、「殉死」した乃木希典の葬儀に出た日に『興津彌五右衛門』を中央公論に送付して、以後は歴史小説を書きつづける。桶谷秀昭はこの「意識的な決意」を「鷗外における『明治の精神』」とかりに名づけて、「それは大正期にぜったいに生き延びる余地のない、ゾルレンとしての精神である」（桶谷、一八三頁）とした。これにたいして漱石は、大正期になお『道草』『明暗』の作家として「淋しい今の私を我慢し」（九巻、四一頁）生きつづけるのである。

(34) 〈テクストの語り〉という言い回しは、読み書きの文字言語と、話し聞く音声言語との差異を大前提とする場合には、かなりの抵抗感をあたえるだろう。それが漱石の場合に、なんの違和感もなくなじんでしまうのはなぜなのか。ここに漱石詩学の奥深い秘密があるにちがいない。いわゆる「言文一致」が時代の文学の課題であった頃、若い漱石が落語の趣味を子規と共有し、一時期集中的に句作して、帰国後は虚子とも連句を愉しみ、漢字仮名まじりで写生文を編み出したことが、まずは想起されてくる。しかも漱石は、漢学と英文学のはざまで「文学とは何か」を問うていた。このとき彼は表意文字の漢字「文学」と、表音文字の"Literature"とのあいだの、読み書きの質的な差異も厳しく見つめていたにちがいない。このインターカルチュラルな文学の危機的な問題状況のもと、彼の「文学論」体系構想は、「人間」の言語活動一般への超越論的な反省を始動させた。『文芸の哲学的基礎』が「意識現象」の「連続」に着眼したのは、漱石の超越論的言語批判がカント理性批判の徹底性に肉迫する、直前の思索の様相を示している。そして晩年の「明暗双双」は、それから十年あまりの継続的な小説実験をへた、漱石文学論のひとつの達成の表明であり、『道草』テクストはその実作上の手ごたえを暗黙のうちに語りだしたものである。

かくしてここに文語か口語かという通例の概念区分を悠々と超えた、漱石文体が生まれてくる。その独特な詩学の感触を鋭く察知して芥川龍之介は言う。「佐藤春夫氏の説によれば、僕等の散文は口語文であるから、しやべるやうに書けと云ふことである。これは或は佐藤氏自身は不用意の裡に言つたことかも知れない。しかしこの言葉は或問題を、――『文章の口語化』と云ふ問題を含んでいる。近代の散文は恐らくは『しやべるやうに』の道を踏んで来たのであらう。僕はその著しい例に（近くは）武者小路実篤、宇野浩二、佐藤春夫等の諸氏の散文を数へたいものである。志賀直哉氏の散文も亦この例に漏れない。……〔中略〕……僕は『しやべるやうに書きたい』願ひも勿論持つてゐないものではない。が、同時に又一面には『書くやうにしやべりたい』とも思ふものである。僕の知つてゐる限りでは夏目先生はどうかすると、実に『書くやうにしやべる』作家だつた」（「文芸的な、あまりに文芸的な」、芥川、十五巻、一五九‐六〇頁）のだと。

第四章　『道草』テクストの遠いまなざし

第一節　迂回するテクストの語り

十年前の小説作家としての生誕前夜を、現在只今のこの場所から想起する。『道草』の今の語り（にして読み）は、あの当時の健三の日常とのあいだを行きつ戻りつしながら、幼児期にまでさかのぼる過去を折々に想い起こし、テクストの時間構造上も迂回に迂回をかさねている。つねに大まわりしてすすむ物語りは、なによりも文体自体が終始道草的であり、語り口からしていつもなにかが片付かない印象をかもしだす。冒頭箇所でも、留学先は「遠い所」と遠まわしに言われていた。同じものはさらに遠回りをして、「新らしく後に見捨てた遠い国」と言いなおされる。あるいはまた夜の闇に産み落とされたばかりの赤子は、こう言い表わされる。

彼は狼狽した。けれども洋燈《ランプ》を移して其所を輝《てら》すのは、男子の見るべからざるものを強ひて見るやうな心持がして気が引けた。彼は已《やむ》を得ず暗中に模索した。彼の右手は忽ち一種異様の触覚をもつて、今迄経験した事のない或物《あるもの》に触れた。其或物《あるもの》は寒天のやうにぷり〳〵してゐた。さうして輪廓からいつても恰好の判然《はつきり》しない何かの塊《かたまり》に過ぎなかつた。彼は気味の悪い感じを彼の全身に伝へる此塊《かたまり》を軽く指頭《したう》で撫で、見た。塊《かたま》りは動きもしなければ泣きもしなかつた。たゞ撫でるたんびにぷり〳〵した寒天のやうなものが剝げ落ちるやうに思へた。若し強く抑へたり持つたりすれば、全体が屹度《きつと》崩れて仕舞ふに違《ちがひ》ないと彼は考へた。彼は恐ろしくなつて急に手を引込《ひつこ》めた。（十巻、二四五頁）

修辞学で迂言法《ペリフラーシス》とよばれる表現技法である。[1] 同じ赤子はしばらくして「章魚《たこ》のやうにぐにや〳〵してゐる肉の塊り」（同、二八五頁）とも言われる。この世の生の原初の「塊」。これに「男子」の右手先端が接触する。[2] その「触覚」の近さと、それを把握しようとする言葉の遠さ。人間の感性《アイステーシス》と理性《ロゴス》が、自宅の「暗中」の「模索」のなかで、なにか落ちつかぬ対照のもとに同居する。

「洋燈《ランプ》」で「其所を輝《てら》」すのをためらう気づかいは、かれの偽らざる「心持」にして、じつは男の言いわけにすぎない。健三のロゴスの腰は完全にひけている。――それにしても ratio も Vernunft も女性名詞であるのに λόγος はどうして男性名詞なのだろう。――テクストの語りの深層では、小説場面に尋常の既成概念をもちだすことへの良心的な禁欲がはたらいている。いまだ名づけられておらず、およそ概念化することのできぬ生《なま》のままの「或物《あるもの》」の出現。それに小説テクストの言葉（parole, λέγειν）が立ち会っている。日常の明確な意味秩序にくみこまれる前の裸形の存在《もの》のかたちが、既成の現実理解の表皮をやぶって現出する。これに「狼狽」して「気が引けた」のは作中の健三だけでなく、読者の言語行為も認識判断の規定性をうばわれる。テクストの語りはいわば判断停止《エポケー》の宙づりのまま、〈反省的〉な道草の状態におかれてしまう。[3]

同様の迂回的な表現法は、『道草』の随所で徹底的に反復されている。「彼は読みながら其紙へ赤い印気《いんき》で棒を引いたり丸を書いたり三角を附けたりした。それから細かい数字を並べて面倒な勘定もした」（同、二八八頁）と、試験答案の採点は、いかにもまどろこしそうに表現されている。明朝にひかえた大学の講義については、「彼は明日《あした》の朝多くの人より一段高い所に立たなければならない憐れな自分の姿を想ひ見た」（同、一五三頁）と言及され、講義室の光景はこうしるされる。

彼は広い室《へや》の片隅に居て真ん向ふの突当りにある遠い戸口を眺めた。彼は仰向いて兜《かぶと》の鉢金《はちがね》を伏せたやうな高い丸《まる》天井を眺めた。仮漆《ヴアーニツシ》で塗り上げた角材を幾段にも組み上げて、高いものを一層高く見えるやうに工夫した其天井は、小さい彼の心を包むに足りなかつた。最後に彼の眼は自分の下に黒い頭を並べて、神妙に彼の云ふ事を聴いてゐる多くの青年の上に落ちた。（同、一五七頁）

これまでに引いた一連の字句は、異国や赤子や採点や講義といった事象《もの》とのあいだの、健三の心理的な距離を象徴する。さしあたりは追懐、畏怖、嫌悪、倦怠という形容が当てはまりそうでいて、そうした概念的枠取りのいっさいを拒絶するかのような、なにか茫洋とした違和の感覚がテクストに充満する。

第二節　世界の実在感の喪失

こうした主人公の眼と心情に焦点を当てて『道草』を読めば、この世の物事の「意味」が「剝奪」され「脱落」した、(4)文明開化期のエリートの虚無的な生の情況がうかびあがってくる。母語の秩序体系が無効化する「遠い所」にでかけ、その土地の文化コードに違和を感じつつ数年を暮らす。しかし「故郷」に戻ったところで、世界は元のままの素朴無媒介のリアリティーをもっては立ち現われない。眼前の対象も、他人や自分自身の行為も、日常の社会的文化的なコンテクストにおける「意味」の自明性を失い、なにか不気味で不条理な薄闇のなかの事象に変質する。だから個々の事柄は、いつもどこか遠くから意味をまさぐるように眺めまわすしかない。ゆえにこれはフランスの自然主義小説のように、科学的な客観性の目で既定の事象を一定の距離をおいて観察するなどという、視点設定の自主性・主体性を許容するような生半可の事態ではない。「遠い所から帰つて」きた健三には、この世のあらゆる物事が、意味の未規定的な曖昧性のうちにしか立ち現われてくれないのである。

現実世界の物事を把握する知覚が、変調をきたしている。個々の物をその物として同定する言語《ラング》の「意味」の自明性が失われている。外的な物体の触覚的な抵抗感といったものとはまったく別の、あらゆる〈物 res, Ding, thing〉の意味内実の手応えとでもいうべき〈実在性 realitas, Realität, reality〉の喪失感。かつて九州の田舎から東京に出てきたばかりの『三四郎』の視点人物は、この世の現実における居場所を見うしない、「魂《たましい》がふわつき出し」（五巻、三四四頁）たまま「ふわ〳〵」（同、三四五、四二七頁）とした感じのなかを浮遊していた。そしてこの全般的な手ごたえのなさの感覚は、前作の『坑夫』が主題化していた精神の統合失調状況を、帝都東京の新たな人間関係のもとで回顧し反芻したものである。(5)

魂《たましひ》が吸《ひ》く息につれて、やつと胎心に舞ひ戻つた丈《だけ》で、まだふわ〳〵してゐる。少しも落ち附いてゐない。だから此の世にゐても、此の汽車から降りても、此停車場《ステーション》から出ても、又此の宿《しゆく》の真中《まんなか》に立つても、云はゞ魂がいや〳〵ながら、義理に働いてくれた様なもので、決して本気の沙汰で、自分の仕事として引き受けた専門の職責とは心得られなかつた位《くらゐ》、鈍い意識の所有者であつた。そこで、ふらついてゐる、気の遠くなつてゐる、凡てに興味を失つた、かなつぼ眼《まなこ》を開いて見ると、今迄《まで》は汽車の箱に詰み込まれて、上下四方とも四角に仕切られてゐた眼界《がんかい》が、はつと云ふ間《ま》に、一本筋《ぽんすぢ》の往還《わうくわん》を沿うて、十丁許《ばか》り飛んで行つた。（同、五七頁）

『坑夫』は冒頭、主人公や語り手が影も形もあらわさないまま、いわば裸のテクストが純粋非人称の語りをつづけている。そして五段落目でおもむろに「僕」（同、四頁）の文字が置かれるのである。ここで初めて「此方《こつち》」と「彼方《あつち》」（同、五頁）の区別が立てられ、鉱山に連れられてゆく「自分」の彷徨の道筋が心許なくたどられてゆく。周囲の現実界から「仲間外れ」になったまま、「魂丈《だけ》は丸で縁も由緒《ゆかり》もない、他界から迷ひ込んだ幽霊の様な気持」（同、五五頁）が巧みに叙述されている。しかも「此のふわふわの魂」（同、二九頁）は、外界と遠く切り離されて自己の身体からも遊離したデカルト主義の独我論的自我意識の孤絶感などもはるかにこえ、精神そのものの持続的な同一性さえも欠落させた刻一刻の分裂の兆しをみせている。(6)

人間《にんげん》のうちで纏つたものは身体丈《からだだけ》である。身体が纏つてるもんだから、心も同様に片附いたものだと思つて、昨日と今日と丸で反対の事をしながらも、矢張り故《もと》の通りの自分だと平気で済ましてゐるものが大分《だいぶ》ある。のみならず一旦責任問題が持ち上がつて、自分の反覆を詰《なじ》られた時ですら、いや私《わたくし》の心は記憶がある許《ばか》りで、実はばら〳〵なんですからと答へるものがないのは何故だらう。かう云ふ矛盾を屢《しばしば》経験した自分ですら、無理と思ひながらも、聊《いささ》か責任を感ずる様だ。（同、二七頁）

昨日は昨日、今日は今日、一時間前は一時間前、三十分後は三十分後、只《ただ》眼前の心より外《ほか》に心と云ふものが丸でなくなつちまつて、平生《へいぜい》から繋続《つなぎ》の取れない魂《たましひ》がいとゞふわつき出して実際あるんだか、ないんだか頗《すこぶ》る明瞭でない上に、過去一年間の大きな記憶が、悲劇の夢の様に、朦朧《もうろう》と一団の妖氛《えうふん》となつて、虚空遥《はるか》に際限もなく立て罩《こ》めてる様な心持ちであつた。（同、二八頁）

とはいえ『坑夫』の「自分」は、地の底で「安さん」と出会う。そしてしだいに現実界との関係の糸口をたぐりよせ、「東京」に帰って来て、そして「いま」このテクストを書いている。それから『創作家の態度』と『夢十夜』をはさみ、中期三部作の幕を開けた『三四郎』は、自意識の浮遊情態から現実世界への帰還方途の探索を主題とする。そして「カントの超絶唯心論がバークレーの超絶実在論にどうだとか云つたな」という問いが、その哲学的モチーフをさりげなく告知する。しかし『それから』の代助は「自分の足」が「自分とは全く無関係のもの」で、「如何にも不思議な動物である」（六巻、一〇八頁）ように見えてくるほどまでに、「ふわ〳〵する」「頭」（同、二二五頁）をかかえている。そして末尾の「真赤《まつか》」（同、三四三頁）な精神錯乱をへて、『門』の崖下の「縁側」では宗助が「近来《きんらい》の近《きん》の字」や「今日《こんにち》の今《こん》の字」の意味実感の失調を訴えて、夫婦はそれを「矢《や》っ張《ば》り神経衰弱の所為《せゐ》」（同、三四七－五〇頁）だろうと診断する。そのようにして「漂泊」（同、三二〇頁）する精神の過去に寄り添いつつ、ある決定的な帰還の出来事に立ち会おうとする晩年の『道草』は、近代の開化期の人間がかかえていた現実からの疎隔感を、テクストの迂言的な語りのうちに集約的に写しだしている。

第三節　『猫』と『道草』の語り

健三は時代の先端をゆく新帰朝者である。生まれ故郷の言語世界の国境をこえて、母語とは別の言語体系になじんだのちに、「遠い所から帰つて来」たのである。しかも久方ぶりに見る「故郷」は急激な近代化・西洋化の普請中のこととて、すっかり様変わりをしてしまっている。ここに出国と帰国の二度のカルチャーショックがあったことは、容易に推察できる。そしてその件とテクストの迂言法の多用は、密接な関係があるだろう。[7] 遠巻きに物事の表面をなぞる表現技法によって、健三という実存のアイデンティティ・クライシスが鮮明に描きだされている。しかもあの迂言的な言い回しを駆使することで、諸事物の存在同定に支障をきたした人の、言語機能の失調情況がじつに効果的に表現されている。日本語と英語、中国語とフランス語等、既成の言語《ラング》世界の差異のあわいの往復のうちに、人間の言語活動《ランガージュ》は混乱し、言葉《パロール》の規定的な現実把握力は衰弱する。だから諸事物はなにかここで初めて出会ったかのような感覚とともに、遠まきに反省的＝屈折的に記述されなければならないのである。

ところでそういう非日常性の語りは、『道草』が取材した時期の漱石の処女作がすでに採用していたものである。「吾輩は猫である」と男性的な一人称複数で、[8] 万来の読者公衆に偉そうに名のりをあげ、ついに最後まで固有の「名前」をもたずに終わった、あの「無名の猫」（一巻、二一頁）の物語り。この世に生まれてまもなく「棄てられた」（同、四頁）猫は、「所謂人間といふもの、見《み》始《はじめ》」の印象を、「顔がつる〳〵して丸で薬缶だ。……（中略）……加之《しかのみならず》顔の真中が余りに突起して居る。そうして其穴の中から時々ぷう〳〵と烟《けむ》を吐く」（同、三頁）などと皮肉に滑稽めかして記述した。そして苦労の末にようやく「忍び込んだ」家の主人が「鼻の下の黒い毛を撚《ひね》りながら吾輩を暫らく眺めて居つた」（同、五頁）のを回顧した。猫伝のそういうアイロニカルに屈折した〈笑い〉の語りは、江戸の落語や戯作文学のみならず、スウィフトの『ガリヴァー旅行記』やスターンの『トリストラム・シャンディー』等、十八世紀英国文学の趣にも親しく寄り添いながら、[9] 二十世紀の現実世界への風刺や揶揄や攻撃を断行している。[10] そしてまた『猫』の「吾輩」視点の設定は、『倫敦塔』や『カーライル博物館』では、数年前に経験したばかりの異郷滞在を回顧しながら、近代の現実世界と詩的幻想世界のあいだを往還する一人称単数の「余」の語りに引き継がれる。それにしても『猫』の終章で麦酒に酔って溺れて死んだはずの猫は、どこでどうしてあの物語りを回顧し綴っていたのだろう。

それから十年後の『道草』は、『猫』下篇「序」（明治四十年五月）の末尾に言う「甕の中の猫の中の眼玉の中の瞳」（十六巻、一三八頁）を徹底的に純化して、猫の無名性を方法論的に彫琢し、小説冒頭の絶妙の語りにまで昇華させている。「作家は処女作に向かって成熟する」[11]。しかも「作家は表現においてのみ成熟する」[12]。物との距離をはかりながらも、地べたを這って作中に活躍した猫は、ここではもはや一人称の「吾輩」も「余」も「僕」も名乗らない。生前の猫の眼玉はテクスト表面から姿を消して、いわば透明な〈作者的な語り手〉の「瞳」となる。さらに言えば、もはや特定の誰でもないがゆえに、無名《アノニム》の「超越論的自我 Transcendental I」たる非人称の何者かとして、この世の中のどこか「遠い所」、その意味で〈どこでもなくどこにもない場所〉におのずと広い視座をとりえている。猫の目と口をとおして舞台にしゃしゃり出ていた作者の私《わたくし》も、小説の視界からはきれいに消えさって、語り手の肉声は鎮静化しテクストそのものが語り始める。小説言語の方法論的な反省はいよいよ深まり、迂言的な表現技法も極度に洗練されてくる。

事柄を言い表わそうとして、どうしても言葉が見つからない。ありきたりの言葉でそれを名ざしてしまうことで、事柄のみならず自分自身が既成の意味秩序に絡め取られるのがためらわれる。そういう言語活動上の逡巡と、日常の現実世界からの疎隔感は、猫や健三ならずとも、一度でも異国や異郷を旅して異邦人の眼でこの世の現実をながめたことがある人ならば、誰もが体験する事態である。『道草』はこれを足がかりにして、われわれ人間の言語活動の可能性の根本条件を、哲学的・文学的に反省する。だから迂言法はそのつどの健三視点をこえて、『道草』テクストに広くはりめぐらされている。[13] かくしてこの小説では健三の眼のみならず、テクストの語りそのものが、この世の諸対象一般から距離をおいている。

『道草』の迂言的文体は、テクスト内に焦点化される健三視点の、現実世界への違和感とともに、そうした個々の私の現実疎隔感をもこえたテクストの視座の位置どりの、別の意味あいでの〈遠さ〉を暗示する。われわれが慣れ親しんだ特定言語体系内の「世間並《なみ》」の言葉は、事柄《もの》の周囲をめぐり上っ面をなでて、事柄の機能的で実用的な意味をかすめとる。そうすることで人は実利実益をつかみ便宜に安んじているのだが、じつのところはその存在《もの》の実質《リアリティ》を把握し損ねているのではないか。人間の言語活動の足もとには、そのつどの言葉が捉えきれずにとりのこす、なにか「ぼんやりとした或るものが常に潜んで」いる。『道草』のテクストはそうした言語論的反省をふまえ、あらゆる「言葉の届かない遠い所」、その意味でいっさいの発話音声が響かぬ「幽《かす》かな世界」（同、一六二頁）の場所から、人間の経験的日常の現実を見つめかえす、徹底的に道草的な語りの方法論的遂行である。

「遠い所から帰つて来て」事柄の意味を尋ね、そのつどの言葉の適用にあたり徹底的に反省的な迂回をかさねて、初めてこの世に帰って来たかのような眼で物事を新たに見つめなおす。そういう『道草』の迂言的文体が、いわゆる芸術上の〈異化 Verfremdung〉の効果をもつことは言うまでもない。日常通例の語法からも普段見なれた経験的視像からも、徹底的に距離をおいて物事を見る。これまでとはちがった「遠い」異邦人の眼で、現実を凝視する。そのことによりこの世のわれわれの生が不思議に非日常化し、新たな実在性の相貌で立ち現われてくる。それはたしかに方法的な視座の設定である。しかしたんに創作上の芸術的効果をねらった、自由意志的な任意の拵《こしら》えではない。テクストの視座の遠い位置どりは、健三的な現実疎隔の精神の情況に忠実にしたがったものであり、物語りの主題に即しておのずから不可避・必然である。のみならずあのころの自己の人生の実相を遠く回顧するテクストの語りが、みずからすすんで要求するところでもある。

第四節　『道草』の相対叙法

漱石の初期作品群は、まさにその迂言的な日常の経験の中から生まれてきた。『道草』の自伝的な語りは、十年前の日常と神経衰弱下の言語能力《ランガージュ》の変調に注視して、そこから文学の言葉が立ち上がってきた事情を反省想起する、近代小説家の詩学的な道草である。『道草』テクストはまさにその文学的・言語論的な省察の中から、おのずとたちあがってきたのである。

彼が遠い所から持つて来た書物の箱を此六畳の中で開けた時、彼は山のやうな洋書の裡《うち》に胡坐《あぐら》をかいて、一週間も二週間も暮らしてゐた。さうして何でも手に触れるものを片端《かたはし》から取り上げては二三頁《ページ》づゝ読んだ。それがため肝心の書斎の整理は何時《いつ》迄経つても片付かなかつた。しまひに此体《てい》たらくを見るに見かねた或友人が来て、順序にも冊数にも頓着なく、ある丈の書物をさつさと書棚の上に並べてしまつた。彼を知つてゐる多数の人は彼を神経衰弱だと評した。彼自身はそれを自分の性質だと信じてゐた。（十巻、八頁）

周囲が彼の「神経衰弱」に帰すものを、本人は「自分の性質だと信じてゐた」。そのように言う十年後の報告は、一面で健三の思いをありのままに表わすとともに、彼の頑固驕慢な自負心にたいし批評的な距離感を表出する。そしてこの遠い未来《いま》からの語りは、健三の寒く淋しい「身体《からだ》」に身を寄せながら、じつに冷静につきはなす。

細君を笑ふ健三はまた人よりも一倍寒《さむ》がる男であつた。ことに近頃の冬は彼の身体《からだ》に厳しく中《あた》つた。彼は已《やむ》を得ず書斎に炬燵《こたつ》を入れて、両膝から腰のあたりに浸み込む冷《ひえ》を防いだ。神経衰弱の結果斯《か》う感ずるのかも知れないとさへ思はなかつた

彼は、自分に対する注意の足りない点に於て、細君と異《かは》る所がなかつた。（同、二六〇頁）

『道草』には、こういう言いまわしが多用されている。[14] テクストの語りの遠い印象の謎を解き明かすためには、あの迂言法とともに、この手の自己相対化の口ぶりにも注目しなければならない。だからこそあえて問うのだが、この批評的な語り口は、はたして「絶対的視点による相対叙法とでも呼ぶべき」ものなのか。[15]「絶対的視点」や「神の全知視点」なる学術語は、「神の死」の時代の文芸批評や文学理論で用いられてきたものである。だからそれはたいていの場合、たんに学術的慣習上の符号にすぎず、「神」や「絶対」や「全知」の語には、特段の意味がこめられているわけではない。しかし理論的な反省を欠く術語使用は、なんであれ危険である。とりわけ漱石晩年のテクストの場合、特別な「心境」や「境地」が問われがちなのだから、その「視点」を論ずるにさいしては「絶対」や「神」の語を用いるのにも充分慎重でありたいものである。ゆえにかさねて問うのだが、『道草』の遠い語りの視座を「絶対的視点」などと呼んでしまって本当にいいのだろうか。

右に引用した文章で、作品の視点人物はたしかに相対化されている。健三の気づかないこと、思いも及ばぬ点を、テクストは鋭く指摘する。彼の迂闊さを論評し、他の登場人物と同じ土俵にならべて提示する。それを「相対叙法」と呼ぶのはよいだろう。しかしこの相対化を可能にしたのが「絶対的視点」だという立言は、やはり論証を欠いた短絡である。作中人物たちを等しく相対視することは、人間ならぬ猫の視点を設定し、外から遠く故郷世界を望み見ることでも可能である。しかるに『猫』の「吾輩」を「絶対的視点」と呼ぶような軽率な錯誤は、誰も犯しはしないだろう。じっさいその一人称の語り手は作中に活躍する「吾輩」の身体行動と思念に制約され、絶対どころか有限で不自由かつ相対的である。そもそも小説をはじめとする文学は、特定作者の人間的な言語行為の産物である。そうである以上、そこにたとえ〈神のごとき全知の視点〉を仮構したところで、じっさいのテクストの語りは、言葉の厳密な意味で「絶対的」でも「全知」でもありえないはずである。

だからここで究明すべき問題は、『道草』の「相対叙法を可能にした絶対的視点獲得」[16]などという点にあるのではない。なんらかの「絶対」なるものを長らく希求していたであろう一個の「作者」自身を含めて、じっさいはどこまでも有限で相対的でしかないわれわれ人間の視点を、すくなくとも文学的なテクストの言語世界のうちで、個我の視野狭窄から解き放ち、わがこともふくめた人事のすべてをどこかよそごとのように相対化して観る。その迂言的で反省的な語りの視座の位置どりこそが問題である。あの最晩年の「明暗双双」「則天去私」は、そういう文芸の語りの視座の方法論的探究の末にたどりついた、創作的な生の基本姿勢をさす指標なのではあるまいか。そのような見とおしのもとに、処女作『猫』と晩年の『道草』のあいだの、愚直にも一貫した語りの方向性と連続性を、まずは前提しておきたい。そのうえでさらに一人称と三人称という見た目の違い以上に本質的な、漱石文学の方法論上の到達水準の差異を、できるだけ仔細に問うてみたい。この最後の完成作にみられる、あの遙かな迂回遍歴《ディスクルス》の語り口の意味を、たんに「絶対」という上面《うわつら》の文字に回収してすませるのではなく、およそ「神の如き全知の視点[17]」などという学術語もふくめ、人間のあらゆる「言葉の届かない」、どこか暗く「遠い所」との双双たる回互的なつながりのもと、できるだけテクストに即して精確にさぐってみたい。

注

（1）『道草』におけるその「方法意識」の詳細な分析については、清水孝純「方法としての迂言法《ペリフラーズ》――『道草』序説――」（清水、一九九三年、所収）、参照。

（2）漱石は『文学論』第一編第二章で、「文学的内容の基本成分」の第一の「基礎たるべき簡単なる感覚的要素」のうち、まずは「触覚」をとりあげて、これに関連する英文テクストを例示し、「かくの如く簡単にして一見文学的内容として不相応なるもの却って予想外の勢力を有することを発見するものなり」（十四巻、三五頁）とコメントする。清水孝純はこれを参照して、『道草』の当該箇所を批評する。「暗闇の中で物を探るとき、物は、概念化される以前の状態においてわれわれの認識にあらわれるだろう。われわれは、触覚を通して把握される物の形態、性状を頭の中で統合しつつ、その物の名前を探り当てる。その物の名前は、探り当てられるまでは、カッコの中に入れられている。模索する間、われわれは、それまで思いもしなかった物の新奇な触知の闇の中を彷徨する」（清水、一九九三年、二六五頁）。

ここで「カッコの中に入れられている」とは、フッサールのいう「現象学的還元」のうちでも、世界の総体におよぶ普遍的な「超越論的還元」よりももっと手前の、個別事象にかかわる「心理学的還元」や、「純粋心理学」文脈での「現象学的エポケー」に相当するだろう。あるいはその心理主義的残滓を嫌い、あえてカント理性批判の「経験的実在論にして超越論的観念論」の世界反転光学の文脈でいえば、第一批判における伝統形而上学との格闘劇をへて「経験の地盤」に完全に帰還した『判断力批判』が、「規定的判断力」から明確に区別して主題化した「反省的判断力」の概念的未規定性につうじている。そしてカントの第三批判にせよフッサール現象学にせよ、ここに類比的に対応する方法論上の普遍と特殊・個別との〈反省的〉な絡まり合いによって、その哲学の思索が〈生活世界〉で豊かに批判的に展開されるのである。

ところで柄谷行人の漱石論も、「どんな抽象（観念）的な媒介によっても」つかまえることのできぬ「むき出しにされた裸形の」「なまなましい」「肉感的なイメージ」、あらゆる「図式をはぎとった漱石の存在感覚」、その意味での漱石文学の「存在論的な側面」（柄谷、二〇〇一年①、一七-八頁）に早くから注視した。そして「意識にとって自然とはなにか」（同、六四頁）という問いかけのもと、晩年の二作についてこう述べていた。「『道草』のフィジカルな世界はメタフィジカルなものの感触にとりかこまれており、『始まり』と『終り』が大きな闇のなかに溶けこんでしまっているのである。『明暗』を浸しているのはそういう闇だ」（同、六六頁）。ここに主題化されている「ものの感触」は、対象化して概念規定したりすることができないような何かとして、まさに〈反省的判断力〉の作動すべき局面のありかを告げている。ところが柄谷は、カントの「美的判断は『関心』を括弧に入れることによって可能であり」、そもそも「カントの『批判』は……（中略）……それぞれがある態度変更（超越論的な還元）によって出現する」（同、五四二頁、さらに柄谷、一九九九年、九五頁、および柄谷、二〇〇一年②、六七頁も参照）のだと、かなり大雑把に括ることで、方法論的に一番肝腎な論点の脇を素通りしてしまう。すなわち「超越論的還元」の普遍的な反省レベルと、〈反省的判断力〉の特殊個別の反省レベルとの差異を曖昧にしたまま、すべてを「超越論的」な「括弧入れ」の論理で一括して、これを批評の各所で縦横無尽に展開しているのである。かかる安易な「超越論」主義は、あの「メタフィジカルなもの」の――「物自体」概念との妖しい共鳴ぶりをも匂わせる――響きとも相まって、かなり危うい語りの効果を発揮しかねない代物である。

ただし柄谷は「個別性‐一般性という対」から「単独性‐普遍性という対を区別」することで、辛うじて間接的にではあれ、「経験の地盤」のうえで活躍する『判断力批判』の〈反省的判断力〉と、三批判総体のテクストの語りをもたらす「超越論的な還元」との差異にふれている。前者の「個別性‐一般性」は、「経験的」な「特殊性」——たとえば「言語、有機体、民族」——によって「想像」的に媒介されるのだが、無限なるものを憧憬する「ロマン派」は、これを不当に実体化し形而上学化した。同様の自閉的な独断の語りは、帝国主義化しグローバル化する「資本制」に対抗して、いまも新たに反復されつづけている。だからこそ、この想像的媒介の「回路」が〈反省的判断力〉の〈統制的使用〉であることを、理性批判は繰り返し強調しなければならない。他方、「超越論的批判」の「単独性‐普遍性」の「回路」は、「直接（無媒介）的」に「結合」するのだと、ドゥルーズに依拠して柄谷は言う。しかしこのとき彼は遺憾ながら、この直接性の根柢でじつはあの世界反転光学がはたらいており、三批判書の超越論的〈反省〉の「回路」を駆動していることに言及していない。

超越論的な批判・還元を哲学的・文学的に敢行する「単独者」の「実存」（同、一四五‐六頁）。しかし「われわれは単独性について語ることができない。なぜなら、言語はいつもそれを個別性‐一般性の回路に引き戻してしまうからだ。たとえば、われわれは『この物』や『この私』が特異であると感じている。だが、それをいおうとすると、たんに一般概念の限定化でしかなくなる」（同、一五三頁）。こういう柄谷の指摘は示唆に富み、かかる差異の自覚の反復のうちにこそ、新たな批評空間の詩学がひらけてくることだろう。そしてカント理性批判の反転光学も、漱石の文学言語の双双たる生成の詩学も、まさにこの錯綜した問題状況のなかで、さらに精密に究明しなければならないのである。ゆえにそのさいには、「括弧入れ」というような便利な術語なども、柄谷のように無批判に使用するのはさしひかえたい。たとえば『道草』テクストは総体として方法的だが、それはけっしてたんに操作的なのではない。そしてあの迂言文体は物語主題と個々の語りの状況のほうから、みずからおのずと採用されていたはずである。その点では「カッコの中に入れられている」という清水の受動表現のほうが、まだしも違和感は薄いのだが、そういう方法論上の語りの繊細さを、ここでは漱石とともに大切にしたいのである。

（3）　カントの「反省的判断力」が、たんに〈reflektiert 熟考された〉でも〈reflexiv 再帰的〉でもなく、〈reflektierend〉という動名詞で名ざされていることの積極的な意味を、こういう言語論的な暗中模索の動性のうちに読み取りたい。

（4）　清水、一九九三年、二二九、二三三頁。

（5）　ここで漱石個人の病跡をことさらに掘り返して、「神経衰弱」の正体が躁鬱病質か分裂病質（統合失調症）かを問いたいのではない。拙稿の関心の向かう先は、まずはなによりも漱石のテクストであり、あるいは漱石というテクストである。ちなみに談話「『坑夫』の作意と自然派伝奇派の交渉」（『文章世界』、明治四十一年四月）で、漱石は回顧手法の趣意についてこう明確に述べている。「だから現実の事件は済んで、それを後から回顧し、何年か前のことを記憶して書いてる体となつてゐる。従てまア昔話と云つた書方だから、其時其人が書いたやうに叙述するよりも、どうしても感じが乗らぬわけだ。それはある意味から云へば文学の価値は下る。其代り（自分を弁護するんぢやないが——）昔の事を回顧してると公平に書ける。それから昔の事を批評しながら書ける。善い所も悪い所も同じやうな眼を以て見て書ける。一方ぢや熱が醒めてる代りに、一方ぢや、さア何と云つて好いか——遠い感じがある。当りが遠い。所謂センセーシヨナルの烈しい角を取ることが出来る。これは併しある人々には気に入らんだらう」と。この回顧叙法は『行人』や『心』で再試行され、『道草』で徹底遂行されるのである。そして『明暗』は、ことさらに回顧叙法に頼ることなく、「ある仕事をやる動機《モーチブ》とか、所作なぞの解剖」（二十五巻、二五四頁）に「智力上の好奇心《インテレクチユアル・キユリオシテイー》」（同、二五五頁）を掻き立てる写実叙法の開発に従事したのである。

（6）その精神統合の失調情況を、柄谷行人は「意識と自然」（一九六九年初出、のち全面改稿）で早々と問題化した。「この自分をおそっている非現実感の正体、すなわち『此正体の知れないもの』とはなんであろうか。たとえば、われわれは事物を感覚し、概念として認識するのだが、それを根源的に統覚しているのは『〈私〉がいまここに〈ある〉』という時間性と空間性である。『いま』といっても対象としてとらえられるものではなく、『ここ』といっても対象としてとらえられるものではない。そういう対象的認識そのものが成立つのは、すでに『いまここに』あるという時間性と空間性においてである。それゆえ、漱石がここで述べている自己の同一性と連続性の問題は、対象としての自己（たとえば容貌とか名前とかいったもの）の同一性・連続性の問題ではなく、対象的知覚を統覚する『私』の同一性・連続性なのである。すなわち、対象としての私ではなく、対象化しえぬ『私』の同一性・連続性を漱石は問題にしているのだ」（柄谷、二〇〇一年①、二六－七頁）。ここで「統覚」の語は、カント理性批判で「根源的」とも「純粋」とも形容される「超越論的統覚」を念頭におくのだろう。ゆえにこの読み筋は興味深いのだが、われわれの「経験の可能性のアプリオリな条件」としての「超越論的統覚の根源的総合的統一」は、批判哲学の第一にして究極の理念であり、漱石が叙述しているような失調状態を横目に見ながらも（カントの経験的で実際的な『人間学』の四十五－五十三節を参照されたい）、それを原理的に免れたものとして仮設想定されている。しかも〈テクストの語り〉は、それがなんらかのテクストとして（断片的ではあれ）有意味たろうとするかぎり、統覚の統一を不可欠の前提とする。その点を考慮するなら、漱石のこの一人称のテクストで語られた事柄は、もう少し「経験的統覚」寄りの、個別認識主体の自己意識という内省心理学的文脈で解釈されるべきである。この「経験的」と「超越論的」の区切りと繋がりを見失わずに、テクストを読むことが肝要である。

(7) 清水、一九九三年、二三六頁。

(8) 一匹の猫が名乗った「吾輩」は、さしあたりは一人称単数として受け止められる。じっさいたいていの欧文翻訳は「吾輩」を一人称単数で訳出し、明治三十九年刊の安藤貫一訳の英語版題目も"I AM A CAT"である。そして物語りは、視点人物の個体の死とともに終焉する。「吾輩は死ぬ。死んで此太平を得る。太平は死なゝければ得られぬ。南無阿弥陀仏、々々々々々。難有い々々々」(一巻、五六八頁)。しかし漱石はこの無名の「吾輩」を「吾人」と同様、字義に忠実に一人称複数と解して、一人称単数による訳出には違和感を示していた。この点、「超越論的自我」および「則天去私」の論点に関連して重要だが、くわしくは別の機会に論じることとする。

(9) 『猫』の笑いの詩学と各篇の展開については、清水孝純『笑いのユートピア　『吾輩は猫である』の世界』にくわしい。「猫族対人間族」の構図で人間世界を「異界」から「異化」した『猫』一、二の語りが、三以降では「むしろ人間社会に身を置きつつ観照的立場に立つ」ことにより「猫の客観的叙述による一種のポリフォニー的世界」(清水、二〇〇二年、八六頁)を開き、笑いの対象と質を徐々に変じてゆく、との指摘は示唆に富む。

(10) テクストは通常、そのように解釈されているが、漱石の詩学はさらにその根柢に、もっと重要なものを見すえている。『猫』と同時期の『文学評論』の第四編「スヰフトと厭世文学」に言う。「で、前に申した楽天的な写実主義であるが、是は人々分に安んじて、太平を謳歌する様な国運の際、もしくは神経が麻痺して悲哀疼痛を感ぜざる様になつた人間が、現在の状態に溺れ喜んで、浮世を面白く暮して行くと云ふ様な不祥な時代に生れる文学である。是は大体から云つて満足を表はした文学であるけれども、時によると諷刺的不平の発現と間違へられる事がある。／例へば徳川時代の滑稽物の様なもので、ある人は、あれを諷刺と解釈するが、私にはさうは思へない。(作の善悪巧拙は無論問題でないとして。) 私が読んで見ると、あの『膝栗毛』の様なものは、自分が失敗をしたり、失策をして、其失敗や失策を、客観的に見返つて面白く打ち興じてゐる体があり〳〵と見える。何処迄も陽気な文学である。当時の社会制度や、階級制度の抑圧に対して、反抗の声を裏から仄めかしたものとは思はれない。たゞ読者又は評家の着眼の仕様では諷刺とも皮肉とも解釈が出来る丈の事である。／尤もさう解釈が出来ればそれで宜しい。争ふ必要も何もない。けれども斯う解釈をするのが深い解釈だ抔と勿体ぶるのは可笑しい」(十五巻、二四一－三頁、傍点引用者)。漱石が子規と共有する世界反転光学の〈笑い〉の制作詩学の片鱗がここにも見える。

(11) 佐藤泰正、一九八六年、三五頁。

(12) 柄谷、二〇〇一年①、七〇頁。

(13) たとえば「健三の兄」は「小役人《こやくにん》」と属性規定され、「彼は東京の真中にある或大きな局へ勤めてゐた。其宏壮な建物のなかに永い間憐れな自分の姿を見出す事が、彼には一種の不調和に見えた」（十巻、一〇一頁）と、やはり迂言的に描写される。あるいはまた「細君は夫の前に広げてある赤い印の附いた汚ならしい書きものを認《なが》めた」（同、二九〇頁）という文例にも見られるように、遠巻きの迂回的な語りは、健三以外の人物の視点にまで広く浸潤している。

(14) 健三と細君の言い分を併置する以下の書きぶりも、同様の相対化の効果をあげている。「彼の時間は静かに流れた。然し其静かなうちには始終いら〳〵するものがあつて、絶えず彼を苦しめた。遠くから彼を眺めてゐなければならなかつた細君は、別に手の出しやうもないので、澄ましてゐた。それが健三には妻にあるまじき冷淡としか思へなかつた。細君はまた心の中《うち》で彼と同じ非難を夫の上に投げ掛けた。夫の書斎で暮らす時間が多くなればなる程、夫婦間の交渉は、用事以外に少なくならなければならない筈《はづ》だと云ふのが細君の方《はう》の理窟であつた」（十巻、二五頁）。

(15) 秋山公男、二六八頁。秋山は、「各々の章の視点人物」が「語り手」を兼ねる「後期三部作との対比」のもとに、『道草』が「作中人物健三の視点と語り手の視点」を区別する点を重視する。そのうえで「語り手の視点」は、「作中人物の内外両面を遍く照射し」「俯瞰」するための「万能的な透視力を有する」「批判の許されない唯一絶対の視点」だと規定し（秋山公男、二六八－九頁）、この「絶対的視点」は「言う迄もなく作者漱石のものである」（同、二七〇頁）と述べる。たしかに「『道草』を執筆した大正四年時の漱石の心境の一端は、『硝子戸の中』の『微笑』に窺うことができよう」し、「『道草』は、自己を『恰も』『他人』の如く見据えるべく虚心と相対化を志し、『則天』はともあれ、せめて『去私』を心掛けたいと願う作者によって創造された作品である」（同、二七一頁）と結論づけることもできるだろう。秋山の言う「作者漱石」がやはり旧来型の評伝的な歴史的実在性をまとったものらしい点を脇に置けば、その視点分析の大筋には賛同できる。だからこそここで「絶対的」という言葉が不用意に召喚されたことが何とも遺憾である。『道草』テクストの語りの視座については、文学理論の常識なるものに安易に追随して、全知万能の語り手視点の「絶対」性を云々すべきではない。むしろ秋山も指摘する「『抗夫』のそれと同類」の「回想形式」と（同、二六五－六頁）、想起の語りによって可能となる道草的＝低徊的な遠いまなざしにこそ、焦点を当てて論じるべきではあるまいか。

(16) 秋山公男、二五五頁。
(17) 佐藤裕子、二〇〇〇年、二五三頁。

第Ⅱ部

漱石、帰還の実相

第五章　健三と漱石の帰還

第一節　『道草』の帰還の視座

　漱石が帰国して『猫』の諸章を『ホトトギス』に連載していたころ、彼の周囲には多くの門人たちが集いはじめていた。そしてテクストは、苦沙弥を囲む知識人たちの軽妙なやりとりを、実況中継のように読者に紹介した。作者一個の博識を満載した冗舌な弁論《おしゃべり》は、なにかを根柢に覆い隠しながら、私《わたくし》の心中にわだかまる不愉快を吐きちらしている。その語り口がどこか浮わついて、痛ましくも軽薄に聞こえるのは、語り手に設定された「吾輩」の無名性・無拘束性と、諷刺的で迂言的な低徊性・傍観者性によるばかりではないだろう。ここではすべての言葉が、なにかを切り捨てて振りはらおうと躍起になっている。痛快で皮肉なテクストの語りは、この創作家が直視すべきものから、あえて眼をそらすために忙しくたちまわっている。

　約十年をへだてた大正四年の『道草』は、対照的にきわめて静かである。『猫』が前面に押しだす門人たちとの冗舌な議論は、ここではきれいにかき消されている。テクストは洋行帰りの知識人の自負を無化するような、日常煩瑣の現実を酷薄なまでにえぐりだす。小説の言葉は夫婦や姉弟や義理の親子の、およそ片付くことのない会話のゆくえを見つめている。テクストの語り手は、猫のように気まぐれに到来して束の間だけ同席するわけではない。猫を溺死させ、『心』の先生を自死させて片付けた、過去の数々の制作の不始末を取り戻そうとするかのように、『道草』は死によってさえも片付くことのない逃れられぬ俗塵の現実に帰還し、直に立ち会いつづけるのである。

かくして明暗双双の世界反転光学が、おもむろに始動する。「絶対」の「神」の境域をあらかじめ彼方に立て、現実を解脱した視点獲得の有無を批評するのではなく、なによりもまず回互《えご》の還相の成り立ちに眼を凝らしたい。日が昇り、日が沈む。倦まず弛まず継続される経験的日常の世の現実を、われわれ人間の言葉でいかにして生彩に把握するかが問題である。明暗双双の反転光学との、かなり遠まわりの類比にたよっていえば、日々の昼夜交替、季節の循環を太陽系の無限遠方からのぞきこみ、恒星周回上の惑星の自転公転ですべてを説明する、そうしたコペルニクスによる近代天文学の、客観的世界認識の革命的な成立が、類比的には明から暗への往相に相当する。批判的な近代文学の使命はしかし、そこからもういちど大地の上に降り立って、いままで自明だったはずのこの現実を、この世に生まれたての新鮮な眼であらためて見つめ直し、そこに浮かび上がる新たな言葉で語りだすことにある。欧州のいわゆる自然主義小説は人事案件をも科学的に客観視するのだと標榜し、真実の実証と法則の発見を売り物にする。しかしその客観主義の言説自体が、じつは総体としてひとつの文学的な隠喩だったはずである。そこに気づかないままに肝腎の「自然」概念を曖昧粗雑に乱用し、徒党をくみ論陣をはる、迂闊な日本自然派と厳しく対峙しながら、漱石は「則天去私」の意味での「天然自然」のリアリズムをめざしている。そしてそのためにも暗から明への還相の詩学を日常工夫するのである。

小説を書くことは、それ自体がすぐれて言語的な営みである。そしてやはり比喩的に言えば、「明暗双双」の明から暗への往相では、あらゆる言語活動が暗闇の中で黙りこむのにたいし、無言幽冥の暗所から諸事明瞭なる生の現場への還相は、この世に数々の言葉が立ち上がってくるありさまを言う。ならば詩人や小説家は（そしてじつは哲学者もまた）、なによりもこの根源的で反省的な還相をこそ大切に見つめる人でなければならない。青年期から死を思い、ゆえに数々の道草を食いながら、ついに文筆でこの世に生きることを決意した漱石ならば、それはなおさら必当然のことである。明治四十年以降の彼の執筆活動は、つねにそのつどの帰還の出来事であり、そして晩年の創作家は今、自己の文学始動の情況を批判的に回顧する。『道草』は一個の近代小説家の誕生の物語りであり、かつての道草の日々から自分自身の本領へ帰還する経緯を淡々とつづった、徹底的な想起反省の批判的なエクリチュールである。

第二節　健三の帰還と制作の始動

ひさかたぶりに東京に帰って来て、『猫』を起筆してから十年あまりの後半生において、彼はじつに多くの散文作品を世にだした。明治四十三年秋に修善寺の大吐血から生還し、明治から大正へと世の中が移りゆくなか、『彼岸過迄』『行人』『心』の後期我執三部作を書く。そして次の自伝的な小説が、はからずも彼の完成することのできた最後の作品となった。『道草』はあの創作の始動の過去を遠くから見つめ、しかも作家自身の幼少期からの生の経緯《いきさつ》にも立ち返り、すべてを「縹緲」と回顧した〈反省的〉なテクストである。ゆえに小説はあの一句で始まった。[1]「健三が遠い所から帰《かへ》つて来《き》て駒込の奥に世帯《しよたい》を持《も》つたのは東京を出てから何年《なんねん》目になるだらう」。深く長い息遣いの一文で、ひとりの男の出離と帰郷のライトモチーフが提示され、そしてかれの物語りの終わり近く、ある決定的な帰還の出来事が報告される。

十五六年ぶりに行き会った養父との、数度の交渉と、苦い絶縁。小説の大筋から見れば、ほんの隙間のようなささやかな場所に、その事件はついでのように差し挟まれている。年もあらたまった日に、世間のありきたりの祝賀の空気を嫌う人は、あえて「普通の服装《なり》をしてぶらりと表《おもて》へ出た」（十巻、三一一頁）。そして街外れの「人《ひと》もなく路《みち》もない所へわざ〳〵迷ひ込んだ」。

彼は一《ひと》つ所《ところ》に佇立《たたず》んでゐる間に、気分を紛らさうとして絵を描いた。然《しか》し其絵《その》があまり不味《まづ》いので、写生は却つて彼を自暴《やけ》にする丈であつた。彼は重《おも》たい足を引き摺《ず》つて又宅《うち》へ帰《かへ》つて来《き》た。途中で島田に遣るべき金の事を考へて、不図《ふと》何か書いて見やうといふ気を起した。

赤い印気《いんき》で汚ない半紙をなすくる業《わざ》は漸く済んだ。新らしい仕事の始まる迄にはまだ十日の間《あひだ》があつた。彼は其十日を利用しやうとした。彼は又洋筆《ペン》を執つて原稿紙《し》に向つた。

健康の次第に衰へつゝある不快な事実を認めながら、それに注意を払はなかつた彼は、猛烈に働らいた。恰《あたか》も自分の身体《からだ》に反抗でもするやうに、恰もわが衛生を虐待するやうに、又己れの病気に敵討《かたきうち》でもしたいやうに、彼は血に餓えた。しかも他《ひと》を屠《ほふ》る事が出来ないので已《やむ》を得ず自分の血を啜《す》つて満足した。

予定の枚数を書き了《お》へた時、彼は筆を投げて畳の上に倒れた。

「あゝ、あゝ」

彼は獣《けだもの》と同じやうな声を揚げた。（同、三一二―三頁）

「彼」はどこかへ出かけて「写生」を試み、その不出来に失望して、「又宅《うち》へ帰《かへ》つて来《き》た」。そしてこの帰宅の「途中」、「不図《ふと》」その「気」になったのである。かくてなんらかの物語りの書字行為《エクリチュール》が運命的に始まった。作品冒頭の帰還モチーフの遠い反復をここに見るのは、けっして読み込みすぎではないはずである。ある男の道草の日々から、創作的な生の本領への決定的な帰還。そしてまたこの小説家の自伝的で方法論的な道草から、最期の本格小説への帰還を覚悟しはじめる、『道草』全篇の終幕部。ここにあの明暗双双の往相に次ぐ還相の確かな出来《しゅったい》の、自覚的な符牒を読み重ねてみる解釈も、もはやそれほど大胆な冒険ではないだろう。

時は熟した。「時機が来てゐたんだ」（二十五巻、二七九頁）。「彼」は「何か」を書き始め、無我夢中で「十日の間《あひだ》」を「猛烈に働らいた」。「恰《あたか》も自分の身体《からだ》に反抗でもするやうに、恰もわが衛生を虐待するやうに、又己れの病気に敵討《かたきうち》でもしたいやうに」、わが身を削り「自分の血を啜《す》つて」書きつづけ、ついに「予定の枚数を書き了《お》へた」。そして脱稿するなり「筆を投げて」、「獣《けだもの》」のごとき叫びをあげた。鬼気迫る執筆の実況報告である。こうして読みかえして反芻するほどに、テクストの尋常ならざる緊迫感が表立つ。ここではやはり何か重大な事件が起こっている。

健三は「人《ひと》もなく路《みち》もない所」へ行ってきた。世間の人の常の振舞いを「すべて余計な事だ。人間の小刀細工だ」（十巻、三二一頁）と嫌悪する男は、物理的・時空的・地理的にはいざ知らず、なによりも意識的・言語論的な意味で、どこか「遠い所」へ出かけてきた。そして「又宅《うち》へ帰《かへ》つて来《き》」て、いまこれから小説を書くのである。あらゆる既存の「言葉《ことば》の届かない遠い所《ところ》」、なにか「ぼんやりした或《ある》ものが常に潜んで」いる「幽《かす》かな世界」（同、一六二頁）。そこからそのつどのいまここに帰還して、この世の言葉の枠をこらし、なにかを新たに書き綴ってゆく。「写生」を試みて断念し、書字行為に向かういきさつは、帰国後から晩年までつづく絵画制作を実写するだけではない。それは画工が詩作する『草枕』や、美しい絵と詩の心象《イメジ》が交錯する『三四郎』にも盛られていた、詩画交響の制作詩学《ポエチカ》のモチーフを小声で告げている。だから右のテクストについては、いずれあらためてその詩学上の含意を掘りさげて解明しなければならない。

第三節　漱石帰還の実相

しかしながら今はただ、明暗双双の往還の気配に耳を澄ましたい。そしてそのなかでも還相の漱石的な実態を、まずはじっくりと把握しておきたいのである。テクストの表面では、いまや健三が「何か」を激烈に書きはじめている。晩年の漱石はそれを遙か遠くに回顧しながら、全篇が淡々と推移する『道草』の物語りの、刹那の点景として写生した。文学の「血に餓えた」健三は、「已《やむ》を得ず自分の血を啜《す》つて満足した」。ここに置かれた文字も文体も内容も、息をのむほどに緊迫しているのは一目瞭然である。しかしその近傍もふくめて、小説の語りの総体はかぎりなく静かである。右の健三の帰還ぶりは、たしかに私的に「セッパ詰まつて」（十六巻、一五五頁）いる。[2] しかし漱石という公的署名をもつテクストは、同じ場所に悠々と「余裕」の帰還をとげている。われわれがいま新たに注目すべき事象は、この一篇の小説のうちなるこの落差、いわば部分と全体を絶妙な対照のもとに設えた建築術的な匠の話法である。[3]

そのあたりの機微を充分に味わうために、ここで十年前の漱石自身の帰還の実況に、あらためて照明を当てておきたい。大正の世に新たに書かれつつある『道草』は、「遠い所から帰つて来て」物事を見つめる「縹緲」の視座からの語りである。長い不在をへて故郷に帰って来た人を、いまここに回顧して見るテクストの語り手は、自らが「遠い所から帰つて来て」いることを、すでに十全にひきうけることができている。つねに超越論的な「遠い所」から帰還して、そのつどの経験的ないまここの事象を見つめ、ともにこの世に生きている人々にむけて回想の物語り行為を淡々と遂行する。たしかにあのころの健三にしても、ついに自分が「帰つて来て」しまったことだけは、いやおうもなく認識していたのだし、その認識に見合うだけの覚悟も内心に決めていたはずである。しかしまだそれを己の腹の底から、深く納得することができていなかった。だからこそ「遠《とほ》い国《くに》」にも「故郷」の空気にも違和感を覚え、「書斎」という名の「座敷牢」（十巻、一七一頁）に独り閉じ籠っていた。そして「蠅の頭」（同、一六七頁）が「蟻の頭《あたま》程」に縮まってゆく「小《ちい》さな文字」（同、二五九頁）の講義原稿に、その日その日の命をつないでいた。『道草』のテクストは、そういう健三の息苦しい帰還の実景を活写する。

おそらくはこの煮えきらない情況のもとで書かれていたからだろう。そのころの漱石の文学作品、とりわけ『吾輩は猫である』（明治三十八年一月から三十九年七月）、『坊っちゃん』（三十九年三月）、『漾虚集』（同年五月）、『草枕』（同年九月）は、不愉快な現実のただなかで独り闘いながら、作中人物の痛快な皮肉や不器用な喧嘩のしかたには、どこか空虚《むなしさ》の苦味が入りまじっており、テクストの語りの気分は、総じてなお現実逃避と別世界への憧憬の「臭《にほい》」を漂わせていた。そうした文筆活動が、作家自身の気分転換に寄与したのは確かだろう。そしてまたすくなからぬ読者がこの心持ちの新たな言葉を求めて、この語り口に同調してくれたことも幸いだった。ゆえにずっと前から大学を辞めたいともらしていた人は、どこかの新聞社で職業作家となることを、三十九年秋頃には本気で考えはじめるのである。

文学一本で身を立てることは、じつは少年の頃からの夢だった。とはいえこのときの転職は、やはり決死の覚悟であった。漱石は同年十月二十六日付の鈴木三重吉宛の手紙で、「死ぬか生きるか、命のやりとりをする様な維新の志士の如き烈しい精神で文学をやって見たい」（二十二巻、六〇六頁）と書いていた。そしてその数日前にも、京都に移ったばかりの狩野亨吉に宛てて、[4]心中を烈しく吐露している。十月二十三日に知己に宛てた二本の長い手紙。新聞小説家としての再生前夜の帰還の実相が、ここにまざまざと見えてくる。午後二時から三時の消印がある第一信で、漱石は京都帝国大学への転任を要請する「狩野兄」に、こう述べている。

僕も京都へ行きたい。行きたいが是は大学の先生になつて行きたいのではない。遊びに行きたいのである。自分の立脚地から云ふと感じのい、愉快の多い所へ行くよりも感じのわるい、愉快の少ない所に居《お》つてあく迄《まで》喧嘩をして見たい。是は決してやせ我慢ぢやない。それでなくては生甲斐のない様な心持ちがする。何の為めに世の中に生れてゐるかわからない気がする。僕は世の中を一大修羅場と心得てゐる。さうして其内に立つて花々しく打死《うちじに》をするか敵を降参させるかどつちにかして見たいと思つてゐる。敵といふのは僕の主義僕の主張、僕の趣味から見て世の為めにならんものを云ふのである。世の中は僕一人の手でどうもなり様《よう》はない。ないからして僕は打死《うちじに》をする覚悟である。打死をしても自分が天分を尽くして死んだといふ慰藉があればそれで結構である。実を云ふと僕は自分で自分がどの位の事が出来て、どの位な事に堪へるのか見当がつかない。只尤も烈しい世の中に立つて（自分の為め、家族の為めは暫らく措く）どの位《くらい》人が自分の感化を受けて、どの位自分が社会的分子となつて未来の青年の肉や血となつて生存し得るかをためして見たい。京都へ行きたいといふのは此仕事をやる骨休めの為めに行きたいので、京都へ隠居したいと云ふ意味ではない。

考へて見ると僕は愚物である。大学で成績がよかつた。それで少々自負の気味であつた。そんなら卒業して何をしたかと云ふと蛇の穴籠りと同様の体《てい》で十年余をくらして居た。僕が何かやらうとし出したのは洋行から帰つて以後であつて、それはまだ三四年に過ぎぬ。だから僕は発心してからまだほんの小供である。もし僕が何か成す事があれば是からである。而して何か成し得る様な状況に向つたのは東京で今の地位（学校の地位ではない）を得たからである。だからして僕の事業は此地位と少からざる関係を有してゐる。此地位を棄て丶京都へ行つて安閑としてゐるのは丁度熊本へ這入つて澄まして居たと同様になる。是は少し厭である。（二十二巻、五九五–六頁）

作家漱石の肉声を伝える重要なテクストで、ゆえに長く引かざるをえなかった。かれは「自分の立脚地」を「尤も烈しい世の中」の「感じのわるい、愉快の少ない所」に思いさだめている。そしてこの「一大修羅場」で「あく迄《まで》喧嘩をして」「打死《うちじに》をする覚悟」だという。その言い回しは数日後の三重吉宛の、「維新の志士の如き烈しい精神」の文学観に通じている。(5) それを自分の「生甲斐」の問題として、かかる文学をするのが「天分を尽《つ》く」すことなのだとする自己認識は、さしあたりは明治の第一世代の俊英たちに共通の、人生の使命感と自負心を言いあらわすだろう。しかし漱石の場合はそれにくわえて、遠く遙かに「則天去私」の文章座右銘に呼応するものが見てとれる。

第四節　漱石壮年の本格始動

この世で「どの位《くらい》人が自分の感化を受けて、どの位自分が社会的分子となつて未来の青年の肉や血となつて生存し得るかをためして見たい」。この文学的社会的共感への衝動は、半年後の詩学講演『文芸の哲学的基礎』では、「還元的感化」（十六巻、一二九–一三三頁）という術語で簡潔に名ざされて、方法論的に整理されてゆく。そして八年後の『心』の先生は、自分の「心臓を立ち割つて、温かく流れる血潮《ちしほ》」を「あなたの顔に浴《あび》せかけ」（九巻、一五八頁）ることになる。それはまさに「人間を押」して「人生に触れる」べき近代小説の、一つの見事な達成である。かかる文学の道にむかう「発心」の時機を、右の狩野宛書簡は「洋行から帰つて以後」だと宣言する。漱石の帰還のこの自覚的な様相を、ぜひとも見逃さずにいたい。自分は大学を卒業してからずっと「蛇の穴籠りと同様の体《てい》で十年余をくらして居た」。松山に渡り熊本に移って道草ばかり食っていた。その経歴を回顧反省し、彼は人の世への帰還の決意を、書簡の筆先に再確認する。この手紙を投函して、銭湯でゆったりと「入浴」し、その帰路にまた思いつくことがあったのだろう。同日五時から六時の消印をもつ第二信では、あの青年期の厭世的な逃避癖と、壮年の今の帰還のいきさつとが、さらに深く反芻されている。

　御存じの如く僕は卒業してから田舎へ行つて仕舞つた。是には色々理由がある。理由はどうでもよいとして、此田舎行は所《いわ》謂《ゆる》大乗的に見れば東京に居ると同じ事になる。然し世間的に云ふと甚だ不都合であつた。僕の出世の為めに不都合と云ふのではない。僕が世間の一人として世間に立つ点から見て大失敗である。といふものは当時僕をして東京を去らしめたる理由のうちに下の事がある。――世の中は下等である。人を馬鹿にしてゐる。汚ない奴が他と云《〔ママ〕》ふ事を顧慮せずして衆を恃《たの》み勢《いきおい》に乗じて失礼千万な事をしてゐる。こんな所には居りたくない。だから田舎へ行つてもつと美しく生活しやう――是が大なる目的であつた。(二十二巻、五九八頁)

　英国から帰つて余は君等《きみら》の好意によつて東京に地位を得た。地位を得てから今日に至つて余の家庭に於ける其《その》他に於ける歴史は尤も不愉快な歴史である。十余年前の余であるならばとくに田舎へ行つて居る。文章を作つて評判がよくならうが、授業の成績があがらうが、大学の学生がほめやうが――凡ての事に頓着なく田舎へ行つたらう。京都で呼べば取るものも取り合へず飛んで行つたらう。君が居れば猶《なお》恋しく思つて飛んで行つたらう。――然し今の僕は松山へ行つた時の僕ではない。僕は洋行から帰る時船中で一人心に誓つた。どんな事があらうとも十年前の事実は繰り返すまい。今迄は己れの如何に偉大なるかを試す機会がなかつた。己れを信頼した事が一度もなかつた。朋友の同情とか目上の御情とか、近所近辺の好意とかを頼りにして生活しやうとのみ生活してゐた。是からはそんなものは決してあてにしない。妻子や、親族すらもあてにしない。余は余一人で行く所迄《まで》行つて、行き尽いた所で斃《たお》れるのである。それでなくては真に生活の意味が分らない。手応《てごたえ》がない。何だか生き〔て〕居るのか死んでゐるのか要領を得ない。余の生活は天より授けられたもので、其生活の意義を切実に味はんでは勿体ない。金を積んで番をして居る様なものである。金のあり丈を使はなくては金を利用したと云はれぬ如く、天授の生命をある丈《だけ》利用して自己の正義と思ふ所に一歩でも進まねば天意を空《むなし》ふする訳である。余は斯様《かよう》に決心して斯様に行ひつゝある。今でも色々な所を見れば色々な不幸やら不愉快がある。思ふに余と同様の境遇に置かれた人ならば皆此不幸を感じ此不愉快を受くるであらう。而して余は此不愉快を以て余の過誤若しくは罪悪より生じたるものとは決して思はざるが故に此不愉快及び此不幸を生ずるエヂエントを以て社会の罪悪者と認めて此等を打ち斃さんと力《つと》めつゝある。只余の為めに打ち斃さんと力めつゝあるのではない。天下の為め。天子様の為め。社会一般の為めに打ち斃さんと力めつゝある。而して余の東京を去るは此打ち斃さんとするものを増長せしむるの嫌あるを以て、余は道義上現在の状態が持続する限りは東京を去る能はざるものである。　草々不一（同、五九九－六〇一頁）

けっして「天意を空《むなし》ふする」ことのないように、「天授の生命」をここで精一杯に発揮するべく、世の中の「罪悪者」たちを「天下の為め。天子様の為め。社会一般の為めに打ち斃さんと力めつゝある」。だからあえて京都には転任せず、不愉快な東京に残るのである。「田舎へ行つてもつと美しく生活しやう」という逃避の反復からは心機一転、ゆえにたんに『草枕』的な耽美の径路も固く封印し、みずから「世間の一人として世間に立つ」と覚悟を決める。所詮この世はどこも「一大修羅場」である。ならばあえて「尤も烈しい世の中に立つて」「尤も不愉快な歴史」のもとで、自己の「天分」と見定めた文学をやる。その意味での本来的な帰郷への「発心」の時を、彼は帰国の船旅に認めている。「今の僕は松山へ行つた時の僕ではない。僕は洋行から帰る時船中で一人心に誓つた。どんな事があらうとも十年前の事実は繰り返すまい」。急転直下、おのれの人生の道筋を変える反転攻勢の雄叫びである。

かつて漱石は「進んで人と争ふを好まねばこそ退いて一人（種々な便宜をすて、色々な空想をすて、将来の希望さへ棄てゝ）退いて只一人安きを得ればよいと云ふ謙遜な態度で東京をすてた」。そういう過去の自己保身の過誤を、テクストは厳しく指弾する。そしてこの絶望の諦念から一気に反転し、「こちらも命がけで死ぬ迄勝負をすればよかつた」（同、五九八頁）と悔悟する。後に「自己本位」の文字で語られる態度変更の時節の到来を告げ、これからは「己れを信頼」して突き進む。彼がそう宣言できた点には何も問題はない。「余は余一人で行く所迄《まで》行つて、行き尽いた所で斃《たお》れる」というのも、そうした決意表明の言葉として首肯できる。しかしなぜことさらに「余一人で行く」のでなければならぬのか。不惑の人の決意にはまだ肩の力みが目立っており、テクストの論理はやや空転の気味を残している。

たしかに「朋友の同情とか目上の御情とか、近所近辺の好意とかを頼りにして」ばかりでは見ぐるしい。それになにより自分が掘りあてた文学的理想を真に共有できる者は、もはやどこにもないと観念せざるをえぬ明治の世の中である。それにしても「是からはそんなものは決してあてにしない」とは、明らかな短絡である。とりわけ「妻子や、親族すらもあてにしない」で冷淡に自室に閉じ籠るばかりでなく、おりおりに憤懣を爆発させて当たりちらすのは、はたして「天意」に適ったことなのか。具体的な日々の事情と生理とが、それを強いたという面はあるだろう。それは評伝的な意味で、いかにも漱石らしいふるまいである。しかしながら「天分」をつくすべく文学の道を邁進しようと決意するかれの言葉は、どうも「セツパ詰まつて」いて「余裕」がない。それがこの書簡の論理のみならず、当時の生活のうえでも破綻と波瀾をひきおこす誘因となったのだろう。おのれの家庭を一大修羅場にしているのは、じつは妻子でもなければ下女でもなく、なによりも自分自身なのである。その点には想い到らず、折々に理不尽な癇癪をおこしてしまう(6)。そこに明治の家長たる文学者の、我儘と甘えと精神変調の不如意があった。

第五節　テクストの余裕の視座へ

同じ日に同じ人に向けて二通の長い手紙を書く。そのようなエクリチュールのふるまいが、文面に盛られた心情の切実さを物語っている。教師稼業を辞め、文筆一本で「世間の一人として世間に立つ」。「人生の死活問題」（十六巻、一五七頁）に「触れる」（同、一五一頁）、じつに「セッパ詰まつた」（同、一五四頁）文章である。漱石はこの「非常」事態に処するにあたり本来の居場所へ帰還して、ここに踏みとどまることを「天命」としてひきうけた。この時の新たな「覚悟」のほどからいえば、最初期の「徂徊趣味」（同、一五五頁）の諸著作は、やはり中途半端だったといわねばならない。そしてまた、みずから小説家として世に立つ時節の堅い決意にしても、十年後の『道草』の語りの視座からあえて厳しく評定するならば、いまだ充分な「余裕」をもちえていない。自己の直面する状況を遙々と冷静に見つめ、東京に戻るまでの十年間の錯誤を回顧する。そして真面目な自分を朋友に披歴する。そうすることで自分の進むべき道筋を自己自身に言いきかせる。手紙を書く人の意志はすでに並みはずれて頑強だが、ゆえにまた無理からぬことに文章の趣は『それから』以後、とりわけ後期我執三部作の「セッパ詰まつた」主題内実の「深刻」（同、一五七頁）な印象に似て、「余裕派」という文学史の教科書的な評語からはほど遠く、むしろその対極に位置している。

とはいえ『それから』以後『心』までは「無余裕派《むよゆうは》」の小説で、『道草』『明暗』は「余裕派」なのだと決めつけるのも表面的で乱暴だ。『心』と『道草』のあいだには、たしかに対照的な語りの変移が感じとられる。とりわけ『道草』の語りは「一毫《がう》も道草を食つたり、寄道をして油を売《う》つてはならぬ小説」（同、一五四頁）の「無余裕」の文壇本筋をはずれ、近代小説家の「寄道」的な日常をひたすら「徂徊」的に回顧した趣がひときわ強い。とはいえこのテクストはやはり、読む者の胸を苦しく締めつけてくる。そして直後の『明暗』には、甲野、代助、宗助、須永、一郎、K、先生のような「セッパ詰まつた」人物が登場するわけでもなく、その意味でどこかそれまでとは異なる日常の生活世界で物語りが進行する。そういう最後の小説を『道草』に比較していえば、それはまさしく新たな近代小説として、現在ただいまの「社会」に回帰し、人間関係の現実をリアルに写すことをめざした、本格的な創作の再開である。そういう自分の最期をすでにおぼろげに意識しながら、文学方法論上の長年の探究の集大成をもくろむ小説家は、まずは『道草』の実作から入って力を試したうえで、いよいよ「息の塞《ふさが》る様な」自我たちの現在世界の内奥へ分けいってゆく。それまでの十数年の実作をへて、いよいよ円熟した制作の息遣いは、ここに充分に感知することができる。

じつはいま細切れに「虚子著『鶏頭』序」（明治四十一年一月）を併せて参照していたのだが、漱石は（とくに『三四郎』以後）、たんに表面的・機械的に「余裕」と「無余裕」とを分けるのではなく、両方の要素を各作中に統合するような、近代小説革命の実験を敢行した。人生に触れない内容を余裕の態度で叙述する。それは文学の伝統からいっても、ごく当たり前の振舞いである。他方、「死ぬか活《い》きるか」という人間世界の問題を余裕のない姿勢で叙述するのも月並である。そういうあれかこれかではなく、近代の「余裕のない」人間の生の現実を、あえて「不断着《ふだんぎ》の」「逼《せま》らない」姿勢で叙述する。そういう革新的な文章作法は、この職業作家の当初からの宿願だったにちがいない。


個人の身の上でも、一国の歴史でも相互の関係（利害問題にせよ、徳義問題にせよ、其他種々な問題）から死活の大事件が起る事がある。すると渾身全国悉《ことごと》く其事件になり切つて仕舞ふ。普通の人間の様に行屎走尿《かうしそうねう》の用は足して居るが、用を足して居るか、居らぬか気が付かぬ位に逆上《のぼ》せて仕舞ふ。（十六巻、一五二頁）

そういう「セツパ詰まつた」状況下でなお、事柄の本性を「余裕」の眼で書ききることは、どうすれば可能なのか。(7) その新趣向の小説の語りの最終形態が、『道草』と『明暗』で目指されている。夏目漱石という人間は、まさにそのような小説により「世間の一人」として、日常的な現実世界への最期的な帰還を果たしたのである。そのような仮説をここにあえて打ちだしてみたい。

カント批判哲学との類比に基づき比喩的に言えば、漱石はそのつどつねに超越論的な「遠い所から帰つて来」て、この世の人間の経験的な現実を見つめる近代小説の新たな道を、つねに自己批判的に模索しつづけた文学者である。そして人間の死と生、心の余裕と非余裕のあわいに執筆の腰を据え、文学的な人生をまっとうした人である。漱石はいわゆる余裕派の現実逃避の文学者などでなく、この世の「息の塞《ふさが》る様な」現実への積極的な帰還の課題を、余裕をもって不断に反復継続することをめざす、近代世界のリアリズム小説の作者である。そしていかにも文人的な隠遁趣味と見える書画や漢詩の制作の営為も、この世に生きる人間の「セッパ詰まつた」思想内実を、余裕の心持ちで書きつづける胆力を養うための創作上不可欠の日常の遊びである。

『道草』はそういう余裕の態度で、過去の自分の現実をふりかえる。『心』で明治の精神を殉死させた直後のテクストは、『猫』や「先生の遺書」のホモソーシャルな英才的感化の狭さをもこえて、みずからおのずと十年前の日常の現場に立ち還って、「彼」と「細君」の人生をじっと見つめなおしている。帰国時の帰還と『道草』の帰還は、水準と質が異なっている。作家の生涯に一大転機をなした壮烈な覚悟の帰還と、明暗双双の四文字に収斂してゆく日常時々刻々の余裕のある帰還。さしあたりその外形上にも認められる二つの帰還の差異のうちには、この世の人生の現実にたいする創作家の態度の根本転換が反映しているにちがいない。『道草』のテクストの語りは、その点も含めた来し方行く末を遙か遠くに見つめて、文学の新たな道をきりひらこうとしているのである。

かつて正岡子規と出会い、文筆の交わりをはじめて、漱石を名のりだした二十二、三歳の青年のころ、彼は子規宛の手紙に「此頃は何となく浮世がいやになりどう考へても考へ直してもいやで〳〵立ち切れず去りとて自殺する程の勇気」もないなどと、「misanthropic 病」の「愚痴」(二十二巻、二二 - 三頁)をこぼしていた。そしてまた狩野宛の手紙から数えて「十余年前」、大学院時代の漱石は奇矯な行動を見せて、家族や友人たちを驚かせていた。明治二十七年秋に神経衰弱による被害妄想をひどくした漱石は、大学寄宿舎をとびだし、家族持ちの菅虎雄のもとにころがりこむ。同年の暮れから年明けにかけては、菅の紹介状を持参し円覚寺に参禅する。そして神経衰弱の昂じた漱石の松山ゆきも、熊本ゆきも、菅の懇切な世話によるものである。(8) 漱石はこのとき、いったい何を思いつめていたのか。その懊悩の中味はしかし、あくまでも彼個人のものである。

文学および哲学の重大案件として、むしろわれわれに興味深いのは、そういう実存の問題への対処のほうである。彼が参禅して「田舎へ行つて仕舞つた」のには、「色々理由がある」だろう。しかしその「理由はどうでもよい」。それよりも『坊っちゃん』の四国赴任や、『草枕』の非人情の旅、そしてまた『門』の参禅に結晶してゆく個人的《パティキュラー》の経験を、テクストがどのように見つめているのかが問題である。それぞれの小説にここで立ち入ることはできないが、すくなくとも『草枕』と『門』には一見して明らかな差異がある。狩野宛の書簡は、まさにそのあいだに一つの決定的な区切りをつけるべく、一連の現実逃避のモチーフを「甚だ不都合」で「大失敗」だと評している。なによりもまずは、この現世帰還の語りの獲得に注目しておきたいのである。

第六節　大乗的と世間的の相互返照

そのうえでさらに、この帰還者の自己批判を可能にした根本視座のかすかな閃きを、「狩野兄」宛第二信に見られる「大乗的」の三文字のうちに看取したい。もうすこし掘り下げていえば、右の書簡は「大乗的」と「世間的」の二視点を対照して、事柄を複眼反転的に眺める語りを披露している。ここに「明暗双双」の往還反転の不断反復光学の、初期の試行的な萌芽を指摘することができる。漱石個人の身になっていえば、松山へ去った「理由」にはただならぬものが「色々」あったはずである。それをあえて「理由はどうでもよい」と言い切ったとき、そこにはすでに「所謂《いわゆる》大乗的」な文学者の眼がはたらいている。この一視同仁の視座からは、「田舎行」も「東京に居る」のも「同じ事になる」。この無差別平等の観相からひるがえって、あらためて「世間的」の眼で「田舎行」の逃避の累乗を「不都合」「大失敗」と断じたとき、その批判の基準はたんに彼一個の立身「出世の為め」ではなく、むしろそういう私的な利害の狭い料簡をこえ、広く世の中を見わたす文学の理想と使命感におかれている。

漱石は狩野に宛てて「君の朋友なる夏目といふ人間はこんな男であるといふ事を紹介する」べく書いている。同時期の三重吉宛や、最後の夏の久米・芥川宛書簡とは異なり、これは文学同人に宛てたものではないが、教師を辞め文学の道に転ずることを思い、すでに新聞記事にもなっていた京都帝国大学文科大学英文学教授への招聘を謝絶するべく、「真実の気焔」を「怒号」した迫真の手紙である（二十二巻、五九八頁）。大学講師時代の初期作品群の準備運動と助走を終え、漱石文学世界の構築が本格的にはじまろうとする直前の、「大乗的」と「世間的」の反転光学のテクストの語りは、やはり決定的に重要である。第一信の同じ光学主題の提示部も、手間をいとわず引いておこう。

無論人事は大観した点から云へばどうでもよいのである。ダーキンも車夫も同じ事である。不義の者に頭を下げるのも伯夷叔斉の様な意地を通すのもつまりは一つである。大学の教授も小学校の先生も同じ事である。一歩進めて云へば生きても死んでもそんなに変りはない。然ししばらく世間的の見地に住して差別観の方から云ふと大に趣が違ふ。僕の東京を去るのは決してよくはない。教授や博士になるならんは瑣末の問題である。夏目某なるものが伸すか縮むかといふ問題である。夏目某の天下に与ふる影響が広くなるか狭くなるかといふ問題である。だからして僕は先生としては京都へ行く気はないよ。（二十二巻、五九六－七頁）

義を貫いて首陽山に餓死した「伯夷叔斉」兄弟の故事は、熊本の第五高等学校時代の『人生』と題する論説（明治二十九年十月二十四日、『龍南会雑誌』）でも引かれている。そして「大乗的」と「世間的」、すなわち「大観した点」における生死無差別と、「世間的の見地に住し」た「差別観」との区別については、同じ『人生』の冒頭の一句がまことに注目にあたいする。

空《くう》を劃《かく》して居る之《これ》を物といひ、時に沿ふて起《おこ》る之を事といふ、事物を離れて心なく、心を離れて事物なし、故に事物の変遷推移をなづけて人生といふ、（十六巻、一〇頁）

この世の「錯雑なる人生の一側面を写すもの」が「小説」であり、「写して神に入るときは、事物の紛糾乱雑なるものを綜合して一の哲理を教ふるに足る」。小説には人の「境遇を叙するもの」「品性を写すもの」「心理上の解剖を試むるもの」「直覚的に人世を観破するもの」があり、しかも人生にはそれ以外にも「一種不可思議のもの」があるはずだ（同、一一頁）。漱石はそう切りだして「狂気」を語り、「夢」にまで説きおよぶ（同、一二頁）。そして「天災」や「天意」に言及しながら（同、一三頁）、「インスピレーション」という鍵語を出してくる（同、一四頁）。そうした論述展開は、彼の詩学の基本を知るうえで重要であり、諸家の『人生』への論及も多くはこの点に集中する。[9] しかしその天来の感興《インスピレーション》の、すぐれて漱石的な意義についていえば、それはなによりも冒頭の一句と関連づけることで明らかになる。

「空《くう》を劃《かく》して居る之《これ》を物といひ、時に沿ふて起《おこ》る之を事といふ」。われわれの住まう世界の時空に、諸事物が根源的にたち現われてくる。そしてそれらは「砂糖と塩の区別」「順逆の二境」「禍福の二門」等々の、言語分節にそって「千差万別」となる（同、一〇頁）。この言語論的な創世の哲学を、それからちょうど十年後の漱石は「大乗的」と「世間的」の双眼反転で言い表わした。興味深いその詩学の詳細には立ち入れないが、『人生』が打ちだした「大乗的」な根本命題——「事物を離れて心なく、心を離れて事物なし」——は、狩野宛書簡から半年後の『文芸の哲学的基礎』の「第三回　意識現象」の節では、「己《おの》れを離れて物はない、又《また》物を離れて己《おのれ》はない筈《はず》」の「根本的の議論」として、この小説家の文学理論の前面におしだされてくる（同、七〇－一頁）。そして人世と文学の根本に位置するこの不可思議の光学的事態を、翌年の『創作家の態度』は「哲学者の云ふ'Transcendental I'」（同、一八一頁）で引きうけて、これを『三四郎』は「カントの超絶唯心論」の符牒でほのめかす。

「空《くう》を劃《かく》し」「時に沿ふて起《おこ》る」この世の「事物」と「心」は二にして一であり、「物我」が相即して推移する「意識現象」の「連続」は、世界を分節し差異化する言語《ランガージュ》の活動に沿って体系的・建築術的に生成する。ゆえに「経験的実在論にして超越論的観念論」であり、ついに「明暗双双」なのである。五高教授の頃の『人生』は、この壮大な論理展開の萌芽を抱懐しつつもなお、来るべき新たな時代の小説の姿を遙か遠くに希求するのみである。だからこの論説の末尾は、胸中に鬱積する「不可思議のもの」のおぼろげな輪郭を、ただ呆然とながめて詠嘆するしかない。

不測の変外界に起り、思ひがけぬ心は心の底より出で来る、容赦なく且乱暴に出て来る海嘯と震災は、啻《ただ》に三陸と濃尾に起るのみにあらず、(10)亦《また》自家三寸の丹田《たんでん》中にあり、剣呑なる哉、（同、一五頁）

松山で二年前に子規と集中的に句作して以来、漱石の制作熱はかなりの高まりを見せている。俳人漱石の名も『ホトトギス』で世に広まりつつある。ゆえに『人生』の詩学にしてもたんに文学理論上の仮説にとどまらず、俳句の実作のうちに体感された文学の不可思議を、すでにリアルに告げていたはずである。漱石はそういう芸術制作の実質を道連れにして単身外国へ渡り、広く洋の東西の言語《ラング》をこえて「文学とは何か」を問うたのである。

第七節　職業作家漱石の始動

そして決意の帰国後に、いよいよ小説の制作に乗り出して、自分の十年前の人生を回顧する。大学を卒業して「蛇の穴籠りと同様の体《てい》で十年余をくらし」、いまようやくにして「世の中」で「何か成し得る様な状況に向つた」のだと語る狩野宛私信は、すでに「大乗的」にして「世間的」の双眼反転光学を披歴して、それ自身が本質的に文学的である。しかも漱石は帰国直前に子規の訃報に接している。子規のいない東京に「帰つて来て」、彼の遺した『ホトトギス』で文壇に「地位」を得た漱石は、一個の文学者として現世に生還しつつある。だから彼は京都招聘を固辞して書く。

尤も煎じつめればどうでもよいのだからこつちで免職になれば自殺する前に京都へ行く、京都でいけなければ北海道でも満州へでも行く。要は臨機応変拘泥してはいけない。臨機応変の極腹を切つて死ぬかもしれない。夫でも構わないが、先づ今の状況なら京都行きは御免だ。

然し近来の様に刺激が多くて神経が衰弱して眠く許りなつては大事業も駄目らしいから、来年の春頃になつたら金をこしらへて二週間許り京都へでも遊びに行きたいと思つてゐる。是も臨機応変だからどうなるか分らない。　以上（二十二巻、五九七頁）

かつての厭世病の「愚痴」は、完全に影をひそめている。ゆえに「自殺」の二文字にしても、若年の頃の危うさをすでに悠悠と乗り越えている。そして武士の腹切りのごとく決死懸命の覚悟で、これからの文学的な生に立ち向かう声が「丹田」からひびいてくる。かくして漱石は、明治四十年の春に大学を辞職する。[11] そして朝日新聞に入社して、まずは「京都へでも遊びに行」くのである。

とはいえ、現実逃避の前半生の長旅から帰還した人の京都は、神経を鎮めて「こつちで」闘い抜くための余裕の遊び場である。三月二十八日の夕刻、七条停車場に着いた漱石は、無為の「居士」（十二巻、七一頁）こと菅虎雄と、狩野の出迎えをうけ、[12] 菅の寄寓する狩野の家に四月十一日まで逗留した。この「二週間許り」の京都滞在中に、漱石は『京に着ける夕』を執筆した。子規と同じく「新聞屋」（同、七五‐六頁）となった漱石の初仕事であり、これは四月九、十、十一日の三回にわけて、大阪朝日だけに掲載された。その背景には人気作家の電撃入社をめぐる、東京と大阪の社内軋轢があったらしい。それはともかく、この随想は「十五六年の昔」「正岡子規と一所」に見た「赤いぜんざいの大提灯」に言及して、いまは亡き友のことをしきりに「思ひ出す」。

――あゝ、子規は死んで仕舞つた。糸瓜の如く干枯びて死んで仕舞つた。――（同、七三頁）

職業作家漱石の文学は、この世の生と死のあわいを双双とつなぐ言語活動の、不可思議の根源の場所からの展開として始動する。

その折りの狩野や菅や高浜虚子との京都見物は、『虞美人草』の本文にも生かされた。入社第一作となる小説は五月二十八日に「予告」され、『文芸の哲学的基礎』の新聞連載が完結した六月四日に起稿。『虞美人草』第一回は、六月二十三日に大阪・東京の朝日新聞に掲載され、当時としては斬新な題字カットがほぼ週替わりペースで約二十点、東西別々にほどこされた。(13) 漱石は「セツパ詰まつた」「余裕のない」人間の状況を、文学的かつ哲学的に、余裕をもって反省する。この小説の表層言語は、「世間的」な人間模様を活写する。しかしテクストの語りの根柢では、すべてを「大乗的」に見つめる詩人の眼の鍛錬が始まっている。「世間的」にして「大乗的」、もしくは「経験的実在論にして超越論的観念論」。それは青年期以来の長い厭世の大波を乗り越えるべく、小説家として現実社会に復帰した人が、不断の帰還先たるこの俗塵の世で、言語活動的に「喧嘩」しながら生きつづけるのに不可欠の、現存在格闘《ダーザイン・カンプフ》の方法だったのである。

だからあの最晩年の「明暗双双」の手紙でも、漱石は「無暗《むやみ》にあせつては不可《いけ》ません。たゞ牛のやうに図々しく進んで行くのが大事です」(二十四巻、五五五頁)と、次代の小説家たちに「余裕」をうながすのである。そして「則天去私」の座右銘に関連した、死去一ヵ月前の小宮豊隆宛書簡でも、「もつと人間に余裕を作るのです。無暗《むやみ》に反応を呈しないのです。さうして楽になるのです」(同、五八四頁)と書くのである。余裕のない「世間的」の人生を、余裕をもって生きぬいて、余裕をもって書きつづけてゆく。そういう創作家の態度、人間の生き方の維持獲得に向けて、明暗双双の往還反復の詩学方法論が始動する。

漱石の真意は、しかし古参の門下生には伝わることなく、あの神話化が招き寄せられ、その詩学と文学の正確な理解は妨げられてしまう。同じ言葉は若い芥川には辛うじて伝わったのかもしれないが、彼の危うげな身心の骨髄にまで浸透するにはいたらずに、やはり空しく終わってしまう。人がこの世に真面目に生きること、とりわけつねに新たに文学的に生きつづけていくことは、そのように「剣呑なる」事態なのである。だから漱石は朝日入社時も『道草』の執筆前も、みずからすすんで京都で遊ぶのである。そしてふたたび、東京の書斎の文机の前に帰って来たのである。

注

（1）いわずもがなのことだが、テクストをどう書き起こすかは、そこに開かれる文章世界の彩りと趣きを決める重大要件である。それはちょうど連歌や連句の発句にも通じており、子規の俳句革命にすすんで参画した漱石において、この類比の意味合いは大きかったものと推察される。この件に深く関連して、明治四十三年の『門』執筆の頃のものと思しき断片は言う。「○創作の depth は其内容のまとまりにあり。一句ニまとまるにあり。人生ヲ道破セル一句にまとまるにあり。／故ニまとまる様に書いてなければならず、又まとまる様に読まねばならず／故に創作家ノ philosophy ノ必要なる程度に於テ読者ノ philosophy も必要なり。／一句にまとまらずして、此一句の力を冥々に感得する事あり。此時読者ハたゞ詠嘆ス。たゞ之を道破セルものは批評家なり／始めから一句にまとまらずして展開的のものあり、此時ノ面白味は平面也故ニ depth ヲナサズ／其他ノ意味ニ於テまとまらぬものは愚作なり」（二十巻、一八二頁）。

（2）物語りが始まったばかりの、あの帰還のモチーフを長く鳴り響かせている場面でも、テクストは健三の仕事ぶりについてこう述べている。「健三は実際其日々の仕事に追はれてゐた。家《うち》へ帰つてからも気楽に使へる時間は少しもなかつた。其上彼は自分の読みたいものを読んだり、書きたい事を書いたり、考へたい問題を考へたりしたがつた。それで彼の心は殆んど余裕といふものを知らなかつた。彼は始終机の前にこびり着いてゐた」（十巻、八頁）。この余裕のなさが、たんに大学の仕事の忙しさだけから来るのではなく、むしろ始終「忙がしがつてゐる」健三の心のありかたに起因することは、前後の文脈からして明らかである。

（3）先に引いたテクストの直後の段落は、以下のように始まっている。「書いたものを金に換へる段になつて、彼は大した困難にも遭遇せずに済んだ。たゞ何んな手続きでそれを島田に渡して好いか一寸迷つた」（十巻、三一三頁）と。健三の芸術制作の熱度を急激に冷ますかのような、日常の「金」と係累の容易に片付かない現実の諸事。こういう理不尽なまでの対照を淡々と配置する小説の語りの出現こそが、じつは最も重大な事件なのである。

（4）狩野亮吉（一八六五‐一九四二年）は、明治二十一年に帝国大学理科大学数学科を卒業後、二十二年九月に文科大学哲学科二年に編入、漱石が英文学科に入学した明治二十三年九月には、三年に在籍した。このとき狩野と同学年には同じ哲学科に小屋（のちに大塚）保治（一八六八‐一九三一年）、独逸文学科に藤代禎輔（一八六八‐一九二七年）と菅虎雄（一八六四‐一九四三年）がいた。当時の文科大学は「三学年合わせても三十人足らず」（原武哲、四一頁）である。共通講義も多く、教室や寄宿舎等でしばしば顔を合わせていたにちがいない。ただし漱石がこれら先輩たちと親しく交わりはじめるのは数年後のことである。大学院に進んだ狩野は二十五年に金沢の第四高等中学校に赴任、翌年夏にこれを辞すべく後任探しに東京へ戻り、漱石との親しいつき合いもこの頃からのことと推定される（二十二巻、五九‐六一頁、『夏目漱石研究年表』、一四九‐五〇頁、参照）。狩野は二十七年四月に同校を辞職、数年間は無職だったが、熊本の漱石の誘いにより、三十一年一月に五高教授兼教頭、同年十一月には第一高等学校校長となる。帰国後の漱石に東京帝国大学と一高の職を世話してくれたことは、後に引く書簡本文からも読みとれる。狩野は三十九年当時、新設の京都帝国大学文科大学の教授および初代学長として開設準備に奔走し、漱石にも赴任を依頼した。しかし狩野は四十一年十月に退官し、東京で古書売買や書画鑑定に勤しむようになる。

（5）そしてさらには『草枕』（『新小説』九月号）から『二百十日』（『中央公論』十月号）をへて、これから『野分』（『ホトトギス』一月号）に向かおうとする、この時期の創作の根本気分とも深く通い合う。「白井道也は文学者である。八年前大学を卒業してから田舎の中学を二三箇所流して歩いた末、去年の春飄然と東京へ戻つて来た」（三巻、二六一頁）。道也先生は健三と同じ帰還者であり、帰還当時の漱石をより生々しく代弁する分身である。「社会は修羅場である。文明の社会は血を見ぬ修羅場である。四十年前の志士は生死の間に出入して維新の大業を成就した。諸君の冒すべき危険は彼等の危険より恐ろしいかも知れぬ。血を見ぬ修羅場は砲声剣光の修羅場よりも、より深刻に、より悲惨である。諸君は覚悟をせねばならぬ、勤王の志士以上の覚悟をせねばならぬ。斃るゝ覚悟をせねばならぬ。太平の天地だと安心して、拱手して成功を冀《こいねが》ふ輩は、行くべき道に躓いて非業に死したる失敗の児よりも、人間の価値は遥かに乏しいのである。／諸君は道を行かんが為めに、道を遮ぎるものを追はねばならん。彼等と戦ふときに始めて、わが生涯の内生命に、勤王の諸士が敢てしたる以上の煩悶と辛惨とを見出し得るのである」（三巻、四三三‐四頁）。ここに言う「内生命」の文字に、北村透谷『内部生命論』（『文学界』明治二十六年五月）が深く反響しているのは見易いところであり、ゆえに道也の演説は、十年前に縊死した文学者と、諸方を転々と「流して歩いた」漱石との道行きを反芻し、今新たに「社会」の「修羅場」への帰還をみずから「覚悟」する。しかも同じ時期に「戻つて来た」島崎藤村の『破戒』（明治三十九年三月、自費出版）ともどこかが違う、もっと厳しいリアリズム文学の道を、密かに模索しているのである（石井、一九九三年①、参照）。

（6）漱石の二男は、当時の父の病的な醜態を述懐する。「その瞬間、私は突然怖ろしい父の怒號を耳にした。が、はつとした時には、私は既に父の一撃を割れるやうに頭にくらつて、濕つた地面の上に打倒れてゐた。その私を、父は下駄ばきの儘で踏む、蹴る、頭といはず足といはず、手に持つたステッキを滅茶苦茶に振廻して、私の全身へ打ちおろす」（夏目伸六、一九五六年、一八頁）。

（7）『鶏頭』序は、この点でなお見通しの甘さを残す。テクストは最終盤、「どうしても生死を脱離し得ぬ煩悩底」から一転して、「生死の関門を打破して二者を眼中に置かぬ人生観」としての「俳味禅味の論」（十六巻、一五七‐八頁）を持ち出してくる。「余は禅と云ふものを知らない」と断りつつも、テクストは十数年前の鎌倉参禅を回顧して説き進む。「着《ちゃく》衣《い》喫飯《きつぱん》の主人公たる我《われ》は何物ぞと考へ〳〵て煎じ詰めてくると、仕舞には、自分と世界との障壁がなくなつて天地が一枚で出来た様な虚霊皎潔《きょれいこうけつ》な心持ちになる。それでも構はず元来吾輩は何だと考へて行くと、もう絶体絶命。につちもさつちも行かなくなる、其処を無理にぐい〳〵考へると突然と爆発して自分が判然と分る。分るとかうなる。元来自分は生れたのでもなかつた。又死ぬものでもなかつた。増しもせぬ、減りもせぬ何だか訳の分らないものだ」（同、一五八頁）。ここまでのところは辛うじて危うい逸脱を逃れており、しかもテクストはここで見事に改行している。しかしそこからはやや弛緩して、以下の現象と本体の二世界論的な形而上学へ流れていく。「しばらく彼等の云ふ事を事実として見ると、所謂《いはゆる》生死《しやうし》の現象は夢の様なものである。生きて居たとて、夢である。死んだとて夢である。生死とも夢である以上は生死《しやうし》界中《かいちう》に起る問題は如何に重要な問題でも如何に痛切な問題でも夢の様な問題以上には登らぬ訳である。従つて生死界中にあつて尤も意味の深い、尤も第一義なる問題は悉く其光輝を失つてくる。殺されても怖くなくなる。金を貰つても難有《ありがた》くなくなる。辱しめられても恥と思はなくなる。と云ふものは凡て是等の現象界の奥に自己の本体はあつて、此流俗と浮沈するのは徹底に浮沈するのではない。しばらく冗談半分に浮沈して居るのである」と。かくしてこのテクストは、「現象界」の奥にイデア的「本体」世界の「立ち退《の》き場」（同、一五八‐九頁）を設定する。ただしここで漱石は、「彼等」の「所謂禅味と云ふものを解釈」（同、一五九頁）しただけだと明瞭かつ慎重に断っている。漱石というテクストは、まさにこの批判的な視点により「明暗双双」の世界反転光学の方角へ思索を軌道修正できたのである。

（8）菅虎雄は明治二十一年以降、北条時敬《ときゆき》（のちに金沢の西田幾多郎の師となる数学者）らと同じ時期に、鎌倉円覚寺の今北洪川《こうせん》の「会下《えか》」（十二巻、七五頁）に参禅。二十二年四月に「無為」の居士号を授かる。洪川没後は若くして釈宗演が円覚寺管長となり、菅は漱石を彼のもとに送り出す。菅は明治二十八年夏から五高に勤め、漱石を松山から呼びよせる。しかし菅は肺結核のため三十年夏に五高を辞め、三十一年九月からは一高で独逸語嘱託、三十五年九月に同校教授となる。三十六年一月に漱石が帰国した折には、「親切」かつ「猛烈」に家探しと家財調達を手伝ってくれた（十巻、一七六‐七および二二七頁、参照）。

（9）桶谷秀昭はここに、「『造化（ネイチュア）は人間を支配す、しかれども人間は造化を支配』するといい、『畢竟するにインスピレーシヨンとは宇宙の精神即ち神なるものよりして、人間精神即ち内部の生命なるものに対する一種の感応』（『内部生命論』）といった透谷との、精神的類縁関係はあきらかである」（樋谷、二〇九頁）と指摘する。拙稿はさらに西田幾多郎との同時代的な「類縁関係」も考慮に入れつつ、しかもそこに胚胎する微妙かつ根本的な差異、とりわけ「宇宙の精神即ち神なるもの」という言葉への、漱石的な距離感を確認したいと思う。

（10）二〇一一（平成二十三）年三月十一日の、東日本大地震と大津波の言語を絶した災害と、遅々として進まぬ復興と、原子力発電の是非をめぐる社会的迷走とに深く想いを致して注記しておくならば、このテクストが言及する三陸地震は一八九六（明治二十九）年六月十五日の夕刻に発生し、これによる大津波は海抜三八メートル地点まで遡上した。そして濃尾地震はその五年前、一八九一（明治二十四）年十月二十八日に発生した、直下型の最大級である。

（11）大学は漱石と懇意の大塚保治を介して、三月五日に英文学講座担当教授就任の相談をもちかけた。漱石は返答を保留、三月十五日に朝日入社を決意する。三月二十日付で第一高等学校の英語講師を依願退職、二十五日には東京帝国大学総長浜尾新宛に「講師退職願」を書く。そして二十八日朝に新橋を発ち、同日夕刻京都着。『東京朝日新聞』は四月一日の社告に「近々我國文學上の一明星が其本來の軌道を廻轉し來りていよ〳〵本社の分野に宿り候事と相成居り候」と報知したうえで、早くも翌二日には「新入社は夏目漱石君」と明かしてみせた。そして四日の『大阪朝日新聞』は第一面一段に、漱石の「入社」を告知した。漱石は四月十二日朝に帰京。二十日に東京美術学校で『文芸の哲学的基礎』を講演。東京帝国大学が漱石の「講師嘱託ヲ解ク」辞令を公式に発したのは、四月二十二日のことである（『漱石研究年表』、四四三‐五頁）。

（12）菅は明治三十五年五月から約三ヵ年、南京の師範学校に勤め、帰国後しばらくして四十年一月からは第三高等学校教授となっていた。菅はしかし同年九月には一高教授として東京に戻ってくる。南京仕込みの菅は書の道にも造詣が深く、漱石はしばしば相談をもちかけた。漱石の『文学評論』や『社会と自分』の題字も、早稲田南町の家の門札も、墓碑銘も修善寺詩碑も、みんな菅の筆によるものである。ちなみに芥川龍之介は、漱石最晩年の門下生となる以前、一高で菅にドイツ語を習っていた。とりわけ大正二年秋に東京帝国大学英文科に進んで以降、芥川の菅への親炙の度は増してゆき、法帖拓本の趣味もその導きによるものと推察される（原武哲『夏目漱石と菅虎雄』、参照）。

（13）そのカット（『夏目漱石遺墨集別冊』、五〇‐一頁）は、名取春仙によるものとも（同、七一頁）、橋口五葉によるものともいわれている（『漱石研究年表』、四四九頁）。

第六章　微笑する語りの視座――天然自然の論理

第一節　『硝子戸の中』末尾の微笑

小説の冒頭に置かれたある男の帰還。それは帰国当時の漱石において、いったいなにを意味していたのか。そのときの彼はどういう場所から「帰《かへ》つて来《き》」たのか。そういう作家誕生の経緯については、以上でおおむね確認できただろう。彼は現実逃避の前半生から心機一転、決意をもって人の世に帰ってきた。そしてこのときすでに、「世間的」と「大乗的」の双眼反転光学を始動させていた。では十年後に『道草』を書く人はどうなのか。彼はいま、そのつどつねに新たに「遠い所から帰つて来て」、過去を双双と想起しつつ語っている。そのときの「遠い所」とは、いかなる場所か。そしてそこからの帰還の視座は、小説の制作のうえで何を意味しているのか。その往還反転光学の詩学を、いますこし細かくさぐりたい。

まずは『道草』にさきだつ創作の場所から確認しておこう。彼は春の京都の遊びと病臥から、いつもの書斎に帰って来た。このとき作家はいかなる執筆の状況から、小説の場所へ戻って来たか。何を課題として京都に出かけ、この原稿紙の前に帰って来たのか。肝腎の部分だけでも精確に把握するために、直前の随筆に注目しよう。漱石はこの年のはじめから『硝子戸の中』を執筆し、全三十九回を朝日新聞に連載した。その最終回はこう締め括られている。

まだ鶯が庭で時々鳴《な》く。春風《はるかぜ》が折々思ひ出したやうに九花蘭《きうからん》の葉を揺《うご》かす。猫が何処《どこ》かで痛《いた》く噛《か》まれた米噛《こめかみ》を日に曝《さら》して、あたたかさうに眠《ねむ》つてゐる。先刻《さつき》迄《まで》庭で護謨《ごむ》風船を揚《あ》げて騒いでゐた小供連は、みんな連れ立《だ》つて活動写真へ行つてしまつた。家《いへ》も心《こゝろ》もひつそりとしたうちに、私は硝子戸《ど》を開け放《はな》つて、静かな春の光《ひかり》のなかで、恍惚と此稿を書き終るのである。さうした後《あと》で、私は一寸肱《ちよつとひじ》を曲げて、此縁側《このえんがは》に一眠《ひとねむ》り眠《ねむ》る積《つもり》である。（十二巻、六一六頁）

これはまさに今ここで原稿を書く人の、制作行為《エクリチュール》の実況中継である。この原稿用紙の末尾には、「（終《をはり》。二月十四日）」（同、八〇一頁）と記されている。『硝子戸の中』は昔の自分と周囲の出来事を想起した随筆であるが、過去をあれこれと回顧したテクストは、語り手の現在を内省して幕をとじる。過去と現在のあわいを浮遊した想起の語りは、最後に自己の現在ただいまに帰って来る。「さうした後《あと》で、私は一寸肱《ちよつとひじ》を曲げて、此縁側《このえんがは》に一眠《ひとねむ》り眠《ねむ》る積《つもり》である」。随筆末尾に付記された来るべき「一眠《ひとねむ》り」は、早春の日曜の穏やかなまどろみへの誘いとともに、遠からぬ作者の死を暗示しているかのようである。(1) 過去と現在の間を想起の糸でつなぎ、数々の思い出をつむぐ言葉でわれわれを結びつけた文学の語りは、まさに生と死のあわいを漂いはじめている。その「ひつそりとした」心境の意味をさぐるためにも、さらに直前の三段落を一字も漏らさず引かねばならない。

軽い風《かぜ》が時々鉢植の九花蘭《きうからん》の長い葉《は》を動《うご》かしにきた。庭木《にはき》の中《なか》で鶯が折々下手な囀《さへづ》りを聴《き》かせた。毎日硝子戸の中《なか》に坐《すわ》つてゐた私は、まだ冬だ冬だと思つてゐるうちに、春《はる》は何時《いつ》しか私の心を蕩《とう》揺し始めたのである。

私の冥想は何時迄《まで》坐《すわ》つてゐても結《けつ》晶しなかつた。筆をとつて書《か》かうとすれば、書く種《たね》は無尽蔵にあるやうな心持《もち》もするし、彼《あれ》にしやうか、是《これ》にしやうかと迷《まよ》ひ出すと、もう何《なに》を書《か》いても詰《つま》らないのだといふ呑気な考も起《おこ》つてきた。しばらく其所《そこ》で佇《たゝず》んでゐるうちに、今度《こんど》は今迄書《か》いた事《こと》が全く無意味のやうに思はれ出した。何故《なぜ》あんなものを書いたのだらうといふ矛盾が私を嘲弄し始めた。有難《ありがた》い事《こと》に私の神経は静《しづ》まつてゐた。此嘲弄の上《うへ》に乗《の》つてふわ〳〵と高《たか》い冥想の領分に上《のぼ》つ

> て行くのが自分には大変な愉快になつた。自分の馬鹿な性質を、雲《くも》の上《うへ》から見下《みおろ》して笑《わら》ひたくなつた私は、自分で自分を軽蔑する気分に揺《ゆ》られながら、揺籃《らん》の中《なか》で眠《ねむ》る小供に過《す》ぎない。
> 　私は今迄他《ひと》の事《こと》と私の事《こと》をごちや〳〵に書《か》いた。他《ひと》の事《こと》を書くときには、成る可《べ》く相手の迷惑にならないやうにとの掛念があつた。私の身の上を語《かた》る時分には、却つて比較的自由な空気の中《なか》に呼吸する事《こと》が出来《き》た。それでも私はまだ私に対《たい》して全く色気《いろけ》を取り除き得る程度《ど》に達《たつ》してゐなかつた。嘘《うそ》を吐《つ》いて世間《せけん》を欺《あざむ》く程の衒《げん》気がないにしても、もつと卑《いや》しい所《ところ》、もつと悪《わる》い所《ところ》、もつと面目を失《しつ》するやうな自分の欠点を、つい発表しずに仕舞つた。聖オーガストの懺悔、ルソーの懺悔、オピアムイーターの懺悔、――それをいくら辿つて行つても、本当の事実は人間《にんげん》の力《ちから》で叙述出来る筈《はず》がないと誰《だれ》かゞ云つた事《こと》がある。況《ま》して私の書いたものは懺悔ではない。私の罪《つみ》は、――もしそれを罪《つみ》と云ひ得《う》るならば、――頗《すこ》ぶる明《あか》るい側《がわ》からばかり写《うつ》されてゐただらう。其所《そこ》にある人《ひと》は一種の不快を感ずるかも知れない。然し私自身は今《いま》其不快の上《うへ》に跨《また》がつて、一般の人類をひろく見渡しながら微笑してゐるのである。今迄詰《つま》らない事《こと》を書《か》いた自分をも、同じ眼《め》で見渡して、恰《あたか》もそれが他人であつたかの感《かん》を抱《いだ》きつゝ、矢張り微《び》笑してゐるのである。（同、六一五－六頁）

早い「春《はる》」の到来をつげる「軽い風《かぜ》」が「何時《いつ》しか私の心を蕩《とう》揺し始めた」。「有難《ありがた》い事《こと》に私の神経は静《しづ》まつて」いて、「ふわ〳〵と高《たか》い冥想の領分に上《のぼ》つて行く」のが「愉快」である。『三四郎』の「ふわ〳〵」と「ふわつき出した」「魂」の危うさとは質を異にした軽快な心持ちで、すべてを「雲《くも》の上《うへ》から見下《みおろ》して笑《わら》ひたくなつた私は」、まるで「揺籃《らん》の中《なか》で眠《ねむ》る小供」のように「比較的自由な空気の中《なか》に呼吸する事《こと》が出来《き》」ている。そして「私自身は今《いま》」「一般の人類をひろく見渡しながら微笑してゐる」のである。

　そういう穏やかなテクストの生地の全体が、「全く無意味」「矛盾」「嘲弄」「馬鹿」「軽蔑」「私の罪《つみ》」という一連の否定的な語群を、じつに「呑気」に「あたたか」く包みこむ。そして「今迄詰《つま》らない事《こと》を書《か》いた自分をも、同じ眼《め》で見渡して、恰《あたか》もそれが他人であつたかの感《かん》を抱《いだ》きつゝ、矢張り微《び》笑してゐる」。テクストの語りは実在の語り手個人を穏やかに包みこみ、「静かな春の光《ひかり》のなかで、恍惚と」して「終わる」のである。漱石文学の方法論上、重要な事柄のすべてがここに簡潔に書きとめられている。しかもこの一節は数ヵ月後の『道草』との関連で、しばしば引かれるテクストである。

ゆえに引用はここでも法外に長くならざるをえなかった。しかしこれは漱石の筆の巧みの「罪」でもある。この引用の所業を活かすためにも、ここにできるだけ丁寧に低徊して事柄の深層に迫りたい。現下の懸案事項は『道草』の「遠い所」と、随筆末尾の「微笑」の関係であり、それが示唆する文学の新たな語りの方角である。『行人』や『心』までの激しい趣きとは、やはりどこかがまったく違う『道草』から『明暗』への、不思議なリアリズムの方向性をさぐりたい。

第二節　人生の事実性へのまなざし

事実とは何か。実在的《リアル》とはいかなることか。じっさいの出来事を個別具体的に、ありのままに客観的に書けばリアリズムなのか。その場合に「客観的」とはいかなることで、「ありのまま」とはいかなる事態なのか。(2)事実をありありと見ることは、いかにして可能か。とりわけ自分自身に深くかかわる事柄を、いっさいの主観《わたくし》をまじえずに見るなどということが、人間の眼と口と筆にできるのか。むしろなんであれ「本当の事実は人間《にんげん》の力《ちから》で叙述出来る筈《はづ》がない」のではないか。一連の認識批判の問いかけは、自伝的な小説の実作に向かうにあたり、不可避・不可欠・枢要のものである。その問いがここで随筆を書く「私」をめぐり打ち立てられている。ゆえにこれ以後の小説本文も、「事実」「真実」「論理」の複雑な綾模様を巧みに配し織りあげられてゆく。

健三は細君の言葉の奥に果してどの位な真実が潜んでゐるだらうかと反省して見るよりも、すぐ頭の力で彼女を抑えつけたがる男であつた。事実の問題を離れて、単に論理の上から行くと、細君の方が此場合も負けであつた。……〔中略〕……然しそうした論理は決して細君の心を服するに足りなかつた。……〔中略〕……彼は論理の権威で自己を佯《いつわ》つてゐる事には丸で気が付かなかつた。学問の力で鍛へ上げた彼の頭から見ると、この明白な論理に心底から大人しく従ひ得ない細君は、全くの解《わか》らずやに違なかつた。（十巻、三〇－一頁）

事実とは何かの答えが、ここにあるわけではない。しかし「真実」と「言葉」の繋がりや、「事実」と「論理《ロジック》」（同、六二、二一六、三〇三、三一六頁）の乖離を手がかりにして、「事実」の本質への問いを問うテクストの語りがここにある。自分の「もつと卑《いや》しい所《ところ》、もつと悪《わる》い所《ところ》、もつと面目を失《しつ》するやうな自分の欠点を」えぐり出すことが、漱石詩学晩年の不可避の課題である。そしてこの人間的・実存的な重苦しい主題と不可分に絡まりあいながら、「事実」への問いが具体的に容赦なく深まってゆく。

　事実とは何か、実在とは何か、そもそも「ある」とはいかなる事態であり、物とは何であり、人間とは何者なのか。そういう哲学的で一般《ジェネラル》的な問題は、「御前《まへ》の御父《おとつ》ッさんは誰《だれ》だい」、「ぢや御前の御母《おつか》さんは」、「ぢや御前《まへ》の本当の御父《おとつ》ッさんと御母《おつか》さんは」といった養父母の執拗な「質問」の想起（十巻、二二二－三頁）を端緒にして、健三一個の生存《エクジステンツ》の根を問いつめる具体の言葉と、縦横無尽に撚り合わされる。しかもその問いの「セッパ詰まった」「不安」な旋律は、「己《おれ》自身は必竟何《ど》うなるのだらう」（同、二二一頁）、「必竟何《ど》うするんだらう」（同、二四七頁）、「今《いま》に何《ど》んなになるだらう」、「今《いま》に何《ど》うするだらう」（同、二五三頁）という、一連の孤独な――とはいえ近代の現実社会において広範な――煩悶をへて、「然し今の自分は何《ど》うして出来上《できあが》つたのだらう」、「過去が何《ど》うして此現在に発展して来《き》たか」（同、二八一頁）、「御前《まへ》は必竟何《なに》をしに世の中《なか》に生《うま》れて来《き》たのだ」（同、二九八頁）という、人間「一般」の存在意義への糾問にきわどく変奏されてゆく。

第三節　微笑の視座の公的開放性

人間の事柄の本質をどこまでも徹底的に問う。この真面目な哲学の姿勢に、漱石文学のつねに変わらぬ新しさがある。表面的な新奇さをひけらかす文壇の風潮を嫌う静かな気概を感じ取りつつ、今なによりも注目したいのは、『道草』の生存の事実性に向かって行く直前の、随筆の「今《いま》」の縹緲たる広い視座である。そして自分の「矛盾」と「罪」と「不快」を「愉快」に「微笑」して見た、テクストの「眼《め》」の意味するところである。

同じ語り手は、かつて世界の片隅の「座敷牢」に閉じ籠り、独り文机にかじりつき、そこから必死に抜け出そうともがいていた。それがいまでは「冬」から「春」への季節の推移につき随って、みずから「机を縁側に持ち出し」て坐り、「硝子戸を開け放つて」「一般の人類をひろく見渡しながら微笑してゐる」。彼はもはや俗塵を離れた遠い世界へと逃げこもうとする人ではない。その種の「遠い所」とは決定的に違う遙かに遠い場所から、この世の現実へ帰還して、それぞれの物の近みに静かにたたずんで、人間世界を「ひろく見渡しながら微笑」する。そうすることで彼は真正近代の公的開放的《オエフエントリヒ》な作家となる。かかる漱石文学の視座の遠い広がりは、いったいどこから到来するのか。その点をぜひとも探りだしてみたいのである。

それというのもこの視座の広がりこそが、この私《わたくし》の人生に「触れる」「余裕のない」重苦しい主題を、双双と「余裕のある」公的な態度で語る方法に結実するものなのだと、かなりの確度で推測されるからである。それぞれの物の傍らに寄り添うテクストの語りは、人と人との関係のただなかへ「自由」に帰還してゆく。[3]『道草』はおおむね健三を視点人物として、「彼」に焦点化しつつ人間関係を遍歴しているが、とりたてて健三や「今の自分」に肩入れするわけではない。この小説は「他《ひと》の事《こと》と私の事《こと》をごちゃ〳〵に書《か》いた」随想のデッサンを整えて、自分を軸とする人間関係の折り重なりのうちに、過去の出来事を不思議な濃彩で語り直したものである。そのほろ苦い想起の叙述を再開するにあたり、文学の方法論上の最重要課題は、「私に対《たい》して全く色気《いろけ》を取り除き得る程度《ど》に達《たつ》し」えた視座の十全なる会得にある。

ゆえに『道草』はたんに健三の淋しさだけでなく、「面と向《むか》つて夫としつくり融《と》け合ふ事の出来ない」お住の淋しさと屈託も公平的確に描きだす。赤子と「彼女との間《あひだ》には、理窟の壁《かべ》も分別の牆《かき》もなかつた。自分の触れるものが取《とり》も直《なほ》さず自分のやうな気がした。彼女は温《あたゝ》かい心《こゝろ》を赤ん坊の上に吐《は》き掛《か》けるために、唇を着《つ》けて所嫌はず接吻した」。彼女の束の間の満足も、こうして美しく表出されている。これと同じ母子の「接吻」は間近にせまった小説掉尾でも駄目を押すように反復され、読む人の心中に清かな「微笑」を誘っている。しかしながらかなり冷めた健三の「公平な眼《め》から見る」ときには、赤子は「章魚《たこ》のやうにぐにや〱してゐる肉《にく》の塊《かたまり》」でしかなく、「何《ど》うしても一個の怪物であつた」（十巻、二八五頁）のである。ここでのテクストの迂言法は健三視点に固着して、母子の自然な関係からは遠く疎外された私《わたくし》一個の拘泥を容赦なく写しだす。そして小説は全体として、そういう健三個人の淋しい幼少期の生存の有り様と、眼前の微笑ましい母子愛着との鋭い対照を理不尽なまでの距離感で描出する。

そうした小説家の巧みな語りは、どのようにして可能となったのか。そこにどれほどの苦心惨憺が待ち受けていたか。その点についてはただ、この作家の熟練した力量と事柄そのものの困難を想像するしかない。ともかくも漱石は、そういう語りの「呼吸」を『硝子戸の中』と『道草』の実作で身につけた。そして次の『明暗』では、ふたたび本格的な創作《フィクション》に立ち返る。「自分」の事柄への執着をついに文学的に克服し、主要視点人物を津田とお延の二人に双数化した漱石最後の新たな物語りは、我執の人間関係のよりいっそう複雑な絡まりあいを写しだす。硝子戸の内側でずっと希求されてきて、随筆の結びで戸を開け放ち、この世を見渡して「微笑」した「眼」は、京都から帰還後の『道草』の執筆をへて、『明暗』の双双たる語りにつながってゆく。

この最期の創作態度が「則天去私」と表現されたとき、後半二文字の意味するところはすでに明らかである。「一般の人類をひろく見渡しながら微笑」する視座。「今迄詰《つま》らない事《こと》を書《か》いた自分をも、同じ眼《め》で見渡して、恰《あたか》もそれが他人であつたかの感《かん》を抱《いだ》きつゝ、矢張り微《び》笑してゐる」随筆の語り。この早春の視座の広がりは「公平無私」という周知の言葉を手引きにすれば、翌年晩秋の「去私」へと容易に接続することができる。とはいえそれをまったく同じと見るのも粗雑にすぎる。『硝子戸の中』末尾の「微笑」の視座と、日々の『明暗』を「双双」とつづる「去私」の態度は、たしかに不可分につながっている。[4] しかしそのあいだには、『道草』の実作による方法鍛練が不可欠だったのだ。じっさいのところ私《わたくし》の事実をみずから公平無私に語るのは、それ自体が一個の「矛盾」である。この障碍を一語一句の上に乗り越えるには、それ相当の苦心惨憺があったにちがいない。この困難な仕事の積み重ねの意味は、やはり見すごしにされてはならないのである。

他方でしかし最晩年の「則天去私」の語に結実するものが、『硝子戸の中』のころに初めて芽生えたとするのも性急にすぎる。あるいはそういう安直な見立てから、漱石晩年の「心境」を宗教的な「悟入」「悟達」へと神話化する怪しい批評も生まれてくる。ともかく、あの文章座右銘の公開にむかう視座反転の萌芽の出現は、それよりもずっと以前の何気ない日常にある。しかもそれは『道草』のテクストのうえで自主申告されている。

> さう思ふと自分とは大変懸《か》け隔《へだた》つたやうでゐて、其実何処《そのじつどこ》か似通つた所のある此腹違《はらちがひ》の姉《あね》の前《まへ》に、彼は反省を強ひられた。
> 「姉《あね》はたゞ露骨《ろこつ》な丈なんだ。教育の皮《かは》を剝《む》けば己《おれ》だつて大《たい》した変《かは》りはないんだ」
> 平生の彼は教育の力《ちから》を信じ過《す》ぎてゐた。今《いま》の彼は其教育の力《ちから》で何《ど》うする事《こと》も出来《でき》ない野生的な自分の存在を明《あき》らかに認《みと》めた。斯《か》く事実の上に於て突然人間《にんげん》を平等に視《み》た彼は、不断《ふだん》から軽蔑《けいべつ》してゐた姉《あね》にたいして多少極《きま》りの悪《わる》い思《おもひ》をしなければならなかつた。然し姉は何にも気が付《つ》かなかつた。（十巻、二〇四‐五頁）

「事実の上に於て突然人間《にんげん》を平等に視《み》た」。いま注目したいのは、このまなざしの「突然」の出来である。文明化を急ぐ国家権力機構の土俵上で、自分の知的優越を過信する健三の我執の面《つら》の「皮」が、たまさかの「今」、容赦なくはぎとられる。

帰国直後の彼は、わが身に「付着」する「遠《とほ》い国《くに》の臭《にほい》」を「忌《い》んだ」。しかし「其臭《そのにほひ》のうちに潜んでゐる彼の誇りと満足には却《かえ》つて気が付《つ》かなかつた」（同、三頁）。四十路前の壮年男子は、「心の底に異様の熱塊《ねつくわい》があるという自信」をもち、「索寞《さくばく》たる曠野《あらの》の方角へ向けて生活の路を歩いて行きながら、それが却つて本来だとばかり心得てゐた。温かい人間の血を枯らしに行くのだとは決して思はなかつた」。そして自分を「変人扱ひ」する「親類」には、「教育が違《ちが》ふんだから仕方がない」（同、九頁）という侮蔑の言葉を内心に吐いていた。彼は折りにふれて自分の「不人情」を思い知りながら（同、二六五頁）、「何《なに》不人情でも構ふものか」（同、二六八頁）と開きなおってきた。(5) そういう健三にたとえ一瞬なりとも右の「反省」を「強ひ」たのは、まさに「教育の力で何《ど》うする事も出来ない野生的な自分の存在」という「事実」である。ここに「明《あき》らかに認め」ざるをえぬ丸裸の「事実」に直面して、彼は「突然人間を平等に視た」のである。

じつは早々と四節でも、健三は「喘息持《ぜんそくもち》」で「生《うま》れ付《つき》が非常な癇性《かんせう》」で「落付《おちつき》のないガサツな態度」の姉と「対坐する」。そして「是が己の姉なんだからなあ」と「苦い顔」で「述懐」する（同、一一頁）。姉たちの住む「此世界は平生の彼にとつて遠い過去のものであつた」（同、八五頁）。そもそも「昔しこの世界に人《ひと》となつた彼は、その後《ご》自然の力《ちから》でこの世界から独り脱け出してしまつた」（同、八六頁）。そういう健三自身の「平生」の眼には「大変懸《か》け隔《へだた》つたやう」にみえる「姉」も「自分」も、「其実何処《そのじつどこ》か似通つた所」がある。その点に「突然」思い到った彼は、「姉《あね》はたゞ露骨《ろこつ》な丈なんだ。教育の皮《かは》を剝《む》けば己《おれ》だつて大《たい》した変《かは》りはないんだ」という「反省を強ひられた」。ここにあの「大乗的」と「世間的」との双眼反転光学の始動の模様が、さりげなく文学的に語られている。晩年の「去私」につながる反省的思考の閃きが、帰国直後の姉弟の対話場面にまざまざと点描されている。

第四節　漱石文学における自然

しかもこの光学的な出来事を可能にした「事実」には、ある特別の意味が持たされている。「腹違《はらちがひ》」の「姉弟《きやうだい》」に認められた共通性とは、さしあたりはたんに「子供の時分《じぶん》」から「人一倍勝気《ひといちばいかちき》」で「強情」（同、二〇三－四頁）な、自我《わたくし》の「馬鹿な性質」のことである。そして同じ性質は、彼の「教育の力」への過信の底でも隠れてはたらいていたはずである。だからテクストは終盤に近く（九十一節）、「子供心」にも「長い間の修業をして立派な人間になつて世間に出なければならないといふ慾が、もう充分萌《きざ》して」（同、二八〇頁）いた時期に言及する。そして前引の箇所は、この「強情」な「慾」への「極りの悪い」自覚の芽生えを、「野生的な自分の存在」という抽象的な形容句で告知した。「教育の力」にたいし、しぶとく対峙する「野生」の「自然」。「不断」は文明市民的な教養の高みから見下していた「他《ひと》」への「軽蔑」が、この「事実」に直面した「反省」の刹那、自分自身に容赦なくはねかえってくる。(6)

ここまでのところはしかし一皮むけば同じ人間、ともに我を張る「姉弟《きやうだい》」どうしというほどの、ありきたりの話にも流れてゆきかねない。(7)じっさいのところ健三にはその手の可能性もあったのだし、束の間の「反省」は身についた認識になりえていない。だがしかし、そうした過去の一齣を「微笑」しつつ想起するテクストは、(8)「野生的な自分の存在」の一句に重要な意味をこめている。「野生的」とは生まれたままの、生地《きじ》のままの、天然自然ありのままの、というのが辞書的な意味である。そしてとりわけ「教育の力」に逆らう「野生」とは、哲学の伝統では〈理性〉や〈知性〉から区別される〈動物的〉な——食欲や性欲や物欲等の肉の「本能」に密接する——人間の自然本性《ほんせい》を含意する。これは神話的な「則天去私」の気高く清浄な霊性のイメージと真逆の、最底辺最下層の大地的な自然である。「去私」の上昇指示にたいして、いわば「存在」の根元から抗うような人間の我意の源泉ともいうべき煩悩的本性《ほんしょう》である。

「野生」の自然と「則天」の自然。二つの自然は対極にあって、いかにも「大変懸《か》け隔《へだ》った」ものに見えてくる。とはいえこの概念上の対立を論拠として、「野生的な自分の存在」を「則天去私」と無関係とするのも早計である。たしかに「悟入」「悟達」をここに読み込む旧い批評では、「天」の自然は大地の自然から隔絶し、遙か彼方の「絶対」の場所にイメージされてきた。この世の地上的なものからは無関係で没交渉の、どこかとり澄ました絶対的な「天」が仮構され、この迂闊な分別知により肝腎の事柄はとり逃がされる。しかしながらここが決定的に重要なのだが、そうして切り分けられた天と地は、表面的な対極性にもかかわらず、「自然」の事柄としてはむしろ密接不可分に関係しあっている。[9]

すなわちあの「明暗双双」の往還光学の言語論的な反転運動のもとでは、「則天去私」の天空的な自然の語りは、つねに煩悩的な天然の大地へ「帰つて来」なければならぬ。「天に則つて私を去る」という希求のベクトルに乗り、「自分」の「矛盾」や「馬鹿な性質」や「不快」を越え、どこか「遠い所」に上昇して往った文筆の視座は、そのつどの人間的自我の「存在」の事実性の場所へ、みずからおのずと還ってくる。『道草』で試行され『明暗』で発揮されつつあるリアリズムの方法論的な極意は、大地と天空の対極のあわいを自由闊達に往還浮遊する作家日常の自然な言語活動の巧みにある。以上、いまだ素朴な天地往還の比喩にたよるならば、「則天去私」の四文字の意味も、まずはこうした文学的な視座の力動性のもとに理解することができる。とはいえ「自然」そのものは、やはりきわめて多義的な概念である。そして漱石の小説でも「自然」はじつに多彩である。テクストの「自然」の語りと、「明暗双双」たる反転光学の詩学とがどのように交錯するのかを、ここでおおまかなりとも整理しておかなければならない。

たとえば『道草』の「野生的」な「健三の自然」（十巻、二三一頁）の遠い前身というべき、『それから』の代助の「自分の自然」（六巻、二二四頁）、そして代助視点から語られる「自然の制裁」（同、二三一頁）、「自然の情合《あひ》」（同、二三五頁）、「自然の斧」（同、二四二頁）、「自然の児」（同、二五〇頁）、「天の法則」（同、二五一頁）、「自然の事実」（同、三二六頁）という一連の語群[10]は、「人間の拵《こしら》えた凡ての計画」（同、二二四頁）や、「社会的」（同、二四九、二八一頁）な「世間の掟」（同、三二六頁）に鋭く対立して、[11]三千代との「自然の愛」（同、二二五頁）へと、この男を衝き動かしている。しかし代助の身勝手な「哲学《フヒロソフヒー》」（同、二二一、三〇一頁）は、この「愛」が「自然の命ずるが儘」（同、二三五頁）に「直線的に自然の命ずる通り発展」してゆくのを、ただひたすら「天意としか考へられなかつた」（同、二四九頁）のである。

これをテクストは傍らで冷徹に見つめ、人為的な掟と運命的な自然との「ヂレンマ」（同、二二三、二四九頁）や「矛盾」（同、三二六頁）に思い惑う、「理論家《セオリスト》」（同、一九八頁）の論理破綻の展開に耳をかたむける。[12]「今日始めて自然の昔に帰るんだ」。この言葉のうちに代助自身は「純一無雑に平和な生命」と「雲の様な自由と、水の如き自然」を見いだした。しかしテクストは「此一刻の幸《ブリス》」の「夢」の直後、この男が「永久の苦痛」を「卒然として」（同、二七一頁）予覚せざるをえぬ事実を酷薄に告げている。

このような未分化の天然自然――代助視点からする「天命」としての「自然の愛」――をめぐる個我の内的葛藤は、以後の諸作にも引きつがれて、[13]『心』の「自殺」で一定の断案がくだされる。そして最後の『明暗』では、「小さい自然」と「大きな自然」がくっきりとした対比のもとに提示される。小説は「津田の愛」の「真実相《そう》」に命がけで迫るお延を注視する。

彼女は前後の関係から、思慮分別の許す限り、全身を挙げて其所へ拘泥《こだわ》らなければならなかつた。それが彼女の自然であつた。然し不幸な事に、自然全体は彼女よりも大きかつた。彼女の遥か上《うへ》にも続いてゐた。公平な光《ひか》りを放つて、可憐な彼女を殺さうとしてさへ憚からなかつた。
彼女が一口《ひとくち》拘泥《こだわ》るたびに、津田は一足《ひとあし》彼女から退ぞいた。二口拘泥れば、二足退いた。拘泥るごとに、津田と彼女の距離はだん〳〵増して行つた。大きな自然は、彼女の小さい自然から出た行為を、遠慮なく蹂躙した。一歩ごとに彼女の目的を破壊して悔いなかつた。彼女は暗に其所へ気が付いた。けれども其意味を悟る事は出来なかつた。（十一巻、五二〇頁）

ここに個我の「小さい自然」と、世界大の「大きな自然」との関係が、「明暗双双」の往還反転のリズムに合わせて本格的に主題化されている。「則天去私」の文章指針は、漱石文学の「自然」の論理の昇華のすえに、みずからおのずと語り出されてくる。ただしこのとき、右の「大きな自然」や「自然全体」を、ただちに「則天」の「天」と読むのは短絡であり片手落ちである。たしかに「天」と「私」の対比に着目すれば、これと「自然」の大小は類比的に重なり合う。しかし「明暗双双」の往還反転は、そういう論理的な概念分節の構造上の符合をこえて、「小さい自然」と「大きな自然」を区切りかつ繋いでゆくテクストの語りそのものの自然な推移――「文章はあくまで自然《しぜん》なれ、天《てん》真流露《しんりうろ》なれ」――をこそめざしている。

第五節　漱石の自然の詩学

そしてこの件に関しては、すでに『虞美人草』の序盤に哲学者甲野さんも、保津川下りの「愉快」と「壮快」の在り処に関連して、かなり本質的な見解を述べている。「自然は皆第一義で活動してゐるからな」。これに宗近君が「すると自然は人間の御手本だね」（四巻、九五頁）と応ずると、「なに人間が自然の御手本さ」と甲野さんはやり返す。

> 自然が人間を翻訳する前に、人間が自然を翻訳するから、御手本は矢っ張り人間にあるのさ。瀬を下つて壮快なのは、君の腹にある壮快が第一義に活動して、自然に乗り移るのだよ。それが第一義の翻訳で、第一義の解釈だ。（同、九六頁）

無為無技巧の天や自然の権威をあらかじめ向こう側に実体化したりはしない、批判哲学的で〈反省的〉な自然目的論の解釈学が、ここに早くも打ち出されている。すべてはわれわれ「人間」の言語分節的な「翻訳」であり「解釈」である。この二語がともにInterpretationの訳語なのは言うまでもない。問題は、その自然解釈の上での美学芸術的な人為技巧のありかたである。ちなみに『虞美人草』のテクストには、すこし離れて「小説は自然を彫琢する。自然其物は小説にはならぬ」（同、一一六頁）という地の文もある。
ところで同じ明治四十年の夏、八月五日付の鈴木三重吉宛書簡には、世にいわゆる自然主義とは断然異なる「自然」の呼び声に聴従すべき小説作法の方針が示されている。

例の小説がどうも百回以上になりさうだ。短かく切り上げるのは容易だが自然に背く〔と〕調子がとれなくなる。如何に漱石が威張つても自然の法則に背く訳には参らん。従つて自然がソレ自身をコンシユームして結末がつく迄は書かなければならない。……〔中略〕……トルストイ。イブセン。ツルゲネフ。抔は怖い事更になければ只自然の法則は怖い。もし自然の法則に背けば虞美人草は成立せず。従つて誰がどう云つてもゾラが自然派でフローベルが何とか派でも其他の人が何《なん》とか蚊《か》とか云つてもどうしても自然の命令に従つて虞美人草をかいて仕舞はねばならぬ万一八月下旬に自然から御許が出たら早速端書をあげる。夫迄は吉原の美人でも見てインスピレーシヨンを起して居たまへ。もし自然の進行が長引けば此年一杯でも原稿紙に向つてゐなければならない。嗚呼苦しいかな。（二十三巻、一〇一―一〇二頁）

「自然の法則」「自然の命令」「自然の進行」に則した制作の姿勢。「作者の命令によって」「器械的」に筋を「統一」するのではなく、いわば〈自然の技術〉の道筋に沿って「有機的」（十五巻、四三九頁）に「自然を彫琢する」批判的近代の創作家の態度。漱石は、同年三月まで大学で講義していた「十八世紀の英文学」（四十二年三月に『文学評論』として出版）の第六編「ダニエル、デフオーと小説の組立」でも、「事柄に一種の纏まりを附けるべく注意を集注し、結末で安心する」という小説作法の「公式」をめぐって、こう述べている。

必ずしも自然を枉《ま》げよと云ふのではない。直《なお》き自然の其儘《そのまま》を、此《この》公式に合ふ様に切り取る様な態度で、自然に向はなければならぬと云ふのである。自然そのものは冗漫だから、締め括りのある様に解釈をつけろと云ふのである。改造せよと云ふのではない。（十五巻、四四二頁）

最晩年の「則天去私」の文学方法論の核心部を先取りする言明として、たいへんに興味深い。

そういう漱石の細やかな自然の詩学にひきかえて、明治期の「自然主義」の「セツパ詰まつた」私《わたくし》的な小説は、ただひたすら大地的・本能的な自然を前面に押したてて露骨に書きあらわした。あるいはまたそれとは一線を画し、自己実現の理想を語る白樺派にしても、人為と自然、社会の掟と内なる自然との、概念的な二項対立を引きずっていた。(14)もちろん漱石の『道草』にしても『行人』や『心』と同様、われわれ人間の我意煩悩をえぐりだす。しかも一連の知識人男性のいささか思弁的で高尚な苦悩は、『道草』では日常の事実性の現場に着地する。「教育の力」を恃み、自己の「真面目《しんめんぼく》」を問い求める男が小供じみた癇癪をおこし、「野生」を発揮する不面目な事実までもが「叙述」「発表」されている。(15)おそらくはそうしたところが、同時代の自然主義者の好みにも適ったのだろう。(16)しかしそこには決定的な差異がある。(17)自然派の作家などとは違い、漱石は「息の塞《ふさが》る様な」人間存在の事実を、「余裕のある」語りの「呼吸」で小説にする。自然主義の固く偏狭な大地的「自然」。その硬直した自然概念を大らかに包みこむ天然自然の論理《ことば》の力動的な推移に、漱石は筆のはこびを唱和させて「微笑」する。そうした「創作家の態度」は、「余裕のない」作家や批評家からすれば、真に迫らず不真面目なものに映ったかもしれない。しかし批判的近代の作家が「私」への「色気《いろけ》を取り除」き「他《ひと》の事と私の事」を公平に見つめ、(18)しかもけっして自虐的・露悪的にならずに人間の事実を「根気づくで」精確に認識してゆくためには、こうして迂回し回帰する視座の運動が必要である。そしてそういう迂遠な場所から、そのつどの具体性の現場に帰還し、物の傍らにじっとたたずみ事柄そのものを「ひつそりと」「静か」に見つめて、物のうちなる自然本性を察知してこそ、テクストの語りのただなかから物や世界の別のかたちも浮かびあがってくるのである。

第六節　『道草』の自然の論理

くわえてまたこうした詩的な「自然の法則」「自然の命令」「自然の論理」に則ってこそ、「則天去私」のリアリズムの道もひらかれてくる。

○形式論理で人の口を塞ぐ事は出来るけれども人の心を服する事は出来ない。それでは無論理で人の心を服する事が出来るのか。そんな筈もない。論理は実質から湧き出すから生きてくるのである。ころ柿が甘ひ白砂糖を内部から吹き出すやうなものである。形式的な論理は人形に正宗の刀を持たせたと一般で、実質の推移から出る——否推移其物をあとづけると鮮やかに読まれる自然の論理は名人が名刀を持つたと同じ事で決して離れ〳〵にはならないのである。（二十巻、四八二－三頁）

これは大正四年の、『道草』執筆の頃と思しき手帳の一節である。テクストはまず「無論理」と「論理」を対置し、さらに「形式論理」と「自然の論理」を区別する。そして「人の心を服する事が出来る」ような言語行為の可能性を、ものの「実質から湧き出」してくる「生き」た論理、つまり超越的な自然の権威に独善的に没入するのではなく、事柄の「実質の推移」からにじみ出してきて、その推移を「鮮やかに」「あとづける」ような「自然の論理」に求めている。くわえてこの直前の別の断片は、人の言動が「一般の人々」の「心」を動かすときには、「不自然は自然には勝てないのである。技巧は天に負けるのである」（同、四八二頁）とも語っている。

ここに言われていることは単純でわかりやすい。そして「実質の推移」に即した「自然の論理」が、「則天去私」の文章座右銘に直結するのも見やすい道理である。[19]だからいま、あらためて見定めたいのは、言語行為上の「自然」の理念にみずから応じた漱石文芸の実相である。ことさらに「則天去私」を神話化してはならぬ。他方で、神話崩しのための「悪声と黙殺」（同、四八二頁）に終始して、肝腎の事柄を逸したりしないように、この案件の小説上の結実の模様を、できるだけていねいに観察したい。そもそもこの手の「自然の論理」は、漱石の創作キャリア全体をつうじてねばりづよく求められてきたものであり、それがいま『道草』全篇にわたって徹底遂行されつつある。しかもこの「自然の論理」に沿う創作の妙味は、とりわけ小説終盤の夫婦の対話（九十八節）に観取される。


「御前《おまへ》は人を理窟ぽいとか何とか云つて攻撃する癖《くせ》に、自分にや大変形式ばつた所のある女だね」

「貴夫《あなた》こそ形式が御好きなんです。何事《ごと》も理窟が先に立つんだから」

「理窟と形式とは違ふさ」

「貴夫《あなた》のは同《おん》なじですよ」

「ぢや云つて聞かせるがね、己《おれ》は口に丈論理《ロジツク》を有《も》つてゐる男ぢやない。口にある論理《ロジツク》は己《おれ》の手にも足にも、身体《からだ》全体にもあるんだ」

「そんなら貴夫《あなた》の理窟がさう空《から》つぽうに見える筈がないぢやありませんか」

「空《から》つぽうぢやないんだもの。丁度ころ柿《がき》の粉《こ》のやうなもので、理窟が中《うち》から白く吹き出す丈なんだ。外部から喰《くつ》付けた砂糖とは違ふさ」

斯《こ》んな説明が既に細君には空《から》つぽうな理窟であつた。何でも眼に見えるものを、しつかと手に攫まなくつては承知出来ない彼女は、此上《このうへ》夫と議論する事を好まなかつた。又しやうと思つても出来なかつた。（十巻、三〇三‐四頁）

テクストは先の手帳断片の主張を、作中の健三に語らせている。しかも「ころ柿《がき》の粉《こ》」が「中《うち》から白く吹き出す」という喩えが、「外部から喰《くつ》付けた砂糖」との対比で、よりいっそう明瞭になっている。くわえて通例の「口」だけの「論理《ロジツク》」にたいして、「手にも足にも、身体《からだ》全体にもある」という健三論理の自然性・実質性が具象的に強調されている。

しかし注目したいのは、そういう文面上のことではない。「余」でも「吾輩」でもない「己《おれ》」の「論理《ロジツク》」。これを「自然の論理」だと一方的に主張して「説明」した「夫」の言葉は、「無私」や「去私」にはほど遠い。そしてこのテクストでも彼の全発言は、たんに「形式」で「空《から》つぽうな理窟」なのだと、眼前の「細君」から批評されている。(20) まさにこの点が重要である。そしてこのようにいかにもありそうな夫婦のやりとりを、人間関係の「実質」に即して軽妙に「推移」させたテクストの語りそのものが、一場最大の眼目である。(21) あの断片を手帳に綴っていた作者個人までもが、ここでは暗に徹底的に相対化されて、小説の言葉がみずからおのずと紡ぎだされている。そして最後の地の文は公平な注視者の眼で夫婦双方の言い分を凝縮し、以下の痴話喧嘩の不毛な応酬へなだらかに引き継がれてゆく。

「御前《まへ》が形式張《ば》るといふのはね。人間の内側《うちがは》は何《ど》うでも、外部《そと》へ出た所丈を捉《つら》まへさへすれば、それで其人間が、すぐ片付けられるものと思つてゐるからさ。丁度御前の御父《とつ》さんが法律家だもんだから、証拠さへなければ文句を付けられる因縁がないと考へてゐるやうなもので……」

「父はそんな事を云つた事なんぞありやしません。私だつてさう外部《うはべ》ばかり飾つて生きてる人間ぢやありません。貴夫《あなた》が不断《ふだん》からそんな僻《ひが》んだ眼《め》で他《ひと》を見てゐらつしやるから……」

細君の瞼《まぶた》から涙《なみだ》がぽた／＼落ちた。云ふ事《こと》が其間に断絶した。島田に遣る百円の話しが、飛んだ方角へ外《そ》れた。さうして段々こんがらかつて来た。（同、三〇四頁）

頑固な「男」はいたずらに意地を張る。だから余計な「因縁」をつけるのである。彼がまったくの「形式論理」に堕しているのは、もはや歴然である。我が子を「章魚《たこ》のやうにぐにや／＼してゐる肉《にく》の塊《かたま》り」と見た最前の「公平な眼《め》」にしても、じつはかなり「僻《ひが》んだ眼《め》」を潜ませていることが、ここで容赦なく指弾されている。そもそも物事が「片付く」か「片付かない」かは直前の随筆から継続する案件だが、この鍵概念さえもが、なにも「片付かない」日常の言葉のやりとりのなかに天然自然に呑みこまれている。

　こうして「段々こんがらかつて来た」一部始終を「静か」に見つめながら、テクストの語りはまことに余裕のある態度を見せている。ことによるとこの一句を書きあげて、この日の筆を擱いたとき、〈作者〉の口元にはおのずから

「微笑」がこぼれていたかもしれぬ。[22]「自然の論理」は、これを手帳断片や健三のように金科玉条にふりかざして主張してみたところで、「空《から》っぽうな理窟」に終わるのである。肝腎の問題は、それをいかに「実質の推移」に沿って小説の言葉に定着させるかの一点にある。そのみごとな達成例が右のテクストである。漱石のめざす「自然の論理」と、『硝子戸』末尾の「微笑」と、『道草』冒頭の「遠い所」。その事象連関の「中《うち》から白く吹き出」してくる「明暗双双」「則天去私」の意味内実は、やはり晩年の実作のうえに丹念に探索してゆかなければならぬ。

第七節　『道草』テクストの微笑

ここではしかしさしあたり、『道草』の表面に「微笑」がこぼれてくる現場をおさえるだけで我慢しよう。病身の姉を自宅に見舞い、「事実の上に於て突然人間《にんげん》を平等に視《み》た」人は、今もまだあの「反省」のただなかにある。

> 日に日に損《そこ》なはれて行く吾《わが》健康を意識しつゝ、此姉《あね》に養生を勧《すゝ》める健三の心の中《うち》にも、「他事《ひとごと》ぢやない」といふ馬鹿らしさが遠くに働らいてゐた。
> 「私《わたし》も近頃は具合が悪《わる》くつてね。ことによると貴方《あなた》より早く位牌になるかも知れませんよ」
> 彼の言葉は無論根のない笑談《じょうだん》として姉の耳に響《ひゞ》いた。彼もそれを承知の上《うへ》でわざと笑つた。然し自らの健康を損ひつゝあると確《たしか》に心得ながら、それを何《ど》うする事も出来ない境遇に置かれた彼は、姉よりも、却つて自分の方を憐んだ。
> 「己《おれ》のは黙つて成《な》し崩《くづ》しに自殺するのだ。気の毒だと云つて呉れるものは一人《ひとり》もありやしない」
> 彼はさう思つて姉の凹《くぼ》み込んだ眼《め》と、痩《こ》けた頬《ほゝ》と、肉のない細い手とを、微笑しながら見てゐた。（同、二〇八頁）

男は自他に共通する我執の「事実」を眼の前にして「極《きま》りの悪《わる》い」思いを強いられた。しかもなお「日に日に損《そこ》なはれて行く吾《わが》健康」に、どこか「『他事《ひとごと》ぢやない』といふ馬鹿らしさ」を感じている。そして人間一般の生老病死を遠くに見つめて、「わざと」ならずに「微笑」するのである。

ちなみにこの小説の序盤では、「健三は姉の昔の言葉やら語気やらを思ひ浮《うか》べて、心《こころ》の中《なか》で苦笑した」（同、一四頁）だけである。この「苦笑」は『心』の先生の淋しい「苦笑」を直に引き継ぐものであり、[23] 同じ「苦笑」は健三をめぐる物語りの折々に現われたのちに（同、一八、三三、四八、一六二頁）、あえて一旦せき止められて（同、一七六、一九三頁）、いつしか「微笑」に変わっていったのである。健三の最初の「微笑」は「自然の勢《いきほい》で」「細君の唇から暖かい言葉が洩れた」（同、一九八-九頁）折りに、たまさかおとずれる。そしてその数節あとの異母姉弟の対話場面で、右の「微笑」が引きだされる。これはしかし『硝子戸』末尾のテクストの「微笑」にくらべて、やはり多くのひっかかりを残しており、ゆえにややひきつっている。

とはいえその「微笑」の出現には、やはり小説の語りの、おのずからの必然があるだろう。そしてこれを六十八節末尾に置いた〈作者〉の筆先にも、あのころの健三よりも遙かに成熟した、遠い「微笑」がこぼれていたはずである。小説内の健三自身は、これ以降「苦笑」（同、二八八、三〇五頁）はしても、ふたたび「微笑」することは一度もない。テクスト表面で「微笑」するのは、お住だけである（同、二五一、二七八頁）。だから健三の束の間の「微笑」は、この一節が見つめる主題自体とも深くかかわっているのだと見たほうがよい。「黙《だま》つて成《な》し崩《くづ》しに自殺する」。この尋常ならざる言葉が、漱石の過去と健三の現在のあわいに不気味に漂っている。しかもテクストの語りは、すべてを包みこんで静かに「微笑してゐる」のである。[24]

「軽い風《かぜ》が時々鉢植の九花蘭《きうからん》の長い葉を動かしにきた。庭木《にはき》の中《なか》で鶯が折々下手な囀《さへづ》りを聴《き》かせた」。硝子戸を開け放ち、縁側にたたずみ、自己の語りを反省した随筆は、春先のなにげない自然の情景に、大地的な重力の魔の場所と、天空《おほぞら》的な「遠い所」とを、「双双」とつなぐ「自然の論理」を、暗黙のうちに感受していたのだろう。そして事実を事実として「ありのままに」叙述するリアリズムの新たな可能性を、創作家はじっと見つめていたにちがいない。一連の姉弟の対話を写すテクストは、健三の「事実」認識の刹那の深まりのうちに、その方法論の早い萌芽の模様を描きだしていた。そして小説は「明暗双双」「則天去私」の文学論への道を実地に探りとりつつ、テクストの折々の行間に得も言われぬ「微笑」をたたえている。[25]

注

（1）漱石はこの年の寺田寅彦宛の年賀状の余白に、「今年は僕が相変つて死ぬかもしれない」（二十四巻、三八一頁）と書きそえて、理学博士で東京帝国大学理科大学助教授となっていた最古参の門下生を驚かせた。

（2）「ありのまま」という事態への問いは、ことのほかに重要であり、漱石文学の方法論の中核をなすが、いまは深く立ち入らない。ただこの随筆の一年あまり前、ちょうど『行人』「塵労」篇の連載がおわり、次の小説をおぼろげながら考えはじめていたころに（大正二年十二月十二日）、漱石は第一高等学校で講演（旧版全集では「模倣と独立」と呼ばれてきた）をおこない、「有りの儘を有りの儘に書いた小説、良く出来た小説」に言及したらしい。「有りの儘を有りの儘に書き得る人があれば、其人は如何なる意味から見ても悪いと云ふことを行つたにせよ、有りの儘を有りの儘に隠しもせず漏らしもせず描き得たならば、其人は描いた功徳に依つて正に成仏することが出来る。法律には触れます懲役にはなります。けれども其人の罪は、其人の描いた物で十分に清められるものだと思ふ」（二十六巻、三三二〇頁、あわせて二十五巻、六六-七頁参照）。唐木順三はこのテクストを参照して、「漱石自身はまた『道草』を描いたといふ事實によつて清められ、書かない以前とは遙かに高くして深いところへ出た」（唐木、九七頁）と言う。「漱石自身」ということでしかし、唐木はなにを考えていたのだろうか。
　上田閑照も同じテクストを参照して、漱石が思想上感情上「大変深い背景」をもった「インデペンデントな人」として「親鸞聖人を挙げている」点に着目する。そして「『ありのままをありのままに書く』ことができたならばそれによってその当人は『成仏しうる』とまで言っていること」に「注目」（上田、二〇〇七年、三〇六頁）する。「『ありのままに書く』ということは、問題としては、宗教にまで通ずる事柄と言わなければならない」（同、三〇七頁）。しかしそれは「漱石が人間として解脱（先の言葉で言えば『成仏』）していたということを意味するのではない」（同、三二一-二頁）。上田はこう述べてから、「ありのままに書く」というエレメントとしての則天去私」（同、三〇五頁）の方角に徹して、「作家として『書く』という問題を、文学および実存の「方法としての則天去私」（同、三〇五頁）の方角に徹して、「作家として『書く』というエレメントにおいて」（同、三二二頁）吟味する。拙稿はこういう先達の解釈を励みにして、漱石の文学方法論上の深化の道筋を探索したいと思う。とくに「成仏」という漱石神話的な要素についていえば、「自白」（九巻、二四六‐七頁）、「懺悔の言葉」（同、二八八頁）、「罪滅し」（同、二九二頁）、「人間の罪」（同、二九四頁）の語群をテクストに刻んだ『心』の読みはひとまず保留し、すくなくとも『硝子戸の中』と『道草』のテクストは、作者《わたくし》の罪の「清め」や「成仏」のために書かれたのではないはずである。

　唐木はこの二作を「彼の懺悔録であり回想録である」（唐木、七三頁）と見なして、「漱石は現實家として誕生すると同時に、現實の風の通らない硝子戸の中へ隠居したのである」（同、八二頁）と安易に書く。しかし随筆末尾に「私の書いたものは懺悔ではない」と明記した人は、キリスト教の「懺悔」の制度下で義務づけられる内心の罪の「告白」や、あるいはまた私小説的な不面目の「露悪」などとは別文脈で、人間一般の公的で批判的な語りの場所へと文学方法論的に向かったのではなかったか。そのような解釈仮説のもとに、漱石というテクストを読みすすめたい。

（3）『硝子戸の中』の最後から二番目の節の「全部夢」の中の「出来事」でもあるかのような実母の思い出は、最終節の微笑と安眠のモチーフや、さらには『道草』掉尾の母子愛着の叙景を先取りして、すでに重要な伏線となっている。「二階の梯子段《はしごだん》は母の大《おほ》眼鏡《めがね》と離す事の出来ない、生死事大《しやうしじだい》無常迅速云々と書いた石摺《いしずり》の張交《はりまぜ》にしてある襖《ふすま》のすぐ後《うしろ》に附《つ》いてゐるので、母は私の声を聞き付けると、すぐ二階へ上《あが》つて来て呉《く》れた。私は其所《そこ》に立つて私を眺めてゐる母に、私の苦しみを話して、何《ど》うかして下さいと頼んだ。母は其時微笑しながら、『心配しないでも好《い》いよ。御母《おつか》さんがいくらでも御金《かね》を出して上《あ》げるから』と云つて呉れた。私は大変嬉《うれ》しかつた。それで安心してまたすや〳〵寝《ね》てしまつた」（十二巻、六一三頁）。こういう随筆の語りの深層には、子規の『死後』（明治三十四年）の余韻も重ねることができるだろう。「死を感ずるには二様の感じようがある。一は主観的の感じで、一は客観的の感じである。そんな言葉ではよくわかるまいが、死を主観的に感ずるというのは、自分が今死ぬるように感じるので、甚だ恐ろしい感じである。……（中略）……客観的に自己の死を感じるといふのは変な言葉であるが、自己の形体が死んでも自己の考は生き残っていて、その考が自己の形体の死を客観的に見ておるのである。主観的の方は普通の人によく起こる感情であるが、客観的の方はその趣すら解せぬ人が多いのであろう。主観的の方は恐ろしい、苦しい、悲しい、瞬時も堪えられぬような厭な感じであるが、客観的の方はそれよりもよほど冷淡に自己の死という事を見るので、多少は悲しい果敢《はか》ない感もあるが、或時はむしろ滑稽に落ちて独りほほえむような事もある」（正岡子規、一五〇‐一頁）。漱石はこういうヒューモアの視座も、早くから子規と共有していた。『硝子戸の中』末尾の微笑、そして「明暗双双」「則天去私」の光学は、子規の「主観的」「客観的」という生硬な解説の、漱石詩学・言語哲学上の批判的展開である。

（4）この文脈で『硝子戸の中』の「微笑」を鑑定すれば、それは「明暗双双」の「暗」中からの微笑の先駆けと見ることができる。そしてその根源的《アルカイック》な微笑みは、通常の意味では明るくもなければ暗くもない。だからこのときの心境の明暗をことさらに云々するのは、評伝的には重大関心事でも、漱石詩学の核心を覆い隠すことになりかねない。たとえば重松泰雄は『硝子戸の中』後半の回想部分と非回想部分の構成を分析し、こう述べる。「総じて、『硝子戸の中』後半における非回想の部分については、その暗さを軽視し過ぎることも、重視し過ぎることも等しく禁物であるだろう。しかし、いずれにしてもそれらの〈暗さ〉が、重大な回想を含んだ最後部の数章における、あの一種さだかな〈明るさ〉を覆い尽くし得ないのは事実なので、そうであれば、やはりわれわれは『硝子戸の中』という試みにおいて、漱石の『幼時の追憶』が果たした自己救抜の効用を、あるいは混迷脱却の効用を、単に一時的な『神経』の『静ま』（三十九）りとしてのみならず、たしかに容認してよいのではないか。そう言えば、三十三章に見える『馬鹿で人に騙される』ことへの〈不安〉や〈不愉快〉の念にしても、終章の『自分の馬鹿な性質を、雲の上から見下し』つつ、また『一般の人類をひろく見渡し』つつ、『微笑』を絶やさぬ彼の境地によって、すでに超克の方向は示唆されていると言えなくもあるまい。やはりわれわれは、『硝子戸の中』における彼の情念の転調を、やがては思想の転回にもつながり得べきそれを、はっきりと信じてよいのではないか」（重松、一九九七年、三七頁）。

『硝子戸の中』の過去回想が、漱石個人の「情念の転調」に寄与したことは充分にありうるだろう。その追憶の語りが中盤以降、とりわけ「第十九章以降」（同、二八頁）に奔出する誘因が、木下杢太郎『唐草表紙』の校正刷りとの「出会い」にあったとする指摘（同、二四‐七頁）も興味深い。そして「まずひたすら体験的素材に密着しつつ、『身心ともに不愉快』で、『気分も行きつま』った自己の暗鬱な現況を見据えようとしていた」（同、二二頁）随筆前半の真冬の「薄ら寒さ」と、後半部の「回想に現れる大過去の風景」の「一種さだかな明るさ」（同、三二頁）や掉尾の「静かな春の光」の中の「恍惚」との鋭い対照は、テクストがわれわれにもたらすまぎれもない印象である。拙稿もそれを無視するつもりはない。しかしこの随筆が「漱石にとっては『是非共必要』な試みだったはず」（同、一七頁）だとして、回想の「自己救抜の効用」や「混迷脱却の効用」へと収斂してゆく重松の論調には、不満と抵抗を禁じえない。漱石の微笑の視座は、柴市郎が総括した『硝子戸の中』の明るさと暗さをめぐる批評談義も含めて（柴、四九‐五二頁、参照）、悟達の有無や晩年の心境の明暗等、一切のあれかこれかの分節区別——すなわち「明暗双双」の明相の分別——を超えたところから、この世と人類を一般的にまなざす何かである。『硝子戸の中』の微笑も、そういう詩学制作論的な視座に絡めて論じるべきである。

（5）「私儀今般貴家御離縁に相成、実父より養育料差出候に就ては、今後とも互に不実不人情に相成ざる様心掛度と存候」（十巻、三一五頁）。健三が実家に復籍するにあたり、島田に与えた「書付」の文言である。健三が養父島田や養母御常との交渉をあえてするのは、そういう契約上の文字をこえた何かを、いたずらに求めたからでもあろう。しかし当初から自然な人情のかよわぬ間柄には、苦い後味しか残らない。テクストはこの「反故」紙を最後に披露し、細君に「保存」させて、片付かない問題を浮き彫りにする。それと同時に、「他《ひと》と反《そり》が合はなくなるやうに、現在の自分を作り上げた彼は気の毒なものであつた」（同、二八一頁）とコメントするのを忘れない。

（6）国文学研究上の筋から言えば余計なことだが、拙稿はこういうところでも漱石とカントを重ねてしまう。やはりまだ壮年のカントは『美と崇高の感情にかんする観察』初版本（一七六四年）への覚え書きのなかで、こう述懐する。「私は傾向性からしても一個の研究者である。私は認識への激しい渇望と、認識においてさらに進みたいという落ち着きのない好奇心と、そして認識を獲得するたびごとの満足とを感じている。これだけが人類の栄誉となりうるのだと私が信じ、何も知らない俗衆 Pöbel を軽蔑していた時期があった。ルソーが私を正してくれた。この偽りの優越感は消滅し、私は人間を敬うことを学ぶ。そしてもしもこの考察だけが他のすべての諸考察に、人間性の諸権利を打ち立てるような価値を与えることができるのだと、私が信じなかったならば、私は自分を通常一般の労働者 der gemeine Arbeiter よりも、もっと役立たずだとみなすことだろう」（XX 44. カント、十八巻、一八六頁、久保光志訳、参照）と。

（7）『道草』の物語り中盤、健三は兄長太郎が「少し気を遣はなければならない面倒が起ると必ず顔を背け」、「事情の許す限り凝と辛抱して独り苦し」む「矛盾」を「気の毒」に思いつつ、「自分も兄弟だから他から見たら何処か似てゐるのかも知れない」（十巻、一一二頁）と考える。兄弟姉弟の似かよう性質。そういう個々人の特殊事情として、話をおさめる道筋が一方にある。これにたいして「突然人間を平等に視た」という言葉は、それとはまったく違う方角を示唆している。

（8）作家漱石にまつわる歴史的事実を重ねれば、『道草』の比田寅八と夏の夫妻は、漱石の従兄の高田庄吉と、これに嫁いだ腹違いの姉ふさに相当し、この二人は小説執筆時にはすでに他界している。とりわけ姉ふさの危篤と死去の報は、この年の春に京都で病臥中の漱石のもとにもたらされたばかりである。それに先立ち漱石は『硝子戸の中』二十三節では、維新前に「名主」をつとめ地区内に権勢を誇っていた実父についても、「彼の虚栄心を、今になつて考へて見ると、厭《いや》な心持は疾《と》くに消え去つて、只微笑したくなる丈である」と書いている。そして「私が早稲田に帰つて来《き》たのは、東京を出《で》てから何年振《ぶり》になるだらう」（十二巻、五七三頁）と、明確な一人称単数で回想した。これが『道草』冒頭の一文に昇華されるまでに、いかなる方法論的省察があったのか。死別による感情的な距離の確保だけにはとどまらぬ、明暗双双の暗の沈黙にまでとどく言語論的な反省の深まりが、そこに本格始動したのではなかったか。そういう仮説のもとに、テクストとの対話を楽しみたい。

（9）宮井一郎は、小宮豊隆に淵源する漱石神話や、神話崩しに躍起な江藤淳の、解釈の歪みを非難する。そして『道草』のころの漱石断片の「自然の論理」（二十巻、四八二－三頁）および「心機一転」「絶対の境地」（同、四八四頁）といった一連の鍵語に着目する。「もともと『則天去私』という言葉は、一面では、当時深刻な挫折感から、厭世の想いに沈湎していた漱石の精神生活を、辛うじて救祓《エルレーゼン》することのできた、観念弁証法に通ずる一つの思想を、漱石風な識語に、要約象徴したもので、くだいていえば、文字面の印象とはちがって、漱石にとってはきわめて実用的な観念なのである。同時にその実用性は、文学の面では、日本における近代文学の道標的な存在である『明暗』の、あの底深い虚構世界を支える、もっとも重要な文学世界となっているのである。だから、これは『道草』以後の漱石を識るためには、欠くことのできない重要なモメントなのである」（宮井、一九六七年、一四頁）。「救祓」にふられた「エルレーゼン」というルビは、「救済者 Erlöser」たるキリストにも通ずるもので、大いに警戒を要する。「当時深刻な挫折感から、厭世の想いに沈湎していた漱石の精神生活」という作家論的な書きぶりにも距離感を否めない。しかし比較的早い時期に、「則天去私」の「方法」的な意義を究明しようとした姿勢は充分評価されてよい。しかもここに「観念弁証法」とは、「絶対と相対の間の矛盾と否定を、繰り返し綜合統一しながら、漸次高次の境地に達しようとする」（同、一七五頁）ものだという。この解釈のモチーフは、拙稿の着目する「明暗双双」の往還反復のイメージともさしあたりは類比的である。

ただし『道草』で「かつてのモラリスト、ヒューマニストであった作家は死んで、観念弁証法的な作家、形而上学的な小説家漱石が誕生したのである」（同、二七一頁、傍点引用者）と粗雑に断言することで、宮井の作家論は一気に危うさを増す。彼は『硝子戸』末尾の「微笑」に注視して、そのテクストが「相対世界の次元を超えたところで」「当時、漱石がようやく到達することのできた、『絶対の境地』からものを云っている」（同、二二四頁）のだと安易に言い切っている。しかもその「絶対の境地」は「漱石が、煩瑣な現実の相対世界を、超剋し解脱するための、のっぴきならない究極地」（同、一七四頁）であり、『道草』の「技法」としていえば「ペンを執るその瞬間だけでも、ほとんど神に近い、無私な、至醇な、批判力をもつことができる」「立場」（同、二一一頁）なのだという。「神に近い」という比喩の危うさを大幅にさし引くならば、最後の件はたしかに興味深い。しかし宮井は「人間」「我執」の「現象の世界、利害の世」と、「自由あるいは自然」の「実相の世界、理非の世」（同、二五〇頁）を単純に対置してしまう。ゆえに拙稿は、彼の言う「超剋」「解脱」「救祓」のための「形而上学的」な「絶対」の論理には与しえない。むしろ漱石文学の晩年の「微笑」は、のちに第十一章でくわしくみるように、この世の生の「相対即絶対」の「双双」たる絡まり合いから、おのずと熟成し浮かびあがってくるものなのである。漱石文学のめざす「自然の論理」に、もっと厳しく詩学的・論理的に肉迫したい。

(10) それは最終的には以下の告白に収斂する。「平岡、僕は君より前から三千代さんを愛してゐたのだよ……〔中略〕……其時の僕は、今の僕でなかつた。君から話を聞いた時、僕の未来を犠牲にしても、君の望みを叶へるのは、友達の本分だと思つた。それが悪かつた。今位頭が熟してゐれば、まだ考へ様があつたのだが、惜しい事に若かつたものだから、余りに自然を軽蔑し過ぎた。……〔中略〕……君、どうぞ勘弁して呉れ。僕は此通り自然に復讐《かたき》を取られて、君の前に手を突いて詫《あや》まつてゐる」（六巻、三二九－三〇頁）。

(11) 明治十三年の太政官布告による旧刑法の第三五三条「有夫ノ婦姦通シタル者ハ六月以上二年以下ノ重禁錮ニ処ス其相姦スル者亦同シ」の規定を受け、明治四十年四月公布、翌四十一年十月一日施行の刑法第一八三条でも、「有夫ノ婦姦通シタルトキハ二年以下ノ懲役ニ処ス其相姦スル者亦同シ」として姦通罪規定は引き継がれ、漱石の『それから』は、これを背景にして書かれている。右の規定にも見られるように、「姦通」は妻が行った場合のみを言い、夫の告訴により妻と相手が処罰されたが、夫の不倫は相手が人妻でないかぎり罰せられない。しかし新憲法の両性平等原則のもと、昭和二十二年にこの規定は削除され、民法七七〇条で「不貞な行為」がいくつかの離婚事由の第一に盛られることとなる。

(12) 代助の思考の独善的な硬直性は、「親爺の頭の上」の「誠者天之道也と云ふ額」への嫌悪感とともに、小説の序盤から告知されている。「誠は天の道なりの後へ、人の道にあらずと附け加へたい」という彼の「心持」（六巻、四一頁）は、「天の道」の超越的な権威主義にたいしては妥当な批判だが、「自分の自然」と「社会」を対置する「哲学」との矛盾の種をはらんでいる。

(13) ちなみに『行人』「塵労」六は、一郎の妻お直の自然について以下のように言う。「彼女は男子さへ超越する事の出来ないあるものを嫁に来た其日《その》から既に超越してゐた。或《あるい》は彼女には始めから超越すべき牆《かき》も壁もなかつた。始めから囚はれない自由な女であつた。彼女の今迄《まで》の行動は何物にも拘泥しない天真の発現に過ぎなかつた」。そして「或刹那《あるせつな》には彼女は忍耐の権化の如く、自分の前に立つた。さうして其《その》忍耐には苦痛の痕迹《こんせき》さへ認められない気高さが潜んでゐた。彼女は眉をひそめる代りに微笑した。泣き伏す代りに端然と坐つた。恰《あたか》も其坐《そのすわ》つてゐる席の下からわが足の腐れるのを待つかの如くに。要するに彼女の忍耐は、忍耐といふ意味を通り越して、殆んど彼女の自然に近い或物であつた」（八巻、三二七頁）。

ここに「則天去私」に通ずる響きを読み取る向きもある。なるほど「超越」「自由」「天真」「微笑」「端然」といった語群は、お直の「自然」に禅的装飾をほどこしている。しかしここでそう語る「自分」は、二郎という名の若い男性である。「彼女は初めから運命なら畏れないといふ宗教心を、自分一人で持つて生《うま》れた女らしかつた」（同、三二二頁）とも、二郎は述べている。そして「妾《わたし》なんか丁度親の手で植付けられた鉢植のやうなもので一遍植られたが最後、誰か来て動かして呉れない以上、とても動けやしません。凝《ぢつ》としてゐる丈《だけ》です。立枯になる迄凝《までぢつ》としてゐるより外に仕方がないんですもの」という嫂の「詐への裏面《りめん》に、測るべからざる女性《によしやう》の強さを電気のやうに感じた」と書いて、「此《この》強さが兄に対して何《ど》う働くか」を思って「ひやり」（同、三二三頁）とするのである。彼が嵐の夜に嫂と対峙する「兄」篇では、「自分は此《この》時始めて女といふものをまだ研究してゐない事に気が付いた」（同、一八八頁）などと随分呑気な本音を漏らしつつ、「正体の知れない嫂」（同、一九三頁）の「不気味な感じ」（同、一九二頁）を報告する。こういう二郎視点の利害的にもジェンダー的にもかなり制約された嫂評は、代助視点の内なる自然の解釈を、いわば対他的な語りに変奏したものであり、初めからかなり割り引いて読んだほうがよい。

（14）明治四十三年四月の『白樺』創刊号巻頭に、武者小路実篤は「『それから』に就いて」と題する評論を掲げて、「作者の技巧の巧みなこと」（武者小路、二頁）を指摘しつつも不平を言う。「それはつくられたものと云ふ感じである。自然の一部分をかゝれたものと思へない點である。……〔中略〕……何處かつくられた感じがする、之を譬へるのに自分は運河を持て來たい。運河も自然の法則に從つてゐる。しかし人間の作つたものだ、何處から何處まで人間の考でつくられてゐる、作者は『それから』を書く時、すべて書く事を意識してゐたにちがいない。讀者を此所へ導き之を見せ、彼所に導き彼を見せ……と云ふ風に作者は始より意識して見せたい所に讀者を導いてゐるやうに思はれる。……〔中略〕……しかし自分は運河よりも自然の河を愛する。／しかしかく云ふものゝ、『それから』は他の多《おおく》の自然派の作物より遙かに多くのいろ〳〵の景色を見せ、遙かに美しい景色を見せ、遙かに深きものを切りひらいて見せてゐる」（同、七－八頁）と。そのうえで「自分は『それから』に顯はれたる思想を以て一種の自然崇拜と見たい。nil admirari の域に達した代助を以てこの自然崇拜家と見たい」（同、九頁）と、作品の「思想」のほうに批評を移して、「『それから』は自然に代助が背いた處に發端をもち、代助が自然に從ふ爲に社會に背く處で終つてゐる」（同、一〇頁）と読み、これを「自然の力、社會の力、及び二つの力の個人に及ぼす力に就ての漱石氏の考の發表と見る」（同、一一頁）。そして若い武者小路は「終りに」臨んで言う。「漱石氏は何時までも今のまゝに、社會に対して絶望的な考を持つてゐられるか、或は社會と人間の自然性の間にある調和を見出されるかを見たいと思ふ。自分は後者になられるだらうと思つてゐる。さうしてその時は自然を社會に調和させやうとされず、社會を自然に調和させやうとされるだらうと思ふ。さうしてその時漱石氏は眞の國民の教育者になられると思ふ」（同、一四‐五頁）と。いかにも白樺風で、底の浅い、かなり甘めの希望的観測である。

(15)　これを表面的に眺めていると、自然主義との差異は見えてこない。だから森田草平は「先生」の方法論的な苦心を理解せずに、呑気な批評をすることになる。「『道草』は、小宮君は先生の代表作のやうに云ふけれど、私にはどうもさうは思はれない。……〔中略〕……自分の閲歴をそのまゝ書かれただけあつて、構成上にも些の穿鑿の跡が見えない。如何にも素直で且自然でもある。しかし、それ等の事は、畢竟当時に於ける日本の自然派の主張をそのまゝ踏襲されたに過ぎないのではないか。それが『日本的』だと言えば、それまでである。先生の代表作としてこれを推す気には、私にはなれない」（森田、三巻、三七六‐七頁）。小宮と対峙する森田の、「私」の目立った批評である。

(16)　正宗白鳥は昭和二年六月二十七日の『読売新聞』で、「漱石をもつて、明治以後の國民的作家の第一人者と斷定して」言う。「『それから』とか『彼岸過迄』とか『心』とか『明暗』とか、今まで、私の通讀した氏の長篇小説によつては、私は左程に感動さゝれなかつた。讀みながら、退屈した」が、「今度、以前飛び〳〵に讀んだに過ぎなかつた『道草』をはじめて通讀したのであつたが、これは、氏の全作中最も大切な小説ではないかと思はれた。藝術上の見地から判斷して、最も傑出してゐると見做すのではなくつて、氏の全作品の註釋書として、私はこの小説に多大な價値を置くのである。いろ〳〵な作品の生れた源をこゝに辿ることが出來るやうに私には思はれる。／『道草』は、恐らくは、漱石作中の唯一の自傳小説として受け入れてもいゝもの、様に推察された。藤村氏の『家』や秋聲氏の『黴』など、比べて見ると、新日本の文學の諸先輩の風格が窺ひ得られて面白い」（正宗、二十一巻、一三五‐六頁）と。

(17)　若い江藤淳はその差異を、漱石文学の倫理性・社会性にたいする「『自然主義』——『私小説』の系列」の、「芸術家」的な自己主張の非倫理性・非社会性との対比のうちに指摘した（江藤、一九七九年、一六二‐三頁）。そして私小説的な自然主義の主人公たちが「いいあわせたように……〔中略〕……彼らに内在する『自然』から、彼らの上にある、より高い次元の超絶的『自然』へと遍歴する」（同、一六四頁）ことにも言及した。それと類似の二つの「自然」をめぐり、しかし漱石では、まったく別の事態が生じていることを確認したい。「則天去私」とは、その「自然の論理」の詩学制作論的な到達点をしめす符牒である。江藤は「則天去私」を、社会生活に疲れた作家の現実逃避の「吐息のような言葉」（同、一〇二頁）にまで貶めた。そして『道草』のなかには、「『自然』の名に於ける『我執』の承認」という「極めて巧妙な、日本的な妥協」（同、一七一頁）しか認めなかった。これにたいし拙稿は、漱石が社会性・倫理性の現実の場所に「帰つて来」ることこそを、みずからの課題とした文学者であることを強調したい。

ちなみに後年の江藤は「『道草』と『明暗』」と題する講演で、明治終焉後の鷗外と漱石を対比して言う。「鷗外は新時代にまったく背を向けて、一途に過去のほうへはいって行く。ところがこれに対して漱石は、自分自身が認めていない新時代に直面し、あえてそのなかにはいって行く。彼は新時代の新しい現実のなかに、あえて身を投じるという姿勢で生きたのであります。私が鷗外より漱石に強く魅かれるのは、漱石にこういう積極的な姿勢があるからであります」（同、三二九頁）。そして「『道草』が帰って来た男を主人公とする小説」であり、「単なる私小説として読んではならない小説」（同、三三一頁）であることを指摘する。しかし江藤はあいかわらず「則天去私」を「円満」な「悟り」の「お題目」（同、三四九頁）とみなして毛嫌いする。

(18)『硝子戸の中』の「色気を取り除」くという一句に関連していえば、『門』執筆中の明治四十三年四月の談話『色気を去れよ』は、円覚寺参禅に言及して述べている。「平常の修行さへ十分にやると、如何なる人物にもなれる、色気づいて態〻《わざわざ》鎌倉迄来たのは抑〻私の心掛け違ひだつたかも知れぬ、文学でも人をして感服させる様なものを書かうとするには先づ色気を去らなければならぬ」（二十五巻、三八五頁）。こういうテクストの語りの趣きに沿い、拙稿もことさらに「禅」の悟りには「色気」を出さずに、むしろ「文学」の道の探究の事柄として「明暗双双」「則天去私」の意義を究明したい。

(19) この連繋の機微を簡明にとらえた佐藤泰正の言葉を引いておきたい。「『実質の推移』という『道草』の方法理念は、〈明暗双双〉という認識へ深まり、転化しつつ未開の世界を拓いてゆく。『道草』がその自伝性を方法として繰り込んでいたとすれば、『明暗』は主題が方法と化し、方法が主題と化した世界と言ってもよい。作者はその方法を〈則天去私〉の語をもって呼んだ。同時にこれと並行して書かれた漢詩の制作は、まさに方法が主題と化し、主題が方法と化してゆく作品展開の機微を側面より照射する」（佐藤泰正、一九八六年、三六七頁）。

(20) すでに七十一節で「あらゆる意味から見て、妻は夫に従属すべきものだ」、「女の癖に」、「何を生意気な」という、一連の生々しい「言葉《ことば》」で推移する「健三の論理《ロジツク》は何時の間にか、細君が彼に向つて投げる論理《ロジツク》と同じものになつてしまつた」（十巻、二一六頁）と、テクストは批評して伏線を張っている。そして八十三節末尾では、「何と云つたつて女には技巧があるんだから仕方がない」という健三の言葉をめぐり、「彼は深く斯《か》う信じてゐた。恰も自分自身は凡《すべ》ての技巧から解放された自由の人であるかのやうに」（同、一五六頁）と、やはり地の文で容赦なく評定する。

（21）佐藤泰正は、あの断片と小説の双方を照合して言う。「漱石はここで〈実質の推移〉から出る〈自然の論理〉こそがひとを、読者を説得しうる方法だというが、しかし同時にまた、その認識、その方法自体が、ほかならぬ作中に見据えられ、検証され、砕かれてゆくところに、理念ならぬ真の〈実質の推移〉があると言いたげである」（佐藤泰正、一九九四年、九六頁、および二〇〇一年、一〇七頁）。このみごとな読み筋に賛同して、テクストの語りに耳を傾けたい。

（22）高木文雄は「漱石作品の〈語り手〉の成熟を『道草』のうちに見定めて言う。「〈語り手〉が登場人物に対して時間的水平的距離を持つと同時に空間的垂直的距離を持つ位置に設定されたことによつて、漱石は眞のユーモアを手に入れることになつた。……〔中略〕……寫生文から出發した漱石が十年の經驗——實驗と工夫と——の後にこゝに到達したのである」（高木、一九九四年、二一頁、傍点引用者）。そして「『道草』は明るい自由な作品なのである」と。この点には大いに賛同するとして、しかしそういうテクストの語りがなぜありえたかについて、「作者が自己絶對化の崩潰を經驗し、相對的存在であることを、或絶對に關して、悟らされたからか」、「さういふことの起る豫徴を感じたからか」（同、二二三頁）というように、拙稿は考えない。

（23）『心』の先生の「長い自叙伝」（九巻、二九九頁）の終盤、こう言われている。「私は妻《さい》から何の為に勉強するのかといふ質問を度々受けました。私はたゞ苦笑してゐました。然し腹の底では、世の中で自分が最も信愛してゐるたつた一人の人間すら、自分を理解してゐないのかと思ふと、悲しかつたのです。理解させる手段があるのに、理解させる勇気が出せないのだと思ふと益《ますます》悲しかつたのです。私は寂寞でした。何処からも切り離されて世の中にたつた一人住んでゐるやうな気のした事も能くありました。／同時に私はKの死因を繰り返し〳〵考へたのです。……〔中略〕……私は仕舞にKが私のやうにたつた一人で淋《さむ》しくつて仕方がなくなつた結果、急に所決したのではなからうかと疑《うた》がひ出しました。さうして又慄《ぞつ》としたのです」（九巻、二九一頁）。

（24）『硝子戸の中』および『道草』の「『微笑』視点の獲得」を、秋山公男は『彼岸過迄』『行人』が処方した「考へずに観る」という「消極的かつ実現困難な脱出策」に対比して言う。「『こゝろ』において我執の悲劇を形象しかつ検証した漱石は、自我への執着の断ち難さ、即ち我執の根深さ罪深さを再確認していた。『道草』で試行された『微笑』による自己客体化・相対視は、『考へずに観る』態度に代る自我制御の方法であったと考えられる。実現不能な『苦痛』『不安』の抹殺に代る、それへの相対視が『微笑』である。無論自己の客体化及び相対視は、知性の放棄でもなければ自我の縮小をも意味しない。寧ろ逆に、強力な知性と意志の支えを前提にするといえよう」（秋山公男、三五四頁）。拙稿はこれにおおむね賛同する。しかしその「微笑」視点の根柢にあるという「強力な知性と意志」が、「自我の処理」「自己救出」「自己救抜」という「現世に生きる生身の漱石の最大関心事」（同、三五四-六頁）を超えて、「則天去私」のリアリズム文学の方法論をめざした点にこそ注目したい。そして秋山が「相対世界の種々相を遍く照射し得る絶対的視点に立つ、心理的リアリズムの徹底深化」（同、三六五頁、傍点引用者）として曖昧に表現した事柄を、もっとテクストに即して精査してみたい。

（25）『明暗』は清子と津田の「問答」（十一巻、六七九頁）を最後に置く。清子は「自然」（同、六七三、六八〇頁）に、「単純」「淡泊」（同、六七四頁）に、「平気」（同、六七四、六八二頁）で「余裕」（同、六七四、六八〇頁）をもって「すら〳〵と」（同、六七五頁）「事実」（同、六七八頁）ありのままに、「たゞ昨夕《ゆふべ》はあゝで、今朝《けさ》は斯《か》うなの。それ丈よ」（十一巻、六八三頁）と言って「微笑」（同、六七三、六八〇、六八八頁）する。これに対して津田は自分自身の「私《わたくし》」（同、六七四頁）を自覚せず、むしろ「素人に対する黒人《くろうと》」（同、六七五頁）のごとくにして、「其微笑の意味を一人で説明しようと試みながら自分の室に帰つた」（同、六八八頁）のである。かかる「天地隔絶」の対照をもって小説が中絶したのは、漱石というテクストの語りの問題としてじつに意味深い。「津田の病はまだ仲々癒らないでありませう。穴と腸とが直通したところから微笑が出て来るには、まだまだ色々と重要な事柄が残されてゐます」（辻村公一、三八-九頁）。漱石の明暗双双の筆は、いたずらに清子個人を悟達の聖女に拵えることなく、物語りそのものの「天然自然」の推移のなかで津田の精神の「根本的の手術を一思ひに遣る」（十一巻、四頁）という難題に、それからいかにして取り組むのか。そういう『明暗』談義の醍醐味を、拙稿は賞翫する暇も紙幅もなく、禁欲せざるをえない。

第七章　「神」から「天」へ

第一節　神の眼という言葉

最晩年の「則天去私」につうじる詩学の反省の閃きは、生活者の日常の一齣にたまさか訪れることがある。このことを漱石は『道草』に記していた。「大変懸《か》け隔《へだた》つた」ようにみえる自他のあいだも、「大《たい》した変《かは》りはない」。そういうささやかな「大乗的」認識反転の出来事として、その閃きは小説本文に盛られていた。この「方法としての自伝的作品」(1)を書く人に、「嘘《うそ》を吐《つ》いて世間を欺く程の衒《げん》気がない」のだとすれば、健三のみならず帰国直後の漱石にも、その刹那はあったはずである。その閃きが小説と同様の場面、同じ深さで受けとめられていたかどうかは定かでない。テクストの語り口には『道草』執筆時の解釈が入っていて当然である。だとしても、その解釈がここにはたらいたことに意味がある。あの閃きの出来事はことさらに宗教的な神秘体験などではなく、日常茶飯の人間観察の文学的な昇華である。そしてこの理解にも「嘘《うそ》」はないはずである。周知の「則天去私」神話から身をひきはがすには、さしあたりこれでもう充分だと思われる。

とはいえ神話化の危険な罠はなお残存する。しかもその誘惑はかなり手ごわいものである。『道草』テクストには、あの箇所にさきだつ四十八節に、以下のきわどい記述もみられるからである。


　健三はたゞ金銭上の慾を満たさうとして、其慾に伴《とも》なはない程度の幼稚な頭脳を精一杯に働《はた》らかせてゐる老人を寧《むし》ろ憐れに思つた。さうして凹《くぼ》んだ眼《め》を今擦《す》り硝子《がらす》の蓋《かさ》の傍《そば》へ寄《よ》せて、研究でもする時《とき》のやうに、暗《くら》い灯《ひ》を見詰《みつ》めてゐる彼を気の毒な人《ひと》として眺《なが》めた。

　「彼は斯《か》うして老いた」

　島田の一生を煎《せん》じ詰《つ》めたやうな一句《いつく》を眼の前に味はつた健三は、自分は果して何《ど》うして老ゆるのだらうかと考へた。彼は神《かみ》といふ言葉が嫌であつた。然し其時《とき》の彼の心《こゝろ》にはたしかに神といふ言葉が出た。さうして、若《も》し其神《そのかみ》が神の眼《め》で自分の一生を通《とほ》して見たならば、此強慾な老人の一生と大《たい》した変《かは》りはないかも知れないといふ気が強くした。（十巻、一四六頁）

小説冒頭の「小雨」の降る日に、健三は「思ひ懸《が》けない人《ひと》にはたりと出会つた」（同、三頁）。種々の交渉や折々の長い回想をへて、彼は養父に自邸訪問を許すこととなる。「健三の心を不愉快な過去に捲《ま》き込む端緒《いとくち》になつた島田」は、訪問初日の客間に対坐して「正《まさ》しく過去の幽霊であつた。また現在の人間でもあつた。それから薄暗《うすぐら》い未来の影《かげ》にも相違なかつた」（同、一三七頁）。島田は「三日程《ほど》して又健三の玄関を開《あ》けた」（同、一四三頁）。そしてその日の訪問は、人間の現在・過去・未来を「煎《せん》じ詰《つ》めたやうな一句《いつく》」(2)を、島田のみならず健三自身にも浴びせかける「端緒《いとくち》」となった。「彼は斯《か》うして老いた」。三人称単数主格の一文が、右の場面の核心をなすことに疑いはない。問題はこの主題提示のために、「神の眼」という言葉がもちだされた点にある。(3)

「彼は神といふ言葉が嫌であつた」という明瞭なことわり書きがある。にもかかわらず「其時《とき》の彼の心にはたしかに神といふ言葉が出た」と続いている。ただしこのときに否応もなく出現してきたのは、在りて在る神自身ではなく、あくまでも「神といふ言葉」である。しかもこの重大な差異への目くばせは、二度くりかえされている。だからこの小説断片だけをとりだしてきても、さほど危険はないはずである。しかしその点を顧みない解釈は、ことさらに

「神の眼」にとびついて、そこになにか特別な意味を読みこんでゆく。(4)そして場合によってはさらに、「則天去私」の「悟達」に向かう「絶対の境地」獲得の徴候が指摘されることになる。(5)

近年のテクスト分析の流行下では、そうした短絡はさすがにみられずに、旧式の漱石神話とも一定の距離がたもたれている。それでもなお『道草』や『明暗』での「神の全知視点」の採用が云々されるときには、「神」という言葉が妖しい響きをもちはじめてしまう。(6)そういう理論的反省を欠く術語使用は論外だが、それにしても『道草』はなぜこの局面で、「神といふ言葉」を召喚したのだろうか。人間観察の場における「神の眼」の仮構により、テクストは何を語りだそうとしているのか。さきに（第四章の末尾で）掲げておいた問いに、ようやく正面から取り組む時機がきたようである。

第二節　『道草』の神と自然

よく指摘されるように、『道草』には「神」への言及が散見される。まずは右の養父との会見につづき、「私《わたくし》」を「歇《や》」めるという字をあてた、連れ合いの「歇私的里《ヒステリ》」(7)を回顧する場面（五十四節）がある。

> 今《いま》よりずつと単純であつた昔《むかし》、彼は一図に細君の不可思議な挙動を、病《やまひ》の為《ため》とのみ信《しん》じ切《き》つてゐた。其時代には発作の起《おこ》るたびに、神の前《まへ》に己《おの》れを懺悔する人《ひと》の誠《まこと》を以て、彼は細君の膝下に跪《ひざま》づいた。彼はそれを夫《おつと》として最も親切で又最も高尚な所置と信じてゐた。
> 「今《いま》だつて其源因が判然《はつきり》分《わか》りさへすれば」
> 彼には斯ういふ慈愛の心が充ち満ちてゐた。けれども不幸にして其源因は昔のやうに単純には見えなかつた。彼はいくらでも考へなければならなかつた。（十巻、一六五頁）

テクスト表面の順序では「神といふ言葉」が出て、「神の眼」があり、そして「神の前《まへ》に己《おの》れを懺悔する人《ひと》の誠《まこと》」がやって来る。この流れのうちに、健三内心の宗教的な深化を見たいという誘惑が生じるのは、ごく自然である。しかし話の時系列では、「神の前」での「懺悔」は養父との対面よりかなり前、おそらくは健三が遠い国へ渡る遙か以前の田舎暮らしの「昔《むかし》」である。そしてその時の「誠《まこと》」は、彼が「今《いま》よりずつと単純であつた」頃、つまり結婚したての新妻との関係性の形容である。「彼はそれを夫《おつと》として最も親切で又最も高尚な所置と信じてゐた」。この最上級の形容の反復が、あのころの新郎の「単純」さを強調する。かつて「彼は一図に細君の不可思議な挙動を、病《やまひ》の為《ため》とのみ信《しん》じ切《き》つてゐた」。この大過去に対比して、帰国後の「今《いま》」は「昔のやうに単純には見えなかつた」のだと明言されている。「しぶといといふ観念」を「焦点」に細君を眺め（同、一六三頁）、しかもヒステリーの「源因」に「女の策略《さくりやく》」（同、一六四頁）を疑う現今の夫には、彼女との「単純」な接触はもはや遠い過去である。だから「神の前《まへ》に己《おの》れを懺悔する人《ひと》の誠《まこと》」も、すでに失われて久しいはずである。

　そしてこの大過去と過去の二重回顧の直後、五十五節の冒頭で、意味深長な「自然」という文字が顔をだす。

　斯《こ》ういふ不愉快な場面《ばめん》の後《あと》には大抵仲裁者としての自然が二人《ふたり》の間《あひだ》に這入《はい》つて来《き》た。二人は何時となく普通夫婦の利《き》くやうな口《くち》を利《き》き出《だ》した。

　けれども或時《あるとき》の自然は全くの傍観者に過《す》ぎなかつた。夫婦は何処《どこ》迄行《い》つても背中合《せなかあは》せの儘《まま》で暮した。（十巻、一六六頁）

微妙な夫婦関係《よのなか》を見つめる「自然」の二様の表情が、短い二段落で対句的に描きだされている。そして後者の冷淡な「自然」の代表として、ただちに「一ヶ月あまり」（同、一六八頁）の別居の事実が報告される。しかしながら他面では「幸にして自然は緩和剤としての歇斯的里《ヒステリ》を細君に与へた。発作は都合好《よ》く二人の関係が緊張した間際に起つた」（同、二三七－八頁）のである。かくして「自然」は「大抵仲裁者」であり、時に不親切な「傍観者」である。テクストが今そう語っているのが、なによりも興味深い。しかも欧文直訳調に「自然」の二文字を名詞にして、主語の位置にすえている点が注目に値する。漱石に見られるこの「自然」の用法は、(8) 漢語の「自然」の枠をこえ西洋語の“nature, Natur, natura”の語法も吸収して、近代科学の機械的な「自然」とは別の――カント『判断力批判』の〈自然の技術〉の類比の語りにも似た――「自然」の新たな音色を鳴りひびかせている。

第三節　天に禱る時の誠

それにもましてぜひとも注目したいのが、やや先立つ五十節の、細君のヒステリーをめぐる「天」への「禱《いの》」りの表情である。島田との単独会見の初日、無駄に長居する養父をようやくのことで送りだした健三は、妻の発作を懸念して「すぐ奥へ来て細君の枕元に立つた」(同、一五〇頁)。ところが何度よびかけても、彼女の眼はうつろで「返事」もない。

「おい、己《おれ》だよ。分《わか》るかい」
斯《か》ういふ場合《ばあひ》に彼の何時《いつ》でも用ひる陳腐で簡略でしかもぞんざいな此言葉のうちには、他《ひと》に知れないで自分にばかり解《わか》つてゐる憐憫と苦痛と悲哀があつた。それから跪《ひざ》まづいて天《てん》に禱《いの》る時の誠《まこと》と願《ねがひ》もあつた。(同、一五一－二頁)

いまや「夫《おつと》」の「誠《まこと》と願《ねがひ》」は、「神の前《まへ》に己《おの》れを懺悔する」というような性質のものでなく、「跪《ひざ》まづいて天《てん》に禱《いの》る時」のそれである。テクストはそこに彼のみが知る「憐憫と苦痛と悲哀があつた」のだと、たたみかけて証言する。そして「感傷《センチメンタル》的な気分に支配され易《やす》い癖《くせ》に、彼は決して外表《デモンストラチーヴ》的になれない男であつた」(同、一五二頁)と率直に批評する。これはあれから十年後のいまからの、かなり遅ればせの弁解と、明治の淋しい精神にもありえた精一杯の求愛の言葉だろう。その意味では『道草』を書く現在の「誠《まこと》と願《ねがひ》」も真実であるのにちがいない。ゆえに「神」から「天」および「自然」へのさりげない展開も、「他《ひと》に知れないで自分にばかり解《わか》つてゐる」語り手の、批判哲学的な誠実に裏うちされているのだと見るべきである。[9]「突然平生の我《われ》に帰《かへ》」って「夢《ゆめ》から覚《さめ》た人《ひと》のやうに健三を見た」細君はふと「微笑しかけ」て、「まだ緊張してゐる健三の顔を認め」、「其《その》笑を止めた」（同、一五二頁）ともある。ここに「天」と「微笑」のモチーフが近接する。しかしその十全な接合を、健三の「緊張」がさまたげる。とはいえ次の五十一節では、「天」がふたたび顔をのぞかせる。

細君の病気には熟睡が一番の薬《くすり》であつた。長時《じ》間彼女の傍《そば》に坐《すわ》つて、心配さうに其顔《かほ》を見詰《みつ》めてゐる健三に何よりも有難い其眠《ねむ》りが、静かに彼女の瞼《まぶた》の上《うへ》に落ちた時《とき》、彼は天から降《ふ》る甘露をまのあたりに見るやうな気が常にした。[10]（同、一五五頁）

こういう「天」のイメージは健三の、そして幼少期からの漱石の心の近くにあったものだろう。右の平癒祈願の「天」と、「則天去私」の詩学の「天」とを同一視することは、やはりここでも慎まねばならない。しかしこの両者が類比的に重なり合うこともたしかである。そして『道草』のテクストの語りにおける「神」と「天」との対照的な扱いは、やはり注目されてしかるべきである。

この世の大地的なものや人間的なことへの「天」の関与が、神学的《セオロジカル》で天国的な超絶性から、自然学的《フィジオロジカル》な双双相即へ移りゆく。この転換の目くばせを、見逃すことなく受けとめたい。ちなみに「天帝」「天神」「天皇」といった語法から察せられるように、「天」も古くは人格化されて「神」とひとしく解されることがあった。そして多くの場合が、個別王朝や特定氏族社会の「祖先神」を言い表わした。[11]これにたいして漱石の「天」は、そのように守備範囲を狭く固定した「天」の神格化を払拭し、個々の近代国民国家の多種多様性をも包みこみながら、それら区別の外枠をこえた広大な「天然自然」の方角にむかっている。その政治哲学的な世界市民的見地の含意もおぼろげに読み取ったうえで、『道草』テクスト内の残り二つの「神」の表情を検証してみたい。

第四節　神なき時代の自己の道徳

細君と娘たちが「生家《さと》」から戻ってくる。金めあての島田の来訪がたびかさなる。依然として夫婦の「感情の行《ゆき》違《ちがひ》」は解消せず、「健三の心は紙屑を丸めた様にくしや〳〵した」。彼は「肝癪の電流」を発散すべく（同、一七一頁）、わが子の「草花《くさばな》の鉢《はち》など」を「蹴飛《けと》ば」すという「気違《ちがひ》じみた真似《まね》」までする。「保険《ほけん》会社の勧誘員」の来訪にも激怒して大声をあげる。健三は「腹の底」で「弁解」し、「心の裡《うち》」で「言訳《いひわけ》」をする。「己《おれ》の責任ぢやない」（同、一七二頁）。「己《おれ》が悪いのぢやない」。それはだれにも「解《わか》つてゐなくつても、己《おれ》には能《よ》く解《わか》つてゐる」（同、一七三頁）。心中に叫ぶ彼を遠まきに見つめながら、テクスト（五十七節）はある決定的なコメントを寄せている。

無信心な彼は何《ど》うしても、「神には能く解《わか》つてゐる」と云ふ事が出来なかつた。もし左右いひ得たならばどんなに仕合せだらうといふ気さへ起《おこ》らなかつた。彼の道徳は何時《いつ》でも自己に始まつた。さうして自己に終るぎりであつた。（同、一七三頁）

「神《かみ》といふ言葉が嫌《きらい》」で「無信心な」健三が、「神」の全知の「眼」などをあてにしないのは当然である。それによる「仕合せ」を微塵も思わないのは、神への信仰から完全に手を切っている証拠である。テクストは「神」と「自己」との断絶の距離をたてつづけに強調する。それはさしあたり彼個人の私的な問題状況を写しだす。神のみならず周囲の人間からも孤立する、淋しい主観の描写である。「彼の道徳は何時《いつ》でも自己に始まつた。さうして自己に終るぎりであつた」との断言も、まずはその意味あいで読めるだろう。そしてこの場合の「自己」は「己惚《おのぼれ》」（同、一七三頁）の強い人の、自我への囚われに近いものとして受けとれる。

たしかにそれがテクスト表向きの意味だろう。しかしこの文章がわれわれの現在からの共感をかちえるとき、それは健三個人の"particular case"をこえ、漱石の自伝・評伝の歴史記述的な限定もこえて、〈神の死〉の時代を生きる近代市民の"general case"の問題となる。すくなくとも十九世紀末転換期の明治知識人の内面を写したものとして、さらにまた現代を生きるわれわれの事柄として読むことができる。しかも「彼の道徳」はたんに「自分」や「自我」ではなく、「自己」に始まり「自己」に終わると言うテクストの根柢では、前年秋の『私の個人主義』の「自己本位といふ四字」（十六巻、五九五頁）が直に反響している。(12) そして「自分が他《ひと》から自由を享有してゐる限り、他にも同程度の自由を与へて、同等に取り扱はなければならん事《こと》と信ずる」（同、六〇二頁）という徳義心、「公平の眼を具し正義の観念」（同、六〇三頁）をもって自他の個性の自由で平等な発展をめざす近代市民社会の定言的な道徳原理が、これに折り重なってくる。

かつて『草枕』の「非人情」の旅から一転した『二百十日』では、碌さんとの道義的な膝栗毛の最中に、圭さんが「天祐」（三巻、二一五、二二二、二二三頁）の文字を口にしながら、「仏国革命」は「当然の現象」で「自然の理窟」（同、二二五頁）だと認定していた。(13) そして「雄大な」阿蘇の噴火口をまぢかに臨んで「僕の精神はあれだよ」と叫び、「社会の悪徳」を「公然商買」にしたり「公然道楽にして居る奴等」を打ち倒すべく、「血を流さない」「文明の革命」（同、二二五‐六頁）の断行を宣言した。「我々が世の中に生活してゐる第一の目的は、かう云ふ文明の怪獣を打ち殺して、金も力もない、平民に幾分でも安慰を与へるのにあるだらう」（同、二五六頁）。圭さんのこの呼びかけを、小説の結び近くに配したうえで、つづく『野分』の「文学者」白井道也も、「明治四十年の日月」を「開化の初期」（同、四二八頁）だと位置づけて、さらなる「革命」（同、四三一頁）の継続を訴えた。

そしてあの『虞美人草』を執筆するにあたり、漱石は『文選』を読み返す。それは小説の「最後に哲学をつける」ためであり、その「セオリー」（二十三巻、八四頁）とは「生死の大問題」にかかわる「道義」（四巻、四五五頁）の貫徹である。ゆえにこの一篇は「偉大なる自然の制裁」を描いた「悲劇」（同、四五三頁）となる。我《が》の女は美しく死ぬ。職業作家として最初の長篇に取り組む人は、徳義の「天」を大前提にして「自然の法則に背く」ことなく「自然の命令に従つて虞美人草をかい」たのである。[14]

『道草』は健三の「今」と、あの頃の「単純」な筆の運びを反省するテクストの現在との、二重写しの複雑な語りである。健三の「自己」に終始する道徳と、『私の個人主義』の「自己本位」との懸隔は明らかだが、『道草』は、その区別と連続の全体をおおらかに見つめている。その点も考慮に入れて漱石晩年の「自己本位」の筋を突き詰めれば、純粋実践理性の「自己立法 Selbstgesetzgebung」たる「自律 Autonomie」の上に、神ならぬわれわれ人間の道徳性を基礎づけたカント哲学への連絡径路が検知されてくる。しかもカントはそのアプリオリな道徳法則を、自然の機械的因果の世界を支配する普遍的自然法則との類比のもとに、道徳的経験世界の批判的な建築術の起点にすえていた。そしてこの自然と道徳の形式的な類比を、倦まず弛まず経験的・実質的に展開してゆく足がかりとして、「自然の技術」という〈反省的〉な解釈学的原理に着眼した。近代欧州で科学的かつ合理主義的な自然が完全に道徳や価値から切り離されてゆく直前の、あの十八世紀終盤の理性批判の哲学の世界建築術との密やかな重なりを、漱石の「則天去私」に読みこむことも、間テクスト的に読書するわれわれの「今」には可能だし、充分に許されている。

『道草』テクストが浮き彫りにする「神」と「自己」との鋭い対比。それをこの大文脈で見つめるならば、この小説は神なき時代にわれわれ人間の道徳を求め、新たな文学を始動させた、暗中模索の心の情況の回顧報知である。赤ん坊が生まれ[15]、細君が産褥熱の床を上げるかどうかという頃合いに、「彼はある知人に頼まれて其男の経営する雑誌に長い原稿を書いた」。そのとき「彼はたゞ筆の先《さき》に滴《したた》る面白い気分に駆《か》られ」(十巻、二六三頁)ていた。明治三十七年十一月の『猫』の起稿を匂わせる記事を置いて、物語りは養母「御常」の「第二回の訪問」(同、二六五頁)と、そして年越しの「纏つた金」(同、二七六頁)をせびる養父との決裂の顚末をえがく。代理人が来て、島田との手切金は「百円」(同、二九五頁)と定まった。不愉快な来客で中断した期末試験の採点にもどる健三の腹の奥底から、「神《かみ》でない以上公平は保てない」、「神でない以上辛抱だつてし切れない」(同、二九七頁)という、あの悲痛な叫びが吐きだされる。そして大学の仕事が「漸《ようや》く済《す》んだ」年明けに、健三は「島田に遣《や》るべき金の事を考へて」(同、三一二頁)、あの激烈な執筆の日々に突入する。

第五節　西洋的絶対神への違和

健三は「神《かみ》といふ言葉が嫌」であり、「神には能く解《わか》つてゐる」などと考えることすらなく、「神でない」自分をただ空しく弁護するばかりである。この一連の「神」という言葉には、健三が「新《あた》らしく後《あと》に見捨てた遠《とほ》い国の臭《にほい》がまだ付着してゐ」る。[16] テクストは「神」に対する健三の距離と断絶の深化を明瞭に語りだしている。西洋キリスト教圏の現世万物を創造した、全知全能の超越的唯一絶対神。漱石が滞在した十九世紀末転換期のヨーロッパでは、〈神の死〉を叫ぶニヒリズムの空気がすでに不気味に漂いはじめていた。しかもなお篤い信仰と宗教的な風習は、生活の隅々にまで色濃く残存していたのであり、だからこそ〈神の死〉は彼の地では深刻な様相をおびていた。

健三はそういう「神」の濃厚な「臭《にほい》」を「忌《い》んだ」のであり、「一日も早く其臭《そのにほひ》を振《ふる》ひ落《おと》さなければならないと思」ったのである。それにきっちり呼応するように、帰国直後の漱石も英文学講義で大胆に言ってのけている。

> 欧洲基督教徒の研究した哲学は必ず神《ゴット》と云ふ字が出て来る。我々日本人が考へると何も神と云ふ事と哲学的思想とは関係のない者である。神は神、哲学は哲学でよからう様に考へられるが、彼等は基督教徒であつて、生れ落ちた時から死ぬ時迄、基督教のお蔭を受けて居る。而して基督教の根拠は神であつて此神から人間も天地も出来て居るのだからして哲学者の様に物を考へる人の自然の傾向は此神を今迄通り認識するか、又は今迄の神と云ふ観念を変形して之を受納するか、若《も》くは全然此神なるものを打崩すか。どうにか神《ゴット》の始末をつけねばならぬ。従つて欧洲の哲学者は神のことを云々せざるを得ない。我々日本人は違ふ。根本的にそんな影響を蒙《こうむ》つて居らんから神抔《など》をどんなものだと考へる必要もない。西洋の哲学書にある神などの受売をする必要はない。欧洲人が神の属性《アツトリビユート》などを理窟をつけて矢釜《やかま》しく騒ぐのは矢張り欧洲に固有な風潮の支配を受けた因果であると思つて居ればよいのである。(十五巻、六四－五頁)

「欧洲基督教徒」と「我々日本人」、宗教的信仰と「哲学的思想」。これらのあいだを単純に切りわける英文学講師の口ぶりは、わが身につきまとう「遠《とほ》い国の臭《にほい》」への拒絶反応を示す症候である。そして「神と云ふ字《ゴット》」に囚われて「矢釜《やかま》しく騒ぐ」西洋哲学への感情的反発を、『道草』テクストは遠く反芻して健三の内省のうちに写しだす。

これにたいして直前の随筆はもうすこし抑制のきいた言葉で、超越絶対神の存在への懐疑と、神の死の不安への皮肉な感懐を語っている。

もし世の中《なか》に全知全能の神《かみ》があるならば、私は其神《かみ》の前に跪《ひざま》づいて、私に毫髪《ごうはつ》の疑《うたがひ》を挟《さしはさ》む余地もない程明らかな直覚を与へて、私を此苦悶から解脱せしめん事《こと》を祈《いの》る。でなければ、此不明な私の前に出て来《く》る凡ての人《ひと》を、玲瓏透徹な正直ものに変化して、私と其人との魂《たましひ》がぴたりと合《あ》ふやうな幸福を授《さづ》け給はん事《こと》を祈《いの》る。今の私は馬鹿で人に騙されるか、或は疑ひ深くて人を容れる事ができないか、此両方だけしかない様な気がする。不安で、不透明で、不愉快に充ちてゐる。もしそれが生涯つゞくとするならば、人間とはどんなに不幸なものだらう。（十二巻、六〇〇頁）

『硝子戸の中』の三十三節の、最終段落である。第一文の条件節と祈りは両義的である。仮に第二文までで引用を閉じたら、現世の「苦悶」からの「解脱」や人間界での「幸福」の成就を、「神《かみ》の前に跪《ひざま》づいて」「祈る」人の言葉として読むこともできる。しかし人間存在の「不安」「不透明」「不愉快」「不幸」を言い募る後段が、冒頭の「全知全能の神《かみ》」の仮定や叡知的な直覚《イントゥイション》の可能性を、執拗なまでに打ち消している。つまり冒頭の一文は「神」にも「世の中」にも「私の前に出て来《く》る凡ての人《ひと》」にも、けっして打ち消しえない「疑《うたがひ》」を苦くかみしめている。もちろん帰国直後の頃からすれば反発の度合いや違和感の表現には明らかな差異が認められるものの、漱石は西洋キリスト教の「神」から終始疎遠だったのである。

第六節　神の眼から天の視座へ

ただし『道草』の頃になると、それまでの西洋か東洋かという二項対立は鎮静化する。「天」は英文学研究修業時代の「天地山川」の「自然」を懐深く包容して、西洋語の〝nature〟の原義も積極的に受けいれている。しかも「天帝」「天神」としての東洋風の神格化も注意深く回避されている。漱石というテクストは西洋と東洋の区別対立をこえ、「天然自然」の語の普遍的・本源的な意義の奪還反復を哲学的・文学的にめざしている。ちなみに右の随筆文中、「解脱」は特段の宗派宗教的な意味を持っていない。そして『道草』テクストもこの言葉を、義父の経済的困窮の解決という日常の俗な意味あいで用いている。[17]『硝子戸の中』にしても『道草』にしても、テクストの語りそのものは、「神」への「信心」や「私」の「解脱」云々よりも、自分を含むこの世の人間のありさまを文学的にリアルに直視することに向かっている。

「神」から「自己」へ。「神」から「天」へ。眼前の養父と自分自身の来るべき「老い」に触発され、「神《かみ》といふ言葉が嫌」な健三の「心《こゝろ》」におのずとこの「言葉が出た」。この不可思議な出来事の報知も、人世の現実を凝視する文芸の哲学的基本姿勢と直結する。「若《も》し其神《そのかみ》が神の眼《め》で自分の一生を通《とほ》して見たならば、此強慾な老人の一生と大《たい》した変《かは》りはないかも知れないといふ気が強くした」。漱石の詩学制作的な方法論に関心を寄せてテクストの声に注意深く耳をかたむければ、ここでの「神の眼」はむしろ、「魚《さかな》と獣《けだもの》程違《ちが》ふ」（十巻、一四〇頁）他者と自分を一視同仁に見つめる、あの「大乗的」な反省想起の場所からの言語活動的な遠いまなざしを指すものと理解できる。

『道草』全篇は、明暗二相を双双と反転する根本視座を、自己反省的な物語り世界で徹底行使したところに生みだされている。「神といふ言葉」の不可抗の出現は、この世界反転光学の閃きのおとずれが、帰国後の創作始動直前の日常に「たしかに」あったということを十年後のいま回顧したものにちがいない。「大変懸《か》け隔《へだ》つた」ように見える自他のあいだも、こうして視点をかえてみれば「大した変りはない」。のちに腹違いの姉弟のあいだで反復される「事実」認識の反転モチーフが、離縁した吝嗇な養父とのあいだで、まずは舶来の「神の眼」という言葉を手がかりにうちだされた。だからそれはさしあたりはまだ、「かも知れない」というほどのあやふやな感触にとどまっていた。とはいえその「気が強くした」のは、そこに確かな実感があったからであり、だからこそ同じ視座の閃きは、「姉《あね》はたゞ露骨《ろこつ》な丈なんだ。教育の皮《かは》を剝《む》けば己《おれ》だつて大《たい》した変《かは》りはないんだ」という明瞭な「反省」にまでいたるのである。『道草』テクスト内の二つの断片は、微妙な差異をはらみつつ共鳴して、作家となりゆく人の認識の深まりを告げている。

くわえて老いという人生論・身体論上の主題に関していえば[18]、すでに物語り序盤から健三は、「現在の自分を築き上げ」るべく西洋の学問にしがみついた「過去の牢獄生活」のはてに、「徒《いたづ》らに老ゆるといふ結果より外《ほか》」の「未来」がないことを薄々予想していた（同、八七‐八頁）[19]。その内省が養父との対坐の場所で、「大した変りはない」という認識に変わり始めた。そして「神の眼」に依拠した借りものの推論は、姉と対坐して「野生的な自分の存在」を直視する断案へと深化する。健三はもはや「神の眼」の仮構にたよることなく、事実性の大地の上で自他をひとしく茫然と見くらべる。「彼は斯《か》うして老いた」という人間一般の「一生を煎じ詰めたやうな一句」は、不愉快な日常の継続のなか、自分の身の上に容赦なく覆いかぶさってくる。他方、眼の前の病身の姉は「慢性の病気が何時《いつ》迄も継続するやうに、慢性の寿命が又何時《いつ》迄も継続するだらう」と手前勝手に思いこんでいる。健三はその姉に「出来る丈養生をしたら好《い》いでせう」（同、二〇七頁）と勧めてみて、じつは「他事《ひとごと》ぢやない」、「己《おれ》のは黙《だま》つて成《な》し崩《くづ》しに自殺するのだ」と「馬鹿らし」くも淋しく自己批評する。そして姉の痩せ衰えた身体を「微笑しながら見」るのである。

そういう小説テクストの生成の筋に先んじて、あの「一句」を本源的に獲得した作者は、自らの早すぎる老いを自覚しながら、かつての「成し崩し」の「自殺」とは全然異なる文学的な生の「継続」の覚悟を固めていたはずである。さらにはそういうテクストの趣を読みとって、「野生的な自分の存在を明らかに認めた」読者もまた、進行形または完了形の「老い」をわが身にひきよせ、人間的な（ゆえに言語活動的な）われわれの生の継続を自覚し、予感し、覚悟することを迫られる。

第七節　天命としての文学の語り

かくして小説『道草』は、健三の道草的な生の継続から、現世に生きる制作的な活動への帰還反転の物語りである。テクストは彼の帰郷を冒頭告知して、日常の写生と回顧の道草的な語りを延々と継続する。別居した「細君が帰つてから」、「夏中の出来事を自分丈《だけ》で繰《く》り返《かへ》して見るたびに、彼は不愉快」になり、「是《これ》が何時《いつ》迄続《つづ》くのだらうかと考へたりした」（同、一六八頁）。それにつづいて島田の訪問が常態化する。養父に「小遣《こづかひ》」（同、一六九頁）を無心された健三は、人間の金への執着の根深さを考える。それにひきかえ「彼は元来儲ける事《こと》の下手な男であつた。儲けられても其方《はう》に使《つか》ふ時間《じかん》を惜がる男であつた」（同、一七三頁）。テクストの現在の語りは、そうコメントする。そして大学を卒業した頃の健三を想起してから、「彼は其間《あひだ》に遂《つい》に何事《なにごと》も仕出《しで》かさなかつた」と厳しく批評する。

其時分の彼《かれ》と今の彼とは色々な点に於て大分変つてゐた。けれども経済に余裕《ゆとり》のないのと、遂に何事も仕出かさないのとは、何処迄行つても変りがなささうに見えた。

彼は金持《かねもち》になるか、偉《えら》くなるか、二つのうち何方《どつち》かに中途半端《はんぱ》な自分を片付けたくなつた。……〔中略〕……何《ど》うして好《い》いか解《わか》らない彼はしきりに焦《じ》れた。金《かね》の力《ちから》で支配出来ない真に偉大なものが彼《かれ》の眼《め》に這入《はい》つて来《く》るにはまだ大分間《だいぶま》があつた。（同、一七四頁）

テクストは今、「金《かね》の力《ちから》で支配出来ない真に偉大なもの」を横目に睨んでいる。しかし小説そのものは、大過去と過去の回顧の対比のうちに、道草的な生の継続のモチーフを依然として重く低く鳴りひびかせる。物語りもいよいよ終盤、実家と養家の板挟みの少年期を回想した健三は、「然し今の自分は何《ど》うして出来上《できあが》つたのだらう」と「不思議」がる。テクストはここでも鋭く批評して言う。「彼は過去と現在との対照を見た。過去が何うして此現在に発展して来たかを疑がつた。しかも其現在のために苦《くる》しんでゐる自分には丸《まる》で気が付《つ》かなかつた」（同、二八一頁）。テクストの現在が健三の「過去と現在との対照」を静かに包んで、彼の迂闊を指弾する。そして天命のモチーフをさりげなく挿入し[20]、小説は彼を師走の「寒い往来へ飛び出」させる。


人通《ひとどほ》りの少《すく》ない町《まち》を歩《ある》いてゐる間《あひだ》、彼は自分の事《こと》ばかり考へた。

「御前《まへ》は必竟何《なに》をしに世の中《なか》に生《うま》れて来《き》たのだ」

彼の頭《あたま》の何処《どこ》かで斯《か》ういふ質問を彼《かれ》に掛《か》けるものがあつた。彼はそれに答《こた》へたくなかつた。成るべく返事を避《さ》けやうとした。すると其声が猶《なほ》彼を追窮し始めた。何遍でも同じ事を繰《く》り返《かへ》して已《や》めなかつた。彼は最後に叫《さけ》んだ。

「分《わか》らない」

其声は忽《たちま》ちせゝら笑つた。

「分《わか》らないのぢやあるまい。分《わか》つてゐても、其所《そこ》へ行けないのだらう。途中で引懸《ひつかゝ》つてゐるのだらう」

「己《おれ》の所為《せい》ぢやない。己《おれ》の所為《せい》ぢやない」

健三は逃げるやうにずん〳〵歩いた。（十巻、二九八頁）

話はいよいよ大詰めにさしかかっている。彼を急き立て問いつめる短文連鎖が、「セッパ詰まつた」健三の心境を巧みに写しだす。しかもテクストはそれを淡々と追跡する。過去のあるひとつの「自然の現象」（十巻、二八七頁）として、彼の「自己本位」の執筆が始まるのは、もう間もなくのことである。

物我対立や自他の区別をはじめとする種々の言語分節をこえて、「天」の普遍性の大局から世の中を見わたし「微笑」する。そこから過去の自己自身の現実に帰還して、人間の「一生を煎じ詰めたやうな」一篇の小説を物してゆく。健三の帰国から始まる『道草』の物語り行為は、彼の現世帰還の画期をなす出来事を叙述して終幕となる。そのようにして自己の文学的生誕の時機を回顧した明暗双双の反転光学の視座に、あの明治三十九年十月の狩野宛書簡の「大乗的」と「世間的」の対置を重ね合わせてみれば、ここに作家漱石の方法論的探究の軌跡が浮き彫りになってくる。それとともに、漱石の人生における「天命」としての文学のモチーフも、一段と明瞭にうかびあがってくる。

余は余一人で行く所迄《まで》行つて、行き尽いた所で斃《たお》れるのである。それでなくては真に生活の意味が分らない。手応《てごたえ》がない。何だか生き〔て〕居るのか死んでゐるのか要領を得ない。余の生活は天より授けられたもので、其生活の意義を切実に味はんでは勿体ない。……〔中略〕……天授の生命をある丈《だけ》利用して自己の正義と思ふ所に一歩でも進まねば天意を空《むなし》ふする訳である。（二十二巻、六〇〇頁）

あのときの烈しい決意が十年後の小説で静かに回顧されたとき、「大乗的」も「天意」も西洋か東洋かという二項対立を軽々と飛び越して、もっと大らかで普遍性に富んだ「天」に則したものとなる。それとともに、あの頃の嫌悪すべき人生上の「不愉快」の「継続」も、いつしか人間的な「事実」として甘受すべき事柄へと、意味を反転させてくる。職業作家となった漱石の創作態度の探究は、そのようにして人間がこの世に生きる姿勢の問題と切り結ぶ。そういう語りの作用を生む『道草』テクストの視座は、つねにそのつど「遠い所から帰つて来」る性質のものである。そしてその「遠い所」は「神」から「天」、「神」から「自己」への認識の深まりにあわせて、彼岸の「神の眼」に仮託された絶対超越の場所から、この世の大地に住まうわれわれ人間の方へ無限の距離懸隔をひきもどされてくる。

それはこの大地からは依然として「遠い所」にちがいない。しかしこの世の現実を絶対的に超越した、異界からの視座ではない。この世の大地の「上《うへ》に跨《また》がつて」「ふわ〳〵と高《たか》い冥想の領分に上《のぼ》つて行」き、「広く」すべての物を「雲《くも》の上《うへ》から見下《みおろ》して笑《わら》」っている。しかもつねにそのつど大地の具体性の近みに「帰つて来」る。そういうわれわれ人間一般の語りの視座。[21] 漱石の文章座右銘たる「則天去私」は、「神といふ言葉」にかぎらず、総じて言語というものがそなえる不可思議な力――個別の私の視点をこえてこの世の天空を舞い、つねにそのつど個々の物の傍らへ降り立ってくる双双の反転的力動性――への、長年の文学的研鑽の果ての最後の洞察の文字《しるし》である。『硝子戸の中』の最終節、自分が「今迄書いた事」をふりかえり、今こうして書いている「心持《もち》」を反省して、その執筆行為を実況中継してみせたとき、漱石は言葉《ラ・ラング》というものの生命の秘密に決定的に目覚めていたのではなかったか。

そのつどの筆先から覚醒し、「結晶」する数々の言葉《パロール》は、「軽い風」や「鉢植の九花蘭」や「庭木の中」の「鶯」といった、具体的な物の形を紙面に定着させて、しかもつねにふたたび高く遠い「雲の上」へ「ふわ〳〵と」「上つて行く」。「硝子戸を開け放つて、静かな春の光のなかで、恍惚と」して、やがて現在時制で原稿を「書き終わる」漱石《テクスト》の「私自身」は、もはや特定のだれのものでもない言語活動《ランガージュ》としての「自己」である。それゆえに「去私」の文筆家は今「揺籃の中」の「小供」のように、「一寸肱《ちょっとひじ》を曲げて、此《この》縁側に一眠り眠」ろうとするのである。そのつどの今に覚醒し、また入眠する。そういう言語活動の深く静かな息吹と、創作家の「私」とが一つに融け合うところ。「明暗双双」に連なる「則天去私」という「言葉」もまた、みずからの生誕の蠢動を、あの大空《おほそら》の「雲」の胎内で開始していたのにちがいない。

注

（1）佐藤泰正、一九八六年、三五三頁、同、二〇〇一年、九二頁。

（2）漱石というテクストの読者は、小説本文にこうして立ち現われた「一句」の文字に、明治四十三年の断片をおのずと思い起こすにちがいない。すなわち「〇創作の depth は其内容のまとまりにあり。一句ニまとまるにあり。人生ヲ道破セル一句にまとまるにあり」（二十巻、一八二頁）で始まる、あの長い詩学考察断片（本書第五章の注（1）参照）である。

（3）老いという点で自己と他者をひとしく見る伏線は、二十九節の「二十三四」歳の青年との散歩の場面にある。このとき健三の脳裏には「人を殺した罪で、二十余年も牢屋の中で暗い月日を送つた」女のことが「閃いた」。そして「さう云ふ自分も矢っ張り此芸者と同じ事なのだ」と「腹の中」で嘆息した。「青春時代」を学問の「牢獄の裡《うち》で暮《くら》した」十数年前の自分への想起は、このときすでに「徒らに老ゆる」という一句につながっている。しかも「子供を生むたびに老《ふ》けて行つた」細君の身の上にまで考えはおよんでいる（十巻、八六－八頁）。こうして物語り序盤に、「神の眼」の想定抜きで、重要な伏線がはられている点を、本章のはじめにあらかじめ確認しておきたい。

（4）　佐藤泰正はここに「この作中の、最も奥深い『神』が現れて来る」と認定して、健三が「『神を呼んだ』のでも、仮に『神』の立場に立って見たのでもない――まさに彼が『其神』の前に引き据えられたということではないか。そうでなくして『神の眼』によって己の一生を見通されるという、自己の客体化・対象化はありえまい」とする、かなり強めの読み込みをおこなった（佐藤泰正、一九七四年、一一二－三頁）。そして「『明暗』の作者は、あの『道草』における自他の相対化、『神の眼』ともよばれる予感的な視点への開眼を経て、未踏の世界へ踏み入ってゆく」（同、一三〇、さらに四六頁参照）のだとして、「『明暗』における成熟とは」「その文体そのものの背後から滲出するなにものかであり」、それは「単なる俯瞰的な視角を超えた」もの、しかもいわゆる「去私的な『悟達』から生まれるものではなく、その光源は作者の内部を超えて、もっと深く――敢て言えば、あの『神の眼』ともよぶべきものの顕現につながるものであろう」（同、一三四頁）と推断した。佐藤は漱石晩年の「微笑」に関しても、この「『微笑の根拠』は、ある超越的な何ものかを予感せしめるものと言わねばなるまい。――ここに漱石の『神』が登場する」（同、九一頁）のだと、いささか性急に述べ立てる。佐藤が着眼する「神の眼」は、旧来の漱石神話とは鋭く一線を画しながらも、やはりその方角に新たに歩み寄って強度に宗教的なものとなる。そしてこの読み筋は「漱石と宗教――〈知〉と〈信〉の相剋をめぐって」（一九八二年初出、佐藤泰正、二〇〇二年、所収）でも、吉本隆明との対談（一九八六年）でも、つい最近の漱石講義（二〇一〇年）でも一向に変わらない。

　神の前に「引き据えられ」て「『神』の眼の下に見据えられる」という宗教的な経験は、かりにある実存にそれがありえたとすれば、たしかに事柄そのものとして重要である。そしてまた「求道と認識の二元の乖離」（佐藤泰正、一九七四年、一三四頁）を前提した江藤淳らの旧来型の解釈図式への強い違和感を、拙稿は佐藤と共有する。しかし「その求道性あるいは宗教性なるものの独自の姿」（同、一三二頁）というしかたで、作家漱石の求める「道」を、「『天』や『自然』ではなく」（同、一一三頁）、「救抜者」（同、一〇九頁）たる「神の眼」に代表させる筆致には与しえない。佐藤も認めるように、健三にも漱石にも「『神』（とよぶもの）に対する抜きがたい距離感（あるいは）違和感」（同、一一〇頁）がある。ゆえに「神の眼」を語る小説本文はかなり慎重な仮言命題となっているのだが、佐藤はこれを「神の眼」への「予感的」な「開眼」ととらえて、「ある超越的な何ものか」に向かう宗教性の補助線を引く。これにたいして拙稿は『道草』の「神の眼」の一語を、あくまでも「明暗双双」「則天去私」の反転光学の方法論的現成――佐藤も参照する「〈明暗雙雙〉（「無題」八月二十一日）の未分の世界」（同、一三三頁）――の萌芽の比喩表現として理解する。「神といふ言葉が出た」と、遠回しにしか表現せざるをえぬおのずからの事態は、本文で確認したように「事実の上に於て突然人間を平等に視た」という人間学的な認識の詩学につながるものである。だからここでは「其神」や「神の眼」そのものではなく、これらの「言葉」をここにおくテクストの語りの視座にこそ注目したい。そして当該案件の意味を直接的に宗教性との関連ではなく、もっと文学論的・人生論上の、リアリズムの方法探究の途上の出来事として解明したいのである。拙稿が「経験的実在論にして超越論的観念論（カント）」の一行に着眼するのもそのためであり、この批判哲学の視座は、じつは永遠の「神の眼」などではなく、どこまでも有限な〈われわれ人間の眼〉の不断反転光学の技法なのである。

（5）岡崎義恵はここを引き、「これは自我と他我とを結び神の愛の中に包攝せしめる第一歩であると考へてもよいのである。儒教的に言へば惻隠の心は仁の端であり、これは則天の道と通ずる所もあるわけである」（岡崎、一九六八年、三四三－四頁）と宗教的解釈を繰り出した。そして『道草』の「神」のいくつかの用例を引き、「『神』は漸く漱石の世界に君臨せんとする氣はひを見せて來たのである」（同、三四七頁）と即断する。さらに高木文雄は『道草』を「私小説」でなく「『自己批判』の文学」として読み、この「語り手」の独自性に注目しながら（高木、一九七二年、二二六－七頁）、「非は指摘するが批判はしない」「イエス・キリストのとった態度」（同、二二九頁）を重ねてしまう。そしてやはり問題の箇所を引いて、漱石の「心機一転」（同、二二八頁）を想定し言い放つ。「漱石はこのところを書いているときに、ほんとうに健三に託して、神を呼んでいたのだ。理屈によると、存在しないことになるはずであるうえに、そういうあやふやなものを拝むことを潔しとしなかった漱石がである。そしてそういうことは、語り手が立ててあり、視点がきまっている以上、安心してできることなのである」（同、二二九－三〇頁）。「ただわたしは、こういうふうに健三を見てゆく語り手の目に、慈愛を感じるのである。このゆるめの視線のなかで人は脱皮し成長できる」（同、二三〇－一頁）と。かくして、「則天去私」の方法論的な含意に着眼した高木の論考も、旧来の神話的な匂いを醸し出してしまう。

（6）佐藤裕子は『道草』に散見される「神」を、「精進することで仏になれるという仏教的な〈超越的絶対者〉としてのものではなく、〈人間はどれほど努力しても決して神にはなれない〉という〈神と人間との間の深い断絶〉を前提とする「キリスト教」的な〈超越的絶対者〉としての〈神〉」だと読み取ったうえで、『道草』は「〈理想とはほど遠い存在〉すなわち〈等身大〉」の「人間にはどうすることもできない人生の矛盾」を、健三の造形によって「浮かび上が」らせたのだとする（佐藤裕子、二〇〇〇年、二七五頁）。他方、テクストの語りの分析では、『道草』『明暗』は「『作中の人物は人物自らの意志に拠つて、神の摂理に従つて動いて居るもの、やうに書き表す』という『神の如き全知の視点』（Omniscient Point of View）を採用した〈語り〉であった」（同、一一頁）と結論づける。この二つの筋の解釈の論理的接続の有無は不明だが、佐藤の読みは森田草平伝聞中の「神の摂理」という「キリスト教」的な術語を媒介にして、じつに危険で粗雑な不協和音を鳴り響かせている。

（7）大正期のヒステリー解説書は「歇斯的里」「比斯的里」「臓躁狂」等の文字も当てていたようだが、『道草』は好んで「歇私的里《ヒステリ》」（十巻、七〇、七八、八九、一四三、一六三頁）と表記し、例外的には「歇斯的里《ヒステリ》」（同、二三七頁）も用いている。全集索引（二十八巻、550頁）と各巻注解によってその他の用字法を挙げれば、「歇私的里」（四巻、四四六頁、六巻、三一〇頁、八巻、一四一頁）、「歇斯的里」（八巻、一九〇、二七九頁、十一巻、二八二頁）や「ヒステリー」（六巻、四二四、五〇一頁、十一巻、五二三頁、二十巻、四四五頁、二十五巻、四四六頁（大正四年談話記事））という状況であり、「歇私的里」を多用する『道草』の傾向は一目瞭然である。ちなみにこのほかにも明治三十二年の『小説「エイルヰン」の批評』には「歇斯垤里」（十三巻、一〇四頁）という用字例もある。

（8）漱石の「自然」の重要な名詞的用例をいくつか拾っておこう。同じ『道草』には「幼稚な健三の頭では何の為に、ついぞ見馴れない此光景が、毎夜深更に起るのか、丸で解釈出来なかつた。彼はたゞそれを嫌つた。道理も理非も持たない彼に、自然はたゞそれを嫌ふやうに教へたのである」（十巻、二一九頁）とある。本文に引いた三つの用例や、生老病死の身体論的主題にかかわる多くの具体描写も含め、これらは先に本文で見た『明暗』の大小自然のうちの「大きな自然」の現われと見てよいだろう。それにたいして前作『心　先生の遺書』の「下　先生と遺書」終盤の重要局面では、「もしKと私がたつた二人曠野の真中《まんなか》にでも立つてゐたならば、私は屹度良心の命令に従つて、其場で彼に謝罪したらうと思ひます。然し奥には人がゐます。私の自然はすぐ其所《そこ》で食ひ留められてしまつたのです。さうして悲しい事に永久に復活しなかつたのです」（九巻、二七二頁）と言われ、さらには「Kに詫まる事の出来ない私は、斯うして奥さんと御嬢さんに詫びなければゐられなくなつたのだと思つて下さい。つまり私の自然が平生の私を出し抜いてふら〳〵と懺悔の口を開かしたのです」（同、二八一頁）というように、先生視点の一人称の「私の自然」が、代助の「自分の自然」と健三の「彼の自然」（十巻、一三四頁）をつないで語られている。これは『明暗』のお延の「小さい自然」に引き受けられて、あの「大きな自然」との鋭い対比のもとに徹底的に相対化され、この大小二面の自然の相関の総体が「則天去私」の「双双」たる天真流露の自然の語りのもとに包容されてゆく。漱石はこうして多義的な「自然」を巧みに操り、この世の人間存在の奥深い真実を掘り下げようとしているのである。

(9) そういうテクストの動向をふまえてのことだろう。上田閑照は「神といふ言葉」や「神の眼」を、「真の自己」の「脱自」的な「自覚」の事柄と解釈して、「文化の伝統によっては『神の前で』『神の眼で』と言わず、あるいは『天』、あるいは『自然』、あるいは『無』などの言葉が用意されている」(上田、二〇〇七年、三四六頁)と鋭くコメントする。

(10) こういう地の文の用例にくわえ、『道草』は健三自身にも、「母《はゝ》は一旦自分の所有するあらゆるものを犠牲にして子供に生《せい》を与《あた》へた以上、また余《あま》りのあらゆるものを犠牲にして、其生《せい》を守護しなければなるまい。彼女が天からさういふ命令を受けて此世《このよ》に出《で》たとするならば、其報酬として子供を独占《どくせん》するのは当り前だ。故意といふよりも自然の現象だ」(十巻、二八七頁)というように、生理や心理の自然に引き寄せた「天」を語らせる。あるいはまた兄の形見の銀時計をめぐる家族の「非道い」仕打ちについて「事実は事実だよ。よし事実に棒を引いたつて、感情を打ち殺す訳には行かないからね。其時《とき》の感情はまだ生きてゐるんだ。生きて今《いま》でも何処《どこ》かで働《はたら》いてゐるんだ。己《おれ》が殺《ころ》しても天《てん》が復活《ふくくわつ》させるから何にもならない」(同、三一一頁)と、健三は正義の「天」を感情的に語るのである。

(11) 平石直昭、一五 - 二二頁、参照。

(12) 「自己本位」は、直後に一度「自我本位」(十六巻、五九五、五九六頁)とも言いかえられている。それは、若者たちに「個人」の「自信」と「自分の個性」の「伸長」を強調する語りの勢いと、英国留学中および帰国後の漱石の「自己本位」の揺り戻しの現われだろう。「自己本位」の本義はむしろ、狭隘なる個我の限定をこえた「去私」の場所への開けに見定めたい。

(13) 漱石留学中の文学論ノートには"Suggestion"と題する重要かつ長大な紙片群があり、そのうち「French Revolution ノ cause」をめぐる省察は、ルソー、モンテスキュー、ヴォルテール、ディドロ等の「18th writer ノ F.」とその「伝播」に注目し、「暗示は自然な刺戟の成果である suggestion is the outcome of natural stimuli」として、「(飢餓等) 此 natural stimuli アレバ suggestion ヲナス(如何トナレバ principal object of life ハ茲ニ存スル故余ノ理法ニ従フ)」(二十一巻、148頁)と述べる。そして暗示伝播の自然の理法にふれた省察は「日本ノ現時ノ有様ト比較セヨ」(同、150頁)としめくくられている。ここに漱石文学の政治的かつ詩学方法論的な革命の根本動機を垣間見ることができる。

(14) 勧善懲悪的な自然秩序観に根ざす一連の筋書きには、儒学的な思想伝統の余韻が聴き取れる。しかし問題は「自己本位」を説き

「則天去私」をいうテクストが、どこに向かっているかである。たとえば丸山眞男『日本政治思想史研究』の第二章「近世日本政治思想における『自然』と『作爲』——制度觀の對立としての」はいう。「朱子學によれば、天地萬物はすべて理と氣の結合より成る。理は宇宙の究極的根據として萬物に通ずる普遍的性格を有するが、氣の作用によつて事物に特殊性が賦與される。天地萬物は現象形態に於て千差萬別であるが、それは畢竟一理の分殊したものにほかならぬ。自然界の理（天理）は卽ち人間に宿つてはその先天的本性（本然の性）となり、それはまた同時に社會關係（五倫）を律する根本規範（五常）でもある。その窮極的な理は大極と呼ばれ、また誠と呼ばれる」（丸山、一九五二年、二〇一‐二頁）。丸山の論考はこの旧式の自然秩序観の確認から出発し、「聖人（＝先王）」たる将軍を立法の「絶對的作爲者」（同、二二三頁）として打ち出した荻生徂徠の「旋回」に注目する。そしてここに明瞭となった「自然」と「作爲」の対立構図のもと、農本的な「直耕」の「自然世」（同、二五七頁）の理念を打ち出す安藤昌益と、上代の和歌の精神の核心たる「神の作爲としての自然」（同、二七〇頁）を唱える本居宣長の「自然」の論理と、それらを越えて幕末維新後に向けて進展してゆく近代的な「作爲」の論理を、西洋政治思想との類比に照らして興味深く追跡する。本来ならばこの線での批判的な省察を試みるべきところだが、それについては別の機会に譲りたい。

ところで道義と自然とに連続をみる世界観は、朱子学と陽明学、あるいは儒教と道教と国学といった宗派対立をこえて、古代ギリシアの〈神話〉の世界観とも通底する、人間存在に潜在的な普遍性を帯びている。だからかの地で最初に哲学した「ペリ・ピュセオース（自然について）」の思索家たちも、世界万物の多様の統一の根本原理（アルケー）を求めて、詩的なコスモロジーを語ったのである。たとえばアナクシマンドロスは、万物の生成消滅の理法（ロゴス）をこう述べた。「存在する諸事物にとってそれから生成がなされる源、その当のものへと、消滅もまた必然に従ってなされる。なぜなら、それらの諸事物は、交互に時の定めに従って、不正に対する罰を受け、償いをするからである」（『ソクラテス以前哲学者断片集』、一八一頁）と。しかし、この自然哲学の語りはすでに、神話的な世界の自明性との懸隔の兆しをうっすら物語っている。そしてソクラテスとプラトンが「哲学」（ピロソピア＝愛智）を自覚的に開始したとき、あの美しい神話的秩序感は「ノモスとピュシス」——つまり人為の社会規範と自然必然の正義の掟、あるいは反転して社会正義と自我の自然的欲求の主張——の対立言説の荒波にもまれ、崩壊の危機に瀕していた。「悲劇が始まる Incipit tragoedia」。古代ギリシアの精神をみつめたニーチェの処女作が『悲劇の誕生』（一八七二年刊行）であり、彼のその後の思索と詩作は、この著述の徹底的な自己批判をへて、『ツァラトゥストラ』（一八八三‐五年執筆、順次刊行）に結実する（須藤、第一章、参照）。そしてニーチェは一八八九年初頭にトリノで昏倒、発狂したまま一九〇〇年に死去。

欧州から帰って来たばかりの一九〇四、五年ころの漱石の断片は、真空を嫌い、闘いを好み、復讐に燃える「われらが女神 our Goddes」たる大文字の「自然 Nature」（十九巻、一三六頁）を激しく謳う。そして作為と自然、ノモスとピュシスの対置は、『行人』一郎からも聞くことができる。「二郎、何故肝心な夫の名を世間が忘れてパオロとフランチエスカ丈覚えてゐるのか。其訳を知つてるか……〔中略〕……己《おれ》は斯《か》う解釈する。人間の作つた夫婦といふ関係よりも、自然が醸した恋愛の方が、実際神聖だから、それで時を経るに従《した》がつて、狭い社会の作つた窮窟な道徳を脱ぎ棄てゝ、大きな自然の法則を嘆美する声丈が、我々の耳を刺戟するやうに残るのではなかろうか……〔中略〕……二郎、だから道徳に加勢するものは一時の勝利者には違ないが、永久の敗北者だ。自然に従《したが》ふものは、一時の敗北者だけれども永久の勝利者だ」（八巻、二八〇－二頁）。『虞美人草』は悲劇の顛末を急いで語っていたが、『行人』は一郎の「影を踏んで力んでいるような哲学」（同、二八二頁）を批判しながら、来るべき悲劇の始まりを静かに見つめている。

それに先立つ百年前、十八世紀のヨーロッパ啓蒙期は、ギリシア悲劇誕生期の近代的反復である。カント理性批判はこの危機に対峙して、人間理性の健康をかろうじて保持しようとした哲学の法廷弁論である。そこでは人間の超感性的自然の能力たる理性の「自己立法」が、自然の機械的必然性と道徳的義務の必然性とのあいだで分裂している。そして伝統的な「自然法」の思念は近代科学の「自然法則」――およびそのメカニズムのもとにある個我の利己的な自然の傾向性――と、われわれの義務概念が語る「道徳法則」との深淵を目の前にして、二律背反の批判的解決を迫られる。漢学の素養のもとに十八世紀英文学を愛した漱石の哲学的感性は、そのあたりの事情を触知していたにちがいない。いささか大がかりな仮説ではあるが、漱石というテクストを読むさいには、これだけの思想基盤の共有が想定されてよいだろう。

(15)　漱石の三女榮《エイ》は、彼がロンドンから帰国した明治三十六年の、十一月三日に生まれている。

(16)　これは『道草』テクスト解釈上の一つの読み筋にすぎない。漱石のテクストは「神」をもっと広義に用いており、そこには「耶蘇」のみならず「釈迦」も含まれる。たとえば、「×神ハ人間ノ理想ナリ」の一文に始まる明治三十八、九年の「断片三一B」（十九巻、一九〇－二頁）、参照。『行人』「塵労」篇における「神」も、およそ「天とか命とかいふ意味と同じもの」という「漠然」としたものを指すが（八巻、四一七頁）、これについては後述する。

(17)　当該個所をここに引く。「彼と彼の家族とを目下の苦境から解脱させるといふ意味に於いても、其成功を希望しない訳に行かなかつた」（十巻、一三三頁）。

（18）佐藤泰正は言う。『道草』の「作者はひとつの〈場〉を選んだ。今日流にいえば〈身体論〉的な〈場〉というべきものであり、冒頭『健三が遠い所から帰つて来て』というその場所とは、まさにこれ以外のものではあるまい」（佐藤、一九九四年、九一－二頁）と。拙稿はこれに同調しつつも、ことさらに〈身体論〉の含意を前面に押し出さない。「経験的実在論にして超越論的観念論」。すでにこの一句のうちで精神か身体か、唯物論か唯心論かの二項対立は、根本的に打破されていると考えるからである。

（19）「学問ばかりして死んでしまつても人間は詰《つま》らないね」。青年に向かってつぶやく健三は、同時に妻の老いをも考える。「其細君はまた子供を生むたびに老けて行つた。髪の毛なども気の引ける程抜ける事があつた。さうして今は既に三番目の子を胎内に宿してゐた」（十巻、八八頁）。ここにはもちろん、執筆の今から、それを回顧するテクストの語りも混じっている。しかし人間的な事実において互いを等しく見る視座の胚胎は、着実に進行しているのである。

（20）先にも一部引いたように、細君と子供の関係を健三は書斎で分析する。「芭蕉に実《み》が結《な》ると翌年《あくるとし》から其幹《みき》は枯《か》れて仕舞ふ。竹も同じ事《こと》である。動物のうちには子を生《う》む為《ため》に生きてゐるのか、死ぬ為《ため》に子を生《う》むのか解《わか》らないものが幾何《いくら》でもある。人間《にんげん》も緩慢《くわんまん》ながらそれに準じた法則に矢《や》ッ張支配されてゐる。母は一旦自分の所有するあらゆるものを犠牲にして子供に生《せい》を与《あた》へた以上、また余《あま》りのあらゆるものを犠牲にして、其生《せい》を守護しなければなるまい。彼女が天からさういふ命令を受けて此世《このよ》に出《で》たとするならば、其報酬として子供を独占《どくせん》するのは当り前だ。故意といふよりも自然の現象だ」と。彼の「科学的色彩を帯び」た「感想」（十巻、二八七頁）には、明らかにジェンダー・バイアスがかかっている。『道草』テクストは、その点への批判的反省の道も切り拓く。そういう文学実践の「命令」を、漱石は生物学的な自然法則の意味合いをこえた「天から」受けたのだろう。そういう深読みを、あえてここではしておきたい。

（21）新宮一成の『夢分析』に、興味深い指摘がある。「『言葉を話せるようになる』というのは、自分を自分の外から見て、自分とはいったい何か――人間である――ということを、言えるようになるということである。単に人間のふるまいができるようになるということではない。だから、乳幼児が、人間になった、と自覚するということは、事実として彼が人間の中に入ったということを意味しているのではあるが、本質的には、人間の外側の位置を取ることができるようになったということが、むしろ重要なのである。自分という人間や、そのほかの人間たちの外側から自分を見て、自分がどのように見えるかを試してみる。そして自分に向かって言語を用いて、自分を人間として認めることが、『言葉を話せるようになる』ことなのである。夢の『空』は、このような過程に必要とされる純粋な『外側』として、我々に与えられているのである」（新宮、一〇－一頁）。ここに「外側」や「夢の

『空』」と言われたものは、「経験的実在論にして超越論的観念論」の「にして」以降の、往相的動性に類比的に相当する。「言葉を話しているこの我々の世界が、そのまま蓮華国、つまり死者の赴く天国であるという考え」（同、二〇頁）を前面に押し出す点でも、新宮の言語論的な考察はきわめて示唆に富む。

第八章　真の厭世文学の公道

第一節　漱石の孤独と厭世

『硝子戸の中』につづく『道草』は、物語り序盤から自己批判の苦味が混じる過去の助動詞「た」を駆動して、一個の厭世家の帰還再生の根を見つめている。

> 自然の勢ひ彼は社交を避けなければならなかつた。人間をも避けなければならなかつた。彼の頭と活字との交渉が複雑になればなる程、人としての彼は孤独に陥らなければならなかつた。彼は朧気にその淋しさを感ずる場合さへあつた。けれども一方ではまた心の底に異様の熱塊があるといふ自信を持つてゐた。だから索漠たる曠野《あらの》の方角へ向けて生活の路《みち》を歩いて行きながら、それが却つて本来だとばかり心得てゐた。温かい人間の血を枯らしに行くのだとは決して思はなかつた。（十巻、九頁）

大過去の「昔」、客気に燃えて「一人で世の中に立つてゐた」（同、一〇一頁）健三も、「遠い所」からの帰京後は深い「孤独」に落ちこんでいた。そして大学を辞めて『三四郎』『それから』『門』の中期三部作を物して直後、胃潰瘍で死にかけて、すんでのところで生還した創作家は、「世の中と接触する度に、内へとぐろを捲き込む性質《たち》で」（七巻、三〇九頁）、「世の中にたつた一人で立つてゐる」（同、三二二頁）ような須永市蔵をはじめとして、長野一郎、K、先生といった明治の知識人男性の孤絶の現在を執拗に語ってきた。たとえば『行人』の一郎は、第三篇「帰ってから」の序盤で、弟二郎に吐露している。

「己《おれ》は講義《かうぎ》を作るため許《ばかり》に生れた人間ぢやない。然し講義を作つたり書物を読んだりする必要《ひつえう》があるために肝心の人間らしい心持を人間らしく満足させる事が出来なくなつてしまつたのだ。でなければ先方《さき》で満足させて呉れる事が出来なくなつたのだ」（八巻、二二二頁）

小説はKと先生の『心』へすすむにつれ、死の影が濃厚になる。『道草』は、それらの正統後継が俗塵の近親係累のもとに否応なく帰還して、この世の生を継続してゆく物語りである。晩年の『道草』と、それ以前。漱石というテクストのうちに、微妙な転調の気配が浮かび上がってくる。あの青年期以来の厭世病を、ただひたすら文学的に耐え忍ぶ詩学と論理の彫琢に焦点をあてて、その経緯をいましばらくながめて見たい。

『彼岸過迄』『行人』『心』の我執三部作を書き終えて、大正三年十月末に愛犬ヘクトーが死に、学習院での『私の個人主義』の講演（十一月二十五日）を目前にひかえた頃、漱石は木曜会（十一月十二日）の席上で、みずからの死生観を披歴した。そのときの模様はこう伝えられている。

先生は此頃早く死にたいというやうなことを言はれる。今夜先生は戯談のやうに、又眞面目のやうにかう仰言つた。「死が僕の勝利だ。僕が死んだら葬式なんか、どうでもいゝよ。只みんなから萬歳を稱へて貰いたいね。何んとなれば、死は僕にとりて一番目出度い。生の時に起つた。《〔ママ〕》あらゆる幸福な事件よりも目出度いから。」

先生がいつ頃から生に於ける精神上と肉體上の苦痛に堪へられなくなつたかは知らないが、この生の實際問題から起るいろ〳〵の煩はしさと苦しさとに、あき〳〵してゐられることは事實である。先生は立派な厭世家である。それに、先生の常病は肉體上、非常な苦痛であるさうな。只、その肉體上の苦痛を逃れるために、死んでもよい位に思つたこともあると言はれた。

「が、自殺するほどの大膽さはないね。又自ら手を下して死ぬといふことは拙いから。」

又こんなことも仰言つた。

「このライフ、人々が云々する理想とか、リズムとか、哲學とかいふものは、死に比べたら、吹けば飛ぶやうなものだね。けれど死は絶對です。死ほど人間の摑み得るもの、中で確かなものはない。」

　この先生の詞は、瞬間ではあつたが、若い私等に重々しい沈默を起さしめた。[1]

その二日後の十一月十四日付の、岡田（のちに林原）耕三宛書簡には、漱石自身の手で、生よりも死という曖昧な厭世論理が記される。

> 拝復　私が生より死を択ぶといふのを二度もつゞけて聞かせる積ではなかつたけれどもつい時の拍子であんな事を云つたのです然しそれは嘘でも笑談でもない死んだら皆に柩の前で万歳を唱へてもらひたいと本当に思つてゐる、私は意識が生のすべてであると考へるが同じ意識が私の全部とは思はない死んでも自分〔は〕ある、しかも本来の自分には死んで始めて還れるのだと考へてゐる私は今の所自殺を好まない恐らく生きる丈生きてゐるだらうさうして其生きてゐるうちは普通の人間の如く私の持つて生れた弱点を発揮するだらうと思ふ、私は夫が生だと考へるからである私は生の苦痛を厭ふと同時に無理に生から死に移る甚しき苦痛を一番厭ふ、だから自殺はやり度ない夫から私の死を択ぶのは悲観ではない厭世観なのである悲観と厭世の区別は君にも御分りの事と思ふ。（二十四巻、三六四－五頁）

この私信にしても、あの座談にしても、漱石はそのときの「自分」の考えを正直ありのままに打ち明けたのにちがいない。右の手紙のつづきには、「私は此点《このてん》に於《おい》て人を動かしたくない、即ち君の様なものを私の力で私と同意見にする事を好まない」（同、三六五頁）とある。つまりこの厭世的な死生観は、自家一個の心情を語る私見にすぎぬことを強調するのである。

じじつこれらのテクストでは、語りの主語にして主体たる「僕」も「私」も「自分」も、彼の私的な身心に密着しすぎている。「生より死を択ぶ」「死が僕の勝利だ」「死は絶對です」という威勢のいい一連の言辞は、たしかに彼の個人主観の表現としては、そうでしかありえなかっただろう。[2] だがまさにそれゆえに、この世の生への無執着を気取る素振りを無造作に吐露しただけに終わっている。ゆえにまた「死が僕の勝利だ」発言から二週間後の木曜会、つまり『私の個人主義』講演の翌日にあたる十一月二十六日の、松浦嘉一の日記には、以下の危うい言葉も並んでいる。

今夜、又、この前の夜にあつたやうな話題が出た。
先生はかう仰言つた。
「意識が總てゞはない。意識が滅亡しても、俺というものは存在する。俺の魂は永久の生命を持つてゐるら〔ママ〕。だから、死は只意識の滅亡で、魂がいよ〳〵絶對境に入る目出度い状態である。[3]」

前回の「死が僕の勝利だ」「死は僕にとりて一番目出度い」という談話は、漱石先生の「生に於ける精神上と肉體上の苦痛」を問題にする若者の解釈のもと、単純な生死分別の論理で受けとめられていた。それがここでは「意識」と「魂」との妖しい概念区分に乗り、「絶對境」における「俺の魂」の「永久の生命」の主張へ一気に短絡する。おそらくは前引の岡田宛書簡の、「私は意識が生のすべてであると考へるが同じ意識が私の全部とは思はない死んでも自分〔は〕ある、しかも本来の自分には死んで始めて還れるのだと考へてゐる」という漱石の思弁が、そういう形式論理を要請したのだろう。「意識が生のすべてである」という書簡の言葉と、「意識が總てゞはない」という木曜会発言は、この世の「生」の境界線上で巧みに言い分けられている。そのかぎりで一連のテクストにはかろうじて論理矛盾は生じていない。しかし「意識」と区別された「魂」とは何か。この世の意識的生を超えた「私の全部」「本来の自分」「俺というもの」「俺の魂」とは、そもそもどういう意味での「存在」か。そういう肝腎要の論点が致命的に曖昧なまま、「死んでも自分〔は〕ある、しかも本来の自分には死んで始めて還れるのだ」という主張だけが、かなり粗雑に打ち出されている。

第二節　生死をめぐる公的省察

ここでそのように厳しくコメントするのは、ほかでもない。七年余り前の『文芸の哲学的基礎』には、すでに物我一如の「意識現象」の「命」の根幹にふれた「根本義」の「議論」があったからである。そしてその「通俗」と「不通俗」の反転光学の論理をもってしたなら、肝腎の生死案件はもっと精巧緻密なしかたで表現できたはずだからである。いうまでもなく生死の事柄は、「経験的実在論にして超越論的観念論」および「明暗双双」の論理とも不可分に絡みあう。しかしそうだとすると、この晩年の段階でも漱石個人にあっては、「私」の生死と批判哲学的な往還光学の視座とが、いまだ自覚的に連絡されるには至っていないことになる。生死の論理が公的な語りの現場で昇華されはじめたとき、テクストはどういう相貌を呈してくるのか。ここで注目すべきは、ふたたび『硝子戸の中』である。

五年前の『思ひ出す事など』は、長与病院長の死を二節で語り、三節では哲学者ウィリアム・ジェイムズの死をとりあげた。それと同様に『硝子戸の中』は、三節から五節までの三回で、愛犬ヘクトーの思い出と最期の日々を語っている。そして六、七節（大正四年一月中旬掲載）では「其女《をんな》」（十二巻、五二八頁）の「悲痛を極《きわ》めた」「告白」（同、五三一頁）と、これに漱石が与えた「死なずに生きて居《い》らつしやい」（同、五三三頁）という、自分でも思いがけない言葉の現出を報告する。(4) そして八節はこう始まっている。

不愉快に充ちた人生をとぼ〳〵辿りつつある私は、自分の何時《いつ》か一度到着しなければならない死《し》といふ境地に就《つ》いて常《つね》に考へてゐる。さうして其死《そのし》といふものを生《せい》よりは楽《らく》なものだとばかり信じてゐる。ある時《とき》はそれを人間《にんげん》として達し得る最上至高の状態だと思ふ事《こと》もある。

「死《し》は生《せい》よりも尊《たつ》とい」

斯《か》ういふ言葉《ことば》が近頃《ちかごろ》では絶《た》えず私の胸《むね》を往来するようになつた。（同、五三二頁）

ここには前引の私見が、そのまま正直に吐露されている。しかし同時にこのテクストは、あの談話や私信の生硬さからは、すでに距離をとりはじめている。「死という境地」を「人間《にんげん》の達し得る最上至高の状態だと思ふ」にしても、それは「ある時は」という限定のもとに置かれている。さらにまた「死《し》は生《せい》よりも尊《たつ》とい」という信条も、改行された引用鍵括弧でくくられる。しかもそれが「斯《か》ういふ言葉《ことば》」として公に紹介されたうえで、過去の助動詞の一文中に収納され、かつてそれが帯びていた生々しい主観の心情の縛りから、徐々に解き放たれつつあるものと見うけられる。だからこの随筆では、直後に逆接の接続詞「然し」が来て、文章の趣きは一気に反転する。


然し現在の私は今《いま》のあたりに生《い》きてゐる。私の父母《ふぼ》、私の祖《そ》父母、私の曾祖父母、それから順次に溯《さかの》ぼつて、百年、二百年、乃至《ないし》千年万年の間《あひだ》に馴致《じゆんち》された習慣を、私一代で解脱する事《こと》が出来ないので、私は依然として此生《このせい》に執着してゐるのである。

　だから私の他《ひと》に与へる助言《じよごん》は何《ど》うしても此生《せい》の許す範囲内《はんいない》に於てしなければ済《す》まない様に思ふ。何《ど》ういふ風《ふう》に生《い》きて行くかといふ狭い区域のなかでばかり、私は人類《じんるい》の一人として他の人類《じんるい》の一人に向はなければならないと思ふ。既《すで》に生《せい》の中《なか》に活動する自分を認め、又其生《せい》の中《なか》に呼吸する他人《たにん》を認める以上は、互《たが》ひの根本義は如何《いか》に苦しくても如何に醜《みにく》くても此生《せい》の上《うへ》に置《お》かれたものと解釈するのが当《あた》り前《まへ》であるから。（同、五三三―四頁）

まさにこのようにして彼の死生観は、どこか遠い死後の彼方の「絶對」の「境地」を憧憬するつぶやきからは、きっぱりと解脱する。「苦しくて」「醜《みにく》」い「此生《このせい》」の「習慣」を「解脱」して、一人あの世に行こうなどと短絡的に思案するのではなく、そういう生か死かの分別論理そのものを解脱して乗り越える。そして「今《いま》のあたりに生《い》きてゐる」「当《あた》り前《まへ》」の「現在」の、この世の「生《せい》」の語らいの場所に覚悟して着地する。

ほかならぬ「此生《せい》の許す範囲内《はんいない》」の「狭い区域のなかで」こそ、「私は人類《じんるい》の一人として他の人類《じんるい》の一人に向はなければならないと思ふ」。テクストはいま、つねに「既《すで》に生《せい》の中《なか》に活動する自分を認め」ている。そして「又其生《せい》の中《なか》に呼吸する他人《たにん》を認める」こともできている。この「生《せい》の中《なか》」にある自他を公平に見つめる語りは、自他共の個性と自由との平等な尊重を呼びかけた二ヵ月前の講演『私の個人主義』の主題の反復変奏である。われわれは皆「人類《じんるい》の一人として」「今《いま》のあたりに生《い》きてゐる」。そして「互《たが》ひの根本義は」「此生《せい》の上《うへ》に置《お》かれたものと解釈するのが当《あた》り前《まへ》である」。ようやくにして「今」漱石というテクストは、この「当《あた》り前《まへ》」の「根本義」の「事実」に逢着したのである[5]。

ちなみに、この随筆がつづる「人類の一人」同士の対面の構図は、『道草』の異母姉弟や義理の父子の対座における、「人間」的な生老病死の「事実」の文学的認識を先取りするものだろう。そして同じ随筆内では「一般の人類をひろく見渡しながら微笑してゐる」「私自身」の、掉尾の視座に直結するのである。そういう公的なエクリチュールの仕事を真正面から引き受けながら、八節はこうしめくくられている。

斯《か》くして常に生《せい》よりも死《し》を尊《たつと》いと信じてゐる私の希望と助言《じよごん》は、遂に此不愉快に充ちた生《せい》というものを超越する事《こと》が出来なかつた。しかも私にはそれが実行上に於《おけ》る自分を、凡庸な自然主義者として証拠立てたやうに見えてならなかつた。私は今でも半信半疑の眼《め》で凝《じつ》と自分を眺《なが》めてゐる。（同、五三五頁）

彼個人としてはやはり「常に生《せい》よりも死《し》を尊《たつと》いと信じてゐる」。だから内輪の談話でも常日頃からそう言明しているのである。にもかかわらずいざという時になると、「死なずに生き」ることを第一義とする、いかにも世間並みの「平凡」（同、五三五頁）な「助言」を与えてしまう。そういう「実行上に於《おけ》る自分を、凡庸な自然主義者として証拠立てたやうに見えてならなかつた」と率直に過去形で書く。そして「私は今でも半信半疑の眼《め》で凝《じつ》と自分を眺《なが》めてゐる」のだと、現在形でつづけるのである。この二つの文の時制のずれのうちには、いまだ「半信半疑」のままの〈反省的〉な文学者の「眼」の連続がある。そしてまたあの深く広い「微笑」の往還光学の視座に向かう、テクストの語りの蠢動もある。その淡々とした自己省察の「眼」は、文壇のいわゆる「自然主義」的な生への執着などとは違う、真の厭世文学の道筋を静かに見つめている。

第三節　真の厭世文学の理念

「硝子戸の中」でおもむろに始まった反転光学のテクストの語りは、やがて来る季節の変わり目に「硝子戸を開け放つて」世の中を見わたす終着点へ、着々と方向づけられてある。そして小説『道草』では、これまで長くつづいた厭世の「孤独」と苦悩は、きっぱりと過去の物語りとなる。健三の「遠い所」からの帰還には、長年の現実逃避型の厭世病からの反転復帰の意味あいがある。そしてこの小説の過去文体には、「温かい人間の血」の絡みあう世間の現実に、「今」決然と帰還する大正年間の作家の「異様の熱塊」がこもっている。ここにはつまり、つねに新たな現世帰還の文学の道をさぐる方法論的な反省の深まりがある。あの時代にかくも広く深い態度で、芸術制作の道に打ちこむこと。そして古今東西の「差違」をこえた「人類」の文芸の、詩学哲学的な方法を不断に探究しつづけること。これが漱石個人の身体をひどくむしばみつつも、宿痾の厭世感情を文学的に昇華する効果を発揮したことは、充分に推察できるのである。

だからまた今の時代に漱石を読む人の心にも、同様の現実的な生への帰還の促しが生じてくる。詩や小説も含めて、総じて芸術というものは、そこになにかを表現する個人主観の枠をこえて、「自己」のうちなる思想《アイディア》や感興《インスピレーション》をいかにして世の人に伝達共有できるのかを活動の「命《いのち》」とする。漱石は最晩年に、自身の文学論を新たに構築しなおす鍵語として「則天去私」を掲げた人である。しかもこの四文字は全体として、大空のように広い天下の公的開放性への志向を神髄とする。漱石をわれわれ「人間」の共有するテクストとして読みこむとき、全集や評伝に盛られた言葉の数々は、日記断片に記された厭世のうめき声も、個人的な事情や私的な心情にのみ意味を帰着させてはならない。とりわけ明治とともに生まれ育った選良において、文学者となることは「天命」としての意味をもっていた。漱石の現世帰還の意味するところを、この側面からも探ってみたいと思う。

そもそもこの文学者は、決意して小説家を天職と決める以前から、自己の厭世観および神経衰弱を個人の特殊事情には帰着させずに、文明社会に生きる人間に通有の蹉跌《つまずき》として把握していた。(6)そして私的な厭世感情を吐き出すだけの文章をいさぎよしとせず、時代の病たる厭世と対峙して、これを文学的に乗り越えて生きる道を選びとった。そのようにして自分のかかえこんだ事柄に批判的反省的に対処する方法が、懐の深い文学観を可能にしたのにちがいない。『道草』テクストが回顧する明治三十八、九年頃の、漱石の「断片三三」には厭世という当面の論点をめぐる決定的な省察がある。

開化ノ無価値なるを知るとき始めて厭世観を起《おこ》す。開化の無価値なるを知りつゝも是《これ》を免かる能《あた》はざるを知るとき第二の厭世観を起す。
茲《ここ》に於《おい》て発展の路《みち》絶ゆれば真の厭世的文学となる。もし発展すれば形而上に安心を求むべし。形而上なるが故に物に役《えき》せらる事なし。物に役せられざるが故に安楽なり。形而上とは何ぞ。何物を捕へて形而上と云ふか。世間的に安心なし。安心ありと思ふは誤《あやまり》なり。（十九巻、二二五頁）

テクストは「開化」する「世間」と「形而上」の「安心」との、長く見なれた対置の常識を厳しく見つめている。さしあたりこれは青年漱石も無批判に前提した、あの二世界説に基づく対置だが、それが今は一つの問題と化しているのである。そしてまさしくこの案件に、これからめざすべき「文学」の意味がかかっている。世俗の塵埃と脱俗の清明。このありがちな二分法にどう対処するべきか。「開化」の俗塵を逃れ、「形而上」の美しい「安楽」の夢に遊ぶという、旧来型の高踏文学の方針を踏襲するか。それとも『草枕』的な耽美主義の旅も含めて、そういう閑文字からは足を洗って現実回帰の文学の道に乗りだしていくのか。現実逃避か現世帰還かの一点をめぐり、今後の文学的な生のあり方が根本から問われている。

明治日本の開化・文明化・近代化には、西洋文物の移入に頼った進化進歩への妄信がある。その社会風潮への違和感は、漱石を名のる以前の夏目金之助にも早くから芽生えていた。時代の子としての使命感に燃え、進化の流れの先端へ歩み出てゆけば行くほどに、彼は「開化ノ無価値なるを知る」こととなる。第一段の厭世は、この無価値《ニヒル》の認識に由来する。ここに通例の厭世文学も始まるのだが、漱石の場合は、開化への批判的反省がさらに先へと深まりゆく。すなわちこの開化が無価値であるどころか、種々の害悪にまみれているのだとわかっていても、人間はもはやそこから逃れられない。「現代日本の開化は皮相上滑りの開化」だと承知はしても、それを止めることなどできはしない。そう観念して、だから「事実已むを得ない、涙を呑んで上滑りに滑つて行かなければならない」（十六巻、四三七頁）のである……。そういう「極めて悲観的の結論」（同、四三九頁）に到ったとき、ここに「第二の厭世観」が起こる。いわば不愉快な厭世観の累乗である。

『現代日本の開化』の講演は、右の断片から約五年後の、大患から復帰直後の明治四十四年夏のことだが、公衆を前に緻密な時代診断を披瀝した鋭い認識の萌芽は、すでに大学講師時代の断片テクストにも確認できる。「倫理的」なものを度外視した「外発的な開化」は、根本的に無価値である。そうと知りながらも、これを「免かる能《あた》はざる」近代人の、惨憺たる現状の自覚。漱石の詩学は、この「事実」認識に足場を固め、どこまでも「茲《ここ》に」ふみとどまって「真の厭世的文学」の道をめざすのである。

第四節　形而上の厭世からの生還

厭世の自覚が第一段階にとどまれば、それは容易に第二段階をすりぬけて、第三の「形而上」に私的な「安心」を求める方角へ流れてしまう。そして「開化」どころか、この世の生を「無価値」として絶望し、直ちに独りであの世へ行こうとするか、あるいは現実逃避の「閑文字」のなかで「物に役せられざる」「安楽」の夢をむさぼるかという、「セッパ詰まつた」二者択一をせまられる。ゆえにここで漱石は、「形而上とは何ぞ。何物を捕へて形而上と云ふか」と厳しく問いただす。(7) そして「世間的に安心なし。安心ありと思ふは誤《あやまり》なり」と言い切るのである。いうまでもなくこれは、彼自身の「厭世観」がたどった径路を批評診断したうえで、いま新たに「真の厭世的文学」の場所に踏みとどまろうとする、決死の覚悟の表明である。

じじつ青年期の漱石の漢詩文には、そのような現世逃避的な厭世の匂いが強く漂っていた。そして帰朝後に熊本の旅を想起した『草枕』(明治三十九年九月)にしても、俗世回避の唯美の趣向を確信犯的に打ちだしていた。だから漱石は、この点をただちに自己批判する。明治三十九年十月二十六日の金曜に、鈴木三重吉に宛てた二通の長い手紙のうちの第二信、「僕は一面に於て俳諧的文学に出入りすると同時に一面に於て死ぬか生きるか、命のやりとりをする様な維新の志士の如き烈しい精神で文学をやつて見たい」と宣言する、あの手紙の中の一節である。

> 只きれいにうつくしく暮らす即ち詩人的にくらすといふ事は生活の意義の何分の一か知らぬが矢張り極めて僅少な部分かと思ふ。で草枕の様な主人公ではいけない。あれもいゝが矢張り今の世界に生存して自分のよい所を通さうとするにはどうしてもイブセン流に出なくてはいけない。
> 此点からいふと単に美的な文字は昔の学者が冷評した如く閑文字に帰着する。俳句趣味は此閑文字の中に逍遥して喜んで

居る。然し大なる世の中はかゝる小天地に寐ころんで居る様では到底動かせない。然も大に動かさゞるべからざる敵が前後左右にある。苟《いやしく》も文学を以て生命とするものならば単に美といふ丈では満足が出来ない。（二十二巻、六〇五－六頁）

「一面に於て俳諧的文学に出入りする」ことを求め、『草枕』の主人公「もいゝが」とひとまずは譲歩する。それは漱石自身が、その方面の趣味を三重吉と深く共有するからである。しかしこの文学の師弟のあいだには、すでに微妙な方向性の違いがある。この日の二通の書簡は、その差異の自覚を源として噴出してきたものである。漱石はもはや「閑文字」的な慰安の誘惑圏内にとどまってはいられない。だからこの譲歩節は未練を表わしたものではない。現実逃避の厭世観から「只きれいにうつくしく暮らす」べく、「単に美的な文字」の世界に「逍遥して喜んで居る」ような、「単に美といふ丈」（傍点引用者）の文学はもはや論外なのである。

ただし漱石は「美」を全面的に排除するのではない。翌年の『文芸の哲学的基礎』も「真」「善」（愛及び徳義）や「荘厳」とともに、「美」を「芸術」に不可欠の「四種の理想」の一つに数えている。当代日本の「普通の小説家」が、無理想・無解決の「真」のみを偏重する「自然主義」の写実に走るのに対抗して、あえて「美」のみを前面に押したてた『草枕』は、文壇的な現実と対決して、文芸の別の可能性を開拓するという積極的な意味をもつ。とはいえ『草枕』は、この反措定の道をとったために、結果的には俗塵の「真」のみに拘泥する自然派の偏向にも似て、「非人情」の「美」以外の理想価値を十全に打ちだせなかった憾みがのこる。もっとも漱石はこれに先立ち、現世批判的で闘争的な『吾輩は猫である』（明治三十八年一月から三十九年七月、『ホトトギス』）や『坊っちゃん』（明治三十九年三月、『ホトトギス』）を書いていた。彼の最初期の著作の総体を見わたせば、そのテクスト連関のなかで、唯美の『草枕』にも一定の現実批判の機能は生じてくる。

だから要するに俗塵か高逸か、形而下か形而上か、この世かあの世か、生か死かという単純な二項対立図式と同様、写実主義《リアリズム》か理想主義《アイディアリズム》か、実在論《レアリスムス》か観念論《イデアリスムス》か、自然主義か余裕派か、社会派か耽美派か、真か美かという一連の

「あれかこれか」の分析的切断思考に乗っかって、後者の系列に『草枕』を押しこめたことが問題なのである。(8) ゆえに漱石はこれからは総合の道をゆく。「俳諧的文学」と「維新の志士の如き烈しい精神」の文学の、両面を「同時に」「やつて見たい」。そう激白した決意のうちに、その姿勢は明確に打ちだされている。漱石は「死ぬか生きるか、命のやりとりをする様な」文学という言い方もするが、「生死事大《しょうしじだい》、無常迅速《むじょうじんそく》」（一巻、四八二頁、十二巻、六一〇、六一三頁）の覚悟で「世間」を文学的に生きてゆこうと決めたとき、彼は「生死を一貫」（二十巻、四八〇頁）して世の実相を観る方法の探究へと、確かな一歩を踏みだしたのである。

　人生に触れる「セツパ詰まつた」主題を「余裕のある」文体でつづる独自の方法論も、そういう場所から生まれてくるのにちがいない。晩年の『道草』が回顧し取材した「帰朝後の」「不愉快なる三年有半」（十五巻、一三頁）のうちに、なにかが根本的に変わりはじめていたのである。単なる厭世文学ではなく「真の厭世的文学」を口にしたとき、漱石生来の厭世観になにが起こっていたのか。「形而上に安心を求」めることは、たしかに厭世の論理からいえば第三の段階への「発展の路《みち》」である。形而下の「世の中」は穢土であり、「汚ない奴が他《ひと》の云ふ事を顧慮せずして衆を恃《たの》み勢《いきおい》に乗じて失礼千万な事をしてゐる。こんな所には居りたくない。だから田舎へ行つてもつと美しく生活しやう」。そういう「理由」（二十二巻、五九八頁）で、若い漱石の厭世は「発展」した。彼は松山にわたり、熊本にうつり、国家権力の命で西洋の帝都ロンドンへ流れていった。その時期の漱石ならば「形而上に安心を求むべし。形而上なるが故に物に役《えき》せらる事なし。物に役せられざるが故に安楽なり」と、自他に言い聞かせもしただろう。そして思考はそこで打ち切られただろう。

　「然し今の僕は松山へ行つた時の僕ではない」。すでに帰国時には、現実回帰への決意があったがゆえに、あの「厭世観」断片も「形而上」の「安心」をもとめる第三のニヒルな厭世を批判して、そもそも「形而上とは何ぞ。何物を捕へて形而上と云ふか。世間的に安心なし。安心ありと思ふは誤《あやまり》なり」と強く反問したのである。漱石はこのようにして「帰つて来」た。「単に美的」な俳諧趣味から、現実直視の批判哲学的な文芸の精神に立ち返るとともに、厭世論理の第三「発展」段階からも決然と反転し、あらゆる退路を断って「第二の厭世観」の戦場へもどってきた。彼がふたたび東京の大地を踏み、現実の生活へ「帰つて来」たことの根柢には、このような一個《パティキュラー》の「生命」の帰還のドラマがあった。それは形而上の私秘的な安心の「誤《あやまり》」と虚妄を悟り、「物に役せられざる」「安楽」を断念したうえでの帰還である。

ゆえにこの文学的な行人《たびびと》にして人世の伝令は、人間の「尤も不愉快な歴史」を綴るべく強いられる。彼はなぜ、あえてここに踏みとどまろうと決意したのか。一言でいえば、それが「天意」だったからである。すなわち天に則るためである。「余の生活は天より授けられたもので、其生活の意義を切実に味はんでは勿体ない」。だから「天授の生命をある丈利用して」、自己とこの世の「正義」にむけて「一歩でも進まねば」ならない。そうして「余は余一人で行く所迄行つて、行き尽いた所で斃《たお》れるのである」。最晩年の「則天」二文字の実質は、すでにここに用意されていた。それはもとより厭世的な現実逃避の言葉ではなく、職業作家の出発時点からすでに、現実の修羅場への帰還の論理《ことば》だったのである。

第五節　生老病死の継続の詩学

漱石の『道草』は、そのような帰還と再出発の「故郷」に立ち返り、十年間の作家的な日常工夫で鍛えた帰還の論理を、あらためていま徹底的に想起反省し、これに新たな表現を与えたものである。人間の大元をかえりみるなら、自他の「存在」に「大《たい》した変《かは》りはない」。人はみなこの世に生まれ、老いて、病み、死んでいく。かかる人類共通の「大乗的」な事実認識が、『道草』全篇の根幹にある。その通奏低音を土台にすえて、あの「片付かない」現実の「継続」の旋律が時折不気味に響きわたる。(9) しかもいずれの音色も、前作『硝子戸の中』からの継続案件である。

継続中のものは恐らく私の病気ばかりではないだらう。私の説明を聞《き》いて、笑談《じようだん》だと思つて笑ふ人、解《わか》らないで黙つてゐる人、同情の念に駆られて気の毒らしい顔《かほ》をする人、——凡《すべ》て是等の人の心《こゝろ》の奥には、私の知らない、又自分達さへ気の付かない、継続中《ちう》のものがいくらでも潜んでゐるのではなからうか。もし彼等の胸に響くやうな大きな音で、それが一度に破裂したら、彼等は果して何《ど》う思ふだらう。彼等の記憶は其時《とき》最早《もはや》彼等に向つて何物《なにもの》をも語らないだらう。過去の自覚はとくに消えてしまつてゐるだらう。今と昔と又其《その》昔の間《あひだ》に何等の因果を認める事の出来ない彼等は、さういふ結果に陥つた時、何《なん》と自分を解釈して見る気だらう。所詮《しよせん》我々は自分で夢の間《ま》に製造した爆裂弾を、思ひ〳〵に抱《いだ》きながら、一人残らず、死といふ遠い所へ、談笑しつゝ歩いて行くのではなからうか。唯《たゞ》どんなものを抱《だ》いてゐるのか、他《ひと》も知らず自分も知らないで、仕合《しあは》せなんだらう。

私は私の病気が継続であるといふ事に気が付いた時、欧洲の戦争も恐らく何時《いつ》の世《よ》からかの継続《けいぞく》だらうと考へた。けれども、それが何処《どこ》から何《ど》う始まつて、何《ど》う曲折して行くかの問題になると全く無知識なので、継続といふ言葉を解しない一般の人を、私は却て羨《うらや》ましく思つてゐる。（十二巻、五九一―二頁）

世の中では同じような事が「大した変り」もなく、なにも「片付《かたづ》かない」まま継続する。[10] しかもこの事情は個人の日常でも、世界規模の戦争でも「大した変り」はない。

大正四年の始め、この随筆は「硝子戸《がらすど》の中《うち》から外《そと》を見渡す」語りの実況で書き起こされた。そのとき「此《この》硝子戸」は、「私の頭」の「狭い世界の中」と「広い世の中」を「隔離」する境界として置かれていた（同、五一七頁）。「去年から欧洲では大きな戦争が始まつてゐる。さうして其戦争が何時《いつ》済むとも見当が付かない模様である。日本でも其戦争の一小部分を引き受けた」。「要するに世の中は大変多事である」。これにたいしてこの随筆に「私の書くやうな閑散な文字」は、「切《き》り詰《つ》められた時間しか自由に出来ない人達の軽蔑」を買うにちがいない。漱石はしかし、それを「冒して書くのである」（同、五一八頁）。随想はそのようにして、「私」をめぐる内外世界のあいだに、鋭い対照の壁をひきすえてはじまった。

病中の閑寂に沈潜した五年前の『思ひ出す事など』は、同じコントラストを前面に押しだしながら、[11] 最後に深い「アイロニー」の「実感」（同、四五四－六頁）を反芻して、縹緲の想起反省をしめくくる。そして小説家は、私的想念の世界から公的現実界へ、おもむろに帰還した。それにたいして今度の随想は、終盤（三十節）の「継続中」の認識で、この公私広狭の二世界を、類比的に一貫したものと見なすにいたる。小説家漱石の随想は「自分以外にあまり関係のない詰らぬ事」（同、五一九頁）も、けっしてたんに私事として片付けず、われわれ人間に共通する問題として把握する。そして文学的で哲学的な想起反省の思索を、読者公衆世界の関心事へ開いてゆく。

これに関連して、『道草』執筆中の大正四年夏頃と推定される手帳断片には、以下の注目すべき一節が見いだせる。[12]

○ general case は人事上殆んど応用きかず。人事は particular case ノミ。其 particular case ヲ知るものは本人のみ。
　小説は此特殊な場合を一般的場合に引き直して見せるもの（ある解釈）。特殊故に刺戟あり、一般故に首肯せらる。（みんなに訴へる事が出来る）（二十巻、四八四頁）

「本人のみ」が知る個人的な特殊事情《パティキュラー・ケース》を、具体的実質を保持したまま一般化する。「刺戟」のある私的な事柄に「ある解釈」をほどこして、「みんなに訴へる事が出来る」表現――言語行為としての〈遂行的力能 performative force〉の高いかたち――にまで磨きあげる。個別具体の内実を捨象して客観的にとりすます科学の抽象的な真理ではなく、人間の真実に迫りうる言葉を徹底して求めつづける。そのような詩学の課題に漱石がどう向き合ったのかは、しかし、また別の機会にくわしく論じたい。[13]

第六節　厭世耐忍の論理

むしろいまここで問いたいのは、この息の長い〈特殊－一般〉の詩学方法論と、則天去私の公的開放性のモチーフと、そして漱石の厭世の主題との、絶妙の絡まり具合である。現世と来世を分断する伝統形而上学の二世界説は、高等中学で子規と語らっていた青年期以来、漱石の世界観・人生観上の躓きの石となってきた。あの世の清高閑寂に憧れて俗塵の生を嫌う厭世観は、ときにこの生存を揺るがしかねない致命的《クリティカル》な案件でありつづけた。その生涯をつうじて漱石という人が、この実存の危機にいかに対処したかを辿ってみるのは非常に興味深いことであるし、この件にからんで晩年の彼に宗教的な悟入・悟達があったかどうかも、盛んに論じられてきた。しかしそういう評伝的な関心をこえて、むしろここで焦点を当てたいのは、自己の虚無と否定の感情を粘り強くもちこたえて文学的に昇華した、漱石詩学の厭世耐忍の論理である。

「則天去私」は、その論理の端的な表現にちがいない。個人の特殊事情に根ざしつつ、人間一般に共通の処世方途を伝える文学的探究の指針が、あの四文字に刻まれている。そして漱石の厭世文学の大元では、この世の耐えがたい現実の「継続」への目覚めが、「硝子戸を開《あ》け放《はな》つ」た「微笑」の「揺藍の中」であやされている。だから『道草』の終幕《ラスト・シーン》部も、同じ継続への「吐《は》き出《だ》す様に苦々《にがにが》し」い健三の洞察を、せつないまでに微笑ましい母子愛着の「接吻」で、じつに見事に相対化して見せるのである。あの宿痾の厭世の根深さを勘案して見るならば、それはまさに啞然とするほどの手ぎわである。


「まあ好《よ》かつた。あの人《ひと》だけは是《これ》で片《かた》が付《つ》いて」

細君は安心したと云はぬばかりの表情を見せた。

「何《なに》が片付《かたづ》いたつて」

「でも、あゝして証文を取《と》つて置《お》けば、それで大丈夫でせう。もう来《く》る事《こと》も出来《でき》ないし、来《き》たつて構《かま》ひ付《つ》けなければ夫迄《まで》ぢやありませんか」

「そりや今迄《まで》だつて同じ事《こと》だよ。左右《さう》しやうと思《おも》へば何時《いつ》でも出来《でき》たんだから」

「だけど、あゝして書《か》いたものを此方《こつち》の手《て》に入《い》れて置《お》くと大変違《ちが》ひますわ」

「安心するかね」

「え丶安心よ。すつかり片付《かたづ》いちやつたんですもの」

「まだ中々片付《なかなかかたづ》きやしないよ」

「何《ど》うして」

「片付《かたづ》いたのは上部《うはべ》丈ぢやないか。だから御前《まへ》は形式張《ば》つた女だといふんだ」

細君の顔《かほ》には不審と反抗の色《いろ》が見えた。

「ぢや何《ど》うすれば本当に片付《かたづ》くんです」

「世の中に片付《かたづ》くなんてものは殆んどありやしない。一遍起《おこ》つた事《こと》は何時迄《いつ》も続《つゞ》くのさ。たゞ色々《いろいろ》な形《かたち》に変るから他《ひと》にも自分にも解《わか》らなくなる丈の事《こと》さ」

健三の口調は吐《は》き出《だ》す様に苦々《にがにが》しかつた。細君は黙《だま》つて赤ん坊を抱《だ》き上《あ》げた。

「お丶好《い》い子だ〳〵。御父《とう》さまの仰《おつし》やる事《こと》は何《なん》だかちつとも分《わか》りやしないわね」

細君は斯《か》う云ひ云ひ、幾度《たび》か赤い頬《ほ》に接吻した。（十巻、三二六－八頁）

若い夫婦の何気ない日常の会話である。いかにも「苦々《にがにが》し」そうな「健三の口調」には、片付かない現実への、書き手の嫌悪を重ね合わせることもできる。しかしテクストの語りは、この「苦々《にがにが》し」い情感には拘泥せずに、この世の総体を淡々と観察する。

「健三の口調は吐《は》き出《だ》す様に苦々《にがにが》しかつた」とは、そこになりたつ公平無私の写実にほかならない。ゆえにこの小説は、「細君」の対蹠的な行動描写により、「健三」の苦い心情を微笑ましく相対化して締めくくる。五年前の『門』は「鶯の鳴声《なきごえ》」が聞かれ始めた春先に、「障子の硝子《がらす》に映る麗かな日影をすかし見」ながら、「本当に有難いわね。漸くの事春《ことはる》になつて」という御米の科白のあと、「うん、然し又ぢき冬になるよ」という宗助のうつむきかげんの言葉を置いて（六巻、六〇九－一〇頁）、物語りを締めくくっていた。それにひきかえて、このテクストの語りの反転の妙は見事というほかにない。それはこの世のすべての事象の未解決性を見つめながら、いつまでも片付かぬ個別の夫婦の会話をこえて、近代の人間関係の新たな可能性にむけ、批判的建築術的な哲学の眼を見ひらいて終えた、真に〈啓蒙的 sich aufklärend〉な小説なのだといっていい。

「世の中に片付《かたづ》くなんてものは殆んどありやしない」。「形而上」の別世界に「安心」を求めることを断念し、敢然と帰還した「第二の厭世観」の立場には、死んでこの世のすべてを片付けるという発想はありえない。しかも修善寺での「三十分の死」から現世に帰還した小説家は、世にいう死後のあの世は「全《まつた》く余《よ》に取《と》つて存在《そんざい》しなかつたと一般《ぱん》」（十二巻、四〇一頁）だという、「たゞ寒くなる許り」（同、四〇三頁）の事実を思い知らされて、いま大正の世に生き延びてある。かくして「形而上」の遁走路から帰来した眼で、この「世の中」の事象を遠く「見渡す」とき、個々人の生老病死も国々の戦争も、すべての事柄はひとしくこの世に「継続中」の懸案事項となる。死はもはや、あの世への旅立ちではありえない。人の死を他界することとした古くからの言語習慣も含めて、人間個々の死は、その生の只中のすべての行状と同じく、この世のわれわれのあわいの出来事である。

逝《ゆ》く人《ひと》に留《とど》まる人《ひと》に来《きた》る雁《かり》（同、三六二頁）

秋風《あきかぜ》の聞《きこ》えぬ土《つち》に埋《う》めてやりぬ（同、五二八頁）

かくして「ヘクトー」という名の犬の死でさえも、この世の中に「継続中」の現在完了形の事柄となる。この愛犬の真新しい「墓標」も、数年前に死んだ「猫の墓」も、「間もなく二つとも同じ色に古びて、人の眼に付かなくなるだらう」（同、五二八頁）。それどころか日常われわれは、他人の死を忘れ、自分が死ぬのも忘れて、忙しく生きている。「一般の人」はこの「継続といふ言葉を解し」ないまま、生と死を無意識に切り離して暮らしている。そのようにして「所詮《しよせん》我々は自分で夢《ゆめ》の間《ま》に製造した爆裂弾を、思ひ〳〵に抱《いだ》きながら、一人残らず、死といふ遠い所へ、談笑しつゝ歩いて行くのではなからうか。唯《たゞ》どんなものを抱《だ》いてゐるのか、他《ひと》も知らず自分も知らないで、仕《し》合《あは》せなんだらう」。われわれの平生の無自覚を見つめる文学の言葉。これにあらためて深く接することで、われわれは生と死のあいだに置かれがちな、二世界論的な分別の境界線を「超越」するように促される。あるいはむしろ端的に「生死を一貫しなくてはならない」ことに気づかされる。漱石の死に端を発した本書の考察は、いよいよ生死案件そのものに立ち入らなければならない。

注

（1）これは芥川と大学同窓の松浦嘉一の日記に残る記事であり、漱石の死の直後の「木曜會の思ひ出」（松岡譲編『新思潮』漱石先生追慕號、大正六年三月、二六頁）で紹介された。そしてこの一文は、昭和三年版の漱石全集の月報（第十三回、昭和四年三月）にも抄録され（『漱石全集月報　昭和三年版・昭和十年版』、一二一–三頁）、諸家により引用されてきた。

（2）同様の私的なつぶやきは、岡榮一郎「夏目先生を偲ぶ」（大正六年二月十四日付）の以下の一節からも読み取れる。「先生が『心』を書いておいでの時分でした。よく『己は懐手をして小さくなつて暮したい』と云はれました。自分だけの世界に閉ぢ籠つて、閑寂な生活がして見たいといはれました。世の中の不正不義な事の多いのに憤慨はするが、今自分がそれを改良しようとしたつて、力が及ばないから、默つて社會の表面から退いて自分だけ靜に好きな事をして樂しんでゐたい爲と云はれました。それで、若し自分が死んだら、自分は始めて安樂な境涯にはいつたのだから、皆なは自分の棺の前に集つて『萬歳』を叫んでもらいたい位だと云はれてゐました」（松岡譲編『新思潮』漱石先生追慕號、三九–四〇頁）と。

　ただし「それが昨年（大正五年）あたりは、餘程變つて來たやうでした。先生は明言はなさいませんでしたが、積極的に社會に進んで出たいやうな意味のお話を承つた事がありました。靜に天命を待つといふや《(マヽ)》うな消極的な態度は窺はれませんでした。大きな博い心で、今までは憤慨せられて居つた社會の不正不義な事を、憐れむやうな心持ちで眺められるようになつて居られたやうに思はれました」と、青年の回顧は続いている。岡が感知した最後の「その一轉機」（同、四〇頁）の機微を、漱石というテクストのうちに、できるだけていねいに追いたいと思う。

（3）松岡譲編『新思潮』漱石先生追慕號、二九頁、もしくは『漱石全集月報　昭和三年版・昭和十年版』、一一四頁。

（4）当該女性とされる吉永秀子は、大正三年十一月初旬に漱石を訪ねたらしいが、漱石は不在だった。漱石は十一月九日付で、彼女に最初の手紙を出す（二十四巻、三五九 - 六〇頁）。その後、十二月初旬に吉永の「告白」がなされたらしく、漱石は十二月二十七日付でこう書き送っている。「あなたの御話を伺つた時私は非常に御気の毒に思ひました然し私の力ではあなたをどうして上げる訳にも行かないと思ひまして只今御手紙が参つてあなたはまだ東京に居られる事を知りましたさうして又教師になつて生活されるといふ御決心を知りました私はそれを嬉しく思ひますどうぞ教師として永く生きて下さい　以上」（同、三七八頁）。彼女の話の内容と真偽は脇におき、ここでは漱石が「人間らしい好い心持」の交渉のあと、大正四年初めから『硝子戸の中』の執筆に入ったこと、そしてそのときの心持ちが「尊とい文芸上の作物を読んだあとの気分と同じものだといふ事に気が付いた」（十二巻、五三三頁）と随筆に書き記した点に注目しておきたい。

（5）ここで「根本義」の位置づけに一大転換が起こっている。かつて『文芸の哲学的基礎』は、「通俗」と「不通俗」との鋭い対照のもと、後者の物我一致の意識現象のうちに「根本義」の場所を見た。これにたいして『硝子戸の中』では、われわれが「今まのあたりに生きてゐる」「此生」の中、「此生の許す範囲内」に「根本義」が置かれている。かかる「根本義」の意味変換の機微に注目したい。そしてこのささやかな語法の深化のうちに、漱石というテクストにおける「明暗双双」の不断反転光学の開花の兆しを読み取りたい。

（6）「Self-consciousness の結果は神経衰弱を生ず。神経衰弱は二十世紀の共有病なり」（十九巻、二〇四頁）。明治三十八、九年のノートにこう記した漱石は、同じ頃の英文学史講義をまとめた『文学評論』（明治四十二年）のなかで、この時代の厭世を、十八世紀英国のスウィフトのそれと比較しつつ、以下のようにいう。「凡そ吾人の厭世に傾く原因のうちで其最も大なるものは何であらうと考へて見ると、私は斯う思ふ。――吾人が吾人の生活上に、所謂開化なるものゝ欠くべからざるを覚ると同時に、所謂開化なるものゝ吾人に満足を与ふるに足るもので無いことを徹底に覚つた時である。……〔中略〕……所謂文明なるものは過去、現在、未来に亙りて到底人間の脱却することの出来ぬものであると知ると同時に、文明の価値は極めて低いもので、到底この社会を救済するに足らぬと看破した以上は、腕を拱いて考へこまなければならぬ、天を仰いで長大息せねばならぬ。厭世の哲学は這《こ》の際に起るものである。厭世の文学は這の際に起るものである。文明と云ひ開化と云ふものに飽き果てたるにも係らず、その文明なり開化なりを如何ともする能はざる時機に発生するのである」（十五巻、二四八頁）。これは、本文に引用する厭世断片の分析と同じ趣旨を表わしている。

（7）井上哲次郎・有賀長雄『哲學字彙』（明治十七年増補）は“Abstract”を「抽象、虚形、形而上」と訳し、「按、易繋辞、形而上者謂之道」と註脚する（飛田・琴屋、二頁）。そして“Metaphysics”を「形而上學」と訳し、「按、易繋辞、形而上者、謂之道、形而下者、謂之器」と註脚する（同、七五頁）。いずれも『易経』周易繋辞上伝の「形而上なる者これを道と謂い、形而下なる者これを器と謂う」（『易経』下、二四八頁）をふまえたものだが、問題は形而上と形而下、道と器、抽象と「Concrete　具体、實形、形而下」（飛田・琴屋、二二頁）の類比関係をどう理解するのか、とりわけ陰陽二気や大極の元気といった形而上原理を、二元論か一元論かの儒者の学派対立のもと、西洋の形而上学的独断教義と同様に本体的真実在としてしまうのか否か、の点にある。漱石の反問には、そういう批判哲学的な含意を読み込むことができるのである。

（8）同様の二項対立図式は、『薤露行』（明治三十八年十一月、『中央公論』）の「有《あり》の儘《まま》なる浮世を見ず、鏡に写る浮世のみを見るシヤロットの女」（二巻、一五二頁）と、彼女を眺めるテクストの、以下のような世界観にも端的に現われている。「去れど有の儘なる世は罪に濁ると聞く。住み倦《う》めば山に遯《のが》るゝ心安さもあるべし。鏡の裏《うち》なる狭き宇宙の小さければとて、憂き事の降りかゝる十字の街《ちまた》に立ちて、行き交ふ人に気を配る辛《つ》らさはあらず。……〔中略〕……わが見るは動く世ならず、動く世を動かぬ物の助にて、余所《よそ》ながら窺ふ世なり。活殺《かっさつ》生死《しょうじ》の乾坤《けんこん》を定裏《じょうり》に拈出《ねんしゅつ》して、五彩の色相を静中に描く世なり。かく観ずればこの女の運命もあながちに嘆くべきにあらぬを、シヤロットの女は何に心を躁《さわ》がして窓の外なる下界を見んとする」（同、一五四頁）。

（9）『道草』は、後で引用する掉尾の場面に向けて、「片付かない」現実のモチーフを周到に配している。小説終盤の八十二節、深夜の出産の翌日に、健三は赤ん坊と妻を「呑気」に見くらべながら、「人間の運命は中々片付かないもんだな」（十巻、二五二頁）という、あんまりな感慨を漏らす。そして同節末尾は「彼の心のうち」を遠く回顧して、「自分と是等の人々との関係が皆《みん》なまだ片付かずにゐるといふ事もあつた」（同、二五三頁）とつぶやいている。さらに小説の最終盤、島田の件がなかなか片付かずに年もおしつまった九十四節、学期末の多量の答案用紙と格闘する健三は、「『ペネロピーの仕事』といふ英語の俚諺《ことわざ》」を「何遍」もつぶやきながら、「何時《いつ》迄経《た》つたつて片付きやしない」と「溜息」をつく。そして続く地の文は、島田の使者の来訪を予告して述べる。「然し片付かないものは、彼の周囲前後にまだ幾何《いくら》でもあつた」（同、二八九頁）と。

（10）本文に引いた三十節の「継続」の語に先立って、十八節は以下のように始まっている。「私の座敷へ通されたある若い女が、『どうも自分の周囲《まわり》がきちんと片付《かたづ》かないで困りますが、何《ど》うしたら宜《よろ》しいものでせう』と聞いた」（十二巻、五五九頁）。この女はしかも「頭の中がきちんと片付かないで困る」（同、五六〇頁）のだと訴える。これに漱石は以下のように応じている。「凡て外界のものが頭のなかに入つて、すぐ整然と秩序なり段落なりがはつきりするやうに納まる人は、恐らくないでせう。失礼ながら貴方《あなた》の年齢《とし》や教育や学問で、さうきちんと片付けられる訳がありません。もし又そんな意味でなくつて、学問の力を借りずに、徹底的にどさりと納まりを付けたいなら、私の様なもの丶所へ来ても駄目です。坊さんの所へでも入らつしやい」（同、五六一頁）。片付かない人の世の生の継続というモチーフの、見やすい伏線のはり方である。

（11）その四節は、池辺三山に贈った七言律詩の「閑適の境界」（十二巻、三六七頁）と、「現今の吾等が苦しい実生活」の「窮屈で且つ殺風景」な有様を対照させ、「『思ひ出す事など』は平凡で低調な個人の病中に於ける述懐と叙事に過ぎないが、其中には此陳腐ながら払底な趣が、珍らしく大分這入つて来る積であるから、余は早く思ひ出して、早く書いて、さうして今の新らしい人々と今の苦しい人々と共に、此古い香を懐かしみたいと思ふ」（同、三六八頁）としめくくる。そして五節は、「われは常住日夜共に生存競争裏に立つ悪戦の人である」（同、三六九頁）という自覚を苦く噛みしめつつ、しかし「病気の時には自分が一歩現実の世を離れた気になる」（同、三七〇頁）のだと、同じコントラストを執拗なまでに反復する。さすがにこの随筆には戦争への言及は見られぬが、直前の『門』では御米と宗助と小六がハルピンでの「伊藤公暗殺」（六巻、三六七頁）を話題にする。

（12）当該「断片六五」は、手帳⑪の60‐71頁に、天地を逆にして縦書きしたもので、同じ手帳の163頁には、『道草』の人物相関図を記した「断片六六」（二十巻、四八五‐六頁）がある。

（13）明治四十三年、『門』を書き終えた夏頃の長い「断片五二」のなかから、「〇創作の depth は其内容のまとまりにあり」に始まる一節は、すでにいくつかの注でふれたところだが、これにはただちに次の言葉が続いている。「〇一句にまとまるといふ事は particular case ガ general case ニ reduce サレルト云フ意味なり。更ニ云ヘバ particular case ノ application ガ広キナリ。particular case ガ孤立セル particular case デナクテ given species ノ type トシテ見ルヲ得ルガ故ナリ（此意味ノ type ハ平凡トカ型トカ云フ type ニアラズ）、ツマリ融通ノ利ク particular case ナル故ニ深キナリ。／故ニ particular デアルト共ニ universal ナル tendency ヲ有スルナリ。permanent ナル感じヲ与フルナリ／……〔以下省略〕」（二十巻、一八二‐三頁）。こういう長く深い息遣いの考察断片群から浮かびあがる〈general case, particular case〉の詩学を、カント『判断力批判』の「反省的判断力」の詩学と読み重ねて〈生死一貫〉の論点と接続させることが、次章以降の新たな課題となる。

第Ⅲ部　現象即実在の反転光学

第九章　『行人』一郎の絶対と『道草』以後

第一節　自然を我が師とす

漱石個人の厭世病および神経衰弱は、青年期はもとより大患以後も晩年も、終生変わることなく「継続」したのにちがいない。たとえば大正三年三月二十九日付の津田青楓宛書簡にも、人間嫌いの気分は明瞭である。

まだ修禅〔ママ〕寺に御逗留ですか私はあなたが居なくなつて淋しい気がします面白い画を沢山かいて来て見せて下さい金があつてからだが自由ならば私も絵の具箱をかついで修善寺へ出掛たいと思ひます私は四月十日頃から又小説を書く筈です私は馬鹿に生れたせゐか世の中の人間がみんないやに見えます夫《それ》から下らない不愉快な事があると夫が五日も六日も不愉快で押して行きます、丸で梅雨の天気が晴れないのと同じ事です自分でも厭な性分だと思ひます（二十四巻、二七八－九頁）

ここに起稿の目途が告げられた「小説」は、言うまでもなく『心』である。(1) 手紙に言う厭人気分と、あの作品の構想との連接は、その陰鬱な空気にも照応して印象的である。ただしここでは長年の厭人症が「馬鹿」な「私」の「厭な性分」として、あたかもひとつの客観的な事実のごとく淡々と語られている。相変わらず「世の中の人間がみんないやに見えます」とは言うものの、それゆえの「自分」の「不愉快」は「丸で梅雨の天気が晴れないのと同じ事」だと、天然自然の気象現象に仮託されている。「私は馬鹿に生れたせゐか」という私信のつぶやきは、翌年の随筆『硝子戸の中』の末尾に置かれた「自分の馬鹿な性質」という、公的開放的なテクスト内の言葉に結実してゆくものにちがいない。

そういう静かな語りが、このときの漱石に可能だったのはなぜか。さしあたりはこの書状が、あの修善寺の菊屋に逗留する若い画家に宛てたものだからだろう。「世の中にすきな人は段々なくなります、さうして天と地と草と木が美しく見えてきます、ことに此頃の春の光は甚だ好いのです、私は夫をたよりに生きてゐます」（同、二七九頁）。書簡は春爛漫の山川草木に思いを寄せて締めくくられる。しかし書き手はこの場所を立ち去りがたいのか、さらにひとこと「皿と鉢を買ひました。もつと色々なものを買ひたい。芸術品も天地と同じ楽《たのし》みがあります」（同、二七九頁）と、漱石山房の原稿用紙の左上欄外に追伸する。[2]

天地自然の造形の趣にかよう古くて新しい工芸美。その趣味を共有する芸術家の語らいがここにある。そしてひと月後の青楓宛書簡（四月二十六日付）は、漱石自筆の「竹の画」の「まづい」出来ばえと、その「画よりもまし」な「額」に揮毫した「我師自然」の文字にふれて、重要なコメントを寄せている。

> 有島君の注意の自然といふ文字をしらべて見ましたら老子に道法自然とあるさうで、自然は矢張り名詞に使はれてゐますからまあれでも構はないでせう（同、二八七頁）

漱石は「自然を我が師とす」と威儀を正して筆で書く。[3] そして本来は副詞的な「自然」を「名詞」目的格に用いた四文字に、『老子』の「人は地に法り、地は天に法り、天は道に法り、道は自然に法る」の用例を重ねている。さらに一ヵ月後の五月三十日付青楓宛書簡では、呉春の絵を絶賛する。[4] こうした芸術家どうしのやりとりが、やがて硝子戸を開け放った「微笑」の語りにつながってゆく。そしてその詩学・制作方法論の公的な開示が求められたとき、たまさか「則天去私」の四文字がなったのである。

そのようにして成熟してゆく大正四年早春の随筆末尾の「微笑」に比べれば、明治末期の『思ひ出す事など』は、いまだ漱石個人の“particular”な実存の寒さに近いところで書きつづられていた。大患直後の随筆は「余の頭の上にしかく卒然と閃めいた生死二面の対照」を、前面に押し出していた。テクストはその「二面」のあいだの「如何にも急劇で且没交渉なのに深く感じ」入るとともに、「此懸隔《かけへだた》った二つの現象」および「この二つの世界」を、いかにして「横断し」「飛び移る」ことができたのかと、「茫然として自失せざるを得なかった」（十二巻、四〇一―二頁）。ここには「生死」という二つの事柄を、依然としてあれかこれかで分ける概念的思考が濃厚である。だからこそ、この分別的な生死のあいだを一方から他方へ横断的に「超越」することが、なおさらのこと強く求められていたのだろう。

これにたいして硝子戸を開け放った後年のテクストでは、漱石のみならずわれわれ「一般の人類」も、死を忘却した「仕合《しあは》せ」に自閉して「談笑しつゝ」過ごす日常の分別を、束の間なりとも根本から見直すこととなる。そしてどこまでも片付くことのない世の中の現実を――誕生も老化も病苦も死去も含む人間の「生活」のすべてを――自分一個の生死や有無のあれかこれかを超えて、いわば天然自然の事柄として「ひろく見渡しながら微笑し」語らう反省想起の場所へと誘われる。それにしても、そういう「微笑」の文学の語らいは、どのようにして可能なのか。それをわれわれ読者におのずと促してくる、漱石晩年の「微笑」の詩学は、いかなる思索の場所に開かれたのか。とりわけ宿痾の厭世病をかかえた創作家のうちに、それはいかにして開示されたのか[5]。漱石というテクストにおける「生死」の論理の成熟の機微に、できるだけ迫りたい。

第二節　生死一貫の根本命題

『道草』を書き終えた後の大正四年の夏頃の、前引の〈general case, particular case〉手帳断片の数頁前に、じつはもう一つ重要な文章がある。すでに前章でも何度か論点を先取りしてきた、あの〈生死一貫〉のモチーフを告げるテクストの全文である。

○生よりも死、然し是では生を厭ふといふ意味があるから、生死を一貫しなくてはならない、（もしくは超越）、すると現象即実在、相対即絶対でなくては不可になる。「それは理窟でさうなる順序だと考へる丈なのでせう」「さうかも知れない」「考へてそこへ到れるのですか」「たゞ行きたいと思ふのです」（二十巻、四八〇頁）

「生よりも死、然し是では生を厭ふといふ意味があるから」という書き出しが、半年前の『硝子戸の中』の省察を受け継ぐのは明らかである。それに先立つ大正三年秋の木曜会では「死が僕の勝利」で「死は絶對」で、だから「私」は「生より死を択ぶ」のだと漱石はうそぶいていた。それが年明けからの随筆では、この私的な信条を咀嚼反芻して、「然し現在の私は今《いま》のあたりに生《い》きてゐる」のだと反転する。そして「此生《せい》の許す範囲内《はんいない》」でのわれわれ人間の語らいの場所、この「人類《じんるい》の一人として」の「私」と、「其生《せい》の中《なか》に呼吸する他人《たにん》」との文学的な出会い――すなわち「還元的感化」――の現場に敢然と帰還した。

　われわれ「一般の人類」の現存在は、「互《たが》ひの根本義は如何《いか》に苦しくても如何に醜《みにく》くても此生《せい》の上《うへ》に置《お》かれたものと解釈するのが当《あた》り前《まへ》である」（傍点引用者）。だから「其女《をんな》」への「私の希望と助言《じよごん》は、遂に此不愉快に充ちた生《せい》というものを超越する事《こと》が出来なかつた」のである。人の世にたまさか出来した、ひとつの言語行為の事実を直視し反省して、「私は今でも半信半疑の眼《め》で凝《じつ》と自分を眺《なが》めてゐる」のだと、『硝子戸の中』は序盤に茫然と告白した。そのテクストの過去と現在の時制のあいだに胚胎してきた「微笑」の反転光学は、随筆終盤には「人類」の「此生《このせい》」の現場に、静かにおもむろに着地した。漱石というテクストは、この世の「生《せい》というものを超越」してあの世に向かう年来の形而上学的な厭世病を、ここでいよいよ最後的に乗り越え始めたのである。

「生死を一貫しなくてはならない、（もしくは超越）」。随筆から半年後の考察断片の決定的な一句は、まさにその継続的な思索の徹底としてある。丸括弧内につぶやかれた「超越」は、もはやこの世のかりそめの「此生《せい》」から彼岸の真実在への超脱逃避ではありえない。かなり以前のあの厭世断片（明治三十八、九年頃）の思索を援用すれば、第一のニヒルな厭世観から「形而上に安心を求」める第三の厭世観へ横すべりして、現実逃避的な「超越」の夢想を語る通例の厭世文学は、生死のあいだを概念的に分別し断絶させてしまっている。これにたいして「生死を一貫」し「超越」するとは、そのように「生死」を分断する——あの世とこの世の二世界論や物心二元論といった——〈あれかこれか〉の二項対立の論理の規定性そのものを、全面的に超克することを言う。そして漱石詩学は「第二の厭世観」に踏みとどまり、この世の「人類の一人として」現代に不可避の厭世の継続を耐えぬいて、いまここで「生死を一貫」させてゆくのである。

「生死」のあいだを断絶する「私」的な境界設定を言語論的に「超越」し、「一般の人類」の生死のあわいで、すべてを〈反省的 reflektierend〉に語らい続ける「真の厭世的文学」の根本視座。浮世俗塵の「生というもの」を厭って死後の清浄世界へと「超越」するのではなく、そういう死生清濁の分別論理そのものを「超越」し乗り越えるべく、この世の「生死を一貫」する「第二の厭世観」の徹底に向けて、テクストの語りの力点は一気に移された。かくして『心』から『道草』の新たな語りを完遂させるまでの一年間の思索には、格段の進展があったにちがいない。じじつ、さらにすすんで同年秋頃と推定される断片六八A（手帳⑭163－162頁　横書・横置）の第一項目には、大正四年十月の第九回の「文展の絵」に関連して、「〇己を空うして nature ヲ受ケ入れる」（二十巻、四八七頁）という、「則天去私」系列の文言が顔をのぞかせている。しかもその「極ハ写真」だとされ、「其写真と此種ノ絵ノ区別」を考察課題として挙げている。そしてそれとの対照のもとに「〇己レノ写真ヲ nature ノ上ニ焼きつける。／例　文人画」の詩学を横目でにらみつつ、この受動的能動の写真・写生・写実の制作方法論の総合の位置に、「Symbolism 独乙ノ画ノ項参照」という意味深長なメモ書きをする。(6)

しかも同じ断片の第二項目には「小説、ノ尤モ有義ナル役目ノ一ツトテ、／particular case ヲ general case ニ

reduce スルコト」という漱石詩学の根本命題が反芻されており、「×新しき刺撃アリテ然モ一般ニ appeal スル為《ため》ニ」この方法論を徹底遂行するにあたって、「×吾人ハ effect ノ為ニ然《しか》スルノミナラズ、人道ノ為ニ然セザル可ラズ」と、文学者一個の覚悟を刻んでいる。そして第三項目に「古キ道徳ヲ破壊スルハ新シキ道徳ヲ建立スル時ニノミ許サレベキモノナリ」（同巻、同頁）と、いかにも漱石らしい批判的・自律的な道徳哲学の鉄則を掲げたうえで[7]、当該断片は末尾の第八項目に「生死ハ透脱スベキモノナリ回避スベキ者ニアラズ。毀誉モ其通リナリ」（同、四八八頁）という決定的な断案を置く[8]。

かくして「生死」に処する漱石文学の基本姿勢を示す「一貫」および「透脱」の意味するところが、なによりも問題である。漱石の詩学、そして漱石というテクストは、つねに〈生死一貫〉の案件と不可分に動いている。だからまた個別・特殊を普遍・一般に「還元 reduce」するという詩学制作論上の課題を、たんに形式的・抽象的な論理的包摂の問題として扱ってはならない。文学でも絵画でも、そもそもあの「還元的感化」の理想実現を志す本物の芸術的な営為はみな、分別的な所与の普遍概念が欠落するところで、個別実存の特殊事例を的確に表現する新たな〈ことば〉を苦心惨憺して批判的かつ〈反省的〉に探し出そうとしているのであり、漱石の「場合 case」そういう詩学方法論上の課題は、まさに「生死」を「一貫し」「透脱ス」るという「人道」案件にまで練り上げられてゆく。

第三節　死後の魂という難関

あの〈生死一貫〉断片の序盤部分をそう読みくだしたうえで、「すると現象即実在、相対即絶対でなくては不可になる」以下の真意を、これからくわしく問うてゆこう。これはしかしかなり難解な事柄である。「現象即実在、相対即絶対」という密度の高い言葉の意味を、ありきたりの二世界論的な「超越」の形而上学に堕することなく精確に読み取ることが肝腎要の課題である。その本格的な考察に入るまえに、難関の二世界論的な形而上学に関連して、ぜひとも眼にとめておきたいテクストがある。

時期は少し溯って『硝子戸の中』脱稿直後の大正四年二月十五日付、畔柳《くろやなぎ》芥舟宛の書簡である。[9]

拝啓御手紙拝見「硝子戸の中」を昨日切り上げたあとで御手紙が参りました、それであの問題はまあ書かずに置きませう。私は死なないといふのではありません、誰でも死ぬといふのです、さうしてスピリチユアリストやマーテルリンクのいふやうに個性とか個人とかゞ死んだあと迄つゞくとも何とも考へてゐないのです。唯私は死んで始めて絶対の境地に入ると申したいのですさうして其絶対は相対の世界に比べると尊い気がするのです（二十四巻、三九五頁）

随筆以前の談話や私信では「死が僕の勝利だ」という危うい言葉が、「死んでも自分〔は〕ある、本来の自分には死んで始めて還れるのだ」という個人的信条と親密に癒着して、妖しく狭隘なこの文脈で「死は絶對です」とまで断言されていた。しかしながら「死んでも」「ある」という「自分」、「死んで始めて還れるのだ」という「本来の自分」の正体は曖昧なまま、かなり杜撰な発言が勢いにまかせて展開されていた。それがようやく「自分」の「生死」の案件でも、あの『文芸の哲学的基礎』の思索水準に立ち戻り、物我一致の「意識現象」の「根本義の議論」および「還元的感化」の詩学の反復奪回にむけて、深く大きく軌道修正され始めている。

そういう大文脈のもとに、右の私信を半年後の〈生死一貫〉断片の後半部、とりわけあの対話文体の前触れとして読んでみよう。数ヵ月前までは死後の「自分」を曖昧に云々した〈私的〉な論理が、ここで厳しい吟味にさらされている。このころ漱石と畔柳のあいだには、講演の「報酬問題」（十二巻、五五一頁、および二十四巻、三九五頁）でも意見の対立があった。漱石はこれを『硝子戸の中』十五節で取り上げて、右の書簡でも「強情」（十二巻、五五二頁）な持論を展開する。そういう背景事情のもとに、ここでまず注目しておきたいのは、「好意づくで依頼に応じた」『私の個人主義』講演を、「世間の通り相場」（十二巻、五五一頁）の損得勘定や「世間でやる交換問題」（二十四巻、三九五頁）からはきれいに切り離そうとする、漱石の美学と論理である。そしてこの利害関心一般からの徹底解放要請が、[10]

自分一個の死をめぐる哲学的省察と深く切り結んでいる点である。

去る晩秋には、形而下の「意識」から形而上の「魂」へと超越的に思弁して、「意識が總てではない。意識が滅亡しても、俺といふものは存在する。俺の魂は永久の生命を持つてゐる。だから、死は只意識の滅亡で、魂がいよ〳〵絶對境に入る目出度い状態である」と述べたともいう漱石である。それがこの早春の英文学者宛書簡では「スピリチユアリストやマーテルリンク」への批判もまじえて、「生死」の論理を格段に深く練り上げている。「私」は死ぬし「誰でも死ぬ」。死というものは個別実存の事柄であるとともに、人間一般の問題である。この厳然たる事実の論理をふまえるならば、「死は絶對」で「僕の勝利」で「死んでも自分〔は〕ある」し「死《し》は生《せい》よりも尊《たつ》とい」などと、「つい時の拍子で」勢い余って言ったのだとしても、それは「個性とか個人とかゞ死んだあと迄つゞく」という意味で受けとめてはならなかったのである。[11]

テクストの語りは、そのあたりの論点をようやく自覚した。じつはあの数ヵ月前の一連の談話にしても、「俺の魂」の「永久の生命」というような事柄を、漱石がそのままの言葉で口走ったのかは疑問なのだが、うぶで無批判な若者がそう受けとめてもしかたのない論理の曖昧さはあったのに相違ない。だから直後の随筆の語りも、序盤ではまだ「死《し》という境地」を「生《せい》よりは楽《らく》なものだとばかり信じてゐる」のである。そして「不愉快に充ちた人生をとぼ〳〵辿りつつある私」を、そういう境界に対置する私的な分別に囚われている。しかしこの随筆をしばらく公的に書き綴るなかで、「生死」の論理の不徹底が克服されはじめ、個別霊魂の不死を前提する「スピリチユアリスト」の誘惑から、いよいよきっぱりと手を切ろうとするまでに到るのである。

ただし『硝子戸の中』直後の書簡テクストにしても、相変わらず「生よりも死」という対照のもとに、「相対の世界」と「尊い」「絶対の境地」を概念的に対置して、大きな問題を残している。とはいえ漱石というテクストは、当代の心霊主義《スピリチユアリズム》の独断的な物言いに与せずに、この一連の区別を〈類比的・反省的〉に育んでゆく。やがて『道草』をへた場所に熟成してくる〈生死一貫〉の思索の徹底性からすると、[12]「俺の魂は永久の生命を持つてゐる」などという『心』直後にして『硝子戸の中』以前の放言は論外だが、とはいえ「死は只意識の滅亡」であって「意識が總てではない」という言明も、旧来型の生死や相対絶対の粗い対置を、個我の表層意識と集合的深層無意識との詩学制作論的な対比へと彫琢し展開してゆくための、過渡期の踏み石だったのだと認定できるはずである。

第四節　神は自己だ、僕は絶対だ

そのあたりのスリリングなテクストの推移については、ジェイムズ批判の文脈との絡みで、次章以降にじっくりと見ることにして、まずは大正四年夏の〈生死一貫〉断片の、峻厳なる位置取りを確認しておくためにも、その後半部のテクストの検討に入ってゆこう。とりわけ「現象即実在、相対即絶対」という対句の読解にあたっては、『行人』「塵労」篇の「僕《ぼく》は絶対《ぜつたい》だ」という一郎の激白を引き合いに出すのが通例である。そこでさしあたりはその批評慣習に従いたい。ただしここでは晩年の「現象即実在、相対即絶対」を、ただちに一郎の「絶対」に引きつけて解釈するのではない。むしろまったくその逆に、「生死」の分別論理を「超越」し「透脱」した〈生死一貫〉断片の思索水準から、二年前の『行人』「塵労」テクストの徹底的に批判的な読解を試みたい。そしてこの二つのテクストのあいだの微細な違いに照準して、「現象即実在、相対即絶対」の漱石的な意味を精確に探りたい。

兄《にい》さんは神《かみ》でも仏《ほとけ》でも何《なん》でも自分以外《じぶんいぐわい》に権威《けんゐ》のあるものを建立《こんりふ》するのが嫌《きら》ひなのです。（此建立《このこんりふ》といふ言葉《ことば》も兄《にい》さんの使つた儘《まゝ》を、私《わたくし》が踏襲《たふしふ》するのです。）それではニイチエのやうな自我《じが》を主張《しゆちやう》するのかといふと左右《さう》でもないのです。

「神《かみ》は自己《じこ》だ」と兄《にい》さんが云《い》ひます。兄《にい》さんが斯《か》う強《つよ》い断案《だんあん》を下《くだ》す調子《てうし》を、知《し》らない人《ひと》が蔭《かげ》で聞《き》いてゐると、少《すこ》し変《へん》だと思《おも》ふかも知《し》れません。兄《にい》さんは変《へん》だと思《おも》はれても仕方《しかた》のないやうな激《げき》した云《い》ひ方《かた》をします。

「ぢや自分《じぶん》が絶対《ぜつたい》だと主張《しゆちやう》すると同《おな》じ事《こと》ぢやないか」と私《わたくし》が非難《ひなん》します。兄《にい》さんは動《うご》きません。

「僕《ぼく》は絶対《ぜつたい》だ」と云《い》ひます。

斯《か》ういふ問答《もんだふ》を重ねれば重ねる程、兄さんの調子は益《ますます》変になつて来ます。調子ばかりではありません、云ふ事も次第に尋常《じんじやう》を外《はづ》れて来ます。相手が若《も》し私《わたくし》のやうなものでなかつたならば、兄さんは最後迄行かないうちに、純粋な気違《きちがひ》として早く葬《はうぶ》られ去つたに違《ちがひ》ありません。然《しか》し私《わたくし》はさう容易《たやす》く彼を見棄てる程に、兄さんを軽んじてはゐませんでした。私《わたくし》はとう〳〵兄《にい》さんを底迄《そこまで》押《お》し詰《つ》めました。

兄《にい》さんの絶対《ぜつたい》といふのは、哲学者《てつがくしや》の頭《あたま》から割《わ》り出《だ》された空《むな》しい紙《かみ》の上《うへ》の数字《すうじ》ではなかつたのです。自分《じぶん》で其境地《そのきやうち》に入《い》つて親《した》しく経験《けいけん》する事《こと》の出来《でき》る判切《はつきり》した心理的《しんりてき》のものだつたのです。

兄《にい》さんは純粋《じゆんすゐ》に心《こゝろ》の落《お》ち付《つ》きを得《え》た人《ひと》は、求《もと》めないでも自然《しぜん》に此境地《このきやうち》に入《はい》れるべきだと云《い》ひます。一度此境界《ひとたびこのきやうがい》に入《はい》れば天地《てんち》も万有《ばんいう》も、凡《すべ》ての対象《たいしやう》といふものが悉《ことごと》くなくなつて、唯自分丈《ただじぶんだけ》が存在《そんざい》するのだと云《い》ひます。さうして其時《そのとき》の自分《じぶん》は有《ある》とも無《な》いとも片《かた》の付《つ》かないものだと云《い》ひます。偉大《ゐだい》なやうな又微細《またびさい》なやうなものだと云《い》ひます。何《なん》とも名《な》の付《つ》け様《やう》のないものだと云《い》ひます。即《すなは》ち絶対《ぜつたい》だと云《い》ひます。さうして其絶対《そのぜつたい》を経験《けいけん》してゐる人《ひと》が、俄然《がぜん》として半鐘《はんしやう》の音《おと》を聞《き》くとすると、其半鐘《そのはんしやう》の音《おと》は即《すなは》ち自分《じぶん》だといふのです。言葉《ことば》を換《か》へて同《おな》じ意味《いみ》を表《あら》はすと、絶対即相対《ぜつたいそくさうたい》になるのだといふのです。従《したが》つて自分以外《じぶんいぐわい》に物《もの》を置《お》き他《ひと》を作《つく》つて、苦《くる》しむ必要《ひつえう》がなくなるし、又苦《またくる》しめられる掛念《けねん》も起《おこ》らないのだと云《い》ふのです。

「根本義《こんぽんぎ》は死《し》んでも生《い》きても同《おな》じ事《こと》にならなければ、何《ど》うしても安心《あんしん》は得《え》られない。すべからく現代《げんだい》を超越《てうゑつ》すべしといつた才人《さいじん》は兎《と》に角《かく》、僕《ぼく》は是非共生死《ぜひともせいし》を超越《てうゑつ》しなければ駄目《だめ》だと思《おも》ふ」

兄《にい》さんは殆《ほと》んど歯《は》を喰《く》ひしばる勢《いきほひ》で斯《か》う言明《げんめい》しました。（八巻、四二六－七頁）

長野一郎は「絶対」なるものとの合一を激烈に求めている。「神《かみ》は自己《じこ》だ」と「激し」て云う「少《すこ》し変《へん》」な「強《つよ》い断《だん》案《あん》」の「調子は益《ますます》変」になってゆく。ゆえに「云ふ事も次第に尋常《じんじやう》を外《はず》れて」いき、世間的には「純粋な気違《きちがひ》として早く葬られ去つた」としても仕方がない「勢《いきほひ》」である。[13]

こういう絶対衝迫の尋常ならざる語りの変調を、〈生死一貫〉断片の「現象即実在、相対即絶対」の「即」に重ねてみるのも、たしかにひとつの読み筋だろう。しかし拙稿はこれをとらない。とはいえ『道草』後の「相対即絶対」の意義究明のためには、『行人』一郎の「絶対」は避けがたい関門である。この二つの「絶対」がよもや同じだとも思えぬが、〈生死一貫〉断片の「絶対」の「根本義」は、一郎の「絶対」をとおしてでなければ十全には明かされないにちがいない。だからHさんが「問答《もんだう》」をとおして「底迄押《そこまでお》し詰《つ》め」た一郎的「絶対」の論理を、まずはじっくりと聴き取ることから始めなければならない。

一郎の求める「絶対」は、「自分以外」の何らかの宗教的な「権威」として、どこか向こう側に——たとえばイデア界や叡知界や天国、あるいは彼岸世界や極楽浄土のうちに——「建立」された、信仰の「対象」としての「神でも仏でも」ない。ましてや「哲学」の思弁的推論によって存在証明されるような、唯一絶対神の形而上学的な概念でもない。「偉大《ゐだい》なやうな又微細《またびさい》なやうな」「何《なん》とも名《な》の付《つ》け様《やう》のないもの」。しかも「其絶対《そのぜつたい》を経験《けいけん》してゐる人《ひと》が、俄然《がぜん》として半鐘《はんしやう》の音《おと》を聞《き》くとすると、其半鐘《そのはんしやう》の音《おと》は即《すなは》ち自分《じぶん》」であるような、物我一如の「絶対」の境地。それは二年半程前の明治四十四年一月に公刊された西田幾多郎『善の研究』に言う、「主客未分」の「純粋経験」の「事実」がそうであったのにも似て——しかしその「真実在」としての根本性格とはまったく別様の事柄として[14]——「自分」が直接的に「経験する事の出来る」ような「判切《はつきり》した心理的」な「境界《きやうがい》」でなければならない。

「純粋《じゆんすゐ》に心《こゝろ》の落《お》ち付《つ》きを得《え》た人《ひと》」が、「自分で」「自然に」「絶対」の「境地に入《い》つて」ゆくなら、「天地《てんち》も万有《ばんいう》も、凡《すべ》ての対象《たいしやう》といふものが悉《ことごと》くなくなつて、唯自分丈《ただじぶんだけ》が存在《そんざい》する」ようになる。しかも「其時《そのとき》の自分は有《あ》るとも無《な》いとも片《かた》の付《つ》かないもの」となる。いまここにこうして存在する個別の私《わたくし》ではなく、もはやこの「自分」であるともないとも言えぬ何かもっと大きな「自分」。「個性とか個人とか」が喧伝される近代文明の、個々人の私的実存のレベルを超え、いわば「天地」「万有」と一体となり世界大に広がった——伝統的には「ブラフマン」とも「大我」とも呼ばれてきた——何ものかとなる。一郎が「神は自己だ」「僕は絶対だ」という「強い断案を下す」のも、まさにその意味でのことだろう。そしてそのかぎりで彼の絶対追求は、禅の「己事究明」とも重なってくる[15]。

「神は自己だ」「僕は絶対だ」。これはそれだけを取り出せば自我を絶対化する主張だし、「知らない人が蔭で聞いて」いたら、そう解されても仕方のない発言だが、一郎の求めているものはかつて「すべからく現代《げんだい》を超越《てうゑつ》すべしといった才人《さいじん》」(16)が論じたような、個人主義的でロマン主義的な「ニイチエ」の、「天才」たる〈超人 Übermensch〉の「自我を主張する」ものでは断じてない(17)。テクストはいまや、長年の懸案事項だった高山樗牛版のニーチェ主義との徹底対決に乗りだしたのである(18)。

第五節　絶対をめぐる省察の経歴

あらゆる自他の区別や主観客観対立を超えて、いっさいの差別分別以前の物我一如の根源の場所にたちかえる。もはや特定の何ものでもないありかたで、ただ端的にそこにある。言語活動的な差異化・差別化の規定性を脱して、「何《なん》とも名《な》の付《つ》け様《やう》のない」真裸の「純粋」な、〈無名〉の「有」にして存在者の「無」とも言うべき不可思議な事態の在所。現世現代の天地分節の始まる前の、「玄《げん》之《の》又玄《またげん》」（二十六巻、一四頁）を仮りに名づけて言うあの〈道〉に入ってこそ、この世のいっさいの苦しみからも脱却できるはずである。

Hさんの伝える一郎の「絶対」論理の、大意をとればこうなるだろう。かなりの集中と緊張のもと、きわめて重要な事柄が簡潔明瞭に語られている。事柄そのものは難解だが、言われている「理窟」は、漱石というテクストの歩みのなかで、さほど目新しいものではない。古くは学生時代の東洋哲学レポート「老子の哲学」に始まり、五高時代の『人生』では「事物を離れて心なく、心を離れて事物なし」とも書かれていた。そして明治三十九年十月下旬の狩野宛書簡は「大乗的」の見地を披歴していたし、そのころの小説『野分』(19)の地の文は、同様の物我一如・主客一致のモチーフを、「着想」と「技巧」の詩学案件とも絡めて、こう打ちだしている。

主客は一である。主を離れて客なく、客を離れて主はない。吾々が主客の別を立て、物我《ぶつが》の境を判然と分割するのは生存上の便宜である。形を離れて色なく、色を離れて形なきを強いて個別するの便宜、着想を離れて技巧なく技巧離れて着想なきを暫らく両体となすの便宜と同様である。一たび此差別を立したる時吾人は一の迷路に入る。只生存は人生の目的なるが故に、生存に便宜なるこの迷路は入る事愈《いよいよ》深くして出づる事愈難きを感ず。独り生存の欲を一刻たりとも擺脱《はいだつ》したるときに此迷は破る事が出来る。高柳君はこの欲を刹那も除去し得ざる男である。従つて主客を方寸に一致せしむる事の出来がたき男である。主は主、客は客としてどこ迄も膠着するが故に、一たび優勢なる客に逢ふとき、八方より無形の太刀を揮つて、打ちのめされる、が如き心地がする。（三巻、四〇二頁）

大学講師時代最後の公刊テクストには、俗世嫌忌の響きが濃密に残存する。しかし主客「分劃」の「生存上の便宜」や「生存の欲」というものが、すでに批判的・言語論的に凝視され始めている。そして作家転身直後の『文芸の哲学的基礎』は、こういう長年の思索を徹底し、まずは「所謂物我なるものは契合一致しなければならん」と論じたうえで、「便宜」としての言語分節に「膠着」した現実世界と厳しく対峙して、これを直に批判する方向へ着実に歩み出す。さらに翌年の『創作家の態度』は「哲学者の云ふ 'Transcendental I.'」にちらと目配せして、小説『三四郎』は「カントの超絶唯心論がバークレーの超絶実在論にどうだとか云つたな」と問いただす。そういう地道な思索の事柄が、洋の東西も生死の境も超えて、大正二年夏秋の『行人』「塵労」篇で深く問い直されている。

「主客」「一致」という「根本義」の事柄をめぐる一連のテクストにくわえ、ここでさらに問題の急所となる一郎の「神」や、〈生死一貫〉断片の「現象」「実在」概念をめぐっては、欧州にむかうプロイセン号上の英文メモ（明治三十三年十月頃）も、批判的に注視しておかねばならない。若い漱石はデッキの長椅子で「瞑想 contemplation」し、「生命なき静穏のうちに、しだいに私自身を失って」から、「突然」の昼食のベルで「峻厳なる実在 the stern reality」（十九巻、三二一頁）へと呼びさまされる。そして中国から乗り込んできた一団の英国宣教師への反発を書きつづる。

Let my God be that nothing which is really something, and which I call nothing because, being absolute, it cannot be called by a name involving relativity; which is neither Christ, nor Holly Ghost, nor any other thing, yet at the same time Christ, Holly

Ghost and everything.〔同、三四頁〕

これを頭から順に訳せばこうなるだろう。「わが神は、あの無なのだとさせていただきたい。それは実在的には何ものかであり、それを私が無と呼ぶのは、それが絶対である以上、相対性をはらむ名では呼べないからである。だからそれはキリストでも聖霊でもなく、他のいかなる物でもないのだが、それは同時にキリストであり聖霊であり、そしてあらゆるものなのである」。

同じ断片はしかし「人間的な現実存在 human existence〔実存〕の中間的な舞台」、つまり「この世 this world」の「生と呼ばれるこの現象的 phenomenal な現実存在」の場所から、「空虚 vacancy」にして「虚無 nothingness」の場所たる「絶対性の王国」を截然と区別する。そしてこの「絶対」の境界を「透明性の領域 the realm of transparency」とも、「本物の〔実在的〕活動の世界 the world of real activity」とも言いかえる。しかもここでは「無限と永遠が、それ one〔さまざまに言語分節された相対的なこの世〕を現実存在の唯一性 the oneness of existence のうちに呑みこむかに見える」〔同、三三－四頁〕のだとも述べている。いまだ現実逃避の気分が色濃い二世界論的思弁である。くわえて「現実存在 existence」の概念が、此岸と彼岸の二世界のあいだに曖昧にまたがっており、そこに西田の言う「実在の真景」たる「純粋経験」にも通ずるような、理性批判の不徹底を残している。とはいえ漱石の場合、「絶対」の見地では「無」でありながら、それが「同時に」「相対性」の見地では「実在的に何ものか」だというように、あの不可思議な反転光学の論理もかすかに発動している。そしてこれはすくなくとも外形的・類比的には、〈生死一貫〉断片の「現象即実在、相対即絶対」の文字列とも相似形である。

これら一連のテクストの主題が、あの「明暗双双」の事態の把握に向けて、いま新たに『行人』本文で真正面から取り上げられている。一郎は物我一如の「境界」に入って「絶対を経験」し、ここで「俄然として半鐘の音を聞くとすると」ただちに「絶対即相対になるのだ」と言う。そして「僕は是《ぜ》非《ひ》共《とも》生《せい》死《し》を超越しなければ駄目だ」と激白する。この文言と、あの「現象即実在、相対即絶対」断片の内容的なつながりは充分に明らかである。しかも「生死」を「超越」し「一貫」するという課題は、まさに「真の厭世的文学」をめざす作家に継続する懸案である。とはいえ〈生死一貫〉断片と一郎テクストのあいだには、やはり約二年の隔たりがあり、二つの文面には微妙な表情の差異が認められる。そのためか肝腎の考察主題の理解のしかたにも、その間に重大な進展がもたらされているように見うけられる。その重なりと差異を両方とも、できるだけ精しく読みとりたい。

第六節　「塵労」対話篇の生成

小説『行人』は、大正元年十一月三十日に起稿された。漱石は前日に、家族や若い門下生たちと、末娘ひな子の墓参りにでかけている。しかし神経衰弱昂進のためか、漱石の孤絶感は深まってゆき、小説の筆も当初から難渋していた。十二月六日に『行人』の連載がはじまり、「友達」「兄」の章につづき、翌二年二月二十六日には第三章「帰ってから」第一回が新聞に掲載される。このとき『行人』は、同章の三十数回分で完結すると考えられていた。ところが三月末に胃潰瘍が再発し、漱石は二ヵ月ほど病床に臥す。[20] このため『行人』の連載は、四月七日の「帰ってから」第三十八回で中断した。そしてこのときも漱石はまだ、これにあと数節書き足して、単行本として完結させる予定であった。[21]

しかし病がひとまず癒えて作者が復帰したときには、新聞の「読者への義務を完《まっと》うするため」（十六巻、五四八頁）、あるいは天にたいする責務を果たすかのごとくにして、長い「塵労」篇が新たに書き足されるのである。その構想は六月末か七月初めに浮かびあがり、七月中旬には同章が起稿されたと推定されている。他方、漱石の絵画熱は鑑賞・実作両面でたかまっており、津田青楓との交際も急激に深まっていた。[22] かくして『行人』「塵労」篇は九月十八日に連載開始となり、十一月十五日（大阪は十七日）の第五十二回で終結する。[23] ちなみに題目の「塵労」とは、一般には世間の煩わしい関わり合いを意味しており、禅語としては穢れたこの世で身心を消耗させる数々の「煩悩」を言う。

　さきに長く引いた一郎の激白は『行人』全篇の終盤、「塵労」四十四節に位置している。そしてこれは、一郎の友人Hさんが若い二郎――作中の語り手にして視点人物たる「自分」――に、「兄さん」の旅先の様子を報知する長い手紙（二十八節半ばから小説末尾まで）の一部であり、「ありの儘《まゝ》」の一郎の「思《おも》ひ掛《が》けない宗教観《しゆうけうくわん》」（八巻、四二五－六頁）を綴りはじめた場面である。一郎は文明開化の急進する時代の厭世観と神経衰弱を一身に背負って苦悩しており、「人間全体《にんげんぜんたい》の不安《ふあん》を、自分一人《じぶんひとり》に集《あつ》めて、そのまた不安《ふあん》を、一刻《こく》一分《ぶん》の短時間《たんじかん》に煮詰《につ》めた恐《おそ》ろしさを経験《けいけん》してゐる」（同、三九七頁）。この若い一個の知識人にも似て、かつて漱石は帰国後最初期の『倫敦塔』[24]冒頭、近代の文明都市に住む人間の焦慮をこう表現した。

> 表へ出れば人の波にさらはれるかと思ひ、家に帰れば汽車が自分の部屋に衝突しはせぬかと疑ひ、朝夕安き心はなかつた。此響き此群集の中に二年住んで居たら吾が神経の繊維も遂には鍋の中の麩海苔の如くべと〲になるだらうとマクス、ノルダウの退化論を今更の如く大真理と思ふ折さへあつた。（二巻、三頁）

「書物を読んでも、理窟を考へても、飯を食つても、散歩をしても、二六時中何をしても、其処に安住する事が出来ない」『行人』の「不安」（八巻、三九四頁）は、右のテクストが語った焦燥の継続想起である。そして「塵労」の批判的《クリティカル》で臨床的《クリニカル》な対話篇は、一郎の「苦しい」心境の誘因を「自分のしてゐる事が、自分の目的《エンド》になつてゐない」点に見定めて、以下の分析と解説をほどこすのである。

> 兄さんの苦しむのは、兄さんが何《なに》を何《ど》うしても、それが目的《エンド》にならない許《ばか》りでなく、方便《ミインズ》にもならないと思ふからです。たゞ不安なのです。従つて凝《ぢつ》としてゐられないのです。兄さんは落ち付いて寐てゐられないから起きると云ひます。起きる

と、たゞ起きてゐられないから歩くと云ひます。歩くとたゞ歩いてゐられないから走《かけ》ると云ひます。既に走《か》け出した以上、何処迄《どこまで》行つても止まれないと云ひます。止まれない許《ばかり》なら好《い》いが刻一刻と速力を増して行かなければならないと云ひます。其極端を想像すると恐ろしいと云ひます。冷汗が出るやうに恐ろしいと云ひます。怖くて〳〵堪《たま》らないと云ひます。（八巻、三九四頁）

「純粋に心の落ち付きを得た人」の「絶対」の「境地」を「兄さん」が激しく希求するのは、激烈な焦燥と「不安」のなかで孤独に生きているからであり、それを彼自身がつねに実感せざるをえないからである。痩身の一郎は、こうして明らかに精神的に余裕のない人である。これにたいして一郎の言葉にじっと聴きいるHさんは、いかにも鷹揚で余裕のある大人物である。[25] ゆえに眼前の友の「不安」のうちに、すべてのものが有用化され手段化される文明社会の「人間の運命といふもの」を「朧気ながら」（同、三九五頁）に洞見し、この切迫した事態に真剣に驚いている。

結論を先どりしていえば、中断後に当初設計を大きく変更した小説を、なおいっそう魅力あるテクストに仕上げたものは、この書簡体の対話篇を若い二郎に書き送る、物語り叙法の着想の妙にある。長野一郎の語りの主題は青年期や壮年期の漱石と同じく、あるいはもっと深刻に「セツパ詰まつて」いる。しかし創作家はいま、これをHさんに聴きとらせて、「草庵《さうあん》めいた」（同、四三三頁）静かな「別荘《べつさう》」の「座敷《ざしき》」で、隣室の一郎が「ぐう〳〵寐《ね》てゐる時《とき》に」書きつづらせる（同、四四八頁、および三八八 - 九頁参照）。余裕のない人生の主題を、余裕ある形式で小説にする。その方法論上の工夫はここに見てとりやすい。そして一個の登場人物たる一郎の思想が、必ずしもただちに作者現在只今の思想および心境を意味するのでないことは、あえてことさらに言うまでもない。この対話の物語りから浮かび上がってくるものを、引き続き辛抱強く見とどけたい。

注

（1）　翌三十日付の山本笑月宛書簡に言う。「今度は短篇をいくつか書いて見たいと思ひます、その一つ一つには違つた名をつけて行く積ですが予告の必要用上〔ママ〕全体の題が御入用かとも存じます故それを『心』と致して置きます。／此他に予告の文章は要らぬ事と思ひます」（二十四巻、二七九頁、および十六巻、五六六頁参照）。起稿はやや遅れて、四月十四日付の寺田寅彦宛書簡には、「小説も書かねばならぬ羽目に臨みながら日一日となまけ未だに着手不仕《つかまつらず》候是も神経衰弱の結果かも知れず厄介に候」（二十四巻、二八三頁）とある。翌十五日付の朝日新聞社内鎌田敬四郎宛書簡では、着手の遅れを詫びつつ「可成《なるべく》早く書いて御催促を受けないで済むやうにします」（同）と約束する。小説の掲載は四月二十日から始まり八月十一日まで続く。ちなみに『心』は「短篇が意外の長篇になつて」しまった「先生の遺書」（全一一〇回）までで「一先づ切り上げ」（同、三〇六頁）、続篇の着手は見合わせられた。そしてこれが『心』として単行本となるとき、その全体は「自《おのづ》から独立したやうな又関係の深いやうな三個の姉妹篇」たる「先生と私」「両親と私」「先生と遺書」の「上中下に仕切つた」（十六巻、五七〇頁）構成のもと、『康熙字典』の「心」の項の抜書きや石鼓文の拓本等を配した漱石自身の装丁で、新進の岩波書店から九月二十日に姿を見せることとなる。ちなみに短篇連作および三部作の建築術的企図に関連していえば、ちょうど『心』の起稿の頃に『三四郎』『それから』『門』の縮刷版合本（大正三年四月十五日発行、春陽堂）が出たのも興味深い。その序文は言う。「『三四郎』と『それから』と『門』とはもと三部小説《トリロジイ》として書かれたものである。それを今度縮刷にして一巻に纏めたため、今迄個々の別冊として全く無関係に取扱はれ勝であったものに、始めて貫通した一種の意味を与へる事が出来るやうになったのである」（石井、一九九三年①、三〇頁）と。

（2）津田青楓の『漱石と十弟子』の口絵写真に、その毛筆の運びをうかがうことができる。

（3）漱石は二年後の大正五年二月二十六日付の津田青楓宛書簡でも、この額のことに触れている。「いつぞや書いた我師自然といふ額の字もどうか撤回したいと思つてゐます今度寸法を取つて置いて下さいませんか夫に合はせて書き直しますさうして張り替へます」（二十四巻、五一七頁）。これは「我師自然」の文言はそのままに、これを字義に適う書法で、新たに書き直そうと言うのだろう。芸術信条の、漱石的な自覚の深まりを読み取りたい。

（4）修善寺の菊屋にふたたび赴いた青楓に宛てて漱石は書く。「呉春は蕪村を学んだのですか夫であの人物のかき方が始めて合点行きました。あれは大変好い画と思ひますあなたが何遍も見てゐるうちには好になると思ひます寺田は見るとすぐ賞めました、私はあんなものを見てあるくがあれ程のものにはまだ出あひません」（二十四巻、二九二頁）と。

（5）さしあたり『硝子戸の中』内部のテクストの動向を追えば、最終節の「微笑」は、語り手の自己を「揺籃《らん》の中《なか》で眠《ねむ》る小供」とする比喩を介して、直前の実母の「微笑」の思い出に呼応しており、その点はしばしば指摘されてきたところである。「母は其時微笑しながら、『心配しないでも好いよ。御母さんがいくらでも御金を出して上げるから』と云つて呉れた」（十二巻、六一三頁）。「何《なに》を何《ど》うしても、それが目的《エンド》にならない許《ばか》りでなく、方便《ミインズ》にもならない」近代文明の「不安」（八巻、三九四頁）、あるいは『夢十夜』が詩的につかんだ「一種の人間存在の原罪的な不安」（伊藤整、四一七頁）を、随筆末尾の「微笑」が包容し癒してくれるのだと解するとき、思い出の中の母の「微笑」は、たしかに重要な伏線をなす。この点をふまえて、以下で特に確認してゆきたいのは、夢か現かの区別も定かならぬ過去の出来事の背後に、「生死事大《しやうしじだい》無常迅速云々」（十二巻、六一三頁）という禅語が配置されたことの、漱石リアリズム詩学上の含意である。

（6）　同じ手帳⑭の断片七〇Cを見ると、「〇軍国主義論、軍国主義ハ方便、目的ニアラズ故に時勢遅れなり／独乙の『力』の考と仏蘭西の『力』の考」（二十巻、五〇三頁）とか、「トライチケ」といった『点頭録』関連の覚え書きとならんで、「〇独乙の絵画（ハ思想ナリ）」、「〇象徴主義（グールモンの与へたる）ノ定義」（同、五〇四頁）という思索の跡を確認できる。

（7）　翌大正五年五月、『明暗』起稿の頃の日記にも、個別・普遍の詩学案件に直接して、「〇倫理的にして始めて芸術的なり。真に芸術的なるものは必ず倫理的なり」（二十巻、五五〇頁）との断案を見ることができる。さらに漱石山房原稿用紙に綴られた断片七三Aの『明暗』構想末尾にも、「〇君は gen. case ヲ以テ p. case ヲ律セントスル。僕ハ p.カラ g. case ヲ割リ出サウトスル」（同、五五九頁）という文言がある。

（8）　この断片の「生死」と「毀誉」の並置は、同じ頃の『津田青楓氏』（大正四年九月二日付）のテクストでも、漱石の芸術制作論上の思索へ直結する。「津田君の画には技巧がないと共に、人の意を迎へたり、世に媚びたりする態度がどこにも見えません。一直線に自分の芸術的良心に命令された通り動いて行く丈です。だから傍から見ると、自暴《やけ》に急いでゐるやうにも見えます。又何うなつたつて構うものかといふ投げ遣りの心持も出て来るのです。悪く云へば智慧の足りない芸術の忠僕のやうなものです。命令が下るか、下らないうちに、もう手を出して相手を遣つ付けてしまつてゐるのです。従つてまともでありません。然し訓練が足りません、洗練は無論ありません。ぐしや〳〵と一気に片付ける丈です。幸な事には此ぢゞむさい蓬頭垢面《ほうとうこうめん》といつた風の所に、彼の偽《いつ》はらざる天真の発現が伴つてゐるのです。利害の念だの、野心だの、毀誉褒貶の苦痛だのといふ、一切の塵労俗累が混入してゐないのです。さうして其好所を津田君は自覚してゐるのです」（十六巻、六一九－二〇頁）。結論を先取りしていえば、この「天真の発現」と「塵労俗累」との批判的反省光学的な対置の延長線上に、「則天去私」の詩学が成り立つのである。

（9）　芥舟畔柳都太郎《くにたろう》は、漱石より四歳年少で、明治二十九年に帝国大学英文科卒。三十一年から第一高等学校教授であり、漱石帰国後数年間は同僚でもある。大逆事件処刑直後の一高での徳冨蘆花「謀叛論」演説（四十四年二月一日）の折には、新渡戸稲造校長のもとで弁論部長を務めており、ただちに文部省から譴責処分を受けている。畔柳は山形県出身で、高山樗牛とは山形の師範学校附属小学校および仙台の第二高等中学校の同窓。帝国大学でも哲学科の樗牛や姉崎嘲風の寮友で、樗牛死去（三十五年十二月）の翌年には姉崎らと樗牛会を結成、三十七年から『樗牛全集』を刊行した。ちなみにこの手紙に先立つ前年十一月二十六日に、畔柳は漱石に「樗牛会の講演」（十二巻、五五一頁）を依頼し、断られている。

（10）　前引の『津田青楓氏』でも「利害の念だの、野心だの、毀誉褒貶の苦痛だのといふ、一切の塵労俗累が混入してゐないのです」として、あらゆる利害関心からの解放が漱石の芸術批評の主要論点をなしていたが、本書序論の注に引いた柄谷行人の「漱石とカント」という短文も、漱石『文学論』のF＋fの公式に関連して言う。「このようにFとfですべてを見ようとする漱石は、科学・道徳・芸術を領域的に区別したカントと違っているように見える。しかし、カントの『批判』は、それらが客観的な領域として分たれているのではなく、それぞれがある態度変更（超越論的な還元）によって出現するということこそにある。たとえば、美的判断は『関心』を括弧に入れることによって可能であり、科学的認識は道徳や感情を括弧に入れることによって可能である。同じ物がそのことによって芸術的対象となったり科学的対象となったりする。たとえば、裸体に対して、医者も芸術家も性的な『関心』を括弧に入れなければならない」（柄谷、二〇〇一年①、五四二頁）と。第一部で論難した括弧入れの比喩の危うさを大幅に割り引けば、ここには漱石とカントの批判光学の通底性が簡明に指摘されている。しかもカント美学の要諦たる〈没関心性〉の論点に粗雑ながらも照明が当てられている。

この批評の欠落部を補って言えば、カント『判断力批判』が摘抉した純粋趣味判断の〈没関心性〉とは、たんに「性的な『関心』を括弧に入れ」るだけでなく、また芸術家としての「利害の念だの、野心だの、毀誉褒貶の苦痛だの」に振り回されないというだけでもなく、むしろ制作・鑑賞・批評に「一切の塵労俗累が混入してゐない」ことを言う。美の分析論の第一契機の結論部に即してもっと正確に言えば、「趣味 Geschmack とは、一切の関心を離れた ohne alles Interesse 満足や不満による、ある対象ないし表象の判定能力」であり、「そういう満足の対象が美しい schön と言われるのである」（V 211）。「私的 privat」な満足に固執する「快適 das Angenehme」や、技術的もしくは道徳的な目的概念の普遍性に依拠する「善 das Gute」とは質的に異なる、「美 das Schöne」の「感性的 ästhetisch」で「反省的 reflektierend」な価値判断の本質契機が、ここに的確に摑み取られている。かかる美の〈没関心性〉は、『草枕』の「非人情」の美学にも通じて、理論的・実践的な概念的規定性から解き放たれた、「共通感覚 sensus communis」の普遍性と必然性のアプリオリな要求につながるのだが、ここでそもそも「関心と呼ばれるのは、われわれがある対象の現実存在 Existenz の表象と結びつける満足のことである」(V 204)。ゆえに純粋趣味判断は「対象か表象か」、その現存か無かの分別にはまったく「無頓着 gleichgültig」(V 205) に、〈物にして言葉〉、〈経験的実在論にして超越論的観念論〉の不断反転光学の反省の習熟の場所で、諸表象の自由な戯れに静かに耳を傾けるのである。この間テクスト的な読解から得られた重大なる暗示については、しかし別の機会に改めて論じたい。

(11) 漱石晩年の思索にもなお、そういう弛緩があったのだとすれば、それは明治二十三年夏の子規宛書簡に見られた、青年期の唯心論的で夢想的な厭世病の最後の残滓だったのだ。

(12) 〈生死一貫〉断片に呼応する〈生死透脱〉の断片六八Aの第六項目には、「徹底ノ意、absolute freedom アリや、妥協ナリ。徹底トハ omniscient ノ上ニナル妥協ナリ」(二十巻、四八八頁)として、通例の(とりわけ西田哲学的な)「徹底」を、「全知のもの」の「絶対的自由」の観念に寄りかかったたんなる「妥協」だと厳しく断ずる、徹底的に批判的な鋭い刃も潜んでいる。

(13) 漱石の明治三十八、九年頃のものと推定される断片は、「神ハ人間ノ理想ナリ。理想トハ二個ノ異ナル意義ヲ含ム」(十九巻、一九〇頁)と説き起こして言う。「神ハ尤モ大ナル自惚ヲ有スル人間ガ作リタルカ又ハ尤モ人ヨリ逆待セラレタル人間ガ慰藉ヲ求ムル為メニ作リタル者ナリ。/前者ノ極端ニ達スレバ自己即チ神ナリ。釈迦是ナリ。(ニイチエ)ハ多少之ニ類似スレドモ　後者ノ極端ニ至レバ自己即チ神ノ子ナリ。耶蘇是ナリ」(同、一九一頁)と。そして断片は「世界ニ自己ヲ神ト主張スル程ノ自惚者少ナシ。又自己ヲ神ノ子ナリト主張スル程ノ馬鹿者少ナシ。故ニ万人ノ人ニ遇ヘバ万人ナガラ皆不幸ナリ」(同、一九一‐二頁)と展開する。『行人』テクストは、あの『猫』の頃の宗教批判の着想を、あらためて徹底的に押しつめようとしているのである。

(14) 序論でもふれたように、『善の研究』は新手の「知的直観」を説いて「純粋経験の事実」に「実在の真景」を見ようとする性急さをもち、しかもこの真実在の直接経験を考究の出立点とする。引用文中の一郎は、この性急さを明らかに共有しているが、『行人』「塵労」篇のテクスト総体は、この端緒の取り方を批判哲学的に根本から問い直している。それは西田の思索の筋道への、徹底的な批判として読むことができる。

(15) ただし清水孝純が鋭く指摘するように、一郎の「絶対追求」の「決意の激しさ」には、「自己を放下するのではなく、自己を絶対化するなかで、万物を包摂しようとする」(清水、一九九三年、一二〇‐一頁)危うさがある。この論点については、次章で改めて問題にしたい。

（16）　高山樗牛「無題録」（三十五年十月『太陽』）は言う。「現世に於ける一切の學智と道徳とは、其の根底に於て既に現世を是認す。彼等は現世を超越せずして附隨し、審判せずして讃美し、戒飭せずして阿従す。……（中略）……／山に入て山を見ず。此の世の眞相を知らむと欲せば、吾人は須らく現代を超越せざるべからず。斯くて一切の學智と道徳とを離れ、生れながらの小兒の心を以て一切を觀察せざるべからず」（高山、一〇〇頁）と。こういう安易な二項対立的論理からは一線を画した、『行人』「塵労」対話篇の趣を丁寧に読み取りたい。

（17）　明治・大正期のニーチェ受容については杉田弘子、二〇一〇年にくわしい。漱石より四歳年少の樗牛高山林次郎は、明治二十九年帝国大学哲学科卒で、同窓には先の芥舟畔柳都太郎や嘲風姉崎正治のほかに桑木厳翼がいる。樗牛は熱烈な「日本主義」を唱え、恩師井上哲次郎と日本協会を設立。三十三年、つまり漱石と同時期に、樗牛は官費欧州留学の命を受けたが、喀血して断念する。三十四（一九〇一）年一月、自身が主幹する雑誌『太陽』に「文明批評家としての文学者」を発表、その第一節でニーチェを賛美した。「人格の獨立の爲に歴史發達論を否定したるニーチエは、更に論歩を進めて民主々義と社會主義とを一擊の下に破碎し、揚言して曰く人道の目的は衆庶平等の利福に存せずして、却て少數なる模範的人物の產出に在り。是の如き模範的人物とは即ち天才也、超人《ユーベルメンシュ》也、即ち是れ無數の衆庶が育成したる文明の王冠とも見るべきもの也」と。そして全文に強調点を付して言う。「彼れの說は是に到りて現時の民主平等主義を根本的に否定し、極端にして、而かも最も純粹なる個人主義の本色を發揮し來りたるを見る。さはれ、歴史無く、道德無く、眞理無く、社會無く、國家無く、唯個人各自の『我』あるを認むるもの、十九世紀末の思想に對して何等の對比ぞや」（高山、六三頁）と。

かかる国家主義と自我主義の浪漫派的な接合癒着ぶりも興味深いが、拙稿がとくに問題にしたいのは、やはり圏点付きで超越論的「實在」を語る以下の件である。すなわちニーチェは「青年の友としてあらゆる理想の敵と戰へり、彼れは今のあらゆる學術の訓へ得るよりも更に〳〵大いなる實在の宇宙に充滿せるを認めたり、同時に是の實在を認識し、其の秘密に到達せむには、今の所謂學術道德の甚だ力無きを認めたり、彼れは其の豫言者の眼によりて其方法の何者なるかを知りぬ。彼れが當代の文明に反抗して其の神怪奇矯なる個人主義を唱ふるに至りしもの、亦眞に已むを得ざりしならむ乎」と。樗牛は「詩人」ニーチェの「書」の「自然の勢」に乗って、「唯靈なるもの、み能く靈を動かす」（同、六四頁）と語るのだが、じつはこうした主我的な「文明批評家 Kulturkritiker」（同、六三頁）たるの「覺悟」（同、六四、六五、六六、六八頁）と「氣魄」（同、六六頁）の自己陶酔が、なによりも危ういのである。じじつ四ヵ月後の「美的生活を論ず」（同年八月『太陽』）は、「吾人の目的は言ふまでもなく幸福なるにあり。幸福とは何ぞや、吾人の信ずる所を以て見れば本能の満足即ち是のみ。本能とは何ぞや、人生本然の要求を満足せしむるもの、茲に是を美的生活と云ふ」（同、八〇頁）と、本能自然の快楽主義的な幸福論を短絡的に打ち出した。しかも同時に「美的生活」の「價値や既に絶對也、イントリンシック也。依る所無く、拘る所無く、渾然として理義の境を超脱す。是れ安心の宿る所、平和の居る所、生々存續の勢力を有して宇宙發達の元氣の藏せらるゝ所、人生至樂の境地是れを外にして何處にか求むべき」（同、八二頁）と、形而上学的な思弁を展開して、「王國は常に爾の胸に在り、而して爾をして是の福音を解せしむるものは、美的生活是也」（同、八四頁）と宗教的・芸術至上的に締めくくる。一連の樗牛の奔放な批評言説は、ニーチェをめぐる激しい論争を文壇に巻き起こしたが、それとても帝国大学系対早稲田系の党派的な争いに終始して、当時欧州で対立するドイツとイギリスのニーチェ論議の直輸入的な代理戦争の様相を呈していた。ちなみにロンドン留学中の漱石が、少なくとも明治三十四年の春から晩秋にかけての『太陽』に同時進行で接していたことは（二十二巻、二三二頁、および十九巻、八三、八七、九一、一〇一、一〇二頁、参照）、全集第二十八巻の総索引でたちどころに確認できる。

(18) 漱石は明治四十一年九月の談話記事「時機が来てゐたんだ――処女作追懐談」で、大学卒業から洋行までの自己をこうふりかえる。「そのうち愚図々々してゐるうちに、この己れに対する気の毒が凝結し始めて、体のいゝ往生《レシグネーション》となつた。わるく云へば立ち腐を甘んずる様になつた。其癖世間へ対しては甚だ気焔が高い。何の高山の林公抔と思つてゐた」（二十五巻、二八二頁）と。その胸中は複雑だったようだが、樗牛に一目置いていたことだけは確かである（同、一〇五、二三七頁、および三巻、一四七頁、十九巻、二三八頁、参照）。ちなみに『吾輩は猫である』第七章は、銭湯の「赤裸」の群衆中に「うめろ〳〵、熱い熱い」と叫ぶ「一大長漢」を諷して、「超人だ。ニーチエの所謂超人だ。魔中の大王だ。化物の頭梁《とうりょう》だ」（一巻、三〇〇頁）と茶化している。そして最終章では、独仙が樗牛版ニーチェにコメントする。「とにかく人間に個性の自由を許せば許す程御互の間が窮屈になるに相違ないよ。ニーチエが超人なんか担ぎ出すのも全く此窮屈のやり所がなくつて仕方なしにあんな哲学に変形したものだね。一寸見るとあれがあの男の理想の様に見えるが、ありや理想ぢやない、不平さ。個性の発展した十九世紀にすくんで、隣りの人には心置なく滅多に寐返りも打てないから、大将少しやけになつてあんな乱暴をかき散らしたのだね。あれを読むと壮快と云ふより寧ろ気の毒になる。あの声は勇猛精進の声ぢやない、どうしても怨恨痛憤の音だ」（同、五五一頁）と。

(19) 狩野宛の書簡に一週間ほど先立つ、十月十六日付の高浜虚子宛の手紙には、すでにその「主意」が予告されている。「先達て御話しのあつた二百十日に関する拙翰〔十月九日付、虚子宛書簡〕をホト、ギスへ掲載の義は承知しましたと申しましたが、少し見合せて下さい。近々『現代の青年に告ぐ』と云ふ文章をかくか又は其主意を小説にしたいと思ひます」(二十二巻、五八四頁)。漱石は後者の方針をとり、『野分』は十二月十日に起稿、二十一日に脱稿して、四十年一月の『ホトトギス』第十巻第四号に掲載された。この現世帰還の主導動機にふれて、伊藤整はこう述べる。「『野分』は、作品としては破れ目の多いものであるが、漱石の社會問題を含んだ生への直面の態度を示した。それは抒情と美感と笑ひとを失つた息苦しい現世感の出現を意味した重要な萌芽であり、『三四郎』を轉機として後期の諸作品に連なる漱石文學の基石的な主題となつたものである」(伊藤整、四〇七頁)。

(20) 大正二年四月十九日の東京日日新聞「雑記帳」欄はこう伝えた。「▲夏目漱石氏(四七)は數年前の胃潰瘍再發し爲めに強度の神經衰弱となり去る四日朝潜在性出血夥しかりし以來愈重態に陥り發狂せりとの噂まで傳へられしが須賀主治醫の注意により同四日以來斷然創作の筆を措いて靜養中」(『新聞集成夏目漱石像』四、一六頁)と。

(21) その方針は新聞紙上、「帰つてから」末尾の「お断り」に公表された。「本篇は非常の好評を博し既に完結に近づきたる際漱石氏の発病の為め擱筆するの已むを得ざるに至り本日を以て打切となり他日単行本として刊行の砌《みぎり》是を完成せしむる事となしたり幸ひに諒とせられよ」(八巻、五一五-六頁)と。そして復帰後の漱石が朝日新聞(東京、九月十五日、大阪、同十七日)で「行人続稿に就て」読者に告知したさいにも、書き残しは「左《さ》して長いものでないから単行本として出版の時に書き添へる積《つもり》でゐました」(十六巻、五四八頁)と、当初の方針が確認されている。

(22) 漱石は小説中でも、二郎と父を「上野の表慶館」に参観させ(八巻、三三二-三頁)、三沢には「一枚の油絵」を描かせている。「可憐なオフヒリヤを連想」させる、亡くなった「あの女」の絵である(同、三四六-七頁)。

(23) 『漱石研究年表』、七三六-五六頁、および『漱石全集』年譜(二十七巻、六八〇-二頁)参照。

(24) ここに引く『倫敦塔』は、『吾輩は猫である』(一)の脱稿後まもなく、明治三十七年十二月中旬に起稿され、同二十日頃に脱稿、翌年一月の『帝国文学』に発表された。署名は同時期に『学燈』に寄稿した『カーライル美術館』と同じく、夏目金之助である。なお、この二篇を含む漱石最初の短編集『漾虚集』は、明治三十九年五月に出版された。

(25) Hさんは、視点人物たる二郎からは「丸い顔と丸い五分刈の頭」で、「でく〳〵と肥つてゐ」て、「始終にこ〳〵してゐるやうに見え」(八巻、三五〇頁)る人として、読者にあらかじめ紹介されている。

第十章　生死の超越から生死一貫へ——近代心霊主義批判

第一節　宗教哲学的な主題設定

『行人』「塵労」篇のHさんの手紙は、一郎と旅先で寝起きを共にして、彼の「思想《しさう》の上《うへ》」の「動揺《どうえう》」（同、三五二頁）や「乱《みだ》れた心《こゝろ》」（同、四二二頁）に、臨床的かつ批評的に聴き入った宗教哲学的な対話篇である。

貴方《あなた》も現代の青年だから宗教《しうけう》といふ古めかしい言葉に対してあまり同情は持つて居られないでせう。私も小六《こむ》づかしい事は成《な》るべく言はずに済ましたいのです。けれども兄さんを理解するためには、是非共其処へ触れて来なければなりません。（八巻、四二五頁）

Hさんは真剣にそう思い定めて、若い読者に書き送る。(1) そして小説局内の語り手たる二郎が、これをそのまま引用する。しかもテクストの根柢では陽明学、禅仏教、老荘思想、キリスト教等の宗教思想との、批判哲学的な対話が作動している。創作家はいま自己の文学方法論の求道史を反省想起しつつ、自分の心と批判的に対話して、一郎とHさんの対話劇の進行を見つめている。

一郎は「絶対」の「境界」への帰入を激しく希求する。しかしみずからすすんで宗教を語りたいというわけではない。この対話の旅に「宗教」の色がついたのは、親身なHさんの友情のしわざである。「君近頃神《きみちかごろかみ》といふものに就《つい》て考《かんが》へた事《こと》はないか」（同、四〇〇頁）。「神」という「言葉」は、Hさんがこう問いかけたことで、二人の思索課題として弁証的に浮上した。そしてそれが数日間の「問答《もんだふ》」で「底迄押《そこまでお》し詰《つ》め」られたのである。そもそも一郎は「其《その》言葉を全く忘れてゐ」（同、四〇一頁）た。

彼は門を通る人ではなかつた。又門を通らないで済む人でもなかつた。要するに、彼は門の下に立《た》ち竦《すく》んで、日の暮れるのを待つべき不幸な人であつた。（六巻、五九九頁）

『門』の野中宗助は鎌倉の寺の門前に立ちすくみ、「敲《たゝ》いても駄目だ。独《ひと》りで開《あ》けて入《はい》れ」（同、五九八頁）という叱責の声のみを、かろうじて聴きとった。『行人』「塵労」中の対話篇は、そのきわどい地点に立ち返って、そこからもういちど出発する。

Hさんと一郎は、「書生時代」に「よく神《かみ》の存在《そんざい》に就《つい》て」議論していた。そして世界の「第一原因」をめぐる哲学的な思弁の結果、若い二人のあいだでは「仕舞《しまひ》には神《かみ》も何時《いつ》か陳腐《ちんぷ》になり」（八巻、四〇〇頁）はてた。そのことをHさんは確かに記憶していたのだが、知己を恐ろしい「不安《ふあん》の裡《うち》から救《すく》つて上《あ》げたいと念《ねん》じ」（同、三九九頁）るあまりに、入信の希望をそれとなく尋ねたのである。しかし一郎は宗教の門に入ろうとする人ではない。ゆえに当然のごとく、「そんなら神《かみ》を僕《ぼく》の前《まへ》に連《つ》れて来《き》て見《み》せて呉《く》れるが好《い》い」（同、四〇一頁）と反論する。そしてあからさまな苛立ちを見せて、後日Hさんが「再び神といふ言葉を持ち出し」（同、四一四頁）たときには、「突然」友の「横面《よこつら》をぴしやりと打《う》」ったのである（同、四一九頁）。

Hさんはその直前、一郎に「自分以外」の「遥《はるか》に偉大《ゐだい》」な「意志《いし》」、人間よりもなにか「もつと大きなもの」に「万事《ばんじ》」を「委任《ゐにん》して仕舞《しま》ふ」ことを勧めていた（同、四一八頁）。これにたいして一郎は、「ぢや君《きみ》は全《まつた》く我《が》を投げ出してゐるね」、「死《し》なうが生《い》きやうが、神の方で好《い》いやうに取計《とりはから》つて呉《く》れると思つて安心してゐるね」と問いただす。Hさんは「まあ左右《さう》だ」と曖昧な肯定で応じてみたが（同、四一九頁）、彼に切実な信心がないことは長年のつきあいからも明らかである。唯一絶対の「神」の「偉大」な「意志」に強く反発し、「車夫程《くるまやほど》信用出来る神を知らない」一郎は（同、四一八頁）、ここで相手の信仰を試しているわけではない。むしろ二人の問答は事柄の急所にいよいよ到達しつつある。そして私《わたくし》のすべてを投げすてることの困難と難渋を、すでに痛いほどに思い知る一郎は、「僕」の窮状を友の「横面《よこつら》」に激しく訴えたのである。

一郎が「絶対」なるものを希求するのは、まさにそこに「全《まつた》く我《が》を投げ出」すことを言う。「僕は絶対だ」と言うのは、自分がその「絶対」の「境界《きやうがい》」に帰一して、もはや「自分」が「有《ある》とも無《な》いとも片《かた》の付《つ》かないもの」となる、じつに有り難い「心理的」の「境地《きやうち》」の「経験」への切なる衝迫の表明である。だから一郎も「放下《はうげ》」を語るのである。「香厳《こうがん》」という禅僧は自分の「聡明霊利《そうめいれいり》が悟道《ごだう》の邪魔《じやま》になつて、何時迄経《いつまでた》つても道《みち》に入《はい》れなかつた」。そのためすべてを「諦《あきら》め」「禅《ぜん》のぜの字《じ》も考《かんが》へ」ず、「善《ぜん》も投《な》げ悪《あく》も投《な》げ、父母《ちゝはゝ》の生《うま》れない先《さき》の姿《すがた》も投《な》げ、一切《さい》を放下《はうげ》し尽《つく》して仕舞《しま》つた」のだが、そののちに隠遁の「庵《いほり》を建《た》てる」べく「地《ぢ》ならし」して「石《いし》を取《と》つて除《の》け」たところ、その「一つが竹藪《たけやぶ》に中《あた》つて」「はつと悟《さと》つた」という。「何《ど》うかして香厳《こうがん》になりたい」（同、四四一‐二頁）。

一郎は切実な憧れをもってHさんに語るのである。一連の主題が、漱石最晩年の「去私」の二字につながるのは明らかである。しかも「則天去私」は「文章座右銘」として発表されたものだった。人間の語りの近代的な公共性の開けに向かう、漱石文学の方法論的な課題。それがいまは一郎とHさんの対話劇の言葉のあわいで、「生死」の問題の根幹にふれている。この「僕」は「生死《せいし》を超越《てうゑつ》」することができるのか。そしてこの厭世的な苦悩を脱して、「絶対」の「安心《あんしん》」を得られるのか。あるいはそもそもそういうものを得ようとすべきか否か。テクストの主題は、作家自身の長年の思索課題と密接にかかわっている。そして漱石も一郎もいたって「真面目《まじめ》」（八巻、四二六頁）である。「すべからく現代《げんだい》を超越《てうゑつ》すべし」などという「才人《さいじん》」の言葉とは、質的に異なる重大局面で、「超越」という事柄そのものの当否が厳しく問われ始めている[2]。

第二節　一郎論理の空転の根

かくして大正二年夏秋の『行人』「塵労」篇と、大正四年夏頃の〈生死一貫〉断片には、主題のうえで重要な連関がある。しかし二つのテクストには、なにか根本的な気分の相違がある。率直な印象をいえば、一方は重く他方は軽い。死の前年の思索断片は「生死を一貫しなくてはならない、（もしくは超越）」と緩やかに始まっている。そしてこの〈生死一貫〉の課題を「すると現象即実在、相対即絶対でなくては不可になる」と引きうけて、「それは理窟でさうなる順序だと考へる丈なのでせう」と、難解な思惟の形式性を批評する。これには「さうかも知れない」と軽く応じてから、そもそも「考へてそこへ到れるのですか」との反問には、「たゞ行きたいと思ふのです」と単純な希望を述べて返している。この短い言葉のやりとりは言語分節的な「理窟」への批判的な反省をへて、「現象即実在、相対即絶対」の分別の力みからもしだいに抜けだしてゆこうとしているかのようである。

それにたいして「僕は是非《ぜひ》共《とも》生死《せいし》を超越しなければ駄目だと思ふ」と、「殆《ほと》んど歯を喰ひしばる勢《いきほひ》で」「言明」し、「次第に尋常《じんじやう》を外《はず》れて」ゆく一郎の内心吐露には、やはり余裕というものがない。ただしそういう一郎の「熱烈な言葉の前」には、みずからを「鈍《のろ》い」と自覚する友が「黙々《もくもく》として」「坐《すわ》」って聴いている（八巻、四二八頁）。つまりここにも親密で率直な対話があり、これが『行人』テクストの一片の救いである。「僕《ぼく》には到底《とて》も君《きみ》を救《すく》ふ事《こと》は出来《でき》ない」（同、四二九頁）とHさんは謙遜しているが、彼が眼前にいてくれるだけで、一郎がどれだけ救われていることか。鈍感な大人物は、その点にも一向に気づいていないふうである。

兄《にい》さんは眼《め》からぽろ〳〵涙《なみだ》を出《だ》しました。

「僕《ぼく》は明《あきら》かに絶対《ぜつたい》の境地《きやうち》を認《みと》めてゐる。然《しか》し僕《ぼく》の世界観《せかいくわん》が明《あきら》かになればなる程《ほど》、絶対《ぜつたい》は僕《ぼく》と離《はな》れて仕舞《しま》ふ。要《えう》するに僕《ぼく》は図《づ》を披《ひら》いて地理《ちり》を調査《てうさ》する人《ひと》だつたのだ。それでゐて脚絆《きやはん》を着《つ》けて山河《さんが》を跋渉《ばつせふ》する実地《じつち》の人《ひと》と、同《おな》じ経験《けいけん》をしやうと焦慮《あせ》り抜《ぬ》いてゐるのだ。僕《ぼく》は迂闊《うくわつ》なのだ。僕《ぼく》は矛盾《むじゆん》なのだ。然《しか》し迂闊《うくわつ》と知《し》り矛盾《むじゆん》と知《し》りながら、依然《いぜん》として藻掻《もが》いてゐる。僕《ぼく》は馬鹿《ばか》だ。人間《にんげん》としての君《きみ》は遥《はるか》に僕《ぼく》よりも偉大《ゐだい》だ」

兄《にい》さんは又《また》私《わたくし》の前《まへ》に手《て》を突《つ》きました。さうして恰《あだか》も謝罪《しやざい》でもする時《とき》のやうに頭《あたま》を下《さ》げました。涙《なみだ》がぽたり〳〵と兄《にい》さんの眼《め》から落《お》ちました。私《わたくし》は恐縮《きやうしゆく》しました。（同、四三〇頁）

力みかえった一郎の論理《ことば》はおのれの認識の空転を痛感して、「矛盾」と「迂闊」の自責の念のうちに、ますます「焦慮《あせ》」りこわばってゆく。[3]「絶対の境地」を「明《あきら》かに」認識しているのである以上、そこに入ってそれと一つになるのが念願である。なのにその「世界観が明かになればなる程」、「絶対」との距離はかえって「離れて仕舞ふ」。そのじれったくも理不尽な懸隔は、図上でする地理の「調査」と「山河を跋渉する実地」の「経験」との対比で、象徴的に言い表わされている。

「図」と「実地」、「研究的」と「実行的」（同、四二九頁）、理論と実践。この乖離情況を招き寄せた躓きの石のひとつは、「絶対の境地」への地図をかりそめにも「英吉利《イギリス》や亜米利加《アメリカ》で流行《はや》る死後《しご》の研究《けんきう》」に求めたことに根ざしている。そしてますます陰鬱になる不幸の源泉は、「大分《だいぶ》其《その》方面を調べ」てみたところで「何《ど》れも是《これ》も彼には不満足」だし、「メーテルリンクの論文」を読んでみても、[4]「矢張《やは》り普通のスピリチユアリズムと同じ様《やう》に詰《つま》らんものだと嘆息《たんそく》」（同、三五二頁）するよりほかにない点にある。神も天国も本心から信じることのできぬ知識人は、死後の生の科学的な実証をいたずらに探索して、ついに絶望し幻滅にいたる。小説『行人』は、こうして「現代」哲学の根本問題を正面から吟味する。

第三節　近代心霊主義の影

しかもこれは、漱石というテクストの不可避必然の動向である。じじつ数年前の『思ひ出す事など』十七節――東京朝日には明治四十三年十二月二十四日、大阪朝日には四十四年一月五日掲載(5)――は、このスピリチュアルな方面への永年の関心を反芻して、すでに批判的な考察を始めていた。

臆病者の特権として、余はかねてより妖怪に逢ふ資格があると思つてゐた。余の血の中《なか》には先祖の迷信が今でも多量に流れてゐる。文明の肉が社会の鋭どき鞭《むち》の下《もと》に萎縮するとき、余は常に幽霊を信じた。けれども虎裂刺《これら》を畏れて虎裂刺《これら》に罹らぬ人の如く、神に祈つて神に棄てられた子の如く、余は今日迄是《これ》と云ふ不思議な現象に遭遇する機会もなく過ぎた。それを残念と思ふ程の好奇心もたまには起るが、平生はまづ出逢はないのを当然と心得て済まして来た。

自白すれば、八九年前アンドリユ、ラングの書いた「夢と幽霊」といふ書物を床《とこ》の中《なか》に読んだ時は、鼻の先の燈火《ともしび》を一時《いちじ》に寒く眺めた。一年程前にも「霊妙なる心力」と云ふ標題に引かされてフランマリオンといふ人の書籍を、わざ〱外国から取り寄せた事があつた。先頃は又オリヴー、ロッヂの「死後の生」を読んだ。

死後の生！　名からしてが既に妙である。我々の個性が我々の死んだ後迄《のちまで》も残る、活動する、機会があれば、地上の人と言葉を換《かは》す。スピリチズムの研究を以て有名であつたマイエルは慥《たし》かに斯《こ》う信じて居たらしい。其マイエルに自己の著述を捧げたロッヂも同じ考への様に思はれる。つい此間《このあいだ》出たポドモアの遺著も恐らくは同系統のものだらう。（十二巻、四〇六－七頁）

スピリチュアリズムは、今日の哲学用語では「唯心論」ないし「精神主義」を意味しており、唯物論《マテリアリズム》・物質主義に真っ向から対立する形而上学的な立場である。しかしここに言われる「スピリチズム」および「スピリチュアリズム」はもっと通俗の意味で、霊媒師の交霊術や降神術により死後の心《スピリット》霊とも交信できるのだと妖しく語る、神秘的な「心霊主義」をさす[6]。

これは古今東西にわたり広く見られる霊魂観だが、急激な産業化・世俗化・文明化が進み自然科学や唯物論の言説が勢いを増す十九世紀欧米で、キリスト教信仰の伝統基盤が揺らぎ始めた近代社会では、この心霊主義の考え方が一般大衆のみならず上流階級や知識人のあいだでも、かなりの流行を見せていた[7]。漱石が留学したロンドンでは一八八二年に「心霊研究協会」(Society for Psychical Research) が設立されていたし[8]、右の引用箇所に名前がでてきた著述家たち――アンドリュー・ラング、カミーユ・フラマリオン、オリヴァー・ロッジ、フレデリック・マイヤーズ、フランク・ポドモア――は、そういう心霊現象に関心を寄せる世紀末転換期の、英仏の民俗学・天文学・物理学・古典文学・心理学等の研究者である[9]。そしてその熱心な読者たることを「自白」する作者もまた、「妖怪」や「幽霊」や交霊への「好奇心」を長らく抱いていた[10]。ゆえに漱石の小説テクストは、おりにふれて心霊現象に言及してきたのである。

たとえば『吾輩は猫である』の第八章（明治三十九年一月一日刊、『ホトトギス』第九巻第四号）では、苦沙弥先生が甘木医師に尋ねている。

「先生、先達て催眠術のかいてある本を読んだら、催眠術を応用して手癖のわるいんだの、色々な病気だのを直す事が出来ると書いてあつたのですが、本当でせうか」（一巻、三五〇頁）

そこで甘木医師は苦沙弥に催眠術をかけようとするが、「遂に不成功に了る」（同、三五二頁）。かたや「吾輩」と名乗る「猫」は「読心術を心得て居る」（同、四〇六頁）し、迷亭は第二章で「首懸《くびかけ》の松」での自殺の企図と失敗を、「ゼームス」の言う「副意識下の幽冥界と僕が存在して居る現実界が一種の因果法によつて互に感応した」ような「実に不思議な事」（一巻、七一頁）だとして、およそ『行人』一郎とは異質の浮わついた調子で弁じ立てている[11]。そして迷亭は第六章（明治三十八年十月十日刊、『ホトトギス』第九巻第一号）でも「神秘的」な「霊の交換」について、

「相思の情の切な時にはよくさう云ふ現象が起るものだ」（同、二四二頁）と駄弁を弄す(12)。ただしこういう霊の感応の件は、大学での文学論講義や作家転身後の『文芸の哲学的基礎』が語る「還元的感化」の方法論的モチーフとも密接に連関しており、ゆえに『猫』同章後半は詩作の「インスピレーション」を越智東風に議論させて、「送籍《そうせき》と云ふ男」の「一夜といふ短篇」の、「朦朧として取り留めがつかない」（同、二六一頁）作風を批評する(13)。そしてこの『一夜』のみならず『倫敦塔』も『琴のそら音』も『趣味の遺伝』も、初期漱石の『漾虚集』の短篇はスピリチュアルな浪漫主義の情緒を濃密にたたえている。

さらに生死の境や今昔の懸隔や夢か現かの分別を超えた『夢十夜』の、異様にリアルな情趣を残す物語り行為につづき、あの『三四郎』メモの小説腹案中の「Ａノ先輩」の項目には“miracle occult art and occult nature/Swedenborg”という意味深長なメモ書きが認められる（十九巻、四〇〇頁）。これは当面の実作には反映されなかったが、『行人』につづく『心』では「シユエデンボルグ」（九巻、二三二頁）を研究した宗教哲学徒Ｋが、独り淋しく自殺する(14)。「スピリチユアリズム」の形而上の世界への逃避動向と、その厭世論理の破綻とにたいする、批判哲学的なまなざしがここに着実に作動し始めている。

かかるテクストの全体動向のもと、『行人』の一郎は「此頃《このごろ》テレパシーか何《なに》かを真面目《まじめ》に研究《けんきう》」する、どこか「気味が悪い」（同、三四二頁）人物として造形されている(15)。そして第二章「兄」の十二節、精神に変調をきたした「其《その》女《をんな》が三沢の出る後《あと》を慕《した》つて、早く帰つて来て頂戴《ちやうだい》と必ず云つたといふ」（同、一一七頁）逸話に関連して、一郎は「噫々《ああああ》女も気狂《きちがひ》にして見なくつちや、本体《ほんたい》は到底解《たうていわか》らないのかな」と「苦しい溜息《ためいき》を洩《もら》」（同、一二〇頁）す。さらに同章二十節でも一郎は、「女の容貌」や「女の肉」だけでなく「何《ど》うあつても女の霊《れい》といふか 魂《たましひ》といふか、所謂《いはゆる》スピリツトを攫《つか》まなければ満足が出来ない」という「メレヂス」の「書翰」（同、一四一頁）にふれ、「おれが霊も魂も所謂スピリツトも攫まない女と結婚している事丈《ことだけ》は慥《たしか》だ」と「苦悶の表情《へうじやう》」を「あり〳〵と」（同、一四二頁）浮かべるのである。身体と精神を物心二元論的に分かつデカルト的近代の思考枠組みのもと、一郎は「現在自分の眼前《がんぜん》に居て、最も親しかるべき筈《はず》の人、其人の心を研究しなければ、居ても立っても居られないといふやうな必要《ひつえう》」（同、一四〇頁）に迫られている。かくして「スピリチユアリズム」の思想モチーフは、一郎一個の実存的不安とも不可分に結びつき、『行人』全篇の隠れた主題をなしている。(16)

第四節　縹緲玄黄外。死生交謝時。

ところで一郎と作者を安易に重ねる向きからは、かかる「スピリチユアリズム」も漱石の主張だということになる。しかし漱石というテクストは、そういう形而上学的な独断からの解放を念願した、批判哲学的な詩作的思索の経験を基本動向とする。先に引いた『思ひ出す事など』十七節もすでに「スピリチズム」を「迷信」と断じて、「神」と「幽霊」「虎裂刺《これら》」とを皮肉まじりに重ねている。しかも「平生」の漱石は、「出逢はないのを当然と心得」るだけの「文明の肉」を持ち合わせている。そもそも明治四十三年夏の大吐血から生還した越年の随筆は、かねてより抱いてきた心霊研究への知的関心にたいして、いま新たに萌してきた批判哲学的な距離感を未消化ながらも表明したものである。「死後の生！　名からしてが既に妙である」。自称詞「余《よ》」の腹の底からの決然たる感嘆符。ここには作家漱石の実存的な悪寒が生々しい(17)。

直前の十五、十六節は、大吐血後の「三十分《ぷん》の死」（十二巻、四〇一頁）を「茫然として自失」（同、四〇二頁）しながら反芻したテクストである。それは漱石の〈生死の超越〉の課題を襲った、端的な無との対峙である。「俄然として死し、俄然として吾に還るものは、否、吾に還ったのだと、人に云ひ聞かさるゝものは、たゞ寒くなる許《ばかり》である」（同、四〇三頁）。十五節はこう述べて、十四句からなる五言古詩を末尾に添える。

縹緲玄黄外。死生交謝時。寄託冥然去。我心何処之。帰来覓命根。

杳窅竟難知。孤愁空遶夢。宛動蕭瑟悲。江山秋已老。粥薬髩将衰。
廓寥天尚在。高樹独余枝。晩懐如此澹。風露入詩遅。（同、四〇三頁）

漢詩初案十六句は、修善寺から東京に帰還して五日目のこと、四十三年十月十六日の日記中にあり、これは大吐血後の心境をリアルに想起した「実際の詩」（二十巻、二三三頁）である。

随筆が掲げた漢詩の前半六句を読み下せば「縹緲《ひょうびょう》たる玄黄《げんこう》の外　死生交《こも》ごも謝する時　寄託冥然として去り　我が心何の之《ゆ》く所ぞ　帰来命根《みょうこん》を覓《もと》むるも　杳窅《ようよう》として竟《つい》に知り難し」（十八巻、二六三頁）となる。後年の「明暗双双」の世界反転光学の含意を挿入して読めば、その意味はこうなるだろう。すなわち天地や有無の言語的な分別知を超え、その裏側におぼろげに広がる遙かな〈反省〉の場所で、死生の概念的な交替さえもが消え失せた時、人間として寄りかかるべきものすべてが冥《くら》い暗相のうちに消え去ってゆき、この私の心がどこへ行こうとしているのかさえ分からない。吐血時の深い昏睡から覚醒し、この明るい現実の場所に帰って来て、この私の命の根元を探し求めてみても、あの杳《くら》く奥深い言語活動の無の場所は遙かに遠く、われわれ人間の知性によってはついに捉え難いのだ、と。

この定稿が成ったのは、いつごろのことだろう。[18] 漱石が「『思ひ出す事など』一を書き草平に送る」（二十巻、二三六頁）のは、帰京の日から数えて十日目の十月二十日である。連載は十月二十九日に始まり、問題の十五回目は十二月十七日（大阪朝日は十二月三十日）である。漢詩の公表から二ヵ月前の未定稿段階では、「生死」の対照が「幽明」「双界」「両極」等（十八巻、二六六－七一頁）の諸語をもって反芻されつつ、二世界論的な想念への反問の跡がまだ痛々しい。ところが右に訳出した最終稿は、「明暗双双」の反転往還の端緒を摑みかけるまでに洗練されている。[19] そしてすくなくともこのときまでには、〈生死の超越〉を一郎に焦らせる「生死」「有無」「玄黄」の分別論理は、徐々に乗り越えられつつあったのにちがいない。随筆本文は「唐突なる懸け離れた二象面《フエーゼス》が前後して我を擒《とりこ》にする」事態に「茫然として自失」しながらも、そもそも「生死《せいし》とは緩急、大小、寒暑と同じく、対照の連想からして、日常一束《たば》に使用される言葉《ことば》であ」り、それにすぎないという真実を、すでに言語批判的に鋭く見抜いている。そして「一個の柿」を毎日「半分づゝ喰へ」という「想像の論理」や、「足の疾《と》きアキリスと歩みの鈍《のろ》い亀」の「競争」（十二巻、四〇二頁）の無限分割の継続という、古来の単に理性的《ロゴス》で「非事実な論理」（同、四〇三頁）の無力を問題にする。

まさにあの「三十分の死」の「事実」の前では、そういう抽象的な純粋理性の分別知はまったく無意味であった。そこには霊妙不可思議なる臨死体験など無かったし、そもそもまったく何も無かった。自我の意識の途絶、経験の欠落、そしてこの途絶欠落の自覚そのものの完璧な欠如。漱石は自分が「俄然《がぜん》として死《し》し」たことさえ知らなかった。それはただひたすら単純な無なのであった。

余は自然の手に罹《かか》つて死なうとした。現に少しの間死んでゐた。後から当時の記憶を呼び起した上、猶所々の穴へ、妻《さい》から聞いた顛末を埋めて、始めて全く出来上る構図を振り返つて見ると、所謂慄然と云ふ感じに打たれなければ已まなかつた。（同、四一九頁）

かかる「自然」の事実と、あの分別論理との乖離を見つめる一人称の語りが、のちの小説の文章に昇華され一個の公的な問題認識にまで熟成したとき、「僕《ぼく》は是非共生死《ぜひともせいし》を超越《てうゑつ》しなければ駄目《だめ》だと思《おも》ふ」という『行人』の「言明《げんめい》」となるのである。[20]

ただし一郎の場合は、どこまでもやはり知的分別的に生死対立であるがゆえに、「生死」を「超越しなければ駄目」なのであり、だからこそ彼は英米で流行の「死後《しご》の研究《けんきう》」にも強い関心を抱くのである。『行人』テクストの語りはそういう一郎の論理を静かに見つめて、彼の「殆《ほと》んど歯《は》を喰《く》ひしばる勢《いきほひ》」の〈生死超越〉の衝迫を、無理解な家族や親身なHさんとの関係のもと、どこか広く大きな場所から相対化して語り始めている。そしてさらに二年半後の『硝子戸の中』直後の私信では、個別霊魂の不死を前提する「スピリチユアリストやマーテルリンク」の死生観に最後的な絶縁通告がなされるにいたる。注目すべきは、この語りの位相の〈反省的〉な移り行きと、「微笑」の「双双」

光学につながるテクストの語りの視座の広がりである。

第五節　漱石の心霊主義批判

ともあれ『行人』に到る二年前の「死後の生！」の感嘆符にも、心霊主義批判の姿勢はすでに明瞭である。そしてここには懸案の〈生死一貫〉に向かう重大な岐路がある。そもそも個別霊魂の不死を金科玉条とする心霊主義《スピリチュアリズム》も、さらに一般的にはバークリ流の唯心論《スピリチュアリズム》の形而上学も、ある意味では「生死を一貫する」論理である。それがデカルト的二元論の壁をすり抜けたり、飛び越えたりする妖しげな理窟はさまざまだが、[21]「形而下の物質界」（十二巻、四〇八頁）での生理的・身体的（つまり物理自然的《フィジカル》）な死の後も、個々の「人格」として自己同一的に存続する心霊の実体性や「個性《パーソナリティー》」への信仰教義は、[22]この筋の神秘思想が共有する論理である。そしてこの伝統的で近代的な霊魂観・生命観・彼岸観は、生死対照の境を超自然的《スーパーナチュラル》に「超越」した、非物質主義的で形而上学的《メタフィジカル》なレベルでの生死の「一貫」にほかならない。

これにたいして漱石というテクストの求める〈生死一貫〉は、そのように「形而上」の「安心」へと逃避逸脱する第三の厭世の心霊主義的な超越論的実在論からは一線を画すのである。だからこれは漱石解釈のうえでも決定的な分かれ目であり、批判哲学的にも重大な論点となる。そこでふたたび『思ひ出す事など』の十七節に戻ってみれば、前引の箇所につづいて登場するのは「独乙《ドイツ》のフエヒナー」である。

グスタフ・テオドール・フェヒナー（一八〇一‐八七年）は、世紀末の心霊主義者連にさきがけて、「十九世紀の中頃既に地球其物《そのもの》に意識の存すべき所以《ゆえん》を説いた」神秘主義的な哲学者にして電磁気学者・実験心理学者である。[23]この反デカルト主義の精神物理学（Psychophysik）の創始者は、宇宙論的な篤い信仰に基づき「地球其物《そのもの》」の「意識」を説く。漱石はその生気論的（vitalistisch）で物活論的（hylozoistisch）で汎心論的（panpsychistisch）な語り口について、「石《いし》と土《つち》と鉱《あらがね》に霊《れい》があると云ふならば、有《あ》るとするを妨げる自分ではない」と、さしあたりは容認のそぶりを見せている。「然《しか》し責《せ》めて此《この》仮定から出立して、地球の意識とは如何なる性質のものであらう位の想像はあつて然るべきだと思ふ」（十二巻、四〇七頁）と、フェヒナーの詩作的思索の不徹底を厳しく批判した。そして、そもそも鉱物界の「石《いし》と土《つち》と鉱《あらがね》」の「霊《れい》」や、それを包括統合する「地球其物《そのもの》」の「意識」などは、あくまでも形而上学的な「仮定」であり「想像」なのだと喝破する。[24]

ちなみに漱石の批判的なコメントには、この時期に読んだウィリアム・ジェイムズの『多元的宇宙』（一九〇九年）の語り口が反響している。漱石は随筆の第三節（東京、大阪ともに十一月八日掲載）を、故人となったジェイムズの霊に捧げている。漱石は読みかけの『多元的宇宙』を修善寺に携行し、続きを読む最中に病床の人となった。そして大吐血の人事不省から生還し、九月十九日には「昼のうち恍惚として神遠き思ひあり」（二十巻、二〇八頁）という不思議な気分に襲われ始める。その数日後、衰弱した肉体に比して「頭丈はもう使へるなと云ふ自信の出た」（十二巻、三六三頁）漱石は、『多元的宇宙』の「約半分程《ほど》残つてゐたのを、三日許《ばかり》で面白く読み了つた」（十二巻、三六四頁）。それからようやくにして帰還した東京の病院で、彼は「『ジエームス』教授の訃に接した」（同、三六二頁）のである。[25]

ジェイムズの『多元的宇宙』第四章は「フェヒナーについて」と題して、その生涯と思想を好意的に紹介したうえで、「フェヒナーの昼の見方に生命をあたえる偉大な道具は類推 analogy」であり、しかもそれは事象間の類似点をあげるだけでなく「差異 difference」をも見すえるのだと強調する。[26] 漱石はそういうジェイムズの遺著を評して、「教授が何事によらず具体的の事実を土台として、類推《アナロジー》で哲学の領分に切り込んで行く所を面白く読み了つた」（同、三六四頁）と随筆序盤に記している。[27]

しかしそれから一ヵ月半後の十七節では、前述のごとくフェヒナーに言及しながら、スピリチュアリズムを批判する。そしてそのときには、ジェイムズの「好い本を読んだ」（同、三六五頁、および二十巻、二一二頁）瀕死・生還のころの幸福な読後感の余韻は微塵も聞きとれない。むしろテクストの音色にじっと耳を澄ませば、フェヒナー＝ジェイムズへの微妙な距離感が聞こえてくる。[28] 漱石は以下の短い段落に、重要な洞察を集中的に盛り込んでいる。

吾々の意識には敷居《しきゐ》の様な境界線があつて、其線《その》の下は暗く、其線の上は明らかであるとは現代の心理学者が一般に認識する議論の様に見えるし、又わが経験に照しても至極と思はれるが、肉体と共に活動する心的現象に斯様《かよう》の作用があつたにした所で、わが暗中の意識即ち是《これ》死後の意識とは受取れない。（十二巻、四〇七頁）

ここに「吾々の意識」という語は、フェヒナーの「地球其物《そのもの》」の集合的な「意識」のイメージをひきずっており――あるいはまた伝統的な大我と小我の対比さえも微かに残響させて――両義的である。しかしさしあたり文面のうえでは、「肉体と共に活動する心的現象」たる個々人の意識として語られている。そしてその個別意識のうちに「敷居《しきゐ》の様な境界線」をはさみ、「明らか」な表層と「暗」い無意識の深層があるという見方が、「わが経験に照しても至極」当然だと認定されるのである。[29] かかる「吾々の意識」の明暗分節は、[30] もはやことさらに言うまでもなく、あの晩年の「明暗双双」の反転光学の方法論とも遠く深く共鳴するものだろう。しかもそれがここでは「現代の心理学者」の「議論」に沿って、成人の自我意識の理性的で言語分節的な明瞭性と、深層の無意識・下意識・潜在意識の暗いざわめきとの構造的な対比のもとに語られている。[31]

第六節　ジェイムズとの批判的対話

ところで意識と無意識の区別は、すでに当時の知識人の常識に属しており、漱石もこれを早くから把握していた。彼はロンドンでの猛烈な読書のなかでロンブローゾの天才論[32]や、ジェイムズの『心理学原理』（一八九〇年）、『宗教的経験の諸相』（一九〇二年）など[33]をとおして、草創期の深層心理学に親しく接している。[34] そして帰国後の『文学論』第一編第一章は、「焦点的印象又は観念」たるF（十四巻、二七頁）を説明するさいに、「意識の波」すなわち「心的波形の連続」を図解して、水平線よりも上部を「識域」、波の頂点を「焦点的意識」に見立て、「辺端的意識」や「識末」（同、三〇－一頁）からさらに水平線よりも下方に進んでいって、ジェイムズの言う「識域下の胚胎」や「脳作用」の「無意識」の「発達」（同、四八八頁）といった文字列で、『人生』末尾に言う「心の底」（十六巻、一五頁）の深層領域の伏在を暗黙のうちに示唆している。そして意識的なものの〈個別 particular と一般 general〉の対照についていえば、表層の波のイメージを「個人意識」の「微妙なる意識単位より出立して広く一代を貫く集合意識に適用」（十四巻、三三－四頁）したうえで、いよいよ第五編「集合的F」の第二章「意識推移の原則」は、「一時代の集合意識が如何なる方向に変化して、如何なる法則に支配せらる、かを論ずる」ことを「目的」（同、四三七頁）に、こう説き起こしている。

> 一時代に於る集合意識の播布は暗示の法則に由つて支配せらる。暗示とは感覚と云はず、観念と云はず、意志と云はず、進んで複雑なる情操に至つて、甲の乙に伝播して之を踏襲せしむる一種の方法を云ふ。暗示法の尤も強烈なる証明は被催眠者に於て之を見る事を得。（同、四三七－八頁）

そして同第六章「原則の応用（四）」は、「狂」的で独創的な「天才の意識する所は能才のそれよりも世俗を去る事一層遠きが故に之を貫かんが為めには水準以上の猛烈なる争闘を敢てせざる可からず」（同、五〇二頁）と述べ、コールリッジ、キーツ、バイロンや、ジェイン・オースティンを代表とする近代英文学史の推移を語り、「暗示は常に戦ふ。戦なくして暗示を人に及ぼす事は殆んど難し」と「約言」（同、五一二頁）したうえで、詩学制作論上最重要案件にふれて言う。

> とくに吾人の注意を惹くは、現下意識の自然なる傾向に、尤も調和せる新暗示が勃興せる場合なりとす。換言すれば現下意識の辺末に潜伏して、今にも起らんとするの勢をほのめかすにも拘はらず、依然として半明半晦のうちに、不説不語の不足

を感ぜしむる或者あるとき、――突然一人ありて、此不透明なる或者を掌中に攫《かく》し来つて、端的に道破せる場合を云ふ。此あるものは既に集合意識の波動線中に伏在して向上的気勢を有するが故に、もし之に明瞭なる形体を与へ、判然たる秩序を附して世間に放出するものあらんには、天下は翕然《きゅうぜん》として起つて之に応ずるの理なり。（同、五一二―四頁）

創作家漱石の詩学はかかる「心理学社会学」（同、十一頁）的な「集合意識」の、「暗示」的な形成に関心をいだいて勇躍壮途についたのである。ゆえにまた職業作家転身直後の講演『文芸の哲学的基礎』は、『文学論』第五編第二章「意識推移の原則」の参照を指示するとともに、「序《ついで》に『文学論』も一部宛《づゝ》御求めを願ひたい」（十六巻、七二頁）と、近刊予定（明治四十年五月、大倉書店より刊行）の自著の営業宣伝をしたのである。

すでに序論でも見たように、この詩学講演は「意識には連続的傾向がある」という根本命題のもと、物我対立・時空分節の「意識の内容」を分析するのだが、冒頭の物我一致の「意識現象」の「根本的の議論」（同、七〇頁）と、これに呼応する掉尾の「還元的感化」（同、一二九―三七頁）の芸術理念の提起により、個人の自意識を超えた集合意識の深層を暗黙のうちにまなざしており、これが論考全体の最重要論点となっていた。問題は、この意識と無意識、自我意識と集合意識という類比をどう解するかだが、これをカント理性批判の指弾する意味で〈規定的・構成的〉に展開するとき、唯心論的形而上学および超国家主義・帝国主義の独断教条が生まれてくる。漱石の詩学は、その同時代的な誘惑と厳しく対峙しながら、「文学は科学にあらず」の信念を堅持して、あの類比をひとつの「仮定」（『文学論』第五編第二章末尾、十四巻、四四六―七頁）として位置づける。そしてこれを、あくまでも〈反省的・統制的〉に展開して、文学的な暗示《サジェスチョン》の方法論を徹底的に錬磨してゆく。

以上の批判哲学的な読み筋をここに仮構したうえで――漱石の集合的無意識の詩学の俳句連句的な生成発展過程にも、いずれ機会をあらためて立ち入るための準備としても――、その詩学の作品的な昇華の様相を実地に追うことにしたい。当面のテクスト『思ひ出す事など』は、ジェイムズの『多元的宇宙』と対話しながら生死の問題の核心に迫っている。ゆえにその死生論は、個々人の個別《パティキュラー》の意識と、地球大の普遍的《ジェネラル》な集合意識との、フェヒナー＝ジェイムズ風の構成的な類推をめぐる批判的考察に深く立ち入るのである。しかもそれに先だって前引の段落末尾では、「わが暗中の意識即ち是《これ》死後の意識とは受取れない」との決定的断案がくだされている。

　漱石はこれを「三十分《ぷん》の死」という端的な無の「具体的の事実を土台として」強く言い切った。「死後の生」というスピリチュアリズムの想念や、無意識の深層と「死後の意識」との安易な等置など、一連の形而上学的な思弁を明治終末期の随筆は峻拒する。この決然たる裁定こそが、漱石のスピリチュアリズム批判の第一歩であり、彼の公的なジェイムズ批判もすでにここに始まっている。ゆえにあの箇所につづけて随筆は決然と言う。

> 大いなるものは小さいものを含んで、其小さいものに気が付いてゐるが、含まれたる小さいものは自分の存在を知るばかりで、己等《おのれら》の寄り集つて拵《こし》らえてゐる全部に対しては風馬牛の如く無頓着であるとは、ゼームスが意識の内容を解き放したり、又結び合せたりして得た結論である。それと同じく、個人全体の意識も亦より大いなる意識の中《うち》に含まれながら、しかも其存在を自覚せずに、孤立する如くに考へてゐるのだらうとは、彼が此類推より下《くだ》し来るスピリチズムに都合よき仮定である。
>
> 　仮定は人々の随意であり、又時にとつて研究上必要の活力でもある。然したゞ仮定だけでは、如何に臆病の結果幽霊を見やうとする、又迷信の極不可思議を夢みんとする余も、信力を以て彼等の説を奉ずる事が出来ない。（十二巻、四〇七‐八頁）

　ここに見るべきは、二つの段落を画然と分かつ改行である。すなわちジェイムズの「類推」の妙技を堪能しつつも、そこから「下《くだ》し来るスピリチズムに都合よき仮定」にはあからさまな不満と違和感を表明するテクストの語りの歴然たる転調である。かくも精力的な省察にむけて、入院中の漱石を駆りたてたものは何か。「大いなるもの」と「小さいもの」、「己等《おのれら》の寄り集つて拵《こし》らえてゐる全部」と「自分の存在」、「大いなる意識」と「個人全体の意識」。普遍《ジェネラル》門である。

反省的〉に味わうのか、それとも心霊主義がお好みの「仮定」を〈独断的・規定的〉に語り出すのかが、最重要の関と個別《パティキュラー》の論理に重なる大小「意識」の対照をどう理解するか、すなわちこの一連の類比をあくまでも〈批判的・

かつて『文芸の哲学的基礎』は、「物我一致」にして「天地即《すなは》ち自己」という「意識現象の連続」に関する「根本義の議論」と、「通俗」の「物我対立」の「意識の内容」の「分化」とを、詩学言語論的な反省のもとで鋭く対照させていた。これは翌年の『三四郎』ノートの“Empirical realism and a transcendental idealism（Kant）”を通じて批判哲学の精髄に結びつき、「意識一般」の「超越論的統覚」と個別自意識の「経験的統覚」の区別に類比的に重なり合っていた。そしてこの批判的な類比思考は、晩年の「則天去私」の「天」と「私」の対照に反映して、「明暗双双」の「暗」の無差別平等の広がりと、「明」の天地や物我の差別分別相との、「双双」たる反転光学として展開されることとなる。

修善寺大患時の漱石《わたくし》が、この文学方法論上の長い道筋について、どれほど明確な見通しをもっていたのかは定かでない。しかしこの随筆は、一連の「類推《アナロジー》」をあくまでも「類推」として批判哲学的に自覚しながら、これをどこまでも抑制的に展開することをめざしている。そしてこの「類推」をどう解釈するかという一点で、漱石というテクストは、みずからの知の愛求の進みゆくべき方角を、フェヒナー＝ジェイムズの筋から完全に違えるのである。「カントの超絶唯心論がバークレーの超絶実在論にどうだとか云ったな」。『三四郎』第六章冒頭の公開質問状が、ここでふたたび漱石論上決定的に重要な役割を担ってくる。フェヒナーやジェイムズの篤い信仰に根ざす心霊主義的な深層心理学が、バークリの唯心論的な超越論的実在論の延長上にあるのは明らかである[35]。そして明治哲学界を牽引した井上哲次郎の「現象即実在論」にしても、西田幾多郎の『善の研究』にしても、同じ宗教的な根本経験や関心を共有して、やはり超越論的実在論の線に連なっていた。

漱石文芸の「哲学的基礎」はそういう形而上学的な唯心論からは一線を画し、徹底的に批判的な言語論的〈反省〉

の場所に坐している。「経験的実在論にして超越論的観念論」。ここに閃く世界観上の往還反転光学の真価が、生死の問題に直面した実存において実地に試されている。漱石は大吐血ののちに、この世に生還して『多元的宇宙』をふたたび手にとった。そのころには「恍惚として神遠き思ひ」が「朝《あさ》から屢《しばしば》」訪れており、「午過《ひるすぎ》にもよく此蕩漾《とうよう》を味つた」とさえ自白する。そういう不思議なまでに「幸福」な「興致《きょうち》」の「楽しい記憶」（十二巻、四一七頁）にも恵まれながら、しかしこの「縹緲とでも形容して可《よ》い気分」（同、四一六頁）を、あのジェイムズ流の宗教的な根本的経験主義の語り口で色づけることはせず、ごく淡泊に「単に貧血の結果であつたらしい」（同、四一七頁）と言い切るあたり、まことに漱石の徹底的な批判精神の面目躍如たるものがある。

しかもこの文学者は、他方でまた、この稀有の経験を無粋な科学主義の手に引き渡すこともせず、その「何事《なにごと》もない、又何物《なにもの》もない此大空《おほぞら》」の「透明」（同、四一六頁）な無のイメージを、「仰臥人如啞。黙然見大空。大空雲不動。終日杳相同。」という五言絶句に定着させ、『思ひ出す事など』二十節（東京は明治四十四年一月五日、大阪では二月十三日に掲載）の末尾に据えて、以後の方法論的省察のための「記念」とした。しかしこの案件については別の機会にくわしく論じたので、[36] ここは急ぎジェイムズ批判の本筋に引き返そう。

随筆の第三節はジェイムズの「類推」の妙技を賞賛していた。そして十七節も「ゼームス」を取り上げるのだが、「類推」による「仮定は人々の随意」だと言う口ぶりは、すでに幾分冷ややかである。たしかに個々の小我の死後存続や、大我意識への集合の仮説は、心理学・文学・宗教学の「研究上」のみならず、一般の人の人生論上も「必要の活力」なのだろう。ジェイムズのプラグマティズムは、この実際上および道徳的の便宜を強調しながら「スピリチズムに都合よき仮定」を熱心に説いている。あたかも個々人に「死後の生」があるかのごとく、個々の霊魂が個性を維持しながらも地球大の意識に融合されるという不可思議な事態を、フェヒナーの思弁に同調してじつに雄弁に語っている。[37] しかしながら、その宗教的な「類推」の構成的な方向性と、心霊をめぐる超越論的実在論風の口調は、[38] 漱石の醒めた批判哲学精神とはもはや断じて相容れない。

第七節　心霊主義との訣別

個人の死後霊や、地球や宇宙そのものの「大いなる意識」は、そもそも実在するのか否か。その実在の真実性を主張することは、いかに「類推」を駆使して精神物理学的な装いを整えようとも、やはり心霊主義の形而上学的臆断にすぎぬ。そして「幽霊」はやはり「迷信の極」の「不可思議」にすぎぬ。「如何に臆病」な「余《よ》」にしても「たゞ仮定だけで」経験的実証がなければ、「信力を以て彼等の説を奉ずる事が出来ない」。漱石は「三十分の死」の事実をふまえ明快に断言する。これが漱石のスピリチュアリズム批判の第二歩であり、ジェイムズと完全に袂を分かつ最終場面である。かくして十七節末尾の段落は、随筆全体のクライマックスたる二十節への道筋を見すえつつ、駄目を押すようにこう述べる。

余は一度死んだ。さうして死んだ事実を、平生からの想像通りに経験した。果して時間と空間を超越した。然し其超越した事が何の能力をも意味しなかつた。余は余の個性を失つた。余の意識を失つた。たゞ失つた事丈が明白な許《ばかり》である。どうして幽霊となれやう。どうして自分より大きな意識と冥合出来やう。（同、四〇九頁）

〈生死の超越〉を切望して、「絶対」なるものに衝迫する『行人』一郎の論理破綻。それがここに容赦なく予告されている。「三十分の死」の「事実」は「平生からの想像どおり」、「時間と空間」を「超越」する「経験」だった。それはまた、あらゆる言語的分別論理からの「超越」を意味するものだと言ってよい。「然し其《その》超越した事」は、この私の「死後の生」の霊的「能力」を、まったく「意味しなかった」。いわゆる臨死体験などは何もなかった。むしろ「余は余の個性を失つた。余の意識を失つた」。この理不尽なまでの喪失の事実、そしてこの事実を目の当たりにした、心霊主義的信条の無力だけが「明白な許《ばかり》である」。

だからまた晩年の「則天去私」に結実する事柄にしても、この冷厳な事実に基づき、この「私」という存在者の「個性」――ゆえにまた明治三十八、九年の思索断片がしきりに問題視していた「パーソナリチー」（十九巻、二〇八－二一二頁）[39]――の端的な無化の方向で理解しなければならない。しかもその場合に「余《よ》」の個別意識の無化は、死後の彼岸世界に高次のしかたで真実在する「自分より大きな意識」――古代印度哲学ではアートマンにたいしてブラフマンと言われ、大乗仏教では「真如」とも「真我」とも言われ[40]、それに触発された西欧近代神智学では「高次の神的な自己」と言われる精神的な真実在――との梵我一如的「冥合」のような、神秘の出来事として心霊主義的に理解してはならない。そういうスピリチュアリズムの超越論的実在論の、超感覚的で形而上学な独断教義とはまったく逆の方向で、むしろこの世の語らいの生の経験的実在性に根ざし、人間の生死の事実に則した〈天然自然の論理〉を求めなければならない。この「私」の実存の個別性と、「天」のもとにある人類一般の普遍性。現世に住むわれわれ人間の語らいのもと、生死の事実をめぐる冷徹な論理《ことば》に「明暗双双」の言語論的な差別無差別の往還反転光学を重ね合わせ、ただひたすらこの世の「生死」の事柄を〈一貫〉して見つめなければならない。

延長実体と思惟実体、物質と精神、身体と霊魂とを対置し分断するデカルト的近代の物心二元論。これは霊魂の不死や、輪廻転生の古い信仰箇条の伝統を介して、プラトン以来の二世界論の根本前提にもつながっている[41]。すなわち生前のこの世と、肉体の死後のあの世を、物質的現象世界と霊的実在の世界に区分けして、前者は仮りそめの仮象世界で、後者こそが永遠にして絶対の本来的生の真実在の世界だとする、強固な哲学的基盤をもつ二世界論の宗教伝統である。十九世紀末転換期に盛り上がった各種心霊現象の研究報告言説は、この二世界論的分別論理を前提として、類推を奔放に駆使した科学的な――とりわけ精神物理学および深層心理学の――装いのもと、物心二元のデカルト的切断の壁を神秘的にすり抜ける、心霊主義的な接続交通の物語りである。

『行人』の一郎は、そういう英米の心霊研究に何かを期待して幻滅した[42]。彼は人並みはずれた理知の人ゆえに、なおさらのこと物心二元的な二世界論の明快な論理の網にしつこく絡めとられている。しかも加速する産業化・文明化の渦中で深い孤独の不安をかかえ、身体の垣根を超越した「スピリット」どうしの超感覚的な直接的交流を切望し、しかし当然のごとくその達成方途を閉ざされて、精神的に身動きができなくなっている。小説テクストにおける一郎の神経衰弱的造形には、かかる舶来の哲学的根本問題への洞察がはたらいている。「塵労」対話篇の制作は、そうした近代的自我の実存の総体を一連の根深い二項対立的な分別論理からいかにして救いだすかを、考察の課題とする。ゆえに本文にはそれとは違うもうひとつ別の論理が、静かな結末部への伏線として置かれている。しかもその論理の筋道は、「神」をめぐる二人のきわどい対話のなかからおのずと浮かびあがってくるのである。

注

（1）Hさんの手紙は、悩める一郎の現在を徐々に「宗教」の二文字に結びつけていく。「兄さんは早晩宗教の門を潜《くぐ》つて始めて落付ける人間ではなからうか。もつと強い言葉で同じ意味を繰り返すと、兄さんは宗教家になる為に、今は苦痛を受けつゝあるのではなからうか」（八巻、三九九‐四〇〇頁）。そう推測したHさんは、「平生から」「思索家」だとばかり思っていた一郎が、じつは「宗教《しうけう》に這入《はい》らうと思つて這入口《はいりくち》が分らないで困つてゐる人のやうにも解釈」（同、四〇六頁）する。そして対話篇の中盤では、こう確信するにいたる。「私は能《よ》く知つてゐました。考へて〳〵考へ抜いた兄さんの頭には、血と涙で書かれた宗教の二字が、最後の手段として踊り叫んでゐる事を知つてゐました」（同、四一二頁）。

（2）全集の注解で藤井淑禎が言うように、「現実の超越という点で同時代人である漱石と樗牛の重なり合う一面がうかがわれる」（八巻、四九九頁）のはたしかである。しかし一郎自身は樗牛のごとき「才人は兎に角、僕は是非共生死を超越しなければ駄目だ」と明言しているし、同章のかなり前のテクストも、この「才人」への明らかな揶揄を含んで、雅楽の衣裳が「現代を超越してゐた」（同、三六一頁）などと評している。そもそも樗牛と漱石では、問題としている「現実」や「現代」の意味内実も、問題の「超越」の質も根本的に異なっている。まことに微妙だが、この重大な差異を見ずして、漱石というテクストを精確に読むことはできないのである。

（3）『夢十夜』の第二夜（明治四十一年七月二十七日、東西の朝日に掲載）、無字の公案を授けられて「屹度《きつと》悟つて見せる。悟つた上で、今夜又入室《にふしつ》する。さうして和尚の首と悟と引き替にしてやる。悟らなければ、和尚の命が取れない。どうしても悟らなければならない。自分は侍である」（十二巻、一〇三頁）ともがきにもがいて、「其の内に頭が変になつた。行燈《あんどう》も蕪村の画も、畳も、違棚も有つて無い様な、無くつて有る様に見えた。と云つて無はちつとも現前しない」（同、一〇五頁）と語るテクストのモチーフとの重なりは、しばしば指摘されるところで、たとえば佐藤泰正はこう断言する。「ここにはまぎれもなく、存在の出口を求めて焦慮する苦悩の熱い肉声がある。一郎の問いはそのままこの第二夜の問いにつながり、背後の作者の糺問につながる。『塵労』後半の一郎の焦燥と苦悩を描く白熱的文体の昂まりは、第二夜の再現ともいえよう」（佐藤、一九八六年、二六〇頁）と。かりにこの二つのテクストに「背後の作者」の自己同一性を見るとしても、同じ「作者」は『門』執筆中の談話『色気を去れよ』（四十三年四月十八日刊『名士禅』掲載）で、「一向専念、無？無？無？無？無？」と思念して、宗演老師に「哲学式の理窟」は「駄目だ」と一括された過去の顚末を語り、「色気づいて態〻《わざわざ》鎌倉迄来たのは抑〻《そもそも》私の心掛け違ひだつたかも知れぬ」（二十五巻、三八四－五頁）と言い切っていた。宗教的に悟るか否かという二項対立を超えた場所を静かに見つめる、テクストの「肉声」をこそ聞き取りたい。

（4）メーテルリンク（Maurice Maeterlinck, 1862-1949）はベルギーの詩人、劇作家。一九一一年にノーベル文学賞受賞。童話劇『青い鳥』（一九〇八年）で広く知られており、この邦訳は一九一五年に若月紫蘭（保治）――彼は一九〇三＝明治三十六年に帝国大学英文科卒だから、小泉八雲に師事して漱石の講師就任に反発した世代にあたる――の手でなされている。メーテルリンクの邦訳は早くから現われ、『をさな児の最期』（大塚楠緒子訳、『女学世界』明治三十五年一月、二月）以降、昭和初期まで数々の作品が紹介され広く読まれた。漱石の蔵書目録には『蜂の生活』や『ペレアスとメリザンド』など英訳五点が見え、ロンドン留学中の「文芸の Psychology」と題するノートには、マックス・ノルダウの『退化論』を参照しながら、「intellectually ニ concatenation〔連鎖〕ナキ詩」（二十一巻、214頁、さらに230頁も参照）の例として、メーテルリンクを挙げている。いうまでもなく帰国後の大学講義『英文学形式論』（十三巻、二七二－三頁）や『文学論』（十四巻、九二－三頁、関連して二十一巻、456、507頁も参照）にも言及がある。

　『行人』がふれた「論文」について、小宮豊隆は独語雑誌（一九一三年二月）掲載の「死後の生について Über das Leben nach dem Tode」だと指摘し、「英米に於ケル Spiritualism ノ紹介ノ様ナモノナリ」（小宮、一九四二年、一二二三頁）という漱石のメモ書きを紹介している。メーテルリンクは若い頃から神秘主義に魅かれ、象徴主義文学運動の一翼を担い、汎心論的な心霊主義に傾倒した。漱石は『趣味』（三巻一号、明治四十一年一月一日刊）に寄せた談話『愛読せる外国の小説戯曲』で「イブセン」に言及しつつ、以下のように述べている。「マーテルリンクの戯曲論のうちにこんな意味の事がかいてあります。――色々な事情（内界外界）の為めに現今の戯曲と云ふものは詩趣的装飾を失つた。この欠陥を補ふ為めに戯曲家は已を得ず人間の意識の奥へ奥へと割り込んで其方面で償をとらなければならない。意識の奥へ這入る為めには霊明な意識を捕へて来なければならない。ボンヤリした、分らず屋の真暗な意識では十歩割り込んでも百歩割り込んでも依然として暗い許で要領を得ない」（二十五巻、二四四―五頁）と。漱石自身の『坑夫』から『夢十夜』、『三四郎』への筆の運びと重ねてみると、その方向の対照がじつに興味深い記事である。

（5）この時分は世間でも、心霊研究・心霊主義・神智学関連の出版が目白押しである。明治四十二年は平井金三『心霊の現象』、四十三年は高橋五郎『心霊萬能論』、ブラヴァツキー『靈智學解説』、フェヒネル『死後の生活』（平田元吉訳）がある。そして同年の『白樺』第一巻六・七号（九・十月号）は、柳宗悦の「新しき科學」（上・下）を巻頭に置く。「自分の思惟する處に從へば近き將來に於て吾人が人生觀上に影響す可き科學が三つある。そは生物學に於ける人性の研究と、物理學に於ける電氣物質論と、變體心理學に於ける心靈現象の攻究とである。……〔中略〕……而して『心靈とは何ぞや』の問題に對して解決を下さんとするものは第三の科學である、自分は此小論文に於て最後の科學即ち心靈現象に關する最近の研究を世に紹介したいと思ふのである」（柳宗悦、一九一〇年①、一―二頁）。学習院高等科から東京帝国大学哲学科に進学したばかりの柳（二十一歳）は、そう説き起こして、「今から二十八年前」に「英京倫敦」で「設立せられた」「心靈現象研究會（Society for Psychical Research）」（同、三頁）の面々を紹介し、「チェザーレ、ロムブローゾー（Cesare Lombroso, 1836-1909）」の死の前年の著作「『死後、そは何ぞや』“After Death-What?”」と、「英のサー、オリーヴァー、ロッヂ（Sir Oliver Lodge, 1851-）」（同、四頁）が「昨年の暮」に「發表した」「『人命の殘存』“The Survival of Man”」の「二書を通じて、此新しき科學の梗概を叙述しようとする」（同、五頁）。その記事は総計六十三頁の力作で、上編の第二章は「ヒステリア」や「睡遊（Somnambulism）」の際の「感覺の轉位（Transposition of the Senses）」や、「精神感應（Telepathy, Thought-Transference）」、「靈視力（Clairvoyance）」、「豫覺（Premonition）」を取り上げて、「第二意識（Sub-consciousness）又は靈覺（Subliminal-sense）の存在」を「豫想」（同、一三頁）し、科学的解明の必要性を説く。第三章は「昏睡（Trance）の状態」における「パイパー夫人（Mrs. Piper）」らの「自働記述（Automatic Writing）」の「實験」を紹介し、「同一人格（Identity）」のうちに「死後なほ吾人が生命の殘存する事」を「結論」（同、一九頁）する。さらに「カントに依つて集められたるスヰーデンボルグ（Swedenborg）の遺稿中にあつた實例」（同、二一頁）に言及して、「狂者と天才との比較論」（同、二四頁）にまで及ぶ。下編ではロンブローゾによるパラディーノ夫人の「物理的」な「心靈現象」の実験や、「幽靈（Apparition）」「精靈寫眞（Spirit Photograph）」「幽靈屋敷（Haunted House）」の「實例」を紹介し、「實驗と觀察とに基きつゝ此來世が存在の思想を挽回せんとして起ちたるものは即ち此新しき科學である」（柳、一九一〇年②、二六頁）と結論して、「科學的唯心論」（同、三三頁）に立脚しながら、「此世界とは要するに宇宙の靈的意志の表現に外ならぬ、此處に於て自分には萬有神論（Pantheism）が最も深き意義を有して居る様に思はれる、而して自分には此處に、宗教、哲學及科學が隔合《ママ》せらる可き唯一の最終點がある様に思はれる」と、「宇宙の實體」にして「本體」たる「永遠なる生命」（同、三五頁）の形而上学にまで説き及ぶ。ちなみに柳はこの論考に加筆――たとえば「靈視力」を「透視力」に改め、右の誤植も「融合」と訂正――し、「メチニコフの科學的人生觀」（『白樺』第二巻八・九号掲載）と併せて、『科学と人生』として翌年十月に出版する。

（6）英語の spiritualism は両義的だが、独仏では哲学的唯心論たる Spiritualismus, spiritualisme から区別して、心霊主義・交霊術を Spiritismus, spiritisme と呼ぶ。右の引用で漱石がいう「スピリチズム spiritism」はその転用。ちなみに漱石がロンドンで文学論体系構想に独り没頭していた頃、ドイツ滞在中の東京帝国大学助教授姉崎嘲風――ケーベルに師事して井上哲次郎の姪を妻とする宗教哲学者――は、高山樗牛の『太陽』に寄せて書く。「君よ近世の科學は或は其破産に近づきつゝあるなきを得んや」、「今日のスピリチスムは尚幼稚なり、又種々の弊害をも有せり、されど其の中に出でし思想家がスピリチスムの天職として信じ又實現せんと努め居る所は、實に萬有と精神との致一的説明に存するなり、さればスピリチスムが僕の要求するまでの成功を得べきや否やの問題は別として、其が自ら任ずる所は將來の新科學の基本たらんとするにあり」（姉崎、二二〇頁）と。翌年六月に帰国した姉崎は樗牛遺稿の編集を企図、十一月には「ジエームス氏の宗教的経験に就て」を『哲学雑誌』に寄稿。三十七年には同教授となり、四十三年九月から四十五年一月にかけて、「ショペンハウエル」の『意志と現識としての世界』（上・中・下）を翻訳し出版することとなる。

（7）その興味深い社会史については、オッペンハイム、一九九二年が、精細かつ多面的に調査報告してくれている。

（8）初代会長にはケンブリッジ大学トリニティー・カレッジの道徳哲学教授ヘンリー・シジウィックが就任した。漱石が愛読したウィリアム・ジェイムズもアメリカ支部の設立計画に参画し、ロンドンの本部会長（一八九六－七年）もつとめている。そしてまた歴代会長のなかには、後に英国首相となるアーサー・バルフォア（一八九三－四年）のほか、アンリ・ベルクソン（一九一三年）の名も見える。

（9）全集十二巻の注解で桶谷秀昭が指摘するように、漱石山房蔵書目録にはラングの *The Book of Dreams and Ghosts* の一八九九年版と、フラマリオンの英訳本 *Mysterious Psychic Forces* の一九〇七年版、ロッジの *The Survival of Man: a Study in Unrecognised Human Faculty* の一九一〇年版、そしてポドモアの *Apparitions and Thought-Transference: an Examination of the Evidence for Telepathy* の一八九四年版がある。しかし「つい此間《このあいだ》出たポドモアの遺著」たる *The Newer Spiritualism*（一九一〇年刊）は蔵書にない。漱石はその内容を推して、あえて購入しなかったのだろう。ちなみにポドモアはフェビアン協会の創設者でもあり、個人主義時代の心霊主義と社会主義の共鳴のようすがここにうかがわれる。

（10）たとえば明治二十五年五月発行の『哲学会雑誌』に、英文科二年で編集委員の漱石は「催眠術」と題する翻訳記事（未完、匿名）を寄せており、そのテクストからは心霊研究と境を接した当時の心理学実験の怪しい実態が読み取れる（佐々木英昭、二〇〇九年、第七章、参照）。ちなみに「催眠術、『メスメリズム』、動物鑷気《じょうき》術、読心術、伝心術抔《など》」（十三巻、一二八頁）の実験を取り上げる本文冒頭は、以下のように訳されている。「幽幻は人の常に喜ぶ所なり。幽幻の門戸を開いて玄奥の堂を示す者あれば衆翕然《きゅうぜん》として起つて之に応ず。智者も此弊を免れず昧者《まいしゃ》は勿論なり。詩歌を吟咏する者好んで神秘を説く者想像を以て哲理を談ずる者は上に在つて人の附加を得眩人妖師《げんじんようし》怪を壇上に演ずる者は下に在つて万金の富を累《かさ》ぬ」（同、一二七頁）。また同年十月の『哲学雑誌』「雑録」欄にやはり無署名で寄稿した「文壇に於ける平等主義の代表者、『ウォルト、ホイットマン』Walt Whitman の詩について」でも、「宇宙の歴史は全く霊魂の歴史なり」として、「既に死を以て快楽の一に数へ魂は冥漠に帰し屍は化して永く下界の用をなさん」というホイットマンの「霊魂説」（同、一七頁）に着目する。熊本時代に『ホトトギス』へ寄稿した『小説「エイルヰン」の批評』（明治三十二年八月）は、当時英国でベストセラーのロマンチックな神秘主義小説の紹介記事だが、「『ジプシー』専売の幽冥術」（同、九四頁）等に接した主人公が、「唯物論」（同、九二頁）、「唯物主義」（同、九六頁）、「現世の物質主義」（同、九八頁）を離れ、「神秘説」（同、九二頁）、「スピリチュアリズム」（同、九五頁）、「唯神論」（同、九八頁）の迷信に近づく様子を丹念に追う。

（11）ここに「副意識下」とは、ジェイムズの『心理学原理』にいう subconscious の領域をさすのだろう。これは今日では「下意識」とも訳されており、「無意識」や「深層心理」の概念に通ずる。漱石の留学中のノートには、ロイド・モーガン『比較心理学入門』（一八九四年）の「所謂 infra-conscious theory」（二十一巻、23頁）の仮説性格への、鋭い批判的な指摘もある。

（12）これに漱石は一歩距離を置く。少しくだって現世俗塵への帰還の覚悟が高まり、『猫』最終章を仕上げようとする頃の、明治三十九年十一月二十四日付の小宮豊隆宛書簡には、以下の冗談めかしたお説教もある。「霊の感応なんぞばかり振り廻はしてゐると小宮豊隆なるものは地球の表面から消滅して仕舞ふ。僕も君位な年には霊の感応を担いであるいたものだ。而して其〔御〕陰でもつとえらくなる所をこんな馬鹿になつて仕舞つた。以来は決して霊の感応を担いぢやいけない。ことに女に対して担いぢや大変な事になる」（二十二巻、六二〇頁）。

（13）同様の批評は当時各方面から寄せられていて、明治三十八年九月七日の『読売新聞』では「剣菱」を名乗る筆者が「『中央公論』の夏目漱石氏の『一夜』一読して何の事か分らず」（『夏目漱石研究資料集成』第一巻、三一頁）と難癖をつける。そして同年十月の『早稲田学報』の「片々録」なる無署名記事はやはり「夏目漱石の短篇『一夜』、読んで何のことやら更に分らず、これも流行のシムボリズムか、シムボリズムとすれば分らぬのがよきとの事故、これも佳作なるべし。また『著者の意味とは違った解釋』をしても差支へなしとの事故、解釋は各自の勝手たるべし」（同、三三 - 四頁）と、やや前向きながらも乱暴な因縁をつけている。『猫』の東風の『一夜』批評は、この一連の批評言説を引用し、まさにその「朦朧として取り留めがつかない」情趣をこそ大事にしたのだと応答したものだろう。漱石は同年九月十七日付の高浜虚子宛書簡にこう書いている。「御批評には候へどもあれをもつとわかる様にかいてはあれ丈の感じは到底出ないと存候。あれは多少わからぬ処が面白い処と存候」（二十二巻、四一〇頁）。この「わかる」「わからぬ」の対照に、カントの〈規定的・構成的〉と〈反省的・統制的〉との区別を類比的に重ねて読みこみたい。

（14）スウェーデンボルグ（Emmanuel Swedenborg, 1688-1772）は、十八世紀北欧の自然学者、発明家、鉱山技師、政治家にして神秘思想家で、その方面の著書に『天界の秘儀』全八巻（一七四九 - 五八年）や『天界と地獄』（一七五八年）がある。彼の説く神学は異端とされ、彼はストックホルムを離れてロンドンで客死する。批判期以前のイマヌエル・カントは、この「視霊者Geisteseher」にまつわる神秘現象の報知に関心をいだき、事の信憑性を徹底吟味。『形而上学の夢によって解明された視霊者の夢』（一七六六年）を匿名で世に問うた。そしてこれ以後、理性批判の哲学の道に突き進む。かくして序論でもふれたように、霊的なものの思念と語りにたいするカントと漱石の批判的姿勢は類比的である。一方、十九世紀中葉のアメリカでは「超絶主義Transcendentalism」の文学者エマソンが、スウェーデンボルクを信奉。そのサロンにはウィリアム・ジェイムズの父で宗教思想家のヘンリー・ジェイムズ・シニアもいた。日本では鈴木大拙が英国スウェーデンボルグ協会の依頼と支援を受け、『天界と地獄』（明治四十三年）、『神智と神愛』（大正三年）などを翻訳、『スヱデンボルグ』（大正二年）ではその生涯を紹介している。

（15）漱石が『行人』「塵労」篇に取り組んでいた大正二年八月に、東京帝国大学の心理学助教授福来友吉《ふくらいともきち》は『透視と念写』を刊行した。そして十月に休職処分、二年後の退職を強いられた。彼は漱石より二歳年少だが、苦学の末に明治二十九年から文科大学哲学科に学び、三十二年卒。大学院に進み、元良《もとら》勇次郎教授のもとで変態〔異常〕心理学、とくに催眠現象を研究する。三十五年にウィリアム・ゼームス原著『心理学精義』を翻訳刊行、三十九年に東京帝国大学講師に就任、「催眠ノ心理学的研究」で文学博士となり、主著『催眠心理学』を出版、四十一年に助教授となる。

福来は四十三年四月に熊本で、女性被験者（御船千鶴子、当時二十四歳）の透視能力の検証実験を行い、これは『東京朝日新聞』などでも大々的に報じられた。かれはそれを心理学会や『哲学雑誌』で報告し、九月十四日には東京で同じ被験者により、元良、井上哲次郎、呉秀三（医学）、山川健次郎（物理学）ら帝国大学博士十数名の立ち会いのもと、公開実験を行い、不首尾に終わる。これは修善寺の漱石の容体がようやく快方に向かいつつあった頃の出来事だが、その後の全国的な千里眼ブームと、別の被験者（長尾郁子、当時三十九歳）による念写実験と報道の混乱のさなか、翌年一月に最初の被験者が服毒自殺、二月にはもう一人が病死するという「千里眼事件」に発展する。ドイツ、ゲッティンゲンに留学中の寺田寅彦に宛てた一月二十日付の漱石の絵はがきには、「病院には用心のため二月迄ゐるつもり。此方の新聞は千里眼、透視、念射《ママ》などで大分賑なり」（二十三巻、三九九頁）とある。念写実験をめぐる混乱の根柢には、一方では民間催眠術師への警察的統制があり、他方では透視や念写の真偽をめぐるアカデミズム内の心理学、精神医学、物理学間の軋轢があり、数年後の福来の辞職もそこに起因する。

ちなみに催眠や透視時のトランス状態は、当時から無我の境地や禅の三昧に比せられていて（一柳廣孝、二〇〇六年、一五〇、一七二－五頁参照）、福来も透視や念写が理学の「物質的法則を超絶」（寺沢龍、二四八頁）するものだと解していた。そもそも道元の『正法眼蔵』には、「天眼通」「天耳通」「他心通」「宿命通」「神足通」「漏尽通」といった、通例の五感の域をこえる超能力を暗示した言葉が盛られており、それがこの手の心霊主義的連想をかきたてているのだろう（加藤敏夫、四七一頁、参照）。そして近年では最新機器を装備した最先端の「脳科学」言説が、この領域に迫るべく巷を賑わせている。しかし漱石『明暗』に見る「千里眼」（十一巻、二一二頁）や「幽霊」（同、五八九、五九一、六三三、六六二頁）、「天眼通」（同、六〇八、六六二、六八四頁）、「天鼻通」（同、六六二、六八四頁）、「夢中歩行者《ソムナンビユリスト》」（同、六三九頁）の比喩的な使用例には、そういう妖しい響きは微塵も混じらない。

(16)　小説の前半部、二郎は兄一郎の相手をして、「他《ひと》の心なんて、いくら学問をしたつて、研究をしたつて、解《わか》りつこない」、「いくら親しい親子だつて兄弟だつて、心と心は只《ただ》通じてゐるやうな気持がする丈で、実際向《むか》ふと此方《こつち》とは身体《からだ》が離れてゐる通《とほ》り心も離れてゐるんだから仕様《しやう》がない」、「それを超越《てうゑつ》するのが宗教《しうけう》なんぢやありますまいか」と、実際的で淡泊な応対をする。これにたいして一郎は、「考へる丈《だけ》で誰が宗教心に近づける。宗教は考へるものぢやない、信じるものだ」、「あゝ己《おれ》は何《ど》うしても信じられない。何《ど》うしても信じられない。たゞ考へて、考へて、考へる丈《だけ》だ。二郎、何《ど》うか己《おれ》を信じられる様《やう》にして呉《く》れ」（八巻、一四三頁）と、「殆んど十八九の子供」のようにすがりつく。しかも「其時の彼はほとんど砂の中で狂ふ泥鰌《どぢやう》の様《やう》であつた」（同、一四四頁）と、二郎のつづるテクストは回顧する。

『心』をはさんだ『道草』の語りは、そういう一郎の「信」への固執から、すでに遠いところにある。吉本隆明は、『道草』の夫婦と漱石夫妻を重ねて言う。「漱石が〈夫婦〉にもとめたのは一対の男女のあいだの〈対〉幻想の本質であり、けっして一緒の屋根の下に住んでいる個人と個人ではなかった。細君がじっさいに漱石に要求したのは、本来ならば〈夫婦〉にだけ存在しうる〈対〉幻想の世界をこわしながら、漱石がなおその世界に、物質的な顔をむけてくれることであった。この夫婦のあいだの齟齬は、習俗としての〈家族〉と〈対〉幻想としての本質的な家族とのあいだの距離である」。漱石は「現実上の〈夫婦〉の背後に、過剰なメタフィジックを幻想したために、かえって傷ついたというべきかもしれない」（吉本、一九八二年①、一七九頁）と。帰国後の漱石にそういう幻滅の物語りがあったのだと仮定したうえで、しかし、漱石というテクストのほうは、その形而上学的幻想との批判的対話のうちに紡ぎ出されてきたのだと、拙稿はみる。

（17）愕然として反問する漱石の〈寒さ〉について、桶谷秀昭の『夏目漱石論』は言う。「漱石を『寒く』させたような自覚は、おそらく、これまでの生死の現象を夢と観ずるあの絶体絶命の境地への憧憬に、致命的な一撃をあたえたにちがいない」と。私はこの洞察を共有したい。しかし桶谷がこう続けた点には強い違和感を覚える。「漱石は『自然』の残酷さをこのとき一等痛切に実感した。人間の生死という大事件を『自己が自然になり済ました気分で観察したら』、哀楽悲喜の存在する余地はない。そういう人生観への憧憬はむざんに打ちくだかれてしまった。漱石は『甚だ心細く』『甚だ詰らなくなつた』のである」（桶谷、一四二頁）と。「自然」は言うまでもなく、「則天去私」の理解如何に関わる論点である。桶谷は同書最終二章を「自然と虚構」と題し、『道草』と『明暗』を扱っているが、そこに極く控え目に匂わされた「則天去私」解釈の見通しにも、あまり多くを期待できない。むしろこの寒い出来事を想起観想する随筆の「一個の文学的営為」にこそ注目すべきであることを佐藤泰正は強調して、漱石のこの随筆を「まぎれもなく後期文学の出発を告げる、ひとつの記念碑的作品」（佐藤、一九八八年、一〇三頁）と呼ぶ。そして、十五節の「三十分の死」、およびそこに把捉された「〈存在の寒さ〉」に全篇の「かなめ」（同、一〇五頁）を見定めている。

（18）漱石は漢詩初稿に翌日も翌々日も早朝に手を加え、ひとまず二十四句の無題詩を「作り了へ帳面の末尾に書く」（二十巻、二三四頁）のだが、その内の十句を削除して十四句に改めるなど、漱石の詩境は揺れ動いている。冒頭句だけは初案の「天地有無裏」から「縹緲天地外」を経て、定稿の「縹緲玄黄外」に定まったものの、以下はまだ定稿の片鱗が兆しているだけである。

(19) 吉川幸次郎は漱石の漢詩推敲の跡を丁寧に追い、こう述べる。「もっとも注意すべきことは、この定稿で帰来覓命根というところ、それまでの稿では、命根何処来、ないしは何処在、何処是であったことである。時空のない世界から帰って来てという思想は、定稿以前には、示されていない」（吉川、七八頁）。「現実世界」と「時空のない世界」との二世界論的なイメージで解説する点は差し引いて、「帰来」の二字への先人の注目は、どこまでも大切にかみしめたい。

(20) 『彼岸過迄』『行人』『心』の三部作を論ずる評論「一徑路」の冒頭、寺田透はこう言い切っている。「明治四十三年漱石は修善寺で吐血した。彼自身告白しているように一度は死にさえした。この生理的な危機を潜り抜けた病床にあつて、彼が發見したのは、現實というものだつた。……〔中略〕……死後の自己とは自己に關する觀念の別名に外ならない。卽ち、自己に所有された觀念に充ち充ちているのだ。そこで、漱石のいうように死ねば意識を失うものだとすれば、絶對の虚無だけが死後の世界を表現し、自意識の永生は望まれない。そうとしたらひとは、最早、自己の意識が現實と共に、現實の中を、動き且つ深化されるのを希う外はない。／彼は一度死んだ自分を囘想したとき、『所謂慓然という感じに打たれた』と述べている。この『所謂』という言葉を漱石一流の教師口調と解してはいけない。激しく震蕩した自分の感情が、眼に見える程明白であり、同時に一擧にして過去全體に渡る諸經驗を象徴している、生命の一頂點だと彼は感じたにちがいない。この自明感は彼をして自分の作品の妥當性を信ぜしめた」（寺田透、一九五四年、七六‐七頁）と。「一九三五年九月」（同、八六頁）というかなり早い日付をもつ、根本洞察である。

(21) 物心二元対立を飛び越える言説としては、種々の交霊会での霊の「物質化現象」の報告がある。また物心の壁を透過する論理としては、形而上のエーテルなどの流体を根源物質として、これに生命現象も基礎づけて、死後の人格もエーテル体として存続するのだと考える向きがある。このエーテルや、デカルトの動物精気のほか、物体と精神の境目に位置すると見なされたものとしては、運動、引力、活力、エネルギー、光、熱、化学変化がある。そして十八世紀末以降は電磁気研究、電信・無線の技術開発、写真の普及、X線の発見が、メスメルの動物磁気説、メスメリズム治療、催眠術、透視、思想伝達（読心術、テレパシー）等の言説の展開を触発し、心霊主義と心霊研究の流行の動因となったのである。

これにたいし漱石は『文学論』第三編第一章「文学的Fと科学的Fとの比較一汎」で以下のように述べ、言語論的な批評眼の鋭さを示す。「科学者殊に物理学者が物質界の現象を時間、空間の関係に引き直さむとすることにして、其方便として彼等は自家特有の言語を使用す、其言語の重《おも》なるは所謂数字と称する記号なり。彼等は吾人が眼に映ずる色彩、耳に聴く声音を此種の言語に改めて曰く、これエーテル或は空気の振動なりと」（十四巻、二四五頁）。

(22) カント『純粋理性批判』は弁証論第一章「誤謬推理論」で、そういう理性主義的心理学の伝統教義を問題にして、純粋霊魂に関する実体性、主体性、単一性、同一性、人格性（個性）、非物質性、不滅性等の述語を、たんに思弁的な理念にすぎないものと喝破する。カントはこれを道徳的実践哲学の要請の事柄として、宗教の語りの「場所 Platz」に移し置こうとするのである。

(23) 心霊主義関連のフェヒナーの著作としては、『死後の生』（一八三六年）、『至高の神』（一八四六年）、『ナンナ、あるいは植物の精神生活』（一八四八年）、『ゼンドアヴェスタ、あるいは自然科学の観点から見た天上的存在と彼岸について』（一八五一年）、『魂の問題について』（一八六一年）、そして『夜の見方に対比される昼の見方』（一八七九年）がある。このうち最後の著書に寄せて、西田幾多郎は『善の研究』の「版を新にするに当つて」（一九三六（昭和十一）年十月付）で言う。「フェヒネルは或朝ライプチヒのローゼンタールの腰掛に休らひながら、日麗に花薫り鳥歌ひ蝶舞ふ春の牧場を眺め、色もなく音もなき自然科学的な夜の見方に反して、ありの儘が真である昼の見方に耽つたと自ら云つて居る。私は何の影響によつたかは知らないが、早くから実在は現実そのまゝのものでなければならない、所謂物質の世界といふ如きものは此から考へられたものに過ぎないといふ考を有つてゐた。まだ高等学校の学生であつた頃、金沢の街を歩きながら、夢みる如くかゝる考に耽つたことが今も思ひ出される。その頃の考が此書の基ともなったかと思ふ」（西田、一巻、三－四頁）と。また『哲学概論』第三編「形而上学」の第三章「存在の質」、第二節「唯心論」でも、アニミスティックな「詩人的」な「直観」に基づく、「フェヒネル」の「汎神論的唯心論」に長く言及する（西田、十四巻、二九四－六頁、参照）。

(24) この頃の手帳断片に、「低温―ガス」から「液体」「固体」を経て「人間の生命」にいたる「宇宙生成論・天地創造 Cosmogony」の「目的論的 teleological」な解釈を図示する項目につづき、「フェヒナー―地球の意識 consciensness of the earth」と「物理学者―結晶の分子運動」との関係を「類比的 analogous?」（二十巻、二六一頁）と問いただす英文メモがある。そして同じ手帳の数頁先には「○ Nature ― Humboldt」および「○意識の普遍性 Universality of consciousness ／生命の普遍性」という英文メモがあり、さらに数頁先には何かの読書メモだろう、「○ Crystal ノ normal form ハ polyhedron. ／ Irregularity ― angle ― facet〔切子面〕― axis ―ガ欠乏ス」の二行につづいて、「○ Planet ノ orbit ハ ellipse. 所ガ完全ナ ellipse デナイノハ mutual attraction ノ law」と、「○ Kant Earth spheroidal form ニツキ 54」（同、二六四頁）の二行がある。漱石は「結晶」の「多面体」や、「惑星」の「楕円」

「軌道」の理想的な形成の機械論的規則性、および現実の諸形状の「不規則性」の背後にある「法則」という問題を取り上げるとともに、「地球」の「回転楕円形状」を論じた「カント」関連の某書「五四頁」に注目しているのである。ちなみに若いカントは『天界の一般自然史と理論』（一七五五年）のなかで、カント＝ラプラス星雲説の名でも知られるニュートン力学的な宇宙生成論を語り、「回転楕円体 Sphäroid」たる地球の「扁平率」（カント、二巻、九四頁）に言及しているし、彼が長年講義した『自然地理学』でも地球の形状への言及がある（同、十六巻、三四頁）。さらに漱石山房蔵書目録には、アレクサンダー・フォン・フンボルトの『コスモス』（全五巻、一八四五－六二年）の英訳二巻本 *Cosmos: A Sketch of a Physical Description of the Universe* もある。以上の点をふまえて拙稿は一連の英文メモに、漱石のフェヒナー批判、ジェイムズ批判を読み込むとともに、その思索の跡をカント第三批判第二部の「目的論的判断力の批判」の基本姿勢に重ね合わせたい。

(25)　漱石の十月十三日の日記に、「○ジエームズの死を雑誌で見る。八月末の事、六十九歳」（二十巻、二三〇頁）とある。十一日に担架で帰京し、十二日に長与病院長の死を初めて知り、「逝く人に留まる人に来る雁」（同、および十二巻、三六二頁）という句を日記にしたためた翌日のことである。ちなみに漱石の大吐血は八月二十四日、ジェイムズが死去したのは同二十六日で、それはまさに漱石が随筆で言い当てたように、「余が多量の血を一度に失つて、死生の境に彷徨してゐた頃」、しかも「余の命《いのち》が、痩せこけた手頸《くび》に、有るとも無いとも片付かない脈を打たして、看護の人をはら〳〵させてゐた日」（同、三六二－三頁）のことである。

(26)　James, 1996, pp. 151–2, also p. 160, p. 162.『多元的宇宙』の第七章「経験の連続性」には、次の重要な見解もある。「絶対者とは、それがそれ自身を類推的かつ帰納的な根拠によって蓋然化しようとしているひとつの仮説であるとみなされているかぎりでは、忍耐づよく傾聴される権利をもった存在である。このことは要するに、これからのわれわれの真剣な哲学的作業が、ヘーゲルやロイスやブラッドリーではなくて、フェヒナーとともに進むべきだということを意味している。フェヒナーは超人的意識の存在を熱烈に信じているが、彼においてそれはただ仮説としてのみ扱われるのであり、しかも彼はあらゆる帰納的推論と説得のための手段を使って奨励するのである。／たしかに、フェヒナー自身はその著作において一個の絶対主義者である。しかし、こういってよければ、彼は能動的にそうなのではなく受動的にそうなのである。彼は地球－魂や星－魂について語っているばかりでなく、全宇宙の一切のものが例外のない仕方で統合された魂についても語っており、他の者がそれを絶対者と呼ぶのと同じように、それを神と呼んでいる。しかしながら、彼が考えているのは、ただそれに従属するさまざまな超人的魂についてのみであり、全宇宙の荘厳な魂については、一度限りの敬意の表明で満足したうえで、その本性にかんするいかなる定義も与えずに、孤独な崇高さの内に放置している。それは絶対者と同様『領域の外』にあるものであり、明確なヴィジョンの対象とはならないのである」（ジェイムズ、二〇〇四年、一八五‐六頁）。

ジェイムズも暗に認めるように、フェヒナーの書きぶりは両義的であり、ジェイムズはそれをここではやや批判的に読む。そして漱石は基本的にそれに同調する。ところがそういうジェイムズに西田幾多郎は不満を示し、フェヒナーを「絶対主義」的なロイスの方に引きつけて読む。そして西田のロイスへの肩入れぶりは『善の研究』第四編「宗教」（西田、一巻、一四四および、一五四頁）や、『自覚に於ける直観と反省』の序（西田、二巻、五頁）と序論（同、一四頁）に明らかである（嘉指、九四‐五頁、参照）。この微妙だが重大な思考の偏差のうちに、西田と漱石の差異の根元がある。西田とフェヒナーのスピリチュアルな近親関係にたいし、漱石というテクストが哲学的に何を語るのかを見定めたい。

(27) ジェイムズと漱石が「類推《アナロジー》」による具体的思考を重視していることは、批判哲学的な観点からも興味深い。この二人はそれと自覚していないようだが、カントの『判断力批判』が主題化する「反省的判断力」は、まさに「類推」の能力である。そしてそのアプリオリな統制原理たる「自然の技術」は、自然と技術の類似と根本差異を凝視した類推概念である。この点を考慮に入れるとき、フェヒナーの「地球‐魂」の概念の批判哲学的な読み筋も明らかである。漱石がジェイムズの哲学の語りに「親しい気脈を通じて彼此相倚《ひしあひよ》る様な心持がした」（十二巻、三六四頁）というとき、その還元的感化の現場の深層では、カント理性批判の反省的思考が静かに底流していたのである。

(28) そういう漱石の論調は、柳宗悦の同時期の批評の熱度と鋭い対照をなす。『白樺』第一巻九号（十二月号）の「新刊批評及紹介」で、若い柳は九月に出たばかりのフェヒナー『死後の生活』（平田元吉訳）を推奨して言う。「フェヒネルは大なる科學者、大なる哲學者の名を一身に兼ねたる人である、知識を厭ひ只信仰を以てする宗教家が來世に關する說教はいざ知らず、當時の科學的知識の凡てを納め盡したフェヒネルにして尙、死後の生活を確信した事は今の吾々にとつて深き注意を價す可きものである、落漠たる現代の思想界に向つて、尙咲く花にも心を認めたフェヒネルの優しき哲學が、多くの人に喜ばるゝ日の來る事を自分は切に望むのである」（柳、一巻、二〇一頁）と。九・十月号の論考「新しき科學」で、欧州の心霊研究の現状を報告した柳としては当然の書きぶりだが、病床の漱石の思索は、この方面の科学言説にたいし徹底的に批判的である。

(29) この頃のものと推定される手帳断片に“○ Continuity?— Gap?／life — death ／organic — inorganic ／light — darkness”（二十巻、二六一頁）という記事がある。連続と断絶、生と死、有機と無機、そして明と暗。この一連の類比関係の提示そのものが興味深い。

(30) この個別意識の明暗分節は、『創作家の態度』に言う芸術家の「我《が》」の「心理現象」を、深層心理学的に補完したものとして読むことができる。そしてこれを総体として一般的に——「地球其物《そのもの》」の「意識」のみならず、カントの超越論的統覚にも類比的に重ねあわせて——受けとめるなら、すくなくとも潜在的には『文芸の哲学的基礎』に言われた「意識現象の連続」の「根本義の議論」の水準で読みとれる。

(31) 心理の構造分析に関し、理論面の整備に貢献したのは、漱石も名前を挙げていたフレデリック・マイヤーズである。彼は「意識の閾 limen」のほか、「識閾下 subliminal」や「超常的 supernormal」といった関連語を編み出した。さらに古典文学の素養も生かし、「テレパシー」「エクトプラズム」「テレキネシス」といった術語も創始した。マイヤーズの著書は漱石山房蔵書目録には『ワーズワース』（一八八五年）が見られるのみだが、心霊研究関連では一八九三年刊の『科学と来生』のほか、一九〇三年に『人間の個性と、肉体的死後のその生存』が没後出版されている。ブロイアー＝フロイトのヒステリー研究を英国に最初に紹介したのはマイヤーズで、彼の潜在意識研究および心霊現象研究は、カール・グスタフ・ユングの処女作『心霊現象の心理と病理』（一九〇二年）や、その後の深層心理学の形成にも多大の寄与をなす。そしてジェイムズの『宗教的経験の諸相』は、無意識の深層を「発見」したマイヤーズへの賛辞を惜しまない。「私が心理学という学問の研究生となってから、心理学において行われたもっとも重大な前進の歩みは、一八八六年にはじめてなされた発見である、と私は考えざるをえない。すなわち、少なくともある人々の場合には、通常の中心と周辺とをもった普通の場の意識ばかりでなく、さらにその上に、周辺の外に、第一次的意識のまったく外にありはするけれども、しかも一種の意識的事実の部類に入れなければならず、その存在を間違いようのないしるしによって示すことのできるようなものが、一群の記憶、思想、感情の形で、付加的に存在している、という発見である。この発見を私がもっとも重大な前進の歩みと呼ぶわけは、心理学のとげたその他の進歩とちがって、この発見は、私たちに人間性の構造のなかにまったく思いもよらなかったような特性のあることを明らかにしたからである。心理学がなしたいろいろな進歩で、このような権利を要求できるものはほかにはない」（ジェイムズ、一九六九年、三五〇頁）。

(32) 留学中の「文芸ノ Psychology」と題する長大な紙片群には、「genius ノ characteristics トシテ unconsciousness ヲ挙グ」（二十一巻、187頁）るロンブローゾ（Cesare Lombroso, 1835-1909）の『天才の人』の英訳本（*The Man of Genius*, London 1891）との批判的な対話の跡がある。

（33）　漱石山房蔵書目録には、ロンドンで購入した『心理学原理』の一九〇一年版と、『宗教的経験の諸相』の一九〇二年版が収められている。前者は初版からしばらく経過したものだが、後者は一九〇一年から二年にかけて、エディンバラ大学の「自然宗教にかんするギフォード講演」にて発表され、その夏に公刊されたものを、ただちに入手したのである。

それと同じころに鈴木大拙は西田幾多郎宛書簡（一九〇二年九月二十三日付）で、「余程宗教心に富む」ジェイムズの『諸相』の心理学的探究の面白さを語り、鎌倉帰源院での坐禅直後の神秘体験を回顧している。「忽然として自らをわする、否、全く忘れたるにはあらざりしが如し、されど月のあかきに樹影参差して地に印せるの状、宛然画の如く、自ら其画中の人となりて、樹と吾との間に何の区別もなく、樹是吾れ、吾れ是れ樹、本来の面目、歴然たる思ありき」（西村惠信編、九五頁）と。西田は十月二十七日付の返信で、「御申越のゼームス教授の The Varieties of Religious Experience とか申す書物余程面白きもの、由小生もどうか一読したき者に御座候　委しき書名、出版会社、及ひ代価何卒御報知被下度奉願上候」（西田、十九巻、六二－三頁）と書き送る。西田は一年余りのちの一九〇四（明治三十七）年一月八日の日記に「ゼームスの Varieties of rel. Experiences といふ書物をかりてきてよみ始めた」（西田、十七巻、一三三頁）と記し、翌一九〇五（明治三十八）年三月八日の知人宛書簡では、『諸相』は「宗教の心理学研究」の書として「深く面白し」（西田、十九巻、七五頁）と評し、七月三日の日記には「スペンサー伝をよみ感する所あり　余の如きも学者になれぬことはないと思ふ／ゼームス氏か哲学研究に転したりときく　この人哲学を研究せは定めて面白からんと信す」（西田、十七巻、一五六頁）と書き、さらに十月四日の日記には「午後ゼームスをよむ　心理を之によりて講せんと思ふ」（同、一六四頁）と記している。これにくわえて『善の研究』の「純粋経験」の概念との関連でよく引かれる文章だが、一九〇七（明治四十）年のものと推定される七月十三日付の鈴木大拙宛書簡では、みずからの人生の進路に重ねて書く。「余は宗教的修養は終身之をつゝける積りだか余の働く場所は学問が最も余に適当でないかと思ふが、貴考いかん、今では病気も一通り平癒したから、之から一つ思想を錬磨して見たいと思ふて居る、できるならは何か一冊の著作にしてみたいと思ふ、これまでの哲学は多く論理の上に立てられたる者であるが余は心理の上に立て見たいと思ふ、近来 W. James 氏などの Pure experience の説は余程面白いと思ふ、氏は Metaphysics をかくといふがまだ出来上らぬか」（西田、十九巻、一〇七頁）。そして一九一〇（明治四十三）年三月十九日付の知人宛書簡では、スピノザやフィヒテのほかにジェイムズの『諸相』や「米国の Open Court にて訳せる Fechner の On Life after Death の如きもの」の「御翻訳」（同、一七三－四頁）を勧めており、三日後の別の知人への手紙では「小生は此頃ジェームスの近頃出したる論文〔おそらく『多元的宇宙』〕などよみ居り候　面白く候　余程禅に似たる所あるやうに思はれ候」（同、一七五頁）と評している。大拙・西田と漱石は、非常に近い思索の場所にあって、しかも決定的に違う方向性でジェイムズを読んだのではあるまいか。この仮説的な読み筋のもとに、探索をすすめたい。

（34）漱石の蔵書目録には進化論や犯罪、社会主義、宗教と関連づけた心理学書や、ドイツの実験心理学の創始者ヴィルヘルム・ヴントの諸著の英訳本もみられるが、問題の超心理研究の方面でいえば、当時の中心論点は、心霊現象における「死後の霊魂」との交感や憑依現象と、催眠のトランス状態やヒステリー、夢遊病、多重人格等の病理的心理現象との連関の有無にあり、これが議論される場所が意識深層の暗部なのだった。ジェイムズの『諸相』は、世界が一種の「精神素材 mind-stuff」から成り立つとするスピリチュアルな形而上学的仮説に立ち、「私たちが宗教的経験において結ばれていると感ずる『より以上のもの』は、向こう側では何であろうとも、そのこちら側では、私たちの意識的生活の潜在意識的な連続である、という仮説」（ジェイムズ、一九七〇年、三七八頁）を強く確信して、こう言い切っている。「霊感の現象に加えて、宗教的神秘主義を考慮に入れるならば、また回心のところで見られた、分裂した自己が突如として驚くばかり統一されるという現象を思い起こすならば、そしてまた聖徳にまじり込んでいる常軌を逸した激しい愛情や純潔さや自制などを考えてみるならば、宗教というものは意識を超えた領域あるいは潜在意識の領域 the transmarginal or subliminal region と異常に緊密な関係をもっている人間性の一分野である、という結論を避けることはできないと私は考える」（同、三三五頁）と。

（35）「人間の不滅性」に関するインガーソル講演（一八九八年）のなかで、ジェイムズは「『思考は脳の一機能である』という心理・生理学上の根本方式」（ジェイムズ、一九六一年、二一三頁）と、魂の不死の信仰箇条との無矛盾性を確保するべく主張する。「さて私の根本意見をのべればつぎのとおりである。思考は脳の一機能であるという法則について考えるばあい、われわれはただ〔心的素材の唯物論的な〕生産的機能のことだけを考える必要はなく、許容的もしくは伝導的な機能のことも〔観念論的に〕おもいあわせてしかるべきである。だが普通の心理学者や生理学者はこの点を考慮にいれておらない。／たとえば、かりに、物的事物からなる全宇宙が地上の中味も天上の一群もふくめ、真実在の世界をおおい隠す単なるうわべのヴェールにすぎぬ現象であることが判明したとしよう。このような仮定は、常識にとっても、哲学にとっても奇異なことではない。常識はヴェールの背後にひそむ実在を、迷信的すぎるくらいなほど信じている。また観念論的哲学の申したてによれば、われわれのふれる自然的経験の世界全体は、一個の無限な思考を損うか屈折させるかする時間の仮面にすぎず、無限な思考こそはわれわれに個人我として知られる無数の有限な意識の流れを包含した唯一の実在なのである」（同、二一六頁）。そして「心がこの自然界に生をつづけるあいだこのように脳に依存しているからといって、不死の生はそのために決して不可能にはならないだろう。――そのことはヴェールの背後にひそむ来世における超自然的な生とまったく矛盾しないであろう」（同、二二八頁）と、ジェイムズは結論する。

かくして彼の超越論的実在論への親近性は明白だが、ジェイムズはこれを独断的に説くのではなく、あくまでも「仮説」として前提するだけの批判哲学的な分別をもちあわせている。しかも右の議論があえて「普通の二元論」に基づくものだという点を強調しつつ、これとは別に「絶対的現象論」による「問題」の「解決」の可能性があることにも目くばせをする（同、二五〇頁）。ただしジェイムズの「実在」概念は、詳細な検討を要する。彼の根本的経験論は「世界の内にはただひとつの原初的な素材や材料only one primal stuff or material のみが存在」すると「想定」し、しかもこれを「純粋経験」と呼ぶかぎりで（ジェイムズ、二〇〇四年、一二頁）、形而上学的な実在論を払拭できていない。しかし「感覚知覚の流れ」や「意識の流れ」の概念は、カントの超越論的統覚の批判的反省の洗礼を受けて、デカルト的な自我の「実体」概念の縛りは脱している。しかも理性主義的な絶対者の一元論の独断に抗して、多元主義的に語ろうとするとき、ジェイムズの根本的経験論は「存在者としての『意識』"consiousness" as an entity」の思念とも縁を切って、「プラグマティック」な視点から「認識」ないし「思考」の「機能 function」をとおして「経験の諸実在 realities of experience」（同、一一頁）をみつめ始めている。そして『哲学の諸問題』として、一九一一年に没後出版された遺稿は、この意味での経験的実在論の思索を、まさに言語論的に展開しようとしているのである。

(36)　拙稿、二〇〇九年①の四・五・六節を参照されたい。そこでも触れたことだが、続く二十一節には、刑死直前に赦免されたドストエフスキーの「画竜点睛とも云ふべき肝心の刹那の表情が、何《ど》う想像しても漠として眼の前に描《あが》き出せない」（十二巻、四二〇頁）とある。「倶楽部《くらぶ》で時事を談じ」、「已《や》むなくんば只一揆あるのみと叫」び、「さうして囚はれ」たドストエフスキー（同、四一八頁）に論及する同章が、東京朝日新聞に掲載されたのは明治四十四年一月十日、つまり前年十二月十日からの「大逆事件」被告二十六人に関する大審院秘密裁判が年末に結審し、幸徳秋水ら二十四人に、異例の早さで死刑判決が言い渡される一月十八日の直前のことであった。判決の翌日に内十二人は天皇特赦により無期懲役への減刑がなされたが、幸徳を始めとする残り十二人の死刑は、同二十四、二十五日に即時強行された。この件に関連して、中村文雄、二〇〇二年の第二篇「漱石と平出修」を参照。

(37)　ジェイムズの『多元的宇宙』第四章は言う。フェヒナーが「世界の昼間のながめとよんだところのもの」とは、「全宇宙は、そのさまざまな相異なるひろがりや波長や排斥やつつみあいのいたるところにおいて、生きており意識をもっている、という考え方である」（ジェイムズ、一九六一年、一一五頁）。「フェヒナーによれば、我々が住んでいるこの地球も、それ自身の集合的な意識をもっているにちがいない。また太陽や月や遊星もそうにちがいない。太陽系全体も、それ自身のさらに広い意識をもっていて、我が地球の意識も、このより広い意識の中で一役買っているにちがいない。だからまた、全天体系もその意識をもっている。そうしてもし全天体系が、質量的にみた場合、あるところのすべてのものの総和でないとすれば、この全体系は、そのほかのすべてのものと共に、宇宙の絶対的に全体化された意識の体となっているであろう。この宇宙の絶対的に全体化された意識を、人は神というのである」（同、一一七頁）。ジェイムズはフェヒナーの「神」が「荘厳さの中で、まずしく抽象的なままにおかれている」と難じ、その「抽象的で一元論的な面が、論理によって要求されているもの」ではない点を指摘しつつ、「彼の思想のディテイル」（同、一一八頁）に立ち入って、たくみな「アナロジー」の展開を賞賛する。「ヴィジョンのないところでは、人びとはほろびる。職業的な哲学者で、ヴィジョンをもっていた人は少ない。フェヒナーはヴィジョンをもっていた。だからこそ人は、彼の本をくりかえしよむことができ、またよむごとに新鮮な実在感覚 a fresh sense of reality をえるのである」（同、一二六頁）。そしてジェイムズは、同章末尾で旗幟を鮮明にする。「スコラ哲学にはあつみがある。ヘーゲル自身もあつみがある。しかしイギリスやアメリカの超越主義哲学 transcendentalism はうすっぺらい。哲学においては、論理よりも情熱的なヴィジョンの方が重要なのだとすれば――私はそう信じている、論理はヴィジョンのあとからその根拠づけを見つけるだけである――、このようなうすさは、ヘーゲルの弟子達にヴィジョンがかけていることからきたのか、または彼らの情熱が、フェヒナーやヘーゲル自身の情熱にくらべると、日光の前の月光または葡萄酒の前の水ほどにも貧弱であることからきたのかの、どちらかでなくてはならないのではあるまいか」（同、一三四頁）。かくしてジェイムズの哲学の雄弁な語りそのものは、根本的に宗教的である。

(38)　『多元的宇宙』第七章「経験の連続性」は末尾で言う。「今日研究されている自動筆記や自動発話、霊媒や『憑依現象』、および「宗教的経験」に依拠して「わたし自身は、こうした異常現象や超自然的事実 abnormal or supernormal facts のいくつかにこそ、超意識 a superior consciousness がありうることを支持するもっとも有力な示唆が含まれていると考える」（ジェイムズ、二〇〇四年、一九二－三頁）と。

(39)　「パーソナリチーの世の中である。出来る丈自分を張りつめて、はち切れる許りにして生きて居る世の中となる。昔は夫婦を異体同心と号した。パーソナリチーの発達した今日そんな、プリミチーヴな事実がある筈がない。細は妻、夫は夫、截然として水と油の如く区別がある。而も其パーソナリチーを飽迄も拡張しなければ文明の趨勢におくれる訳である」（十九巻、二〇八頁）。「出来る丈自由ニ」行動し、「社会の存在ヲ destroy セザル範囲内ニテ出来得る限りに我を張ラントスル」「個人主義ヲ主張シ」、「パーソナリチーの独立ト発展とを主張」（同、二〇九頁）するという文脈において、personality は「自他」（同、二一〇頁）の区別に固執した「個性」（一巻、五四六－五一頁）を意味している。そして漱石は膨張した個性の「理想」像を、「ニイチエ」の「超人superman」（十九巻、二〇九頁および一巻、五五一－二頁）に重ね、批判的にとらえている。

（40）たとえば柳宗悦の『ヰリアム・ブレーク』（大正三年十二月）に言う。「若しもブレークの思想の特質がその神秘的宗教性にあるならば、神秘的宗教として最も壮大な體系を持つ古印度の波羅門教を顧みねばならない。ブレークの思想が一見して東洋的色調をおびてゐる事は事實である。ウパニシャッド Upanishads が教へる所は靈の秘事である。一切のもの、基本を此靈に求めてそこに無邊な永遠の世界を開こうとしてゐる。一切のもの、靈は宇宙の靈氣であるブラーマン《〔ママ〕》 Brahman の一部である。吾々がこの本源に歸る事は眞如の世界に入る事である。一切の物的形骸を棄て、此靈の完全な救濟を求める事は人生の歸趣である。然も此實在の中心は我の内にある。アートマン Atman と呼ぶのはそれである。アートマンとは認識の主客を融合した渾一の境である。純粹な實在經驗そのものである。ブレークが想像の世界と云つたのは此神秘な實在の世界を意味している。且つ此古哲學の特色はその徹底した汎神論的見解にある」（柳、四巻、三六一－二頁）と。

（41）じつは、本書序論に引いた明治二十三年八月九日付の子規宛の厭世書簡にも、こうした二世界論と物心二元論の癒着の爪跡が刻まれている。漱石の手紙は二世界論的な主題を謳い、『テンペスト』を引用したあとに、こう続く。「生前も眠なり死後も眠なり生中の動作は夢なりと心得ては居れど左様に感じられない処が情なし知らず生れ死ぬる何方《いずかた》より来りて何《いず》かたへか去る又知らず仮の宿誰《た》が為めに心を悩まし何によりてか目を悦《よろこ》ばしむると〔鴨〕長明の悟りの言は記憶すれど悟りの実は迹方《あとかた》なし」。そして痛々しくも明白《あからさま》な物心二元論の調べに乗り、こうつぶやく。「是も心といふ正体の知れぬ奴が五尺の身に蟄居《ちっきょ》する故と思へば悪《にく》らしく皮肉の間に潜むや骨髄の中に隠る、やと色々詮索《せんさく》すれども今に手掛かりしれず只煩悩《ぼんのう》の焰熾《さかん》にして甘露《かんろ》の法雨《ほうう》待てども来らず慾海の波険にして何日《いつか》彼岸に達すべしとも思はれず已《や》みなん已みなん目は盲になれよ耳は聾《ろう》になれよ肉体は灰になれかし」（二十二巻、二三頁）と。そこから「われは無味無臭変ちきりんな物に化して」、ミルトン『コウマス』に謳われる霊魂浮遊の「気楽な身分になり度《たく》候」などと甘えたことを言い、「あ、正岡君、生《いき》て居ればこそ根もなき毀誉《きよ》に心を労し無実の褒貶《ほうへん》に気を揉《も》んで鼠《そ》糞梁上《ふんりょうじょう》より落つるも胆を消すと禅坊に笑はれるではござらぬか」（同、二四頁）と、自己の厭世観を友に茶化して見せるのである。こういう二世界論的物心二元論の厭世観からいかにして批判哲学的に脱却してゆくかが、漱石という長く険しいテクストの醍醐味である。かかる妖しい厭世の旋律を『虞美人草』の甲野さんはなお引きずっており、「幽霊の如《ごと》」（四巻、二三一頁）き孤独のなかにある。そしてわれらが三四郎も「哲世界と実世界」（同、三〇八頁）のあわいを無為に漂っているのだが、すくなくとも諸視点の交錯する『三四郎』テクストの語りそのものは、その批判哲学的な世界反転光学のもと、二世界論的物心二元論からはみごとに解放されている。『三四郎』の物語り分析についてくわしくは、望月、二〇〇九年②を参照されたい。

(42)　これに似た幻滅は同じ時期の柳宗悦のものでもあった。学習院から東京帝国大学に進学する明治四十三年頃から、柳は心霊研究に傾倒していたが、大正二年七月には「心理学は純粋科学たり得るや」と題する論文を提出し文科大学哲学科を卒業する。そして『行人』一郎の煩悶を尻目にじつに軽々と楽天的に、審美的・宗教的な個的唯心論にみずからの地歩を固めてゆく。柳は大正三年四月の『白樺』第五巻第四号に評伝「ヰリアム・ブレーク」を発表。これにいくつかのブレーク論を「綜合し増補し且つ訂正して」（柳、四巻、一二頁）、同年十二月に『ヰリアム・ブレーク　彼の生涯と製作及びその思想』を出版した。その一部はたった今も引いたところだが、青年柳の血潮を奮い立たせた「久遠の人」（同、一五頁）ウィリアム・ブレークは、そもそも「スヱデンボルグの獨立神教に育くまれた」「十八世紀」「最大の宗教家」である。「彼の根本的宗教思想」は「『想像』'Imagination'の観念」（同、三〇四頁）であり、この詩人画家に「『狂ふが如き』恍憬を與へ、彼に永劫の生命を甦らしたものは常に此想像の力そのものであつた。『人間の想像』とは彼にとつて直ちに神の世界又は自然の根本的實在界を意味してゐた。人生の奥底に潜む眞の生命即ち眞如の世界に外ならなかつた。想像の生活とは自己と神との直接合一'Immediate Communion'だつた。彼の宗教的思想の核心はいつも茲に集つてゐる。自我と自然と、心と物とが互に觸れて兩者が渾然とした一つの價値的事實に移る時、そこに實在の世界、云ひ換えれば神の世界が現はれる。……〔中略〕……内と外、主觀と客觀との差別は消えて只純粋の意味の世界が現はれてくる。入神の法悦、想像の恍憬はかゝる時に吾々に與へられる。その時吾々は凡ての約束的形骸を棄てて只無限に自由な世界に活きてくる」（同、三〇五頁）。「吾々はこの時大自然に融合して、完全な『自己寂滅』'Self-Annihilation'忘我の境に漂つてくる。……〔中略〕……自己寂滅とは自己の否定を意味するのではない、自我の完全な擴充である、個性の無邊な表現である、自己と宇宙との合一である。心を自然の懷に托して自らを愛の世界に忘れ去る時、吾々は只永遠な神に對する恍憬に活きてくる。吾々には宇宙意識 Cosmic Consciousness があり、自己は無限な擴張の經驗に浸つてゐる。吾々は一切の物的形體を去つて大自然の生命そのものに融合してくる」（同、三〇六頁）。こういう柳＝ブレークの思弁は「唯理論 Rationalism と經驗論 Empiricism」、「知能 Intellect と直觀 Intuition」（同、三一六頁）を対置して、後者の系列を前面に押し出してくる。「法則を嫌い理性を憎んだ彼が絶えず靈感を求めて自然な生命の衝動直觀を重んじた事は著しい事實である。近世の哲學が明かに說いた樣に實在を把捉するものは知性ではない、直観である。ブレークは彼の藝術的經驗によつて此眞理を明瞭に指摘してゐる。直観とは實在の直接經驗である。一切の抽象差別を離れて事物の眞性に身自ら觸れてそのもの、内に活きる事である。……〔中略〕……眞理の獲得はいつも直觀的經驗にある」（同、三二一頁）。「直觀とは主客の間隔を絶滅した自他未分の價値的經驗である。そこには差別記號である何等の名辭すらない。只活きた實存する一事實がある。凡ての生滅的關係を離脱した永遠の流れがある。……〔中略〕……自我と外界との合一、寂滅された個性の擴充、卽ち法悦恍惚の神境は此純一な經驗の高調を意味してゐる。直觀とは『想像』の經驗である。『想像』の世界とは神の世界である。直觀とはその眞義に於て神を味う心である」（同、三二二頁）。「未來の創造新創を吾々に與へるものは只直觀である、純粋經驗である、個性を經由した具像的事實である、法悦である、只鋭い靈感の力である。ブレークは創造を愛した詩人である」（同、三二三頁）。『行人』塵労篇の一郎の心情が切望して、しかもそこへ行くのを彼の理性が妨げた、まことに危うい唯心論的な超越論的実在論の形而上学である。かかる柳の思索径路は、学習院高等科で「獨逸語の西田幾多郎、英語の鈴木大拙」に学び、「修身は随分長く井上哲次郎博士のを聞いた」（柳、一巻、四六五頁）こととも無関係ではないだろう。直後の『白樺』第六巻第二・三号（大正四年二月・三月）に寄せた「哲學的至上要求としての實在 Reality As An Ultimate Philosophical Call」（『柳宗悦全集』第二巻所収）には、柳がこれら先達と同じ思想圏に生きていたことが如実に現われている。

第十一章「現象即実在、相対即絶対」の批判光学

第一節　宗教への問いの鍛錬

問題の「神といふ言葉」をHさんが持ちだした場面に、いよいよ本腰をすえて取り組もう。超越的な絶対の神を信じえぬ一郎は、苛立ちのあまり波間に数個の石を「投げ込」んで、波打ちぎわを滅茶苦茶に「駈け廻」り、Hさんの「所へ帰つて来」(同、四〇一頁)て、「僕は死んだ神より生きた人間の方が好きだ」と叫ぶ。そしてすこし落ち着き、「車夫《しやふ》でも、立《たち》ん坊《ばう》でも、泥棒でも、僕が難有《ありがた》いと思ふ刹那の顔、即ち神ぢやないか。山《やま》でも川《かわ》でも海《うみ》でも、僕《ぼく》が崇高《すうこう》だと感《かん》ずる瞬間《しゆんかん》の自然《しぜん》、取《とり》も直《なほ》さず神《かみ》ぢやないか。其外《そのほか》に何《ど》んな神がある」(同、四〇二頁)と、この世の中の「生きた人間」と「自然」の方角に議論を転換する。一郎のいう「死んだ神」とは、ニーチェの〈神の死〉の宣告をふまえた言葉だろう。そしてまたこの世の人が死んだ後に行くとされてきた、天上界の永遠の神のことも含意していたはずである。そのように依然として「死」と「生」の対置を残したことが、じつはそもそもの躓きの元なのだが、すくなくともここで一郎はそういう神よりも「生きた人間の方が好きだ」と「呼息《いき》をはづませ」て言い切った。もはや彼の実存はあの世の超自然的な絶対なるもの——肉体の死の後の魂の永遠の生——に憧れているのではない。むし

ろこの世で現に生きてあることを、自己の身心の総体で明確に志向する。

神経衰弱に苦しむ厭世家がいまそう言えたのは、やはり眼前のHさんの存在のおかげだろう。そしてまた自身の直前の激しい身体運動と、これに大地と海と空が重なった「偶然」も、この発言を支えていたのにちがいない。しかも彼がじっさいに「好きだ」と言えるのは、この世の生きた存在のなかでも、ごくありきたりの、ただし近代社会ではもはや例外的な事象である。「僕が難有《ありがた》いと思ふ刹那の顔」、「僕が崇高だと感ずる瞬間の自然」。おりおりの機会にそれと触れ合う「刹那」をもちえていることは、しかしまぎれもない事実である。そして「塵労」の物語りは、この点をしだいに主題化する。そもそもHさんが「神」をもちだすのに先だって、一郎自身はこう述べていた。

「電車《でんしや》の中《なか》やなにかで、不図《ふと》眼《め》を上《あ》げて向《むか》ふ側《がは》を見《み》ると、如何《いか》にも苦《く》のなささうな顔《かほ》に出《で》つ食《く》はす事《こと》がある。自分《じぶん》の眼《め》が、ひとたび其邪念《そのじやねん》の萌さないぽかんとした顔に注ぐ瞬間に、僕はしみ〴〵嬉しいといふ刺戟を総身《そうしん》に受ける。僕の心は旱魃に枯れかゝつた稲の穂が膏雨《かうう》を得たやうに蘇へる。同時に其顔――何も考へてゐない、全く落付払つた其顔が、大変気高く見える。眼が下《さが》つてゐても、鼻が低くつても、雑作《ざふさく》は何《ど》うあらうとも、非常に気高く見える。僕は殆んど宗教心に近い敬虔の念をもつて、其顔の前に跪《ひざま》づいて感謝の意を表したくなる。自然に対する僕の態度も全く同じ事だ。昔のやうに唯うつくしいから玩ぶといふ心持は、今の僕には起る余裕がない」（八巻、三九八頁）

『草枕』の耽美非人情の一人旅の頃の、「昔のやうに唯うつくしいから玩ぶといふ心持」とはどこかが決定的にちがう、眼前の普通の人間のなにげない「顔《かほ》」への注視。この世に生きてある顔が、なぜか「非常に気高く見える」わずかな「瞬間」への着目。しかも「殆んど宗教心に近い敬虔の念」を呼びおこす「顔」は、文明の利器たる「電車の中」にも出会われるし、二人称単数の「君」に萌すこともある。

「君でも一日のうちに、損も得も要らない、善も悪も考へない、たゞ天然の儘の心を天然の儘顔に出してゐる事が、一度や二度はあるだらう。僕の尊いといふのは、其時の君の事を云ふのだ。其時に限るのだ」（同、三九九頁）

一郎は自分の「難有《ありがた》い」と思う顔のことを話し、それとのふとした「刹那」の遭遇を語っている。その顔は「如何にも苦のなささうな」「邪念の萌さないぽかんとした」、「何も考へてゐない、全く落付払つた」表情でいてほしい。あるいはさらに「損も得も要らない、善も悪も考へない、たゞ天然の儘の心を天然の儘顔に出してゐる」（傍点引用者）顔であるべきだ。一郎はそういう顔を「気高く見える」と形容する。しかも「大変」「非常に」と強調しながら、それを「尊《たつと》い顔《かほ》」（同、三九八頁）とも表現する。こうした「天然」「自然」の趣をかもしだす物との出会いのモチーフが、テクストの語りの気分を根柢で方向づけている。

「絶対」をめぐる一郎の思想と言葉は、それだけを切りはなしてみれば、いかにも余裕のない重苦しい印象を与えてくる。そしてその文章の迫真の力強さは、小説を読む者の注意を釘づけにする。いわば読者もまた一郎の忘我的な絶対希求衝迫の我欲に呑みこまれ、ここにこそ『行人』全篇の文学的なリアリティーの核心を認めることになる。[1]しかし対話篇のテクスト自体は、この重く険しい主題を大らかに包みこみ、それとは別の思索の道筋を密かに告知する。他人の「天然の儘」の「顔」を「気高く」「尊《たつと》い」と形容した一郎は、「自然に対する僕の態度も全く同じ事だ」と述べている。そしてその場合の「自然」は「唯《ただ》うつくしい」のではなく「崇高」なのだと言う。これら一連の形容が「天」の高さを「暗示」するのは見やすいことである。そしてその気高いものに「出《で》つ食《く》わす」とき、一郎は「殆んど宗教心に近い敬虔の念をもつて」その前に「跪《ひざま》づいて感謝の意を表したくなる」と言う。Hさんおよび作家漱石は、そういう一郎の発言をかなり長めの直接話法で紹介する。まさにここが肝腎要の場面だからである。

のちに『道草』の健三は、妻のヒステリーに直面し、「跪《ひざ》まづいて天に禱《いの》る時の誠《まこと》と願《ねがひ》」（十巻、一五二頁）を心にいだく。それとは対照的に一郎がひざまずくのは、ただちに自然でも天でもなくて、まずはなによりも他人の「顔」である。ささいな違いだが、この点を見逃してはならない。そういう他者との関わりの場所こそが、最後の小説『道草』『明暗』の――そして漱石文学の営みがつねに――「帰つて来」るべきところだからである。そして『行人』の厭世家一郎にしてみても、自分がいちばん帰って来たいと本当に願っているのは、じつは「善男善女」（八巻、四〇四頁）の「尊い顔」のある場所である。つまりわれわれがともに善く生きることのできる道義の場所の希求が、漱石文学の根本動機であり、これを土台とした人間理解と、この世の事柄をリアルに語る方法論の創出が、漱石詩学の課題となってくる。そして「偶然」という鍵概念にしても、この世の人間的な視座を基本にすえてこそ、その意味が初めて生きてくる。それはあまりに単純な筋書きに見えるが、話はいずれにせよ簡単には片付かない。じっさいのところHさんと一郎の対話は、いよいよここから錯綜した重苦しい展開をみせるのである。

その一因は、たんに宗教に近似のものを宗教そのものに限定して進みだしたHさんの議論の致命的なずれにある。そしてこの微妙な分岐点は、『思ひ出す事など』における批判哲学的な漱石と、宗教的なジェイムズとの、「類推」の方角の根本差異とも重なり合っている。Hさんは一郎の精神の「未来」を危惧するあまりに、「殆んど宗教心に近い敬虔の念」という一郎の言の端から、友は「早晩宗教《さうばんしうけう》の門《もん》を潜《くぐ》つて始《はじ》めて落付《おちつ》ける人間《にんげん》ではなからうか」（同、三九九頁）と短絡して、不用意にも「神」という言葉をもちだした。一郎はその概念の意味を、学生時代の議論のいきさつからして、唯一の超越的絶対神と受けとった。ところがHさんはただ曖昧に「難有《ありがた》い」「円満な」救いの神仏というほどの意味で言ったのである（同、四〇一頁）。ゆえに二人の宗教談義は致命的な齟齬をはらみ、紆余曲折して、一郎がHさんを平手打ちするにいたったのである。Hさんは「宗教といふものを夫程《それほど》必要とも思はないで、漫然と育つた自然の野人」（同、四一七頁、傍点引用者）だと自認している。その彼が一郎に神への信仰を説き、「自分を生活の心棒と思はないで、綺麗に投げ出したら、もつと楽になれるよ」（同、四一六頁）などと気休めに勧めたので殴られたのである。この問答のうちに放下のモチーフが点出されているのは見やすいが、このような仕打ちをうけてもなお、親身で鷹揚なHさんは誠実に反省する。

> 事実私は神といふものを知らない癖に、神といふ言葉を口にしました。兄さんから反問された時に、それは天とか命とかいふ意味と同じものだと漠然答へて置いたら、まだ可《よ》かつたかも知れません。（同、四一七頁、傍点引用者）

「神といふもの」と「神といふ言葉」の区別を見つめ、前者を自分は「知らない」のだという「事実」を引きうけたとき、Hさんは「死んだ神より生きた人間の方が好きだ」という一郎の言葉を、ようやく正面から受けとめることができたのだ。友の行く末を案じて、その友に打たれたHさんは不運である。しかし「純粋な誠」（同、三九九頁）の知己をもった一郎は、内心の危うい苦悶にもかかわらず、この刹那だけは幸福である。かくして対話の渦中にHさんがつかんだ「天《てん》」と「命《めい》」の二文字により、「則天」の天然自然への道筋も定まってくる。そしてまたこの「天」や「自然」と超越的絶対神との懸隔も、ますますきわだってくる。キリスト教的な超越神とはまったく別の、なにかもっと絶対的に大きくて広い場所の面影がおぼろげに浮かびはじめる。一郎が脱我的な「絶対」の「自己」への衝迫を吐露するのは、もう間もなくのところである。

第二節「塵労」テクストの反転

かくして「現象即実在、相対即絶対」の意義探索の道行きは、ふたたび『行人』「塵労」篇のあの位置に戻って来た。「僕《ぼく》は絶対《ぜったい》だ」「僕は是非共《ぜひとも》生死を超越しなければ駄目だ」と、「殆んど歯を喰ひしばる勢いで」激白する。そういう一郎の語りは文学的な迫真の魅力をたたえている。しかし彼の実存はそこで同時に、天然自然へむかうテクストの言葉《ロゴス》にとりまかれている。あの四十四節の直前には箱根の山中を「凄まじい雨に打たれて、谷崖《たにがけ》の容赦なく無暗《むやみ》に」走りまわり、「野獣らしい」「元始的な叫び」（同、四二四頁）をあげる彼の姿がある。雨風に冷えきった身体を風呂で温めた一郎は「痛快《つうくわい》だ」と連呼する。Hさんはそれを評して「自然に敵意がないから、いくら征服されても痛快なんでせう」とつづっている（同、四二五頁）。この二人は「沼津から修善寺へ出て」（同、三九一頁）、小田原から箱根にやって来た。一郎は修善寺の山で茂みに咲く白百合を指さし、「あれは僕の所有だ」と言う。そして山頂の茶屋でも眼下の森や谷を指さして、「あれ等《ら》も悉《ことごと》く僕の所有だ」（同、四〇五頁）と繰り返す。いかにも奇異に響く言葉を、傍らの友は確実に聴きとって反芻し、心底から共有するべく努めている。

「生死を超越」しうる「絶対」の「境地」。その追求の道を宗派教団的にではなく、独り行く人の心は陰惨である。(2)一郎は「Einsamkeit, du meine Heimat Einsamkeit!（孤独なるものよ、汝はわが住居《すまひ》なり）」（八巻、四〇七頁）と、ニーチェ『ツァラトゥストラ』第三部「帰郷」冒頭句に言寄せて咆哮する。しかし海と山と温泉につつまれて旅をする二人の対話は、それとは別の〈生死一貫〉の「故郷《ハイマート》」への道を、牛のごとくに「鈍《のろ》い」歩みで辿りつつある。かつて『草枕』の旅も天然自然への帰還をめざしたが、一人旅の画家の眼差しは他人の振舞いを美的感性的に、ただの自然と同等に傍観する「非人情」へ逸れていた。そうした「余《よ》」の物語り行為の、新たな大正年間における全面的なやり直しが、このたびの連載中断を機にみずからおのずと企図されている。

二人はいま「絶対」「超越」をめぐる煩悶激白の箱根の山をおりて、「紅《べに》が谷《やつ》の小別荘」（同、四三二頁）に滞在する。Hさんはここで手紙を書いている。海と山にはさまれた谷あいの一軒家。それまではにぎやかな旅館で寝つかれなかった一郎も、いまは隣の座敷で「ぐう〳〵寐てゐ」る。「朋友」（同、四〇七頁）と旅に語らい、気楽に思いのままに日を過ごす。常にない静かな生活が、一郎の疲弊困憊した身心を束の間なりとも癒したのだろう。隣家との境の「薄《すゝき》の根」の辺りをたくさんの小蟹が這っている。そのありさまを「殆《ほと》んど我《われ》を忘《わす》れ」て見入る刹那を、一郎は「凝《ぢつ》と蹲踞《しやが》んで」味わうこともできている（同、四三四‐五頁）。かくしてHさんとの対話は、激烈な宗教談義の袋小路から反転して、〈天然自然の論理〉の道に逢着する。(3)

「君は絶対々々と云つて、此間《このあいだ》六づかしい議論をしたが、何もさう面倒な無理をして、絶対なんかに這入《はい》る必要はないぢやないか。あゝいふ風に蟹に見惚《みと》れてさへゐれば、少しも苦しくはあるまいがね。まづ絶対を意識して、それから其絶対が相対に変る刹那を捕《とら》へて、そこに二つの統一を見出《みだ》すなんて、随分《ずいぶん》骨が折れるだらう。第一《だいいち》人間に出来る事か何《なん》だか夫《それ》さへ判然《はんぜん》しやしない」

兄《にい》さんはまだ私《わたくし》を遮《さへぎ》らうとはしません。何時《いつ》もよりは大分落付《だいぶおちつ》いてゐる様でした。私は一歩先へ進みました。

「それより逆に行つた方が便利ぢやないか」

「逆とは」

斯う聞き返す兄《にい》さんの眼には誠《まこと》が輝いてゐました。

「つまり蟹に見惚《みと》れて、自分を忘れるのさ。自分と対象とがぴたりと合へば、君の云ふ通りになるぢやないか」

「左右《さう》かな」

兄さんは心元《こゝろもと》なさそうな返事をしました。

「さうかなつて、君は現に実行してゐるぢやないか」

「成程《なるほど》」

兄さんの此《この》言葉はやはり茫然《ばうぜん》たるものでした。（同、四三六－七頁）

ここに「塵労」対話篇の、いま一つの頂点がある。二人の語りの態度は、さりげなく反転している。数日前に絶対希求を激白した人は、いまは「大分落付《だいぶおちつ》いて」耳を澄ましている。そういう一郎の様子を見つめ、Hさんは「一歩先へ進み」、「それより逆に行つた方が便利ぢやないか」(4)と批評する。このなにげない一言が、じつは『行人』全篇の点睛なのである。

兄《にい》さんの所謂《いはゆる》物を所有するといふ言葉は、必竟《ひつきやう》物に所有されるといふ意味ではありませんか。だから絶対に物から所有される事、即ち絶対に物を所有する事になるのだらうと思ひます。神を信じない兄《にい》さんは、其処《そこ》に至つて始めて世の中に落付《おちつ》けるのでせう。（同、四三八頁）

二郎への長い手紙で、親切なHさんは解説する。「あれは僕の所有だ」「あれ等《ら》も悉《ことごと》く僕の所有だ」と一郎が言う「物を所有する」とは、「必竟《ひつきやう》物に所有される」ことなのではないか。「所有する」という「言葉」を能動から受動に転じて、ふたたび能動態に帰着せしめる。Hさんの批判的反省における、動詞の〈態 voice, diathesis〉の反転にぜひとも注目したい。

第三節　絶対即相対から相対即絶対へ

一郎はキリスト教的な超越絶対の「神を信じない」。むしろこれに反発して、「絶対」とは東洋的な脱我なのだと決め込んでいる。とはいえ彼は西洋の学問に身を捧げ、ひたすら物思う学究の徒であり、デカルトの考える自我から抜けきれない。近代的自我の「われ思う、ゆえにわれあり」はつねに変わらず自発的能動態であり、「…と（私には）思われる」という古い中動相の未規定性や曖昧性を許さない。一郎は彼方の「絶対」への帰一を希求しつつも、不可疑で絶対確実の自我の実存を起点として、基体的主語たる「僕」が「物を所有する」という能動態に終始する。その純粋な自我意識の主体性の論理が、ここで軽々と言語論的に転覆されている。

自分が「まづ絶対を意識して、それから其《その》絶対が相対に変る刹那を捕へて、そこに二つの統一を見出《みだ》す」などと、わざわざ自分で無理難題をこしらえるから、一郎は余計に力むし「随分《ずいぶん》骨が折れ」て苦しいのである。そもそも「絶対といふもの」を名詞として実体化して打ち立てておいて、そのうえでこれを向こうに求めようとしたところで、われわれはそれを「丸で知らない」（同、四三七頁）のである。だからそれよりもまずは、この「世の中」に生きる一個の「人間として」眼前の花や蟹や「芸術品、高山大河、もしくは美人」に「見惚《みと》れて、自分を忘れ」、個々の具体的状況のうちに「絶対」を副詞的に感受する。そしてそのつどの今に「絶対に物から所有される事」から始めて、この端的な感性的受動態の「絶対」の事実が「即ち絶対に物を所有する事になる」方向へと反転し進んでゆく。なによりもこの順序の立て直しが重要である。しかも動詞「所有する」の態の変換は、根本的には、名詞的・実体的な「絶対」を「絶対に」という副詞へ転化することに負っている。

この一連の文法的な反転の妙技については、あとでくわしく掘り下げることとして、いまはテクストの読解を先に進めよう。Hさんによる一郎論理の転覆は、「人間として」の彼を「普通一般」の「心の状態」へ帰還させるためのものである。一郎を「人並《ひとな》みな立場に引き戻」し、たんに「形而上」でなく、ほかならぬこの「世の中に落付《おちつ》ける」ようにしてあげたいのである。彼岸の絶対への帰入を求める片道一方通行の一郎の「超越」ベクトルは、ここできっぱりと折りかえされる。そしてわれわれの生死の現場たる「世の中」での「双双」とした往還反復光学に向け、全面的かつ根本的に転換される。漱石というテクストが求める〈生死一貫〉は、ここに初めて可能になる。

大正二年夏の「塵労」篇は、ここから禅僧「香厳《かうがん》」の「放下《はうげ》」を踏み石にして、『道草』の頃の「現象即実在」断片へ一気につながってゆく。後者の文体の軽みの源泉、そして『硝子戸の中』の「微笑」の淵源も、おそらくは親身なHさんの「批評的な談話」(同、四三八頁)のうちにある。あるいは『行人』の世界を、最終的にこのかたちで建立し直した、漱石詩学の縹緲たる広がりにある。ここで容易に気づかれるように、『行人』一郎の「絶対即相対」は、後年の思索断片ではみごとに反転されている。「それより逆に行つた方が便利ぢやないか」。Hさんが発した批評の刃が、順序を入れかえた「相対即絶対」の五文字の真上で、ギラリと閃いている。しかもその直前には「現象即実在」の論点が導入されている。このことの意義をぜひとも探っておかねばならぬ。

『行人』「塵労」四十四節の「絶対即相対」と、『道草』の頃の「現象即実在、相対即絶対」のあいだには、文体の気分と口調の変化のみならず、「絶対」という事柄および〈生死一貫〉の課題に関して、明らかな認識の深まりがある。しかもその徹底した思索の深化は、この二年のどこかで突如の悟りとして成ったのではない。それはずっと以前から漸次準備されてきたのであり、ゆえにこの「塵労」篇中の書簡テクスト構想でも、詩的に周到に練り直すことができたのである。われわれはそのことを、一郎とHさんの対話の経緯のうちに確認してきた。一郎の激白だけを全体から切りはなして、それに囚われていてはならないのである。[5]

創作家漱石の「絶対」追求、〈生死一貫〉への歩みは「たゞ牛のやうに図々しく進んで行く」。「超然として」しかも「根気づくで」「人間」を「うん〳〵死ぬ迄押す」のである。そうした「世の中」の文学的な生の地道な方法探究の歩調にあわせ、われわれ読者も「虚心に」(八巻、四一四頁)眼を凝らしてテクストとじっくり語らいながら進みたい。一郎は他人の「尊い顔」や「崇高」な「自然」に、「殆んど宗教心に近い敬虔の念」をいだいていた。そういう出会いがごくかぎられた「刹那」にしかなく、「偽《いつはり》で成立してゐる」(同、四〇九頁)家庭生活にはまったく期待できないことが、この世に生きる煩悶と絶対追求の大元である。その不安と苦悩を一郎がHさんに語りはじめたとき、「相対即絶対」はすでに事柄として顔をのぞかせている。しかし余裕のない一郎は、それをまだ自覚できていない。とはいえ「死んだ神より生きた人間の方が好きだ」というのは、まぎれもない真実の言葉である。そしてこの言葉を引きだした語らいのうちに、事柄の本質は十全に閃いている。

「絶対」を先に立てて、「絶対」「絶対」と独り「歯を喰ひしばる勢で」その境地を求める「絶対即相対」では、「生死を一貫」することなど到底できはしない。絶対を絶対として彼方に想定し、結局は自分で絶対を向こう側に立てておいて、自分がその絶対と一つになって、まさに絶対の「自分」となり「僕《ぼく》」が物を、万物を、世界を「所有」する。そういう一郎の絶対追求には、理知的で自尊心の強い孤独者が、自己一個の超俗を願って脱我を云々する解脱希求の我執の「迂闊」がある。そのように他から隔絶した孤高の場所で、唯心論的な独我を絶対化して、超越論的に絶対なる真実在を先に立てるから、現実のこの私をふくむあらゆる相対、とりわけ日常の具体的他者との関係が置き去りとなる。そして絶対と相対との致命的な断絶や、死と生の根本的な絶縁が深くなる。だから一郎はますます必死になって、「僕は是非《ぜひ》共《とも》生死を超越しなければ駄目だ」と力まなければならなくなる。(6)

じつはわれわれが住まい語らう関係的で相対的な経験世界では、生死はつねにすでに始めから「一貫」である。だからそれを「超越」するという考えも発話も、ひとまずは丸括弧におさめて――「生死を一貫しなくてはならない、(もしくは超越)」――あえて判断を停止したうえで、「超越」という言葉の意味を問い直してみるべきである。この大元の〈生死一貫〉にたちかえるには、彼岸の「絶対」ではなく、この世の「相対」をこそ前面におかねばならない。というよりもわれわれ人間の生死の〈事実問題 quod facti〉として、あらゆる人間的な思考と発話の出立地は、経験的実在性の「相対」の世界よりほかにない。

ゆえにいきなり「絶対即相対」でなく、まずは「相対即絶対」でなければならないのである。一郎とHさんの対話のなかで、弁証的につかみとられた逆転の呼吸。それがひとたび十全に会得されれば、「相対即絶対」からふたたび軽々と反転して、「俄然として半鐘の音を聞」いた刹那の「絶対即相対」の帰還の道筋も見えてくる。そしてそこに「明暗双双」の往還反転の、リズミカルな不断反復の可能性もきざしてくる。そのときは「超越」だ「絶対」だなどと虚しく力む必要もなくなっている。つまり「相対即絶対、絶対即相対」。「色即是空、空即是色」。現世の人間的な言語活動の、原初の根源的覚醒《めざめ》の場所での世界観上の反転光学の自覚的復唱反復が、われわれの新たな発話の始まりの出来事として軽やかに立ちあらわれてくる。だからとにかくこの世に生き死にする「人間として」、まずは「相対即絶対」と語りだすことから始めなければならない。

第四節　現象即実在の批判哲学

しかもその「相対即絶対」に得心し着手するにあたっての準備としては、じつはこの世はもともと「現象即実在」なのだという根本事実を、しっかり確認しておく必要がある。だから『道草』後の〈生死一貫〉断片は、「現象即実在、相対即絶対」でなければならないのである。そしてわれわれ人間は、つねにそこから始めるよりほかにない。なぜならわれわれが住まい語らうこの「世の中」は、まさに「現象即実在」の場所だからである。人間はつねにすでにここに生きてある。まずはそのことの意味を確認しておかねばならぬ。そしてこの場所で「生死を一貫」すべく努めなければならない。現象と実在、相対と絶対、明と暗、色と空。一連の類比関係の並記連接の道が、いまここでの往還反転の出来事としておのずと静かに浮かびあがってくる。

それに反してこれらをどこまでも二項対置の言葉として、接続助詞「と」の提示する区別そのままに一連の分別分断のうちに理解するところでは、やはり生と死のあいだも分離隔絶してしまう。ゆえに肝腎の〈生死一貫〉は全然不可能となる。あるいはその二世界論的分断を無理矢理に「超越」すべく、唯心論的＝心霊主義的な「一貫」の理窟を神秘的に仮構しなければならなくなる。問題はやはり一連の類比をどう理解するかにかかっている。とりわけすべての混乱の端緒をなしている、「現象」と「実在」の対置について考えよう。じつにこの案件は、伝統的な二世界論とも密接に絡まっている。この世とあの世、現世と来世、物質界と精神界、形而下と形而上、現象世界と本体世界、仮象界と実在界。一連のものを厳しく切断する哲学的・宗教的な言語慣習。それが肝腎の人間の生と死を、二世界のあいだで分断しつづけてきた。その点はすでに何度か確認してきたところだが、漱石の「現象即実在」の一句は、かかる二世界論の論理《ことば》の関節をはずして、それに起因する人生論上の難局を根本転換する鍵となる。一体どういうことなのか。もうすこし深く掘り下げてみよう。

プラトン的イデア論の哲学や、中世キリスト教の神学において、肉的・物体的に在るものは、霊的・精神的に在るものにたいして、存在上の地位を遙かに軽んぜられてきた。そしてこの世の物質的相貌は、あの世のイデア的な精神的真実在に比べて、現象であり仮象なのだとおとしめられた。われわれが生きるこの世の現実は、死後の背後世界の永遠絶対の真実在との区別のもとで、たんなる非有《メー・オン》とされてきた。この世の物事はあの世の叡知的本体に対比して、たんに身体上の感官に映じた現象《フエノメノン》にすぎぬ。ゆえにそれはまた表象にして観念にすぎず、これは原型にたいしては模像であり、絶対の真実在にたいしては、有って無きがごとき仮象にすぎない。しかも純粋知性的に「ありてあるもの」たる唯一絶対神にたいして、仮の宿りの地上の被造的自然存在は有限で不完全で、種々の災厄の苦難を免れがたい。かくしてこの世はすべて空しい――。

ここに西洋近代ニヒリズムの淵源があることを、十九世紀末にニーチェは鋭く見抜いていた。この世のすべては相対的ではかなく空しい。それはたしかに真理である。これと同型の世界観的情調は、東洋の文化伝統でも長く語り継がれてきた。そしてここから厭世主義的な短絡が、東西の別なく生じてくる。現世のことは夢幻《ゆめまぼろし》の虚無であり、つらく苦しい人間世界は見かぎって、あの世で真実永遠に生きましょう……。これはまさしくあの第一の厭世から、第三の形而上的厭世への横滑りにほかならない。明治日本の急激な近代化・西洋化を経験して、東西のあわいに生きた真面目な青年漱石も、この危うい厭世観をかかえこんでいた。そして超俗世界への逃避のこころみを、文章でも実人生でもくりかえす。松山に渡り、熊本に移り、ロンドンに流れ、しかしそこから「帰つて来」たときに、彼はもう逃げないことを決意した。そもそも人はどこにも逃げられないのだと覚悟した。そしてこの「不愉快」な現実世界と向き合って、新たな文芸に人生のすべてを賭け、みずから職業作家となる道を選んだのである。

この決死の覚悟の文学的な現世復帰の闘争の途上、その短くもけわしい制作の歩みが本格化したばかりの頃、漱石はひとつの世界観上の革命思想と出会っていた。すなわち彼が愛した十八世紀の、ただし英国ではなくドイツ東方辺境の、批判的啓蒙の哲学者イマヌエル・カントとの束の間の邂逅である。この一期一会で、漱石は何かを摑み取る。このときの彼が肝腎要の事柄を十全に理解したとも思われないが、ともかくも彼は三四郎ノートに〝Empirical realism and a transcendental idealism （Kant）〟と書きつけた。そして『三四郎』本文に「カントの超絶唯心論がバークレーの超絶実在論にどうだとか云つたな」という科白を挿入した。一郎とHさんの遠い前身たる三四郎と与次郎の、巽軒《そんけん》井上の哲学講義終了直後の会話中の一句である。「経験的実在論にして超越論的観念論（カント）」。そう訳すべき英文一行が、「現象即実在」——あるいはむしろまずは「実在即現象」——の五文字と深く遙かに響きあう。そして徹底的に批判的な哲学の音色を奏ではじめる。

第五節　漱石文学のリアリズムの道

『三四郎』の明治四十一年夏と『道草』の大正四年夏のあいだには、じつに七年の隔たりがある。とはいえ漱石は大正四年秋の手帳にも、「カント」の名前を書き留めている。「戦争（欧洲）　Kant カラ出タト云フ、Hegel カラ出たといふ」（二十巻、四九〇頁）[7]。しかも小説『三四郎』が密かに見つめていた“〇Empirical realism and a transcendental idealism”の文字列は、通例の実在論《リアリズム》と観念論《アイディアリズム》の区別や写実主義《リアリズム》と理想主義《アイディアリズム》の対置への根本的な批判を含んでいる。そもそもこの二項対立の思考枠組みは、長く西洋の哲学や文芸批評の重要案件でありつづけてきた。だからこそ留学中の漱石も“Realism and Idealism (Illusion)”と題して、三枚三頁にわたるノートを作成していた（二十一巻、604-608頁）。そして修辞学上の「手段」を講述する『文学論』第四編でも、第七章は「現実社会」で「自然に吾人の耳に入る表現法（平凡なるにも関せず）を用ゐ」（十四巻、三六五頁）た「写実法」を主題化する[8]。大学講師漱石は十八世紀以降の文学の「写実的幻惑」技法を、他の伝統的な「聯想法」や「対置法」を駆使した「詩的幻惑」（同、三六六頁）と対比する。そしてその延長線上で近代の「写実派」が、「浪漫派」「理想派」「古典派」（同、三七一頁）と鋭く対立していることを指摘する。しかも漱石の考察は、そういう表面的な党派対立を相対化する方向へ動いている[9]。

リアリズムか、それともアイディアリズムか。そういう単純素朴な選言を超えた言語論的反省の法廷で、漱石詩学は徹底して批判的に思索する。いまその細部には立ち入れないが、彼がオースティン（一七七五-一八一七年）の写実技法を高く買っていたことだけは、やはり確認しておかねばならない。

> Jane Austen は写実の泰斗なり。平凡にして活躍せる文字を草して技神に入るの点に於て、優に鬚眉《しゅび》の大家を凌ぐ。余云ふ。Austen を賞翫する能はざるものは遂に写実の妙味を解し能はざるものなりと。（同、三七四頁）
>
> 取材既に淡々たり。表現亦《また》洒々として寸毫の粉飾を用ゐず。是真個に吾人の起臥し衣食する尋常の天地なり。此れ尋常他奇なきの天地を眼前に放出して客観裏に其機微の光景を楽しむ。もし楽しむ能はずと云はゞ是喫茶喫飯のやすきに馴れて平凡の大功徳を忘れたるものゝ言なり。（同、三七八頁）

漱石の文学論講義は『高慢と偏見』（一八一三年）の冒頭部分を長く引き、「此一節は夫婦の全生涯を一幅のうちに縮写し得たるの点に於て尤も意味深きものなり」（同、三七九 - 八〇頁）と好評する。同じ批評は十年後の『道草』の任意の場面に当てはめても、大方の賛同を得られるだろう。[10]しかも最晩年に彼が構想した「則天去私」の文学論は、オースティンの写実法を眼目にすえていたとも伝えられている。[11]

そもそも「真個に吾人の起臥し衣食する尋常の天地」をありのままに直視して、「自然に」「表現」するのが「経験的実在論 empirical realism」の文学がめざすべき見地なのだとすれば、そしてまたつねにすでに言語的に分節された「平凡」なる経験的実在界を、端的に「絶対に」丸ごとそのまま「現象」であり「表象」だと洞察した〈実在即現象、現象即実在〉の視座こそがカントの「超越論的観念論」だとすれば、『三四郎』ノートが見つめた「経験的実在論にして超越論的観念論」の批判的反転光学は、あくまでも類比的ながら「明暗双双」の四文字に重ね合わせることができるだろう。しかもわれわれの間テクスト的な読解は、いまや漱石宿痾の厭世的世界観の帰趨を決定的に左右する岐路に立っている。彼はこの問題を、真面目に徹底的に考えぬいた人である。だからこそまさに職業作家としての出発の直後に、漱石はカント批判哲学の核心部と出会ったのである。

そうである以上、「現象即実在、相対即絶対」と「経験的実在論にして超越論的観念論」との論理的な構造連関を、さらに深くさぐってみるのも、われわれの漱石読解の一環としては充分に許されるだろう。のみならずわれわれが現に生きる近代の、批判的な世界建築術の課題から見ても、この二つの文字列には根本的な近さがある。ところがこの批判的反転光学の本質連関が見すごされるとき、「現象即実在、相対即絶対」の文字列は、むしろプラトン的二世界説や、デカルト的二元論、そして十九世紀的な超越論的実在論の、独断的形而上学の枠組みのもとに理解されかねない。[12]じじつ明治哲学界の中枢では、井上哲次郎がその手の「現象即実在論」を標榜していた。[13]すなわちこの世とあの世を現象的仮象界とイデア的実在界として、相対世界と絶対世界とに分断し、この二項対立図式を「即」の一文字で接着するだけの、単純粗雑で皮相上滑りの形式論理である。

そして西田幾多郎もまた、カントではなくバークリやフィヒテの側に立ち、巽軒井上流の唯心論《スピリチュアリズム》の超越論的実在論を緻密化した「純粋経験」の論理を展開する。すでに序論でもふれたように、西田の『善の研究』の公刊は奇しくも漱石の『門』が単行本化され、『思ひ出す事など』が新聞連載されていた明治四十四年一月のことである。そして漱石が亡くなるのは大正五年十二月だが、序論の注でもふれたように、井上は大正十二年三月まで東京帝国大学教授の地位にあり、隠然たる権威を保ちながら昭和十九年まで生き延びる。西田は昭和三年六月に満五十八歳で京都帝国大学を去り、第二次世界大戦終結目前の昭和二十年六月に死去するまで、宗教的な哲学体系の論理の彫琢に努める。

大正・昭和の哲学界では、この二人に代表されるアカデミズム系の唯心論的な観念論に対抗して、在野の唯物論系の思想も勃興する。ただし両派はデカルト的二元論の延長線上で、超越論的実在論の形而上学的な対立枠組みのもと、根本の真実在を精神とするか物質とするのかを争っていただけのことである。そういう哲学の抽象的な議論を背景として、しかもこの世とあの世の二世界論的分断を暗黙の基盤にすえ、遺憾ながら漱石の「則天去私」や「現象即実在、相対即絶対」は、巽軒流の安直な「即」の延長上で理解されてきた[14]。そしてそこから「則天去私」の悟達神話が顔をのぞかせてくる。他方、この手の解釈に反発して「則天去私」を作家生来の現実逃避の「吐息」とみた若い江藤の批評もまた、じつは同じ二世界論的前提に盲従していたのである。表面上敵対するかにみえる二つの評伝言説は、じつは同根の形而上学的思考に囚われている。そして『行人』の一郎は、まさにこの手の二元論的対立図式に囚われて、あれだけの辛酸を嘗めていたのだ。

これにたいして我らが漱石《テクスト》は『三四郎』構想のメモ書きのなかで、バークリの「超越論的実在論、事実上結果的には経験的観念論」ではなく、カントの「経験的実在論にして超越論的観念論」を採用した。そして修善寺大患の出来事を、あの「縹緲」たる「大空」のもとに想起反省して、『思ひ出す事など』の批判哲学的な詩学のうちに定着させた。ゆえに『行人』「塵労」篇は、一郎の「セッパ詰まつた」絶対追求の論理を脱臼させ、根本から軽々と反転させることができたのである。そしてさらには硝子戸を開け放って広く外界を見わたし微笑する方角へ、対話的弁証法的に向かわせることができたのである。そのようなテクスト読解上の仮説のもと、プラトン的伝統の「超越論的実在論」の二世界説的な論理とは「逆に」、むしろカント批判哲学の視座から「現象即実在」の意味を解釈すれば、こうなるだろう。

第六節　徹底的に批判的な経験的実在論

すなわちこの世で人間が経験しうる諸事象——可能的経験の対象としての「物 thing, Ding, res」——は「一般 überhaupt」に、外なる物質も内なる精神も（つまり物理的存在も心理的存在も）純粋知性の対象たるイデア的本体的な「物自体 Ding an sich selbst」ではなく、感性的直観に立ち現われるかぎりでの「現象 Erscheinung」としての物であり、その意味でやはり「表象 Vorstellung」であり「観念 idea」にすぎない（超越論的観念論）。しかし感官に直接現象し、現実的に知覚され、ここに表象されている経験の対象こそが、われわれ人間にとっての実在《もの》である〈経験的実在論〉。だから批判的啓蒙近代の新たな哲学は、人間的認識の実在性《リアリティー》の本領をこの世の「経験という肥沃な地盤」のうえに見いださなければならない。人間は「経験的実在論にして超越論的観念論」という批判哲学の根本視座のもと、〈実在即現象、現象即実在〉たるこの世に生き、ともに住まい語らい、ほかならぬこの大地のうえで死んでゆくのである。

世界を無から創造する超越絶対神の「直観的悟性 intuitiver Verstand」のように、超感性的な「知的直観 intellektuelle Anschauung」の力があるわけでなく、どこまでも有限な理性——すなわち言語分節的な「論弁的悟性 diskursiver Verstand」——しか持たぬわれわれは、本体的物自体の「概念」を考えたり、語ったりすることはできても、これを客観的かつ規定的に認識することはできない。ゆえに物自体はわれわれ人間にどこまでも不可知である。人間が直観により直接ふれることができるのは、感官に現象し受容されて表象されたかぎりでの物だけである。ただしこの種の対象の現実存在については、われわれの経験に基づき地道に安全確実に「討議 Diskurs, discour, discorse」することができるのである。ところが物自体と言われてきたものについては、それがあるともないとも論証できない。ゆえに、ありてある神だとか死後生存する霊魂もふくめて、感官をはなれ独立に存在する本体的物自体をこそ真実在として措定するような、プラトン－デカルト主義的な「超越論的実在論」は、やはり独断的であり根本的にまちがっている。

　プラトンの「イデア論 idealism」の真意はしかし、道徳的実践上の理想主義《イデアリスムス》からする現実批判にあったはずである。われわれ人間の、この世のより善き生のための批判的な建築術的討議においては、彼岸のイデア界の超越的真実在を独断的に主張するのでなく、人間的自由の理念《イデー》や、法、正義、共和国、国際平和といった一連の政治《ポリス》的理念について、その無矛盾的思考の可能性を確保するのが肝要である。そしてまたそういう理念の語りの信憑性だけでも確保されたならば、すでにそれで実践哲学の原理論としては充分である。それから後は、ここに開設された近代の公共圏の討議の広場で、諸理念の全世界的な共有を読者公衆に呼びかけて、現実の政治的共同社会の具体案件を個々にねばりづよく処理してゆくだけのことである。

　われわれ世界市民の生きるこの新たな時代に、プラトンのイデア論を「作者が理解したよりも一段と好く理解しようとする」（A314 = B370）のであれば、イデア的本体の自立存在を彼岸に想定する「超越論的実在論」の教義を全面的に転覆し――「それより逆に行つた方が便利ぢやないか」――、むしろ実践哲学的な真意のほうを充分にくみとってゆかなければならない。ゆえにわれわれは、物自体の自立存在の形而上学的ドグマからは決然と身を翻し、批判哲学的な「超越論的観念論」の見地をすすんで採用して、この世に生きるわれわれに唯一可能な「経験的実在論」の視座を、「一般の人類」に共有のもの《レス・プブリカ》として確保しなければならないのである。

　カント没後二百年余りを経たいまこの時に、あらためて百年前の漱石との対話をとおして、批判哲学の真意を「より良く理解」しようとするのであれば、きっと右のようになるはずである。拙稿が漱石とカントを重ね合わせて論じてきたのは、くりかえすが、そこに何らかの影響関係を主張するためではない。そしてまた「経験的実在論にして超越論的観念論」のカント的視座と、漱石の「現象即実在、相対即絶対」、「明暗双双」「則天去私」が、事柄としてまったく同じだなどと言うつもりもない[15]。ただすくなくともこれらの言葉――彼らの思索の根源句――が語りだされた時には、すでに超越絶対神の死の影は否定しがたく兆していた。しかも十八世紀末および十九世紀末の、二つの大転換期に公表された東西の批判哲学的な反転光学は、あくまでも類比的《アナロジカル》にせよ、注目すべき重なりを示している。この世界観の構造的対応の意味するところを、二十世紀末転換期を経験したいまここで、われわれのつねに新たな批判的啓蒙近代を切り開くべく、あらためて間テクスト的に探索することは、目下の世界史的な状況に照らしても喫緊の課題である。

閑話休題。考察の本筋に立ち返ろう。漱石晩年の「微笑」の語りを生みだした根本視座は、けっして超越的絶対的な「神の眼」という筋のものではない。それは天上のあの世の彼方から、この世の大地を見おろす垂直の視線ではない。むしろ「世の中」の人間の近みに坐して語らう水平的な広がりと、経験的実在的な深みをそなえた眼差しである。だからまた〈神の全知視点〉なる学術用語に無批判に依りかかり、『道草』や『明暗』を云々すべきではない。たしかに「相対即絶対」「則天去私」という往相の語りは「ふわ〳〵と高い冥想の領分に上つて行」って、「雲の上から見下して笑ひ」かけているかのようである。その意味でこれは、たんに地べたを這う〈猫〉の素朴な実在論とは違い、個別具体の〈吾輩〉視点に縛られぬ自己批判的な超越性をもつ。しかしこの超越は、つねにこの世の「不快の上に跨《また》がつて」いる。

しかもこのテクストが「一般の人類をひろく見渡しながら微笑し」ているのは、具体的な個々人《わたくし》の「頭 Haupt」を「こえて über」自由闊達にわれわれが語らい、ほかならぬこの経験的実在界のより善い可能性を広く展望するための、人間的な「意識一般 Bewußtsein überhaupt」の超越である。つまりそれは古来の「超越的 transzendent」な形而上の高さではなく、カント的な「経験のアプリオリな可能性」の「超越論的 transzendental」な広さをめざしたものである。かなり微妙な違いではあるが、この本質的で根本的な差異を見のがさないようにしたい。そして「超越」という語をできるだけ慎重に、批判哲学的な節度をもって用いることにしたいのである。

第七節　経験的実在界の明暗反転光学

漱石文芸の根本視座は、人間が生き死にする経験的実在界にふみとどまっている。そして言語論的に開かれた討議的で相互批評的な連帯を、私利私欲の現実機構の超克に向けて「世界市民的 weltbürgerlich, cosmopolitan」な見地から呼びかけている。ゆえに最晩年の「則天去私」の「天」も、けっして宗教的で形而上学的な――ときとして党派的で秘教的な独断教義にもなりかねない――孤高超絶の「天」ではない。それはむしろこの世の大地的で大空的な、天然自然の「天」なのである。

しかもたんに東洋的な「天」の響きにのみ自足自閉することなく、たとえば十八世紀後半から十九世紀初頭の英国詩人たちの謳う「ネーチユア」にも鋭く耳を澄まして、「之を翻訳して自然と云ひ、天然と云ひ、時に或は天地山川と訓ず。人工を藉《か》らず有の儘に世界に存在する物か、さなくば其物の情況を指すの語なり」（十三巻、一二一頁）と解することで、作為人為的な各国語の境界を超えて言語活動的に広がり繋がり合う、われわれ「人間」の新たな批判的啓蒙近代の「天」にちがいない。かくしてわれわれの批判哲学的創作家は、自身の文学研究と制作のパロールがそこから生まれでてきた、諸言語体系のあわいの気配を平常底に感受しながら、日々の原稿執筆の文机の前にみずからおのずと「帰つて来」た。

ゆえに「明暗双双」の往還反復は、けっして此岸世界と彼岸世界のあいだの事柄ではない。こちらからあちらへと境界線を超えて行き、そしてまたこちらに帰って来る、そういう空間的な往復のイメージで事柄を理解してしまうと、肝腎の比喩の骨子を見誤ってしまう。この問題点をカントの用語に置き直せば、漱石の「明暗双双」は感性界と叡知界、現象界と物自体界のあいだでの往還では断じてない。それはむしろ同じ感性的な経験の地盤のうえで、この現象的な実在界にいながらにして、現実の「世の中」の存在《もの》を見る二つの相即的な局面相《アスペクト》の、不断反転光学の視座として理解しなければならない。われわれ人間は現に経験界に語らいつつ生きている。ここにこうしてある私《わたくし》たちとしては、この経験界を唯一の実在世界として、端的に「絶対に」事実認定するよりほかにない（empirical realism）。しかも同時にここでの経験的実在把握を実体化せずに、その手の物象化的な執着からはさらりと身を翻し、この世の物事を「一般的に」見わたして、これを現象的な表象世界だと見切るのである（transcendental idealism）。「経験的実在論にして超越論的観念論」。この一句は、かかる汎現象・汎観念の経験的実在界を見つめる、光学的局面間の不断反転を示唆するものである。そのような往還反転の世界光学に沿った批判哲学の根本視座は、たしかに表面上は静穏不動である。しかしその感性的理性の言語批判の反転光学は、この世に住まい語らうわれわれのもとで、不断に作動する動態的かつ現実形成的なパロールの視座である。またそのようなものであってこそ、「現象即実在、相対即絶対」の「明暗双双」たる方法論的視座は、批判的啓蒙近代の真に新たな物語り世界を建立できるのであり、さらにはその不断に徹底的に批判的な言語行為により、〈われ‐われ〉人間の――つまりこの私や特定の民族や国民にして人類一般の――経験的公共世界を、より善く建築しつづけてゆくことができるのである。

森羅万象の物は一般に、われわれ人間の相対世界のいまここに数々の言葉とともに現象する。そしてこの経験世界が端的絶対的に、唯一の実在世界である。その背後や彼岸にあると言われてきた本体的絶対世界は、この「相対即絶対」の経験的実在界にたいし、どこまでも相対的な絶対にすぎない。あるいはまたそのようなものとして、われわれの分別的な知性が考えだした伝統形而上学の架空《フィクション》の概念《ことば》にほかならない。しかもそうした絶対世界を仮構する思考の作法は、それぞれの特殊言語体系《ラング》や宗教文化圏で相違しており、互いに異なる無制約者（とりわけ「神」という名の絶対者）や多彩な真実在の絶対世界を、それぞれの仕方で実体化し信仰してきた。ゆえにまた各種の「絶対」を独断的教義的《ドグマティッシュ》に掲げる党派《われわれ》――民族・国民・教団・宗派等――のあいだでは、血なまぐさい原理主義の争闘の歴史が「継続」してきたし、いまもこれからも「継続」してゆくのだろう。

われわれの生の彼方に措定された絶対世界は、いわば此岸の相対世界そのものにたいしても、現実の歴史的相対世界の内部でも、つねに相対的なのである。そしてこの意味では表面上、「絶対即相対」という皮肉な事態も成り立っている。しかし漱石の「相対即絶対」は、かかる「形式論理」の問題ではない。「現象即実在、相対即絶対」という批判反転光学の「推移」は、もっと「実質」に即して摑み取らなければならない。考えているだけで、そこへ行けるかどうかは心もとない。しかしわずかでもその「実質」に近づきうることを切に願って、もうすこしだけ漱石とともに考えよう。

Hさんは手紙のコメントで、二郎にむけて（そしてまた小説の読者にたいし）、「絶対に物から所有される事、即ち絶対に物を所有する事になる」のではないかと述べていた。先にも注目した「絶対に」という副詞のうちに、肝腎の実質に近づくための鍵が隠されている。「所有する」の態の自在な変換を可能にする、名詞「絶対」の軽やかな副詞化にこそ、「双双」の往還反転光学への道の端緒があるのではないか。そういう上述の解釈仮説のもとで、さらに「現象即実在」と「相対即絶対」のあいだの、まさにこの順序の「推移」における「即」の連結論理の妙味をさぐりたい。

単純な二世界論の図式に乗っかって、「現象」的「相対」世界と、「実在」的「絶対」世界とを存在的に区別したうえで、これを無理矢理に「即」で接着するような――巽軒井上流の「現象即実在論」の――形式論理に甘んじることはもはやできない。副詞「絶対」を「絶対なるもの」として名詞化したり、「死後の世界」という物の在り方の形容と見なしたりして、「絶対」や「絶対世界」を彼岸に実体化する道はとれない。だとするならば、そのように「絶対」を向こうにまわすのではなく、「逆に」こちらに引きうけて考えてみたらどうだろう。われわれ人間が現に住まう現象世界。あの物やこの人がそのつどのいまここに立ち現われてくる相対世界が、そのまま直ちに端的に「絶対に」物があり、われ、われわれ、万物があると言いうる経験の実在性の言語活動《ランガージュ》の場所である。つまり「相対即絶対」の「絶対」は、相対世界をそれとしてそのまま「絶対に」、いかなる異界他界との対比も区別も絶して、ここをただひたすら唯一絶対の実在界として受けとめる「人間」の世界観上の、われわれの現実の生き方の、「創作家の態度」の、根本姿勢にかかわる副詞的な「絶対」である。

われわれはこの相対世界を、そのようにして「絶対に」「所有する」。このことは「逆に」根柢的には、われわれがこの唯一の相対世界に「絶対に」「所有され」ており、つねにすでにここに投げだされて所属して「ある」ということである。絶対にこの世界に所有されることで、この世界を絶対に所有する。それはわれわれがこの場所で、あの世への逃避超脱を夢見ることなく、絶対的に住まうことである。われわれ人間はほかならぬこの世で現に生きており、やがてここで死んでゆく。この〈生死一貫〉を絶対的に覚悟すること。漱石の言う「相対即絶対」の「絶対」とは、われわれと世界がそのように「有」の「場所」を「絶対に」共有する、「所有」関係の様態《ありかた》を示す副詞である。われわれ人間がつねにすでに現に住まってある相対的な世の中を見わたす、根本的な経験的リアリズム。この世にある物一般をまなざす思索的で詩作《ポイエーシス》的な超越論的観念論の、現実批判の言語活動の眼のありよう。それを端的に言いあらわす世界観的な視覚光学《オプティク》上の副詞的な「絶対」である。

こうした「現象即実在、相対即絶対」の視座がひとたび会得されたなら、そこで初めて古くからの二世界論的な区別の言いまわしも――そしてそれに依拠した宗教的な諸言説《ディスクール》も――いわば人間の討議的な物語り行為の公共圏のうちで、新たに批判的な世界建築術的意味を獲得することができるだろう。それはもちろん二つの世界を実在的・実体的に区別して、この世からの逃避を促してみたり、あるいは二世界を「即」で短絡させたりするような、従来型の語りであってはならない。この世とあの世を切りはなし、われわれの生と死とを分断させるだけでなく、人間相互を教条主義的・独断論的に敵対させることで、この世の生を居心地悪く空しくするような伝統的二世界論の形而上学には、哲学的・文学的な世界建築術のうえで、創造的・生産的な機能を期待できない。ましてやそのような世界観的イデオロギー対立を現に惹起しておきながら、しかもすべては無であり空なのであって、それこそがただちに真実在だなどと言うのだとすれば、これは哲学の名を借りた無責任で皮相上滑りで、まやかしの形式論理である。

　地上界と天上界、この世とあの世、現象界と物自体界、感性界と知性界。こういう一連の伝統的な概念分節は、あくまでもわれわれの住まう唯一の〈実在即現象、現象即実在〉の経験世界をめぐって繰り広げられる、もっと軽やかな認識と思惟と語らいの言語文化上の事柄として理解しなければならない。そしてこの論弁的《ディスクルシーフ》な人間世界を「雲の上から」「ひろく見渡しながら微笑して」語らう、つねに新たな批判的啓蒙近代の哲学と文学の道へとどこまでも解体構築してゆかなければならない。そのようにして初めて旧来の二世界論の現世来世の往還の言葉も、この世界市民的な複数主義の開けのなかで新たな批判的意義を獲得することができるだろう。そしてわれわれの世界建築術の歴史物語りに、より善いしかたで寄与しつづけることができるはずである。

注

（1）三十二歳の萩原朔太郎は、大正六年十一月中旬（推定）の高橋元吉宛書簡に書いている。「今日、夏目さんの『行人』をよみました、／以前に一度讀んだのですがまた讀みたくなつて古い本箱からひき出してきたのです、／あれは何といふ立派な小說でせう、日本人の書いた文學の中でこれほど深酷なものがあるでせうか……〔中略〕……私の深酷といふ言葉は畫題を意味するものでなくて創作の内面にある人間性の深みを意味するものです……〔中略〕……／夏目さんの『行人』の深酷さは、ほんとの深酷です、我々の心に實感から響いてくる近代生活の恐ろしさです……〔中略〕……あの『行人』の中にある『鹿労《〔ママ〕》』の長い手紙が語るものこそ、實にあなたや私を始め近代における日本人の青年の苦腦《〔ママ〕》を語り盡したものではないでせうか、／『かうしては居られない、何かしなければならない、併し何をしてよいか分らない』／これです、この聲が我々にとつていちばん恐ろしい聲なのです」（萩原、十三巻、一八三－四頁）。

（2）「行人」を「生人」とか「使者」と解した先行研究を批判して、加藤二郎は言う。「『行人』の意味はより一般的に、旅人、道行く人でよいと思われる。漱石漢詩には已に、『驛馬鈴聲遠　行人笑語稀』（明治二十三・九作五言律の頸聯）、『秋風吹落日　大野絶行人』（明治三十・一二作五言律の頸聯）という、二例の『行人』の語の使用例もあり、その意味はいずれも『旅人』としてのそれである」（加藤、一九九九年、五〇頁）と。『禅林句集』と漱石詩学との間テクスト的な連関を加味した加藤の指摘は、十二分に説得的である。

（3）別荘には「勝手口の井戸の傍に、トマトーが植てあり」、「それを朝顔を洗ふ序に、二人で食」べたりすることも（八巻、四三四頁）、ささいな事柄だが、重要な意味をもっている。この一事を絶対衝迫の観念的闘争と対照してみれば、それが意味することの大きさは歴然である。明治四十五年の夏、ちょうど天皇が七月三十日に死去する前後に、漱石は菅虎雄の世話で鎌倉材木座紅ヶ谷の田山別荘を借り、門下生の岡田（後に林原）耕三に託し、子供たちをひと月ほど滞在させて、自身もしばしばここに泊まった（『漱石研究年表』、七二一‐五頁、参照）。七月二十一日の日記に、漱石は次のように記している。「子供を鎌倉へ遣る。一汽車先に行つて菅の家に入る。二階から海を見る。涼し。主人と書を論ず。何紹基の書を見る。午後子供のゐる所へ行く。材木座紅ヶ谷といふ。思つたよりも汚なき家也。夏二月にて四十円の家なれば尤もなり　庭に面して畠あり、畠の先に山あり大きな松を寐ながら見る。其所は甚だ可」（二十巻、三九八‐九頁）。

（4）この逆転の発想の地点にいたるべくテクストは周到にも、「山を呼び寄せ」て山が動かぬと見るや否や、むしろ「すた〳〵山の方へ歩いて行つた」という「モハメッド」の話を、「宗教の本義」として布石を置いている（八巻、四一五頁）。

（5）かくいう筆者も高校時代は『行人』一郎の思考に心酔し、その苦悩に深く感情移入して、哲学の道を志したのだった。そのときはHさんの東洋趣味的な印象の応答ぶりには、何か肩すかしをくらったような、だまされたような、反発の苛立ちさえ覚えたことも生々しく記憶している。それから三十年あまりを経過して、ふたたび漱石のいた場所に帰って来たいま、そのテクスト全体の語りの妙味が、すこしだけ聞こえてきたような気がしているのである。

（6）同様の解脱希求の我執について、かつて『夢十夜』の第二夜は、武士の生死をかけた自負心をアイロニカルに主題化した。そのときはこの「侍《さむらひ》」と「和尚《をしやう》」との「悟《さとり》」（十二巻、一〇三頁）をめぐる僧房内での、垂直的な懸命のやりとりの内に何かが志向されていた。侍は「短刀を鞘へ収めて右脇へ引きつけて置いて、それから全跏《ぜんが》を組んだ。――趙州《てうしう》云《いは》く無《む》と。無《む》とは何だ。糞坊主めと歯噛《はがみ》をした」（同、一〇四頁）。それがいまは二人の知己の対等な語らいの日々に、同じ主題が論理的により緻密に、根柢まで掘り下げて分析されている。

（7）最後の随筆『点頭録』に向けて、欧州の哲学批評言説を批評した言葉は、すでに本書序論の注でも引いておいたが、その意味するところはいまや明白である。第一次世界大戦が、これら二人の哲学者から直接帰結したとも思われないが、しかしヘーゲル、ショーペンハウアー、ハルトマンの一連の超越論的実在論の形而上学は、トライチュケ、ビスマルクの帝国主義・軍国主義の「意志」の形而上学と癒着する危険が濃厚であり、カント批判哲学の世界反転光学はそれに早々と警鐘を鳴らしていたのである。ちなみに大正四年の『硝子戸の中』に盛るべき素材の候補を列記したと思しき「断片六三A」にも、「カーライルはジェイン・オースティンを読んだ。／トランスヴァール総督スマッツはカントの『純粋理性批判』を読んだ。／マルクス・アウレリウス、ジュリアス・シーザー、背教者ジュリアン」という意味深長な英文三行（二十巻、四七三頁）も見える。

（8）「英文学概説」講義（明治三十六年九月から三十八年六月まで）の原稿の整理を、漱石は三十九年五月頃に中川芳太郎に依頼した。『文学論』出版のためである。漱石は同年十一月頃からその原稿に朱を入れはじめ、とくに第四編第七章以降は「悉く」「稿を新に」（十四巻、一七頁）したものとなっている。『文学論』は四十年五月七日付で大倉書店から刊行されたが、『文芸の哲学的基礎』の講演は四月二十日、その新聞連載は五月四日からであり、この一連の詩学論考が職業作家漱石の出立地をなしている。

（9）漱石の留学中のノートには、「〇 Ibsen ノ medical science ノ real ナラヌコト。M. Nordau. 然シ素人ニハ是ガ real ナリ」（二十一巻、605頁）とあり、また「〇 idealism ト realism トガ時ニ応ジテ変化スル例」（同、608頁）への注目がある。

（10）『門』の「宗助やお米の言葉は、如何にも自然とたくまずして眞に迫つて居る」（第二次『新思潮』明治四十三年九月号、谷崎、二十巻、八頁）と評したとき、谷崎は同時に、その非自然派的な虚構を指摘した。「『門』は『それから』よりも一層露骨に多くのうそを描いて居る。其のうそは、一方に於いては作者の抱懐する上品なる――然し我々には縁の遠い理想である。一方に於ては先生の老獪なる技巧である」（同、三頁）。「先生は『戀は斯くあり』と云ふ事を示さないで『戀は斯くあるべし』と云ふ事を教へて居られる。先生に依つて教へられたる戀は、僕の考へて居るものよりも遙に眞面目で遙に貴いものである」（同、六－七頁）。しかし「宗助が鎌倉へ參禪に行く所は、如何に見ても突飛であらうと考へる」（同、九頁）と。漱石と谷崎の方向はおのずと異なるが、この批評は一考に値する。『道草』テクスト全篇の自然な語り口は、この若者の挑発を真正面から受けとめた漱石詩学からの応答である。

しかし谷崎は後年の「藝術家一家言」（『改造』大正九年四、五、七、十月号）で言う。「『道草』には殆ど終りまで讀み切れないほどに非道く失望し、『明暗』にも――此の作者の絶筆であり且つ傑作だと云はれて居る『明暗』にも、可なり失望させられた」（同、二六頁）、「『明暗』を讀んで變に忌まく〳〵しい氣持」（同、二七頁）になった、「私をして忌憚なく云はせれば、あれは普通の通俗小説と何の擇ぶ所もない、一種の惰力を以てズルズルベツタリに書き流された極めてダラシのない低級な作品である」（同、五八頁）と。この酷評の眼目はしかし、すでに文章の自然な運びとは別の点、すなわち「藝術的熱情」「つまり自分の筆の力で、一箇獨自の世界を盛り上げんとする熱情」（同、三二頁）や「藝術的感激」（同、三四頁）、「藝術的感覺」（同、三七頁）といった、耽美主義《エステティシズム》の方角に大幅に移行している。とはいえ、思想や議論やリアルな心理描写よりも筋の趣向と肉体の美学を重んじる谷崎に、『明暗』テクストはやはりこの批評の連載をおのずと駆り立てて、先達とは異なる「私の藝術觀を訴へるのに此の上もない機縁」（同、四二頁）を与えたのである。そういう漱石詩学の力をこそ問い究めたい。

(11)「則天去私」の含意する「天然自然」が、人事にせよ自然にせよありのままに「自然に」映す写実の芸術作法にかかわる副詞的本性のものであることも、漱石のオースティン評価からは確実につかみとれる。『三四郎』の新聞連載が終了したばかりの頃、漱石の談話記事『小説に用ふる天然』（『国民新聞』、明治四十二年一月十二日）は、その案件に深く斬り込んで言う。「ゼーン、ヲーステン女史は、作中に天然を用ゐないでも、巧みに纏まつた作を出して居りますが、コムラツド氏に至ると、天然に耽るの結果背景に取り入れた天然の為めに、却つて一篇の作意を打壊はして居る事があるやうです」（二十五巻、三三八頁）と。漱石山房の*Pride and Prejudice*（1899）, *Sense and Sensibility*（1898）, *Emma*（1899）への英文書き込み（二十七巻、三〇‐三一頁）にも同じ趣旨が読み取れる。

(12) 小宮豊隆は当該断片について言う。「我我は漱石の、少なくとも觀念の世界に於ける、前進を具體的に認めることができると思ふ。ここでは、曾て死に向つて和解の手が差し伸べられたと同じ意味で、漱石によつて、生に向つても和解の手が差し伸べられてゐるのである。『生を厭ふ』是までの立場から、漱石は『生を厭ふといふ意味があ』つてはいけないといふ、新しい立場に移らうとする。さうして『相對卽絶對』・『現象卽實在』と見得る立場に移らうとする。是は言ふまでもなくゲーテが『ファウスト』第二部の最後でChorus myst[i]cusに合唱せしめた、地上の一切のものは單なる比喩に過ぎないといふ詩句の思想と同一の思想を表現するものである」（小宮、一九五三年、三、二四八‐九頁）と。たんなる現世忌避を克服する「新しい立場」をここに見る点で、小宮の解釈も的外れではない。しかし、この世の生を「天の『比喩』〔Gleichnis〕であり、天への復歸を促す天の模寫である」として、「狗子に仏性を見る境地」を晩年の師に仮託するとき、小宮の「思想」は死後の「實在」の世界と、この世の「現象」を対置する二世界論に陥っており、しかも「死は私のない天に歸ることである」（同、二四九頁）と安易に言うことで、われわれ人間が帰還するべき場所を倒錯している。「則天去私」とファウストの昇天との「同一」を見る小宮は、漱石詩学の基本趣旨を決定的に読みまちがえている。

（13）　巽軒井上は明治三十年五月発行の『哲学雑誌』に「現象即實在論の要領」を発表し、自身の「現象即實在論（Identitäts-realismus）」を「圓融實在論（Einheitlicher Realismus）」と称して、カントの「批評的唯心論（Kritischer Idealismus）」やフィヒテの「主我的唯心論（EgoistischerIdealismus《〔ママ〕》）」、シェリングの「客觀的唯心論（Objektiver.Idealismus《〔ママ〕》）」、そしてヘーゲルの「絕對的唯心論（Absoluter Idealismus）」に対置する（井上、九巻、一五三‐五頁）。その主意は「實在と現象は畢竟同一の世界なり、現象が實在によりて生ぜられたりと云ふよりも現象其物が即ち實在なり、實在と現象とは吾人抽象して之れを區別すれども、是れ本と一身兩様同躰不離にして根柢より異なるものにあらず、現象を離れて實在なく、實在を離れて現象なく、兩者は合一して世界を成せり、世界は吾人に兩様に表象せらる」（同、一五九頁）という点にあって、一面で見るべきところがある。しかしながらその「實在」概念はどこまでも伝統的な超越論的実在論の域にとどまっており、ゆえに「現象は差別なれども、實在は無差別なり、現象は變化的なれども實在は常住なり、現象は認識すべきも、實在は不可知的なり、現象は吾人が客觀世界に於て經驗する所にして、實在は吾人が直接に内部に於て自證し得る所なり、之れを要するに、現象は有形にして實在は無形なり、是故に現象は形而下にして實在は形而上なり、是故に哲學にありては其研究の目的は形而上なる實在の觀念を明晰にするにあり」（同、一六一頁）という、通り一遍の形而上学的解説に堕してゆく。そして『巽軒論文二集』（明治三十四年）に収められた論文「認識と實在との關係」では、「一如的實在」（井上、三巻、二〇一頁以下）なるものが語られる。さらに大正四年の『哲學と宗教』には、唯物論と「唯心論 Idealismus」の対立を止揚して、「物質的現象」と「精神的現象」を結び付ける「根本原理卽ち實在」（井上、五巻、六七頁）を立てる「現象卽實在論」（同、六八頁）は「主として認識的方面から言つた」のに対して、「之を又本體論的に言ふと寧ろ圓融實在論と言つた方が宜い」（同、六九頁）との発言もある。かかる巽軒流の「現象卽實在論」との批判的な対話も徹底遂行したいところだが、別の機会にゆずらざるをえない。

（14）　この意味の「実在」理解に関連していえば、「塵労」篇執筆中と思しき大正二年九月一日、俳人沼《ぬ》波《なみ》瓊音《けいおん》（本名武夫）の著書謹呈への礼状を、漱石はこうしたためている。「啓始めて確信し得た全実在は頂戴した其日に読みました私は何より先にあなたの意気とあなたの心持とに感服しました……〔中略〕……近頃は小説も評論もいくらでも出ます然しあゝいふ方面の事はだれも考へてゐません、所があゝいふ方面の事は窮所迄行くと是非共必要になつて来ます人の事ではないみんな自分の頭の上の事です私はあゝいふ意味の事で切実な必要を感じつゝいまだ末程《〔ママ〕》の地に迷つてゐますどうかしなくてはならないがどうもなりません平生斯うだと思ひ詰めた事もいざとなるとがらりと顚覆します、全く定力が足りないからだと思ひます」（二十四巻、二〇〇頁）。

朴裕河はこの書簡に注目して、沼波の『初めて確信を得たる全実在』（同年七月二十八日刊）こそが、「『行人』を中断していた漱石に強い刺激を与え、一郎の苦悩を中心として観念的な展開となる「塵労」を書かせ、結果的に『行人』を現在の『行人』のような形にした」（朴、二〇八頁）のであり、制作時に「『モハメッド』の名を思い出す直接のきっかけとなった」のみならず、「不安、神経衰弱、神経衰弱の果ての姿としての狂気や自殺、科学観、『実行』の強調」（同、二一〇頁）などの点で、一郎の造形に大いに寄与したと強調する。朴はさらに沼波の著書には「西田幾多郎の『善の研究』（一九一一年）の説く『純粋経験』論の影響がうかがわれる」と述べ、「形而上学的な実在の把握への欲求としての『実在』という観念」を説いた『善の研究』が、「沼波や一郎の考えと非常に近い考えを語っていた」（同、二一七頁）と指摘する。朴はそのあたりを論拠として「沼波に親近感を示す漱石の思想がどこへ向かっていたのか」を推定するのだが、ここにはかなり乱暴な論理の飛躍がある。西田、沼波、一郎が「似かよっている」（同、二一六頁）と言うのは良いとして、それら同時代人たちの実在思想と、小説『行人』総体や、最晩年の「則天去私」、そして漱石というテクストを、はたして同列に扱ってよいものかどうかについては、もう少し慎重に精査してみるべきである。

(15)　序論でもふれたことだが、明暗双双とカントの視座との決定的な差異を比喩的にいえば、その往還光学の振幅の大小深浅にある。「経験的実在論にして超越論的観念論」は、この経験世界に生きるわれわれに種々の言語論的な差異が現象する可能性のアプリオリな条件に関するものであり、有限な理性的存在者すべてに共通して妥当する普遍性をもつ哲学的見地だが、その反転光学は第三批判のそれを含めてみてもきわめて抽象的である。それに比べて漱石の明暗双双は、つねにいまここでの大振幅の往還反復を生きる詩学の、具体的な意味形象の新たな実現への根本動向を内奥に宿している。

第十二章　心機一転の文学の道

第一節　芸術制作上の個と普遍

一郎や健三や作者の個的実存の煩悶を、こうして「一般の人類」の世界史的な事象と繋いで考えるのは、はたして見当ちがいの思弁だろうか。「明暗双双」「則天去私」という東洋風の静謐な言葉を、グローバル化のすすむ現代の国際的な喧噪や騒擾とからめて解釈するのは、やはり無粋な仕儀なのか。文学という事柄の意義を政治・経済・社会の現実から隔離して、漱石の午前の『明暗』と午後の漢詩をたがいに切り離して理解したい向きからみれば、本書の論述の推移は法外に的はずれで野暮である。しかし漱石の遺した数々のテクストは、たんなる逃避厭世の文学ではなく、この世の現実を直視し批判しつづける「真の厭世的文学」である。その点がすでに充分明らかである以上、この解釈の冒険も許されてしかるべきである。そして『行人』『心』や『道草』『明暗』を、一群の随筆や書画の現実逃避的東洋趣味とは別系統だと即断した過去の評伝口調の安易さを反省するならば、『硝子戸の中』や『点頭録』が世界の「大きな戦争」への言及に始まる事実を、やはり見すごしにすることはできないのである。

漱石の文学を読むにあたり、ことさらにカントの哲学をからめて論じるのは、この忙しい実業と実学の現世には不必要なことかもしれない。しかし漱石は明治啓蒙の文明開化の渦中にあって、文学的な言語行為を批判哲学的に徹底遂行した人である。しかも彼はカントと没交渉であるどころか、新カント派の一面的なカント解釈が世にはびこるなか、西田の独創などもおよびえぬ高い水準の「自己本位」の読み筋で、批判哲学の精髄を把握する刹那を所有した。そしてみずからの批判的な思索により巽軒《そんけん》井上流の「現象即実在論」の形式論理のドグマから反転して、現世批判の実質論理への帰還を決行した。井上や西田と漱石との同時代性や影響を軽々に云々するのでなく、むしろ漱石をカントとの哲学的な語らいの場へ引きもどしてこそ、彼の「現象即実在、相対即絶対」等の一連の鍵語の論理構造も明瞭になる。そして最晩年の「明暗双双」「則天去私」も、東洋趣味の主観的「心境」などという閉塞域から解き放たれて、もっと大きな広がりをもつわれわれ人間の公的開放的な「世の中」の事柄となる。

テクストの解釈は「自己本位」に自由であってよい。しかも徹底的に批判哲学的な文学の論理は、なによりも事柄の「実質」の「推移」を確実に摑み取るのでなければならぬ。そのような漱石の促しと要請に背中を押され、ここにいまひとつの解釈の語らいの場を大胆にも創設してみたしだいである。長々と鈍重な叙述になりはてたが、寛大な読者にはどうか微苦笑をもって諒とせられたい。そしてできることならもう少しだけ、『行人』をめぐる考察の補完におつきあい願いたい。

人類一般の住む世の中を見渡して微笑する、漱石晩年の語り。硝子戸を開け放った春先の縁側の遙かな広がりぶりから顧みれば、『行人』「塵労」篇に向かう執筆動機には、いまだなお自分一個の救済を最優先に希求するかにみえる、一面の狭さと余裕のなさを指摘することもできる。とはいえそれは同時に小説の言葉の経験的な深さをつうじて、新たな批判的文学の語らいの開けを読者公衆にもたらそうとする極度に集中的《インテンシブ》な狭さである。大正二年七月十八日付の中村古峡宛書簡のなかで、漱石は率直に述べている。

実は先達《せんだつて》より何人にも没交渉にてしかも小生には大いに必要な事のために頭を使ひ居り夫《それ》がため人のためには一切何事を

> なすの勇気も余裕も無之《これなく》「から」の事も存じながらつい其儘に相成居《あいなりおり》候。行人の原稿などは人の事にあらず自分の義務としてもまづ第一に何とか片付《かたづけ》べきを矢張《やはり》まだ書き終らざるにてもしか御承知願上度《ねがいあげたく》候勿論《もちろん》社会とも家族とも誰とも直接には関係なき事柄故《ゆえ》他人から見れば馬鹿もしくは気狂に候へども小生の生活には是非共《ぜひとも》必要に候。それに何とか区切をつけぬうちは中々カラ処の騒でなく全く不人情ながらカラ抔はどうでもよく（小生には）相成居候。貴兄よりは怪しからぬ次第なれど小生には当然の事と覚召《おぼしめ》し被下度《くだされたく》候
>
> 　春陽堂が一体平気でゐるがわるいと存候大兄は又大兄でさう〳〵カラばかり気を揉むべきにもあらず候小生五六行を新聞にかきたりとて六七百冊の本が一時に売れる抔とはのんきな大兄でも想像被成間敷《なされまじく》と存候何事も時節因縁を御待ち被成《なされ》べく候。小生は元来不親切な人間に無之《これなく》候へども目下《もっか》は人に親切を尽してゐられぬ位《くらい》自分が大切に御座《ござ》候其《その》意味は大兄には通じ申す間敷《まじく》候へども大兄をしばらく小生と客観視して想像せば人の事どころではないといふ場合のある事も多少思ひ当る御記憶も想像出来《でき》可申《べく》候。（二十四巻、一八四－五頁）

三度目の胃潰瘍がようやく癒えて、この手紙が書かれた時点では『行人』の全体設計は大きく変更され始め、別の新たな章の増設が「是非共《ぜひとも》必要」となるまでに熟していたのではなかったか。そう推測させるような熱のこもった文面である。(1)「塵労」篇の連載開始は二ヵ月後の九月十八日だが、右に「行人の原稿などは人の事にあらず自分の義務としてもまづ第一に何とか片付《かたづけ》べきを矢張《やはり》まだ書き終ら」ないと述べた「芸術家」の新たな執筆への意気ごみは、現に出現した「塵労」テクストの内実と照らし合わせてみれば、まことに烈しいものだったにちがいない。

「芸術は自己の表現に始つて、自己の表現に終るものである」（十六巻、五〇七頁）。前年の秋、『行人』第一篇の起稿を一ヵ月余り先にひかえた大正元年の十月に、漱石は『文展と芸術』をそう書き起こした。そしてこの鮮烈な芸術家宣言のもと、懸命の覚悟を表明した。

> 　自己を表現する苦しみは自己を鞭撻する苦しみである。乗り切るのも斃《たお》れるのも悉《ことごと》く自力のもたらす結果である。困憊して斃れるか、半産《ざん》の不満を感ずる外には、出来栄えについて最後の権威が自己にあるといふ信念に支配されて、自然の許

す限りの勢力が活動する。夫が芸術家の強味である。即ち存在である。けれども人の気に入るやうな表現を敢てしなければならないと顧慮する刹那に、此力強い自己の存在は急に幻滅して、果敢《はか》ない、虚弱な、影の薄い、稀薄のものが纔《わず》かに呼息《いき》をする丈になる。此時の不安と苦痛は前のそれ等とは違つて、全く生甲斐《いきがひ》のない苦痛である。自己の存否が全く他力によつて決せられるならば、自己は生きてゐると云ふ標札丈を懸けて、実《じつ》の命《いのち》を既に他人の掌中に渡したと同然だからである。

だから徹頭徹尾自己と終始し得ない芸術は自己に取つて空虚な芸術である。（同、五〇九頁）

芸術家としての決意のもと、たんに「人の気に入るやうな」作品かどうかを「顧慮する」のに終始せず、天命たる「自分の義務」を第一に据えるように心がけよ。世間の評判ばかり気に病んでいては、作家としての「実《じつ》の命《いのち》を既に他人の掌中に渡したと同然」だ。ところが手紙の宛名人たる中村古峡は、自作『殻』の公告文として「五六行を新聞に」書いてくれとしきりに依頼してきた。[2] それにたいし『行人』の作者は、続篇にかける自己の気概を示して、丁寧な断り状を書くのである。同じ作家であるならば、そこのところをどうぞ分かってください。そのあたりの本当の「意味は大兄には通じ申す間敷《まじく》候へども」、少しは他《ひと》の身にもなってください。この手紙の言いたいことは、その一点に尽きている。[3]

自己増殖しはじめたテクストを満足のいくまで仕上げることは、「社会とも家族とも誰とも直接には関係なき事柄」だと漱石は言う。これに打ちこむ人間は「他人から見れば馬鹿もしくは気狂に候」とも述べている。小説が描き出す孤独な一郎の煩悶は、表面上たしかに一般社会の「誰とも直接には関係」のない、漱石一個の問題であるかにみえる。そしてこの制作に取りくむ人の態度は、その尋常ならざる真面目さゆえに、じじつ「気狂」じみた印象を周囲に与えていたのでもあろう。しかしここに問われた生死の事柄や我執の根本問題は、この世に住まうすべての人間に共通して不可避の思索案件である。しかも近代世界の自我《エゴ》のあり方に深く関わる事柄として、広くわれわれのあいだで継続的に論じてゆかねばならぬ哲学的文学の懸案事項である。

第二節　死・狂気・宗教

『行人』テクストはこれを「人間全体の不安」（八巻、三九五頁）であり「凡《すべ》ての人の運命」だと診断する。そしてこの問題を「僕一人で僕一代のうちに」（同、三九六頁）極限まで切り詰めて凝縮して見せる。それはまさに私一個の「此特殊な場合《このパティキュラ・ケース》を一般的場合《ジェネラル・ケース》に引き直して見せ」た――ゆえにたんなる私小説などではない――みごとな「小説」（二十巻、四八四頁）の達成である。自分の自我の根柢を徹底的に問いつめて、個我意識の地の底の岩盤を突き破り、人類一般の大きな語らいの場所へ繋がり出てゆく、不思議な広がりを潜在させた新たな物語り行為が今ここにある。(4)

「死ぬか、気が違ふか、夫《それ》でなければ宗教に入《い》るか。僕の前途には此《この》三つのものしかない」
兄さんは果して斯《か》う云ひ出しました。其時兄さんの顔は、寧《むし》ろ絶望の谷に赴く人の様に見えました。
「然《しか》し宗教には何《ど》うも這入《はい》れさうもない、死ぬのも未練に食《く》ひ留《と》められさうだ。なればまあ気違《きちがひ》だな。然し未来の僕は偖《さて》置いて、現在の僕は君正気《しやうき》なんだらうかな。もう既に何《ど》うかなつてゐるんぢやないかしら。僕は怖くて堪《た》まらない」（八巻、四一二頁）

かつて『門』の宗助は宗教に入ろうとして入れないでいた。ゆえに『心』のKも先生も「死ぬ」道を選ぶことになる。そういう一連の実存的な危うさを内奥に抱懐しつつ、小説『行人』は近代的自我の「運命」たる神経衰弱を、漱石一個の経験にも重ね合わせて容赦なく芸術的に主題化する。はたしてこの人は「絶望の谷」の奥底深く、あの狂気の奈落にはまるのか。

Hさんは一郎の今と「未来」を懸念する。しかしこの手紙の執筆の刹那だけは、友が幸いにも隣室で「ぐう〳〵寐てゐ」る気配にしばしの安堵を覚えつつ、「兄《にい》さんが此《この》眠から永久覚めなかつたら嘸《さぞ》幸福だらうといふ気が何処《どこ》かでします。同時にもし此眠から永久覚《えいきうさ》めなかつたら嘸《さぞ》悲しいだらうといふ気も何処かでします」と曖昧な気持ちを書きつづる。二郎宛ての手紙はこの一文で閉じられており、小説『行人』もここに完結したのである以上、一郎一個の実存の帰趨はこの世の現実に生きるすべての人の行く末と同じく、だれにも分からない事柄である。(5) ただ少なくとも漱石はこのたびの精神的危機の再発を、あの対話篇的《ディアレクティッシュ》な文学の実作をとおして、いわば自己関係的な臨床のナラティヴのうちに乗りきることができたのだ。

『行人』「塵労」篇は、そういう危機の実況を活写して読者に「報知」する。ここに極限の密度で書かれたHさんの手紙は、次世代の読者に宛てた文学的な手紙《メッセージ》でもあろう。その宛先の中核には自分につづく若い書き手たちがいる。ちなみに「塵労」連載中の大正二年の十月には、和辻哲郎の『ニイチエ研究』が出版されている。和辻は同書献呈に先立って漱石に手紙を書き寄こし、「殆んど異性間の恋愛に近い熱度や感じを以て」、かつて第一高等学校で漱石の遠い面影に接していたことを「自白」した。(6) いかにもホモソーシャルな当時の師弟間の文学的交渉のもと、漱石はそれに真面目に「驚ろき」(二十四巻、二〇九頁)つつ、「すこしほとぼりをさまし」して長い手紙(十月五日付)で応答する。

私が高等学校にゐた時分は世間全体が癪に障つてたまりませんでした。その為にからだを滅茶苦茶に破壊して仕舞ひました。だれからも好かれて貰ひたく思ひませんでした。私は高等学校で教へてゐる間たゞの一時間も学生から敬愛を受けて然るべき教師の態度を有つてゐたといふ自覚はありませんでした。従つてあなたのやうな人が校内にゐやうとは何うしても思へなかつたのです。けれどもあなたのいふ様に冷淡な人間では決してなかつたのです。冷淡な人間なら、あゝ肝癪は起しません。

私は今道に入らうと心掛けてゐます。たとひ漠然たる言葉にせよ道に入らうと心掛けるものは冷淡ではありません。冷淡で道に入れるものはありません。(同、二一〇頁)

「私は今道に入らうと心掛けてゐます」。この一句はやはりそれだけが恭しく取りだされて、漱石晩年の宗教的求道の心境を証示するものだとされてきた。(7) しかしこれまでに確認してきたとおり、漱石は禅仏教も含めて特定宗教の〈信仰〉の門に入ろうとした人ではない。むしろそこにはけっして入りえぬ宿命を自覚して、「自己本位」の文学の道を行く人である。

だからここにいう「道」は、右の手紙の「漠然たる言葉」からしても、ことさらに宗教にのみ限定すべきものではなく、もっと広く深く基礎的な「道」、すなわちこの世に生きる「人間」のあり方として――たとえば人にも自分にも「冷淡」でなく、むやみに「肝癪」を起こさず「気違《きちがひ》」にもならず、自分で「死ぬ」などという考えは起こさずに――決然と「今」ここで「生死を一貫」させる「道」を言うのにちがいない。漱石はロンドンから帰って来る船上で、生来の厭世観を耐え忍びつつ、この俗塵の世を生きぬく決意をした。そしてそのための世界観・人生論の「道」を、哲学的文学的に不断に問い求めてゆくことを志願した。それが「今」、おそらくは「塵労」脱稿後、ようやくにしてその「道」の入口にさしかかってあることを感じ取りつつあるのだろう。そういう文学者としての偽らざる〈心境〉を、右の手紙は正直かつ親密に「自白」したのである。(8)

第三節　宗教への哲学的な問い

まずはその点を確認したうえで、しかし「宗教 religion」とは何かという大切な問題については、あらためて考えてみる必要がある。すくなくともそれは西洋の言語文化圏では、物事をしっかりと「結び、繋ぐ」ことを言うラテン語“religare”の派生語であり、ほかならぬ「人間」を「うん〳〵死ぬ迄押」して根柢まで掘りさげて、広く深く「一般の人類」を結び合わせるものなのだとするならば、漱石の哲学的にして文学的な人生キャリアの全体は、まさに〈宗教的なもの〉への問いの真上に位置づけることができるのである。そしてその意味でこそ漱石文学は〈宗教的〉

であり[9]、漱石というテクストの読解は、やはりこの論点をぬきにしては十全に果たすことなどできないのである。

しかも漱石は自分にも時代にも事柄そのものにも、つねに真面目に対処した。ゆえにこの〈宗教的なもの〉の探究も、〈神の死〉という危機的な状況に忠実に、徹底して批判的な態度で遂行されていた。ところでさらに百年前のヨーロッパ啓蒙期の情況も、じつは漱石の明治と類比的に同型だったのである。そしてあのアメリカ独立革命の直後、フランス大革命の前夜、カント批判哲学は誕生した。その第一主著は「魂の不死」や「神の存在」等、伝統的な信仰箇条の理論的認識の不可能性や、思弁的理性推理の全面的な無効性を容赦なく宣告し、しかも同時にそれらの理念《ことば》の道徳的実践上の意義を強調した。漱石というテクストはそれから百年後、この批判哲学の論理の推移を凝視する。しかもカントとの早い邂逅の痕跡は、すでにロンドン留学中の「信仰ノ害（文芸トノ関係）」と題する読書ノートにも見える。その断片に、すこしだけ立ち寄ろう。

ジェイムズの『宗教的経験の諸相』は、第三講「見えざるもの the Unseen の実在性」の冒頭、カント批判哲学の右の核心部を取り上げ、これを「奇妙 curious」で「奇怪 uncouth」な学説だと言いつのる[10]。漱石はそれを横目でにらみ、「〇 Kant ノ reasoning ヲ見ヨ」、「純粋理性の諸理念〈ideas of pure reason〉」、「belief アル処ニハ reality ノ sentiment ヲ附着スルヲ得ベシ是尤モ害アルコトナリ（余ノ考）」（二十一巻、573頁）と、ジェイムズよりもカントのほうに共感を寄せて、宗教思想の実在論的独断の根幹に斬り込むのである。ジェイムズの同輩パースの記号論は、すでに早くからカントの批判哲学に親近感を寄せていたし、ジェイムズも後年はプラグマティズムを奉じるにもかかわらず、彼はここでは思弁理性にたいする「実践理性の優位」を説くカントに微妙な距離感を示している。まずはこの点がじつに奇妙な話である。ただしかし、そこに伏在する篤い信仰と、宗教的な「実在感覚 sense of reality」とが、ジェイムズの宗教哲学の語りに明らかな形而上学的偏倚をもたらし、あの唯心論的な超越論的実在論へ向かわせたのであろうことは、容易に推察できるのである。

ところで、それよりさらに奇奇怪怪なのは、漱石の言葉の端々にこうした宗教的理性批判の読み筋が深く刻まれているにもかかわらず、同時代のジェイムズの「影響」ばかりを強調して、カント理性批判との本質連関を見ることを怠ってきた、この百年間の漱石論の没批判的な体質である。「経験的実在論にして超越論的観念論（カント）」。この漱石の英文メモが言い遺していたわずかな繋がりの糸を、ゆえにここではかなり高倍率のレンズで凝視してきたしだいである。そしてこの法外な長さの哲学的漱石論の深層では、じつは右の従来型の漱石学への違和感と苛立ちが、すくなからず動因としてはたらいていたことを謹んで自白する。しかしここにはそれ以上に、われわれの批判的近代の新たな言語活動の場所を切り拓く往還反転光学の視座への純粋に哲学的な関心もあったのだと、弁解することをどうかお赦し願いたい。

第四節　漱石の禅語使用

ところで漱石はロンドンでも帰国後の数年間も、「尤も不愉快」な年月を送っていた。晩年の「明暗双双」「則天去私」の言語論的な世界反転の視座が、近く萌してくるであろう道の予感さえもが無意識の奥底深くに眠っていた日々、彼は「世間全体が癪に障つてたま」らなかったのである。文明開化の現実世界は、ロンドンの下宿で端緒の見えてきた批判哲学の道筋を、情け容赦もなく理不尽に埋め戻す。そしてこの帝国主義・資本主義・軍国主義の世の中は、実利実益の我執の坩堝と化してゆく。それは大学でも実業界でも日露戦争でも同じである。ゆえに漱石の処女作は、この世をまずはさしあたり、猫の眼で見る以外にテクストの語りの平衡を保つことができなかったのである。そして同時期の『倫敦塔』も『幻影の盾』も『薤路行』も、この世の現実と夢幻とのあわいに彷徨する、詩的な浪漫主義に作家日常《わたくし》の不満鬱憤のはけ口を求めたのである。

エレーンの屍は凡ての屍のうちにて最も美しい。涼しき顔を、雲と乱る、黄金の髪に埋めて、笑へる如く横はる。肉に付着するあらゆる肉の不浄を拭ひ去つて、霊其物の面影を口鼻の間に示せるは朗かにも又極めて清い。苦しみも、憂ひも、恨みも、憤りも――世に忌はしきもの、痕なければ土に帰る人とは見えず。（二巻、一八〇‐一頁）

この『薤露行』の終幕部は「肉」と「霊其物」とを鋭く対置して、あの世的な清浄美の詩趣に憧れている。そして『吾輩は猫である』第二章は、あの美学者迷亭の「首懸《くびかけ》の松」（一巻、六九頁）の件で「副意識下の幽冥界」（同、七一頁）が話題にのぼったのを機に、理学士寒月が「吾妻橋」で病床の「〇〇子さん」の魂の声を聞いたなどと妖しく喋り始める（同、七三‐四頁）。しかも寒月は最終第十一章で、禅の三昧めいた体験を披露する。決死の覚悟で「ヴイオリン」を購い、これを弾こうとする天長節の夜、山中の一枚岩に坐っていたら「皎々冽々《こうこうれつれつ》たる空霊の気丈《だけ》」になり、「からだ許りぢやない、心も魂も悉く寒天か何かで製造された如く不思議に透き徹つて仕舞つて、自分が水晶の御殿の中に居るのだか、自分の腹の中に水晶の御殿があるのだかわからなくなつて来」て「自他の区別もなくなつて、生きて居るか死んで居るか方角のつかない時に、突然後ろの古沼の奥でギヤーと云ふ声がし」（同、五二二頁）て、「はつと我に帰つ」て「一目散に山道八丁を麓の方へかけ下りて、宿へ帰つて」（同、五二三頁）来たという。

こうしたトランス体験を、哲学者八木独仙に批評させれば、寒月は「面白い境界《きょうがい》」（同、五二二頁）に入りかけたのだが、「大死一番乾坤新たなり」（同、五二三頁）というまでにはほど遠く、「好漢この鬼窟裏《きくつり》に向つて生計を営む。惜しい事だ」（同、五二五頁）となる。ともあれテクストはここから「見性成仏とか、自己は天地と同一体だとか云ふ悟道」のことやら、「父母未生以前」（同、五三〇頁）、「三更月下入無我《さんこうげつかむがにいる》」（同、五三二頁）、「応無所住而生其心《おうむしょじゅうにしょうごしん》」（同、五三五頁）等の禅語を「超然として出世間的」（同、五三六頁）に羅列する。[11]そして「二六時中己れと云ふ意識を以て充満して居る」現今の世と、逆に「己れを忘れろと教へた」（同、五三二頁）昔との対比をきわだたせる。これを受けて「とにかく此勢《このいきおい》で文明が進んで行つた日にや僕は生きてるのはいやだ」が、「死ぬのは猶《なお》いやだ」（同、五三五頁）と苦沙弥が言いだして、「世界向後の趨勢は自殺者が増加して、其自殺者が皆独創的な方法を以て此世を去るに違ない」と、昭和・平成の世情からみても「大分物騒な事」を口にする。そこに迷亭が調子に乗って、いまに「自殺」が「世界の青年」の「義務」（同、五三八頁）となり、「警察」が「天下の公民を撲殺してあるく」（同、五三九頁）のだと「冗談」めかして「予言」（同、五四〇頁）する。

こうした「太平の逸民」（同、八一頁）の冗舌なまでの議論《おしゃべり》の、一連の禅味の彩りをどう受け止めたらいいのだろう。『猫』のすべては作者《わたくし》の言いたいことの噴出だが、ゆえに数々の論点は未整理である。テクストの禅的旋律には耳を傾けるべきだが、「僕は禅坊主だの、悟つたのは大嫌だ」（同、三九二頁）という迷亭の意見も考慮に入れ、やはり「悟達」「悟道」の漱石神話からは距離をとるよう心掛けたほうがよい。ともあれ漱石はこの多声部の対話篇で、自己の文学の行くべき方角を見定めた。留学中からつづく文学論構想ノートには、じつに「超脱生死」と題した一枚の紙片がある（二十一巻、46-48頁）。しかもこれはスペンサー批判の"Unknowable"断片や、宗教批判の紙片群とともにピンで綴じられていたという。その紙片で、漱石は「十年前」の円覚寺参禅（明治二十七年末から二週間）を回顧する。そして「読者諸君」に以下の弁解をする。だとするとこの省察は、すでに帰国後数年を経たものだと推定することができる。

懸崖ニ手ヲ撤シテ絶後ニ再ビ蘇がへらざりし余が妄りに禅語を引用するは不当郢書燕説《えいしょえんせつ》ノ誹《そしり》ナキニアラズ去レドモ余が智識以内ニ於テノ説明ニ適切なるを見る以上は暫く余ノ言語として之ヲ用ゆるを妨げざること猶彼《かの》禅徒が古人の詩句を利用して工夫せしむるが如きのみ読者予め之を了知あるべし（同、47頁）

「禅語」使用は『文学論』にもあり、[12] その方面を検討するのが、テクスト断片の位置づけからも手順なのだが、いまはただこの紙片を『猫』等の実作に向かう創作家の態度の表明として受け止めたい。

かつて漱石は鎌倉の「宗演禅師」に「父母未省〔ママ〕以前」の公案を授けられ、「物ヲ離レテ心ナク心ヲ離レテ物ナシ他ニ云フベキコトアルヲ見ズ」と真面目に応答した。これは漱石のテクストにしばしばみえる哲学の基本的見解であり、『猫』の禅語群の趣にも通じているし、『文芸の哲学的基礎』冒頭の「根本義の議論」でも繰り返される論点である。人間漱石に「云フベキコト」が「アル」とすれば、まさにこのあたりが限界ギリギリのところだろう。しかしこの言語的理性批判を禅師は冷たく突き放す。「ソハ理ノ上ニ於テ云フコトナリ。理ヲ以テ推ス天下ノ学者皆カク云ヒ得ン更ニ茲《こ》ノ電光底ノ物ヲ拈出シ来《きた》レト」。そう言われて以後、漱石は諸邦を遍歴し幾星霜を重ねてきた。しかし「未ダコノ電光底ノ物ニ逢着」(二十一巻、46頁)していない。かかる人間が「妄りに禅語を引用する」のは気がひけるのだが、それが自分の「智識以内ニ於テノ説明ニ適切」と認められるかぎりは、これらの禅語を「暫く余ノ言語として」使用することを、どうか「読者」は了解してもらいたい。すなわち「余をして傍観者の地位に立ちてかの禅門の諸豪傑の行為を見て余が見識以内に於て批評するコトを許せ」(同、47頁)と。[13]

じつにこういうところに、漱石文学の(晩年の漢詩群をふくむ)理性の限界内の禅語使用の方針がある。この哲学的な「批評眼を以て彼等を見る」(同、48頁)に、やはり「狂人」(同、48頁)と言うよりほかにない。このきわどい単語は『猫』第九章の迷亭の苛烈な禅批判にも見えるものであり、ゆえにこの考察の紙面全体が一連の公的発言への弁解にもみえてくるのだが、いずれにせよ断片の口調はこの時期の鬱憤を晴らそうとして感情的である。そしてまた「余ハ禅ヲ目シテ一ノ衒術ナリ詐学ナリト云フヲ憚ラザラントス」(同、47頁)との断案もかなり手厳しい。

ただし、これらの裁定を正当化する根本の論拠は、以下の冷静な宗教的理性批判の哲学にある。

> 私《ひそ》カニ思フ若《も》シ理解ニアラズ情解ニアラズ有ニアラズ無ニアラズト云ハバ是《これ》幻象以外ノコトナリ幻象以外ノコトハ智ヲ用フル学問ノ上ニ於テ説クベキニアラズ若《も》シ強《しい》テ之ヲ説ク不当ノ想像ニ帰ス(メタフヒジクス)ノ羽ニ舞ヒ上リタル Icarus ノ落チズシテ止ムベキカ。若シ情ヲ以テ之ヲ揣《はか》ル、是 hallucination ナリ幾多ノ宗教家、幾多ノ poets 皆此類ナリ我ハ斯ノ如キ狂人トナルヲ好マズ。既ニ理ニ〔ママ〕以テ進ム可ラズ又情ヲ以テ測ルヲ屑《いさぎよ》シトセザレバ余ハ禅ナル者ノ内容ハ必竟余ニ知リ得ベカラズ断念スルノ外ナシ。(同、46-47頁、原文横書き。ピリオドとコンマを句読点に改める)

漱石は「禅ナル者ノ内容」は不可知だと潔く「断念スル」。何か大切なものをそこに期待しながら、あえてそこから身を引いて翻然と帰還する。この批判哲学的な身のこなしにより、かろうじておのれの正気を保ちつつ、しかも人間界の「智識以内」の「説明ニ適切」な限りで自己本位に「禅語」を活用する。この切断・接続の気合いをまずは嚙みしめるべきである。自己の哲学と「彼等」の信仰とは、「不可知者」の「実在」をめぐる究極の判断において決定的に異なっている。しかしそこにはまた知情意の「幻象」世界での我慾的埋没を忌避する点で、類比的には同じ志向がある。これ以後の漱石文学の思索課題は、そうした「内容」上の根本差異と、「去私」のベクトルの構造上の同一性を、批判哲学的・文学方法論的に見きわめてゆくことにある。

ちなみに「幻象」は“phenomenon, Erscheinung”の初期の訳語であり、漱石は後年これを「現象」と書く。この「幻」から「現」への用字転換自体が、彼の思索の自然で自律的な推移を物語る。しかもその方針は、人間理性の限界内の知情意の事柄（にして言柄《ことがら》）たる諸現象との唯一の出会いの場である経験的実在界に、われわれの言語活動の照準を定めるべきだとするものであり、これはカント理性批判の精神とともにみごとに合致する。漱石は、同時代の「メタフヒジクス」体系が「幻象以外ノコト」に独断的言辞を弄して「不当ノ想像」に堕しているのを、カントとともに批判的反転光学の視座から論難しようとしているのである。

経験的な現象界を超えた「幻象以外」の事柄は、「智ヲ用フル学問ノ上ニ於テ説クベキニアラズ」。かかる思弁理性の批判哲学的な限界画定に執拗に反抗して、あえてなお不可知不可見の絶対者に迫ろうとした世紀末転換期の心霊主義の形而上学者たちは、不可思議・不可解なる心霊現象に訴えつつ、識閾下から湧き起こる宗教的な「情ヲ以テ之ヲ揣《はか》」っている。しかしそこに云々される超自然的な「真実在」は、「幻覚 hallucination」にすぎないのである。漱石の言語明瞭な裁定はロンドンでのジェイムズ研究のおりの「余ノ考」――「belief アル処ニハ reality ノ sentiment ヲ附着スルヲ得ベシ是尤モ害アルコトナリ」――を、さらに批判哲学的に錬りあげたものだとみることができる。

第五節　経験の大地への帰還

わが身を顧みぬ人間理性の不遜な形而上学的飛翔。漱石はこれをギリシア神話の「イカロス Icarus」の蠟細工の「羽」になぞらえた。カント壮年期の『視霊者の夢』（一七六六年）も、同じ事柄を「形而上学の蝶のつばさ」に比定した。しかもこちらはスウェーデンボルグの霊界通信や遠隔透視をめぐる読者世界の熱狂的言説と、伝統形而上学の合理主義的な独断とを、二つ合わせて厳しく吟味する課題を背負っての批判哲学的な修辞である。

いまや自己認識の凝結力が、その絹の羽を収縮させたので、われわれはふたたび経験と通常一般の悟性との低い地盤の上でおたがいに会っている。もしわれわれがここを自分たちの指定の場所とみなすのであれば、つまり、ここを出れば罰せられずにはすまないのだが、われわれがもっぱら有用なものに関わろうとするかぎりは、ここに自分を満足させられるすべてがあるはずの場所だとみなすのであれば、それは何という幸せなことだろう！（『視霊者の夢』第二部第二章末尾）[14]

われわれはもう、あの世の浄福を空しく期待して祈るのは、やめにしよう。それよりも「逆に」この「経験の低き地盤の上で auf dem niedrigen Boden der Erfahrung」、この世の現状をつねに批判的に見つめながら、ここでふたたび出会い語らい、現世で希望することが許されるかぎりの幸福を、不断に厳しく建築術的に実現してゆこう。現実の問題はつねに山積し、「世の中に片付《かたづ》くなんてものは殆どありやしない」。だとしても粘り強く大地の上に生きつづけて、ともに批判の道を歩んでゆこう。「勇気をだしたまえ、諸君、私には陸が見えるぞ」。この一句にカント批判哲学の原風景がある。

しかもカントは、この経験的実在界への帰還のときにあたって、「形而上学」の巧みな語義変換を提起した。理性批判は有限なる「人間悟性の自然本性にいっそうふさわしい」「人間理性の諸限界についてのひとつの学問」[15]として、諸現象の経験的実在性の地盤の上で、この世に住まう人々とともに公的開放的に討議せんとする新たな批判的形而上学の旅立ちの号令である。それは自然界を超越した神的・霊的・叡智的な彼岸世界への飛翔をめざすのでなく、むしろ近代の自然学《ピュシカ》の形成と展開の後《メタ》で、どこまでも事柄の「自然φύσις, natura, Natur, nature」の道に沿《メタ》い理性的に討議し思索すべき、メタ自然学 Meta-physik の第一義の奪回宣言である。ただしカント自身は四年後の教授就任論文『可感界と叡智界の形式と原理』（一七七〇年）でも、心中になお深くはびこる二世界論的概念枠組みから脱却できていない。ゆえにそれ以後も十年の沈思黙考を強いられたのであり、その間の艱難辛苦の自己批判の思索をへて、ついに『純粋理性批判』（一七八一年）は、「経験的実在論にして超越論的観念論」の往還反転の世界光学の視座を革命的に打ち出した。

漱石とカント。彼らの批判的な思索の精神は、洋の東西と百年の懸隔をまたぎ、意外なほどに深くつながっている。しかも二人のテクストのあいだにあるのは、いわゆる単純な影響関係でなく、ましてや心霊主義的な霊の遠隔交信や世界霊の共有ではなく、近代の人間理性の批判哲学的な思索の場所での、自然の道に沿う則天《メタピュシカ》の論理への問いの共有である。くわえてこの二人の間テクスト的な思索の根柢では、われわれ人間の経験界での〈生死一貫〉の課題をめぐり、批判光学の言葉が内密に取り交わされていた。

漱石が「遠い所から帰つて来て」「十年前」の参禅を回顧し、宗教の情緒的形而上学的熱狂を批判した断片は、彼の文学の道の始元の光景を物語っている。しかもその考察は〈生死一貫〉の一歩手前に滞留する「超脱生死」の題目そのものに、かなり厳しい断案をくだすことで始まっている。

我此間に向つて一字を著するを得ず
吾ガ云フ所ノ者ハ幻象界ノコトナリ幻象以外ニ渡レバ不可許《ゆるすべからざる》空想ニ帰ス。根蔕ナキ迷想ニ帰ス。幻象以内トハ意識ヲ離レズトノコト智ヲ離レズ情ヲ離レズ又意志ヲ離レズトノコトナリ之ヲ換言スレバ生ニ就テ云フコトナリ若シ死生ヲ脱却スルノ道アッテ絶対ヲ刻下ニ直諦シ得ルト云ハバ吾関スル所ニアラズト云フ。是一種ノ妄想ニアラザレバ理義ノ弁ズル所ニアラズト云フ。余ハ如斯者《かくのごときもの》アルヤ否ヤヲサヘ疑フ之ヲ信ズルト信ゼザルトハ人々ノ随意ナルベシ（二十一巻、46頁）

言われていることはすべて、すでに見やすいところである。ここにあえて付けくわえることがあるとすれば、第一に「幻象以内トハ意識ヲ離レズトノコト」の一句は、『文芸の哲学的基礎』の「意識現象」の概念にきわめて近い。しかもその「幻象以内」の「意識」は、どこまでもこの世の「生」の事柄として知情意の分節から不可分だが、この論点も『哲学的基礎』本論の、物我一致の「根本義」の「意識現象」から種々の言語論的な分節の推移を階層的にたどる論旨を鋭く先取りする。ただしかしここではまだ「我」「吾」「余」で語る省察が、実際の「読者諸君」や聴衆を目の前にして、いかにして〈われわれ人間〉の批判哲学的視座へ開かれてゆくかが、残された関門である。

そして第二に「絶対ヲ刻下ニ直諦シ得ルト云ハバ吾関スル所ニアラズ」との断案は、そのままのかたちで当時同僚の巽軒井上や、数年後の西田幾多郎『善の研究』への、かなり明快な異議申し立てとなっている。第三になにより重要で明らかなのは、「死生ヲ脱却スルノ道」も、あるいはまた生死を形而上学的に「超越」「超脱」する「超絶実在論」の筋も、すでにこの時点で漱石哲学の関知するものではありえない。ゆえに『行人』一郎の「僕は是非共生死《ぜひともせいし》を超越しなければ駄目だ」との激白も、晩年に近い大正二年夏時点の漱石の叫びではない。それはむしろ帰国以前にはなお生々しくわだかまっていたかもしれぬ、真面目な人間に不可避深刻な問題の、十年後の現在からの——Hさんの逆転の問いかけを予期した——批判哲学的な問い返しにほかならない[16]。

第六節　心機一転の光学の視座

漱石は明治三十六年一月に帰国し、二年後の三十八年一月に『吾輩は猫である』第一章を発表する。そしてこの「尤も不愉快」な日々に、「超脱生死」の問いを形而上学的「妄想」だとして断然却下した。『猫』の最終章は三十九年七月十七日に脱稿し(17)、ここに全篇がひとまず完結する。

吾輩は死ぬ。死んで此太平を得る。太平は死なゝければ得られぬ。南無阿弥陀仏、々々々々々々。難有い々々々。（一巻、五六八頁）

この結句はまことにもって二義的であり、表面的には「太平」を「得る」ために「死んで」あの世に行きましょうの意味にも読める。しかしその種の言辞のはびこる人の世の現実全般への、最大限の文学的イロニーの響きを聴きとらないのは、やはり明らかに迂闊である(18)。

かくして猫はビールに酔って溺れ死ぬ。漱石はひきつづき同月下旬に『草枕』を書き始め、現実世界との文学的な交渉方途を、「非人情」の「旅」の美学に求めてみた。しかしその直後には、そうした耽美趣味の一面性を反省する。そしていよいよ本格的に自己の文学で現世と対峙するべく、翌年春に大学を辞す。このときすでに『猫』下篇序（四十年五月）は、あの批判哲学的な世界光学の往還の視座の萌芽を物語っている。すなわち猫ならぬ漱石を語り手とした文は、「甕へ落ちてから何ケ月経ったか大往生を遂げた猫は固《もと》より知る筈がない」と断言して、生身の「猫」および『猫』を完全に成仏させている。しかしそれでもなお「世の中は猫の目玉の様にぐる〳〵廻転してゐる」のだと、テクストは話頭を転じて何やら重要な思索の言の端をほのめかす。

暮も過ぎ正月も過ぎ、花も散つて、また若葉の時節となつた。是からどの位廻転するかわからない、只長《とこし》へに変らぬものは甕の中の猫の中の眼玉の中の瞳だけである。（十六巻、一三八頁）

不断に「ぐる〳〵廻転してゐる」、この私ならざる「猫の目玉」の中で、「只長《とこし》へに変らぬもの」と言われた「瞳」。これは晩年の「明暗双双」の往還光学の視座の方法論的探究の端緒を告げる、じつにみごとな詩的表現にほかならない。[19]そして『文芸の哲学的基礎』は、まさにこの時期に連載されていたのである。

『道草』はそういう文学の本格始動に先立つ、不愉快な十年前をふりかえる。そして「今」この時の日常の現場に「帰つて来て」、ある人生の道草の行程を物語る。その擱筆後の「現象即実在、相対即絶対」の文字列は、『三四郎』の頃の「経験的実在論にして超越論的観念論（カント）」の、じつにみごとな昇華である。しかもこの〈生死一貫〉断片と同じ手帳の、“general case, particular case”断片の直前には、往還反転光学に深く関連する重要な四箇条が見いだせる。

○心機一転。外部の刺戟による。又内部の膠着力による。
○一度絶対の境地に達して、又相対に首を出したものは容易に心機一転が出来る
○　屢《しばしば》絶対の境地に達するものは　屢《しばしば》心機一転する事を得
○自由に絶対の境地に入るものは自由に心機の一転を得（二十巻、四八四頁）

ここに主題化された「心機一転」とはいかなることであり、それにより「自由」自在に達しうる「絶対の境地」はいかなるものか。はたして漱石はその「境地」に入ったのか。そしてその「悟達」はいつごろか。そういう問いかけはしばしば行われてきた。とくに後段の問いをめぐって批評言説は喧しくさえあった。いまはそこには深入りせずに、前段の問いに焦点をしぼってテクストの意味をさぐってみよう。じっさいのところ「心機一転」が何であるのかが明

らかでないかぎり、後続の問いをいくら問うても不毛である。そして従来の評伝的議論が錯綜をきわめたのも、肝腎の事柄を曖昧なままにして、漱石晩年の心境を思惑《ドクサ》と独断《ドグマ》であれこれと推測することに終始したからである。[20]

すでにくりかえし確認してきたように、ここでも「絶対」は、「絶対の境地」なるものを向こうに実体化して、それを形容する意味のものではない。むしろこの経験的実在界に「絶対に」所属し「所有される」ことで、この世を絶対的に「所有する」という、批判哲学的な世界観上の往還光学の根本動性を言い表わす副詞的な「絶対」として受けとめたい。そして問題の「心機一転」とは、まさにその意味での「絶対」の道行きに沿う「現象即実在、相対即絶対」の「即」の視覚光学的な往還反転と、なんら別の事態ではないはずである。この世界観的な視座の反転運動は、「一度」生起したらしだいに「容易に」反復可能である。しかも「屢《しばしば》」繰り返されるうちに、ついにはおのずと「自由に」身に付いたものとなる。右の四行のテクストは、そうした「即」の「明暗双双」たる「心機一転」の、光学技法の上達鍛錬の四段階を分節する。そしてすくなくともこの階梯をこれから昇ろうと決意した――あるいはすでに昇りつつあることを自覚した――創作家の課題と希求と期待の表明として理解することができる。[21]

あの修善寺や箱根での一郎のように、最初から「絶対」を向こう側に立てて「絶対即相対」と力んで煩悶するのではなく、Hさんの言うように「逆に」「相対即絶対」のほうから考える。この単純な順序の逆転が肝腎なのだった。だから最晩年の文章座右銘も「則天去私」の定言命法となるのだが、われわれ人間の言語活動はつねにほかならぬこの「私」の「相対」から出発せざるをえぬ。しかしだからこそ、是非とも広くこの世の「天」に「絶対に」則した場所に向かって行かねばならぬ。われわれのこの世での批判哲学的な語らいは、まさにこの「則天去私」の指針《ベクトル》にそって遂行したいものである。それにあたってはすべての端緒の地点で〈実在即現象〉の端的な事実を十全に見すえたうえで、「現象即実在、相対即絶対」と一気に言ってのけなければならない。そしてこの世の〈実在即現象、現象即実在〉の両局面が常時反転しつつ幾重にも折りかさなり、類比的につながる様子を見つめつつ、われわれの言語活動の息遣いを深く静かに整えてみる。するとそこからはまた「相対即絶対」とは「逆に」、「絶対即相対」という帰路の道筋もおのずと浮かびあがってくるのかもしれぬ。漱石の詩学は徹頭徹尾、そういう心機一転の文学の道を求めていた。そして最晩年の「明暗双双」「則天去私」は、この文芸の哲学的基礎となる世界反転光学の機微を密やかに物語っていたのである。

注

（1）次に『行人』への言及があるのは八月七日付の大谷繞石宛書簡であり、そこには「是から行人の続稿をかき夫にて此夏を終るべく候」（二十四巻、一九二頁）とある。それからしばらく飛んで同月二十九日付の野村伝四宛書簡には、「新聞はなまけてゐます。追つけ行人のつゞきを書いてしまつて夫から新らしいものでも書く事になるでせう」（同、二〇〇頁）とある。そして九月一日付のあの『初めて確信し得たる全実在』の沼波瓊音宛書簡がある。そこから『行人』設計変更と「塵労」の起稿は九月以降だとする強硬な推定もある（朴、二二五‐六頁、参照）。他方、荒正人『漱石研究年表』には、「七月中旬（推定）（日不詳）、『行人』の「塵労」執筆に取りかかる」（七五一頁）、および「九月中には、『行人』の「塵労」脱稿する。（推定）」（七五七頁）との記事があるが、論拠は示されない。九月初旬説と七月中旬説、いずれも推測の域を出ないものだが、拙稿は七月中旬構想開始、八月七日以降起稿の筋を含めたうえで、後者のほうにより大きな蓋然性を見る。なによりも「塵労」の二人旅は夏休みのことであり、われわれの夏目漱石は、真夏の暑い盛りに仕事をしているほうがいいと思うのである。

（2）かつて朝日新聞社員（四十年から四十三年）でもあった古峡の『殻』は、大正元年七月二十六日から十二月五日まで『東京朝日新聞』に連載され、漱石『行人』第一篇の「友達」は、その直後の十二月六日からの連載という浅からぬ因縁もあった。

（3）「大兄」も「さう〳〵カラでばかり気を揉むべきにもあらず」とは、かつての大学の教え子（明治四十年東京帝国大学英文科卒）への、文学の先達としての懇切なアドバイスである。漱石はさらに「時機参り候節はカラを忘れる小生に無之又君を忘れる小生にあらざる事は君の小生を忘れざると同じ事に候」（二十四巻、一八五頁）と、温かい言葉まで書き添えている。

（4）これとは逆に秋山公男は『行人』「塵労」の主題を、狭く「一郎内面の対自的な我の処理の問題」だとする。そして「日常的家庭的」ならざる「求道的・形而上的な次元」の「一郎個人」の我執を「いかに超克して『安心』『幸福』を得るかの苦闘・煩悶」は、「他者との連帯を究極の目的とするものではあるまい」と言い切っている（秋山公男、一四七‐八頁）。先行研究を広く吟味して漱石のテクストを精査した秋山は、他方でしかし「自我が固体である限り、他者の我も固体として存在する。そこに自我と他我の衝突が起り『苦痛』が生ずる。相対界とは言い換えれば、固体である自我と他我の相剋する世界に他ならない」として、近代的な自我の個的実体化の弊につながる問題点を指摘する。そして「一郎が志向する『絶対』の境地」は「自身の我を拡散して気化し、究極的には無化することではなかったか」（同、一五〇頁）と、興味深い解釈の筋も示す。たしかにこの二つの論点は、〈絶対の境地〉なるものを東洋的な個人内心の悟りの心境として解する場合には、容易に連結するのだろう。しかし拙稿はそのような見方をとらず、個我を実体化する根本の枠組みそのものを打破して、一郎的な絶対希求の煩悶を反転させる「現象即実在、相対即絶対」の言語活動の進みゆきに、広く人間の公的な〈連帯〉の可能性を展望したいのである。

秋山は漱石の「自己本位」は「個我の確立を意味する」として、「漱石の自己救抜の希求、『道』への執着は、こうした自主・自律の思想である『自己本位』の誠実な遂行と看做し得る。漱石が、対自的解決による自己救抜を宗とする禅を愛したのも、信奉するその『自己本位』の『信念』と無縁ではない」（同、三五六頁）と言う。拙稿はこの見解には断じて同意できない。この文脈で「自己本位」を持ち出すのであれば、そういう私的な自己救済の論理としてでなく、漱石の文学的方法探究の独自独行の道筋で、「自我」の問題の公的普遍的な解決の方途を探った点にこそ見いださなければならない。この点をここでもあえて繰り返し強調したいと思う。

（5）『行人』の語り手たる二郎は、物語内容の生起した頃を回想する語りの「今」、「人格の出来てゐなかつた当時の自分」（八巻、二〇二頁）が、嫂の眼に同調して兄の心を軽んじたことについて、「取り返す事も償ふ事も出来ない此態度を深く懺悔したいと思ふ」（同、二〇〇頁）と綴っている。第二章「兄」の終結部に置かれた伏線は、それだけを取れば不吉な未来を暗示する。しかし中断後に補完された「塵労」のHさんの物語りの筋は、右の二郎の反省の弁とも呼応して、辛うじて一郎や周辺の人の別の可能性も残すものとなっている。こうして物語りの未来の不定性の印象を増大させる効果を発揮した点でも、『行人』が二郎によるHさんの手紙の引用で締めくくられたことは意義深い。しかも漱石というテクストの公的な語りは『心』を経て『道草』に至るのである。健三がそこから帰還して来た「遠い所」とは、ゆえに一郎の絶対衝迫の苦悩の生の、束の間の深い眠りや、Kと先生の自死といった、道草の場所をも含意しているだろう。

（6）和辻は当時二十五歳。この書簡のやりとりを彼は後年（昭和二十五年十月付、『新潮』十一月号）こう回顧する。「しかし私が書いたのは、窓の下で英語を教える漱石の声を聞いていたり、漱石の家のあたりをうろついてみたりしたことである。それも数年前の出来事として、客観的に書いたつもりであった。が、漱石からこういうふうに言われると、その時にも私はヒヤリとしたことを覚えている。私は求めるところがあってそういうことを書いたわけでもなかったが、よほど書き方がセンチメンタルであったのであろう。そういう態度を厳格に警めている率直な漱石の言葉には、今でも敬服の念を禁じ得ない」（和辻、三巻、四一六頁）と。

（7）秋山公男は言う。「執筆中断期の漱石は、病後四箇月の休養と自己省察の機を得て、絵画に没入し、禅的な悟道への傾斜を深めて行った。『塵労』で再登場した一郎が、『帰ってから』までの妻直への猜疑を中心とした日常的な苦悩を超えて、形而上的な『絶対即相対』の境界を希求する人物像に変貌している所以がそこにある」（秋山公男、一三五頁）。その間に漱石の心境の変化があったことは推定できるだろうが、それははたして「禅的な悟道への傾斜」の深まりだったのか。その実情も作品への反映もさほど単純ではなかったはずである。一郎が「形而上的な『絶対即相対』の境界を希求する」（傍点引用者）ことは、それまでの家庭内の「日常的な苦悩」の延長線上、時代の「苦痛」「不安」「恐ろしさ」を一身に集約したところに充分ありうるし、ゆえにここには一郎の「変貌」も、『行人』の「断層」（同、一三六頁）や「主題の変容」（同、一四一頁）も、容易には認めがたい。そういう「形而上」への厭世的な逃避ではなく、むしろ「我執」そのものを主題化した小説を一貫して制作する視座の深化をこそ問題にするならば、もっとテクストの細部に目を凝らして、事柄の根本を漱石とともに哲学的に見定めなければならない。

（8）漱石の死から八日目に、「私は今道に入ろうと心がけています」という私信の言葉を反芻しながら、和辻は「則天去私」をこう解釈する。「先生の超脱の要求は（非人情への努力は）、痛苦の過多に苦しむ者のみが解し得る心持ちである。我々は非人情を叫ぶ声の裏にあふれ過ぎる人情のある事を忘れてはならない。娘がめっかちになって自分の前に出て来ても、ウンそうかと言って平気でいられるようになりたい、という言葉の奥には、熱し過ぎた親の愛が渦巻いているのである。／超脱の要求は現実よりの逃避ではなくて現実の征服を目ざしている。現実の外に夢を築こうとするのではなくて現実の底に徹するの力強いたじろがない態度を獲得しようとするのである。先生の人格が昇って行く道はここにあった。公正の情熱によって『私』を去ろうとする努力の傍には、超脱の要求によって『天』に即こうとする熱望があるのであった」（和辻、十七巻、九二頁）と。「ドストイェフスキイ」の「意味で」「写実主義者」（同、九三頁）たる漱石の、詩学の真髄に手探りで迫ろうとした、かなり早い確かな省察である。ゆえに和辻は亡き師の遺著をこう批評する。「『明暗』においては利己主義の描写が辛辣をきわめているにかかわらず、作者は各人物を平等に憐みいたわっている。そうして天真な心による利己主義の征服を暗示するのみならず、一歩一歩その征服の実現に近寄って行った。（先生はそれを解決しなかった。しかしあるいは——自らの全存在をもって解決したのではないのか。）」（同、九五頁）と。ただし

「『私』を去れ。裸になれ。そこに愛が生きる。そのほかに愛の窒息を救う道はない」（同、九六頁）という評語は、やはりいささかセンチメンタルである。

（9）　西谷啓治はある対談のなかで、禅語を散りばめた漱石の漢詩を「宗教詩」ではない「純粋な漢詩」とみなし、そこに「宗教的とも言えないし、そうかと言って非宗教的とも言えない」「気分」（西谷他、一九八五年、一五〇頁）を見た。そして世にいわゆる「宗教」を否定した漱石最晩年の詩句——「非耶非仏又非儒」——を手がかりにして、「則天去私」のうちに「禅を広くしたような立場」（同、一六二頁）を見た。漱石文学にみられる「大まかな意味で宗教的な心というか、宗教的心境」（同、一五〇頁）を、しかも安易に禅宗の禅と限定するのではなく、あくまでもそれとの類比的な重なりのうちに捉える、西谷の抑制のきいた読みの姿勢に学びたい。

（10）　漱石の参照箇所（James *Rel. Ex.* pp. 54-55）の邦訳を、一部英語を補いつつ引いておく。「イマヌエル・カントは、神、世界創造の計画、魂、魂の自由、死後の生命のような信仰の対象となるものについて、奇妙 curious な学説をとなえた。彼の説くところによると、これらのものは本来まったく知識の対象ではない。われわれの概念は、それを用いて働くべき感覚的内容をつねに必要とする、ところが、『神』『魂』『不滅性』というような言葉は、なんら特定の感覚的内容を含むものでないから、理論的にいえば、それらはなんの意味ももたない言葉なのである。しかし、実に不思議なことに strangelly enough、それらの言葉も、われわれの実践に対しては、一定の意味をもっている。われわれは、あたかも神が存在するかのように行為することができ、あたかもわれわれが自由であるかのように感じることができ、あたかも特定の計画に満ちているかのように自然を考察することができ、あたかもわれわれが不滅であるかのように計画を立てることができる。そこでわれわれは、これらの言葉が、われわれの道徳生活では、まったく違った意味をもってくることを知る。だから、これら不可知な対象が現実に存在するというわれわれの信仰は、カントのいわゆる実践的観点 praktische Hinsicht から見ると、つまり、われわれの行為から見ると、事実において、われわれがほんとうに認識することができたとした場合にそれらの対象がありうるその本質の知識と、まったく同じ価値をもっているのである。このようにして、私たちは、カントが説くように、人間の精神というものは、自分ではどれ一つとしてその概念を作ることのできないような一組の事物が実在しているものと固く固く信じている、という不思議 strange な精神現象をもっているのである」（ジェイムズ、一九六九年、八六－七頁）。

感官によって「感覚的」に「認識」できないような、「不可知な対象が現実に存在する」と「信仰」する人間の「不思議な精神現象」。それを心理学的に解明しようとする文脈で、ジェイムズはカントを召喚しつつ、その「学説 doctrine」そのものにまで「奇妙」「奇怪」という形容をほどこしてしまう。この curious には「好奇心をそそる」の意味もなくはないが、「カント哲学のこのとくに奇怪 uncouth な部分」（同、八七頁）という評言には微妙な違和感がこもっている。「超越主義者 transcendentalist」エマソンに共鳴し、この「現象界」よりも「いっそう広くいっそう高い抽象的観念の宇宙」（同、八八頁）が存在することを信仰するジェイムズは、まさに理性批判の根幹部分で、カントと決定的にすれ違う。ジェイムズの二世界論は「実在 reality の情緒 sentiment」を強調して、現象界にも実在性を認め、プラトン主義のようにこれを仮象・非在とはしていない。しかし宗教上の「抽象観念も、それが住んでいる世界においては、実在的な存在 beings as real なのであって、それは、変化する感覚的事物が空間の世界において実在的であるのと同じことである」と述べ、超越論的実在論をも主張する。そしてここから無造作にも「プラトンのイデア論」（同、八九頁）に歩調を合わしてゆき、「幻覚の経験 experiences of hallucination」（同、九一頁）にも、未分化の実在感覚の証拠を求めるにいたる。かくしてジェイムズの根本的経験主義の根幹をなす「経験」概念は、カント批判哲学とはまったく別の、心霊研究・神秘主義・宗教的経験の方向へ歩み出すのである。

(11)　これに先立ち第五章では、猫がしばし「休養」するにあたり、「兎角物象にのみ使役せらるゝ俗人」と対比して、「達磨と云ふ坊さん」が「足の腐る迄坐禅をして澄まして居たと云ふ」話をさしはさむ。そして虚空のごとく広々とした「廓然無聖《かくねんむしょう》」の「昏睡仮死」（一巻、二一五頁）の境界にふれたのち、「先達中《せんだつてじゅう》から日本は露西亜と大戦争をして居るさうだ」（同、二一六頁）と展開する。そして第八章後半に哲学者八木独仙が「珍客」として登場し、テクストはしだいに禅の色に染まってゆく。独仙はまず「西洋人風の積極主義」に東洋の「消極的」を対置して、「電光影裏に春風を斬るとか、何とか洒落た事を云つた」無学禅師の話を持ち出している。そして「心の修業がつんで消極の極に達するとこんな霊活な作用が出るのぢやないかしらん」（同、三五七頁）と述べている。次の第九章では、猫が「見性自覚の方便」とか「自証を挑撥する方便」（同、三六八頁）などと言い始める。さらに苦沙弥の「精神の修養」（同、三七八頁）に関連して、迷亭の伯父が「わざ〳〵静岡から」登場し、「沢菴禅師の不動智神妙録」を話題にする（同、三八〇－五頁）。そして迷亭と苦沙弥は、独仙関連の逸話で盛り上がる。そして第十一章は、「床の間の前に碁盤を据ゑて迷亭君と独仙君が対坐して居る」（同、四七七頁）という一文で始まり、ここに「生死事大、無常迅速」（同、四八二頁）等の禅語が噴出する。

(12)　たとえば「直下《じきげ》」「個中」（十四巻、二〇一頁）といった言いまわしのほかに、以下の記述もある。「かの禅門の豪傑知識、諸縁を放下《ほうげ》し専一に己事《こじ》を究明す、一向専念、勇猛精進、行住座臥、何をか求むると云へば彼等未だかつて見聞せざる底の法を求め、しかも遂に捕へ能はざる的の道なり」。しかしこれは「抽象的変梃子物《へんてこもの》に情緒を有する」、「殺人的独相撲の連中」を例示するもので、「既に一般人間に非ざる以上は、彼等は、よろしく除外例として遇すべきなり」（同、一〇八頁）と、冷たくあしらわれている。いまはこの側面にこそ注目しておきたい。

（13）漱石は同じ時期の英文学講義のなかで、あらゆる実体の存在を否定したヒュームについても「豪傑」と評しているが、この点については結論部で簡単にふれるつもりである。

（14）II 368. カント、三巻、三〇五－六頁、参照。

（15）II 367-8. カント、三巻、三〇四頁、参照。

（16）ゆえにまた、朴裕河が言うように沼波『全実在』が一郎の造形に寄与したのだとしても、それはいわゆる思想上の影響や共感云々の問題でなく、むしろ十年前までは漱石も抱えていたかもしれぬ問題の、小説的な定着への触媒機能を発揮したまでのことだろう。ちなみに沼波は漱石よりも十歳若く、この年の七月に初めて釈宗活のもと円覚寺に参禅した。漱石は七月十二日付の書簡のなかで、「座禅には洋服は駄目かと存候、日本服の方安かるべく被存候」（二十四巻、一八四頁）などと親切に助言する。しかし漱石はあくまでわが道を行く人であり、これ以後も禅僧たちと親しく語らっても、参禅はしないのである。

（17）同日付の高浜虚子宛のはがきには、「拝啓猫の大尾をかきました。京都から帰つたら、すぐ来て読んで下さい。明日は所労休みだから明日だと都合がいゝ」（二十二巻、五二三－四頁）とある。そして同日の小宮豊隆宛書簡にも、「猫の大尾をかいた。八月のホトヽギスには出るだらうと思ふから読んでくれ玉へ」とある。同じ手紙には、「来月は講義をかゝなければならん。講義を作るのは死ぬよりいやだそれを考へると大学は辞職仕りたい」（同、五二四頁）と、じつに率直に偽らざる本心が吐露されている。それがためであろうか、漱石は『草枕』を同月下旬に起稿、八月九日に脱稿している。八月十日付の小宮へのはがきには、「九日迄連日執筆この両三日休養夫から講義をかく。人生多忙」（同、五三九頁）とある。

（18）序論の注でも少しふれたことだが、カント晩年の著作に『永遠平和のために』（一七九五年）がある。これは大革命勃発後のフランスをめぐる国際情勢の混乱期に、各国の利害を超えた世界市民的な国際法秩序の理念を語る、批判哲学的な政治文書である。この政治哲学論文は百年後の国際連盟・国際連合の設立の理念を示したものとしても知られるが、この重要なテクストは「安らかに眠れ」の意味をあわせもつ表題に、辛辣なイロニーをこめている。カントは論文冒頭に言う。「『永遠平和のために』というのは、あのオランダの旅館の主人が墓地の絵の描かれた店の看板に書いた文字であるが、この風刺的な表題が、人間一般にあてはまるのか、それとも特に、決して戦争に飽きることを知らない国家元首たちにあてはまるのか、あるいはひょっとしたらいつも空想的な甘い夢を見ている哲学者たちにのみもっともあてはまるのか、それはさしあたり問わないでおこう」（カント、十四巻、遠山義孝訳、二五一頁）と。

　これに合わせて『点頭録』の以下の一段を、ここにぜひとも引いておきたい。「待対《たいたい》世界の凡《すべ》てのものが悉《ことごと》く条件つきで其《その》存在を許されてゐる以上、向後《かうご》に回復され《（ママ）》べき欧洲の平和にも、亦《また》絶対の権威が伴つてゐない事だけは誰の眼にも明かである。然《しか》し彼等が其《その》平和の必要条件として、それとは全く両立しがたい腕力の二字を念頭に置くべく強《し》ひられるに至つては、彼等と雖《いへど》も今更ながら天のアイロニーに驚かざるを得まい。現在に所謂《いはゆる》列強の平和とはつまり腕力の平均に外ならないといふ平凡な理窟を彼等は又新しく天から教へられたのである」（十六巻、六二六－七頁）。ここにも漱石とカントのテクスト深層での、世界市民的批判哲学の視座の共有は明らかである。

（19）そういう視座へ「真に成熟」してゆく「一個の作家の眼」に注目し、「個の死滅を超えて、なお類という壁面に自己の生命を刻まんとする」「作者漱石の眼の移行」の動性については、やはり佐藤泰正の早い指摘が示唆に富む（佐藤泰正、一九七四年、二一頁）。「猫の死とは何か。それはこの作品を締め括るひとつの便法でもあったが、敢て作者みずからの分身たる猫の死をもって結ぶ、この終末はにがく重い。ここには『太平の逸民』たちの饒舌や、彼らの胸に宿るいかなる夢も、一拍のうちに消し去る作者の否定の眼がある。壺中ならぬ、甕中に消えゆく、猫の眼とは何か。それは〔『倫敦塔』の囚人たちの〕壁中の文字を抹しさる否定の眼とのみいうべきか」（同、二〇頁）。この評者の鋭い問いかけとともに、「甕」の中で「がり〳〵と」もがき、「遂にはもぐる為めに甕を掻くのか、掻く為めにもぐるのか、自分でも分りにく、なつた」（一巻、五六七頁）という猫の最期が、漱石という作家の、そのつど新たな執筆の情況と織り重なってくる。そういう詩学制作論的な深い視角からみれば、そもそも死んだはずの猫がなぜ語るのかなどという愚問は、あまりに無粋な屁理窟にすぎないのである。

（20）たとえば宮井一郎はここに「煩瑣な現実の相対世界を、超剋し解脱するための、のっぴきならない究極地」を見てとり、「熟読してみれば、その体験的な思想の深さが理解される」とまで述べている。漱石の『老子の哲学』のなかの、「老子は相対を脱却して絶対の見識を立てた」という一節に、「絶対の境地」との関連を指摘する点は興味深い。しかし宮井の議論は立ち入った分析に欠け、肝腎の「超剋」「解脱」「究極地」の意味あいも終始曖昧である。しかも「彼の観念は、絶対と相対の間の矛盾と否定を、繰り返し綜合統一しながら、漸次高次の境地に達しようとするのである。『容易に心機一転』『履心機一転』『自由に心機一転』という累積的な言葉からも考えられるようにまことに東洋的な、かつ現実生活の必要から、自己矛盾と自己否定を通じて、次第に高次の自己の統一にすすもうとするのであって、観念弁証法の素朴な原形を示しているのである」と力強く認定するとき、この「観念弁証法」の意味するもの――宮井の論考全体の核心部――がまったくもって不明である（宮井、一九六七年、一七四‐五頁）。

（21）漱石は『続禅門法語集』（明治四十年六月、四版）に、「心機一転」および「放下」に関連して、以下のような書きこみを施しているが、これも同様の趣旨の理解を表わしたものと解しうる。「〇一切ヲ放下ストハ preservation of self ナル根本義ヲ滅スルノ謂ナリ。心は self ニアラズ。故に self ハ preserve スル必要ナシト観ズルナリ。心ハ不死不生ナリ。故ニ self ハ preserve スルニ及バズト云フコトナリ。／〇 self ヲ preserve スルニ及バザル故ニ凡ノ苦悶ガ消滅スルナリ。self ヲ preserve スルニ及バザル如ク之ヲ destroy スル必要モナキ故縁ニ従ツテ生存スルナリ。七情の去来ハ去来ニ任セテ顧ミザルナリ。心ノ本体ニ関係ナキ故ニ可モナキナリ。心ノ用ハ現象世界ニヨツテアラハル。其アラハレ方ガ電光モ石火モ及バヌ程ニ早キナリ。心ノ体ト用トノ移リ際ノ働ヲ機ト云フナリ。「オイ」ト呼バレテ「ハイ」ト返事ヲスル間ニ体ト用が現前スルナリ。ソレガ不思議ニ早イナリ。ダカラ考ヘテ居ル様デハ分カラヌナリ。ソレガ考ヘズニ相応ズルコトガ出来レバ以心伝心ニナル訳ナリ。／一タビ心ヲ知レバドウナツテモヨキナリ。此浮世デドウナツテモヨカラヌ善悪邪正数々ヲ守ル裡ニドウナツテモ構ハヌ度胸ガ出来上ルナリ。安楽ニナルナリ。カホドノ事は僧俗ニ限ラズ皆悟ルベキ筈ナリ。タヾ此境界に常住シテ活潑々地ノ活用ヲナスガ困難ナルナリ。此困難ヲ排セン為メニ坐禅ノ修行ガ必要ナルナルベシ。シカラザレバ何ノ為メニ打坐シ何ノ為ニ悶々シ何ノ為ニ苦慮スルヤヲ解スベカラズ」（二十七巻、四二四‐五頁、傍点引用者）。

結論　漱石文芸の根本視座

第一節　批判的な近代の文学の道へ

漱石とカント。この二人は洋の東西と百年の時を隔てて、それぞれの流儀で、ともに徹底的な言語批判の世界反転光学を呼吸する。そして「神」ならぬ「人間」の「理性 ratio, Vernunft」の、つまり「啓示 revelatio」や「恩寵 gratia」によらぬ「自然の光 lumen naturale」の、「自律的 autonomisch」で「自己本位」な――ゆえに人為既存の実定道徳や神の掟の強制力に縛られぬ――つねに新たな批判的道徳の意義と使命を謳いあげる。しかも彼らの哲学的な文学は、みずからの言語行為の批判的で反省的な世界建築術の道を、この世の天然自然に則して不断に問い求めてゆく。「則天去私」と「自然の技術」。その詩作的で思索的なテクストの深奥核心部の通底性は、やはりきわめて興味深いものがある。

遠く離れた二人の哲学の隠然たる絆の撚糸《よりいと》として、じつは十七世紀後半期以降にいよいよ本格化する〈宋学の西遷〉の事態が伏在していたのではなかったか。(1) そういう楽しい推測もすでに容易に成り立つのだが、いまはこの想像を味わうだけの余裕がない。ところでしかし、彼らが共有する批判哲学的な反転光学の精神は、それが十八世紀末に産声をあげた本場の欧州においてーーここがなお頑強なるキリスト教言語文化圏であったためかーーあいかわらず絶対者（絶対自我、絶対精神）なるものに取りすがったフィヒテ、シェリング、ヘーゲルの、ドイツ観念論の弁証法的な思弁の積み重ねのなかで、ついに無惨にも見失われてゆく。そして「形式的」な世界光学の視座に謙抑した「批判的」な「超越論的観念論 transzendentaler Idealismus」は、いつしか不遜な「超越論的実在論」の形而上学的独断語調の混じる、ロマンチックな「超絶主義 Transcendentalism」の怒濤の渦に呑みこまれてしまう。

漱石と西田が帝国大学で学んだ明治二十年代、すなわちキリスト教紀元第十九世紀末は、その「絶対的観念論 absoluter Idealismus, absolute idealism」の爛熟期にあたる。そしてアカデミックな哲学史の教科書は、ヘーゲル的な完結体系の目的論や新カント派的な修正主義のもと、おおむね教条的に編纂されていた。とりわけヘーゲル学派の「絶対知 das absolute Wissen」を独自に発展継承した英米の"transcendental idealism"は、世俗化・産業化の進む時代の無神論・科学主義・唯物論に対抗して、神や心霊や世界霊等のイデア的真実在を確信する、保守反動のスピリチュアルな形而上学的実在論となりはてた。[2] その欧州に六年間滞在した井上哲次郎は、この時代の趣きを抜かりなく嗅ぎ取って、"transcendental idealism"を「先天唯心論」もしくは「超絶唯心論」として好意的に紹介した。[3] そしてこれはその意味では、じつに言い得て妙なる翻訳だったのである。

かくしてすべての鍵を握る術語が、いつのまにやら妖しい意味変容を起こしていた。だから、この方面の言語の推移に疎遠な国文学系の漱石学・漱石研究が、これまで長く無用の混乱を強いられてきたのも無理からぬことである。しかし、あのきわどい世紀末転換期にあって、漱石は同時代の哲学本丸の急所に敢然と斬り込んでいた。じつは先のロンドン時代のジェイムズ『宗教的経験の諸相』の読書メモのうち、「○ Kant ノ reasoning ヲ見ヨ」条項の真中には、「(Absolute ノ条参考)」（二十一巻、573頁）という付記がある。そしてまた"Religion"と題する長い考察断片群の末尾には、以下の重要な総括を見ることができる。

○absolute 抔ヲ云フ者ハ
（1）metaphysical theology
（2）transcendental idealism
（3）mysticism
ナリ之ヲ攻撃セントナラバ三者ヲ攻撃スベシ別ニ Spencer アリ（同、560頁）

「カントの推論」、「絶対者」、「宗教」。これら鍵語の連鎖をどう解釈するのかが、最後の関門である。〈絶対者 das Absolute〉の現実存在を独断的・宗教的に措定する、超越論的実在論の伝統。カント理性批判はこれと厳しく対峙して、絶対的な「無制約者 das Unbedingte」なるものは、じつはたんに「純粋理性の諸理念〈ideas of pure reason〉」であり、ゆえに観念であり言葉なのだと喝破した。そして「belief アル処ニハ reality ノ sentiment ヲ附着スルヲ得ベシ是尤モ害アルコトナリ」という批判的な「余〔漱石〕ノ考」は、「迷信」や「狂信」を忌み嫌うカントもまた、徹底的な詩作的思索の根幹にすえていたところである。

すでに明瞭となったこの大文脈のもとで、右の漱石の箇条書きをながめてみれば、「形而上学的神学」や「神秘主義」が云々するのと同列の「絶対者抔ヲ云フ」“transcendental idealism”とは、カント理性批判の意味での「超越論的観念論」ではなく、まさに巽軒《そんけん》井上流の「超絶唯心論」である。そしてそれぞれの流儀でイデア的な真実在を主張する一連の「宗教」的な独断教条は、「スペンサー」の「不可知物 the Unknowable」の形而上学とも同じ系列に位置づけられている。明治の英文学者漱石は、日本でしばしば見聞きしていた「形而上学的神学」の「超絶唯心論」的な「神秘主義」の奔流を、本場英国の大地に生々しく目撃した。そしてこれら「三者ヲ攻撃スベシ」との考察課題を書きつけた。

だからいよいよ「遠い所から帰つて来て」、東京帝国大学の専任講師となって二年目の「十八世紀英文学」講義

（明治三十八年六月中旬から週三回）は、哲学第一講座主任教授井上哲次郎の向こうを張って、まずはこの問題の源泉となる「十八世紀に於ける英国の哲学」を論じたのである。十七世紀の欧州大陸で「神《ゴッド》、心《ソール》、物《マター》」の「三つの実在」を立てたデカルトにたいして、十七世紀末転換期にジョン・ロックが「天賦観念《インネート、アイデア》」（十五巻、六八頁）を反駁し、ジョージ・バークリが物体の外在を否定して「所謂《いわゆる》唯物主義を打破」（同、七三頁）せんとする。この一連の形而上学批判の流れを受けて、「遂に」「デヴィッド、ヒュームなる豪傑」は「心も神も一棒に敲き壊《こ》はし」、「吾人が平生『我《イゴー》』と名づけつゝある実体は、丸で幻影の様なもので、決して実在するのではない」（同、七六頁）と言い切った。漱石の英文学講義は、デカルト的近代の超越論的実在論が、英国経験論の思索の推移するなかで、懐疑主義的な観念論へと転落してゆく経緯をじつにみごとに概括する。しかも近代哲学史にカント理性批判の精神が芽吹きだす一大転換点までは、もうわずかに半歩ばかりのところである。

カントはヒュームの全面的な懐疑の閃きにより、超越論的実在論の形而上学の独断的なまどろみから批判哲学的に反転覚醒する。そして俗塵の新聞屋に転身した漱石は、右の大学講義から三年後、中期三部作の幕開けを告げる『三四郎』準備の夏の盛りに、あの英文三行を書きつける。[4] その重大な画期の出来事を告げるテクスト断片を、もういちどじっくり反芻しておこう。

Empirical realism and a transcendental idealism（Kant）
Transcendental realism, ipso facto empirical idealism（Berkeley）
Is space within or without us? v. p. 376（十九巻、四〇三頁）

今日では「超越論的観念論」と訳されている“a transcendental idealism”が、カント理性批判から百年後にして今から百年前の明治の哲学界では、なんと「超絶唯心論」と言い慣わされていた。この訳語および意味内実の奇妙なズレを遠巻きにながめただけでも、激しい眩暈を禁じえない。ましてや皮相上滑りの劇烈なる近代化の途次、〈神の死〉

の時代に混迷し錯綜する東西の哲学言語の渦中にすすんで身を投じ、右の批判哲学の根本洞察をみずから摘抉した人の衝撃はいかばかりのものであったか。

「囚はれちや駄目だ。いくら」宗教や民族精神や「日本の為めを思つたつて贔屓《ひいき》の引き倒しになる許りだ」（五巻、二九二頁）。漱石というテクストは、しかし大正期から戦中・戦後と一貫して「国民作家」「国民的文学」の称号を付与されてきた。そしてそのときの「国民的」とは、近代国民国家たる日本の国語世界のアイデンティティーの形成というほどの意味合いを超えて、むしろ巽軒井上流の「超絶唯心論」や「国粋主義」の方角へと〈私的 privat〉党派的に偏向したものになりがちだった。(5)

おそらくはこの手の形式論理の、妖しい推移の早い蠢きを敏感に察知してのことだろう、漱石晩年の講演『私の個人主義』は、偏狭な国家主義でも利己的な個人主義でもない世界市民的で批判的道徳的な「自己本位」の自律を訴えていた。そしてまた、かかる勝義の〈公共性 Öffentlichkeit〉の開けに向けて『三四郎』のテクストの語りが「真実に」広い世界へ「出た」（五巻、二九二頁）あとの、批判哲学的な漱石文学の内実と展開については、すでに本書で充分に確認してきたところである。だからあの「経験的実在論にして超越論的観念論」の世界反転光学の端緒を摑んだときの、創作家の驚愕の大きさを想像するのも、もはやそれほど難しくはないはずである。

第二節　形而上学的唯心論との格闘

同時代の〈英国観念論〉も、ジェイムズの〈根本的経験論〉も、巽軒井上の〈現象即実在論〉も、そして徐々に姿を現わしつつある西田幾多郎の〈純粋経験の唯一実在説〉も、右の英文冒頭二行のあいだを奇怪・曖昧・無批判にまたぎ越す。そしてこの世の健全な常識たる経験的実在論を、経験直下内奥の知的直観に根ざす究極の形而上学原理に基礎づける。(6) しかもこの宗教的な超越論的実在論にして唯心論的な絶対的観念論――あるいはむしろデカルト的な物心二元論のもとでの反物質主義的なイデア論――の独断のまどろみに、百年前のバークリにも増して深く妖しく、いわば識閾下の彼方にまで嵌まり込もうとしている。漱石は、この十九世紀末転換期の哲学の隘路に独り立ち、カント理性批判の根本義を黙然と凝視した。その徹底的な批判の司直の剣が、いかに深甚なる意義を有しているかはすでに明らかだろう。

『三四郎』の原稿を四十一年十月上旬までに書き終えた漱石は、前年春の大学辞職まで取り組んでいた「十八世紀英文学」講義に加筆して、(7) 四十二年三月十六日に『文学評論』として世に問うた。そして二ヵ月後には同じ春陽堂から『三四郎』を出版する。ちなみにこの二著の刊行のあいだには、「空間を研究せる天然居士」（二十巻、二一頁）の写真にも思いを馳せている。(8) このとき漱石が今は亡き友の若い顔に重ね合わせて、英文三行目の「空間 space」の在り処への問いを反芻したと想像するのは、いささか深読みがすぎるだろうか。それはともかく、いま新たに公刊された漱石の哲学講義は、バークリの「唯心主義」に「アイデアリズム」とルビをふり、そのスピリチュアルな形而上学的観念論をこう解説する。

> デカルトが世の中を割つて物と心とすると、物と云ふ者には明瞭なる属性がある為《た》め稍《やや》もすると空漠たる心を凌《しの》いで之を圧倒する傾がある。此傾向を見て取つたバークレーは心の勢を恢復して之に相当の地位を与ふる為めに物を打破せんと企てた。夫れだから彼の筆鋒は所謂《いわゆる》唯物主義を打破する方面に向つたので、彼の主義が物の存在に反対する所からして之《これ》を唯心主義《アイデアリズム》と云ふのである。普通の哲学者の考へによると、観念なるものは外物を代表するもので、外物夫《そ》れ自身は不可知である。だから此《この》不可知なる物を代表する観念は実在のものではないといふのが一般であつたのだがバークレーは丸で此《この》議論を倒《さかさ》まにして、観念こそ実在である。物質こそ毫《ごう》も実在を有して居らぬ。外界の存在と称する者は此観念が或《ある》一定の方法で倶発《ぐはつ》し、若《もし》くは連続するの謂《いい》に外ならぬ。それで此方法の原因となる者は神である。（バークレーが神を建立した論理はエルドマン著『哲学史』第二巻二百六十二頁に旨《うま》く書いてある。）（十五巻、七二一―三頁）

デカルト主義の物心二元論から、実体的真実在をめぐる唯物論《マテリアリズム》と唯心論《スピリチュアリズム》の覇権争いが始まる。スピノザやライプニッツは、この騒擾を「神すなわち自然」の一元論や「モナド」の多元論で鎮圧するべく、ひきつづき超越論的実在論的に思弁する。他方、デカルト的な物心の二元対置には客観と主観との対立図式も折り重なって、「不可知unknowable」の「外物夫《そ》れ自身」と、それを「代表 represent」し〈表象 vorstellen〉するはずの「心」の内なる「観念 idea」との、認識論上の二項対立枠組みが派生する。そして「観念は実在のものではない」と固く思いこんだ「普通の哲学者の考へ」を「倒《さかさ》まにして」、バークリの「唯心主義《アイデアリズム》」は「観念こそ実在である。物質こそ毫《ごう》も実在を有して居らぬ」と無理矢理に断ずる、反唯物論陣営の急先鋒となったのである。(9)

　しかもこのとき彼の観念論的倒立思考を支えていたのは、依然として「神《ゴッド》、心《ソール》」の「実在」を信じて疑わぬ「神学」的でスピリチュアルな「超絶実在論」だったのだ。つまりこの「大僧正」の観念論《アイデアリズム》は、「所謂唯物主義」と真っ向から対立するイデア論的「唯心主義《アイデアリズム》」なのである。そして西田の『善の研究』はそういうバークリの「心」の形而上学に親近感を寄せながら、しかも「存在するとは知覚されること esse is percipii」という感性的受容性から、純粋自我の意志の自発性へと思弁的に転じていったフィヒテ知識学を高く評価する。

　それにたいして漱石の英国哲学批評は、物体の独立存在のみを中途半端に撥無したバークリの実体否定の道を、あえてその先にまで徹底的に突き進む。そして「我《イゴー》」なる「実体」はもとより、「心も神も一棒に敲き壊《こ》はし」たヒュームの全面的な懐疑のことを、「遂に」出現した「豪傑」の快挙だと絶賛した。そしてこの厭わしい我執の根源を深く問い究めつつ、しかし宗教的な信仰の門にはあえて立ち入らず、どこまでも門前に佇んで思索することを選びとる。しかも漱石の「自己本位」の詩学は、この世のすべてが「実在」でなく「観念」だと洞見するヒュームの懐疑のうちに、どこかまだ乗り越えられないデカルト的近代の残滓を嗅ぎつけた。ゆえに彼は『文芸の哲学的基礎』を論じ、『創作家の態度』を披歴して、いよいよ『三四郎』起稿直前の夏には、数年前のバークリ講義で参照指示した「エルドマン氏のカントの哲学を研究し」たのである。

以上、英国留学時からの一連の思索の跡をふまえて、『三四郎』の「カントの超絶唯心論がバークレーの超絶実在論にどうだとか云つたな」という問いかけを今一度真剣に受けとめてみるならば、これは巽軒井上の『哲学字彙』の訳語法にそのまま乗っかりながら、じつはカント理性批判の「経験的実在論にして超越論的観念論」の根本視座から、十九世紀末転換期の哲学世界の形而上学的独断の総体を果敢に相手取る、いかにも漱石的に皮肉たっぷりの異議申し立てである。「さう不勉強では不可《いか》ん」、「全然 stray《ストレイ》 sheep《シープ》 だ。仕方がない」。この叱責は講義中に「いたづらを書いてゐた」迂闊な三四郎だけでなく、そういう「学生々活の裏面《りめん》に横《よこた》はる思想界の活動」そのものに深く猛省を迫っている。

「明治の思想は西洋の歴史にあらはれた三百年の活動を四十年で繰り返してゐる」（五巻、二九四頁）。デカルト的近代の合理主義は物心二元と主客対立に囚われて、いたずらにもがいている。明治日本の精神はそれに呑みこまれて、形而上の深層意識の不可知の実在世界へ逃避しつつある。この危機的な哲学情況を根本から打破するべく、久しく見忘れられたカントの超越論的観念論の言語的理性批判の視座に、いま新たにじっくりふれてみよう。そして西田や「バークレーの超絶実在論」のような「迷へる子《ストレイ、シープ》」になどならないように、徹底的に批判的な世界反転光学の継続をこそ心がけてゆこうではないか。漱石というテクストは百年前にそう勧告したのであり、それから以後もずっとわれわれに勧告しつづけている。

「たゞ人の尻馬にばかり乗つて空騒ぎをしてゐる」のを潔しとせず、そこから転じて「自己本位といふ四字[10]」を支えに、「其四字から新たに出立し」て、文学とは何かをみずから体系的かつ根本的に問いつめた人は、こうして近代哲学の問いの核心部に迫っていた。そしてこの最重要局面で「自分の鶴嘴をがちりと鉱脈に掘り当て」て、カント批判哲学の世界往還光学に「明らかに自分の進んで行くべき道を教へられた」のである。このとき彼は文学方法論上だけでなく、哲学的にも「大変強くなり」（十六巻、五九五－六頁）えていた。この『三四郎』テクストの暗黙深層の語りを転機として、『それから』『門』『思ひ出す事など』と連なり、『彼岸過迄』『行人』『心』と継続する諸作をつうじて、漱石文学のリアリズムの視座が実地に鋭く研ぎ澄まされてゆく。そして『硝子戸の中』『道草』以後、「明暗双双」「則天去私」の言語論的な反転光学がいよいよ成熟してくるのである。

第三節　『点頭録』の世界反転光学

かくしてまた漱石最後の年の始めの、『点頭録』の場所に帰って来た。その第一回のテクストが示唆していた事柄も、まさにあの「現象即実在、相対即絶対」をめぐる「心機一転」の「双双」たる批判光学の出来事として、いまやごく平明に解釈できる。大正五年一月一日の東京と大阪の朝日に掲載されたテクストは[11]、次のように淡々と始まっている。

また正月が来た。振り返ると過去が丸で夢のやうに見える。何時《いつ》の間に斯《か》う年齢《とし》を取つたものか不思議な位《くらい》である。此《この》感じをもう少し強めると、過去は夢としてさへ存在しなくなる。全くの無になつてしまふ。実際近頃の私《わたくし》は時々たゞの無として自分の過去を観《くわん》ずる事がしば〳〵ある。（十六巻、六二七頁）

いかにも漱石らしい、さりげない書き出しである。文章は「自分の過去」を「丸で夢のやう」で「全くの無」、「たゞの無」だと規定しているように見える。ただしかし、これはすでに数々の濃密な哲学的文学を倦まず弛まずこの世に書き遺してきた、一個の実存する創作家の言葉である。しかも彼は前年の夏に「自分の過去」を徹底的に反省想起して、自己の文学の十年前の始まりを見つめ直し、そうすることでこれからの新たな文学の道を、いよいよ切り拓きつつある人である。この一連のエクリチュールの根本動向を考えあわせるなら、これらの否定的な言辞がじつは〈反省的 reflektierend〉な判断に特有の、得も言われぬ軽みを帯びて反復されている謎も、もはや不思議なものではなくなってくる。[12]

かつて『点頭録』第一回の「重要性」に着目し、「漱石の『則天去私』はニヒリズムに近いものといえるであろう」と述べて、「清子ひいては漱石の自然主義」の奥に「ニヒリズムの微笑」を洞見した、宗教哲学者のコメントがあった。(13)「清子」云々という夾雑物は脇に置き、(14) ここで一言つけくわえるならば、漱石晩年のテクストには世にいわゆるニヒリズムはない。かりに虚無主義に「近いもの」があるとしても、それはすべてが完全に反転したニヒリズムである。すなわち伝統思想が拠り所としてきた本体的真実在の無化を目の前にして大騒ぎするのではなく、むしろ唯一の絶対者や、物心二元や、多数の個的実体などを形而上学的独断的に措定する、一連の超越論的実在論から解き放たれた自由闊達で澄明な「微笑のニヒリズム」とでもいうべきものである。

いまや最後の随筆深層の識域下では、あの批判的で反省的な世界反転光学が、暗黙のうちに軽やかに作動している。もはや言うまでもなく、この晩年の語りの視座は、百年前のカントの「経験的実在論にして超越論的観念論」の批判光学の、新たな文学的昇華である。この点も深く噛みしめつつ右のテクストを読み返せば、「たゞの無として自分の過去を観ずる事が」「時々」「しば〱ある」「近頃の私《わたくし》」のつぶやきは、あの「心機一転」の批判往還光学の、晩年におけるたしかな始動の比喩的表現として、じつに明朗快活にたち現われてくる。そして漱石の最後の夏の一連の長い手紙は、いまここに湧き出る哲学的文学の「明暗双双」たる根本視座の在り処を、次代の文学後継たちに託していたのである。

その年の始めの『点頭録』第一回は、そういう春から夏への思索の道筋を展望し、書き出しの否定的《ニヒル》な反省を「終日行《ゆ》いて未《いま》だ曾《かつ》て行《ゆ》かずといふ句」に煎じ詰めている。(15) そして「これをもつと六《む》づかしい哲学的な言葉で云ふと、畢《ひつ》竟《きやう》ずるに過去は一の仮象《かしやう》に過ぎないといふ事にもなる」と総括する。あるいはまた禅宗が重んずる「金剛経」から「過去心《しん》は不可得《ふかとく》なり」（同、六二七頁）の一句を引き、この「刹那の現在」も「また未来に就いても」すべては「不可得」なのだと述べ、(16)「一生は終《つひ》に夢よりも不確実なものになつてしまはなければならない」（同、六二八頁）と、まずはいったん言い切るのである。(17)

ところでじつはこれからが一番肝腎なのだが、テクストは青年期の厭世病の語彙群を盛り込んだ一連の否定的な語り口を、すべて一気に反転させている。

驚くべき事は、これと同時に、現在の我《われ》が天地を蔽《おほ》ひ尽して儼存《げんそん》してゐるといふ確実な事実である。一挙手一投足の末に至る迄此《までこの》「我《われ》」が認識しつ、絶えず過去へ繰越《くりこ》してゐるといふ動かしがたい真境《しんきやう》である。だから其処《そこ》に眼を付けて自分の後《うしろ》を振り返ると、過去は夢所《どころ》ではない。炳乎《へいこ》として明らかに刻下《こくか》の我を照《てら》しつ、ある探照燈のやうなものである。（同、六二八頁）

まさに「驚くべき」世界反転の閃きである。この刹那の還相光学を目の当たりにして、われわれ読者の眼には、この世を「夢」「無」「仮象」「不確実」と見てきた前段の反省の語りも、じつはこの現世帰還の視座をきわだたせるための修辞弁論術《レトリック》だったことが見えてくる。しかもこの絶妙の往還反転光学は、現下のニヒリズムの病源たる西洋形而上学の本体仮象言説や、それに似かよう東洋のニヒルな浮世観にまとわりついた超越論的実在論の規定的独断の含みを、一気に全面的に払拭するのである。

ところでしかし、このテクストはそれと同時に、それら信念・信仰の確信に満ちた諸言説の、どこまでも言語行為的な根本性格を浮き彫りにする。すなわち伝統思想や宗教の教義教説は、彼岸への超越をロマンティックに歌う詩句や小説や種々の芸術と同様、それ自体はこの世の人間の語らいの場での、すぐれて修辞弁論的な語りのひとつである。そしてまさにそういうものであってこそ、われわれの住まうこの世界をつねに新たに批判的に建築してゆく、哲学的な言語行為にも参画することができるのである、と。『点頭録』第一回の反転の語りは、そういう徹底的に言語論的な理性批判の趣きをはらんでいる。

しかもここに是非とも注目しておきたいのは、「動かしがたい真境《しんきやう》」という語の出現した絶妙の位置どりである。すなわち右のテクストでは、この強勢句がまさに経験的実在の場を形容している。そして「自分」の「過去」「現在」

「未来」を分節する平生の言語行為こそが、「炳乎《へいこ》として明らかに刻下《こくか》の我を照《てら》しつゝ、ある探照燈」なのだとされている。(18) 漱石晩年の、この決然たる現世帰還の語りは、五年前の西田幾多郎『善の研究』とはちょうど裏腹の関係にある。西田の宗教哲学は、通常の経験ならざる「純粋経験」こそが「実在の真景」だとして、「意識現象」の「統一的或る者」をまなざす「知的直観」を説く。漱石の哲学的文学は、西田の形而上学的な意志と熱狂の語りを批判哲学的に反転せしめる、まさに言語道断の言語行為である。この二つのテクストが語る事態はかなり近似するが、ここに打ち出された微細な差異を、われわれの漱石批評はけっして見逃さないようにしたいものである。

第四節　明暗双双の往還光学の道

しかもこの晩年のテクストの深層では、あの『文芸の哲学的基礎』の頃の自身の思索の取り戻しと修正が敢行されている。およそ十年前、みずからの文学的な本格始動を宣言した『哲学的基礎』も、すでに巽軒井上や西田とは真逆の方角を見定めていた。漱石の詩学は唯心論的な超越論的実在論に究極の基礎づけを求めず、独り批判哲学的に覚悟を決めて、この相対世界の物我対立の経験的実在論の視座を「絶対に」丸ごと引き受けた。しかも俗塵の常識的実定性の現実主義への埋没をも忌み嫌って、現世のすべては本体的・実体的な物自体などではなく、あくまでも感性的な現象なのだと観念した。そして伝統的な理性主義の形而上学のみならず、新たな実証主義に居直る経験主義も含め、この世の独断的諸言説を徹底的に批判しつづけてきた。

こうして漱石の哲学的詩学は、当代の観念論的思想潮流にも物質主義の時流にも頑強に抗いながら、抑制のきいた慎重な態度を堅持する。その批判哲学の思索は、「通俗」の「物我《ぶつが》」が「普通」に「儼然《げんぜん》と存在」していたり「客観的に世の中に実在」したりしているのとは決定的にちがう、あの「不通俗」の「意識現象」の不可思議なありようを黙って見つめつつも、そこに不用意には立ち入らない。そして西田のような「実在の真景」や「真実在」という強めの術語を、この局面で用いることを徹底的に避けるのである。しかし『哲学的基礎』の段階では、肝腎の「意識現象」に心理主義的な臭みが残っていた。ゆえにテクストは往相の「根本義の議論」に余計な比重をかけてしまう。「要《えう》するに意識はある。又《また》意識すると云ふ働きはある。是丈《これだ》けは慥《たしか》であります」。「是丈《これだ》けは証明する必要もない位に炳乎《へいこ》として争ふ可《べ》からざる事実であります」（同、六九頁）。「真《しん》にあるものは、只《たゞ》意識ばかり」だし、「只《たゞ》明かに存在して居《ゐ》るのは意識であります」（同、七一頁）などと、壮年期のテクストはかなり強い口調で断言した。

　これが十年後の『点頭録』になると、種々の難点は軽々と乗り越えられている。ゆえにこの晩年の随筆が「動かしがたい真境《しんきやう》」と認めたのは、あの「根本義」の「不通俗」なる「意識現象」ではなく、ましてや西田風の「直接経験の事実」たる「唯一の実在」でもなく、まさに「現在の我《われ》が天地を蔽《おほ》ひ尽して儼存《げんそん》してゐるといふ確実な事実」であり、通常一般の人間が住まう言語分節的な経験的実在界である。そしてこの理性批判的な還相の思索では、「振り返ると」「丸で夢のやうに見える」「過去」、すなわち一見すると「たゞの無として」観ぜられるような「過去」こそが、むしろ「炳乎《へいこ》として明らかに刻下《こくか》の我を照《てら》しつゝある探照燈」である。かなりささいな情況証拠だが、ここでは「炳乎《へいこ》として」という副詞句も、「不通俗」の「意識現象」から経験の地盤の上に軽やかに帰還している。

　くわえてそれぞれのテクストが「点頭」する場所に着目すれば、[19]『哲学的基礎』は人間理性の言語分節的な経験的実在把握の諸階梯をたどったうえで、「還元的感化」の「妙境」を語っていた。すなわち「理想的文芸家」の「あらはした意識の連続」と「我々の意識の連続」との「一致の極度に於《おい》て始めて起る」（十六巻、一三二頁）、深い共通感覚の芸術理念である。「通俗」の物我対立の経験的実在界にあって、すぐれた絵画や「文芸の作物《さくぶつ》」に対して、我《われ》を忘れ彼《かれ》を忘れ、無意識に（反省的でなくと云ふ意なり）享楽を擅《ほしい》まゝにする間は、時間もなく空間もなく、只《たゞ》意識の連続があるのみ」である。ここに「読書でも観画《くわんぐわ》でも、純一無雑《むざつ》と云ふ境遇に達する事」ができ、「無我の境地に点頭し、恍惚の域に逍遥する」（同、一三二頁）のである。

　かくして十年前のテクストが「点頭」したのは、先の「炳乎《へいこ》」と同じく「不通俗」「根本義」の「無我」の「意識現象」である。もちろんこの講演は、冒頭の「通俗」から「不通俗」への哲学的反転を終幕部で芸術論的に想起反復したのであり、この反転光学はそれだけですでに卓越した詩学の達成である。そしてこの視座反転の確かな始動とともに、西田の鼓吹する純粋経験説などとは違う、批判的な近代日本の新たな哲学の道が切りひらかれた。だがしかしそれでもなお、「還元的」とは物我一致・主客未分の大元の場所への帰還にほかならず、これは「明暗双双」の往還光学に照らせば、やはり往相への固執である。そのためか講演掉尾の文学者の決意表明は、どこかにまだ「セッパ詰まつた」力みを残していた。

しかしあの時代、ほぼ孤立無援の思索の情況下に、自己本位の哲学的文芸の道を歩みつづけることを決意した文章が、かくも壮烈な語調を帯びてしまうのは「人間」としては当然のことだろう。そしてこの点に思いを致せば、本書序論に引いた『哲学的基礎』の結語は、今日のわれわれにも深い「感化」をもたらしてくるはずである。しかもこのテクストにおいて「吾々」の「意識の連続」における「還元的感化」とは、けっして彼岸の不死の魂たちの叡知的な交信や、意識深層の不可思議なる思想伝達の事柄でなく、「実世界」に生きる「人類内面の歴史中」の言語行為の場で「文芸家の精神気魄《きはく》」が「社会の大意識に影響する」という、地に足のついた出来事として語られている。

かくして漱石というテクストは、近代世界の軍国主義化・国家主義化・帝国主義化の進行する「皮相上滑り」の文明開化の渦中にあって、日本自然主義が私的党派的に喧伝するのとは異なる意味で、真実に真面目に「人生に触れる」批判哲学的な文学の可能性を求め、「尤も新しい理想」「尤も深い理想」「尤も広き理想」を「完全なる技巧によりて」「実現する」べく、新たなリアリズムの文学の道を切りひらいてゆく。そして「自分の過去」を見つめた『道草』から、現下の日本社会を見つめる『明暗』への視座転換の途次、最晩年の『点頭録』一は「また正月が来た」と軽快に説き起こし、「双双」たる反転反復の光学そのものに「点頭」する。

「過去」を「夢」であり「無」であると見る「斯《か》ういふ見地から我《われ》といふものを解釈したら、いくら正月が来ても、自分は決して年齢《とし》を取る筈《はず》がない」。しかし「同時に」「現在の我」が「儼存《げんそん》」するという「動かしがたい真境《しんきやう》」では、「正月が来るたびに、自分は矢張り世間並《なみ》に年齢《とし》を取つて老い朽ちて行かなければならなくなる」。テクストはこの視座反転の比喩の光学的な含意をふまえて淡々と言う。

生活に対する此《この》二つの見方が、同時にしかも矛盾なしに両存して、普通にいふ所の論理を超越してゐる異様な現象に就《つ》いて、自分は今何も説明する積《つもり》はない。又解剖する手腕も有《も》たない。たゞ年頭に際して、自分は此《この》一体二様の見解を抱いて、わが全生活を、大正五年の潮流に任《まか》せる覚悟をした迄である。（十六巻、六二八頁）

ここに明快に見定められた世界往還光学に、テクストは黙して然りと首肯する。それを「説明」も「解剖」もしないのは、漱石的な言語理性批判の堅忍不抜の徹底性の証しである。最後の夏の手紙で禅語「明暗双双」が引かれるのも、この言葉が秘める反転光学の比喩の力に、十年前の「還元的感化」に混じる往相偏執の根本打破をねらってのことだろう。

「年頭」の『点頭録』一は、その方角をしかと見定め、「明治の始めから」の人生とこれから「又一年の寿命」とをまなざす、「無」と「有《う》」の反転の、この光学の方向性に然りを言う。そして末尾には唐代の禅僧「趙州《でうしう》和尚」が「六十一になつてから初めて道に志し」、「南泉」禅師のもとで「二十年間倦まずに修業を継続した」「古仏晩年発心」の逸話を引き、「私は天寿の許す限り趙州の顰にならつて奮励する心組でゐる」（同、六二九頁）との、創作家の「覚悟」を宣言する。「自分は点頭録の最初に是丈の事を云つて置かないと気が済まなくなつた」（同、六三〇頁）。かくして漱石の「点頭」する場所は、『哲学的基礎』の「色即是空」の往相から、「双双」の往還反転光学そのものへ、しかもその「空即是色」の還相のほうにすでに比重を移している。そしてその文学の道は何も片付かぬ「待対《たいたい》世界」（同、六三六頁）の只中で、批判的な言語行為の継続の決意を新たにする。

漱石最後の夏の「明暗双双」は、そのようにして見さだめられた〈相対即絶対、絶対即相対〉の、往相と還相の不断反転の確かな把握の表明である。「明暗双双三万字。撫摩石印自由成」。ほかならぬこの刹那に「心機一転」の「自由」も成る。漱石は「少々手前味噌」めくとコメントしていたが、すくなくともそのときの「今」の執筆の気分としては、「自由成」の文字に嘘偽りはない。かくして批判的啓蒙近代の創作家は、あの方法論的で自己反省的な『道草』から、本格的な三人称単数たちの相関する文字通りに対話《ディアレクティッシュ》的な小説創作の場所に帰って来た。『明暗』は明らかに虚構の小説世界だが、テクストの生地の徹底的に非人称的な叙法により、われわれ人間の身心の現実世界をリアルに写しだす。そしてこれを読む者にも、つねに自己の生の現場に立ち帰り「明暗双双」の「心機一転」にみずから参画するようにうながしてくる。

『道草』はある厭世の孤独な人が、「遠い所」から「故郷」の現実に帰って来る経緯を主題化した。それは同時に漱石文学の一貫する課題を、本格的な「道」の自覚の始まりの場所で想起反省したものである。そのテクストに重層する遠い過去への反省は、修善寺に病臥し仰いだ「大空」の「縹緲」たる広がりの反復想起とも撚り合わされていたはずである。二十二歳で漱石を名のり、のちに覚悟して職業作家となった後半生は、そのような文学的な帰還の営為が折り重なる道のりだった。そして彼の数々のテクストは、そのつどの途次の現世帰還の記録である。未完の遺作『明暗』は、この実在の小説家の文学的な帰還の最終形態であり、しかもすべての言語活動が生まれくる「遠い所」から、そのつどつねに今ここへと批判的に帰還する新たな文学の、ひとつの始まりの完全現実態《エンテレケイア》だと評されてよい。

だからやはり「則天去私」は、この最後の小説の執筆態度を表わす言葉としてまことにふさわしい。「天に則って私を去る」という副詞的動性は「相対即絶対」という「明暗双双」の往相に呼応して、物皆寝静まる杳《くら》く「遠い所」への上昇ベクトルを比喩的に道《い》い、この指針的な不断の動態性《ダイナミズム》にこそ漱石文学の方法論上の本質がある。近代の世の中の、不安で不愉快な苦しい現実を軽やかに耐え忍んで生きぬく人間の文学。『明暗』という小説の「明暗双双」のパロールは、つねにすでに経験的な実在性の大地を直にふみしめつつ、しかも同時に「私」の立つここを去り、この世の広い大空から俯瞰して、世の中の全体と細部を批判的建築術的に凝視する「経験的実在論にして超越論的観念論」の反転光学の視座によって初めて可能となる。創作家はこの広く深い語りの態度を、日々の制作過程に一貫して保持しつづけるべく、言語活動的な上昇下降の往還運動を不断に反復して生きぬくよりほかにない。だから漱石は午前中に『明暗』を執筆し午後には漢詩や南画や書を制作して、折々には青年たちに書簡をしたためた。

漱石は『明暗』の言語世界を「則天去私」の態度で建築する。長篇小説執筆の日常と、京や湯河原での閑適の日々。午前のペンの執筆と午後の毛筆の遊び。そういう明暗回互《えご》の反復を小説の一文一文の構成や、一語一語の選択、一字一字の筆致へ微分的に凝縮し、そのつどの刹那に「明暗双双」を実践する。あるいはこの「双双」になりきって書く。この小説を執筆する一分一刻の明暗双双には、修善寺大患の死生往還とそれを想起反省した『思ひ出す事など』の執筆をへて、現実社会の闘争裡に復帰して来た実人生のダイナミズムが、つねに新たに集約されていたにちがいない。

そしてとりわけ『行人』一郎の絶対帰入の空しい衝迫を、物語り行為内のHさんとの対話弁証により、「相対即絶対」へと暗黙のうちに反転させて、〈実在即現象、現象即実在〉の世の中での〈生死一貫〉に帰着せしめた、あの三年前の哲学的で文学的な省察の経緯も想起反省されていたはずである。漱石最晩年の「則天去私」は、だからたんなる東洋的文人趣味の現実逃避ではなく、ましてや私的な精神《たましい》の救済の事柄でもない。この世に住まう人類一般の新たな語らいの場所の創設のために、近代市民社会に生きるわれわれの我執の克服をめざすカント批判哲学の超越論的言語革命。その宣言の百年後の新たな「継続」を、漱石の「明暗双双」の詩学のうちに読みこみたい。そしてこの「自己本位」の物語りの徹底的に批判的な方法論的遂行を、それから百年後のいまここで不断に継続してゆきたいのである。

注

（1）すでに十六世紀末の『大学』のラテン語訳において、「明徳」はhumanae institutionis ratio（人間教育の理）とされていた。マテオ・リッチ『天主実義』（一六〇三年）、ニコロ・ロンゴバルディ『中国の宗教に関する二、三の議論』（一六七六年）、フィリップ・クプレ『中国の哲学者孔子』（一六八七年）、そしてフランソワ・ノエル『中華帝国の六古典』（一七一一年）といったイエズス会宣教師の著述をとおして欧州に伝来した東洋の思想は、ライプニッツの『中国自然神学論』（一七一六年）やクリスティアン・ヴォルフの『中国人の実践哲学に関する講演』（一七二一年ハレ大学学長退任講演、二六年出版、四〇年ドイツ語訳刊行）により、ドイツ啓蒙哲学の展開に彩りを添えていた（この件についてくわしくは井川義次『宋学の西遷』参照）。カントはこれら先達の哲学に残る神学的バイアスを払拭して、自己本位の人間理性批判に徹してゆくのである。

（2）経験論の伝統に抗して自己意識に立脚する「絶対的観念論」を展開したグリーン（Green, Thomas Hill 1836-82）や、その友人でヘーゲルの視点からカント哲学を読み込んだケアード（Caird, Edward 1835-1908）、そして個人の自己実現とともに具体的普遍としての歴史的共同体を重視し、不可知の精神的真実在を根本措定するブラッドリー（Bradley, Francis Herbert 1846-1924）。このイギリス観念論の哲学は、同じくドイツ観念論の影響下にあった明治の哲学界を大いに刺激した。帝国大学哲学科選科を修了したばかりの西田幾多郎は、明治二十七年十月二十日付の山本良吉宛書簡で、「兼て考へ居候如くグリーンの説を本邦人に紹介いたし度ものと存じ居り候」（西田、十九巻、二九頁）と述べ、翌二十八年五月に処女公刊論文「グリーン氏倫理学大意」を三回にわたり『教育時論』に連載する。「道徳の由来する所は自然界以上にありとなし、其形而上の根底を究明して普通倫理学の基礎を成す者、之を倫理哲学と云ふ。即ち世人が詩及び宗教に托せる最も深遠の人生問題を、学問的に説明せんとする学なり」（西田、十一巻、三頁）と、テクストは書き起こす。そして第一編「智識論」で、「実存の点より云へば、吾人の精神的原理は実に宇宙精神的原理の現出せる者にして、即ち吾人の個人的精神は皆宇宙大精神の現出せる者なり」（同、八－九頁）と、カント理性批判の制限をこえて、「無始死終なる宇宙大覚識」（同、九頁）の形而上学を力説し始める。

（3）井上哲次郎の公刊文書のなかに、「超絶唯心論」の文字列は見当たらない。しかし、たとえば「東洋の哲學思想に就て」（『日本大家論集』六、明治二十七年）と題する論考には「先天唯心論」の文字があり、井上はこれを北方仏教の世界観の解釈に用いて言う。「北方の佛教にして矢張り涅槃の考へは、一と通りと云ふ譯には行きませぬ、色々あるで《〔ママ〕》す、併しながら其全躰の傾きを云へば、決して其全く虚無になせと云ふ考へでなくて、現象世界の考へで云へば虚無であるけれと《〔ママ〕》も、違つた意味で云へば虚無でない、世界の本躰と冥合することである、世界の本躰を眞實躰と云ひます、それと同一して仕舞ふ積りであります、併しながら其眞實躰と云ふものは、物質的に解釋してはありませぬ、形而上の考へであります、それ故に此考へは今日の學術の言葉を以て云ひ現はせば、先天唯心論と云ふのであります、現象世界は皆な夢に見たのであります、眞に存するのではない、皆消滅して仕舞ふものである、諸行無常である、眞に存するものは世界の本躰其世界の本躰からして、種々なる現象が發表して居るので、眞に存するものは眞實躰のみである」と。そしてここからが巽軒井上の面目躍如たるところだが、彼はこの超越論的実在論の図式で、カントをふくむ古今東西の思想を十把一絡げにする。「ベルンダ教は眞實躰を梵天と名けます、其梵天の代はりに佛教では眞如と名けます、其世界の本躰たる所の眞如は、即ち如來でありて後には木像となしたり、金像となしたり、色々にするのであります、もとを云へば其哲學的の觀念、抽象的の觀念より外に過ぎないのであります、其の先天唯心論と云ふのが、即ち歐羅巴にあつては、カント、シヨッペンハウルの世界觀であります、カント、シヨッペンハウルは歸する所、北方の佛教と同一であります、そうして此世界觀は疇昔にあつては、プラトンの考へとは餘程近ひのであります、そうしてフヒテ、セリンク、ヘーゲルも佛教の唯心論と餘程普通の點を有して居るのであります、さふして又其眞實躰を説く所から云へば、スピノザが實躰を説き、ハルトマンが不覺を説き、スピサー〔スペンサー〕が不可知を説くと同一の趣意であります」（井上、九巻、一三一頁）と。ここに「先天唯心論」は文脈から推して"transcendental idealism"の訳語と考えてよい。本書第十一章の注でもふれたように、「現象即實在論の要領」《ママ》（『哲学雑誌』第十三巻第百二十三號、明治三十年）には「批評唯心論（Kritischer Idealismus）」「主我的唯心論（EgoistischerIdealismus《ママ》）」「客觀的唯心論（Objektiver.《ママ》 Idealismus ））」「絶對的唯心論（Absoluter Idealismus ）」とならんで、「先天唯心論（Transscendentaler《ママ》 Idealismus）」や「先天實在論（Transscendental《ママ》erRealismus《ママ》）」の術語群が確認できる（井上、九巻、一五三－四頁）。ここに戯れに『哲学字彙』の訳語を機械的に組み合わせてみれば、巽軒教授の哲学講義が「先天唯心論」の代わりに「超絶唯心論」の五文字を黒板に刻んだことも充分に想像できるのである。

（4）明治四十一年、この年の始めには漱石が「序」を寄せた高浜虚子『鶏頭』が春陽堂から出版され、『坑夫』の連載も始まった。一月一日から四月六日におよぶ九十一回の連載の途次、二月十五日には東京青年会館で『創作家の態度』を講演し、漱石はこれに加筆して『ホトトギス』四月号に掲載した。さらに六月十三日から二十一日まで『文鳥』全九回を『大阪朝日新聞』に連載し、『夢十夜』の連載は七月二十五日（大阪は二十六日）から八月五日まで、つまり本書序論冒頭に引く鈴木三重吉宛書簡の時期と重なっている。ところでその直前の『坑夫』に関連して柄谷行人は言う。「ブランケンブルクは精神分裂病を『生きられた現象学的還元』であるといったが、『坑夫』あるいは『行人』にあるのは、いわば『生きられたヒューム的懐疑』である。自分が自分であることの自明性をもちえないときに、『自己表現』とは何を意味するのか。漱石の作品は、近代小説の『自己表現』の形式をけっしてとりえないような『自己』をめぐっているのである」（柄谷、二〇〇一年①、二九八頁）。柄谷はさらに『漱石研究』創刊号の巻頭を飾る鼎談でも、現在只今の意識の流れの中でその意識をつかもうとする『坑夫』の文について、「それはヒュームそのものですよ」と評し、「たんに理論」じゃない「生きられたヒューム的懐疑」（小森・石原、一九九三年、一二三頁）をそこに見た。

この卓見に補完して言えば、すでに『文芸の哲学的基礎』から『創作家の態度』へと着々と「自己本位」の詩学の地歩を固めていた漱石《テクスト》にあって、『坑夫』は「ヒュームそのもの」というよりはカントの "Transcendental I" の方へ乗り越えられつつあるヒューム、あるいは「超越論的観念論（カント）」の視座から回顧したときのヒューム的世界の光景にほかならない。この点でも『三四郎』準備のカント研究は決定的に重要である。そしてこの視角から見返したとき、じつは十個の不可思議な夢を「連句的」・「同心円」的・「左右対称」的に「構成」（石井、一九九三年、一四五頁）した『夢十夜』こそが、三四郎の現実覚醒の課題への苦い踏み石だったとの見立ても成り立つ。ちなみに同年九月十九日の子規七回忌を目前にして、漱石は『ホトトギス』十一巻十二号（九月一日刊）に談話「正岡子規」を、さらに『文章世界』三巻十二号（九月十五日刊）に談話「時機が来ていたんだ——処女作追懐談」を発表。現在形と現在完了の文の連鎖からなる『三四郎』の制作の傍らで、そういう回顧の語りがあったのはまことに興味深いことである。

（5）ここに〈私的〉とは、もはやたんに個我の私秘的な私性のことだけでなく、むしろカント哲学の意味合いで、世界市民的な勝義の公共性の広い視角から批判的に指弾された、集団的な私利私欲の偏狭さを名指している。

（6）井上哲次郎の「認識と實在との關係」（『巽軒論文二集』明治三十四年刊）は言う。「世界は差別として又平等として考察せらる、ものにて、吾人の認識は單に差別としての世界に止まる、故に平等の境界即ち世界の實在に關しては何等の認識も出來得べからず、差別と平等は固より融合して分つべからざるものなれども、認識は世界の一方面即ち差別に關するものなり、故に認識の力によりて世界を究明せんとするときは、現象界の事は、詳細に考覈し得べしと雖も、平等としての世界に向ひては一歩も進入すること能はず、平等としての世界は唯ゞ内部に於て直觀すべきものなり、即ちカント氏の所ㇾ謂可想的 intelligibilis のものなり、此の如く認識によりて考覈すること能はざるものは、世界の實在なり、是故に認識の限界は現象の範圍に止まること、復た疑を容れざるなり」（井上、三巻、一五四－五頁）と。後に西田が「知的直観」と名指すものを、井上は「可想的」な「内面的直観」（同、一七一頁）と呼んでいたという違いがあるばかりであり、これにより「領悟すべき」實在を、大乗起信論にちなんで「眞如」と名づける点も共通する。ちなみにこの文脈で井上は、カントの「物自体」について以下のようにコメントする。「カント氏物如 Ding an sich を以て客觀的實在とし、認識の及ばざる所とせり、然れども氏は客観的實在を消極的に考察し、限界概念 Grenzbegriff と名づけたり、若し其限界概念を單に認識の限界概念とせば、不可なかるべきも、實在は、畢竟限界概念に過ぎず、此れを外にして別に實在あるなしとせば、未だ盡くさざる所あるなり」（同、一五七頁）と。どこまでも超越論的実在論の眼で物自体の現実存在を前提するから、こういう不得要領な注釈となるのである。

（7）荒正人は、「十月五日（月）、『三四郎』脱稿する」の年表記事に、注記して言う。「その後、春陽堂から催促もあって、『文學評論』の校閲にとりかかり、十一月初め頃から年末にかけて約一ヵ月間これに専念し、半分ほどを書き直す。瀧田哲太郎（樗陰）と森田草平が清書する」（『漱石研究年表』、四九〇頁）。

（8）天然居士こと米山保三郎は、一高時代以来の漱石の同級生であり、米山の名はすでに漱石書簡集筆頭の明治二十二年五月十三日付子規宛書簡に認められ、同月二十七日の子規宛書簡追伸では「米山大愚先生」とも呼称されている。ちなみに漱石が『三四郎』を書いていた頃の談話記事「時機が来てゐたんだ」（四十一年九月、『文章世界』）では、こう言われている。「丁度その時分（高等学校）の同級生に、米山保三郎といふ友人が居た。それこそ真性変物で常に宇宙がどうの、人生がどうのと大きなことばかり言つて居る。ある日此男が訪ねて来て、例の如く色々哲学者の名前を聞かされた揚句の果に君は何になると尋ねるから実はかう〳〵だと話すと、彼は一も二もなくそれを却けてしまつた。其時かれは日本でどんなに腕を揮つたつて、セント、ポールズの大寺院のやうな建築を天下後世に残すことは出来ないぢやないかとか何とか言つて、盛んなる大議論を吐いた。そしてそれよりもまだ文学の方が生命があると言つた」（二十五巻、二八一頁、さらに同、七二頁および一六六頁参照）。漱石に文学を勧めた米山は哲学科に進む。彼は金沢出身で、一年下の西田幾多郎とは同郷である。将来を嘱望されていたが、大学院で研究中の三十年五月二十九日没。熊本で訃報に接した漱石は、六月八日付の斎藤阿具宛の書簡に書き記す。「米山の不幸返す〳〵も気の毒の至に存候文科の一英才を失ひ候事痛恨の極に御座候同人如きは文科大学あつてより文科大学閉づるまでまたとあるまじき大怪物に御座候蟄龍未だ雲雨を起さずして逝く碌々の徒或は之を以て轍鮒に比せん残念」（二十二巻、一二七頁）。

明治四十二年五月は、米山の十三回忌に当たり、それを目前に控えた四月上旬、保三郎の兄が、漱石に記念の題辞を求めてきた。漱石の四月一日の日記には、「米山熊次郎氏天然居士の引きのばし写真を携へて来る。何か題せよといふ」（二十巻、一六頁）とあり、さらに七日の項にはこう記されている。「米山熊次郎氏に天然居士の写真を持たしてやる。／空間を研究せる天然居士の肖像に題す／空に消ゆる鐸の響や春の塔　漱石／と書いた」（二十巻、二〇頁）。これら米山関連の事柄については、大久保純一郎、一九七四年、も参照した。

（9）明治日本における類似の思想動向は、加藤弘之らの優勝劣敗の進化論的功利主義に対抗した、井上円了の『破唯物論　一名俗論退治』（明治三十一年）に見ることができる。

（10）カントとの類比をここでも展開すれば、漱石の「自己本位」は、理性批判の哲学の〈啓蒙〉の理念の根幹をなす〈自己思考 Selbstdenken〉の精神に通じている。すなわち宗教的・立法的・学問的な後見人に自分の思考と判断の身を委ねる未成年状態から勇気をもって脱却して、みずから考え始めることが個人、国民、人類の、他律から〈自律 Autonomie〉への第一歩なのである。

（11）漱石はこの文章を、いうまでもなく前年末に構想執筆しているのである。大正四年十二月十四日付の山本笑月宛書簡に最初の言及が見られ、東京と大阪の「元日」もしくは「正月」に掲載予定の「拙稿は一回にはあらず新年に関係なきかは知らねどぽつ〳〵途切れながら続かせる覚悟に候」（二十四巻、四九八頁）と述べている。そして二十五日付の同人宛書簡には、その執筆の苦労の様子をうかがうことができる。「拝啓御約束の元日組込のものを今日書かうと思つて机に向つて見ましたがどうも御目出度いものとなると一向趣向が浮びませんので甚だ御気の毒ですが去年の例にならひ正月上旬迄延ばして下さい大阪もあてにしてゐるでせうから是はあなたから宜敷御取なしを願ひます／私の正月から書くものゝ名は点頭録といふ題で漫筆みたやうなものです／どうも違約を致して申訳がありません御目にかゝつて万々御詫を致す積です　以上」。年末から「どうも御目出度い」気分にもなれず、しかも「リヨマチで腕が痛みますつゞけて机に凭《よ》る事が出来ません」（同、五〇〇頁）とも追伸しているように、執筆延期の原因には体調の悪化もあった。

　しかしとりあえずは、その題目を「点頭録」と定めえたことが、やはり重要な転機となったのだろう。漱石は元日の東西の朝日の掲載に、原稿を間に合わせることができたのである。第一回のテクストは、以下の力強い宣言文で締めくくられている。すなわち、この自分は「現にわが眼前に開展する月日に対して、あらゆる意味に於ての感謝の意を致して、自己の天分の有り丈を尽さうと思ふのである。／自分は点頭録の最初に是丈の事を云つて置かないと気が済まなくなつた」（十六巻、六二〇頁）。漱石の筆が第二回からは、現下の「軍国主義」の進行をめぐる批判哲学的省察に乗り出すことは、すでに本書第一章で確認したとおりである。

（12）『点頭録』の夢か現かの語りは、柄谷行人（柄谷、二〇〇一年①、七八‐八一頁）も指摘するように、『明暗』百七十一回の湯河原の「大きな闇」のなかでの、津田の「寂寞たる夢」（十一巻、六一四頁）のモチーフに密接しており、これらは『坑夫』の過去回想の語りの、批判的な変奏である。十九歳の「僕」が「只暗い所へ行きたい、行かなくつちやならないと思ひながら、雲を攫む様な料簡で歩いて」（五巻、九頁）いるばかりの『坑夫』では、「過去一年間の大きな記憶が、悲劇の夢の様に、朦朧と一団の妖氛《えうふん》となつて、虚空遥《はるか》に際限もなく立て罩《こ》めてる様な心持ちであつた」（同、一八頁）とのみ記される。そしてこのテクストを書く「僕」は、「振り返つて思ひ出す程の過去は、みんな夢で、その夢らしい所に追懐の趣があるんだから、過去の事実それ自身に何処かぼんやりした、曖昧な点がないと此夢幻の趣を助けることが出来ない」（同、一一五頁）としか述べていない。直後の『夢十夜』をゼロ地点として、『三四郎』以後に錬磨されつづけた「経験的実在論にして超越論的観念論」の往還光学が、最期の年の「明暗双双」に逢着して、この大団円でいかなる小説の言葉に結実するのか。その点については、別の機会に考察したい。

(13)　橋本峰雄、一二二‐七頁、参照。

(14)　小宮豊隆直系の岡崎義恵は、清子の「微笑」（十一巻、六六九、六七三、六八〇、六八八頁）について、こう述べる。「清子は突然あらはれた津田に驚かされ、その津田の愛情探索の矢面に立たなければならなくなつた。自然な人である清子は無論はじめ驚愕はしたが、その爲に防禦や對策に焦燥するといふのではなく、相變らずの餘裕を以て、自然の如く應對してゐるのである。この相手の警戒を解く餘裕は、清子の天眞の性であるが、又、天然に具はる武器でもあつた。嘗て油斷してゐる津田から、突如身を轉じて關に嫁したのも、いはばこの手であつたといへる。これは決して作られた戰術ではない。おのづからにして事實の形を採つてあらはれて來る自然の技巧――天巧――ともいふべきものである。清子の微妙な微笑はこの天のほほゑみに外ならないやうである」（岡崎、一九四七年、四七‐八頁）。「この微笑は絶對的なものであり、完全な餘裕を示すものであり、地上の葛藤から超越したものである。老荘の無爲自然とも合致し、禪的な悟によつて到達した境地にも比し得るものである。さうして又極めて素樸な美を持つてゐる。漱石が死の直前に到達せんとした則天去私といふものを、この清子の微笑によつて象徴されるものと考へるのは大きな誤ではないであらう」（同、五一頁）。そういう読み方も不可能ではないし、表面的には魅力的である。しかし、いささか射程の短い素朴で罪作りな解釈だと言わねばならない。

(15)　漱石はこの「句が何処かにあるやうな気がした」（十六巻、六二七頁）と暈《ぼ》かしているが、『禅林句集』をひもとけば、「終日行而未曽行終日説而未曽説」の出典は『碧巌録』第十六則であり、この対句は「無心無我に徹したる行説をいう。古人曰く、言語道断とは一切の語言なり、心行所滅とは一切の所行なり」（柴山全慶、三五六頁）と解されている。

(16)　『金剛経』は『金剛般若波羅蜜経』の略称で、後秦の鳩摩羅什（クマーラジーヴァ）の翻訳がよく知られており、世尊仏陀と長老須《しゅ》菩提の対話形式で般若思想の要点を説く。漱石の引くのは「須菩提よ、過去心も不可得、現在心も不可得、未来心も不可得」（中村・紅野訳注、一一〇頁）の一節である。ちなみに『坑夫』でも、「人間の了見」の有無をめぐって、「心は三世にわたつて不可得なり」という一句が「宿の本」（五巻、六九頁）から拾われている。しかも晩年の漱石邸の「狭い三畳の玄関には、泰山の金剛経の石刷を貼つた、二枚折の屏風が立つてゐ」たことを、芥川龍之介はさすがに見逃さず、けっして忘れないのである（「漱石山房の秋」大正九年、芥川、五巻、二七七頁）。

(17)　おなじく『金剛経』の掉尾、仏陀の最後に説くところとして、以下の言葉がある。「一切の有為法〔現象界〕は、夢・幻・泡・影の如く／露の如く、また、電の如し。／まさにかくの如き観を作すべし」（中村・紅野訳注、一三四―五頁）と。

(18)　漱石は一年前の『私の個人主義』でも、自己実存の行くべき方角を、みずから「明らかに見」るための比喩として、「探照燈」（十六巻、五九二頁）の文字を用いていた。ちなみにこの講演を収めた『金剛草』の刊行は、大正四年十一月二十三日のことである。同書編集は、社会運動家松本道別（本名順吉）の手になるものだが、十月五日付の漱石の「自序」があり、さらに印刷された同書を手にして、漱石は十一月二十二日付の同人宛書簡のなかで、「学習院の講演」（二十四巻、四八八頁）の編集不備にも苦言を呈している。

(19)　「点頭」は「うなずくこと、承知すること、首肯すること」を意味するとともに、『禅林句集』にも散見される鍵語であり（『定本禪林句集索引』、二八六頁、および加藤二郎、一九九九年、五三―五頁）、たとえば「石人點頭露柱拍手」――「石人《せきじん》點頭すれば露柱《ろちゅう》手を拍す」――は、「無心にして圓融交參すること。悟りの上の自由なはたらきを示す語」（柴山、二一三頁）と解される。拙稿はこれをふまえつつも、漱石個人の悟りの有無を云々するのではなく、ただひたすら漱石というテクストの哲学的思索の道筋を問うてきたのである。

参考文献

基礎文献資料

夏目金之助『夏目漱石遺墨集』全六巻、求龍堂、一九七九-八〇年
夏目金之助『漱石全集』全二十八巻および別巻、岩波書店、一九九三-九年
夏目金之助『漱石評論・講演復刻全集』全五巻、山下浩監修、ゆまに書房、二〇〇二年
夏目金之助『夏目漱石　特装袖珍本　こころ　道草　明暗』、岩波書店、二〇〇三年

『漱石全集月報　昭和三年版・昭和十年版』、岩波書店、一九七六年
荒正人著、小田切秀雄監修『増補改訂　漱石研究年表』、集英社、一九八四年
江藤淳編『朝日小事典　夏目漱石』、朝日新聞社、一九七七年
平岡敏夫編『夏目漱石研究資料集成』全十巻、別巻一、日本図書センター、一九九一年
平岡敏夫・山形和美・影山恒男編『夏目漱石事典』、勉誠出版、二〇〇〇年
平野清介編『新聞集成　夏目漱石像』全六巻、明治大正昭和新聞研究会、一九七九-八四年
平野清介編『雑誌集成　夏目漱石像』全二〇巻、明治大正昭和新聞研究会、一九八一-三年
村岡勇編『漱石資料―文学論ノート』、岩波書店、一九七六年
山梨県立文学館編『夏目漱石展―木曜日を面会日と定め候―』、山梨県立文学館、二〇〇一年
和田茂樹編『漱石・子規往復書簡集』、岩波書店、二〇〇二年

漱石関連の参考文献

相原和邦『漱石文学―その表現と思想―』、塙書房、一九八〇年

相原和邦『漱石文学の研究―表現を軸として―』、明治書院、一九八八年
赤井恵子『漱石という思想の力』、朝文社、一九九八年
赤木桁平『夏目漱石』、新潮社、一九一七年
秋月龍珉「「漱石と禅」ノート」、『理想』六二二号、理想社、一九八五年
秋山公男『漱石文学論考―後期作品の方法と構造―』、桜楓社、一九八七年
秋山豊『漱石という生き方』、トランスビュー、二〇〇六年
秋山豊「自筆原稿を『読む』たのしみ」、夏目漱石『直筆で読む「坊っちゃん」』、集英社、二〇〇七年
秋山豊『漱石の森を歩く』、トランスビュー、二〇〇八年
芥川龍之介「校正の后に」「葬儀記」「私の文壇に出るまで」、『芥川龍之介全集』第二巻、岩波書店、一九九五年
芥川龍之介「枯野抄」、『芥川龍之介全集』第三巻、岩波書店、一九九六年
芥川龍之介「俳画展覧会を観て」「あの頃の自分の事（削除分）」「小説家の好める小説家及び作風」、『芥川龍之介全集』第四巻、岩波書店、一九九六年
芥川龍之介「漱石山房の秋」、『芥川龍之介全集』第五巻、岩波書店、一九九六年
芥川龍之介「漱石先生のお褒めの手紙」「漱石山房の冬」、『芥川龍之介全集』第九巻、岩波書店、一九九六年
芥川龍之介「微笑」「夏目先生と滝田さん」「年末の一日」、『芥川龍之介全集』第十三巻、岩波書店、一九九六年
芥川龍之介「漱石先生の話」「夏目先生」、『芥川龍之介全集』第十四巻、岩波書店、一九九六年
芥川龍之介「文芸的な、余りに文芸的な」、『芥川龍之介全集』第十五巻、岩波書店、一九九七年
芥川龍之介「闇中問答」「或阿呆の一生」、『芥川龍之介全集』第十六巻、岩波書店、一九九七年
芥川龍之介『芥川龍之介全集』第十八巻書簡Ⅱ、岩波書店、一九九七年
浅田隆編『漱石　作品の誕生』、世界思想社、一九九五年
安倍能成「夏目先生の追憶」、『昭和文學全集』10、角川書店、一九五三年
荒正人『荒正人著作集　第五巻　小説家夏目漱石の全容』、三一書房、一九八四年
荒正人編『夏目漱石全集』第十二巻（漱石研究篇）、創芸社、一九五四年
飯島耕一『漱石の〈明〉、漱石の〈暗〉』、みすず書房、二〇〇五年
飯田利行『新訳　漱石詩集』、柏書房、一九九四年

石井和夫「『夢十夜』の方法――置きざりにされた子供――」、『國語と國文學』第六十六巻第五号、至文堂、一九八九年
石井和夫『漱石と次代の青年―芥川龍之介の型の問題―』、有朋堂、一九九三年①
石井和夫「『夢十夜』の構成と主題――直線と円の饗宴」、小森陽一・石原千秋編『漱石研究　第一号　特集『漱石と世紀末』』、翰林書房、一九九三年②
石井和夫「谷崎における漱石への共鳴と反撥――「金色の死」前後」、熊坂敦子編『迷羊のゆくえ　漱石と近代』、翰林書房、一九九六年
石崎等『漱石の方法』、有精堂、一九八九年
石崎等「夏目漱石の生命観　〈命〉から〈生命〉へ」、鈴木貞美編『大正生命主義と現代』、河出書房新社、一九九五年
石原千秋『反転する漱石』、青土社、一九九七年
石原千秋『漱石と三人の読者』、講談社、二〇〇四年
石原千秋『テクストはまちがわない　小説と読者の仕事』、筑摩書房、二〇〇四年
石原千秋『漱石はどう読まれてきたか』、新潮社、二〇一〇年
伊豆利彦「『行人』論の前提」、浅田隆・戸田民子編『漱石作品論集成　第九巻　行人』、桜楓社、一九九一年
一柳廣孝「一郎とスピリチュアリズム―『行人』一面」、『名古屋近代文学研究』第一〇号、一九九二年
一柳廣孝「〈科学〉の行方―漱石と心霊学をめぐって―」、『文学』第四巻第三号、岩波書店、一九九三年
一海知義「夏目漱石と漢詩」、同『一海知義著作集7　漢詩の世界Ⅰ』、藤原書店、二〇〇八年
伊藤整「解説」、同編『現代日本小説大系　第十六巻　夏目漱石』、河出書房、一九四九年
伊藤徹「世紀転換期のヨーロッパ滞在――浅井忠と夏目金之助」、『東西学術研究所紀要』第41輯、関西大学東西学術研究所、二〇〇八年
伊藤徹「『砂の中で狂う泥鰌』――夏目漱石『行人』の語り」、『東西学術研究所紀要』第42輯、関西大学東西学術研究所、二〇〇九年①
伊藤徹「ロンドン――漱石旧居のことなど」、同編『『作ることの視点における一九一〇‐四〇年代日本近代化過程の思想史的研究』成果論集』、平成十九年度科学研究費補助金助成基盤研究（B）、二〇〇九年②
伊藤徹「過去への眼差し――『硝子戸の中』の頃の夏目漱石」、『日本哲学史研究』第六号、京都大学大学院文学研究科日本哲学史研究室、二〇〇九年③
伊藤徹「深淵をなぞる言語――夏目漱石『彼岸過迄』のパースペクティヴィズム」、同編『作ることの日本近代　一九一〇‐四〇年代の精神史』、世界思想社、二〇一〇年
猪野謙二「日本の思想家・漱石」、『文芸読本　夏目漱石』、河出書房新社、一九七五年

井上宗幸編『夏目漱石研究　学生の読書　第十一集』、創文社、一九七一年
今西順吉「漱石と仏教　『思ひ出す事など』を中心に」、『理想』六二二号、理想社、一九八五年
今西順吉『漱石文学の思想　第一部　自己形成の苦悩』、筑摩書房、一九八八年
今西順吉『漱石文学の思想　第二部　自己本位の文学』、筑摩書房、一九九二年
上田閑照「漱石にあらわれた人間像――『道草』をめぐって――」、井上宗幸編『夏目漱石研究　学生の読書　第十一集』、創文社、一九七一年
上田閑照「漱石における『道草』の道――「私の個人主義」と「則天去私」の間」、同『上田閑照集 第五巻 禅の風景』、岩波書店、二〇〇二年
上田閑照「夏目漱石――「自己本位」と「則天去私」」、同著『哲学コレクションI　宗教』、岩波書店、二〇〇七年
内田百閒『私の「漱石」と「龍之介」』、筑摩書房、一九九三年
内田道雄『夏目漱石――『明暗』まで』、おうふう、一九九八年
江藤淳『漱石とその時代』全五部、新潮社、一九七〇 - 九九年
江藤淳『決定版　夏目漱石』、新潮社、一九七九年
江藤淳『漱石論集』、新潮社、一九九二年
大岡昇平『小説家夏目漱石』、筑摩書房、一九九二年
大岡信『拝啓　漱石先生』、世界文化社、一九九九年
太田三郎「漱石の『文学論』」、荒正人編『夏目漱石全集』第十二巻、創藝社、一九五四年
大野淳一「漱石の文学理論について」、東京大学国語国文学会編『国語と国文学』昭和五十年六月号、至文堂、一九七五年
大峯顯「西田幾多郎と夏目漱石――その詩的世界の意義」、『思想』八五七号、岩波書店、一九九五年
岡崎義惠「則天去私の輪郭」「則天去私から觀た漱石の作品」「晩年における漱石の藝術觀」、同著『藝術論の探求』、弘文堂書房、一九四一年
岡崎義惠『漱石と微笑』、生活社、一九四七年
岡崎義惠「漱石作品の文芸的意義」、『國文學　解釋と鑑賞』昭和三十一年十二月号（漱石・作品論と資料）、至文堂、一九五六年
岡崎義恵『漱石と則天去私』、宝文館出版、一九六八年
岡部茂『夏目漱石「則天去私」の系譜』、文藝書房、二〇〇六年（同著『漱石私論　そのロマンと真実』、朝日新聞出版サービス、二〇

〇二年、改題再刊）
小倉脩三『夏目漱石――ウィリアム・ジェームズ受容の周辺』、有精堂、一九八九年
小倉脩三「文芸の哲学的基礎、創作家の態度」、『國文学　解釈と教材の研究』第三十九巻第二号臨時号、學燈社、一九九四年
小倉脩三『漱石の教養』、翰林書房、二〇一〇年
桶谷秀昭『夏目漱石論』、河出書房新社、一九七六年
越智治雄『漱石私論』、角川書店、一九七一年
嘉指信雄「ジェイムズから漱石と西田へ――「縁暈」の現象学、二つのメタモルフォーゼ」、『哲学』四八号、一九九七年
加藤周一「漱石における「現実」――『明暗』について」、『漱石作品論集成』第十二巻、桜楓社、一九九一年
加藤周一『日本文学史序説』下、筑摩書房、一九九九年
加藤二郎「『明暗』期漱石漢詩の推敲過程」、『宇都宮大学教養部研究報告』第二十二号第一部、一九八九年
加藤二郎「漱石の存在論」、小森陽一・石原千秋編『漱石研究　第一号　特集『漱石と世紀末』』、翰林書房、一九九三年
加藤二郎『漱石と禅』、翰林書房、一九九九年
加藤二郎『漱石と漢詩――近代への視線』、翰林書房、二〇〇四年
加藤敏夫『漱石の「則天去私」と『明暗』の構造』、リーベル出版、一九九六年
金子明雄「三人称回想小説としての『道草』―『道草』再読のためのノート」、小森陽一・石原千秋編『漱石研究』第四号、翰林書房、一九九五年
神山睦美『夏目漱石論―序説』、国文社、一九八〇年
亀井俊介『英文学者　夏目漱石』、松柏社、二〇一一年
亀山佳明『夏目漱石と個人主義　〈自律〉の個人主義から〈他律〉の個人主義へ』、新曜社、二〇〇八年
萱本正夫「漱石詩話」、吉田精一・福田陸太郎監修『比較文学研究　夏目漱石』、朝日出版社、一九七八年
唐木順三『唐木順三全集』第十一巻、筑摩書房、一九六八年
柄谷行人『増補　漱石論集成』、平凡社、二〇〇一年①
柄谷行人・小池清治・小森陽一・芳賀徹・亀井俊介『漱石をよむ』、岩波書店、一九九四年
川島幸希『英語教師　夏目漱石』、新潮社、二〇〇〇年
川西政明『新・日本文壇史　第一巻　漱石の死』、岩波書店、二〇一〇年

北山正迪「漱石と『明暗』」、『文学』第三十四巻二号、岩波書店、一九六六年
北山正迪「漱石と禅」、西谷啓治編『講座 禅』第五巻、筑摩書房、一九七四年
北山正迪「漱石「私の個人主義」について―『明暗』の結末の方向―」、『文学』第四十五巻十二号、岩波書店、一九七七年
木股知史「『吾輩は猫である』――理知と混沌」、『國文学　解釈と教材の研究』第三十九巻第二号臨時号、學燈社、一九九四年
釘宮久男「『明暗』試論―『明暗』と則天去私―」、広島大学近代文学研究会編『近代文学試論』第四号、一九六七年
久野昭「漱石文学の哲学的基礎」、『理想』六二二号、理想社、一九八五年
熊坂敦子「則天去私」、『國文學　解釋と鑑賞』第二十一巻十二号（漱石・作品論と資料）、至文堂、一九五六年
熊坂敦子『夏目漱石の世界』、翰林書房、一九九五年
久米正雄「臨終記」、『新思潮』漱石先生追慕號（第二年第二号）、新思潮社、一九一七年
久米正雄「生活と藝術と（日記抄）」「夏目漱石氏の印象」、『久米正雄全集』第十三巻、本の友社、復刻版一九九三年
栗原信一『漱石の人生観と藝術観』、日本出版、一九四七年
小泉浩一郎「相対世界の発見――『行人』を起点として」、『國文学　解釈と教材の研究』第二十三巻六号、學燈社、一九七八年
紅野敏郎「「牛」になれと人生の縁」、『漱石全集』第二十四巻月報26、岩波書店、一九九七年
小坂晋『漱石の愛と文学』、講談社、一九七四年
小林孚俊『漱石と多佳女』、私家版、一九八六年
駒尺喜美『漱石　その自己本位と連帯と』、八木書店、一九七〇年
駒尺喜美『漱石という人―吾輩は吾輩である』、思想の科学社、一九八七年
小宮豊隆『漱石襍記』、小山書房、一九三五年
小宮豊隆『漱石　寅彦　三重吉』、岩波書店、一九四二年
小宮豊隆『知られざる漱石』、弘文堂、一九五一年
小宮豊隆『夏目漱石』一・二・三、岩波書店、一九五三年
小宮豊隆『漱石の藝術』、岩波書店、一九五六年①
小宮豊隆「『明暗』上　解説」、新書版『漱石全集』第十四巻、岩波書店、一九五六年②
小宮豊隆「『明暗』下　解説」、新書版『漱石全集』第十五巻、岩波書店、一九五六年③
小森陽一『出来事としての読むこと』、東京大学出版会、一九九六年

小森陽一『漱石論　21世紀を生き抜くために』、岩波書店、二〇一〇年
小森陽一・石原千秋編『漱石研究　第一号　特集『漱石と世紀末』』、翰林書房、一九九三年
小森陽一・石原千秋編『漱石研究　第四号　特集『硝子戸の中』『道草』』、翰林書房、一九九五年
小森陽一・石原千秋編『漱石研究　第十三号　特集『漱石山脈』』、翰林書房、二〇〇〇年
小森陽一・石原千秋編『漱石研究　第十五号　特集『行人』』、翰林書房、二〇〇二年
小森陽一・石原千秋編『漱石研究　第十八号　特集『明暗』』、翰林書房、二〇〇五年
小森陽一・芹澤光興編『漱石作品論集成　第十一巻　道草』、桜楓社、一九九一年
坂本育雄編『夏目漱石『夢十夜』作品論集成Ⅲ』、大空社、一九九六年
坂元昌樹他編『漱石文学の水脈』、思文閣出版、二〇一〇年
佐古純一郎『夏目漱石論』、審美社、一九七八年
佐古純一郎『漱石詩集全釈』、二松学舎出版部、一九八三年
佐古純一郎『夏目漱石の文学』、朝文社、一九九〇年
佐々木亜紀子『漱石　響き合うことば』、双文社出版、二〇〇六年
佐々木英昭「暗示は戦う　『辺端的意識』としての『抜殻』」、小森陽一・石原千秋編『漱石研究　第十五号　特集『行人』』、翰林書房、二〇〇二年
佐々木英昭『漱石先生の暗示《サジェスチョン》』、名古屋大学出版会、二〇〇九年
佐々木英昭「『死んでも自分はある』か――ジェイムズ、フェヒナー、ベルクソンと漱石」、坂元昌樹他編『漱石文学の水脈』、思文閣出版、二〇一〇年
佐藤泉『漱石　片付かない〈近代〉』、日本放送出版協会、二〇〇二年
佐藤泰正『文学　その内なる神』、桜楓社、一九七四年
佐藤泰正「漱石晩期の漢詩―『明暗』との関連を軸として―」、池田富蔵博士古稀記念論文集刊行会編『和歌文学とその周辺』、桜楓社、一九八四年
佐藤泰正『夏目漱石論』、筑摩書房、一九八六年
佐藤泰正「〈修善寺の大患〉の意味――『思ひ出す事など』の語るもの」、『國文学　解釈と教材の研究』第二十三巻六号、學燈社、一九七八年

佐藤泰正『佐藤泰正著作集①漱石以後Ⅰ』、翰林書房、一九九四年
佐藤泰正『佐藤泰正著作集②漱石以後Ⅱ』、翰林書房、二〇〇一年
佐藤泰正『文学講義録　これが漱石だ。』、櫻の森通信社、二〇一〇年
佐藤泰正「透谷と漱石の問いかけるもの――時代を貫通する文学とは何か――」、同編『時代を問う文学』、笠間書院、二〇一二年
佐藤泰正・佐古純一郎『漱石 芥川 太宰』、朝文社、一九九二年
佐藤裕子『漱石解読〈語り〉の構造』、和泉書院、二〇〇〇年
佐藤裕子『漱石のセオリー――『文学論』解読』、おうふう、二〇〇五年
重松泰雄「『相対即絶対』への道」、『國文学　解釈と教材の研究』第十九巻第十三号（特集・漱石文学の変貌―三つの転換期）、學燈社、一九七四年
重松泰雄「『文学論』から『文芸の哲学的基礎』『創作家の態度』へ」、内田道雄・久保田芳太郎編『作品論　夏目漱石』、双文社出版、一九七六年
重松泰雄「漱石とウィリアム・ジェイムズ」、吉田精一・福田陸太郎監修『比較文学研究　夏目漱石』、朝日出版社、一九七八年
重松泰雄『漱石　その歴程』、おうふう、一九九四年
重松泰雄『漱石　その新たなる地平』、おうふう、一九九七年
柴市郎「『硝子戸の中』、その可能性」、小森陽一・石原千秋編『漱石研究』第四号、翰林書房、一九九五年
柴田勝二『漱石のなかの〈帝国〉「国民作家」と近代日本』、翰林書房、二〇〇六年
島田厚「漱石の思想」、日本文学研究資料刊行会編『夏目漱石Ⅰ』、有精堂、一九七〇年
清水孝純『漱石　その反オイディプス的世界』、翰林書房、一九九三年
清水孝純『漱石　そのユートピア的世界』、翰林書房、一九九八年
清水孝純『笑いのユートピア　『吾輩は猫である』の世界』、翰林書房、二〇〇二年
絓秀美「漱石と天皇――「思ひ出す事など」『彼岸過迄』『こゝろ』『道草』他」、同著『「帝国」の文学――戦争と「大逆」の間』、以文社、二〇〇一年
杉田弘子『漱石の『猫』とニーチェ』、白水社、二〇一〇年
鈴木良昭『文科大学講師　夏目金之助』、冬至書房、二〇一〇年
スティーブン、千種キムラ『『三四郎』の世界（漱石を読む）』、翰林書房、一九九五年

スティーブン、千種キムラ「姦通文学としての『それから』」、小森陽一・石原千秋編『漱石研究』第十号、翰林書房、一九九八年
高木文雄『漱石文学の支柱』、審美社、一九七一年
高木文雄『新版　漱石の道程』、審美社、一九七二年
高木文雄『漱石の命根』、桜楓社、一九七七年
高木文雄『漱石漢詩研究資料集――用字用語索引・訓讀校合』、名古屋大学出版会、一九八七年
高木文雄『漱石作品の内と外』、和泉書院、一九九四年
高野実貴雄「漱石の文学理論の構造とその位相」、石原千秋編『夏目漱石・反転するテクスト』、有精堂、一九九〇年
高橋英夫『洋燈《らんぷ》の孤影　漱石を読む』、幻戯書房、二〇〇六年
高橋正雄『漱石文学が物語るもの　神経衰弱者への畏敬と癒し』、みすず書房、二〇〇九年
瀧澤克己『瀧澤克己著作集４　夏目漱石Ⅱ・芥川龍之介』、法藏館、一九七三年
瀧澤克己『瀧澤克己著作集３　夏目漱石Ⅰ』、法藏館、一九七四年
竹盛天雄『漱石　文学の端緒』、筑摩書房、一九九一年
田島優『漱石と近代日本語』、翰林書房、二〇〇九年
辰野隆「夏目漱石」、『昭和文學全集』10、角川書店、一九五三年
谷崎潤一郎「『門』を評す」「藝術一家言」、『谷崎潤一郎全集』第二十巻、中央公論社、一九六八年
玉井敬之『夏目漱石論』、桜楓社、一九七六年
玉井敬之『漱石研究への道』、桜楓社、一九八八年
千谷七郎『漱石の病跡―病気と作品から―』、勁草書房、一九六三年
陳明順『漱石漢詩と禅の思想』、勉誠社、一九九七年
辻村公一「漱石の『明暗』について」、井上宗幸編『夏目漱石研究　学生の読書　第十一集』、創文社、一九七一年
津田青楓『漱石と十弟子』、芸艸堂、一九七四年
寺田透「夏目漱石」、同『現代日本作家研究』、未來社、一九五四年
寺田透「漱石の文体」、同『文学　その内面と外界』増補版、清水弘文堂、一九七〇年
土井健郎『漱石の心的世界』、至文堂、一九六九年
鳥井正晴・藤井淑禎編『漱石作品論集成　第十二巻　明暗』、桜楓社、一九九一年

中島茂三「漱石と書」(一・二)、『群馬大学教育学部紀要　人文・社会科学編』第二十・二十一巻、一九七一・二年
中村宏『漱石漢詩の世界』、第一書房、一九八三年
中村文雄『漱石と子規、漱石と修――大逆事件をめぐって』、和泉書院、二〇〇二年
中村美子『夏目漱石絶筆『明暗』における「技巧」をめぐって』、和泉書院、二〇〇七年①
中村美子「『明暗』における作者の視座――〈「私」のない態度〉の実践」、鳥井正晴監修・近代部会編『『明暗』論集　清子のいる風景』、和泉書院、二〇〇七年②
夏目鏡子、松岡譲筆録『漱石の思い出』、角川書店、一九六六年
夏目伸六『父　夏目漱石』、文藝春秋新社、一九五六年
夏目伸六『猫の墓』、文藝春秋新社、一九六〇年
夏目伸六『父の法要』、新潮社、一九六二年
西尾幹二「漱石の文明論と現代」、同『行為する思索』、中央公論社、一九八七年
西谷啓治「夏目漱石『明暗』について」、同『西谷啓示著作集』第十五巻、岩波書店、一九九五年
西谷啓治他「鼎談　漱石と近代精神」、『理想』五四五号、理想社、一九七八年
西谷啓治他「漱石と宗教　則天去私の周辺」、『理想』六二二号、理想社、一九八五年
野家啓一「漱石『明暗』とポアンカレー」、中村雄二郎・木村敏監修『講座 生命』第一巻、哲学書房、一九九六年
芳賀徹「夏目漱石――絵画の領分」、同著『絵画の領分　近代日本比較文化史研究』、朝日新聞社、一九九〇年
朴裕河『ナショナル・アイデンティティとジェンダー　漱石・文学・近代』、クレイン、二〇〇七年
蓮實重彦『夏目漱石論』、福武書店、一九八八年
林原耕三『漱石山房の人々』、講談社、一九七一年
原武哲『夏目漱石と菅虎雄――布袋禅情を楽しみ心友』、教育出版センター、一九八三年
平岡敏夫『漱石序説』、塙書房、一九七六年
平岡敏夫『漱石研究　Essay on Sôseki』、有精堂、一九八七年
平川祐弘「夏目漱石の『ツァラトゥストラ』読書」、氷上英廣教授還暦記念論文集刊行委員会編『ニーチェとその周辺』、朝日出版社、一九七二年
平川祐弘『夏目漱石―非西洋の苦闘』、講談社、一九九一年

藤井淑禎「『行人』における同時代的課題――〈自我〉の出現〈主観〉の変質」、『國文学　解釈と教材の研究』第三十九巻第二号臨時号、學燈社、一九九四年
藤尾健剛『漱石の近代日本』、勉誠出版、二〇一一年
古井由吉『漱石の漢詩を読む』、岩波書店、二〇〇八年
正宗白鳥「大學派の文章家」「漱石と二葉亭」「夏目漱石論」「夏目氏について」「夏目漱石論」「漱石と潤一郎」、『正宗白鳥全集』第二十巻、福武書店、一九八三年
正宗白鳥「『道草』について」、『正宗白鳥全集』第二十一巻、福武書店、一九八五年
増満圭子『夏目漱石論　漱石文学における「意識」』、和泉書院、二〇〇四年
松浦嘉一「木曜會の思ひ出」、『新思潮』漱石先生追慕號（第二年第二号）、新思潮社、一九一七年
松浦嘉一「漱石先生とメレヂスとオースチン」、塚本利明編、吉田精一・福田陸太郎監修『比較文学研究　夏目漱石』、朝日出版社、一九七八年
松尾直昭『夏目漱石「自意識」の罠　後期作品の世界』、和泉書院、二〇〇八年
松岡譲『漱石先生』、岩波書店、一九三四年
松岡譲『漱石の漢詩』、朝日新聞社、一九六六年
松岡譲『ああ漱石山房』、朝日新聞社、一九六七年
松岡譲編輯兼発行『新思潮』漱石先生追慕號（第二年第二号）、新思潮社、一九一七年
丸尾実子「『三四郎』に吹く〈風〉――明治四〇年の事物と経済――」、小森陽一・石原千秋編『漱石研究第五号　漱石と明治』、翰林書房、一九九五年
水川隆夫『漱石と仏教　則天去私への道』、平凡社、二〇〇二年
水村美苗『続明暗』、筑摩書房、二〇〇九年
宮井一郎『漱石の世界』、講談社、一九六七年
三宅雅明「漱石『文学論』の現代的意義――記号学の視座から――」、石原千秋編『夏目漱石・反転するテクスト』、有精堂、一九九〇年
三好行雄『鷗外と漱石　明治のエートス』、力富書房、一九八三年
武者小路實篤「『それから』に就て」、『白樺』第一巻第一号、洛陽堂、一九一〇年（『複製版白樺』、臨川書店、一九六九年、所収）
望月俊孝「超越論的観念論と純粋経験説の立場――カント・漱石・西田」（一）、福岡女子大学文学部紀要『文藝と思想』第七二号、二〇

〇八年
望月俊孝「超越論的観念論と純粋経験説の立場――カント・漱石・西田」(二)、福岡女子大学文学部紀要『文藝と思想』第七三号、二〇〇九年①
望月俊孝「漱石文芸の根本視座――『三四郎』、諸視点の磁場」、伊藤徹編『作ることの視点における一九一〇 - 四〇年代日本近代化過程の思想史的研究』成果論集』、平成十九年度科学研究費補助金助成基盤研究（B）、二〇〇九年②
望月俊孝「超越論的観念論と純粋経験説の立場――カント・漱石・西田」(三)、福岡女子大学文学部紀要『文藝と思想』第七五号、二〇一一年①
望月俊孝「経験的実在論にして超越論的観念論――漱石とカントの反転光学」、日本カント協会編『日本カント研究12　カントと日本の哲学』、理想社、二〇一一年②
盛忍『漱石「行人」論』、作品社、二〇〇六年
森田草平『夏目漱石』一・二・三、講談社、一九八〇年
矢口進也『漱石全集物語』、青英舎、一九八五年
安田未知夫『漱石と良寛』、考古堂書店、二〇〇六年
安田未知夫『良寛の生き方と晩年の漱石』、幻冬社ルネッサンス、二〇〇八年
山下俊介「ベリング ザ キャット　荒正人著『漱石研究年表』について」、『理想』六二二号、理想社、一九八五年
山本健吉『漱石　啄木　露伴』、文藝春秋、一九七二年
吉江孝美「『明暗』の構造と語り手の場所」、鳥井正晴監修・近代部会編『『明暗』論集　清子のいる風景』、和泉書院、二〇〇七年
吉川幸次郎『漱石詩注』、岩波書店、一九六七年
吉田精一「夏目漱石の文芸理論」、江藤淳・吉田精一編『夏目漱石全集』別巻：漱石文学案内、角川書店、一九七五年
吉田精一『鷗外と漱石』(吉田精一著作集、第4巻)、桜楓社、一九八一年
吉田六郎『作家以前の漱石』、勁草書房、一九六六年
吉田六郎『漱石文学の心理的探究』、勁草書房、一九七〇年
吉本隆明「対幻想論」、同『共同幻想論』、角川書店、一九八二年①
吉本隆明『漱石を読む』、筑摩書房、二〇〇二年
吉本隆明＋佐藤泰正『漱石的主題』、春秋社、二〇〇四年

和田利男『漱石漢詩研究』、人文書院、一九三七年
和田利男「則天去私管見」「漱石漢詩の輪郭」、同『文苑借景―賢治・漱石・杜甫など』、煥乎堂、一九七二年
和田利男『漱石の詩と俳句』、めるくまーる社、一九七四年
和田利男『子規と漱石』、めるくまーる社、一九七六年
和辻哲郎「漱石に逢うまで」「漱石の人物」、『和辻哲郎全集』第三巻、岩波書店、一九六二年
和辻哲郎「夏目先生の追憶」、『和辻哲郎全集』第十七巻、岩波書店、一九六三年

その他の参考文献

秋月龍珉『公案　実践的禅入門』、筑摩書房、一九六五年
浅利誠『日本語と日本思想　本居宣長・西田幾多郎・三上章・柄谷行人』、藤原書店、二〇〇八年
足立大進編『禅林句集』、岩波書店、二〇〇九年
姉崎嘲風「高山樗牛に答ふるの書」「再び樗牛に與ふるの書」、『明治文学全集』第四〇巻、筑摩書房、一九七〇年
アリストテレース＋ホラーティウス『詩学・詩論』、松本仁助・岡道男訳、岩波書店、一九九七年
イーザー、ヴォルフガング『行為としての読書――美的作用の理論』、轡田収訳、岩波書店、一九八二年
飯島耕一「芥川の死と漱石の『行人』」、同著『萩原朔太郎1』、みすず書房、二〇〇四年
石塚正英・柴田隆行監修『哲学・思想翻訳語事典』、論創社、二〇〇三年
板橋勇仁『西田哲学の論理と方法　徹底的批評主義とは何か』、法政大学出版局、二〇〇四年
市川浩『精神としての身体』、勁草書房、一九七五年
一柳廣孝『催眠術の日本近代』、青弓社、二〇〇六年
井筒俊彦『意識と本質　精神的東洋を索めて』、岩波書店、一九八三年
井筒俊彦『東洋哲学覚書　意識の形而上学―『大乗起信論』の哲学』、中央公論社、二〇〇一年
伊藤邦武『ジェイムズの多元的宇宙論』、岩波書店、二〇〇九年
伊東俊太郎『一語の辞典　自然』、三省堂、一九九九年
伊藤徹『柳宗悦　手としての人間』、平凡社、二〇〇三年
伊藤徹編『作ることの日本近代　一九一〇‐四〇年代の精神史』、世界思想社、二〇一〇年

井上哲次郎『井上哲次郎集』第三巻（巽軒論文初集、巽軒論文二集）、島薗進監修、クレス出版、二〇〇三年
井上哲次郎『井上哲次郎集』第五巻（哲学と宗教）、島薗進監修、クレス出版、二〇〇三年
井上哲次郎『井上哲次郎集』第八巻（懐旧録、井上哲次郎自伝）、島薗進監修、クレス出版、二〇〇三年
井上哲次郎『井上哲次郎集』第九巻（論文集、解説）、島薗進監修、クレス出版、二〇〇三年
井原西鶴『日本永代蔵』、東明雅校訂、岩波書店、一九五六年
入矢義高「明と暗」、西谷啓治監修・上田閑照編集『禅と哲学』、禅文化研究所、一九八八年
入矢義高他訳注『碧巌録』中、岩波書店、一九九四年
宇井伯寿・高崎直道訳注『大乗起信論』、岩波書店、一九九四年
ウィトゲンシュタイン、ルートヴィヒ『ウィトゲンシュタイン全集』第8巻、藤本隆志訳、大修館書店、一九七六年
ウィトゲンシュタイン、ルートヴィヒ『論理哲学論考』、野矢茂樹訳、岩波書店、二〇〇三年
上田閑照『禅仏教　根源的人間』、筑摩書房、一九七三年
上田閑照『西田哲学への導き　経験と自覚』、岩波書店、一九九八年
上田閑照・柳田聖山『十牛図　自己の現象学』、筑摩書房、一九八二年
内山勝利編『ソクラテス以前哲学者断片集　第Ⅰ分冊』、内山勝利・藤沢令夫他訳、岩波書店、一九九六年
英朝禪師編輯『増補頭書　禅林句集　出所附』乾坤二巻、文光堂、一八八九年
エレンベルガー、アンリ『無意識の発見――力動精神医学発達史』上・下、木村敏・中井久夫監訳、弘文堂、一九八〇年
オースティン、ジョン・ラングショー『言語と行為』、坂本百大訳、大修館書店、一九七八年
大橋容一郎「『言語』をめぐる問題群――カントの言語論への小考察」、日本カント協会編『カントと現代』、一九九六年
大森曹玄『禅の発想』、講談社、一九八三年
冲永宜司『心の形而上学――ジェイムズ哲学とその可能性』、創文社、二〇〇七年
オッペンハイム、ジャネット『英国心霊主義の抬頭　ヴィクトリア・エドワード朝時代の社会精神史』、和田芳久訳、工作舎、一九九二年
オング、ウォルター・ジャクソン『声の文化と文字の文化』、桜井直文・林正寛・糟谷啓介訳、藤原書店、一九九一年
柄谷行人『ヒューモアとしての唯物論』、講談社、一九九九年
柄谷行人『トランスクリティーク――カントとマルクス』、批評空間、二〇〇一年②

柄谷行人『定本柄谷行人集1　日本近代文学の起源』、岩波書店、二〇〇四年
河村泰太郎発行『増補首書　禅林句集』、貝葉書院、一八九五年
カント、イマヌエル『カント全集』全二十二巻・別巻、岩波書店、一九九九－二〇〇六年
木岡伸夫・鈴木貞美編『技術と身体　日本「近代化」の思想』、ミネルヴァ書房、二〇〇六年
木村敏『自分ということ』、第三文明社、一九八三年
木村敏『あいだ』、弘文堂、一九八八年
クリステヴァ、ジュリア『記号の解体学　セメイオチケ1』、原田邦夫訳、せりか書房、一九八三年
クリステヴァ、ジュリア『記号の生成論　セメイオチケ2』、中沢新一・原田邦夫・松浦寿夫・松枝到訳、せりか書房、一九八四年
厨川白村『校訂　近代文學十講』、大日本図書、一九二六年
黒岩涙香「天人論」、木村毅編『明治文學全集47　黒岩涙香集』、筑摩書房、一九七一年
黒崎政男「ドイツ観念論と十八世紀言語哲学――記号論のカント転換点説」、廣松渉・坂部恵・加藤尚武編『講座ドイツ観念論』第六巻、
弘文堂、一九九〇年
古東哲明『〈在る〉ことの不思議』、勁草書房、一九九二年
古東哲明『他界からのまなざし　臨生の思想』、講談社、二〇〇四年
小西甚一『日本文藝史V』、講談社、一九九二年
小西甚一『日本文学史』、講談社、一九九三年
齊藤希史『漢文脈と近代日本　もう一つのことばの世界』、日本放送出版協会、二〇〇七年
坂部恵『かたり――物語の文法』、筑摩書房、二〇〇八年
作田啓一『個人主義の運命――近代小説と社会学』、岩波書店、一九八一年
作田啓一『一語の辞典　個人』、三省堂、一九九五年
シェイクスピア『テンペスト』、藤田実編注、大修館書店、一九九〇年
ジェイムズ、ウィリアム『プラグマティズム』、岩波書店、一九五七年
ジェイムズ、ウィリアム『多元的宇宙』（ウィリアム・ジェイムズ著作集6）、吉田夏彦訳、日本教文社、一九六一年
ジェイムズ、ウィリアム『哲学の諸問題』（ウィリアム・ジェイムズ著作集7）、上山春平訳、日本教文社、一九六一年
ジェイムズ、ウィリアム『宗教的経験の諸相』上・下、桝田啓三郎訳、岩波書店、一九六九・七〇年

ジェームズ、ウィリアム『心理学』上・下、今田寛訳、岩波書店、一九九二－三年
ジェイムズ、ウィリアム『根本的経験論』、桝田啓三郎・加藤茂訳、白水社、一九九八年
ジェイムズ、ウィリアム『純粋経験の哲学』、伊藤邦武訳、岩波書店、二〇〇四年
柴田勝二『〈作者〉をめぐる冒険――テクスト論を超えて』、新曜社、二〇〇四年
柴山全慶編『註訓　禪林句集』（改訂版）、書林其中堂、一九七二年
下村寅太郎『下村寅太郎著作集』第十二巻、みすず書房、一九九〇年
下村寅太郎・古田光編『現代日本思想体系24　哲学思想』、筑摩書房、一九六五年
シュタンツェル、フランツ・K『物語の構造　〈語り〉の理論とテクスト分析』、前田彰一訳、岩波書店、一九八八年
ジュネット、ジェラール『物語のディスクール　方法論の試み』、花輪光・和泉涼一訳、書肆風の薔薇、一九八五年①
ジュネット、ジェラール『物語の詩学　続・物語のディスクール』、和泉涼一・神郡悦子訳、書肆風の薔薇、一九八五年②
新宮一成『夢分析』、岩波書店、二〇〇〇年
神保如天・安藤文英編『禅學辭典』重版、平楽寺書店、一九七六年（原著一九一五年）
スウェーデンボルグ、エマヌエル『霊界日記』、高橋和夫訳編、角川書店、一九九八年
末木文美士『明治思想家論　近代日本の思想・再考Ⅰ』、トランスビュー、二〇〇四年①
末木文美士『近代日本と仏教　近代日本の思想・再考Ⅱ』、トランスビュー、二〇〇四年②
末木文美士『他者・死者たちの近代　近代日本の思想・再考Ⅲ』、トランスビュー、二〇一〇年
鈴木貞美『「生命」で読む日本近代　大正生命主義の誕生と展開』、日本放送出版協会、一九九六年
鈴木貞美『生命観の探究――重層する危機のなかで』、作品社、二〇〇七年
鈴木貞美編『大正生命主義と現代』、河出書房新社、一九九五年
鈴木大拙『禅の思想』、春秋社、一九七五年
須藤訓任『ニーチェ　〈永劫回帰〉という迷宮』、講談社、一九九九年
関口安義『評伝　松岡譲』、小沢書店、一九九一年
関口安義『評伝　成瀬正一』、日本エディタースクール、一九九四年
関口安義『芥川龍之介とその時代』、筑摩書房、一九九八年
瀬沼茂樹編『明治文學全集40　高山樗牛・齋藤野の人・姉崎嘲風・登張竹風集』、筑摩書房、一九七〇年

瀬沼茂樹編『明治文學全集80　明治哲學思想集』、筑摩書房、一九七四年
禅文化研究所編『定本禪林句集索引』、禅文化研究所、一九九〇年
ソシュール、フェルディナン・ド『ソシュール一般言語学講義　コンスタンタンのノート』、景浦峡・田中久美子訳、東京大学出版会、二〇〇七年
高田真治・後藤基巳訳『易経』上・下、岩波書店、一九六九年
高橋和夫『スウェーデンボルグの思想　科学から神秘世界へ』、講談社、一九九五年
高橋和夫『スウェーデンボルグの「天界と地獄」　神秘思想家の霊的世界を解き明かす』、ＰＨＰ研究所、二〇〇八年
髙橋順子『連句のたのしみ』、新潮社、一九九七年
田上太秀・石井修道編著『禅の思想辞典』、東京書籍、二〇〇八年
高山樗牛「文明批評家としての文學者」「美的生活を論ず」、「無題録（抄）」他、瀬沼茂樹編『明治文學全集40』、筑摩書房、一九七〇年
竹内整一『「おのずから」と「みずから」　日本思想の基層』、春秋社、二〇〇四年
田中聡「福来友吉　千里眼は逆襲する」、同『怪物科学社の時代』、晶文社、一九九八年
寺尾五郎『「自然」概念の形成史　中国・日本・ヨーロッパ』、農文協、二〇〇二年
寺沢龍『透視も念写も事実である　福来友吉と千里眼事件』、草思社、二〇〇四年
時枝誠記『日本文法――口語篇』、岩波書店、一九五〇年
時枝誠記『国語学原論』上・下・続篇、岩波書店、二〇〇七‐八年
冨田恭彦『アメリカ言語哲学の視点』、世界思想社、一九九六年
外山滋比古『修辞的残像』、みすず書房、一九六八年
外山滋比古『近代読者論』、みすず書房、一九六九年
長妻三佐雄『公共性のエートス　三宅雪嶺と在野精神の近代』、世界思想社、二〇〇二年
中村元『広説佛教語大辞典』、東京書籍、二〇〇一年
中村元・紀野一義訳注『般若心経・金剛般若経』、岩波書店、二〇〇一年
中村雄二郎『西田幾多郎Ⅰ・Ⅱ』、岩波書店、二〇〇一年
西田幾多郎『西田幾多郎全集』全二十四巻、岩波書店、二〇〇三‐九年
西谷啓治『宗教とは何か』、創文社、一九六一年

西谷啓治監修・上田閑照編集『禅と哲学』、禅文化研究所、一九八八年
西村恵信訳注『無門関』、岩波書店、一九九四年
西村惠信編『西田幾多郎宛　鈴木大拙書簡　億劫相別れて須臾も離れず』、岩波書店、二〇〇四年
野家啓一『物語の哲学』、岩波書店、二〇〇五年
野口武彦『小説の日本語』（日本語の世界13）、中央公論社、一九八〇年
野本和幸「カント哲学の現代性　〈論理的意味論〉としての『純粋理性批判』とアンチノミー論」、廣松渉・坂部恵・加藤尚武編『講座ドイツ観念論』第二巻、一九九〇年
萩原朔太郎『萩原朔太郎全集』第十三巻、筑摩書房、一九七七年
橋本峰雄『「うき世」の思想　日本人の人生観』、講談社、一九七五年
バフチン、ミハイル『ドストエフスキーの詩学』、望月哲男・鈴木淳一訳、筑摩書房、一九九五年
原子朗「写生・写生文の文学史的意義」、『修辞学の史的研究』、早稲田大学出版部、一九九四年
バルト、ロラン『物語の構造分析』、花輪光訳、みすず書房、一九七九年
バルト、ロラン『エクリチュールの零度』、森本和夫・林好雄訳、筑摩書房、一九九九年
飛田良文・琴屋清香『改訂増補哲學字彙　訳語総索引』、港の人、二〇〇五年
平石直昭『一語の辞典　天』、三省堂、一九九六年
フーコー、ミシェル『言葉と物―人文科学の考古学―』、渡辺一民・佐々木明訳、新潮社、一九七四年
フェヒナー、グスタフ『フェヒナー博士の　死後の世界は実在します』、服部千佳子訳、成甲書房、二〇〇八年
福来友吉『催眠心理學』、成美堂書店、一九〇六年
福来友吉『透視と念写』復刻版（原著一九一三年）、福来書店、一九九二年
藤井貞和『日本語と時間――〈時の文法〉をたどる』、岩波書店、二〇一〇年
藤森清『語りの近代』、有精堂、一九九六年
フッサール、エドムント『デカルト的省察』、浜渦辰二訳、岩波書店、二〇〇一年
ブラヴァツキー、ヘレナ・ペトロヴナ『復刻版　霊智学解説　付オルコット来日講演録』、E・S・ステブンソン、宇高兵作他訳、心交社、一九八三年
ブランショ、モーリス『文学空間』、粟津則雄・出口裕弘訳、現代思潮社、一九六二年

ベルクソン、アンリ『時間と自由』、平井啓之訳、白水社、一九九〇年
前田愛『増補　文学テクスト入門』、筑摩書房、一九九三年
前田利鎌『宗教的人間』、雪華社、一九七九年
正岡子規『飯待つ間　正岡子規随筆選』、阿部昭編、岩波書店、一九八五年
松本三之介編『近代日本思想大系31　明治思想集Ⅱ』、筑摩書房、一九七七年
丸山圭三郎『ソシュールの思想』、岩波書店、一九八一年
丸山圭三郎『ソシュールを読む』、岩波書店、一九八三年
丸山真男『日本政治思想史研究』、東京大学出版会、一九五二年
丸山真男『日本の思想』、岩波書店、一九六一年
丸山真男「歴史意識の『古層』」、『忠誠と反逆』、筑摩書房、一九九八年
三上章『象は鼻が長い　日本文法入門』、くろしお出版、一九六〇年
三上章『日本語の論理―ハとガ―』、くろしお出版、一九六三年
水尾比呂志『評伝柳宗悦』、筑摩書房、一九九二年
メルロ＝ポンティ、モーリス『言語の現象学　メルロ＝ポンティ・コレクション5』、木田元編、みすず書房、二〇〇一年
望月俊孝「言語への超越論的な反省――カント理性批判の深層」、福岡女子大学文学部紀要『文藝と思想』第七四号、二〇一〇年
望月俊孝「カントの形而上学の語り――人間理性の自然に沿う世界建築術（一）」、福岡女子大学国際文理学部紀要『国際社会研究』第七六号、二〇一二年①
望月俊孝「カントの形而上学の語り――人間理性の自然に沿う世界建築術（二）（三）」、福岡女子大学文学部・国際文理学部紀要『文藝と思想』第七六号、二〇一二年②
森有正『思索と経験をめぐって』、講談社、一九七六年
森有正『経験と思想』、岩波書店、一九七七年
ヤウス、ハンス・ロベルト『挑発としての文学史』、轡田収訳、岩波書店、二〇〇一年
保田與重郎「明治の精神」、『保田與重郎全集　第十九巻』、講談社、一九八七年
柳宗悦「新しき科学」（上）、『白樺』第一巻第六号（九月号）、一九一〇年①（『複製版白樺』、臨川書店、一九六九年、所収）
柳宗悦「新しき科学」（下）、『白樺』第一巻第七号（十月号）、一九一〇年②（『複製版白樺』、臨川書店、一九六九年、所収）

柳宗悦『科学と人生』、籾山書店、一九一一年
柳宗悦『柳宗悦全集』著作篇第一、四巻、筑摩書房、一九八一年
柳父章『翻訳とはなにか 日本語と翻訳文化』、法政大学出版局、一九七六年
柳父章『翻訳語成立事情』、岩波書店、一九八二年
柳父章『翻訳の思想――「自然」とNATURE』、筑摩書房、一九九五年
柳父章『近代日本語の思想 翻訳文体成立事情』、法政大学出版局、二〇〇四年
吉田公平『伝習録「陽明学」の真髄』、たちばな出版、一九九五年
吉村正和『心霊の文化史 スピリチュアルな英国近代』、河出書房新社、二〇一〇年
吉本隆明『心的現象論序説』、角川書店、一九八二年②

Erdmann, Johann Eduard, *A History of Philosophy, Vol.2 Modern Philosophy*, Swan Sonnenschein & Co. Lim., London/Macmillan & Co., New York 1897.
Fechner, Gustav Theodor, *Die Tagesansicht gegenüber der Nachtansicht*, Leipzig 1879.
Fechner, Gustav Theodor, *Das Büchlein vom Leben nach dem Tode*, Insel Verlag Berlin 2010.
Hartmann, Eduard von, *Philosophie des Unbewussten*, Zweite vermehrte Auflage, Berlin 1870.
Hartmann, Eduard von [original anonym], *Das Unbewusste vom Standpunkt der Physiologie und Descendenztheorie: Eine kritische Beleuchtung des naturphilosophischen Theils der Philosophie des Unbewussten aus naturwissenschaftlichen Gesichtspunkten*, Berlin 1872.
Husserl, Edmund, *Cartesianische Meditationen. Eine Einleitung in die Phänomenologie*, Hamburg 1977.
James, William, *A Pluralistic Universe. Hibbert Lectures at Manchester College on the Present Situation in Philosophy*, Lincoln and London 1996 [Originally published by Longmans, Green and Co., New York 1909].
James, William, *The Varieties of Religious Experience. A Study in Human Nature*, Dover Publications, Mineola, New York 2002 [an unabriged republication of the second edition of the work originally published by Longmans, Green and Co., New York 1902].
James, William, *Essays in Radical Empiricism*, Dover Publications, Mineola, New York 2003 [an unabriged and corrected republication of the work originally published by Longmans, Green and Co., London, New York 1912].
Kant, Immanuel, *Kant's gesammelte Schriften*. Herausgegeben von der Königlich Preußischen Akademie der Wissenschaften, Berlin 1900ff.

あとがき

あの構想が湧いて来て一つの纏まった形をとり始めたのは何年前になるだろう。全三部十二章の基本設計だけはそのままに、息苦しくなるほど急激に内部増殖する原稿は、いつしか大学紀要に載せるには長大すぎるものになっていた。ゆえに何の発表の当てもなく、ただひたすら先を急いでやまぬ筆先には、ときに一抹の不安もよぎっていた。とはいえ漱石の語りに耳を澄ますたびに容赦なく襲いくる、あの節の増築やこの注の新設要請は、何事もなく過ぎてゆく日常の嬉しい支えとなっていた。そしてともかくも生きてきて良かったと心底から思う瞬間《ひととき》にも恵まれた。だからいま分厚い再校の束に最後の朱を入れ終えた安堵のうちには、一種の淋し味《み》も入り混じっている。

親譲りの出不精の身には滅多にないことだが、一ヵ月前に初校加筆原稿を編集部に委ねた直後、思い立って山梨県立文学館を訪れた。ここには漱石直筆の明暗双双書簡が収められている。館員の方々の御好意で、まずは常設展示の精密なレプリカを拝見してのち、いよいよ目の当たりにした実物は美しい表装を施した巻物になっていた。それを事務室の机の上に長々と広げていただくと、そこにはまぎれもない漱石の直筆が行儀よく並んでいた。いくつかの図版をあたってもついぞ出会えなかった墨跡との、これが初のお目見えである。

その折りにありがたくも頂戴した残部僅少・非売品の同館編集発行『夏目漱石展―木曜日を面会日と定め候―』（二〇〇一年、六―七頁）を参照しつつ、あの日の実見の印象を反芻してみよう。やや細く小さな字で端正に書き起こされた手紙は、問題の七言絶句を決然と置いたあたりから、筆の運びが明らかに転調する。そして末尾の宛名書きは心なしか「久米正雄様」よりも「芥川龍之介様」の方が大きく見える。

尋仙未向碧山行。住在
人間足道情。明暗雙
雙三萬字。撫摩石印
自由成。

意外ながらも、じつに好ましいことに、起承転結の文字列は不均等に配されており、四行目には結句末尾の三文字と、「字くばりが不味かつたから」「つけた」という「句讀」のみ、そしてそのあとには縹緲たる余白がある。だからもはやどうでもよいことだし、これは充分に予想されていたのだが、本書が注視する「明暗双双」も、直筆はまさに「明暗雙雙」なのだった。そしてこれが一つの機縁となったのか、先日までの再校の朱入れ作業では、漱石周辺の古い引用文には極力旧字体を復元するのが、難儀で大切な課題となった。それと同時に漱石本文から引いてくる場合は「原則として、常用漢字表・人名漢字表に定められている字体（新字体）を使用」する新版全集の文字を、正確に反映すべく努めてみた。とはいえそれでも不注意な見落としや不調法な思い違いが残っているやもしれぬ。お気づきの点は、どうかぜひともお声をかけていただきたい。

それにしても漱石書簡の筆はなぜ、二つの「雙」のあいだに改行を入れたのか。そこにあの帰来の詩学のモチーフを読み込むのは、しかしここではもはや蛇足だろう。ともかくも最終行の「自由成」はおのずから、じつに伸びやかで軽快な筆致である。

大学卒業後長く書棚に放置していた漱石のもとに筆者が帰って来たのは、ちょうど九年前の夏、カント全集の翻訳の仕事の折りにお世話になった岩波書店全集編集部（当時）の秋山豊さんから、“Kant's Categories”をめぐる漱石の思索断片（十九巻、四一六頁）の翻訳・解説にかんして、急ぎの質問をいただいたのに端を発している。そしてその後まもなく大変ありがたいことに、「漱石とカント」という題目で「漱石全集第二十四巻【第二次刊行】月報24」（二〇〇四年三月）に、拙い短文を寄せる機会も頂戴した。それはちょうどカント没後二百年を目前に控え、批判哲学の「道」のメタファーに取材した学会論文を書こうとする時機に当たっていた。

「漱石とカント」。あまりにも魅惑的な論題である。いそいそとカントの書冊を脇に押し除け、漱石全集の総索引の導きにより「カント」や“Kant”の用例を片端から拾い集めてみた。そしてこの二人の嬉しい繋がりに吃驚しながら、『三四郎』六の一の「カントの超絶唯心論がバークレーの超絶実在論にどうだとか云つたな」と、『三四郎』メモ（断片四九A）中の“Empirical realism and a transcendental idealism (Kant)”との呼応に注視する小品を書き上げた。事の始まりはまさしくここにある。ただしすべてがおもむろに動き出すのはもう少し先のこと、問題の“and”を「と」とするのに不満を覚え、さりとて「即」とする勇気も覚悟も持ち合わせず、さしあたりは曖昧に「そして」と訳して逃げておいたものを、ついに月報の校正段階で「にして」とすることができた、その刹那のことである。「経験的実在論《エンピリカル・リアリズム》にして超越論的観念論《トランセンデンタル・アイディアリズム》（カント）」。瞠目すべき一句を掌中に得て、批判哲学の要点がようやく腑に落ちた。そこで直後に恵まれた在外研修では、二十年間書きためてきたカント研究を一つにまとめるべく苦心惨憺、結果はしかし見事に挫折に終わったのである。その一因には、技術理性批判・自然の技術・批判哲学的世界建築術の三部構想が壮大すぎて、手に負えなくなったこともある。しかし何よりここにはまだ、肝腎要の論点への洞察が決定的に欠けていた。遠く遙かなドイツから茫然と帰って来て、公私ともども多忙となった激動の季節、丸一年以上何もできなかった。そんな私を見るに見かねて、同じ高校を出た親身な先輩が、日本近代化過程の制作論を課題とする学際研究会に呼んでくれた。漱石をめぐる一連の論考が以後陸続と生まれてきた機縁はここにある。そして私はいまカントの理性批判に超越論的言語批判の含意を読み込む場所へ、気分も新たに帰って来ることができている。

「漱石とカントの反転光学」。本書の公刊にいたるまでには、幾多の知人や友人に心配をおかけした。新しく出会う方々にも大変お世話になった。とりわけ昨年春に応募した拙稿前身の『明暗双双、道草、行人――漱石とカントの反転光学――』を、誠にありがたくも第三回学術図書刊行助成の対象作に採択してくれた九州大学出版会は、危うくこの世に産声を上げかねていた拙稿の命の恩人である。そして同編集部の奥野有希さんは、本書の全体と細部を美しく整え、この俗塵の世に力強く送り出してくれた、まさにソクラテスの意味での産婆術師である。

昨秋の助成交付決定ののちは、約半年もかけて論述構成を整備し直し、求めに応じて序論と結論も付してみた。ところがこの四月にようやく成った最終稿は、いつも肝腎のところで腰が引ける優柔不断のためか、姑息にも副題を「漱石文芸の哲学的基礎」に改変し、書物表面からカント色を消す戦法に訴えた。しかし奥野さんは当初の「漱石とカントの反転光学」を残すだけでなく、これをむしろ本書主題に掲げるべく進言した。そしてカバー・デザインには、一般の読者にも分かりやすい反転図形を用いるように提案してくれた。「叱られるのを覚悟で」と奥野さんは切り出したのだが、これに筆者は欣喜雀躍、目の覚める思いで編集の基本方針が定まったことは言うまでもない。

願わくば多くの漱石愛読者や、専門の文学研究者のみならず、この世に生きてものを思い、ともに哲学することをめざす人たちにも、どうか本書に盛られた数々の鍵語が新たな詩作的思索の感興を呼び起こし、不断に継続してゆく批判哲学の道に皆でこぞって歩み出されることを、切に祈りおるしだいである。

二〇一二年七月二十一日

望月　俊孝

索　引

漱石主要作品一覧（制作順，M：明治，T：大正）

『老子の哲学』（M25）　61,63,79,94,273
『英国詩人の天地山川に対する観念』（M26）　72,79
『人生』（M29）　173-5,273,300
『吾輩は猫である』（M38-9）　78,145,284,292,365,372
『倫敦塔』（M38）　277,381
『坊っちゃん』（M39）　105,172
『草枕』（M39）　75,167,172,247-50,281,328
『二百十日』（M39）　220
『野分』（M40）　179,220,273,285
『文学論』（M40）　13,69,102-3,111,150,299,301,315,340,352
『文芸の哲学的基礎』（M40）　13,69,138,165,174,242,249,274,301,394
『虞美人草』（M40）　26,176,194-5,220,324
『坑夫』（M41）　143-4,153,401-2,404-5
『創作家の態度』（M41）　17,174,274,319
『夢十夜』（M41）　9,33,293,307,351,402
『三四郎』（M41）　1-9,29,43,94-6,122-3,143-4,285,293,325,340-2,386-90,402
『文学評論』（M42）　13,32,42,154,195,258,388
『それから』（M42）　144,169,192,207-8
『門』（M43）　42,106,144,172,210,255,260,287
『思ひ出す事など』（M43-4）　64,77,109,126,253,260,264,291-7,301-5,342
『現代日本の開化』（M44）　126,247
『彼岸過迄』（M45）　105,126
『行人』（T2）　38,108,120,207,235,239,270-2,276-8,286-90,293-4,329-35,350,357-61,375-7
『心』（T3）　68,165,169,201,211,239,263,279,293
『私の個人主義』（T3）　220-1,239,268,387
『硝子戸の中』（T4）　38,68,125,182-3,203-5,223,242,258,268,279,352
『道草』（T4）　50,108,119-28,141-2,145-50,158-63,169-71,187-9,197-8,200,213-8,221,224-6,238,251,254
『点頭録』（T5）　49-54,68,280,351,381,391-7
『明暗』（T5）　26-7,48,56,58-60,64-5,86-7,116-8,169,193,212,232,313,398-9

人名索引

あ行

秋山公男　132,155,211,375,377
芥川龍之介　56,73-4,84,100,139,406
井上哲次郎（巽軒）　18,32,39,43,259,303,310,341-2,354,357,384-5,400
イプセン H. J. Ibsen　195,248,308
上田閑照　202,233
江藤淳　43,82,209-10,342
エマーソン R. W. Emerson　312,379
エルドマン J. E. Erdmann　1,30,388-9
オースティン J. Austen　300,340-1,352-3
岡崎義恵　45,231,405
桶谷秀昭　138,180-1,310,314

か行

加藤二郎　29,38,77,107,350-1,406
唐木順三　46,80-1,101-2,202-3
柄谷行人　31,34-7,45,104,111-3,130-1,151-3,281,401
北村透谷　72,179,181

ケーベル R. v. Koeber　70-1,310
小宮豊隆　1-3,21,28,64-7,79,81-2,100-1,353

さ行

坂部恵　128,132,136-7
佐藤泰正　75-6,102,110-1,210-1,230,236,308,381
ジェイムズ W. James　5,52-3,70,242,270,298-305,319-23,363-4,378-9
重松泰雄　70,204
島崎藤村　123,132,179
清水孝純　150-2,282
ショーペンハウアー A. Schopenhauer　54,70-2,112,352
スウィフト J. Swift　146,258
スウェーデンボルグ E. Swedenborg　312,369
鈴木大拙　312,320,326
鈴木三重吉　2,28-9,86,100,164-5,195,248-9
スターン L. Sterne　112-3,146
スペンサー H. Spencer　112,320,366,385

た行

高木文雄　77,109,112,211,231
高浜虚子　45,138,170,176,284,312,380,401
高山樗牛　273,281,283-4
谷崎潤一郎　73,352-3
津田青楓　58,73-4,121-2,133,262-3,276,279-80
デカルト R. Descartes　4-5,10,20,29,33,386,388

な行

ニーチェ F. W. Nietzsche　51-2,69,235,273,283-4,327,332,338
西田幾多郎　15,18-21,40-2,71-2,108,180,272,316,318,320,326,342,394,400

は行

バークリ G. Berkeley　2-5,10,19-20,32-3,40-2,297,342,386-90
朴裕河　355,375,380
バルト R. Barthes　90-4,134
ハルトマン K. R. E. v. Hartmann　54-5,70-2,79,352,401
ヒューム D. Hume　113,380,386,389,402
フィヒテ J. G. Fichte　20,41-2,72,112,320,342,384,389
フェヒナー G. T. Fechner　41,297-9,302-4,316-8,322-3
ヘーゲル G. W. F. Hegel　30,37,53,55,72,317,323,352,384,400
ベルクソン H.-L. Bergson　5,52,70,137,310
ホイットマン W. Whitman　129-30,311
ポドモア F. Podmore　291-2,311

ま行

マイヤーズ F. W. H. Myers　292,319
正岡子規　21-3,25-6,43-5,69,113,115,117,127,171,175-6,178,203,324,402
宮井一郎　206,381-2
武者小路実篤　82,139,208
メーテルリンク M. Maeterlinck　290,308

や行

柳宗悦　309,318,324-6
吉本隆明　103,314

ら・わ行

ラカン J.-M.-É. Lacan　114,130-1
ルソー J.-J. Rousseau　184,205,233
和辻哲郎　129,361,376-7

事項索引

あ行

アイディアリズム→イデア論、(経験的、超越論的) 観念論、唯心論、理想主義
遊び　23,97,103,133-4,164,170,399
ありのまま、有の儘　108,185,201-2,259,346,353
あれかこれか　8,11,23,25,31,45,55,67,170,204,250,264-6

暗示　12,30-1,42,96,233,300-1
安心　3,25,179,195,203,246,250-1,254-6,284,288
胃潰瘍　48,126,238,276,285,358
意識　14-6,71-2,90,94,97,103,113,143-4,240-1,269-70,296-306,309,315-7,322-3,332,334,365,370-1,395
　意識一般　41,108,303,345
　意識現象　14-20,40-1,71,138,174,242,258,268,300,303,319,371,394-5
一人称、三人称　31,111,113,122-5,134-6,145-6,149-50,206,214,232,296,398
一句　12,64,78,93,160,178,225,229,260
一視同仁　85,103,172,224
一般　13,16-7,89,92,97,126,128,136,138,147,152,167,186,197,228,267,300,335,343,347,369,395
　一般的場合　253,360
　一般の人類、人間一般　42,49-50,61,184,204,244,264-6,306,344-5,362
イデア、イデア界、イデア論　35,72,131,180,272,338,341-4,379,384-5,389
因果、因果性　14-5,98,221,252,292
インスピレーション　109,118,129,174,245
永遠、永久　16,24,45,193,231-2,235,241,269,275,306,327,338-9,360
叡知界　131,272,347
エクリチュール　22,58,64,87,90-2,129,160-1,183,244
エゴイズム、我執　26,99,101,119-20,188-9,200,336,351,359,389
F＋f、F　69,281,299-300,315
厭世、厭世観、厭世病　22-6,176-7,240,248-51,258,297,324
　厭世主義、厭世哲学　47,54-5,339
　厭世文学　22,239,262,265,393
往還、往還反転　10-3,28,35-6,50,60,88-9,96-7,131,192,304,347,370,372-4,392-9
往相、還相　15,19,31,38,76,80,88,103,131,159-62,345,393,395-8
大空　117,229,245,304,342,346,398

か行

開化　95,220,246-7,258
懐疑、懐疑的　5,26,33,112,223,386,389
回顧　145-6,153,160,183,216,226-8,402
革命、革命的　10,33-4,110,117,129-30,159,170,220,233,339,363
学問　68,79,186,230,236,260,313,367-8
仮象、仮象界　4,9-10,18,26,33,35-7,76,131,338,379,393
片付く、片付かない　37,75,140,148,158-9,199,226,254-6,259-60,317
語り、かたり　9,89,126,130,132,345,357,392-4
　テクストの語り　13,20,35,70,94,109,112,128,139,141,173,184,194,199,218,255,266,296-7
語り手　93,109-11,123-4,127,132,143,146,184
神、神仏　20,40,149-50,159,173,214-28,230-3,270-2,274-5,282,287-91,327-8,330-1,333,343-5,363,378,383,386,388-9
還元、reduceスル　39,267
　還元的感化　15-7,39,69,120,165,265,293,301,395-7
感性、感性的、感性界　26,35,96,141,281,332,334,343,347,350,389,394
間テクスト的、インターテクスチュアル　6,9,12,92,221,341,370
観念、観念性　8-9,12,25,53,55,69,95-7,222,249,299-300,338,343,379,385-6,388-9
技巧　16-7,39,194,197,210,273,280,396,405
技術、技術的　4,12,25,45,98-9,281
規定的　31,98,116,145,301,303,312,343,393
　規定的判断力　98,113,151
客観、客観的、客観性、客観主義　14,19,36,40,90,121,123,125,142,159,185,253,

340,358,395
狂気、狂人、気違、気狂　174,219,358-60,367
共通感覚　15,69,281
キリスト、基督教　45,51-2,203,206,222-3,275,286,292,331,384
空間　5,13-4,16,33,63,95-6,305,388,395
経験、経験的　9-10,14-5,20,30-1,36,63,95-9,112,119,151-2,272,288,290,296,305,343-4,347,369,394-5
　経験的観念論　5,33,342
　経験的実在論　4,7-8,11-2,26,36,95-6,112,341,343-4
　経験的実在論にして超越論的観念論　7,9-10,13,18,21,27,35,96,177,231,304,339,341-3,347,370
形而上、形而上学、形而上学的　10,14,19,32,35,55,96,246,248-9,256,259,269,293,297,338-9,354,369-70
形而上学的実在論　5,40,79,108,322,384
芸術、芸術的　16,26,37-9,45,74,93,128-9,194,245,263,267,280-1,319,358-60,395-6
継続、継続中　37,50,69,225-6,251-6,348
啓蒙、啓蒙的　235,256,339,343,357,363,398,404
言語、言語的　12,14,27,60-2,89-90,138,143,316
　言語活動　5,13,60,89-94,98-9,116-8,130,148,174,229,337,348
　言語批判　13,15,37,62,64,97,107,117,138,296,347,383
　言語理性批判、言語的理性批判　35,60,390,397
　言語論的　12-3,16,60,116,266,306,334,346
玄黄　61,77-8,137,294-5
現実、現実性　10,23,33-4
現実世界　9,16,22,29,33,104,118,143-4,170,274,372,398
現実存在　5,33,275,282,344,385
現実逃避、現実疎隔　67,89,145,147,163,170,172,176,182,209,245,247-9,266,275,342,356,377
現象　9-10,12,33-5,63,95,98,112,126,180,274-5,338,341,343,355,368
　現象界　26,35,59,85,104,206,347,350
　現象即実在（漱石）　265,267,270,289,335,337-9,341,343,347-50,374
　現象即実在論（巽軒）　18,303,341,354,357,387,401
言説、言説批判　37,44,51-4,70,96,121,159,234,292,306,342,349,393-4
建築術、建築術的　163,174,221,256,279,344,369,398
　世界建築術　31,39,96,341,349-50,383
玄之又玄　61-2,79,95
言文一致　31,113,135,138
光学、光学的、反転光学　10-3,18,21,25,28,51,85-6,89,104,119,175,191-2,224,242,265,295,304,337,347-9,355,369-70,374,390-3
恍惚　61-2,183-4,229,298,304,395
構成的　37,130,301-2,304,312
公的、公的開放的、公共　18,22,28,99,111,130,135,187,203,242,253,288,302,344,347,357,370,387,403
公平　107,153,188-9,193,199,220-1,244,255
合理主義　4-5,85,221,369,390
国家主義　50,69-70,283,301,387,396
個別、個別的　17,30,94,119,151-2,185,229,253,267,269,273,296-7,300-3,306,345
根本義　14-6,20,242-4,258,268,272,274,303,367,371,382,395
根本視座　9,11,27,34-5,63,96-7,120,134,172,224,266,343-7

さ行

作者　48,60,80,90-3,111,118,126-7,146,149-50,195,199,203,278,344,366
差別　59-60,64,66,76-7,85,127,173,

273-4,303
懺悔　184,203,215-6,232,376
自我　22-4,29,36,41-2,86-9,90-1,94,97,112-3,119-20,144,146,191-2,219-20,272-3,296,322,334,360,384
時間　13-6,63,95-6,123,141,144,305,395
色即是空、空即是色　13,36,60,77,96,337,397
自己　15-6,93-4,219-24,229,235,270,303,358-9,365
　自己本位　4-5,16,51,94-5,128,168,362,381
死後　113,243,256,266,290-1,299,306,338,344
自殺　22,24,131,171,175-6,193,200-1,240,292-3,365-6
事実、事実性　14-5,19-20,31,40,49,109,111,121,161,166,184-7,189-93,196,200-1,225,233,244,247,251,256,296,305-6,337,374,393
私小説、私小説的　26,121,133,203,360
死生　137,239-40,266,295-6,302,314,371,399
自然　73,89,98-9,108,118,128-9,190-201,216-8,232-5,263,296,300,327-32,346,369-70
　自然主義、自然派　17,31,121,133,142,159,209,245-6,249
　自然の技術　39,46,98-9,114,195,217,221,318,383
　自然の論理　196-8,200-1,306,332
実在、実在的　12,14,18-20,23,25,28,33,38,41,54,85,97,131,185-6,265,270,274-5,343,388
　実在性、実在感　8,16-7,21,43,95,126,143,147,306,337,343,349,370,398
　真実在　8,19,32-3,40,42,62,96,108,259,266,272,306,338,368,384-5
実存、実存的　16,22-3,42,120,145,171,186,254,264,267,269,272,275,294,304,306-7,334,360-1
実体、実体的、実体化　10,15,19,36-7,40,45,62,79,94-5,98,112,152,194,297,306,316,322,334,347-9,386,389,394
私的　28,31,163,172,196,246,248,253,265,269,281,387,402
事物　173-4,273
思弁、思弁的　35,79,196,241,269,272,275,287,302,316,363,384,389
写実、写実主義　90,105-6,135,153-4,249,255,267,340-1
写生、写生文　45,58,112,116,130,161,228,266
自由　10-2,31,35-6,56-8,63,99,128-30,184,192-3,220,345,373,392
主観、主観的　69,89,121,185,203,219,241,357
主観客観　129,324,326
　主客の一致、未分　19,31,40,53-5,272-4,396
　主観客観対立　4,19,40,98,113,273,389-90
主語、述語　19,35,40,89,94,98,122-4,216,241,334
純粋経験　18-9,40,89,272,275,282,322,342,355,387,394
『純粋理性批判』　5,9-10,33,98,112,316,352,370
自律　35,99,114,221,383,387,404
『視霊者の夢』(1766)　9,34,312,369
神学、神学的　19,218,338,385,400
神経衰弱　144,148,171,246,258,263,276-7,279,307,328,355,360
身心、身心二元　17,26,89,126,177,241,277,328,332,398
人生　22-3,44,95,127,168,173,178,242,274,380,403
　人生に触れる　17,165,187,250,396
深層　13,35,97,128,141,203,270,299-303,311,319
身体、身体論　20,55,122,129,143-4,148,161,198,225,232,236,293,306-7,313,328

真如　75,306
神秘、神秘的、神秘主義　42,292,297,306,308,311,385
心理、心理的、心理学　10,17,20,91-3,96,151,173,272,299,303-4,316,343,395
心霊、心霊研究、心霊主義　292,294,297,304-6,309-10,338,368,384
推移、実質の推移　173-4,194,197,200,300
スピリット、スピリチズム　291,293-4,302,307,310
　スピリチュアリズム→心霊主義、唯心論
世紀末転換期　5,90,220,222,292,306,315,338,345,383-4,390
生死、生と死　22-3,93,120,125-6,173,176,179-80,183,220,241-2,256-7,264,266-72,304,318,331-2,338,349,366,370
　生死一貫、生死透脱　250,257,265,267,274-6,282,362
生老病死　200,232,244,251,256
世界市民的、コスモポリタン　50,68,111,218,344,350,380-1,387,402
世間、世間的　147,166-8,172-5,190-3,213,228,235,246,250,268,284,301,361,397
絶対　61-2,79,149-50,192,222-3,368-9,270-5,287-90,305,332-8,348-9,371-4,384-5
　絶対即相対　271,275,335,337,348,374
セツパ詰まつた　163,168-71,177,186,196,227,248,250,278,342,396
禅、禅語、禅宗　12,15,20,29,56,59,64,66,78,104,107-8,171-2,208,288,362,365-8
　『禅林句集』　29,76-7,351,405-6
善　15-6,249,281,329
戦争、大戦　31,49-51,55,68,72,252,340,356,379,381
『善の研究』　18,20-1,40,42,71,108,272,282,316,318,320,342,355,371,389
相対、相対的、相対化　61-3,79,94,119,149-50,199,254,275,332,336-7,348-9,373
　相対即絶対　265,289,225-7,331,341-2,345,348,373-4,397-8
則天去私　9,13,26-8,88-92,159,188,191-2,218,228-9,253-4,303,341,345,374,398-9

た行

大乗、大乗的　63,66,81,166,172-5,182,190,224,228,251,273,402
大地、大地的　12,16,28,61,107,159,191-2,201,218,225,228,343,369
耽美　167,247,249,328,353,372
知的直観　108,282,343,387,394,402
超越、超越的　16,18,32,35,58,197,207,222-3,228,244,257,265-6,288,297,305,313,330-2,335-8,370-1,397
超越論的　10,12,31-2,89,92,163,345-6
　超越論的観念論　4,7-13,17-8,21,34,95-6,341-5,349,384,390
　超越論的実在論　5,7,19,33,54,297,303,306,326,341-4,354,363,384-9
超人　51-2,273,283-4,317,324
超絶実在論、超絶唯心論　2-7,27,30-2,36,43,64,94,144,174,274,303,339,371,384-90
直覚、直覚的、直接経験　19,40-2,79,173,223,282
通常一般、通俗　13-5,205,242,258,303,369,394-6
躓きの石　25,102,254,290
罪、罪悪　8,120,167,184,187,202-3,229,259
テクストの語り　13,20,35,45,111,138,194,199,245,255
　漱石というテクスト　18,45,93,110,163,224,258,264,294,335,387,390
天、天意　61,65,76-8,88-9,99,107-8,118-9,167-8,174,192-4,197,207,217-8,224,228,233,235-6,251,263,329-31,346,381
天巧、天才　46,113-5,273,300,309,405

天授、天分、天来　129,164-8,174,228,251,404
天真、天真爛漫、天真流露　67,74,89,108-9,115,120,194,207,280
天地、天地自然、天然　15,39,44,69-70,76-8,107-8,118,180,222,263,272,303,328,340,358,365,393
統覚、経験的統覚、超越論的統覚　17,36-7,97,108,113,153-4,302,319
討議、討議的　96,344,346,349,370
統制的　37,130,152,301,312
道徳、道徳的、倫理　24,35,42,51,61,63,99,219-21,235,247,267,280-1,316,344,363,383,387
特殊、特殊事例　17,22,31,98,253,267,360
トランセンデンタル・アイ　1,9,13,17,146,174,274,402

な行

二世界論　4,26,79,85,180,257,266-7,275,295,306,324-5,318,342,349-50,370
ニヒリズム　222,338,392-3
認識、認識的　5,14-5,20,28,33,35,37,42,69,95-7,159,222,343,393
認識論・認識論的　32,41,98,389

は行

パロール　31,92,94,145,229,346-7,398
反省的　7,31,37,69,77,98,113,116,120,130,141,145,147,150,160,190,194,201,245-6,266-7,281,301,303,312,383,391-2
反省的判断力　45,98,108,151-2,260,318
『判断力批判』　39,45,69,98,108,113,151-2,217,260,281,318
美、美的、美学　15-6,49,63,69,71,98,113,194,248-9,281-4,332,365
彼岸　18,79,85,89,95-6,112,228,266,272,275,306,324,335-6,344-8,370,393
悲劇　144,211,220,234-5,404
微笑　113,184-5,188,200-3,212,218,254,345,350,392
非人称　34,90-4,110-7,123,134-5,137,143,146,398
非人情　172,220,249,281,328,332,372,377
批判的近代、批判的啓蒙　9,27,195-6,339,343,345-7,350,364,398
批評、批評的、批評家　32,42,49,53,125,178,335,346
非物質主義　32,297,316
ピュシス、ピュシカ　234-5,370
表象　8-9,12,36,281-2,338,341-4,347,389
平等、平等観、無差別平等　38,60,66,77,85,103,107,126,130,135,172,189-90,207,220,244,303,311
縹緲　77,117,126,137,160,163,187,253,294,304,314,335,342,398
不安　29,43,117,204,223,277-8,280,294,307,336,359-60,377,398
不可思議　10,14-5,31,62,173-6,215-6,224,229,273,275,302-5,368,394,396,402
不可知　112,131,343,368,385,388-90,400-1
物我、物我一致、物我対立　14-7,19,39-40,174,227,242,258,268,272-5,301,371,394-6
物質主義、非物質主義　41,53,55,291,311,388,394
物心、物心二元　4,20,26,32-3,41,55,266,293,306,315,324-5,388-90,392
普遍、普遍的、普遍性　17,22,30,69,98-9,221,224,227-8,267,280-2,302,306,316,355,376
不愉快　132-3,158,163,166-7,204,214,216,223,226,242,247,262,265,339
文学とは何か　62,84,117,138,175,390
文章、文章論　6,25-8,38-9,45,60,73,78,88-9,92,107-9,114-5,117,170,194,197,374
分節、言語分節　10,13-5,17,19,60-2,66,76,85,93,97-8,130,174,194,204,227,

273-5,289,299,341,343,371,395
分別、分別知　36,45,60,62,66-7,76,85,95,98,113,188,192-3,204,243,257,264-70,273,282,293-6,303-7,347
弁証的、弁証法　60,287,337,343,399
放下　118,330,382
本体、本体的、本体論的　4,8,18-9,32,35,37,41,76,180,259,293,338,343-4,347,382,392-4
翻訳　33,52,134,154,194,346,384

ま行

みずからおのずと　22,35,39,59,91,96,108,112,128,192,199,332,346
道　61,66,78-81,207,263,332,361,370,397
無、絶対無、無の場所　13,17,35,77,89,91,94-7,108,135-6,295,304
無意識、集合的無意識　8,16,70,118,128,130,299-302,311,319,395
無我　39,89,122,313,365,395,405
無私　89,107,189,198,255
矛盾　15,61,63,144,183-4,189,192-3,205,290,397
無名　62,64,93,95,111-2,123-4,137,145-6,273
明暗　59-62,75-7,86-9,299
明暗双双　12-3,26-8,35-6,56-8,128,159,192-4,337,346-7,397-9
目的　22,50,74,95,99,166,193,220,274,277,280-1
物、物一般、万物　11,14,33,41-2,60-2,79,85,93,98,134,143,173-4,186,196,228-9,246,271,304,333,343-4,347,366,388,398
　物自体　5,20,32-5,42,96,104,131,151,343-4,394,402-3
　物にして言葉、言葉にして物　12,35,97,282

や行

唯心論（観念論）　2-4,7,26,31
唯心論（心霊主義）　19,32,40,42,89,112,291-2,297,301,310,338,342,389
唯物論　41,236,291-2,311,342,354,384,389,404
幽霊　143,215,291,294,302,305,313,324
愉快　57,74,84,104,129,164,184,187,194
夢、夢想、夢幻　3,9-10,23-5,33,44-5,63,125,136-7,144,174,180,193,203,236,252,295,324,339,364,391-3
余裕、余裕のない　31,129,163,169-71,177-8,187,196,212,278,328,358

ら行

リアリズム文学　17,28,72,88,93,96,119,121,134,159,171,185,192,197,201,249,340,391,396
リアリティー、リアル　3,8-9,24-7,33,84,118-9,121,169,185,224,293,295,329-30,343,398
理窟　15,155,188,198,220,222,265,277,381
理性批判　11,13,17,20,33,39,60,89,97-9,221,363-4,367-9,386-90
理想、理想的　15-7,49,59,121,235,249,267,282,284,395-6
理想主義　249,340,344
理念　37,316,344,363,385
類推、類比、類比的　5-9,11,39,42,50,64,97-8,217,221,298,302-4,316-8
霊魂　9,23,269,292,296-7,304,306,311,316,321,324,344
連句　45,137-8,178,301,402
ロゴス　13,19,89,141,234,296,331
ロマン主義、ロマン派、ロマンチック　31,55,72,79,273,311,384,393
論弁的　60,96,343,350

著者略歴

望月俊孝（もちづき・としたか）

1960年静岡市に生まれる。1982年京都大学文学部卒業。1987年京都大学文学研究科博士課程単位取得退学，同年福岡女子大学文学部講師。1995，2005年度ドイツ連邦共和国テュービンゲン，フライブルクで在外研修。

現在，福岡女子大学国際文理学部教授（哲学）。

論文：「自然の技術」（『カント哲学の現在』，世界思想社，1993年），「カントにみる「美しい技術」の概念――「自然の技術」というアナロギーに即して」（大学紀要，1997年），「批判の道の探究――自然の技術としての哲学の建築術」（関西哲学会紀要，2004年），「批判的啓蒙の歴史の哲学」（『カント全集』別巻，岩波書店，2006年），「自然のロゴスに沿う建築――タウトの近代日本文化批判」（『技術と身体――日本「近代化」の思想』，ミネルヴァ書房，2006年），「超越論的観念論と純粋経験説の立場――カント・漱石・西田（一・二・三）」（大学紀要，2008‐11年），他

共訳：ローティ他『超越論哲学と分析哲学――ドイツ哲学と英米哲学の対決と対話』（産業図書，1992年），ヘッフェ『政治的正義』（法政大学出版局，1994年），『カント全集14巻 歴史哲学論集』（岩波書店，2000年），『カント全集21巻 書簡1』（岩波書店，2003年）

漱石《そうせき》とカントの反転光学《はんてんこうがく》

――行人・道草・明暗双双――

2012年9月30日 初版発行

著 者 望 月 俊 孝

発行者 五十川 直 行

発行所 (財)九州大学出版会

〒812-0053 福岡市東区箱崎7-1-146
九州大学構内

電話 092-641-0515(直通)

URL http://www.kup.or.jp/

印刷・製本／大同印刷㈱

© Toshitaka Mochizuki, 2012

ISBN978-4-7985-0088-1

九州大学出版会・学術図書刊行助成

九州大学出版会は，1975 年に九州・中国・沖縄の国公私立大学が加盟する共同学術出版会として創立されて以来，大学所属の研究者等の研究成果発表を支援し，優良かつ高度な学術図書等を出版することにより，学術の振興及び文化の発展に寄与すべく，活動を続けて参りました。

この間，出版文化を取り巻く内外の環境は大きく様変わりし，インターネットの普及や電子書籍の登場等，新たな出版，研究成果発表のかたちが模索される一方，学術出版に対する公的助成が縮小するなど，専門的な学術図書の出版が困難な状況が生じております。

この時節にあたり，本会は，加盟各大学からの拠出金を原資とし，2009 年に「九州大学出版会・学術図書刊行助成」制度を創設いたしました。この制度は，加盟各大学における未刊行の研究成果のうち，学術的価値が高く独創的なものに対し，その刊行を助成することにより，研究成果を広く社会に還元し，学術の発展に資することを目的としております。

第 1 回助成対象作（2010 年度刊行）

道化師ツァラトゥストラの黙示録

細川亮一（九州大学大学院人文科学研究院教授）

中世盛期西フランスにおける都市と王権

大宅明美（九州産業大学経済学部教授）

第 2 回助成対象作（2011 年度刊行）

弥生時代の青銅器生産体制

田尻義了（九州大学大学院比較社会文化研究院学術研究員）

沖縄の社会構造と意識

―― 沖縄総合社会調査による分析 ――

安藤由美・鈴木規之 編著（ともに琉球大学法文学部教授）

第 3 回助成対象作（2012 年度刊行）

漱石とカントの反転光学

―― 行人・道草・明暗双双 ――

望月俊孝（福岡女子大学国際文理学部教授）

＊詳細については本会 Web サイト（http://www.kup.or.jp/）をご覧ください。